O ÚLTIMO VALE VERDEJANTE

O ÚLTIMO VALE VERDEJANTE

A INCRÍVEL JORNADA DA FAMÍLIA MARTEL

Uma história real de coragem, esperança e sobrevivência durante a Segunda Guerra Mundial

MARK SULLIVAN

Tradução
Débora Isidoro

Planeta

Título original: The Last Green Valley

Preparação: Thais Rimkus
Revisão: Lígia Alves e Luana Negraes
Projeto gráfico e diagramação: Futura
Capa e ilustração de capa: Jonatas Belan

DADOS INTERNACIONAIS DE CATALOGAÇÃO NA PUBLICAÇÃO (CIP)
ANGÉLICA ILACQUA CRB-8/7057

Sullivan, Mark
O último vale verdejante / Mark Sullivan ; tradução de Débora Isidoro. – São Paulo : Planeta do Brasil, 2025.
448 p.

ISBN 978-85-422-3695-8
Título original: The Last Green Valley

1. Ficção norte-americana I. Título II. Isidoro, Débora

25-2449 CDD 813

Índices para catálogo sistemático:
1. Ficção norte-americana

MISTO
Papel | Apoiando o manejo florestal responsável
FSC® C112738
www.fsc.org

Ao escolher este livro, você está apoiando o manejo responsável das florestas do mundo

2025
Todos os direitos desta edição reservados à
Editora Planeta do Brasil Ltda.
Rua Bela Cintra, 986 – 4º andar – Consolação
São Paulo-SP – 01415-002
www.planetadelivros.com.br
faleconosco@editoraplaneta.com.br

Para todos os gratos refugiados que renovam esta nação a cada dia.

"Com amor no coração, não há nada que não possamos superar."

— Chen Yeng

PREFÁCIO

Por muitas vezes ouvi que nunca encontraria outra história inédita sobre a Segunda Guerra Mundial como a de Pino Lella, herói de meu romance histórico *Sob o céu escarlate*. Eu acreditava que sim, mas continuei prestando atenção às dezenas de cartas e aos comentários que recebi sobre aquele período.

Eram todos muito interessantes, cada um à própria maneira. Mas nenhum deles atendia aos meus critérios: ter um enredo emocionante, inspirador e com potencial transformador para mim e para os leitores.

Em novembro de 2017, fui convidado a falar sobre Pino pela enésima vez no Rotary Club de minha cidade natal, Bozeman, Montana. Um dentista aposentado me abordou depois da palestra para contar algo que tinha escutado de um homem daquela cidade. Seu relato chamou minha atenção imediatamente.

Dois dias depois, digitei o endereço do homem no GPS e vi que ficava a uns três quilômetros de minha casa. Quanto mais me aproximava, mais estranho me sentia, e nem imaginava o porquê. Só quando parei na porta da casa dele e desci do carro, eu me dei conta de que estava a não mais de duzentos metros da casa onde tinha escutado pela primeira vez a história de Pino Lella, quase onze anos antes. Aquela história mudou minha vida.

Bati à porta, e minha vida mudou de novo.

Depois de quinze minutos ouvindo detalhes da trajetória da família Martel, eu me vi intrigado. Ao fim de duas horas, acreditava ter um relato digno de ser o sucessor daquele que inspirou *Sob o céu escarlate*. E o tinha escutado no mesmo pequeno bairro onde ouvi pela primeira vez a história de Pino. Quais eram as chances de isso acontecer?

Por quinze meses depois daquele primeiro encontro, entrevistei sobreviventes, pesquisei e viajei para lugares citados na história, inclusive para as ruínas de uma fazenda abandonada às margens da área rural da Ucrânia, na fronteira ocidental. De lá, refiz a impressionante jornada de uma jovem família que fugiu para o Ocidente em uma carroça com dois cavalos, frequentemente se encontrando entre o Exército alemão em retirada e o Exército soviético, que avançava no caótico último ano da Segunda Guerra Mundial.

Segui a rota dos Martel pelos atuais territórios de Moldávia, Romênia, Hungria, Tchéquia e Polônia, onde o caminho se dividia: um continuou para oeste e o outro retornou para leste, ao longo de mais de mil e setecentos quilômetros, até o que fora um mortal campo soviético de prisioneiros de guerra situado nos destroços do pós-guerra, perto da fronteira da Ucrânia com a Bielorrússia.

No caminho, entrevistei participantes e testemunhas oculares da "Marcha", bem como historiadores do Holocausto, militares e refugiados que me ajudaram a entender o contexto da história dos Martel. Também ouvi gravações de pessoas mortas havia muito tempo descrevendo a provação e fiquei impressionado com a coragem, a humanidade e o caráter que demostraram diante de desafios e perspectivas aparentemente intransponíveis.

Embora tivesse informação quando me sentei para escrever este livro, havia lacunas na história que não eram completamente explicadas pelo material limitado de que eu dispunha. Para preenchê-las, recorri às minhas suspeitas e à minha imaginação. Assim, dei vida à narrativa. O que você está prestes a ler, portanto, é uma ficção histórica baseada em um extraordinário relato da Segunda Guerra Mundial e suas consequências.

Concluo este romance num momento em que o mundo está em crise, e o caminho à frente é tão nebuloso quanto deve ter sido para os Martel quando eles começaram sua jornada. Meu sonho é que a história deles leve conforto e coragem para os aflitos e mais compreensão a respeito do que as pessoas podem suportar e alcançar, mesmo quando tudo parece perdido.

PARTE I

A LONGA MARCHA DA MORTE

1

Fim de março de 1944

Governatorato da Transnístria

Um vento frio soprava à luz do amanhecer. As bombas se faziam ouvir nas direções norte e leste. O estrondo da guerra ficava mais próximo a cada minuto.

Adeline Martel, vinte e oito anos, se esforçou para passar pela porta dos fundos da cozinha com as pesadas roupas de inverno, levando um caixote cheio de utensílios de cozinha para a carroça coberta estacionada na frente de sua modesta casa no distante e pequenino vilarejo agrícola de Friedenstal.

Um tanque *Panzer* alemão danificado passou por lá sacolejando e rangendo à luz do início da manhã, perturbando os cavalos. Caminhões cheios de soldados alemães feridos seguiam o tanque. Adeline ainda ouvia os gritos e o sofrimento agonizante deles muito tempo após passarem por ali, e via silhuetas de mais caminhões e mais carroças puxadas por cavalos e mulas, como a dela, vindo do leste, contornados pelo sol nascente atrás deles.

— Mamãe! — gritou o filho caçula, Wilhelm, que a tinha seguido pela porta dos fundos.

— Agora não, Will — respondeu Adeline, bufando ao alcançar a grande carroça de madeira coberta por lonas enceradas para formar um capô para abrigo.

— Mas preciso saber se posso levar isso — disse o menino de quatro anos e meio, mostrando a pedra que era o mais recente de seus bens valiosos.

— Pegue seu chapéu de lã em vez disso — respondeu ela, acomodando o caixote ao lado de outro que continha pratos, xícaras e assadeiras e mais um com potes de farinha, fermento, sal, pimenta, banha e outros itens essenciais à sobrevivência deles.

Emil se aproximava apressado pelo outro lado da casa, carregando um barril com tampa.

— Quanto? — perguntou ela.

— Oito quilos de carne-seca de porco. Dez quilos de carne-seca de vaca.

— Deixei espaço para isso aqui atrás.

Outro tanque passou sacolejando quando o marido dela, um homem de trinta e dois anos, pôs o barril no fundo da carroça e, grunhindo, começou a prendê-lo à lateral.

— Vou pegar todas as cebolas e as batatas do porão — disse ela. — A roupa de cama já está ajeitada.

— Vou encher o saco grande de água — avisou ele, antes de outra bomba explodir a nordeste.

O filho mais velho do casal, Waldemar, de seis anos e meio, saiu pela porta dos fundos da casa puxando uma réplica da carroça, menor, com cerca de um metro de comprimento, as mesmas laterais altas e os mesmos eixos e rodas com estanho pregado nas guarnições.

— Bom garoto, Walt — disse Adeline, apontando para a carroça. — Preciso disso. — Ela pegou o cabo e manobrou a carroça menor. — Vem comigo. Vem depressa. Preciso de sua ajuda.

As crianças a seguiram até o porão e a ajudaram a recolher rapidamente o estoque de batatas, cebolas e beterrabas. Depois levaram tudo para a carroça pequena e a engataram na maior. Já havia mais caminhões alemães e veículos blindados danificados na estrada, além de dezenas de carroças cobertas e cavalos rumando a oeste, todos tentando ser mais rápidos que os exércitos de Joseph Stálin, que atacavam novamente.

O ar cheirava a excremento de cavalo, fumaça de motor, combustível e suor. O barulho, o vento frio de chuva, a mistura enjoativa de cheiros e o nervosismo dos cavalos conspiravam para deixar Adeline ainda mais tensa enquanto eles transferiam as raízes do porão para sacos de juta e Emil amarrava um grande saco de borracha com água de um lado da carroça, junto ao balde do poço.

Vários quilômetros ao sul, no céu, um avião de combate alemão passou rugindo, cuspindo fumaça.

— Mamãe, não gosto desses barulhos — disse Walt.

— Por isso estamos partindo — respondeu Emil enquanto acomodava os sacos de juta na carroça grande, depois olhou irritado para Adeline. — Devíamos ter acordado antes e ido com meus pais.

— Não estávamos prontos para ir às quatro da manhã e, como sempre, eles não quiseram esperar por nós — respondeu Adeline, incisiva. — E...

— E o quê?

Ela viu outro tanque passar, se aproximou dele e disse em voz baixa:

— Tem certeza, Emil? Fugir com os nazistas?

Emil sussurrou:

— Podemos ficar e esperar o urso que sabemos que vai nos matar, ou estuprar você e matar as crianças e a mim, ou nos fazer prisioneiros na Sibéria. Ou podemos fugir com os lobos que vão nos proteger até podermos fugir para oeste. Fugir da guerra. Fugir de tudo.

Três dias antes, um oficial da SS havia batido à porta deles e oferecido proteção caso quisessem pegar suas coisas e seguir para oeste. Depois da visita, eles discutiram por várias horas. Agora Adeline olhava para ele, ainda dividida em relação à decisão que tomaram, mas sentindo o que sempre sentia por Emil: deixando de lado o mau humor e o jeito quieto, ele não era só um bom homem como era um homem experiente, um lutador e um sobrevivente.

— Tudo bem — disse ela. — Fugimos com os lobos.

— E nossa carrocinha? — perguntou Walt.

— Vamos encontrar espaço para ela — respondeu Emil.

O vento soprou forte. Uma folha marrom e seca do outono se levantou da grama morta à esquerda de Adeline, rodopiou e dançou pelo terreno e em volta dela e dos meninos em um padrão curioso, trôpego, antes de o vento suspirar e a folha cair no chão suavemente. Isso a fez lembrar uma noite, muito tempo antes, quando viu uma cédula voando, uma cédula amassada que dançara diante dela da mesma maneira curiosa que essa folha, como se respondesse a alguma prece desesperada e primal.

Adeline voltou à cozinha pela última vez, estranhamente perturbada pela folha e pela lembrança, tão agridoce quanto misteriosa, tão fascinante quanto assustadora.

Como toda grande mudança em minha vida, levada pelo vento.

*

Lá fora, Emil terminava de amarrar a carroça menor na parte de trás da maior.

— Não pode pisar nela, certo? — disse aos filhos pequenos. — Se quiserem sair por trás, esperem eu tirá-la.

Walt assentiu. Will perguntou:

— Quando vamos partir, papai?

— Assim que a mamãe voltar, e sua avó e sua tia chegarem aqui. Usem o banheiro de fora, se precisarem.

Os meninos correram para trás da casa, enquanto os dois cavalos, Odin e Thor, dançavam no lugar, novamente assustados com os tanques que passavam tão perto. Emil teve de acalmá-los e falar com eles até que, finalmente, ficaram tranquilos. Os cavalos eram fortes e bem cuidados. Estavam acostumados a puxar arado e carregar peso. Se seguissem mais devagar com a carga pesada nas encostas mais íngremes e se não sofressem nenhuma lesão ou acidente, Emil acreditava que levariam sua família bem longe.

Ele fez uma pausa para estudar a casa que havia construído sozinho, lutando contra pensamentos de tristeza e arrependimento. Era só uma casa. Haveria outras. Emil havia aprendido do jeito mais difícil a renunciar a qualquer posse por muito tempo em sua vida. Mas olhou para o telhado por um momento e se viu dois anos e meio antes, carregando folhas de zinco e vigas em sua carroça até uma cidade chamada Dubossary, cerca de trinta quilômetros a oeste.

Ele se livrou da lembrança e deu as costas para a casa e para o telhado.

— Se Deus deu, Stálin tirou — resmungou, e se recusou a dar mais atenção à casa que havia construído. Em sua cabeça e seu coração, a casa já havia desmoronado, virado pó ou queimado até se tornar cinzas.

Vuuuump, vuuuump. O barulho da artilharia começou a soar ao norte. *Vuuuump, vuuuump.* As explosões ainda não eram próximas o suficiente para fazer o chão tremer, mas logo ele viu colunas de fumaça escura no céu a nordeste, a não mais que nove ou dez quilômetros. Pela primeira vez, os riscos da viagem com a família ficaram claros, e ele se apoiou cambaleante e atordoado na lateral da carroça. Rememorou um dia de setembro de 1941, quando havia se agarrado à lateral dessa mesma carroça, sentindo uma náusea implacável e o calor do meio-dia, ouvindo o barulho dos gafanhotos enquanto vomitava o veneno que transbordava de suas entranhas. Tinha olhado para o alto e brandido o punho para o céu com tanta amargura que vomitara novamente.

Lembrando-se daquele dia, e ainda agarrado à lateral da carroça, Emil ficou chocado com a dor que sentia no coração. *Eu me lembro disso. Da sensação de ter a alma arrancada do peito.*

*

Adeline saiu da casa com mais algumas coisas, apressada. Os meninos saíram do banheiro.

— Vamos? — perguntou Will.

— Sim — disse ela.

Quando contornou a casa, viu Emil reclinado, segurando a lateral da carroça com uma das mãos, arfando, de olhos fechados e com o rosto contorcido de dor, enquanto a outra mão agarrava o peito.

— Emil! — gritou e correu para o marido. — O que houve?

O homem se assustou e olhou para Adeline como se ela fosse parte de um pesadelo, depois de um sonho desesperadamente bem-vindo.

— Nada.

— Você parecia sentir alguma coisa no coração.

— Senti doer por um segundo — confirmou, erguendo o corpo e limpando o suor da testa. — Mas estou bem.

— Não está — desmentiu-o ela. — Emil, você está branco como a neve.

— Já vai passar. Estou bem.

— Mamãe, lá vêm Oma e Malia! — gritou Will.

Adeline deixou de se preocupar com o marido quando viu a mãe segurando as rédeas dos dois cavalos velhos que puxavam sua carroça em um ritmo constante na confusa caravana de refugiados e soldados derrotados rumo a oeste.

O rosto de Lydia Losing estava mais sério e rígido que de costume, mas a mulher de cinquenta e quatro anos ainda se vestia como nos últimos quinze, com o cinza-escuro e o preto da viuvez. Como de costume, Lydia falava sem parar com a irmã de Adeline, que tinha trinta e cinco anos e se inclinava ligeiramente para longe da mãe, assentindo e sorrindo sem dizer nada. Uma interação muito comum entre as duas. Malia tinha sido escoiceada por uma mula aos quinze anos, e isso a deixara infantilizada em alguns aspectos e mais esperta que a maioria das pessoas em outros. Ela olhou para Adeline e piscou.

Outra saraivada de tiros de canhão começou, agora perto o bastante para fazer o chão tremer sob os pés deles. Quatro aviões de combate alemães rasgaram o céu, seguidos por seis aeronaves soviéticas. Metralhadoras abriram fogo acima deles.

— Uau! — exclamou Will, eufórico.

— Mamãe! — gritou Walt, agarrando-se à cintura de Adeline.

*

— Subam todos! — gritou Emil, que correu para soltar os cavalos.

Quando se acomodou no banco com as rédeas em mãos e conferiu se Adeline estava a seu lado e se os meninos estavam sob a cobertura atrás dele, Emil gritou para a sogra:

— Hoje vamos o mais longe possível dos conflitos!

— Tão longe quanto meus cavalos nos levarem! — gritou Lydia de volta.

Emil soltou o freio simples da carroça e estalou a língua para os cavalos, que se esforçaram para mover a carga. De início, a carroça avançou lentamente, depois foi ganhando velocidade suficiente para entrar em uma brecha entre outras carroças e grupos de refugiados a pé que se afastaram, levando seus pertences em sacos de juta e olhando com inveja para os Martel enquanto passavam por eles.

No extremo oeste do vilarejo, eles passaram pela casa dos pais de Emil, a casa em que passara a infância. A porta da frente estava aberta. No quintal não havia nada que valesse a pena salvar.

Emil recusou qualquer lembrança da infância ou da vida mais recente em Friedenstal. Isso havia acabado. A pessoa que vivera essas coisas não existia mais. De sua parte, aquela vida fraturada agora era escombros.

*

Ao lado dele, Adeline olhava para os quintais, vendo fantasmas de relacionamentos passados, de brincadeiras de crianças e pais cantando durante a colheita, de todo um estilo de vida ligado às estações e à celebração delas.

Ela se lembrou de um momento muito feliz: 1922, quando tinha sete anos e sacudia em uma carroça como essa. Adeline viajava sentada na parte de trás, entre cestas de comida que a mãe havia preparado enquanto seguiam para os campos, onde os homens cortavam trigo. Era quase outubro, mas o clima ainda era ameno e pairava no ar o cheiro de tudo o que ela amava. Ela levou a cesta para o pai, o chefe da colheita, que trabalhava em uma colheitadeira mecânica.

Karl Losing tinha um fraco pela filha mais nova e sorriu quando ela se aproximou com o almoço. Eles se sentaram lado a lado à sombra da colheitadeira, olhando para as colinas douradas de trigo, comeram pão fresco com embutidos e beberam chá gelado.

Lembrava-se de se sentir segura e encantada pelo ambiente.

— Vamos morar para sempre aqui, papai? — perguntou a jovem Adeline.

— Para sempre e um pouco mais, filha. A menos, é claro, que os bolcheviques fedidos consigam o que querem e sejamos jogados ao vento e aos lobos.

Vinte e dois anos mais tarde, na carroça que os levava para a saída de Friedenstal, Adeline se lembrava nitidamente do aborrecimento que sentiu quando o pai disse isso. Por um tempo, andara olhando para trás com medo de os lobos surgirem da floresta e a perseguirem.

Sentia-se do mesmo jeito ao sair do vilarejo, seguindo para oeste com o sol e os tiros de canhão vibrando atrás deles, passando por campos não arados e árvores florescendo, por pássaros voando e cantando sobre os penhascos, por sonhos destruídos, enterrados pela realidade de fome e guerra.

Mais aviões de combate alemães cortaram o céu a caminho das linhas de batalha.

— Para onde vamos, papai? — perguntou Walt, num tom preocupado.

— Para oeste — disse Emil. — O mais longe que conseguirmos. Para o outro lado do oceano, talvez. Não sei.

— Do outro lado do oceano? — repetiu Adeline, surpresa e um pouco assustada.

— Por que não? — indagou o marido, olhando para ela.

Adeline disse a primeira coisa que passou em sua mente.

— Não sabemos nadar.

— Vamos aprender.

Will insistiu:

— Mas por que vamos para oeste?

— Porque lá a vida será melhor — explicou Emil.

Um cavalo relinchou no caos de carroças, charretes, tanques e caminhões atrás deles. As pessoas começaram a gritar. Walt olhou para trás.

— Um caminhão da Wehrmacht bateu na carroça de alguém logo atrás da Oma — disse ele. — E em um cavalo também. Tudo capotou, o cavalo caiu, quebrou a perna e não consegue se levantar.

Emil estalou a língua para Odin e Thor, que correram para se aproximar da carroça da frente. Will ainda parecia aborrecido. Ele foi para o colo da mãe, se aninhou em seu peito e disse:

— Como é lá, mamãe?

— Onde? — perguntou ela, abraçando-o e o embalando.

— O oeste. Como é?

Afagando o rosto do filho, Adeline olhou nos olhos de Will, sorriu e disse:

— É um lindo vale verdejante cercado por montanhas e florestas. Com neve no topo dos picos. No sopé há um rio sinuoso e campos de grãos para fazer pão, além de hortas com vegetais para nos alimentar. Papai vai construir uma casa para nós, onde vamos morar juntos para sempre. Nunca vamos nos separar.

Isso acalmou Will. O menino relaxou.

— Acho que vou ter outros meninos com quem brincar — comentou ele.

Adeline achou graça de sua expressão, tão inocente e esperançosa que fez seu coração transbordar. Ela fez cócegas no menino e disse:

— Imagino que vai ter muitos meninos com quem brincar, além de muito trabalho para fazer. Seremos felizes. Você e seu irmão vão crescer e seguir o que seus corações quiserem.

— Como assim?

— Vocês serão quem quiserem ser, não o que alguém disser que devem ser — disse Emil.

— Vou ser como você, papai — anunciou Will, já fechando os olhos.

Adeline olhou para o marido, que sorriu, e depois para trás, para Walt, que tinha se deitado e cochilava.

Ela olhou novamente para Emil, cujo sorriso tinha se tornado algo mais sofrido.

— Tem certeza de que está bem?

Ele arrotou.

— Pronto, isso deve resolver. Provavelmente era o que eu estava sentindo antes.

Depois de um momento, ela falou em voz baixa:

— Vamos encontrar, não vamos, Emil? Um vale como esse, que possamos chamar de lar? Um lugar de onde nunca sairemos?

O rosto de Emil ficou ainda mais tenso. Ele não a encarou, mas deu de ombros e disse:

— Alguém me disse uma vez que, se você insiste em rezar por alguma coisa, um dia a alcança.

— Fui eu quem disse isso — respondeu Adeline, sorrindo. — E quem me falou foi a senhora Kantor.

— Eu sei.

— É uma graça, Emil. A resposta de Deus a suas preces. Você ainda acredita nisso, não é?

— Adeline, depois do que você e eu vimos, há dias em que não sei se Deus nos ouve, muito menos se responde. Mas vou dizer em que acredito.

— Em quê?

— Seja qual for o lugar onde vamos parar, será melhor que o inferno que já enfrentamos.

A caravana subiu uma encosta até um platô e virou para o norte, permitindo que Adeline olhasse para trás, para a vida que abandonava, uma última vez. O vento frio se tornava tempestuoso. Ela ouviu mais canhões e viu fumaça se elevando das colinas além do vilarejo.

— Tem razão — disse ela. — Qualquer lugar é melhor que aquilo.

2

Novembro de 1929
Schoenfeld, Ucrânia

A luz tremulou e a lâmpada se apagou. Mas Adeline Losing, então com catorze anos, tinha previsto o corte de energia na pequena escola que frequentava e já havia acendido o lampião de querosene sobre a pia da cozinha dali, onde trabalhava após as aulas.

Enquanto esfregava a última panela grande do dia, Adeline sentiu fome, o que era comum nos últimos tempos. Olhou para um saco cheio de casca de batata recém-cortada sobre a bancada, imaginando como a mãe as prepararia, e, sentindo ainda mais fome, enxugou a panela e a guardou na prateleira.

Duas horas, pensou Adeline, enxugando as mãos. *Duas horas da vida por alguns rubros e um quilo de casca de batata. Vale a pena?*

Mal acabara de formular a pergunta, disse a si mesma para não seguir essa linha de raciocínio. Questionar seu trabalho e o que você recebe por ele pode causar problemas sérios se isso for feito em voz alta sob o governo de Joseph Stálin. O simples fato de pensar muito em assuntos assim pode provocar comentários acidentais. E, então, onde ela iria parar?

Seria jogada ao vento e aos lobos, diria seu pai. Era onde estaria. Jogada ao vento e aos lobos em algum lugar distante e gelado.

Adeline vestiu o pesado casaco de lã, presente de uma tia morta, e disse a si mesma: *Não. Vou para um lugar melhor.*

Ficava emocionada ao pensar nesse lugar melhor. Algum lugar onde ela e a família teriam uma vida melhor que a atual, tão injusta e cruel. Ela não sabia muito sobre esse futuro, mas a simples ideia do "melhor" a fez sorrir e sentir-se menos cansada.

Adeline cobriu a cabeça com um xale de lã, pegou a lamparina e as bolsas e dirigiu-se à porta da cozinha. Ela a abriu e saiu para a noite fria e escura. Tremendo, trancou a porta e levantou a lamparina, caminhando em direção a oeste, para o outro lado da cidade, para casa.

Corra, pensou e apressou o passo. *É o que papai sempre diz. Se você quer as coisas, corra para elas. Se quer as coisas feitas, corra para isso.*

Nunca conheceu ninguém que corresse mais que o pai. Ele acordava antes de todo mundo e era o último a ir para a cama. E não parava um minuto sequer.

Adeline seguia em um ritmo constante, acelerado, atravessando as ruas desertas de uma colônia agrícola que existia havia quatro, cinco gerações, desde o reinado de Catarina, a Grande. Já no fim dos anos 1700, as terras cultivadas da Ucrânia estavam entre as mais produtivas, com um solo negro rico capaz de produzir colheitas abundantes se semeado e tratado de maneira apropriada.

A mão de obra local, no entanto, não se mostrou boa na agricultura, e a imperatriz começou a aprovar a imigração de milhares de famílias alemãs. Durante décadas esses alemães étnicos, ou *Volksdeutsche*, receberam terra e isenção de impostos em troca de conhecimentos e de sua produção. Eles chegavam em ondas, plantavam e prosperavam por toda a Ucrânia, fornecendo trigo para a Mãe Rússia por mais de um século.

Os *Volksdeutsche*, especialmente os chamados "alemães do mar Negro", que viviam entre Odessa e Kiev, nunca assimilaram a cultura russa por completo. Eles construíram suas casas e fundaram cidades e povoados como Schoenfeld replicando os que haviam deixado em sua terra natal, erigindo igrejas para perpetuar sua fé luterana e escolas para educar suas crianças e manter viva sua língua nativa.

Várias gerações depois, esses alemães do mar Negro se isolaram da Alemanha e de sua cultura, desconectaram-se quase completamente de suas raízes. Em geral, porém, a vida era boa para eles e para mais ou menos um milhão de outros *Volksdeutsche* que viveram na Ucrânia até 1917. Antes da revolução bolchevique, Schoenfeld era uma colônia próspera de alemães do mar Negro étnicos que produziam regularmente colheitas de alto rendimento para alimentar a Rússia e eles mesmos.

Mas isso mudou.

Naquela noite, quando a jovem Adeline atravessava a cidade correndo, a maioria das outras antigas famílias já tinha sido banida da colônia, expulsa de suas propriedades, substituída por gente que não sabia cultivar a terra. Esse foi o principal motivo para os soviéticos decidirem deixar a família de Adeline permanecer em seu lar ancestral: dos que restavam, o pai dela era o único que sabia produzir uma boa colheita de trigo. Sem ele, os idiotas da cidade estariam fadados a uma safra fracassada após a outra, e todos por ali morreriam de fome.

Estamos seguros, disse Adeline a si mesma na metade do caminho. *Mamãe disse que sim. Eles precisam do papai, por ora estamos seguros. E devemos ter comida suficiente para o inverno.*

Adeline parou, levantou um pouco mais a lamparina e olhou para a silhueta escura diante dela, deitada imóvel sobre a grama alta e morta. Deu um passo cauteloso, depois outro. Segurando a lanterna mais à frente, deu o terceiro passo e parou, congelada.

Um cachorro, um grande vira-lata, morto: sua garganta fora cortada e ele estava abandonado em uma poça do próprio sangue. Sangue ainda molhado, não congelado. Ele cintilava à luz da lanterna, e isso a assustou ainda mais. Alguém tinha acabado de matar aquele animal.

Adeline olhou em volta e só viu o círculo de luz, as sombras e a escuridão além delas, no entorno. Nenhum movimento. Nenhum som além das batidas do coração nos ouvidos e da própria voz na cabeça.

Conte para o papai!

Ela saiu correndo, segurando a lanterna à frente e para o lado ao passar pelo estábulo que pertencera a um amigo do pai dela, junto da via antes da última curva que levava a sua casa.

Adeline viu o segundo cachorro morto momentos depois: era um pequeno terrier com a garganta cortada e jogado na sarjeta. Ela conhecia o cachorro e sentiu vontade de chorar. Ela o tinha visto naquela manhã, a caminho da escola.

Mataram dois!

Aterrorizada, ela correu ainda mais e resistiu à imaginação sombria, às imagens que se sucediam até dominarem sua mente com o assassinato dos dois cachorros. Finalmente, chegou ao portão da bela casa de madeira em modesto estilo bávaro que o bisavô tinha construído quase um século antes, com um telhado inclinado de telhas também de madeira, duas águas e revestimento vermelho ao longo dos intradorsos. Ela levantou o ferrolho da porta com o joelho, a empurrou, entrou e usou o calcanhar para fechá-la.

— Apague a lamparina — disse o pai, da mesa em que reparava um arreio de couro para os cavalos de arado. Havia duas lamparinas acesas penduradas nas vigas acima dele e um fogo ardente às costas.

— Papai, eu...

— Apague a lamparina, menina — disse Karl Losing. — O combustível está escasso hoje em dia.

— Escute seu pai — disse Lydia, a mãe dela, da cozinha. — E onde estão aquelas cascas? Eu a esperava bem mais cedo.

Adeline engoliu a frustração e soprou a chama da lamparina enquanto o irmão de onze anos, Wilhelm, entrava pela porta dos fundos com lenha para o fogo. Ela pendurou a lamparina em um gancho ao lado da porta da frente e guardou o casaco e o cachecol antes de correr para levar as cascas de batata para a cozinha, onde Lydia tirava o pão do forno a lenha.

— Cascas — anunciou Adeline, deixando o saco no chão. — Um quilo. Eu pesei.

— Terminou de cortar cebola para acompanhar as cascas, Malia? — perguntou a mãe, deixando a fôrma de pão sobre o forno para esfriar.

— Se eu tivesse terminado, você seria a primeira a saber, mãe — respondeu a irmã mais velha de Adeline, Amalia, com sua cadência estranha. Estava de costas para elas, cortando cebola sem pressa, com atenção.

— Arrume a mesa, Adella — disse a mãe. — E vá encher a jarra no poço.

— Preciso contar uma coisa para o papai, mamãe.

— Vá fazer o que eu mandei.

Adeline sabia que era impossível argumentar com a mãe depois que ela dava uma ordem, então pegou a jarra e saiu para enchê-la na bomba do quintal. A temperatura estava caindo, e, quando ela voltou e deixou a água sobre a mesa, suas mãos formigavam. Desviando do pai, que continuava trabalhando, ela distribuiu colheres para cinco. Depois de arrumar também as canecas e as tigelas, Adeline parou bem na frente dele.

— Papai — chamou.

— Não pode esperar a hora do jantar, filha? — perguntou ele, sem nem olhar para a menina.

— Não vê que seu pai está ocupado? — interferiu a mãe.

Adeline se sentiu ignorada e explodiu. Ela começou a chorar.

— Papai, por favor! Você precisa me ouvir!

Finalmente, o pai desviou o olhar do trabalho com o couro, aparentemente intrigado com a explosão emocional.

— O que foi? Por que as lágrimas? Qual é o motivo de tanta tristeza?

— Quando eu estava voltando da escola — falou, chorando —, vi dois cachorros mortos. Com a garganta cortada. O sangue ainda fresco.

O rosto do pai se transformou. Ele deixou os arreios sobre a mesa e respondeu, em voz baixa:

— Acalme-se, Adella, e me diga onde os viu.

O chorou perdeu intensidade. A menina enxugou as lágrimas com a manga puída do suéter.

— A que distância daqui? — ele quis saber.

— Um deles a uns trezentos metros. Talvez menos.

O pai olhou para as mãos envelhecidas. Adeline sempre o considerou invencível e cheio de energia, mas agora o via murcho, menos confiante.

O homem olhou para a esposa, que estava parada na porta da cozinha e limpava as mãos no avental, preocupada.

— Foi outra pessoa, Karl — disse ela. — Um dos idiotas novos mostrando os dentes.

Ele engoliu em seco e assentiu.

— Espero que sim.

Adeline não se conteve. Contornou a mesa e abraçou o pai. Ele não disse nada, apenas afagou o braço da filha por vários momentos, antes de comentar:

— Preciso terminar meu trabalho antes do jantar, menina. Vá ajudar sua mãe.

A pequena o beijou e recuou. Ele sorriu com ternura, tocou o rosto da filha e voltou a trabalhar no arreio com o furador, a agulha grossa e o fio de couro.

Adeline foi para a cozinha, onde a mãe misturava cebola e casca de batata em uma frigideira de ferro.

— Mamãe…

— É para um dos idiotas — declarou a mãe.

— O quê? — Malia quis saber.

Adeline ia responder, mas a mãe olhou para ela por cima do ombro, um olhar duro, e a menina balançou a cabeça.

— Não é nada, meu bem.

Malia insistiu.

— Não vou ter um treco.

— Eu sei.

— Estou melhor do que nunca.

— Está mesmo — concordou a mãe. — Melhor do que poderíamos esperar.

— Obrigada, mamãe — respondeu Malia, e foi como se esquecesse o assunto anterior. — O que faço agora?

— Sente-se, querida — disse Adeline. — Vamos comer.

— Ah. — A irmã se animou. — Boa ideia.

Com exceção de Malia e Wilhelm, o clima à mesa naquela noite era sombrio. Adeline e os pais temiam o que os cães mortos significavam.

Não havia um maluco solto em Schoenfeld com sede de sangue canino. Sabia-se que a GPU, a polícia secreta de Stálin, matava cachorros para que os latidos não delatassem a presença dos policiais que chegassem no meio da noite em busca de prisioneiros políticos.

Em determinado momento da refeição, Adeline ficou chocada ao ver a colher tremer na mão do pai e a comida cair na tigela.

A mãe tocou o braço do marido.

— Você produziu a melhor colheita que eles tiveram em seis anos, Karl. Há escassez de grãos em todos os lugares. Eles não podem ficar sem você.

Karl não parecia convencido.

— Não ouviu por aí que eles não querem que ninguém se dê bem? — E olhou para a mesa por um instante, antes de dar um soco no tampo. — Primeiro os comunistas mataram todas as pessoas inteligentes que faziam as coisas funcionarem nas cidades. Agora eles querem transformar qualquer competência em um crime! O que aconteceu com o mundo? Como viemos parar nesse hospício?

Ele olhou para a esposa, que estava perplexa, para as filhas e o filho, que demonstravam receio. Normalmente, Karl Losing era um homem quieto, equilibrado, até afável. Mas agora tinha os ombros encurvados, e havia raiva e desespero em sua voz quando disse:

— Se não plantarmos, as pessoas morrem de fome. Se plantarmos muito e alimentarmos muita gente, nós nos tornamos um inimigo. Como é possível?

— Isso não está certo — disse Adeline.

— Nem um pouco — opinou Malia, surpreendendo a todos. — Se você trabalha muito, papai, e trabalha depressa, está fazendo o que é certo, porque Deus recompensa seu esforço.

Os olhos do pai marejaram ao pousarem impotentes na filha mais velha.

— Sim, meu bem, mas isso era quando a vida fazia sentido. Agora não há nada além de insanidade.

*

Às três horas da madrugada seguinte, bateram à porta da frente com os punhos e cassetetes, acordando a família inteira. Lydia começou a chorar imediatamente, assim como a filha mais velha.

— O que está acontecendo? — perguntou o irmão caçula de Adeline, sonolento, da cama mais baixa da bicama que dividia com ela.

— Shhh — respondeu ela. — Vou ver.

Adeline saiu da cama no escuro.

— Papai? — chamou ao chegar ao corredor curto do segundo andar e ver a silhueta do pai no alto da escada estreita, começando a descer com uma lamparina.

— Fique aqui, filha — disse ele, baixinho, olhando para ela. — Está tudo bem.

No entanto, incapaz de conter-se, ela o seguiu, descendo dois degraus com cuidado para olhar para baixo e à direita, onde o pai estava diante da porta, temeroso.

— Abra! — ordenaram, em russo.

Ele baixou a cabeça, deixou a lamparina sobre o aparador e removeu a barra de segurança. Um cassetete surgiu da noite escura e acertou sua barriga. Ele se curvou, cambaleou para a frente e caiu.

Adeline gritou.

— Papai!

Ele levantou a cabeça, olhou para ela em agonia. Dois homens grandes com casacos escuros e compridos entraram na casa.

— Sou o comissário Karpo da GPU — anunciou o terceiro homem atrás deles, menor e mais velho. — Camarada Losing, você é acusado de ser um cúlaque.

— Alguém que sabe o que está fazendo, você quer dizer? — retrucou Karl, arfando.

Um dos homens maiores o chutou.

— Não, camarada — respondeu o comissário. — Alguém que rouba do povo e do Estado.

— Eu não roubei nada — argumentou o pai de Adeline. — Proporcionei uma boa colheita a vocês.

O comissário Karpo olhou para seus subordinados.

— Revistem tudo. Lá fora também.

— O que estão procurando?

— Saberemos quando encontrarmos.

Lydia, Malia e Wilhelm se juntaram a Adeline na escada, aterrorizados ao verem a polícia secreta algemar Karl e deixá-lo deitado no chão, de lado, enquanto dois capangas reviravam a parte de baixo da casa. Dez minutos depois, um deles apareceu com um grande saco de grãos.

— Encontrei isso em uma lata no galpão — anunciou.

O comissário sorriu.

— E você diz que não rouba, camarada Losing?

— Um homem tem o direito de alimentar bem sua família em troca de seu trabalho.

— De onde tirou essa ideia?

Lydia afastou os filhos e desceu a escada, chorando.

— Por favor, não o matem.

— Matar? — repetiu o comissário, rindo. — Não, agora seu marido vai trabalhar onde poderá pensar no bem de seus semelhantes. Na Sibéria.

Eles deram uma hora para Karl pegar suas roupas mais quentes. Permitiram que ele abraçasse a esposa e os filhos antes de o levarem pela porta da frente.

Lydia chorava.

— Por quanto tempo ele vai ficar lá?

— Essa decisão não é minha — respondeu o comissário Karpo.

— O que vai ser de nós?

— Terão o destino de todos os cúlaques — disse e se virou.

— Eu volto! — gritou o pai de Adeline ao ser arrastado pela noite. — Eu prometo que volto!

3

Fim de março de 1944

Vinte e cinco quilômetros a leste da fronteira Transnístria-Moldávia

Na carroça dos Martel, seguindo outras carroças e com mais centenas delas à frente, todas misturadas ao caos meio controlado do Exército alemão em retirada, Adeline se lembrava do pai desaparecendo na escuridão como se houvesse acontecido ontem.

Eu prometo que volto!

Quase quinze anos de espera se passaram desde aquela noite terrível. Adeline ainda se lembrava da perda estampada no rosto da mãe nos dias e nas semanas depois que o marido desaparecera, na ferida que foi se aprofundando a cada ano sem notícias, tentando manter a esperança viva.

Adeline olhou para trás, viu os meninos dormindo sob os cobertores. Apesar do vento, que ganhava força, ela conseguiu ficar em pé no banco ao lado de Emil, enquanto os cavalos trotavam pela estrada. Olhou para trás por cima da cobertura de lona e viu a irmã mais velha sentada ao lado da mãe na carroça delas, de cabeça erguida, atenta, analisando tudo, fascinada com a paisagem nova e o comboio em constante transformação.

Sua mãe não. Lydia seguia encurvada atrás das rédeas, como se os ombros suportassem uma carga de chumbo, olhando pra os cavalos e perdida em anos de preces sem resposta. Lydia nunca deixara de acreditar que Karl voltaria. Quando enfim foram expulsos da casa ancestral, em 1930, ela insistira em escrever uma carta para o marido explicando para onde iam e por quê. Deixou a correspondência atrás de uma pedra solta do alicerce, onde ele sempre guardara seus bens valiosos.

Ao lembrar os anos de dificuldades, miséria e solidão que a mãe havia enfrentado depois de o pai dela ter sido levado e depois de terem sido jogados na rua, Adeline sentiu o coração doer. E Wilhelm, seu irmão caçula? Não fazia ideia do que havia acontecido com ele depois que os alemães o recrutaram, três anos antes. Aconteceu a mesma coisa com o irmão mais velho de Emil, Reinhold. Recrutado pela Wehrmacht, tirado da família,

Reinhold fora enviado ao Ocidente para defender Paris e, desde então, nunca mais tiveram notícias dele.

Adeline olhou além da carroça da mãe e viu outras seis ou sete atrás, todas conduzidas por mulheres, todas com os mesmos ombros encurvados e a mesma expressão contraída. As viúvas de Stálin. Sua mãe não era a única que deixava entes queridos para trás naquele dia. Sim, essa marcha para oeste sob a proteção nazista era um novo começo para Lydia e as outras mulheres sozinhas na caravana. Mas também era o fim de suas esperanças, um fim para os sonhos de algum dia verem o marido voltar para casa.

Como viver com isso?, pensou Adeline, com tristeza. *Como sobreviver?*

— Adeline — chamou Emil, batendo de leve em sua perna —, prepare os meninos. Vem aí uma tempestade. Vai ser forte.

Adeline olhou para o norte e viu as nuvens escuras se aproximando depressa. Acordou os filhos e os ajudou a vestir os macacões de lã remendados, casacos e chapéus, antes de vestir ceroulas de lã sob o vestido, o avental e um suéter pesado de lã sob o casaco. Depois assumiu as rédeas enquanto Emil se agasalhava. Ele havia terminado de vestir a última peça de lã quando Adeline sentiu o primeiro floco de neve no rosto.

Emil retomou as rédeas quando os flocos se tornaram maiores e começaram a grudar nos flancos e nas costas dos cavalos. Ele disse para Adeline ficar sob a cobertura de lona com os meninos.

Um quilômetro adiante, a neve começou a formar lençóis brancos que desciam em espirais a noroeste e os atingiam de lado. Os cavalos viravam a cabeça contra o vento, o que dificultava muito controlá-los e conduzir a carroça em condições cada vez mais perigosas. A neve caía cada vez mais forte, e Emil sentia os olhos e a face arderem. A cada rajada, a carroça rangia e estalava, e a lona sobre as vigas de madeira tremia e assobiava.

Emil olhou para trás, para a família.

— Quero todos vocês do lado direito, contra o vento, para não tombarmos. E verifique os nós que prendem a lona às vigas, Adella.

Enquanto Adeline transferia os meninos para o lado direito e verificava os nós, Emil envolvia o pescoço, a boca e o nariz com o cachecol e puxava o boné para baixo, tentando proteger os olhos. Mas a neve agora castigava com a ventania. Ela o atacava e encontrou a gola do casaco para escorregar por suas costas. Esfolava os dedos sob as luvas e roía o lado direito do rosto, exposto, até a pele arder e depois entorpecer.

Os cavalos seguiam de cabeça baixa e voltada para a esquerda, expondo escápula e flanco direitos ao vento, que ficava mais gelado e violento a cada instante. Ao perceber que os animais estavam em risco, Emil parou no acostamento e acenou para a sogra parar também. Outras carroças os ultrapassaram.

Adeline e os meninos estavam encolhidos do lado direito da carroça, embaixo dos cobertores. Ela mantinha as costas apoiadas na lateral do veículo, que agora sacudia violentamente. Alarmada, olhou para o marido e perguntou:

— A madeira vai aguentar, Emil?

— Não sei — admitiu ele, vasculhando uma caixa de onde tirou antolhos de couro para os dois cavalos.

Com o braço sobre os olhos, aproximou-se de Odin e Thor. Ele afivelou os antolhos nos freios, protegendo os olhos dos animais das rajadas mais brutais. Depois foi até a carroça de Lydia, pegou mais antolhos e os colocou nos cavalos delas. Quando olhou para a estrada, viu uma lacuna na fila do comboio.

Emil voltou à carroça, segurou as rédeas e as estalou acima das costas dos cavalos. A carroça derrapou de lado por alguns metros na neve, depois ganhou tração e avançou. Agora, os dois cavalos mantinham a cabeça mais reta e as orelhas apontadas para a frente, em alerta. Emil captou a deixa anterior e baixou a cabeça para o lado esquerdo, absorvendo o maior impacto da tempestade no ombro e no lado direito do corpo.

Olhava rapidamente para a trilha coberta de neve, acompanhando a carroça da frente a uns bons trinta metros, mas vendo pouco além dela ou dos lados. Tudo tinha ficado branco e sem forma definida. Emil sentia que atravessavam um amplo território de plantio sem nada para bloquear ou reduzir a velocidade do vento. Nas florestas, ou onde o terreno fosse acidentado, teriam interrompido a marcha e ordenado que todos buscassem abrigo em um leito de riacho ou encosta.

Uma ventania poderosa soprou, e a carroça dos Martel foi atingida de lado. Eles foram empurrados sobre duas rodas e voltaram ao solo com um estrondo. Os meninos e Adeline gritaram.

Thor e Odin sentiram o solavanco, ouviram os gritos e ficaram agitados – o suficiente para empinar a carroça, que balançou na neve e quase jogou Emil para fora, levando-o a derrubar as rédeas. Thor e Odin baixaram a cabeça para se proteger da ventania e da neve e, antes que Emil pudesse impedi-los, viraram para a direita, saíram da estrada e ganharam velocidade em terreno acidentado.

A neve e o vento o impediam de ver quando Emil se esticou para a frente e tentou recuperar as rédeas caídas sobre as costas de Odin. Mas, geladas, elas escorregaram por entre as luvas. Ele pensou no freio na roda dianteira esquerda, mas, considerando o solo irregular, teve medo de tombar ou quebrar um eixo. Os cavalos estavam assustados, desorientados e, agora, trotavam rapidamente em direção à tempestade, jogando neve e lama para trás. A carroça empinava, pendia e derrapava sob a violenta nevasca.

— Pare os cavalos! — gritou Adeline. — Vamos bater!

Emil tirou a luva esquerda, estendeu o corpo e o braço o máximo que pôde e pegou as rédeas com dois dedos. Ele as enrolou no pulso direito, três voltas, e usou a mão direita para segurá-las com firmeza enquanto firmava os pés e projetava o corpo para trás, equilibrando o peso dos cavalos em disparada.

Puxando os arreios na boca dos animais, Emil os obrigava a baixar a cabeça mais e mais, até que finalmente reduziram a velocidade e pararam. Estavam ofegantes e tremendo, numa mistura de euforia e medo. Ofegavam pelas narinas e tossiam, batiam as patas no chão e, novamente, viravam a cabeça na direção oposta à da tempestade.

— Quero ir para casa! — disse Walt.

Emil o ignorou, soltou as rédeas do pulso, deu as costas para a nevasca e subiu no banco para olhar para trás. Só enxergava o branco da neve e o movimento do vento. Árvores, cercas, outras carroças, estrada... Nada, só a tempestade.

— Emil! — gritou Adeline. — Em que direção temos que ir?

Ele pensou em todas as derrapagens e curvas que haviam feito, na lama e nas nuvens de neve que os cavalos tinham jogado longe, e disse:

— Vamos seguir o rastro que deixamos e voltar.

Nos primeiros minutos, a tática funcionou. Ele conseguia ver as marcas, mas logo entendeu que a neve caía forte e depressa e cobria rapidamente os vestígios. Queria conduzir os cavalos mais depressa, mas não enxergava direito.

Pouco tempo depois, deixou de ver as marcas das rodas. Estava tudo coberto pela neve. A neve cobria até a metade das rodas da carroça. *Se eu continuar...*

Emil não gostava de pensar em "se". Então, decidiu avançar em zigue-zague a partir do último rastro e seguir seu instinto, torcendo para encontrar marcas que a nevasca ainda não tivesse apagado. Mas, com o vento revirando a neve densa, não sobrara nada. Em determinado momento, ele virou a carroça de lado para o vento, parou e acionou o freio.

— O que estamos fazendo? — perguntou Adeline.

— Esperando a tempestade passar — respondeu. — Não devemos estar a mais de quinhentos metros daquela estrada, mas nem imagino em que ponto. Quando conseguirmos enxergar, encontraremos o caminho e alcançaremos o comboio.

Ele desceu e soltou os cavalos. Levou-os para o lado protegido do vento e os amarrou à carroça, depois entrou nela pela parte de trás.

— Você parece um boneco de neve, papai! — comentou Will, sob os cobertores.

Emil olhou para baixo e notou que estava coberto de neve da cabeça aos pés.

Walt começou a rir. Adeline também riu. E disse:

— Sacode isso lá fora ou tira o casaco. Se vier para baixo dos cobertores desse jeito, vai molhar tudo.

Emil tirou o casaco com dificuldade, sacudiu-o do lado de fora e o deixou de canto.

Depois, repetiu o procedimento com as botas e a calça, então se acomodou embaixo dos cobertores ao lado de Walt. Lá estava quente e, apesar do vento que sacudia a carroça, a estrutura de madeira que sustentava a cobertura de lona parecia resistir bem. Estavam seguros, por ora.

O vento diminuiu um pouco, depois diminuiu muito. Por uns bons quinze segundos, a cobertura da carroça murchou acima deles. Então, uma rajada precedeu mais uma calmaria, depois outra rajada. Emil olhou por cima da cabeça dos filhos para a esposa, assustada e paralisada pela intempérie.

— Vamos ficar bem — disse ele.

*

Adeline acordou devagar do cochilo e, de pronto, não entendeu onde estava, só que o corpo estava quente e o ar que respirava era gelado. Os cavalos se moveram e sacudiram a carroça, terminando de acordá-la. Ela abriu os olhos, viu que ainda era dia, mas não nevava mais. Emil já tinha se levantado, não estava ali.

Will se mexeu.

— Chegamos?

Walt respondeu:

— Por acaso tem alguma paisagem verde lá fora?

Adeline fez cócegas em Will, depois saiu dos cobertores e foi para o banco da frente. O céu estava clareando. O sol dizia que era o meio da tarde. Até onde conseguia enxergar, e podia enxergar longe e nitidamente, tudo era cintilante e branco, tão reluzente que os olhos doíam se olhasse para fora por muito tempo.

Emil se aproximou pelo lado da carroça puxando Odin e Thor.

— Pode pegar um pouco de cereal?

— Sim. Onde estamos? Cadê a estrada?

— Acho que está além daquela fileira de árvores — respondeu ele, apontando com a mão livre. — Mas vamos subir aquela pequena encosta para ter mais visibilidade.

— Não vejo carroças nem outros veículos.

— Veremos lá de cima — insistiu Emil, amarrando Odin. — Garanto que estaremos na estrada antes do anoitecer e alcançaremos o comboio antes que perceba.

Quando Adeline saltou da carroça, a neve alcançava seus joelhos em alguns pontos, mas ela conseguia ver onde era mais profunda. Depois que levou duas latas do único saco de aveia que tinham para alimentar os cavalos e Emil terminou de encilhar Thor, eles seguiram em direção à colina.

— Acha que vamos chegar no topo? — perguntou ela. — Vai ser horrível se atolarmos.

— Vamos chegar o mais perto que pudermos, e de lá eu continuo a pé.

Depois da tempestade, o ar esfriou tanto que a neve se movia como fumaça em torno das rodas e das patas dos cavalos. Emil os fez parar pouco antes da base da colina, que estava encoberta.

— Já volto — disse, entregando as rédeas à esposa.

Adeline viu o marido se afastar e afundar na neve até o meio das coxas, o que fez os meninos rirem.

— Papai atolou — disse Will.

— Não por muito tempo — respondeu Adeline, enquanto Emil se esforçava, chutando a neve até alcançar um trecho mais raso, de onde seguiu subindo a encosta.

Ele havia subido três quartos da encosta quando, em meio à conversa dos meninos e ao tilintar dos arreios dos cavalos, Adeline ouviu um estrondo baixo ao sul, na direção daquelas árvores. Ela se levantou no banco da carroça, protegeu os olhos e viu seis tanques *Panzer* alemães a mais ou menos um quilômetro de distância e avançando em sua direção.

— Graças a Deus — disse aos meninos. — Depois que passarem, a neve vai ficar mais compacta e vai ser mais fácil voltarmos à estrada.

O som dos tanques foi ficando mais alto e mais próximo, tão próximo que ela quase não ouviu alguém gritar. E, então, percebeu que o som não vinha do sul, mas do norte.

Quando olhou em volta, Adeline viu Emil descendo a encosta como um bode assustado, elevando os joelhos e projetando as pernas para a frente, afundando na neve e saindo em seguida. Mesmo a uns setenta metros de distância, notou o terror no rosto do marido.

— Adeline! — gritou Emil.

— Mamãe! Olha lá no alto! — Walt apontou.

Atrás de Emil e no alto da encosta, a uns bons duzentos metros, surgiu o cano do canhão de um tanque soviético; logo atrás dele, viam-se a enorme torre e o corpo blindado, as esteiras mastigando a neve e a terra congelada abaixo.

— Corre! — gritou Will. — Corre, papai!

Emil olhou para trás, pisou na neve mais funda na base da colina, cambaleou e caiu de bruços. O tanque parou, girou e desceu a colina na direção deles.

Emil já estava em pé de novo e, enquanto avançava, se jogando para a frente e deslizando, não viu o tanque parar em um terraço na encosta, a um quarto da descida. Outro tanque soviético apareceu, depois um terceiro. Eles se juntaram ao primeiro e pararam.

Enquanto isso, Emil havia ultrapassado a neve profunda e corria enlouquecidamente para a carroça como uma criatura da neve. Ele subiu no banco, pegou as rédeas e gritou:

— Segurem-se!

*

Com o chicote, que quase nunca usava, Emil atingiu o lombo dos cavalos enquanto puxava a rédea com força para o lado esquerdo. Odin e Thor se lançaram adiante, puxando a carroça de lado antes de seguirem para o sul.

— Tem tanques *Panzer* à frente — disse Adeline, agarrada à lateral da carroça com toda a força que tinha.

— O quê?

— Saíram do meio das árvores e vieram em nossa direção. Agora estão em um ponto mais baixo. São seis d...

Um estrondo a interrompeu, seguido por mais dois em uma sucessão rápida. Os tanques soviéticos abriam fogo. Os cavalos relincharam e recuaram tentando escapar do barulho, galopando para o sul no mesmo instante em que os primeiros disparos atingiram o solo perto daquele ponto mais baixo, em impactos seguidos que levantavam gelo, neve e fogo e formaram uma espiral no ar frio.

— Volta! — gritou Adeline. — Estaremos mais seguros atrás dos soviéticos.

— Vamos morrer atrás deles — gritou ele de volta, e chicoteou os cavalos de novo.

Os tanques *Panzer* diante deles responderam ao ataque, três saraivadas simultâneas seguidas por duas, depois uma, todas tão luminosas e próximas que os cavalos reduziram a velocidade, sem saber o que temer, até que Emil os chicoteou de novo.

Disparos alemães explodiram atrás deles, na encosta. Odin assumiu o comando, arrancou em um galope frenético e puxou a carroça de lado, até Thor acompanhar seu ritmo. A carroça ganhava velocidade. As rodas deslizavam e abriam sulcos na neve.

Outro tanque do Exército Vermelho chegou ao topo da colina atrás deles e disparou, seguido de perto pelos três demais. Os tiros dos soviéticos encontraram a terra bem perto daquela área baixa onde estavam os *Panzer*, espalhando fogo e rocha, mas sem causar nenhum dano. Agora Emil conseguia ver os *Panzer* se movendo, saindo da área mais baixa protegidos pela fumaça e pela neve enegrecida pelos disparos, as torres girando em busca do alvo, os canos do canhão subindo em busca de espaço.

Os tanques alemães passaram a atirar, movendo-se de maneira independente e fugindo para o norte pela neve plana, antes de parar e disparar mais uma saraivada na direção da encosta, que ficava cada vez mais atrás, mais distante dos Martel. Os soviéticos abriram fogo outra vez.

Quatrocentos metros separavam a jovem família dos dois tanques mais próximos entre os seis *Panzer*, que tinham parado para ajustar o cano dos canhões. Emil não parava de chicotear os cavalos, avançando em direção aos tanques alemães mesmo quando tiros russos explodiram entre eles, arremessando para o céu colunas de fogo, destroços queimados e neve.

Adeline e os meninos gritavam, mas ele não podia parar. Os dois *Panzer* mais próximos avançavam de novo. O terreno entre Emil e os tanques ficava mais estreito. Ele puxou as rédeas dos cavalos para a direita, tentando sair do caminho deles, depois chicoteou Odin e Thor como nunca tinha feito, com crueldade e propósito, de novo e de novo, com toda a força que tinha.

Um *Panzer* à direita deles disparou, fazendo os cavalos desviarem para a esquerda. Emil puxou as rédeas com força, e o tanque alemão mais próximo disparou por cima da cabeça deles, a menos de cem metros. O estrondo foi ensurdecedor. A energia da explosão atingiu o homem e os animais. Os cavalos empinaram. Emil sentiu o impacto como uma vibração forte que o deixou atordoado, enquanto tentava continuar chicoteando os animais.

Eles avançaram pelo vão entre os dois *Panzer*.

Estavam bem além deles quando os soviéticos abriram fogo mais uma vez. O tanque alemão mais próximo foi atingido e explodiu, espalhando fogo e fumaça sobre o campo branco.

De repente, um caminhão do Exército alemão estava bem ali, uns quatrocentos metros diante deles, atravessando da esquerda para a direita rumo ao sudoeste. A estrada. O comboio.

Emil finalmente parou de chicotear os cavalos. Os ouvidos ainda apitavam, e ele se sentia tonto quando manobrou os animais ofegantes para os sulcos criados pelo caminhão. Só então olhou para trás, para a esposa e os filhos deitados em meio à confusão da carroça antes tão arrumada. Os três o fitavam boquiabertos, chocados por terem sobrevivido a uma batalha, ainda se encolhendo a cada explosão do confronto deixado para trás. Ele sorriu e assentiu, depois olhou para os cavalos, viu os ferimentos sangrentos deixados pelo chicote e se sentiu mal, tão mal que teve que engolir os soluços.

4

Todos os músculos do corpo de Adeline tremiam. As costelas doíam. A garganta estava arranhada de tanto gritar. Os ouvidos apitavam, tudo soava vazio e distante.

Ela sabia que Will e Walt também estavam em pânico com o que tinham enfrentado, e seu primeiro instinto era confortá-los. Mas então percebeu que Emil estava inclinado para a frente, com os ombros tremendo e chorando. Ela saiu do torpor, apoiou-se sobre mãos e joelhos, engatinhou até ele e o abraçou com força.

— Você nos salvou — disse, quase sem conseguir ouvir as próprias palavras. — Salvou todos nós.

Emil enxugou os olhos com o antebraço, depois apontou o sangue que escorria das feridas dos cavalos, antes de encará-la com profundo pesar e remorso.

— Sei como você os ama — gritou Adeline. — Mas eles vão ficar bem, e estamos vivos graças ao que você e eles fizeram.

Não sabia se o marido ouvia o que ela estava dizendo, mas tinha a impressão de que ao menos ele sentia. Parte da tensão se dissipou. Então, ele a beijou, desceu da carroça e recolheu um pouco de neve para cobrir os ferimentos. Os dois cavalos estremeceram violentamente, bufando de dor, depois se acalmaram pouco a pouco à medida que a neve se acumulava.

Adeline começava a recuperar a audição quando Emil subiu novamente na carroça. Ele levantou as rédeas com cuidado e mal tocou no rabo dos cavalos para recolocá-los em movimento. Os disparos de canhão cessaram. Parecia que os *Panzer* tinham obrigado os soviéticos a recuar depois de deixar dois dos quatro tanques vermelhos queimando na encosta.

Ela sentiu um puxão na manga da blusa. Will estava de joelhos atrás dela.

— Está ouvindo? — perguntou ele.

— Estou melhorando.

— Eu estou. — Will sorriu, balançou a cabeça como doido e sacudiu as mãos perto das orelhas de um jeito que a fez rir.

O sorriso do filho em reação a sua risada a animou ainda mais, a fez se sentir grata por respirar. Superaram uma nevasca. Passaram no meio de uma batalha entre tanques. E sobreviveram! Os quatro. Assustados, machucados, mas sem nenhuma consequência mais grave.

Adeline queria rir, cantar e chorar, tudo ao mesmo tempo. Não sabia se alguma vez antes se sentira tão... viva! Walt se levantou ao lado do irmão, aparentemente confuso enquanto apontava para as orelhas.

— Faz isso parar, mamãe — disse ele, torcendo as luvas e quase chorando. — Isso vai acontecer todo dia, mamãe?

Ela percebeu o quanto o filho mais velho estava abalado e fez que não com um movimento de cabeça, antes de abrir os braços. Walt hesitou, mas seguiu para o abraço, e ela o apertou. O menino tinha visto muita coisa nas seis horas desde que saíram de casa. *Era demais para um garoto de seis anos e meio*, pensou ela, e o abraçou ainda mais forte. Depois sentiu Will a abraçar por trás, apoiando o rosto em sua nuca, e nada mais importava.

Adeline sorriu entre as lágrimas, que tentou conter ao notar que Emil olhava para eles, mais feliz que nunca. *Isso é necessário para me sentir assim? Chegar tão perto da morte, a ponto de querer explodir de alegria por estar viva?*

Essa alegria não se desfez. Cada árvore, cada choupana abandonada, cada paredão de pedra ou moinho de vento que encontravam na ampla paisagem coberta de neve era motivo de admiração e fascínio; eram presentes que levaria consigo e nunca mais esqueceria.

*

Para surpresa de Emil, eles alcançaram o fim do comboio em uma hora. A SS havia ordenado uma parada durante o pior momento da tempestade, e a caravana agora seguia com intervalos. Para piorar, havia reforços e caminhões de suprimentos dos alemães percorrendo as mesmas rotas, mas em sentido contrário ao do comboio; eles seguiam para leste.

— Até onde vamos hoje, papai? — perguntou Walt.

— Não sabemos.

— E quem sabe?

— Nossos... acompanhantes — respondeu Emil, incapaz de esconder o desgosto. — Os nazistas. A SS. Por alguma razão, eles foram designados para nos proteger a caminho do oeste. Eles vão dizer quando seguimos viagem e quando paramos.

— Por que não podemos ir quando quisermos? — indagou Will.

— Porque agora somos refugiados de guerra, pessoas que deixaram suas terras para trás. Não temos nada, então não decidimos nada.

Emil sentiu uma impotência que não sentia havia muito tempo. Gostava de estar no comando da própria vida em Friedenstal. Não gostava e jamais havia gostado de receber ordens, embora não fosse estúpido ou expressasse abertamente isso.

Sabia que estava à mercê da escolta nazista, sem controle sobre seu futuro. Mas era o melhor para sua família. Disso não tinha dúvida. Se tivessem ficado e esperado os russos, a família teria sido devastada. Ele teria sido enviado para leste, para os campos, com Adeline, e os meninos seriam órfãos do Estado.

Emil sabia que tinha possibilitado a sobrevivência deles. Mas ainda se ressentia por estar à mercê de outros homens, especialmente homens que desprezava.

Durante os cinco quilômetros seguintes, eles perderam altitude e a neve perdeu densidade. Com a escuridão se aproximando e a temperatura caindo, alcançaram e ultrapassaram a carroça de Lydia, e os meninos gritaram sobre a aventura na tempestade e como fugiram da batalha entre tanques, o que apavorou a avó e chocou tia Malia.

A marcha seguia novamente, porém mais devagar. Chegou a notícia da SS de que a Wehrmacht interrompera todas as viagens para oeste durante a noite a fim de facilitar a passagem de tropas e caminhões rumo ao leste, para o front, com reforços e suprimentos. Carroças deixaram a estrada para acampar.

Emil viu uma delas adiante com uma cobertura diferente, ao lado de uma fileira de árvores na lateral da rota.

— Vejam quem acampou ali. Vamos dormir lá.

Ele parou ao lado de uma carroça com uma cobertura de juncos secos trançados com habilidade.

Um homem arqueado, de passos arrastados e que parecia ter muitos anos além de sua idade real apareceu carregando um machado e um fardo de lenha, sem se dar conta de que os Martel estavam ao lado dele. Ele parecia perdido e soltou a madeira ao lado de uma fogueira em um círculo de pedras perto de seu veículo. Como sempre acontecia quando via o pai, Emil sentiu certa tristeza. Johann Martel havia sofrido muito sob Stálin.

— Opa! — gritaram os meninos. — Vovô!

Will e Walt desceram da carroça e correram na direção do pai de Emil e do fogo para se aquecer e contar sobre a batalha de tanques e sobre como os cavalos os salvaram.

Johann sorriu para os meninos e tocou o ombro deles com as mãos grossas, meio constrangido. Emil desceu da carroça para cuidar dos cavalos.

— Você e sua mãe vão preparar o jantar? — perguntou ele a Adeline.

— E Malia — confirmou ela. — Devemos acender nossa fogueira? Ou pedimos para compartilhar?

— Eu peço.

Emil amarrou Odin e Thor, tirou os arreios, deu mais aveia aos animais, espalhou pomada em seus ferimentos e se desculpou outra vez por tê-los chicoteado. Quando terminou, aproximou-se da fogueira. Antes de chegar lá, sua mãe, uma mulher de sessenta anos, dura e inflexível, surgiu de trás da carroça como se estivesse lá escondida o esperando.

Karoline Martel gesticulou para os netos agachados junto da fogueira.

— Espero que os alimente do que você trouxe, Emil.

— Sim. Mas não faz sentido acender duas fogueiras.

A mãe franziu a testa.

— Seu pai não pode arcar com tudo.

— Concordo — disse ele, chamando Walt e Will. — Meninos! Vão procurar todos os galhos secos que puderem, antes que fique escuro demais, e os tragam aqui. Estou vendo alguns lá perto do riacho. Só não tragam nada molhado.

Os filhos olharam para o fogo intenso, mas se levantaram e, como costumam fazer crianças daquela idade, transformaram aquilo em brincadeira. Mesmo com quatro anos e meio, Will era o mais competitivo.

— Vou achar mais que você, Walt! — gritou e saiu correndo.

— Quem liga para encontrar mais? — respondeu Walt, e correu atrás do irmão mais novo. — Você tem que trazer o maior.

— E antes de escurecer — gritou o pai deles.

Os dois correram para o riacho rindo e gritando, e o terror da batalha de tanques se dissipou por ora. Emil ignorou a desaprovação da mãe e os viu se afastar, sentindo o coração mais quente por notar que os filhos conseguiam encontrar um jeito de brincar e rir enquanto fugiam da guerra.

Johann tossiu, depois tossiu mais forte, uma tosse do fundo do peito. Ele fez uma pausa, mas foi acometido por um segundo acesso de tosse que finalmente expectorou o muco, o qual ele cuspiu no chão. Depois, deu um passo com uma expressão chocada.

— É melhor se sentar, Johann — disse Karoline, com uma expressão preocupada, e depois encarou o filho. — Buscar madeira o enfraqueceu.

— É só uma tosse, Karoline — respondeu Johann, sentando-se em um toco de árvore e apoiando as costas em uma roda de sua carroça. — Já passei por coisa pior.

— Só uma tosse que quase o matou nas minas — retrucou a esposa.

— Uma tosse que me libertou, não foi?

— E olhe para você — disse ela, ainda amarga por ele ter sido levado pelos stalinistas no meio da noite e enviado para a Sibéria, como o pai de Adeline.

Johann, fazendeiro, era um homem acostumado à vida ao ar livre, mas eles o puseram para trabalhar no subterrâneo. Foram quase sete anos nas minas cavando carvão antes de a tosse começar e depois se espalhar para os outros prisioneiros. O próprio Johann contou que quase morreu duas vezes, enquanto outros homens caíam enfermos. Os soviéticos no comando da mina temiam perder toda a mão de obra e decidiram que, em vez de tratar ou matar os homens doentes, eles os libertariam, expulsariam dos campos, os mandariam para casa.

Doente e febril, o pai de Emil tinha embarcado em um trem de carga no meio do verão e viajado para o Ocidente por semanas sob um calor abrasador, antes de encontrar o caminho de volta para o sul da Rússia. Estava emaciado, tossindo muito e imundo quando bateu à porta de Karoline. Ela não reconhecera o próprio marido.

Nem o filho, que pensou que o pai havia envelhecido quatro décadas nos sete anos que passara longe. E não era só a misteriosa doença pulmonar. Os anos nas minas da Sibéria tinham feito alguma coisa com Johann, quebrando-o de algum jeito, roubando seu fogo interior. Nos anos seguintes à sua volta, muitas vezes ele era visto olhando para longe, transportado para algum passado sombrio de que raramente falava. A mãe de Emil dizia que ele frequentemente acordava à noite gritando, febril e encharcado de suor.

— Onde está Rese? — perguntou Emil.

— Sua irmã está dormindo — disse a mãe. — O balanço da carroça no último trecho a deixou enjoada.

— Emil? — chamou Adeline, antes que ele pudesse responder. — Vamos ter fogo?

Emil se virou e viu Adeline, Lydia e Malia se aproximando com panelas e ingredientes.

— Sim — respondeu ele. — Os meninos vão trazer madeira.

Adeline assentiu e sua atenção se transferiu do marido para a sogra, que encarava o fogo. Por mais que tentasse, Adeline não deixava de pensar em uma pequena garrafa de creme e sentir uma amargura familiar lhe revirando o estômago. Mentalmente, ela vestiu a armadura, aproximou-se do fogo, abaixou-se e, com uma vareta, começou a puxar brasas incandescentes para fora da fogueira.

Desde a infância, Adeline era, por natureza, uma pessoa afetuosa e generosa, praticamente incapaz de dizer uma palavra ríspida a qualquer pessoa. Mas a sogra não era qualquer pessoa. Karoline era uma criatura fria, sem coração. Adeline não suportava estar perto dela e a evitava sempre que podia.

— Nem um olá? — perguntou Karoline pelo canto da boca.

Adeline levantou a cabeça, forçou um sorriso.

— Ah, olá, Karoline. Desculpe. Estava pensando no jantar. Obrigada por nos deixar usar o fogo. É muita bondade sua.

Karoline a estudou por um momento, depois transferiu o foco para a mãe de Adeline. Lydia cumprimentou a mãe de Emil e também agradeceu o fogo, sabendo que se fazer de submissa aplacava o azedume de Karoline. Adeline pôs as panelas sobre a brasa e aqueceu um ensopado que tinha feito com batata, cebola e carne de porco curada.

— Põe isso aí também! — gritou Malia, correndo com um maço de aspargos silvestres. — Encontrei perto da carroça, como se alguém os tivesse plantado para nós!

Sua irmã mais velha estava tão contente que nem mesmo a presença de Karoline impediu Adeline de sorrir e pegar os aspargos. Fazia vinte anos que Malia fora alimentar as mulas da família e havia levado um coice; duas décadas desde o coma, quando ninguém acreditava que ela teria chance de sobreviver. Mas Malia acordou, certamente diferente em muitos aspectos, mas também a mesma de sempre: sincera, bondosa, amorosa e divertida de um jeito estranho. Adeline a adorava quando era criança e a adorava agora.

Os meninos voltaram empurrando sua carrocinha, agora transportando dois grandes galhos quebrados, subindo a margem do riacho.

Emil se aproximou e contornou os dois galhos, estudando-os à luz da fogueira.

— Bem — disse ele —, acho que o galho de Walt é maior.

— O quê? — reagiu Will.

— Eu falei! — exclamou Walt.

— Mas — continuou Emil —, considerando que você tem dois anos e oito quilos a mais que ele, Walt, declaro empate.

— O quê?! — exclamou Walt.

— Empate! — repetiu Will, dançando.

Walt ficou desanimado, até Emil lembrar que precisariam de madeira para o fogo todas as noites, até o fim da jornada, e Adeline dar um grande abraço nele e no irmão.

— Por que abraçou a gente, mamãe? — Will quis saber.

— Por trazerem lenha.

— Devemos abraçá-la por fazer o jantar?

— Sim, por favor — respondeu ela, rindo. — E por tudo o que faço por vocês.

Uma voz de menina resmungou alto atrás deles.

— Parem com esses abraços. Isso me dá dor de cabeça, além da dor de estômago que estou sentindo.

Adeline olhou para o outro lado da fogueira e, além da sogra, viu Theresa, vinte e um anos, irmã de Emil, que descia da carroça deles. Conhecida como Rese, ela se vestia como Adeline e as outras mulheres, com um casaco pesado de lã escura e sobressaia comprida. Mas, diferentemente das outras, Rese usava os cabelos dourados soltos, não os cobria com lenço nem echarpe de lã.

— Como se sente? — perguntou Karoline.

Rese mantinha as mãos nos bolsos da jaqueta.

— Como se tivesse congelado e tivesse um prego na minha cabeça. Quero vomitar.

Os meninos começaram a rir. Adeline sorriu. Gostava de Rese. Como sua irmã, ninguém nunca sabia o que esperar dela.

Malia tocou a própria cabeça e respondeu:

— Podia ser pior. Você podia ter levado um coice de mula no crânio.

Rese parou e encostou o indicador no lábio inferior.

— Não vou discutir com você, Malia. Um coice de mula no crânio seria mesmo pior que querer vomitar com um prego enfiado na cabeça.

Will e Walt riram dela de novo. Até Emil deixou escapar uma risadinha, quando Karoline disse:

— Já chega. Não a incentivem. Rese, você nunca pensa antes de falar?

A irmã de Emil passou pela mãe com uma atitude desdenhosa.

— Que graça teria?

— Meu Deus, o que foi que eu criei? — reagiu Karoline.

Adeline percebeu um lampejo de dor no rosto de Rese, antes de ela sorrir e lembrar:

— Você não me criou sozinha, mãe.

A mãe ficou chocada com tamanho atrevimento. Johann sorriu.

Rese estendeu as mãos geladas para o fogo.

— E pense, mãe: se Deus também participou disso, se nascer é um milagre, como você me afirmou uma vez, então eu sou um milagre e sou tudo o que devo ser neste momento. Certo?

Karoline a encarava como se ela falasse outra língua. Malia deu um sorriso largo.

— Johann — reclamou Karoline —, de onde ela tira essas coisas?

Ele deu de ombros, ainda sorrindo.

— Da cabeça dela — disse Walt.

Rese riu e apontou para Walt.

— Que sobrinho esperto.

Karoline levantou as mãos, olhou para as primeiras estrelas no céu noturno e disse:

— Desisto. Não dou conta dela.

Rese deu a volta na fogueira e foi conversar com os meninos enquanto Adeline mexia o ensopado. Quando ela terminou, Rese se aproximou e sussurrou:

— Já notou como tudo gira em torno de minha mãe? O que "eu" criei. "Eu" desisto.

— Agora que você mencionou…

— No fundo, acho que ela não gosta de outras pessoas porque não gosta de si mesma.

— Desisti de tentar entender sua mãe há muito tempo — revelou Adeline, tirando a panela das brasas.

Lydia se aproximou com as tigelas, e Adeline as encheu com o ensopado quente.

— Que cheiro ótimo — disse Rese. — Posso provar?

A mãe dela ouviu.

— Tem jantar para você aqui. Biscoito e carne-seca.

— Biscoito e carne-seca? — reclamou Rese. — Está frio, mãe. Prefiro comer com eles.

— Tenho certeza disso — respondeu a mãe. — Mas, se todos comermos desse jeito agora, vamos morrer de fome antes do fim dessa jornada.

Houve um silêncio longo e desconfortável, enfim interrompido por Malia, que levantou o olhar da tigela de ensopado, sorriu para Karoline e disse:

— Obrigada, senhora Raio de Sol.

Adeline se afastou para que ninguém visse seu sorriso, mas Rese gargalhou. Emil tentava se segurar, mas logo desistiu e deu risada. O pai dele estava de cabeça baixa, rindo baixinho, e Lydia e os meninos acompanharam o grupo. Todos no acampamento riram, depois voltaram a se alimentar, esquecendo preocupações e dores. Todos menos a sogra de Adeline.

Quando Adeline olhou para Karoline, ela havia se levantado. Com a boca contorcida por desprezo, cuspiu palavras venenosas para Malia.

— Esqueceu o Horror? — sussurrou Karoline com voz ríspida. — Esqueceu o que é passar fome, não é? Claro que sim. *Só* alguém com meio cérebro pode esquecer o que é passar semanas com a barriga vazia. As coisas que se faz para continuar vivo.

As risadas silenciaram. Lydia reagiu.

— Isso não é certo, Karoline.

— Sua filha é que não é certa da cabeça — protestou a mãe de Emil. — Mulherzinha detestável. Você...

Malia tocou o ombro da mãe, depois olhou para Karoline sem nenhum sinal de autopiedade ou raiva.

— É, não sou certa, senhora Martel. Não tão certa quanto você. Mas me sobrou mais que metade do cérebro, por isso me lembro do Holodomor. Lembro de sentir tanta fome a ponto de comer grama. Mamãe, Adeline e nosso irmão Wilhelm estavam bem ao lado, de quatro, chorando porque papai tinha partido para leste dois anos antes e não tínhamos nada. Estávamos todos sufocando com a grama, que cortava a garganta e inchava na barriga. Eu me lembro muito bem disso.

A mão direita de Adeline tocava o pescoço, porque, de repente, sentia novamente a aspereza dos caules de grama cobrindo a língua e uma dor abdominal que se instalou após dias de uma dieta de mato.

Karoline estava chocada por ser tratada dessa maneira por uma mulher mais jovem e ficou ainda mais perplexa quando Malia continuou:

— Mas continuamos comendo a grama e qualquer coisa que encontrávamos, porque queríamos viver. Comi minhoca, outros insetos e um pássaro morto, porque queria viver. Mesmo depois do coice na cabeça, queria viver para um dia comer uma tigela de ensopado, como hoje. O que comeu para sobreviver ao Holodomor, senhora Martel? O que fez para suportar tudo aquilo?

A mãe de Emil ficou parada por alguns segundos, olhando para o chão, antes de encarar Malia.

— Você nem imagina — disse e desapareceu atrás da carroça da família.

*

Os outros comeram em um silêncio incômodo. Quando tudo estava limpo, Will se aproximou e segurou a saia da mãe.

— Estou cansado, mamãe.

— Hora de ir para a cama — disse Adeline. — Walt, hora de ir para a cama.

O filho mais velho cochilava ao lado do fogo. Emil se aproximou dele com a intenção de acordá-lo, mas se abaixou, pegou-o nos braços e o carregou até a carroça. O garoto nem se mexeu.

Adeline já havia estendido os cobertores no interior, embaixo da cobertura. Emil entregou Walt a ela, que o deitou sobre um cobertor e o cobriu com outro. Depois ajudou Will a se deitar ao lado do irmão adormecido e prometeu que traria mais um cobertor quando voltasse.

O fogo se apagava. Só Johann ainda estava de pé, sentado no mesmo toco e olhando para as brasas moribundas de sua vida. Ao lado do pai de Emil, outras fogueiras do acampamento haviam se apagado, e vozes na escuridão iam diminuindo a cada minuto.

Emil olhou por cima das árvores para o céu limpo da noite, viu a tapeçaria de estrelas e se sentiu repentinamente pequeno, como se sua vida significasse pouco. Um caminhão passou. Um soldado alemão gritou que as pontes adiante seriam abertas antes do amanhecer, e o comboio partiria logo depois. Isso piorou o humor de Emil, o fez sentir um peão, despertou nele a vontade de recuar e lutar ao mesmo tempo.

— Emil?

Ele se assustou. Adeline havia se aproximado silenciosa.

— O que está olhando?

O transe foi desfeito.

— A lua e as estrelas.

— O que tem elas?

— Quando eu era menino, saía quase todas as noites para vê-las, mas agora raramente penso nelas.

Adeline abraçou Emil, descansou o rosto em seu peito e o amparou.

— Agradeça. Sobrevivemos ao primeiro dia — disse ela.

— De algum jeito — concordou ele, vendo-se chicotear os cavalos muitas vezes.

— Por sua causa e por Deus.

Ele encostou o rosto em seu cabelo.

— Amanhã vamos ficar longe dos tanques.

Adeline o beijou e disse:

— Força, Emil.

— Sempre.

— E reze por nós. Deus ajuda a quem pede.

Emil reagiu com um grunhido indiferente.

— Vou olhar os cavalos.

Ele não esperou resposta, só se afastou para verificar Odir e Thor, sentindo-se irritado enquanto pensava: *Rezar? Que perda de tempo. Você faz o que quiser, Adella, mas eu vou encontrar meu jeito, obrigado. Não há motivo para envolver Deus nisso, uma vez que ele não existe.*

Emil havia sido criado luterano, como a esposa. Milagrosamente, ela mantivera a fé em meio a toda a provação, mas a de Emil tinha sido tirada dele ao longo dos últimos quinze anos de calamidade, perseguição e situações que nenhum homem jamais deveria enfrentar.

Tentava não lembrar, mas foi tomado por outra lembrança de si mesmo no dia em que perdeu a fé, brandindo o punho para o céu, mais sozinho do que jamais estivera. Emil sentiu um arrepio ao tentar bloquear da mente aquele tempo odiado e cuidar dos cavalos, verificando cordas e freios. Eles inflavam as narinas e bufavam, enquanto ele espalhava mais pomada sobre os ferimentos.

Quando Emil voltou à carroça, Adeline já havia reunido o restante dos cobertores e ajeitado um deles sobre Will. Ela estava deitada ao lado do filho mais novo. Emil apagou a lamparina e se deitou ao lado de Walt. Esticou o braço sobre os meninos para afagar o de Adeline e desejou boa-noite.

Houve um momento de frio e silêncio, antes de Will cochichar:

— Fala de novo, mamãe, sobre o lugar para onde vamos.

— É um lugar bonito — sussurrou Adeline, sonolenta. — Cercado de montanhas e florestas. Tem neve nos picos. Embaixo, um rio sinuoso e campos verdes. Vamos morar em uma casa quente, e todas as manhãs eu vou assar pão para vocês, e vai ter uma grande horta nos fundos, e vamos ter tanta comida que nem saberemos o que fazer com ela.

De olhos fechados, Emil tentava ouvir a esposa, vislumbrar aquele lugar tão mágico. Mas, apesar do esforço, imagens daquele mesmo dia invadiam sua cabeça e giravam, deixavam-no surdo para a descrição que Adeline fazia do paraíso. Ele recordou a batalha dos tanques antes de cochilar e ouvir o eco da voz de Malia perto da fogueira. *O que comeu para sobreviver ao Holodomor, senhora Martel? O que fez para suportar tudo aquilo?*

5

Março de 1933
Birsula, Ucrânia

Em seus sonhos agitados daquela noite, Emil tinha vinte e um anos de novo e vagava pelas ruas enevoadas de uma pequena cidade a noroeste de Friedenstal. Pesava menos de cinquenta e cinco quilos, e não restava nem um grama de gordura em seu corpo. A sensação de fome ia e vinha, tinha dores constantes e em todos os lugares – articulações, músculos e ossos. Privado de reservas de gordura, o corpo começava a devorá-lo de dentro para fora.

A apatia também começara a se instalar. Era como se uma neblina envolvesse a mente de Emil enquanto ele vagava por todos os lugares em uma busca desesperada por comida. Sua última refeição tinha sido feita três dias antes, quando saíra da cidade e fora aos campos dos arredores. Lá encontrara uma abóbora murcha e coberta de terra que tinha sobrevivido ao inverno e aos outros seres famintos. Depois de lavá-la em um riacho, Emil comeu a abóbora até estar mais que satisfeito, sentou-se ao sol sentindo-se gordo e feliz e, prontamente, adormeceu ali na margem. Quando acordou, comeu o restante da abóbora e sorriu ao sentir o ventre distendido outra vez.

Mas isso foi há dias, pensou enquanto andava pelas ruas, procurando outra coisa para comer. *Por quanto tempo isso ainda pode continuar? Por quanto tempo ainda consigo sobreviver?*

Emil cuidava de si mesmo desde que a família fora expulsa de suas terras em Friedenstal, havia mais de três anos.

O pai, a mãe e a irmã, Rese, então com oito anos, foram viver em Pervomaisk, cidade a leste do rio Bug. De início, Emil teve sorte. Tinha habilidades agrícolas e não foi difícil encontrar trabalho em uma fazenda coletiva como agricultor.

Por natureza, era quieto, mas também era atento. Quando menino, aprendera que a chave para sobreviver sob o comunismo era ser silencioso, fazer seu trabalho e não almejar nenhum tipo de liderança. Três meses depois de os pais partirem e o deixarem entregue à própria sorte, ele aprendeu que pessoas que se manifestavam, que tentavam fazer as coisas melhor ou ensinar às outras um jeito melhor acabavam desaparecendo ou morrendo jovens.

Naquele primeiro ano sozinho, Emil dormia onde podia e ganhava o suficiente para se alimentar. O segundo ano, 1931, foi ainda melhor, quando deram a ele um trator para dirigir.

No outono do ano seguinte, porém, Joseph Stálin decidiu acabar com qualquer oposição ao governo soviético na Ucrânia. Reteve quase toda a comida que ia para aquela região. O objetivo era matar a população inteira de fome.

*

Enquanto andava por Birsula seis meses depois do início do Holodomor, Emil sentiu o vento na cara e se perdeu em uma série de pensamentos repetitivos e turvados pelo medo e pela carência. Não percebeu que tinha vagado até uma estrada que passava por trás do pátio dos trens e da estação ferroviária.

Emil não queria voltar àquele lugar nunca mais, mas lá estava, e agora olhava em volta, vendo cadáveres recentes e os quase mortos de fome caídos contra a cerca do pátio dos trens. Espalhados entre eles e ainda em pé, pessoas famintas e desesperadas se agarravam à cerca de arame, olhando para uma pequena montanha de trigo a menos de oitenta metros de distância.

Quatro soldados armados vigiavam a enorme pilha de trigo enquanto outros trabalhavam nela com pás, revirando os grãos e os expondo à umidade, de forma que, quando o sol voltasse e iluminasse aquela comida suficiente para alimentar uma cidade por semanas, tudo simplesmente apodreceria. Emil não queria olhar para o trigo, mas não conseguiu evitar. Passou por uma mulher que chorava segurando o filho moribundo e se aproximou da cerca, de onde olhou para os grãos como se fossem uma miragem ou um sonho.

Pensou no que poderia fazer com os bolsos e as mãos cheios daquele trigo. Podia quase sentir o cheiro do pão recém-assado.

Um dos soldados riu. Emil escutou, interrompeu o devaneio e olhou para ele. *Cigarro na boca. Tosse carregada. Ele não está morrendo de fome, está?*

Quanto mais pensava nos bem alimentados soldados russos destruindo comida deliberadamente diante de pessoas famintas, mais Emil sentia uma raiva primal. O que tinha feito a Joseph Stálin? O que sua família fizera a Joseph Stálin? Por que expulsar bons agricultores de suas terras e depois negar comida a pessoas inocentes?

Por que um Deus justo, bom e benevolente deixaria isso acontecer?

Desde o início do Horror, Emil já estivera duas vezes na estação de trem, e em ambas se sentira impotente e cético sobre a existência de uma força maior que ele. Antes que pudesse afundar novamente nesses sentimentos sombrios, ele se lembrou do pai dizendo que Deus ajuda a quem se ajuda.

Mas, então, uma voz sorrateira disse dentro de si: *Não confie em nenhum poder além do seu, Emil. Se quer ser salvo, salve-se.*

Imediatamente encorajado e fortalecido por aquela voz, Emil decidiu se aventurar fora da cidade mais uma vez. Andaria até encontrar comida ou cair morto. Refletiu sobre qual direção seguir. Para leste, poderia encontrar um canteiro esquecido de beterraba ou nabo. Mas decidiu ir para oeste, para a terra cultivada atravessada por riachos.

Desde os dias na fazenda, Emil sabia que no início de março os leitos que não tinham sido inundados eram frequentemente verdes e cheios de comida, se você soubesse procurar. Poderia encontrar os brotos de samambaias que a mãe costumava colher e cozinhar ou mergulhá-los na salmoura para fazer conserva. Ou brotos de aspargos. Ou cogumelos. Ou ovos frescos de pata. Ou a carcaça de um coelho morto de frio, ainda congelado na última neve.

Ou andaria até as pernas não funcionarem mais.

Emil tinha visto pessoas famintas passarem de repente de andar e conversar para tropeçar nas pernas que não as sustentavam mais. Depois ficavam deitadas, algumas miando como gatos recém-nascidos, implorando por leite.

Vá para oeste, pensou e se afastou da cerca em torno do pátio da estação. *Para aqueles riachos.*

*

Mas, em poucos quarteirões, Emil soube que não chegaria nem ao primeiro riacho, quase cinco quilômetros distante dali. A menos que encontrasse comida de imediato, provavelmente morreria lá. Estava fraco demais para andar toda essa distância e depois ainda procurar alimento.

Tudo de que precisava era um pouco de comida. Um pouco de comida e conseguiria fazer a caminhada com energia suficiente para encontrar a refeição seguinte e mais uma depois dela.

Começou a nevar. Emil sentou-se ao lado da estrada para poupar energia e decidir se buscava abrigo ou alimento. Do outro lado da rua, em um parquinho, notou uma mulher faminta que cambaleou, caiu e não se mexeu mais. Sentiu pena e a teria ajudado, se pudesse. Se tivesse comida, Emil teria dado um pouco a ela. Mas tinha ultrapassado o estágio em que ficava chocado com pessoas colapsando de repente. Via isso acontecer quase todos os dias.

A imagem e a voz do soldado bem alimentado e risonho atrás da estação ferroviária tomaram a mente de Emil e o deixaram furioso outra vez. O soldado russo fumava seus cigarros hoje. O soldado russo destruía comida e comia bem hoje, enquanto ele, Emil, não tinha nada.

Nada.

Isso o enfurecia. Compreender que outras pessoas no mundo não passavam fome e que até alguns moradores de Birsula tinham comida mais que suficiente regularmente, pessoas que se aliavam ao partido, a Joseph Stálin.

Estranhamente, Emil não sentia mais ressentimento, não sentia mais impotência. Em vez disso, aquela voz sorrateira dentro dele disse: *Roube deles, Emil. Dos homens do partido. Roube deles e se salve.*

O pensamento o aterrorizou e o empolgou ao mesmo tempo. Emil sabia que, se fosse pego, seria enviado para um campo de trabalho forçado. Ou fuzilado. Mas não pensou muito nessas possibilidades nem teve medo delas, porque sabia que logo morreria se não fizesse alguma coisa e gostava da ideia de roubar dos filhos da mãe que o viam morrer de fome.

*

Havia quase três centímetros de neve no chão quando Emil entrou na cidade e encontrou um grande chalé atrás de um muro alto. Tinha visto muitas vezes na fazenda coletiva o homem que morava ali. Um dia, em dezembro passado, Emil o tinha visto atravessar os portões desse chalé.

Sabia que o homem era um membro do partido, um membro de alta patente que supervisionava a produção de grãos na região. Todos os agricultores em um raio de cinquenta quilômetros de Birsula trabalhavam para ele. Emil não sabia nem queria saber o nome do líder do partido. Era o filho da mãe frio que os havia conduzido de maneira implacável para produzir uma grande safra no ano anterior. O mesmo filho da mãe frio que havia entregado tudo aquilo a Stálin. E Emil apostava que era o tipo de filho da mãe frio que se banqueteava enquanto os vizinhos morriam de fome.

Por um breve momento, lembrou-se do mandamento "Não roubarás". Mas o ignorou. Era diferente. Estava fazendo isso para sobreviver. E sabia que outros tinham feito coisas muito piores para sobreviver ao Horror. Ouvira falar de crianças desaparecendo por toda a Ucrânia. Ouvira falar de pessoas que comiam os próprios filhos.

Emil só estava roubando de alguém que tinha demais.

Ele seguiu pela alameda atrás da casa do homem, perto da cozinha. Se havia cozinha, devia ter despensa. Ou seja: comida a roubar.

Emil entrou na alameda ao anoitecer, sem pensar mais em como estava com fome ou cansado. Seu coração acelerou quando imaginou qual seria a melhor maneira de invadir a cozinha, depois que o homem, a família e os criados fossem dormir. Quando seria? Em quatro, cinco horas?

Seria esperto. Esperaria cinco horas, depois verificaria portas e janelas. Certamente uma delas estaria destrancada na primavera, depois de um inverno longo e frio. Se fosse necessário, quebraria uma vidraça da janela do porão. Entraria e...

Na frente de Emil, bem adiante na alameda atrás da casa do líder do partido, um portão se abriu. Uma mulher de avental saiu carregando uma lata de lixo e a deixou no portão junto a outras, antes de voltar para dentro.

Imediatamente, todos os pensamentos sobre arrombamento o abandonaram. Os restos do homem que comia bem não poderiam ser comparados ao conteúdo da despensa dele, mas, aos vinte e um anos, Emil já tinha sido tão castigado pela história e pelas circunstâncias que nem pedia mais uma sorte melhor.

Depois de esperar por alguns momentos agoniantes até a cozinheira voltar para dentro, enquanto se entregava a fantasias de cartilagem de porco, casca de presunto velho ou um osso de sopa que pudesse roer para chupar o tutano, Emil se aproximou da lata de lixo tão focado no objeto de seu desejo que não viu um homem sair das sombras profundas da viela e caminhar apressado para o mesmo alvo.

*

Finalmente, eles notaram um ao outro e pararam a uns três metros de distância, com a lata de lixo entre eles. Estava ficando escuro, mas Emil sabia que encarava um homem mais alto e maior. A altura era inegável, mas a ilusão de volume podia ser por causa do longo casaco, do cabelo desalinhado e da barba desgrenhada.

Seu sussurro em russo soou ríspido e ameaçador:

— Essa lata é minha, amigo. A rua também é. Se der mais um passo, eu te mato.

Emil estudou o terreno, estudou a silhueta do homem com atenção e disse:

— Se eu não der esse passo, eu morro.

Durante anos cuidando de si mesmo e, especialmente, desde que Stálin havia ordenado o Holodomor, Emil testemunhara muitas brigas e até pancadarias generalizadas por comida. Tivera de se defender e lutar por si mesmo mais vezes do que podia contar. De cada briga a que assistira ou de que participara, havia aprendido lições. Sabia que o ponto em que se acertava alguém era mais importante que a força do golpe. Os que sobreviviam e se davam bem em brigas por comida sabiam onde bater para quebrar um homem, não só machucá-lo, mas o ferir com a gravidade e a força necessárias para tirá-lo da disputa, pelo menos por aquele dia.

Independentemente de tamanho ou porte, Emil havia notado que os homens mais duros perdiam a humanidade quando decidiam lutar, perdiam qualquer compaixão por seus semelhantes. Era como se eles se mantivessem calmos, frios, animalescos, capazes de esquecer tudo o que não fosse o pensamento de acertar um daqueles pontos críticos no corpo humano que deixam a pessoa de joelhos, ou caída e inconsciente; com uma arma, de preferência, mas, se não fosse possível, com a lateral das mãos fechadas, ou com o antebraço, ou com as canelas, porque esses ossos não quebram com facilidade. Emil também havia notado que, quando escolhiam sua arma e o alvo, esses lutadores corriam para perto do oponente, atacavam de uma vez jogando todo o peso do corpo contra o outro homem.

É assim que um Davi consegue vencer um Golias. Emil parou de pensar no homem diante dele como ser humano. Ele se tornou uma sombra, o homem-sombra. Ajeitando o corpo, Emil levantou os braços e correu para o homem-sombra, tentando passar a impressão de que mirava alto e buscava a cabeça.

Emil viu a sombra se levantar e, com o antebraço esquerdo travado diante do corpo, abaixou-se no último segundo, lançando o corpo para a frente e sentindo seu cotovelo e seu antebraço acertarem o tronco do homem maior perto da parte interior esquerda da caixa torácica. Jurava ter ouvido costelas se partindo junto com o grunhido que o homem produziu quando o ar foi expulso de seus pulmões. Emil sentiu o próprio ombro deslocado quando derrubou o homem-sombra, que caiu de cara no chão coberto de neve.

Ao ouvir gemidos e exclamações de dor, Emil se pôs em pé. A calma desapareceu, a adrenalina correndo nas veias o ajudou a ignorar o fogo que queimava o ombro esquerdo, agora imprestável, e ele viu o homem-sombra no chão, na neve, perto da lata de lixo, arqueado para o lado esquerdo e se contorcendo, incapaz de pensar sobre qualquer coisa que não fosse dor, porque as costelas inferiores estavam quebradas e o fígado tinha sido lesionado.

Emil tinha visto outro homem desferir um golpe semelhante em uma briga por comida em novembro e nunca mais esqueceu. Além disso, o homem-sombra disse que mataria Emil se ele se aproximasse da lata de lixo.

Emil passou pelo homem que se contorcia e usou o braço direito para pegar a lata pela alça, depois se afastou antes que pudesse recobrar sua humanidade e sua preocupação. Não devia nada àquele homem.

*

Vários quarteirões depois, em outra viela, atrás de outra casa, começou a nevar. Emil buscou abrigo em um galpão de madeira vazio onde entrava um raio de luz por uma janela. Ele tirou a tampa da lata com a intenção de deixá-la no chão em silêncio. Mas o cheiro de gordura animal azeda o pegou desprevenido, e ele soltou a tampa com um estrondo, fazendo esforço para não vomitar enquanto ficava ali, paralisado por um minuto inteiro, antes de se obrigar a inclinar a lata para aquele raio de luz e olhar dentro dela. Se havia cartilagem de porco, casca de presunto ou sopa de osso, agora tudo estava coberto de gordura azeda.

Em outra época, em outro lugar, Emil teria pensado em devolver a lata à alameda onde deixara o homem-sombra e retomar o plano de invasão da casa. Mas aquela voz sorrateira dentro de sua cabeça o impediu, perguntando: *Qual é o tamanho de sua vontade de sobreviver?*

Emil só demorou um momento para mudar toda a sua perspectiva de vida, endurecer da cabeça aos pés e responder: *Faço o que for preciso para sobreviver.*

Firme, começou a tirar coisas da lata de lixo e lamber a gordura azeda que as recobria. Logo ficaria enjoado e vomitaria, mas não se importava com isso. Se conseguisse manter gordura suficiente no estômago, teria a força necessária para ir até o riacho ao amanhecer.

6

Fim de março de 1944

Leste de Dubossary, Transnístria

No escuro, Adeline acordou com o som de disparos de canhão. Oito, talvez dez quilômetros a nordeste, perto o bastante para projetar raios alaranjados no céu. Os cavalos começaram a gemer e se agitar, e gritos ecoavam na escuridão. Um veículo se aproximou. Uma voz soou amplificada e cheia de estática:

— *Raus!* Todos de pé! As pontes em Dubossary estão livres para o leste! O comboio parte em uma hora!

Adeline arrumou e alimentou os filhos sonolentos e guardou seus cobertores. Mais tiros de canhão. Ela se sentiu nauseada. Tinham que partir, mas não iriam a lugar algum até que Emil atrelasse os cavalos.

Quando ela serviu pão frio e água para os meninos, olhou para o marido e, à luz da lamparina, o viu se mover, cabisbaixo e de ombros encurvados, como passara a ser comum. Depois do dia anterior, depois de conduzi-los à segurança, ele deveria se portar firme e de queixo erguido. Queria muito ver Emil assim, olhos brilhantes e pronto para qualquer coisa, como quando o conheceu, em 1934.

Na década que se seguira a vida tinha sido dura com ele, com eles dois. Mas quando Emil de fato começara a mudar? Quando começara a duvidar de tudo?

A memória de Adeline trouxe uma noite de fevereiro de 1935, quando da escuridão caiu dinheiro sobre ela. Estava do lado de fora do prédio em que moravam, no frio intenso, castigada pela dor e seca de tanto chorar. Pela janela acima, atrás dela, pela primeira vez desde que o conhecera, ouviu Emil soluçar e chorar em desespero.

Nós dois duvidamos de Deus naquela noite. Como não teríamos duvidado?

Mas Adeline se deu conta de que não foi naquela noite que ele se transformara no homem que trabalhava cabisbaixo entre os cavalos. Não foi naquela noite que seu marido dera sinais de perder a fé em tudo, exceto em si mesmo e na própria vontade inquebrantável de trabalhar.

Adeline pensou um pouco mais. Então suspeitou da resposta: viu-se mentalmente acender uma lanterna não muito tempo depois de terem voltado a Friedenstal, em setembro de 1941. Moravam na casa de Karoline e Johann, e Emil construía a casa deles do outro lado da cidade. Walt tinha quase quatro anos, Will, quase dois. Emil saíra com a carroça e os cavalos para buscar material para o telhado e as janelas em Dubossary, cidade que estava agora diante deles. Ele planejava passar um dia e meio fora, dois no máximo, mas estivera ausente por mais de três dias. Só retornou à cama deles antes do amanhecer do quarto dia.

Adeline lembrou-se do rosto do marido à luz da lamparina. De início, ele pareceu cansado, depois envelhecido, então finalmente perdido, quando se deitou na cama.

— Onde esteve? — perguntara ela. — Quase morri de preocupação.

— Fui retido pelos alemães por um dia e meio.

— O quê? Por quê?

— Não sei. Não sei mais por que algumas coisas acontecem.

Adeline queria fazer mais perguntas, mas ele a fitou com os olhos vermelhos e disse:

— Não quero falar sobre isso. Nunca. Quero dormir. Preciso dormir, ou não vou terminar o telhado antes de começar a nevar.

Emil se virou para o outro lado. Ela ficou olhando para as costas dele por muito tempo antes de apagar a lamparina. À luz pálida, lembrou-se de alguém dizendo que os olhos eram as janelas da alma e pensou nos olhos do marido momentos antes.

Feridos, pensou. *Marcados.*

Depois, Adeline o ouviu chorar pela segunda vez desde que se casaram.

*

A quinze metros da esposa e dos filhos, Emil se movia em um transe sombrio e atrelava os cavalos para o segundo dia na estrada.

Dubossary? Não vou lá desde que... Como é possível que nos levem nessa direção, não mais para o sul?

Ainda assim, ali estava ele, antes de deixar a Ucrânia para sempre, preparando-se para enfrentar uma cidade que pretendera nunca mais ver.

Em algum nível, porém, sentia que era merecido. Esse pensamento e outros igualmente angustiantes giravam sem parar em sua cabeça, enquanto ele terminava de atrelar os cavalos.

Carroças da caravana já começavam a se mover. O amanhecer se aproximava.

— Está incomodado com o quê? — perguntou Adeline quando Emil terminou de carregar a parte de trás da carroça.

— O quê?

— Está andando como se carregasse o mundo sobre os ombros.

Emil adorava a esposa, mas o comentário o enfureceu. Sentiu-se incendiar por dentro. Antes de extravasar a ira, ele se conteve e apontou os flancos dos cavalos.

— Estou preocupado com eles, só isso. Não quero que tenham uma infecção. Sem eles, estaremos em apuros.

Ela o estudou por um momento antes de assentir.

— Vamos ficar atentos.

Alguns minutos mais tarde, com Adeline a seu lado e os meninos sentados sobre o encerado dobrado atrás do banco, Emil segurou as rédeas e incentivou Thor e Odin com um estalo da língua. A carroça pôs-se a andar e a sacolejar mais uma vez.

*

Adeline ficou em pé sobre o banco e olhou por cima da cobertura para a carroça dos pais de Emil atrás deles e para a de sua mãe logo depois. Johann segurava as rédeas, e Karoline viajava ao lado dele como se estivesse se preparando para outra tempestade. Atrás dela, Rese estava deitada de costas sob cobertores.

Lydia finalmente cedera e deixara Malia assumir as rédeas da carroça. Sua irmã mais velha estava sentada ereta, olhando de um lado para o outro, esbanjando um sorriso enorme. Adeline sorriu. Malia era uma das melhores partes de sua vida. Canhões do Exército Vermelho podiam disparar ao norte, mas era tão bom, tão doce ver a irmã conduzir, que Adeline não se importava.

A felicidade pode ser tão fácil? Encontrar pequenas alegrias nos piores momentos? Não era isso que a senhora Kantor costumava dizer?

Antes de conhecer Emil, Adeline trabalhava como cozinheira e criada para uma viúva idosa chamada Yudit Kantor, que a tratava com bondade e com quem ela aprendera muito sobre a vida. Pensando na senhora Kantor, Adeline decidiu que, por ora, a felicidade era fácil assim, e tirou uma fotografia mental de Malia em toda a sua glória, rezando para lembrar-se para sempre daquela cena.

*

Mais tarde naquela manhã, o ritmo ficou mais lento em razão de mais *Volksdeutsche* étnicos vindos do norte em retirada se juntando ao grupo. Os Martel seguiam por uma estrada escorregadia, sinuosa, coberta de neve e lama e que descia para uma intersecção onde um oficial alemão permanecia em pé sobre o capô de um caminhão, direcionando o tráfego.

Quanto mais se aproximavam, mais detalhes do homem Emil conseguia ver: encorpado, com pescoço largo e cabelo bem curto sob um boné preto e um longo manto cinza que, aberto, tremulava ao vento. Emil queria negar o repentino incômodo que aquilo causava nele, queria negar que o oficial era quem parecia ser, mas a postura, o jeito como ele se movia...

Não pode ser, pensou Emil, sentindo o gosto ácido no fundo da garganta.

Uns cem metros antes de sua carroça ficar sob a atenção direta do oficial alemão, os gestos e a voz do homem o convenceram.

É ele, Hauptsturmführer *Haussmann, da SS.*

O medo queimou em suas entranhas antes de explodir em terror. *É ele! Haussmann. Como é possível?*

Por um momento, Emil paralisou. Depois quis dar meia-volta com os cavalos e fugir dos soviéticos por outra rota, sob a proteção de outros nazistas. Tinha ouvido falar de pessoas que iam em direção à Polônia via noroeste. Mas havia carroças e veículos demais à volta para tentar fugir.

— O que foi, Emil? — perguntou Adeline.

Em princípio, ele não a ouviu, depois a olhou.

— O quê?

— Está frio, mas você está suando como se tivesse arado a terra. O suor está congelando na sua barba.

— Não sei — respondeu, sentindo o pânico crescer.

Depois pensou: *Minha barba! Meu cabelo de inverno!*

A última vez que estivera frente a frente com o capitão da SS nazista que agora estava em pé sobre o capô do caminhão diante dele foi dois anos e meio antes, perto do fim do verão de 1941 na cidade de Dubossary, a menos de dez quilômetros deste exato lugar. Naquela primeira vez, Emil trabalhava dia e noite para erguer as paredes da casa da família. Tinha cortado completamente barba e cabelo para enfrentar o esforço e o calor.

Haussmann não vai me reconhecer. Pareço outra pessoa.

— Emil! — Adeline o chamou de novo.

— Não sei por que estou suando, querida — disse ele, tentando sorrir enquanto limpava o suor do rosto e ajustava o boné de lã para encobrir os olhos, mas sem chamar a atenção do implacável oficial da SS.

Quando chegou a hora, Emil virou o rosto ligeiramente para o capitão Haussmann, e seu olhar passou do rosto familiar do homem para o emblema de caveira em seu quepe e a insígnia no colarinho, indicação de que ele havia sido promovido a *Sturmbannführer*, um major.

Sturmbannführer Haussmann levantou o braço para a direita. Apesar do esforço para se manter calmo, Emil sentia o coração bater forte no peito quando acenou uma vez, antes de conduzir seus cavalos além do para-choque do caminhão da SS.

Só quando teve certeza de que estavam fora do campo de visão de Haussmann, permitiu-se respirar fundo e admitir que se sentia fraco e tonto.

— Segure as rédeas — disse ele, meio sufocado.

Adeline as pegou.

— O que foi?

— Vou vomitar — gemeu e vomitou por cima da lateral da carroça.

— Aaaaargh — reagiu Will, atrás dele, ameaçando vomitar também.

— Odeio isso — comentou Walt.

Quando terminou, Emil deixou Adeline continuar conduzindo e permaneceu sentado ao lado dela, arrasado. Quanto mais se aproximavam de Dubossary, mais ele repetia para si mesmo que poderia passar pela ravina, atravessar a cidade, entrar na Moldávia e rumar para oeste sem pensar no que em outros tempos havia acontecido ali. Mas era Haussmann lá atrás. Não tinha dúvida disso. Ele se lembraria do rosto daquele homem para sempre. Mentalmente, ouvia as pessoas chorando e via Haussmann furioso, gritando na cara delas.

Quais são as chances de Haussmann estar aqui? Por que estou sendo torturado desse jeito?

Dois anos e meio haviam se passado desde o trauma daquela noite no meio de setembro de 1941. Mas Emil sentia o impacto como se tivesse sido no dia anterior, a solidão vazia que sofrera depois de testemunhar o que um homem era capaz de fazer com outro e ver as próprias fraquezas reveladas tão cruamente, na forma de um punho brandido para o céu.

Nos últimos poucos quilômetros antes de chegarem à cidade, Emil se recusou a olhar para o norte, em direção à ravina. Mantinha a cabeça focada no veículo diante dele. Mas parte do tumulto que o dominava devia transparecer, porque Adeline massageou suas costas e disse:

— Como se sente?

Emil olhou para ela, torcendo para que não visse as lágrimas que estava prestes a derramar.

— Melhor — respondeu, com voz rouca, e desviou o olhar. — Só pensativo.

— Em que está pensando?

Ele hesitou, engoliu em seco, forçou um sorriso.

— Naquele seu vale.

*

Adeline esperava que ele se abrisse sobre Dubossary, mas sorriu ao ouvir a resposta.

— É seu vale também.

— E meu — lembrou Walt, atrás deles.

— Eu também vou para lá — acrescentou Will.

— Vamos todos — confirmou Adeline.

— Acho que vai ter muito peixe no rio — opinou Will.

— Muito — concordou ela. — Em todo canto, vai ter peixe para pescar e comer. Não é, papai? Não foi sempre esse seu sonho? Sentar-se ao lado de um rio e pescar peixes gordos para fritar?

Apesar de acreditar que isso nunca aconteceria, Emil riu.

— Só eu e uma vara de pescar na margem do rio. Nenhuma tarefa a cumprir. Isso seria maravilhoso!

— E você, mamãe? — perguntou Walt. — O que sonha que vai ter lá?

Ela pensou um pouco.

— Uma horta. Um jardim. Um porão para as raízes. E galinhas pondo ovos frescos. E... bem, não. Não se pode pedir tudo na vida.

— O quê? — insistiu Emil.

— É bobagem.

— Conta — pediu Will.

Adeline não queria, mas finalmente respondeu:

— Quero uma boneca com um vestido bonito.

— Uma boneca? — repetiu Emil, surpreso.

— Nunca tive uma boneca quando era menina — revelou e levantou o queixo. — Acha que é pedir demais?

— Não. — Ele bateu de leve na coxa dela. — Uma boneca não é demais.

Isso a deixou feliz, e ela sorriu por um momento, antes de apontar para a frente e dizer:

— Tem outra bifurcação na estrada logo ali.

*

Emil levantou a cabeça e viu outro oficial alemão a uns cem metros de distância, direcionando o trânsito de cima do capô de um caminhão. Aliviado, constatou que não era Haussmann, mas um capitão que nunca tinha visto antes. O oficial acenava para eles seguirem em direção ao centro de Dubossary e para a ponte norte sobre o rio Dniester.

A caravana reduziu a velocidade, arrastando-se para o movimentado centro. Quando chegaram lá, Emil viu os restos de uma cerca alta de arame farpado e prédios vazios além dela.

Ao ouvir mentalmente o choro mais uma vez, manteve o olhar cravado nas cicatrizes lívidas dos cavalos, perguntando-se se as lembranças dessa cidade amaldiçoada algum dia o deixariam, se algum dia ficaria livre daquela noite, quando…

Emil ouviu um apito, que ficou mais alto antes de a cidade ser sacudida por uma imensa explosão ao norte, depois outra.

— Emil! — gritou Adeline.

— Estão atacando a cidade! — disse ele, esforçando-se para manter os cavalos sob controle.

Diante deles, na fila, os animais começaram a empinar e refugar com as explosões. Outros deviam ter galopado para fora da cidade em direção à ponte, porque o comboio avançava bem mais depressa.

Mais três rajadas de artilharia acertaram alvos atrás dos Martel quando eles saíram da cidade. Emil conduzia os cavalos, primeiro trotando, depois mais depressa. Lá na frente, outras duas carroças cobertas tinham saído da estrada e tombado. Mais quatro avançavam descontroladas, sacudindo pelo terreno acidentado, puxadas por cavalos apavorados que tentavam escapar dos estrondos.

— Papai! — gritou Walt. — Estamos correndo demais!

Emil já puxava as rédeas com força. Thor e Odin reduziram a velocidade e bufavam e roncavam quando passaram pelo soldado da SS, que gesticulou mandando-os seguir para o caos na entrada da ponte. Carroças e veículos militares alemães já lotavam toda a extensão do rio rumo a oeste. Uma longa fila daqueles que já haviam atravessado o rio Dniester serpenteava rumo a sudoeste. Emil se condenava por não ter acordado mais cedo, não ter chegado à ponte ao amanhecer.

— Tem fumaça e fogo lá atrás! — disse Walt. — Eles acertaram alguma coisa grande, papai!

— Mamãe! — choramingou Will.

— Agora não, Will — retrucou Adeline, subindo no banco para olhar para trás deles.

Emil não estava interessado no que acontecia lá atrás. Toda a sua atenção estava voltada para a ponte e para o objetivo de chegar o mais longe possível a oeste do rio. Mas havia muitos veículos, cavalos, carroças e refugiados a pé na entrada leste da travessia. A caravana parava e andava numa lentidão enlouquecedora. As pessoas gritavam umas com as outras. Dois velhos em carroças vizinhas se atacavam a chicotadas. O ar cheirava a cavalos suados e humanos assustados.

— Não consigo ver minha mãe nem Malia! — comentou Adeline.

— Não tenho como ajudá-las — respondeu Emil, rangendo os dentes.

— Malia estava conduzindo!

— Também não posso ajudá-la. Onde estão meus pais?

— Quatro carroças à esquerda e uma atrás de nós. Rese está entre sua mãe e seu pai, e acho que nunca a vi tão assustada.

— E como não estaria? — Emil viu uma abertura e conduziu os cavalos por ela, para a rampa que subia até a ponte.

*

Quando chegaram ao ponto mais alto da travessia, Adeline olhou para trás de novo, para Dubossary, e viu, de relance, mais explosões e colunas de fumaça subindo, antes de a artilharia alemã finalmente responder com canhões e morteiros. Bombas explodiram ao norte, onde a Segunda Frente Ucraniana do Exército Vermelho de Stálin se preparava para invadir a cidade.

— Mamãe, preciso fazer xixi — disse Will.

Antes que pudesse responder, Adeline viu a mãe umas oito carroças atrás deles, sentada ao lado de sua irmã mais velha e imóvel como uma pedra.

— Lá estão elas! — gritou. — Malia ainda segura as rédeas!

Walt gritou:

— Mamãe! Papai! Aviões!

Adeline olhou rio acima e viu aeronaves soviéticas voando baixo sobre o Dniester, em ondas. As primeiras quatro seguiram rumo a Dubossary e abriram fogo com metralhadoras, atingindo as posições da Wehrmacht. A segunda onda repetiu o movimento da primeira. Mas o terceiro quarteto de aviões vinha na direção deles.

— Abaixem-se! — gritou Emil, soltando as rédeas e agarrando Adeline pelos ombros, antes de mergulhar para dentro da carroça ao lado dos meninos.

Os quatro aviões não abriram fogo contra as carroças sobre a ponte; em vez disso, sobrevoaram a fila na travessia e seguiram o comboio para oeste, acompanhando-o antes de desaparecerem. A quinta onda de aviões soviéticos fez a mesma coisa, e, quando os Martel finalmente saíram da ponte no território da Moldávia, eles ouviram o barulho de metralhadoras distantes, bem adiante deles e fora do alcance da visão.

— Pensei que seria o fim — arfou Adeline quando se sentou ao lado de Emil, que já segurava as rédeas e guiava Odin e Thor de volta à fila. — Pensei que seria nosso fim.

*

Emil pensava a mesma coisa enquanto conduzia os cavalos em um trote constante para acompanhar a carroça da frente. Mesmo com as bombas ainda explodindo atrás deles, agora que tinha ultrapassado Dubossary e se afastava dela, esse lugar que nunca mais queria ver, sentia-se encorajado.

— Não estamos nem perto do fim — disse ele, puxando Adeline para perto. — Ouviu bem? Os Martel não estão nem perto do fim.

Adeline sorriu e o beijou. Parecia o Emil de antes! Falava como o velho Emil! Ela o amava nessa versão, quando se recusava a ceder desse jeito quieto, teimoso.

Will repetiu:

— Preciso fazer xixi.

A voz de Walt tremia.

— Eles quase atiraram em nós, mamãe?

— Não — respondeu ela, que, então, se virou para trás. O filho mais velho tremia com as mãos fechadas. — Eles não atiraram em nós. Atiraram na cidade e algum lugar além.

— Eles vão voltar? E os tanques?

— Não sei.

Houve um longo silêncio, antes de Walt anunciar:

— Quero ir para casa.

— Não temos mais casa — falou Emil.

— Temos, sim — discordou Adeline, com firmeza. — Nossa família é nosso lar. Nossa casa é qualquer lugar onde estivermos juntos. Aqui é nossa casa. Não importa se estamos na fazenda ou no lindo vale verdejante, desde que estejamos juntos.

— Posso fazer xixi no vale verde? — perguntou Will.

Adeline franziu a testa, olhou para o filho mais novo, que estava de joelhos se contorcendo, enquanto as bochechas redondas ficavam vermelhas com o esforço, e gargalhou.

— Ah, coitadinho.

— Não tem graça! — protestou Will. — Vou fazer xixi na calça!

— Ah, não! — reagiu Walt, já rindo com a mãe.

— Então parem a carroça — pediu Will.

— Não posso — avisou Emil. — Estão indo depressa demais, não quero ficar para trás. Aguente mais meia hora, pelo menos.

— Não consigo, papai! Estou apertando com os dedos!

— Faça xixi por cima do fundo da carroça, então — sugeriu Adeline, tentando não rir.

Will olhou para ela contrariado, mas acabou rindo da ideia.

— Tudo bem!

Quando engatinhou para o fundo da carroça, Walt avisou:

— Aquela família atrás de nós vai ver você fazendo xixi, Will. É bem provável que acerte os cavalos deles.

Will parou, levantou a cabeça e viu uma idosa segurando as rédeas da carroça atrás deles. Havia uma adolescente ao lado dela e mais três crianças sob a cobertura. Em alguns instantes, os cavalos delas estavam a menos de um metro de distância.

— Não consigo, mamãe — disse ele.

— Nunca mais vai ver essa gente — Emil apontou, rindo também.

— Mesmo assim, não consigo. Deixa para lá. Vou ter que fazer na calça.

— Não se atreva — avisou Adeline, mordendo o lábio para não rir de novo. — Vai passar horas molhado e vai acabar assado. Pega lá a caixa das coisas de cozinha na carrocinha. Lá tem uma jarra de vidro vazia. Pode fazer xixi nela.

Will adorou a ideia e engatinhou até o canto da carroça.

Emil olhou para a esposa.

— Eu limpo depois — falou ela. — A menos que você tenha uma ideia melhor.

Emil sorriu e balançou a cabeça em negativa.

Will encontrou a jarra, deu as costas para a carroça de trás e abriu os botões da calça de lã. Estava enfiando a mão na calça quando percebeu que Adeline e Walt olhavam para ele.

— Virem para lá — disse, contrariado.

— Como quiser. — Adeline olhou para a frente. Estavam passando por uma várzea que começava a ficar verde. A batalha atrás deles havia cessado.

— O que faço quando acabar?

— Você me dá a jarra, e eu despejo tudo pela lateral.

O comboio ainda avançava em um ritmo constante e se aproximava do fim da várzea, onde a estrada subia por um penhasco. Depois de um minuto, Adeline perguntou:

— Terminou?

— Não.

— Não? — estranhou ela, virando-se para o filho, que estava com a calça aberta e caída até as coxas.

Will continuava muito sério.

— Não quer sair, mamãe. Parece que ele está com medo!

Adeline gargalhou de novo. Walt fez uma careta de desgosto e cobriu a boca com a mão para esconder o riso. Emil olhou para trás e começou a rir também. Era contagioso. Não havia como parar. Até Will deu risada. Lágrimas escorriam de seus olhos, e ele tinha dificuldade para segurar a jarra na frente do corpo. Então, um jato curto de urina esguichou e acertou a lona encerada ao lado de Walt.

Adeline gritou de tanto rir. Walt gritou e rolou para o lado.

— Mija na jarra, idiota!

— Se fizer mais xixi na lona, vai ter que limpar, Will — avisou Emil.

Will apertou a jarra contra o corpo.

— Não deu para segurar — disse, rindo.

Adeline olhou para a frente de novo. Tinha esquecido como era bom rir desse jeito, sem pensar em batalhas de tanques e bombardeios. A risada era como um banho quente na alma depois de um longo dia gelado.

— Ahhhhh — suspirou Will.

— Ele está mijando!

— Obrigado, Walt — disse Emil. — Parabéns, Will.

Adeline começou a rir novamente. Meio minuto passou.

— Faz tempo que ele está mijando — insistiu Walt.

— Chega — avisou Emil.

Alguns momentos depois, Will gritou:

— Esvaziei, e a carroça atrás de nós ficou bem mais longe, mamãe. Eu jogo o xixi fora. Não precisa fazer isso.

— Obrigada, Will. E guarde a jarra em algum lugar que não seja a caixa de cozinha.

— Está bem. E vou achar um paninho para limpar o xixi da lona.

Ela olhou para Emil e deu uma piscadela.

Alguns minutos depois, Will subiu no colo da mãe, aninhou-se em seu peito e perguntou:

— Quando vamos chegar lá?

Adeline beijou o topo de sua cabeça e sorriu.

— No tempo de Deus.

— Isso demora — reclamou Will.

— Às vezes. E às vezes Deus trabalha num piscar de olhos.

— Muitas vezes ele nem trabalha — comentou Emil. — Às vezes Deus é surdo, é como se nem...

Adeline o encarou, séria.

— Chega.

— O quê? É bom que eles saibam a verdade desde cedo, Adella.

— E que verdade é essa? — O tom de voz dela o advertia de que estava pisando sobre gelo fino.

Emil hesitou, mas respondeu:

— Deus não vai estar disponível para eles o tempo todo.

— É claro que vai. Se eles pedirem.

— Só estou dizendo que as pessoas têm que cuidar de si mesmas e do que é seu, Adeline. Se algum deus invisível ajuda, deve-se aceitar. Mas aprendi por experiência própria a não esperar por isso, e você também não deveria fazer isso, nem os meninos. Agora chega desse assunto.

O vento mudou de direção e soprou um pouco mais forte, obrigando-a a ajeitar o xale enquanto observava Emil com as rédeas nas mãos. *Ele ainda está assustado com Dubossary?*

Todas as vezes que ela tocara no assunto depois daquela manhã em que ele voltou para casa, em setembro de 1941, Emil tinha se esquivado e ficado nervoso, como a mãe dele na noite anterior.

Ele disse que foi retido por nazistas. O que aconteceu? Tem algum lado dele que não conheço? Nunca vou conhecer?

7

Essas perguntas martelaram a mente de Adeline até ela se concentrar nas risadas que tinham acabado de compartilhar e em como sobreviveram a uma batalha de tanques e um bombardeiro. Quando eles se afastaram mais da fronteira e o sol desenhava um arco rumo ao horizonte ocidental, sentia-se grata. Cada árvore, cada choupana abandonada, cada parede de pedras ou moinho de vento que encontravam parecia brilhar e chamar sua atenção.

— O que é aquilo, mamãe? — perguntou Will, apontando para a frente, para a estrada.

Adeline se levantou e usou a mão para proteger os olhos do sol baixo. Coisas grandes, encurvadas e retorcidas brotavam do chão dos dois lados da estrada. Ela notou homens e animais se movendo entre elas.

De perto, foi possível identificar caminhões e outros veículos tombados, rasgados, perfurados por rajadas de metralhadoras. Soldados alemães chicoteavam mulas que arrastavam os destroços da estrada. Cavalgavam em meio à destruição causada pelos aviões de combate soviéticos que atacaram naquele dia, mais cedo. Adeline ficou chocada ao ver cadáveres aleijados nas posições grotescas em que tinham morrido. Tinham passado pelo terceiro soldado morto quando se deram conta de que os filhos também estavam vendo aquilo. Ela olhou para trás. Will e Walt olhavam para a cena, de olhos arregalados e horrorizados.

— Sentem-se e não olhem — disse ela. — Crianças da idade de vocês não têm que ver essas coisas.

— Deixe-os ver, Adeline — interferiu Emil. — Quero que vejam tudo, que entendam o que um homem é capaz de fazer com outro.

— Por quê?

— Para que as pessoas que morreram nesta guerra sejam reais para eles. Não uma imagem que se vê de longe. Tem que ser uma coisa gravada na mente jovem dos meninos.

Adeline o encarou e sentiu uma raiva irracional.

— Quero protegê-los disso, Emil.

— Não tem como.

Ela balançou a cabeça.

— Às vezes eu amo você mais que tudo na terra. Mas às vezes não entendo nem metade de você, Emil Martel.

Ele assentiu.

— É mais ou menos isso.

Antes de escurecer, os Martel pararam e montaram acampamento ao lado da estrada. Os pais e a irmã de Emil pararam ao lado deles pouco depois, seguidos por Lydia e Malia. Nessa segunda noite, não se incomodaram com fogo. Comeram carne-seca e água e o resto do pão que Malia assara na noite anterior, antes de partirem para a jornada.

Mais uma vez, Emil espalhou pomada sobre os ferimentos dos cavalos à luz da lamparina, escovou-os e agradeceu-lhes toda a ajuda.

Enquanto acomodava os filhos sob os cobertores na carroça, Adeline o ouvia falar com os cavalos.

— Sinto muito, garotos, mas era vida ou morte. Nossa vida e a de vocês.

Ela tirou as botas e as meias antes de se acomodar ao lado de Walt, que tinha passado o resto do dia quieto.

Emil chegou com a lamparina.

— Mamãe, queria que o "logo" de Deus fosse amanhã — disse Walt.

Adeline o abraçou com força e disse:

— Eu também queria.

Emil apagou a lamparina quando o vento mudou para sudoeste. A temperatura começava a subir.

— Segundo dia — disse ele. — Conseguimos.

— Juntos — respondeu Adeline, que sorriu acanhada no escuro.

Tinham conseguido, como conseguiram mutas vezes ao longo do casamento, e como ela havia conseguido antes de conhecer Emil. Emocional e fisicamente esgotada pelas últimas trinta e seis horas, Adeline ainda rezou e agradeceu a jornada milagrosa da família até ali, antes de mergulhar em um sono profundo. Quando enfim sonhou, foi como se o tempo tivesse sido atingido por uma rajada dos tanques e mais de uma década tivesse desaparecido por completo.

Outubro de 1933

Birsula, Ucrânia

Aos dezoito anos, Adeline estava na ponta dos pés em um açougue kosher da cidade olhando fascinada o açougueiro embrulhar um frango inteiro em papel. Frango fresco. Quando foi a última vez que ela vira ou se permitira pensar em alguma coisa assim?

E tinha certeza de que ia saborear também. Bem, é claro. Ia cozinhar, não ia?

Adeline não conseguia esconder o sorriso nem se tentasse. Assar um frango. Comer algo assim quando poucos meses antes… E agora estava ali, na boa vida!

O açougueiro pôs o pacote em cima do balcão.

— Diga à senhora Kantor que ela é uma mulher abençoada. É o primeiro frango que consigo oferecer em meses. Um milagre você ter entrado justamente nesse momento.

— Obrigada, senhor Berman — disse Adeline, sorrindo ao guardar o frango em uma sacola pendurada no ombro.

Animada, saiu depressa. Uma brisa gelada atingiu seu rosto, lembrando que o inverno não estava longe, embora o pensamento não a preocupasse tanto quanto preocupara um ano atrás ou um ano antes disso.

Depois que Adeline, a mãe e a irmã foram postas para fora da fazenda da família, ela havia ido trabalhar em uma fazenda coletiva nas colinas da periferia de Birsula, uma cidadezinha cerca de duzentos quilômetros ao norte de Odessa. Por meses, sob calor sufocante ou no frio cortante, havia entrado descalça em tonéis de lama e palha, misturando-as com os pés para a fabricação de tijolos. Havia momentos em que pensava que as pernas iam quebrar como pingentes de gelo sob uma cornija de inverno; outras vezes, quando ficava desanimada demais, ela se perguntava se teria um vislumbre que fosse de uma vida melhor. Para piorar o sofrimento, Stálin havia interrompido toda a circulação de alimentos no outono de 1932.

Ao deixar o açougue com o frango, Adeline se lembrou de sentir tanta fome durante o Holodomor que chegara a ter alucinações com frango, tinha jurado ver flutuando no ar pratos fumegantes de macarrão com ovo e ave assada e desossada feitos pela mãe. Dias depois, ficara tão fraca que caiu em um tonel de lama, contraiu pneumonia e quase não sobreviveu.

Por piores que os meses de fome tivessem sido para ela, e por maior que fosse a certeza de que nunca mais teria vida melhor, quando se recuperou da pneumonia, Malia ouvira falar de um trabalho na cidade, um trabalho dentro de casa. Adeline conseguiu o emprego, e, num estalar de dedos, as circunstâncias mudaram para melhor.

Faz quase seis meses, pensou Adeline, entrando em uma viela estreita que passava pelo fundo da padaria, já fechada àquela hora do dia. De lá caminhou acompanhando as cercas dos fundos de uma fileira de casas grandes. Ela passou pelo portão da terceira casa e subiu a escada até a porta dos fundos.

Lá dentro, tirou as botas, calçou os chinelos que deveria usar dentro de casa e levou a sacola de compras para a cozinha. Assim que soltou a sacola, ouviu a voz alegre de uma mulher de outro cômodo e em russo:

— Adelka, é você? Voltou tão depressa?

— Sim, senhora Kantor — respondeu Adeline, colocando o avental antes de ir à sala, onde uma mulher estava sentada junto da janela com um cobertor sobre as pernas e um suéter preto sobre os ombros.

Sobre a mesa na frente da senhora Kantor, havia um bule de chá, pratos e alguns talheres. Uma mulher de quase trinta anos estava sentada na frente da empregadora de Adeline. Ela usava um vestido marrom simples, um xale e um cachecol. Havia um livro grande no chão, ao lado dela.

— Esther, esse é meu tesouro secreto — disse a senhora Kantor. — O nome dela é Adeline. Eu a chamo de Adelka. As coisas que ela faz na cozinha são pura magia!

Esther riu.

— Você quer dizer feitiçaria? — Adeline franziu a testa ao ouvir o comentário, e Esther acenou com as duas mãos. — Não, não. Não estou sugerindo... Ah, esqueça. O que vai preparar hoje, Adeline?

— O que quer que ela tenha encontrado ao sair — disse a senhora Kantor, antes que Adeline pudesse responder. — Ela traz o que está disponível, e não sei o que faz na cozinha depois disso, mas é mágico.

Adeline baixou a cabeça, sorrindo.

— Obrigada, senhora. Adoro cozinhar.

— Percebe-se.

— E então? — insistiu Esther. — O que trouxe hoje?

Adeline levantou a cabeça, olhou de Esther para a senhora Kantor e não conteve a empolgação.

— Um frango inteiro e fresco!

Esther não escondeu a surpresa. A senhora Kantor bateu com as mãos nas coxas.

— Não! Onde?

— No açougue do senhor Berman. Por sorte, entrei logo depois de a galinha ser morta!

— Kosher? — perguntou Esther.

— Sim, senhora. Quer dizer, acho que sim. É do senhor Berman.

A senhora Kantor comemorou com um uivo e brandiu os punhos magros.

— Vou convidar meu filho e a família dele! Isso é motivo para comemoração!

Para surpresa de Adeline, Esther não compartilhava da euforia de sua empregadora.

— Tem certeza, senhora Kantor? Quando tantos seguem com fome?

A velha ficou séria, mas assentiu.

— Eu sei que as pessoas ainda passam fome, querida, mas também tenho certeza de que o próprio Moisés, se encontrasse um frango ao vagar pelo deserto, o esconderia de todas as tribos de Israel e comeria com sua família.

Esther riu, embora cobrisse a boca com uma das mãos, e disse:

— Senhora Kantor!

— O quê?

— Tem sorte de o rabino não estar aqui para ouvir isso.

A senhora Kantor jogou a cabeça para trás e riu.

— Bem, há certas coisas que os rabinos não devem ouvir, mas, se o assunto fosse canja de galinha de verdade, ele certamente me apoiaria.

— Se a senhora servisse uma tigela para ele! — acrescentou Esther.

— Isso mesmo! — A mulher riu e olhou para Adeline. — De que tamanho é o frango, querida?

— Um bom tamanho, senhora.

— O suficiente para meu filho, a esposa e a filha dele? Além de minha amiga Esther?

— Ah, senhora Kantor, eu não posso aceitar — protestou Esther. — Só passei para dar um olá.

A senhora Kantor a encarou.

— Você passou aqui quando um frango apareceu no meio do deserto, digamos assim.

Esther riu.

— Bem, seria… muito bom só experimentar.

— Vai comer mais que isso — avisou a senhora Kantor. — Eu tenho o apetite de um rato. Em quanto tempo fica pronto, Adelka?

Adeline pensou um pouco e respondeu:

— Ao anoitecer? Um pouco depois, talvez?

— Vamos planejar tudo para um pouco depois — anunciou a velha para Adeline e Esther.

Esther riu e se levantou.

— Tenho algumas tarefas para concluir, mas volto.

Quando Esther saiu, a senhora Kantor inclinou a cabeça para Adeline e perguntou:

— E então?

Ela se assustou, estava tão entretida com a interação entre as duas mulheres que corou, se curvou apressada e disse:

— Desculpe, senhora Kantor. Precisa de alguma coisa antes de eu começar?

O rosto da senhora suavizou.

— Preciso de um cochilo, querida. Por favor, ponha aquele livro na prateleira da cozinha. E, antes de cozinhar o frango, poderia ir à casa de meu filho contar a notícia à esposa dele?

— Sim, senhora. — Adeline pegou o livro.

— Sabe onde eles moram?

— Sei.

— Menina esperta — elogiou, ajeitando o cobertor sobre as pernas. — Vá, então. Tem lenha suficiente para o fogo?

— Creio que sim — respondeu Adeline e correu de volta à cozinha.

Lá deixou o livro na prateleira, antes de levantar a tampa da caixa onde a lenha era guardada e ver que tinha menos do que se lembrava de ter visto ao acender o fogo naquela manhã.

— Preciso providenciar mais lenha quando sair, senhora — avisou e baixou a tampa pesada.

A vibração derrubou o livro da prateleira no chão, atrás dela.

A senhora Kantor respondeu:

— Seja rápida com isso!

— Sim, senhora!

Ela se abaixou para pegar o livro e viu que era uma coleção encadernada de ilustrações e pinturas e que tinha caído aberto na imagem de um belo vale verde cercado de montanhas de picos nevados atravessado por um rio sinuoso. Adeline havia crescido na Ucrânia, território plano, então nunca tinha visto um cenário como aquele. Encantada, encarou a imagem por mais um momento.

— Ainda não foi, menina? — gritou a senhora Kantor.

— Estou indo! — respondeu, em voz alta, e fechou o livro, o qual devolveu à prateleira com outro mais pesado, que pôs sobre ele.

*

Adeline vestiu novamente o casaco e calçou as botas, ainda pensando na paisagem que vira enquanto corria pelas ruas para a casa do filho da senhora Kantor, onde entrou pela porta dos fundos. Ao encontrar a cozinheira, disse-lhe que podia tirar a tarde e a noite de folga e que deveria avisar à esposa do médico que todos estavam convidados para comer na casa da senhora Kantor depois do pôr do sol.

Em seguida, foi ao mercado comprar ovos para o macarrão e se dirigiu ao local onde homens vendiam lenha. No entanto, eles já haviam ido embora. Adeline foi a outro estabelecimento em que, normalmente, conseguia comprar madeira, mas não havia sobrado nada.

Ao ver que o sol se movia em direção ao horizonte a oeste, deu-se conta de que o tempo passava depressa. Cinco pessoas iriam jantar ao pôr do sol e não tinha lenha suficiente para ferver o frango e preparar a sopa.

Adeline imaginou a senhora Kantor muito nervosa e a demitindo enquanto corria de volta para casa, amedrontada e sentindo que a vida estava prestes a castigá-la de novo, tirando-lhe algo que se esforçara muito e por muito tempo para ter. Quando entrou na cozinha, ela estava tomada pelo medo. Depois de anos de fome e dificuldades, não tinha conseguido encontrar lenha para preparar a sopa de frango, e agora a mulher a dispensaria.

— Adeline! — chamou a senhora Kantor.

— Sim, senhora — respondeu, ouvindo o tremor na própria voz.

— Meu filho virá?

— Creio que sim. Falei com a cozinheira.

— Todos eles?

— Sim.

— E a lenha?

Adeline sentiu o medo crescer. Quanto mais forte ele ardia, mais fraca ela se sentia.

— Por favor — murmurou, de olhos fechados. — Ajude-me.

— Adeline?

Ela abriu os olhos, disposta a contar a verdade e pedir perdão e ajuda à mulher, e foi então que viu pela janela da cozinha um movimento na rua. Adeline piscou e sorriu.

— Vou pegá-la agora mesmo, senhora!

Adeline saiu correndo atrás do rapaz de ombros largos que andava inclinado, carregando um enorme fardo de madeira nas costas.

— Com licença! — gritou. — Posso comprar um pouco dessa lenha?

O homem continuou andando.

— Não.

— Ah, por favor. Tenho dinheiro.

— Já foi comprada — explicou, sem interromper o ritmo. — O padeiro pagou por ela.

Adeline foi invadida por uma onda de terror e suplicou:

— Por favor, senhor, não pode vender só um pouco? Vou perder o emprego se não conseguir lenha para o fogão. Por favor?

Por um momento horrível, pensou que o homem continuaria andando, mas ele parou e se virou para olhá-la.

— Perder o emprego?

— Preciso preparar um frango — explicou, esforçando-se para recuperar o controle.

— Você tem frango?

— A mulher para quem eu trabalho tem.

— Deve ser uma mulher e tanto.

— Ela é viúva de um médico, e o filho também é médico.

O homem pensou um pouco.

— Está bem.

— Está bem?

Ele assentiu e baixou o fardo de madeira das costas.

— O padeiro não vai saber quanto cortei.

Adeline aplaudiu, animada.

— Ah, obrigada! Obrigada!

O rapaz ficou ali parado por um momento, olhando para ela. Muito lentamente, a expressão dura se desmanchou em um sorriso.

— Quanto você quer?

— Quatro toras grandes, por favor. Ah, você é muito gentil.

Ele desamarrou o fardo e pegou quatro toras de lenha.

— Você me salvou — comentou Adeline, ao entregar o dinheiro. — Tem minha eterna gratidão.

Ele aceitou o pagamento e respondeu:

— Se eu soubesse que um pouco de lenha faria a felicidade de uma moça tão bonita, teria comprado um machado há muito tempo.

Ele estava sujo do trabalho e cheirava mal, mas Adeline gostou daquele sorriso e de como ele a fitava, como se realmente a visse. Percebeu que tinha gostado tanto daquele sorriso e daqueles olhos que se sentiu constrangida e corada e teve que baixar o olhar.

— Desculpe — disse. — Não devia ter falado isso.

— Não — protestou ela, ainda olhando para baixo, mas sorrindo. — Foi gentil e engraçado. Obrigada, mas preciso cozinhar o frango e preparar a massa.

— Como é o seu nome?

Ela hesitou.

— Adeline. Adeline Losing.

Ele sorriu de novo.

— Bonito nome. O meu é Emil Martel.

PARTE II

OS DE SANGUE PURO

8

No terceiro dia do êxodo, quando Emil acordou, no escuro, uma névoa densa e morna cobria a paisagem. Ele alimentou os cavalos e cuidou deles à luz da lamparina, espalhando mais pomada sobre os ferimentos. Não conseguia enxergar nada em um raio de trinta metros nem ouvia ruído que pudesse ser de um motor poderoso, mas estava ansioso, como se tanques ou aviões com metralhadoras pudessem surgir da névoa a qualquer momento.

Seus instintos estavam certos. Tinha acabado de atrelar novamente Odin e Thor quando apitos começaram a soar. A voz alemã ecoou num megafone, anunciando que forças soviéticas estavam próximas e avançavam naquela direção. A caravana partiria em quinze minutos.

— Os meninos não comeram — disse Adeline, sob a cobertura.

— Eles comem no caminho. Todos nós comemos.

Ela assentiu.

— Vou amarrar tudo, exceto alimento seco e água.

Quando Adeline se virou, Emil sorriu para ela como naquela primeira vez, quando se conheceram, na rua atrás da casa da senhora Kantor, e ela estava desesperada por lenha para preparar uma sopa. Desde o início, ela o fez se sentir necessário em quase todos os aspectos.

Talvez isso seja tudo de que preciso na vida, pensou ele. *O amor de Adeline. O amor de meus meninos.*

Quando as carroças começaram a se mover na neblina morna, houve o caos previsível piorado pela lama, que logo cobriu a barriga e os flancos dos cavalos e respingou nos ferimentos. Também cobriu os raios, os eixos e as beiradas das rodas.

Nas horas seguintes, foi como se o comboio fosse uma espécie de serpente fantasmagórica, segmentada, aparecendo e desaparecendo na névoa, deslizando e se retorcendo na lama. Nas condições escorregadias e quase sem visibilidade, carroças começaram a derrapar, colidir e tombar. Emil teve que usar toda a sua habilidade para manter veículo e cavalos avançando.

Naquela manhã, em duas ocasiões, ele viu carroças atoladas na lama até os eixos.

Uma delas era a de seus pais, então ele parou e ajudou a desatolar o veículo antes de seguir viagem. A mãe dele, Karoline, foi mais cortês que de costume. O pai, Johann, não parecia se incomodar com as condições desfavoráveis. Rese não conseguia sair da cama desde Dubossary.

— Ela dorme e nada para no estômago por muito tempo — contou Karoline.

— Hoje à noite, quando pararmos, vou preparar alguma coisa para ela — disse Adeline.

A mãe de Emil nem a fitou, mas assentiu.

Eles avançaram muito e com grande dificuldade naquele dia, atravessaram a cidade de Chisinau, na Moldávia – onde trabalhadores escravizados, homens capturados por Hitler em cada país que ele havia conquistado, construíam fortificações para a Wehrmacht –, e seguiram em frente, ouvindo relatos de outras batalhas se formando a sudeste. A neblina se dissipou antes do meio-dia, revelando a terra que havia sido ocupada, dominada e retomada ao longo das últimas décadas. A Romênia detinha o duvidoso direito à terra no momento, um pagamento feito por Hitler ao ditador Ion Antonescu por permitir que tropas alemãs viajassem para leste a fim de derrotar Stálin no verão de 1941.

Emil não se interessava por política nem por quem controlava as terras que ele e a família atravessavam naquele dia. Tudo o que queria era fugir para oeste, para nunca mais encontrar outro comunista enquanto vivesse. Podia tolerar a viagem sob tutela nazista, por ora, mas, quando tivesse chance de seguir para oeste e escapar dos filhos da mãe assassinos e desumanos, era exatamente o que planejava fazer. Até lá, permaneceria atento o tempo todo, tentando identificar o major Haussmann.

Era Haussmann lá atrás? Foi coisa da minha cabeça? Não. Era ele. Mas por que estaria na periferia de Dubossary? De todos os homens da SS na Ucrânia, por que ele cuidaria do tráfego ali? Por que foi ele quem nos mandou entrar na cidade?

De alguma forma, essas perguntas ameaçavam a sanidade de Emil, por isso ele as deixou de lado, mesmo que sem resposta, e disse a si mesmo que era só uma daquelas cruéis coincidências da vida. Depois de fazer seu trabalho sujo nos dias iniciais da ocupação alemã, Haussmann fora designado a alguma posição para proteger os alemães étnicos que fugiam para o Ocidente. Fim da história. Emil talvez nunca mais o visse e, se visse, tomaria providências para que ele, Adeline e os meninos estivessem na direção contrária.

Naquela terceira noite da jornada, em uma área rural doze quilômetros a sudoeste de Chisinau, a caravana finalmente parou para acampar. Tiros de canhão retumbavam próximos o suficiente para acordar Emil e Adeline várias vezes.

No quarto dia de jornada, choveu cedo, o que revolveu ainda mais a lama. Mal avançaram quinze quilômetros. No quinto dia, bombas caíram tão perto deles que a família Martel abandonou a carroça e se refugiou em uma grande galeria perto da estrada.

A galeria tremia a cada explosão. Eles podiam ouvir os cavalos relinchando e os gritos daqueles que estavam fora de abrigos. Mas se mantiveram seguros. Daquele momento em diante, Emil procurou uma galeria de esgoto ou outra estrutura reforçada de concreto, como o suporte lateral de uma ponte, por exemplo, para acampar embaixo.

*

Uma semana depois do início da provação, o comboio mantinha uma distância de dez a quinze quilômetros entre eles e a guarda Wehrmacht que os seguia e tentava impedir o avanço das forças da Primeira e da Segunda Frentes Ucranianas Soviéticas. Mas o medo de ser capturado era constante. Os tanques soviéticos podiam surgir de qualquer direção. Ou os aviões de combate vermelhos podiam retornar.

— Estamos presos entre dois exércitos — disse Emil a Adeline, na sétima noite.

Estavam acampados ao lado da estrutura de uma ponte a oeste da cidade de Hincesti, na Moldávia. Os meninos dormiam, e Emil estava de estômago cheio como não acontecia desde que partiram. Ele havia cavado uma vala na margem de terra, a um metro da base da estrutura de concreto. Os meninos recolheram madeira e ele acendeu uma fogueira, cujas brasas usou para alimentar o forno improvisado. Adeline e a mãe dela prepararam pão com parte do precioso estoque de farinha e fermento e assaram em formas sobre essas brasas.

O pão fresco, mesmo com a casca queimada, tinha um sabor tão maravilhoso que Emil se sentiu contente por uns bons vinte minutos. Na sequência, porém, o medo dos tanques e aviões retornou.

— Você ouviu? — sussurrou ele mais alto para Adeline, que se preparava para se deitar sob os cobertores junto do forno ainda quente. — Estamos presos entre dois exércitos. Os homens mutilados de Hitler à frente, com alguns homens capacitados atrás de nós tentando conter todos os soldados de Stálin.

Estava ofegante.

— Quando penso em onde estamos e no que estamos fazendo, no que pode nos acontecer nos próximos dias, sinto como se meus pensamentos acelerassem, Adeline. Eles correm e se repetem em círculos, como uma tempestade dentro de minha cabeça.

Adeline chegou mais perto e o abraçou.

— Todo mundo fica assim de vez em quando. Eu me lembro do que a senhora Kantor me disse uma vez: "Existe um lugar seguro no olho de toda tempestade".

— Eu raramente o encontrei — respondeu Emil.

— Encontrou quando aqueles tanques começaram a atirar, na semana passada. Você nos trouxe até aqui em segurança, não foi?

Por alguma razão, Emil não conseguia pensar na situação pelo mesmo ponto de vista de Adeline.

— Temos um longo caminho a percorrer antes de eu sentir que levei todos vocês a algum lugar em segurança.

— Então venha dormir um pouco. Logo vai amanhecer.

Emil queria se deitar sob os cobertores, fechar os olhos e descansar de tudo aquilo. Mas ouviu vozes, vozes masculinas cantando e rindo margem acima, não muito longe dos cavalos e das carroças. Sentiu-se atraído por elas.

— Emil? — chamou Adeline, baixinho.

— Quero verificar os cavalos — disse ele, subindo a margem para a estrada e a ponte e levando uma lamparina.

Thor e Odin estavam presos onde os havia deixado. A carroça parecia intocada. Mas a cantoria e as risadas se tornavam mais altas e estridentes. Eles entoavam uma velha canção alemã típica dos bares. Emil não ouvia essa música havia anos, mas a reconhecia dos dias em que trabalhara em uma cervejaria em Pervomaisk, cidade onde os meninos nasceram.

Emil caminhou em direção à cantoria. Não sabia por quê. Talvez só para estar perto e ouvir outros homens tentando sobreviver à mesma dificuldade. Com exceção do pai, frequentemente tinha a sensação de que só conversava com mulheres. Quanto mais se aproximava, mais notava o álcool. Emil não era de beber muito, mas sempre gostara de fazer vinho e cerveja. E, de vez em quando, gostava do relaxamento provocado por um, dois ou três copos.

A cantoria morreu em gargalhadas ásperas quando ele chegou a uma clareira do outro lado da estrada. Havia uma fogueira diante de um semicírculo de carroças parecidas com a dele. Quatro homens que ele não reconheceu bebiam em canecas de lata. O maior deles, um sujeito alto e magro de quarenta e poucos anos, viu Emil se aproximando e parou de falar. Os outros fizeram o mesmo.

Emil levantou as mãos.

— Não quero interromper nada — disse, em alemão. — Ouvi a música. Acho que faz muito tempo que não escuto homens cantando enquanto bebem.

O homem alto respondeu:

— Parece que sua esposa controla o quanto você bebe.

Os outros riram, e Emil também ria quando disse:

— Tive que escolher entre um pequeno barril de vinho caseiro e uma carrocinha que fiz para meus filhos no último Natal. A carrocinha ganhou por três votos a um.

O homem sorriu e chamou Emil.

— Venha beber alguma coisa. Meu nome é Nikolas. Como se chama, amigo? De onde você é? E quantos anos têm seus filhos?

*

Emil contou a eles. Nikolas apresentou os outros rapidamente, e ele só guardou alguns nomes. De perto, à luz da fogueira, notou a qualidade das roupas que vestiam. Todos usavam casacos, calças e chapéus de lã novos. Ele recebeu uma caneca de vinho tinto. Bebeu e sentiu um breve descanso do medo dos soviéticos.

Soube que Nikolas e os amigos também eram refugiados. Fugiam de Stálin sob a proteção da SS. Eram de Rastadt, cidade a oeste do rio Bug. Emil contou que havia morado em Pervomaisk, a norte de Rastadt, por vários anos antes de voltar para a fazenda da família em Friedenstal.

— Já esteve em Bogdanovka? — perguntou Nikolas. — Não fica longe de Pervomaisk, é um pouco ao sul.

— Eu me lembro de uma fazenda coletiva naquela região — respondeu Emil. — Comprávamos cevada deles quando eu trabalhava na cervejaria em Pervomaisk.

— O que fazia lá?

— Trabalho braçal, basicamente. Carregava o grão. Acrescentava o grão. Misturava.

— Como entrou no comboio? — Nikolas quis saber.

Emil o encarou intrigado.

— Ah, oficiais alemães chegaram ao povoado e disseram que os soviéticos se aproximavam, que tínhamos dois dias para pegar nossas coisas e partir, se não quiséssemos morrer.

— Não... O que qualificou vocês? Eram *Selbstschutz*?

Emil sabia a que ele se referia, e isso o deixou pouco à vontade. Nikolas estava perguntando se ele era membro da *Selbstschutz*, milícia que os nazistas formaram depois da invasão alemã em 1941. Os recrutas de *Selbstschutz* eram todos oriundos da população alemã étnica da região.

No Governatorato da Transnístria, controlado pelos romenos, uma das missões da *Selbstschutz* era proteger comunidades e colônias *Volksdeutsche* dos saques praticados por tropas romenas. Mas Emil também sabia que havia mais a dizer sobre essas milícias e as coisas que fizeram. Muito mais.

Queria sair dali imediatamente, mas disse:

— Não houve convocação para *Selbstschutz* e outras coisas desse tipo em Friedenstal. O lugar é pequeno, no meio de campos semeados. Os romenos nunca nos incomodaram.

Nikolas assentiu, mas continuou olhando para Emil, que sentiu necessidade de preencher o silêncio.

— Você era da *Selbstschutz* em Rastadt? — perguntou.

— Todos éramos — respondeu Nikolas, erguendo a caneca para os companheiros. — Foi assim que mostramos que éramos alemães dignos de sermos levados para casa, para a pátria. Com documentos para provar quem somos. Você tem esses documentos, não é, Emil?

Emil assentiu.

— Desde os primeiros dias da invasão. Não foi difícil provar. Minha mãe tinha nossa Bíblia de família que pertenceu a muitas gerações, ainda na Alemanha, e todas as certidões de nascimento emitidas pela Igreja.

— Não foi recrutado pela Wehrmacht?

— No início, sim, mas disse a eles que eu era o último homem útil que restava na família e que seria melhor agricultor que soldado. Eles me mandaram de volta para nossa fazenda, disseram para começarmos a plantar, e foi o que fizemos.

— Sorte a sua — comentou Nikolas, sem parecer satisfeito.

Emil bebeu mais vinho e foi convidado a beber a segunda e a terceira canecas, enquanto os homens da milícia cantavam, lamentavam a vida que deixavam para trás e imaginavam um futuro longe dos soviéticos. Quando Emil terminava de beber a terceira caneca, um dos homens anunciou que era hora de encerrar a noite.

Emil sabia que devia voltar para a família. Mas Nikolas lhe serviu mais vinho. A última, prometeu a si mesmo, enquanto os outros dois recusavam a oferta e anunciavam que também iam dormir.

— Nunca sabemos aonde a vida vai nos levar — comentou Nikolas quando os outros se afastaram.

— Estou tentando levar a vida — disse Emil. — Em vez de ser levado por ela. Chega.

— Você está bêbado, meu amigo.

— Um pouco — confirmou Emil, erguendo a caneca. — Graças a você.

Nikolas bateu com a caneca na dele, e os dois beberam e ficaram em silêncio, como os homens costumam fazer. Emil estudou as brasas da fogueira que se apagava e pensou que realmente precisava voltar; caso contrário, teria dor de cabeça de manhã. Nesse momento, Nikolas falou:

— Quantos?

Emil se virou e viu que o homem o encarava.

— Quantos o quê?

Nikolas imitou uma pistola com a mão e fechou o olho esquerdo.

— Quantos judeus teve que matar para ter suas terras de volta e estar nessa caravana?

Foi como levar um soco no estômago, e sua reação deve ter sido evidente. Nikolas sorriu e assentiu.

— Aham. Eu sabia. Teve que fazer alguma coisa pelos alemães. Todo mundo fez. Caso contrário, não o levariam, protegendo sua esposa e seus filhos. Você foi atirador como eu, não foi, Emil?

Emil teve uma lembrança nítida de si mesmo olhando para a Luger em sua mão. Sua cabeça girou, seu estômago ferveu. Tinha bebido vinho demais.

— Eu sabia — continuou Nikolas, arrogante. — Vi em seu rosto, Emil. Quantos?

Emil balançou a cabeça, mas Nikolas não desistiu. Chegou mais perto, se inclinou sobre Emil.

— Quantos bolcheviques judeus fedorentos você fuzilou para ter um lugar nesse comboio?

— Nenhum!

Nikolas o encarou com um sorriso irônico.

— Mentira. Ora, não tenho problema em admitir, e você também não deveria ter. Fizemos uma coisa boa, uma coisa nobre. Limpamos a terra daqueles judeus infestados de piolhos. Foi assim que começou para nós. Os romenos mandaram todos os judeus para aquela fazenda em Bogdanovka, e os yids começaram a morrer de tifo, por causa dos piolhos que tinham. Podia ter se tornado uma epidemia. Podia ter matado todo mundo em um raio de centenas de quilômetros, alemães, russos, ucranianos, todo mundo, se não tivessem contido a infestação. Os nazistas sabiam que não tinham opção, e nós, *Selbstschutz* de Rastadt, não tivemos opção. Levamos dezoito dias para matar todos eles e mais vinte dias para ferver ou queimar suas roupas.

Dezoito dias atirando?, pensou Emil, horrorizado, olhando para as roupas mais novas do homem antes de cambalear alguns passos para a direita e vomitar o pão de Adeline e quatro canecas de vinho.

— É isso mesmo — falou Nikolas. — De vez em quando, todos nós sentimos a mesma coisa por causa do que fizemos. Ponha para fora, vai se sentir melhor. E, na minha opinião, não tivemos escolha. Certo?

Emil se virou e olhou para ele sentindo o ácido queimar no fundo da garganta, quando disse:

— Você tinha escolha. E eu nunca atirei nem matei ninguém em toda a vida. Estamos nesse comboio por causa de uma Bíblia velha e porque sou um bom agricultor, habilidoso com as mãos. Obrigado pelo vinho.

Ele pegou a lamparina e começou o caminho de volta guiado pelo instinto, na escuridão, enquanto Nikolas, bêbado, gritava atrás dele:

— Mentira! Eu vi na sua cara. Só um homem como eu conhece um homem como você, Emil. Você os vê quando dorme, não vê? E os escuta também. Todos aqueles ratos piolhentos que você abateu!

*

Emil começou a correr às cegas, tentando aumentar a distância entre Nikolas e ele, apavorado com a possibilidade de Adeline ouvir os delírios de um matador bêbado. Tropeçou e quase caiu, mas recuperou o equilíbrio e diminuiu a velocidade. Os gritos haviam cessado.

— Eu nunca… — murmurou Emil, trêmulo, depois de acender a lamparina e encontrar o rumo para a ponte. — Nunca.

Ele passou pelos cavalos e desceu a margem escorregando. Depois, apagou a luz e se aproximou silencioso da esposa e dos filhos, adormecidos. Nenhum deles se mexeu quando Emil se esgueirou para baixo do cobertor atrás de Walt.

Ele ficou deitado de costas e acordado, ouvindo o eco da voz cruel de Nikolas em sua cabeça. *Eu vi na sua cara.* Depois ouviu pessoas chorando, os estalos secos das armas, os lampejos na escuridão além do capitão Haussmann, que estava ali oferecendo a ele uma Luger carregada.

A lembrança estava tão profundamente gravada em Emil que lhe tirava o fôlego. Sentia-se vazio e sozinho, sentimento que se amplificou quando pensou em Nikolas atirando em judeus durante dezoito dias.

Ele é uma ameaça para mim. Ainda não sei por quê, mas é uma ameaça. Eu sinto nos ossos.

Emil fechou os olhos, consciente de que precisava ficar longe de Nikolas e de que tinha que contar consigo mesmo para isso, não com Deus, que havia criado um homem capaz de passar dezoito dias atirando em pessoas inocentes.

De repente, perguntou-se, temeroso, se conhecer Nikolas e ver Haussmann eram parte de algum castigo por aquela noite na periferia de Dubossary. Adormeceu pensando: *Assim que decidiu, Emil, você se tornou tão culpado quanto Nikolas.*

9

Começo de abril de 1944

Doze quilômetros a leste da fronteira romena

Mais quatro dias e cinco noites passaram, e os Martel viam tantos romenos quanto alemães em retirada. Sempre que passavam por um grupo de soldados da Wehrmacht em marcha, Adeline estudava os rostos, torcendo para reconhecer entre eles seu irmão mais novo, Wilhelm, de quem Will herdara o nome. Ou o irmão mais velho de Emil, Reinhold. Mas nunca os via.

Emil tinha se tornado silencioso e taciturno desde que acamparam sob a ponte a oeste de Hincesti. Adeline, porém, já sabia que era melhor deixar o marido sozinho quando ele ficava assim e se concentrou em apoiá-lo e amparar os meninos quando passaram por territórios baixos e lamacentos cortados por leitos de riachos e depois subiram encostas arborizadas que o gelo e a neve tornavam traiçoeiras.

Partes das máquinas de guerra alemãs quebradas foram abandonadas dos dois lados da rota. Os Martel viram soldados congelados insepultos sendo bicados por corvos. E tanques carbonizados abandonados. E caminhões de transporte enterrados até os eixos em lodo. E os canos pretos e arruinados de canhões que a Wehrmacht decidira explodir em vez de deixar para serem usados contra eles pelas forças de Stálin.

Agora, doze dias depois do início da jornada, membros do comboio começavam a morrer por causa do clima, de fraqueza ou doença. Não passava uma hora em que não ultrapassassem uma carroça parada no acostamento para que os sobreviventes pudessem enterrar seus mortos.

— Quando fui pegar água hoje de manhã, uma mulher me contou que acham que é tifo — comentou Adeline quando se preparavam para virar rumo a noroeste, para a cidade romena fronteiriça de Iasi.

— Piolho — respondeu Emil, pensando em Nikolas. — É o piolho que transmite essa doença.

— Examinei os meninos ontem à noite.

— Vamos examinar todo mundo todas as noites até isso acabar.

A caravana parou. Logo receberam notícias de que tanques e forças da Segunda Frente Ucraniana Soviética estavam se movendo para oeste-noroeste, tentando dividir o Segundo Grupo de Exércitos Sul alemão. Os homens da SS que protegiam o comboio os mantiveram parados por duas horas antes de dirigirem a caravana para o sul, para longe de Iasi.

O sol surgiu uma hora depois de mudarem de rota, o que Adeline interpretou como bom sinal. A temperatura aumentava à medida que se aproximavam do sul. Com o passar das horas, os meninos cochilaram sob a cobertura. Emil segurava as rédeas, olhando em volta e estudando o ambiente.

— O que está procurando? — perguntou Adeline.

Ele franziu a testa.

— Não sei se estou procurando alguma coisa. Estou só olhando em volta, porque não tenho a intenção de voltar para cá nunca mais.

— Isso o deixa feliz ou triste?

— Nunca mais voltar para cá? Feliz.

— Que bom. Pensei que tivesse esquecido como ser feliz.

Ele a encarou, boquiaberto.

— Desculpe, Adella. É que acabo me perdendo nas preocupações com você e os meninos, pensando se devíamos ter vindo com os alemães ou, não sei, seguido nosso próprio caminho para a liberdade.

— Você conhece o caminho para a liberdade?

— Acho que vou reconhecer quando o encontrar — disse ele e, depois, sorriu.

Emil a fitou. Adeline sorriu para ele.

— Lembra-se da senhora Kantor?

— Não fosse ela, eu não teria me apaixonado por você.

— Aaahhh — disse ela, esquecendo o que ia falar e se aproximando para beijar o rosto do marido.

Ele a envolveu com um braço, e Adeline se aconchegou em seu peito sob o sol cada vez mais alto que aquecia o ar. Apesar do humor sombrio do marido, Adeline se sentia tão segura nos braços de Emil, e carroça e cavalos avançavam em um ritmo tão suave que as pálpebras ficaram pesadas, e logo ela também cochilava.

Outubro de 1933

Birsula, Ucrânia

Nos sonhos de Adeline, a senhora Kantor e seus convidados tinham devorado a sopa de frango e o macarrão de ovos. Esther a denominou "triunfo", o que fez Adeline corar, porque concordava com ela. Tinha tirado meia tigela para si mesma e não conseguia se lembrar da última vez em que havia provado algo tão bom. Além disso, havia aquele rapaz bonito e divertido que tinha vendido a lenha para ela.

Emil. Ele a fizera sorrir. Talvez sua vida estivesse mudando para melhor de novo.

Ela viu Emil passar a caminho da padaria na noite seguinte à da sopa e na outra também. Ficou irritada por ele não ter olhado nenhuma vez para a casa onde sabia que ela trabalhava. Na terceira noite, ele fez a mesma coisa, e ela se sentiu magoada de um jeito que a surpreendeu, porque, francamente, só havia conversado com o rapaz por alguns minutos. O que esperava, afinal?

Dez minutos depois de ele ter passado direto pela terceira noite seguida, Adeline estava diante da pia, esfregando panelas furiosamente, quando levantou a cabeça por acaso e, pela janela da cozinha, viu Emil parado no portão dos fundos, aparentemente constrangido. Ele acenou.

Adeline acenou de volta, enxugou as mãos, verificou o cabelo no espelho e saiu.

— Tem mais lenha para vender? — perguntou.

— Ah, não. Precisa? Posso pegar para você.

Adeline sorriu.

— Pode deixar um pouco todos os dias, se quiser.

Emil corou, sorriu e assentiu.

— Posso, é claro. Eu... gostaria muito.

Daquele dia em diante, nunca mais pararam de conversar. Sim, interrompiam a interação durante o dia, quando estavam separados e trabalhando, mas retomavam de onde haviam parado assim que podiam, suspirando como dois bobos. Às vezes Adeline sentia que podiam completar as frases um do outro, e seu coração chegava a doer quando se separavam.

Ainda assim, quando Emil a pediu em casamento no primeiro aniversário do encontro inicial, Adeline ficou dividida e pediu um tempo para pensar. Adorava cozinhar para a senhora Kantor e cuidar dela. Pela primeira vez na vida, recebia um pagamento mensal maior que o dinheiro que Emil ganhava recolhendo lenha para vender. Ao mesmo tempo, adorava Emil. Ele era divertido, trabalhador e, embora não tivesse estudado tanto quanto ela, era inteligente e tinha a sabedoria das ruas. Era o tipo de homem que sobreviveria. Mas ele cresceria e prosperaria? Ela teria com ele uma vida melhor do que teria sozinha?

Na manhã seguinte, a senhora Kantor notou sua agitação. Adeline explicou o que havia acontecido e concluiu:

— Eu vivo muito bem aqui. A senhora é boa comigo. Há comida suficiente, e tenho um lugar quente onde dormir. O que devo fazer? Ele recolhe madeira para ganhar a vida.

A senhora Kantor a estudou por vários momentos antes de responder:

— Vou ficar muito triste se for embora, Adelka, mas é melhor ser uma esposa pobre que uma solteirona rica. Você disse que Emil é um bom homem, o que significa que, se me deixar, vai conhecer o amor. E vai ter filhos. Vai ter uma família. E que família será!

Sua empregadora fez essa última declaração com tanto entusiasmo que quase derrubou o copo de água. Isso fez Adeline rir muito, o que deixou a senhora Kantor satisfeita.

— Continue rindo — disse ela, brandindo um dedo em sua direção. — Rir mantém o coração jovem. Ria pelo menos uma vez por dia. Duas é melhor.

— Isso é fácil — respondeu Adeline.

— Nem sempre. Posso dar mais um conselho que me ajudou na vida?

— Por favor — disse ela.

A senhora Kantor a convidou a se sentar na cadeira diante dela, onde estivera Esther. Adeline assim o fez, hesitante, mas depois sorriu para a mulher mais velha.

— Minha querida — disse a idosa —, depois de oitenta e um anos nesta terra, passei a acreditar que nossa missão na vida é suportar, ser bondoso e constantemente deixar o passado para trás, sem pensar muito no futuro. Se tiver que olhar para trás, tente ver a beleza e o benefício de cada crueldade praticada contra você. Se for preciso pensar no futuro, tente não criar expectativas. Confie em Deus para guiá-la. Entende?

Adeline não entendia tudo o que a mulher estava dizendo, mas assentiu.

— Que bom — respondeu a senhora Kantor. — Porque, quando faz isso, minha querida, você conhece as bênçãos de Deus e merece toda a felicidade e a abundância que a vida tem a oferecer, desde que doe parte da abundância para os menos favorecidos. Entende?

Adeline ainda não compreendia inteiramente o que a senhora Kantor dizia, mas assentiu de novo. A incerteza devia estar estampada em seu rosto, porque a senhora suspirou.

— Estou tentando passar o segredo para uma vida longa e feliz, Adeline. Ouça bem. Nossa missão na vida é suportar, ser bondoso e constantemente deixar o passado para trás, sem pensar muito no futuro. Se tiver de olhar para trás...

A voz desapareceu aos poucos, substituída no sonho de Adeline por outra lembrança, uma recordação mais tardia, mais amarga e marcante.

13 de janeiro de 1936

Pervomaisk, Ucrânia

Sentindo-se mais fraca e impotente que em qualquer outro período da vida, Adeline, então com vinte anos, olhava para seu bebê, o doce e querido Waldemar, que agitava os bracinhos, ainda tentando mamar em seus seios doloridos e secos, os braços tão magros, a pele tão fina e próxima dos ossos que ela não conteve o pranto e soluçou.

Emil passou um braço em torno de seus ombros.

— Meus amigos estão buscando nata para ele. Vamos encontrar, tenho certeza disso.

— Vamos pedir a estranhos — respondeu ela, em pânico. — Qualquer pessoa, todo mundo. Procure sua mãe. Convença-a de cuidar do neto enquanto você e eu tentamos mantê-lo vivo.

O casal tinha se mudado de volta para Pervomaisk pouco depois do casamento, porque a mãe de Emil se mudara para lá e dizia que havia trabalho na cidadezinha, que ficava a quatro horas de Birsula sentido leste. Emil conseguira um emprego, primeiro como trabalhador rural, depois na cervejaria. A vida de recém-casados os agradava, apesar da moradia humilde, e logo Adeline havia engravidado.

Em agosto de 1935, com seis meses de gestação, Adeline ainda trabalhava nos campos. O mês começara úmido, e depois as temperaturas subiram. Havia muito mosquito ao longo do rio Bug enquanto ela trabalhava, por isso ela nunca soube qual picada havia transmitido a doença. Mas em 1º de setembro, quando entrou no sétimo mês, Adeline sofria com os sintomas da malária. O primeiro ataque começou com uma sensação de peso na base da nuca, que provocou sonolência, depois veio um sono delicioso em uma escuridão completa e reconfortante, do qual só a dor nas articulações e uma febre altíssima podiam despertá-la.

Dia após dia, Adeline ardia, alucinando o tão esperado retorno do pai enquanto a temperatura corporal subia muito e cedia, deixando-a encharcada de suor. Minutos depois, gelada, ela tremia violentamente, e não havia cobertores suficientes para aquecê-la.

Então, adormecia e tinha de novo a sensação de peso na nuca. O ciclo da malária recomeçava. Cada episódio acontecia com intervalos de seis a oito horas, e a cada vez Adeline ficava mais fraca, incapaz de manter a comida no estômago. Ela perdeu peso. Temia pelo bebê que crescia dentro dela, mas não pôde fazer nada até Emil encontrar um médico que lhe deu quinino.

Melhorando progressivamente no fim de setembro e ao longo de outubro, Adeline não tinha sofrido nenhum episódio em quase vinte dias, quando novembro chegou com a promessa do nascimento do bebê. No dia 12 daquele mês, ela estava costurando um cobertor para o berço que Emil havia construído. O bebê era ativo, chutava o tempo todo, algo que ela adorava.

Era início de tarde, mas ela estava muito cansada. Deixou o trabalho manual de lado e fechou os olhos, sentindo quase imediatamente a conhecida e odiada pressão na base do crânio. Adeline dormiu um sono sem sonhos e acordou com febres diferentes das anteriores, com temperaturas mais altas e uma dor de cabeça tão forte que pensou que seus tímpanos fossem estourar.

Mais tarde, Emil contaria que precisou enrolar seu corpo em lençóis molhados, enquanto ela falava coisas insanas para pessoas que não estavam lá. Adeline tomou mais quinino, mas o efeito não foi tão rápido quanto antes. No quinto dia, ainda com febre e depois de um longo e difícil trabalho de parto, ela deu à luz um filho que eles chamaram de Waldemar.

O bebê nasceu pequeno, com menos de dois quilos. Mesmo doente, Adeline sentiu a mais intensa alegria da vida ao conhecer o primogênito, segurá-lo junto ao peito e vê-lo se alimentar de seu leite. Ele era tudo o que ela sempre quisera. Quando Emil abraçou os dois, ela se sentiu mais completa e mais feliz que nunca.

Mas a malária não ia embora. Adeline passava um dia sem sintomas e tinha febre no outro. Como é característico, a doença a definhava, a esgotava. Durante mais um ataque entre o Natal e o Ano-Novo, a jovem deixou de acreditar que um dia voltaria a se sentir bem. Então, o leite começou a escorrer como um vazamento intermitente.

Waldemar tinha dificuldades e, na segunda semana de janeiro de 1936, mal conseguia mamar o suficiente para sobreviver. As febres de Adeline tinham cessado, enfim. Ela voltava a se alimentar e começava a sentir que recuperava as forças. Mas quase não podia oferecer ao bebê uma mamada por dia, muito menos as sete ou oito de que ele precisava para se desenvolver.

Eles levaram o bebê ao mesmo médico que a medicara com quinino, e ele decretou que a criança precisava de gordura de leite. Recomendou que encontrassem uma ama de leite ou que procurassem nata ou creme fresco em uma fazenda. Mas não encontraram uma ama de leite, e o creme era algo impossível de achar em Pervomaisk no auge do inverno.

— Vou sair de novo — disse Emil.

— Eu vou com você — insistiu Adeline.

Emil foi procurar a mãe. Karoline tinha caído e machucado a bacia antes do Natal e andava com a ajuda de uma bengala.

— Ele está muito fraco — disse Adeline à sogra.

— Estou vendo — respondeu ela.

Adeline começou a dar instruções a Karoline, mas a mulher estendeu as mãos.

— Já criei alguns desses.

Adeline e Emil saíram e andaram durante horas naquele dia, perguntando a qualquer pessoa e a todo mundo como encontrar nata para o filho doente. Havia um mercado paralelo para esses produtos, mas, depois de quase dezenove anos de regime comunista, ninguém sabia onde ou se sentia confortável o bastante para revelar.

Emil tinha que trabalhar naquela noite. Adeline o acompanhou até a cervejaria. Do lado de fora, ela chorou.

— Não posso amamentá-lo, e é por isso que ele está morrendo. A culpa é minha.

Emil a segurou e a abraçou com força.

— Vamos encontrar um jeito de...

— Emil? — um homem o chamou.

Os dois levantaram a cabeça e viram um colega de trabalho de Emil da cervejaria.

— Encontrei um pouco de creme para seu filho. Deixei com sua mãe no seu apartamento.

Adeline se animou. Beijou o rosto de Emil e correu para casa, enquanto ele ia trabalhar. Chegou ao modesto prédio onde moravam, subiu ao terceiro andar e entrou em casa.

— Onde está? — perguntou, ainda antes de fechar a porta.

A sogra perguntou:

— Onde está o quê?

— O creme.

— Ah, o que aquele médico sabe? — respondeu Karoline. — Tentei dar uma colher de creme ao bebê, e ele pôs para fora assim que engoliu. A mesma coisa na segunda e na terceira vez. Então, eu bebi.

Adeline encarou a sogra com um olhar incrédulo.

— Você bebeu?

— Não tudo — reagiu Karoline, com um suspiro indignado. — E, como já falei, não estava fazendo bem ao menino. Eu não sentia o gosto de um creme de verdade havia cinco anos, talvez mais.

Adeline gritou:

— Sua... sua bruxa horrorosa! Saia da minha casa! Você acabou de matar meu filho!

— Não fiz nada disso — berrou Karoline de volta. — Qualquer um vê que ele está fraco porque você não consegue amamentar! Os goles que bebi do creme não têm nada a ver com isso!

Adeline a pôs para fora e bateu a porta.

Com oito semanas de vida, Waldemar estava fraco demais. Quando Adeline deu a ele um pouco do creme que restava, de fato, o bebê vomitou aquela e todas as colheradas seguintes. Depois, desenvolveu uma tosse que o enfraqueceu ainda mais. Duas noites mais tarde, Emil chegou em casa e encontrou Adeline com o bebê nos braços. Ele estava enfaixado e respirava com dificuldade.

— Ele está morrendo — disse ela. — Não abre mais os olhos.

— Não — arfou Emil. — Ele não está morrendo.

— Está. Eu sinto. Pode segurá-lo comigo?

A tristeza devorou o marido antes que ele se aproximasse e, juntos, os dois seguraram o bebê entre eles, chorando por horas depois de ele ter dado o último suspiro e desistido da vida com um longo sopro devastador que acabou com a pouca força que mantinha Adeline em pé. Ela soluçou, sufocou, gemeu com uma dor que nunca havia sentido, uma dor pior que a de trazê-lo ao mundo, mais primal, a agonia do coração se partindo.

Emil se manteve forte por ela, a amparou nos piores momentos. Ficou sentado ao lado dela por mais uma hora sem desmoronar nem uma vez, sem dizer uma só palavra, até que ela falou:

— Temos que enterrá-lo. Precisamos de um caixãozinho.

Ele hesitou, antes de responder:

— Ainda não recebi. Não temos dinheiro para comprar madeira.

Adeline o encarou com uma expressão vazia.

— O quê?

— Não temos.

— E agora?

— Não sei — declarou, derrotado. — Não sei.

— Não podemos enterrar nosso bebê direto na terra!

— Eu sei, mas…

Adeline pôs o filho morto e enfaixado nos braços do marido.

— Segure-o. Eu… não consigo ficar aqui agora. Simplesmente não consigo.

Ela se levantou com as pernas trêmulas, pegou o casaco e o chapéu e saiu antes mesmo de amanhecer. Era meio de janeiro no centro-norte da Ucrânia. Devia estar muito frio, a neve devia cobrir tudo. Mas o frio e as tempestades ainda não haviam chegado. Tudo em torno era estéril, marrom e cinza quando ela se sentou na escada na frente do prédio e, olhando para o sudeste, tentou ver os primeiros raios de luz no horizonte.

Mas Adeline só via escuridão, e o luto travou uma batalha contra o entorpecimento.

Ela baixou a cabeça e rezou.

— Você o tirou de mim por alguma razão — disse, tentando não tropeçar nas palavras e fracassando. — Não sei por que me deixou adoecer, por que ele tinha que morrer. Mas, por favor, não me faça deixar meu bebê na terra fria como algo que se joga fora. Por favor, não me obrigue a fazer isso com meu bebezinho abençoado.

Incapaz de continuar, Adeline sentou-se lá, no escuro, com lágrimas lavando o rosto, os braços envolvendo os joelhos, até ver uma luminosidade rosada surgir no céu a leste. Depois, ouviu por uma janela aberta acima dela o som de seu marido orgulhoso e estoico chorando pela primeira vez desde que se casaram.

Isso a esvaziou, a colocou em um transe sobrenatural durante o qual encarou o céu onde fios cor-de-rosa surgiam, se estendiam. Adeline estava tão destruída que mal notou o amanhecer chegando enquanto questionava quanta dor uma mulher podia suportar antes de ter a mente tão destroçada quanto o coração.

Acima dela, ouviu Emil bater em alguma coisa no apartamento e amaldiçoar Deus. Adeline escondeu o rosto entre as mãos. Tinha ouvido histórias sobre o que acontece com casais que perdem um filho dessa maneira. Ela se perguntou se o casamento havia acabado e se sentiu mais que abandonada. Sentiu-se jogada de lado, um nada aos olhos do céu.

Uma brisa soprou. Gelada, Adeline levantou a cabeça, querendo fechar mais a gola do casaco em torno do pescoço. Embora permanecesse na sombra, os fios rosados do amanhecer agora se tornavam longos e bonitos, e as pontas estavam quase sobre sua cabeça quando o sol finalmente começou a subir, projetando uma coroa de raios dourados pálidos no horizonte.

Ela viu a luz ficar mais forte e pensou: *Como uma coisa tão bonita assim acontece em uma manhã cruel como esta?*

A brisa soprou. Pelo canto do olho, ela viu algo se mover no vento, rolar, girar e dançar numa estranha gagueira. Uma coisa que tremulou, subiu e depois caiu quando o vento suspirou, girando até parar a mais ou menos um metro dela.

Adeline arfou incrédula ao ver a nota amarela e branca de vinte rublos, dinheiro mais que suficiente para Emil construir um caixão para Waldemar.

Ela começou a soluçar novamente.

*

— Adella — disse Emil, sacudindo seu ombro de leve. — Acalme-se.

Adeline acordou assustada e olhou em volta por um momento em total confusão, antes de fixar o olhar em Odin e Thor puxando a carroça, depois em Emil.

— Eu tive um sonho ruim.

— Um pesadelo — disse ele. — Estava tremendo.

— Você dormiu mais que eu, mamãe — disse Will atrás dela.

— E que eu — acrescentou o segundo Waldemar, nascido em outubro de 1937, vinte e um meses após a morte do primogênito.

Ela se virou no banco e viu os meninos deitados nos cobertores dobrados, com os cotovelos flexionados e o queixo nas mãos. Adeline sorriu e deu um beijo na testa de cada um.

— Por que fez isso? — perguntou Walt.

— Porque você e seu irmão são os milagres que seu pai, eu e Deus fizemos. E porque amo muito, muito, muito vocês!

Will deu risada, e Walt também riu antes de olhar para trás dela e ficar sério.

— Tem seis tanques em cima daquela colina à frente, mamãe.

Adeline se virou, protegeu os olhos com a mão e viu os *Panzer* alemães no topo, três de cada lado do comboio. Os canos de canhão estavam todos apontados para a caravana.

— Vou tampar os ouvidos com os dedos até passarmos por eles — avisou Will.

Walt franziu a testa e também tampou os ouvidos.

Adeline disse:

— Tampar os ouvidos provavelmente não é uma ideia ruim.

O marido não respondeu. Emil agora prestava atenção em alguma coisa mais próxima que os tanques, à frente e à direita do comboio. Adeline viu uma carroça retirada do conjunto e um veículo da Wehrmacht estacionado ao lado. A movimentação de homens era grande lá fora.

Ela olhou para Emil, que observava o outro lado da rota. Quando se aproximaram, no entanto, ele voltou a estudá-los, desta vez com atenção.

No alto da encosta, os *Panzer* rugiram. Começaram a se mover separados em duas fileiras, as esteiras cavando o solo e arremessando lama para cima, atrás deles. Adeline tapou as orelhas, atenta aos *Panzer*, que seguiam na direção deles e ganhavam velocidade.

Odin e Thor começaram a balançar, tremer e bufar. Eles lembravam.

— Tudo bem, meninos — disse Emil, firme, para tranquilizá-los. — São só cavalos maiores.

Adeline havia se esquecido da carroça e do veículo da Wehrmacht até quase os alcançarem. Ela encarou Emil, que observava atentamente dois dos homens ao lado do veículo.

Um era alto, magro e vestia roupas civis de lã; o outro era um oficial da SS. Eles permaneciam meio de lado, olhando para os tanques que se aproximavam.

10

Nikolas e *Sturmbannführer* Haussmann deram as costas para os tanques à direita e para a lama arremessada atrás deles. Emil queria entregar as rédeas a Adeline e ir para a parte de trás do veículo com os filhos.

Mas a carroça estava a menos de vinte metros dos dois homens. Não tinha tempo nem para baixar a cabeça e desviar o olhar, torcendo para que não o reconhecessem.

Os tanques mudaram de direção de repente. Major Haussmann estudou a carroça na frente dos Martel e depois Emil, antes de olhar para Adeline por um instante prolongado e, em seguida, olhar para a carroça seguinte na fila. Nikolas mal analisou Adeline e os meninos atrás dela antes de cravar os olhos em Emil, sorrir e acenar com a cabeça quando eles passaram. Foi um gesto indesejado de cumplicidade, como um sinal de honra entre ladrões, e Emil sentiu o estômago revirar.

— Quem era aquele homem? — perguntou Adeline. — Por que ele sorriu para você daquele jeito?

— Não faço ideia — respondeu Emil, querendo olhar para trás.

— Ele acenou para você.

— Ah, é? Pensei que tivesse sorrido. Acho que só quis ser simpático.

Ele olhou para a esposa, que parecia cética.

— Não tive a impressão de simpatia.

Walt e Will começaram a se mexer atrás de Emil, o que lhe deu uma desculpa para olhar por cima do ombro e através da área coberta para a estrada que deixavam para trás. Nikolas e Haussmann o encaravam.

— Estão olhando para nós — comentou Adeline, que também tinha se virado. — Quem são eles?

Emil olhou a esposa, balançou a cabeça.

— Não sei.

— O oficial da SS era parecido com aquele que dirigia a caravana na segunda manhã.

— Era?

— Emil, você grava rostos. Nunca os esquece.

— Acho que não prestei atenção, Adella. — E olhou para trás novamente. — De qualquer maneira, agora ficaram para trás.

Mas naquele dia Nikolas e Haussmann não saíram da cabeça de Emil durante o resto do trajeto. Eles passaram por mais tanques *Panzer* e pelotões dos dois lados da estrada, por mais soldados cavando junto das encostas e ainda mais soldados romenos montando acampamentos.

Os Martel pararam para pernoitar perto de um riacho de água fria e transparente. Ao longo das margens, os meninos encontraram madeira para a fogueira que o avô deles acendeu. Emil cavou outro forno para Adeline na margem do riacho. Ela fez pão, enquanto a mãe e a irmã preparavam sopa de cebola, batata, nabo e carne-seca de porco. Walt encontrou outro maço de aspargos silvestres, que elas acrescentaram à panela.

Quando o sol se pôs, a luz desenhou traços dramáticos de roxo e vermelho no céu.

— Que bonito o céu — disse Emil.

Adeline olhou para cima e interrompeu o trabalho na tábua para esboçar um sorriso, mas em seguida inclinou a cabeça, intrigada, e sua expressão ficou triste.

— O que foi? — perguntou ele.

— Não sei. Só vi esses fios lindos uma vez, que eu me lembre. — Seus olhos se encheram de lágrimas.

— Para mim, todo pôr do sol é igual — declarou Rese. — Quando vamos comer?

— Está em pé? — Emil estranhou.

— Sinto como se tivesse dormido durante uma semana — respondeu ela, bocejando.

— E dormiu mesmo — confirmou Adeline, deixando a tristeza de lado.

— Por isso estou com fome.

— Vou pegar uma tigela para ela — disse Karoline, que tinha se aproximado.

— Tudo bem, mãe, eu consigo carregar uma tigela de sopa — protestou Rese.

— Aqui — disse Malia, entregando a Rese uma tigela fumegante. — Talvez a batata ainda esteja um pouco *al dente*, mas vai encher seu estômago.

Adeline deu a ela um pedaço de pão. Rese sorriu e agradeceu. Os meninos foram os próximos a comer, depois as mulheres, da mais velha para a mais jovem, então os homens. Emil foi o último a comer, mas havia mais que o suficiente para encher sua barriga naquela noite.

Enquanto comiam, o céu escureceu. Eles alimentaram o fogo e acenderam a lamparina. O vento soprou mais forte, assobiando entre os galhos de árvore e fazendo o fogo crepitar e rugir com tanta violência que um pequeno feixe de faíscas explodiu e flutuou no ar.

*

Do outro lado da fogueira, nas sombras projetadas pelas chamas sopradas pelo vento, Emil percebeu movimento no leito do riacho. Logo um homem apareceu subindo a margem, carregando um rifle no ombro e uma garrafa na mão. Ele caminhava em direção à fogueira, exibindo o uniforme marrom e verde de soldado do Exército romeno. Era baixo, cerca de um metro e sessenta e oito, e devia ter vinte e poucos anos.

— Boa noite — falou em alemão, sorrindo e olhando para todos de um jeito estranho e animado, enquanto levantava a garrafa. — Sou o cabo Gheorghe do Terceiro Exército Romeno. A lua e as estrelas me trouxeram até vocês com hidromel. Atravessei o riacho sentindo frio e vi sua fogueira. Podemos trocar hidromel por um pouco de calor?

De imediato, Emil sentiu que havia alguma coisa errada. Por que ele estava no riacho? De onde vinha o hidromel? Quando olhou para Walt e Will sentados ao lado da mãe, viu que os dois meninos estavam sérios e intrigados, desconfiados. Mas não Adeline. Ela parecia se divertir com o visitante.

— Aceito um pouco de hidromel, cabo Gheorghe, por favor — respondeu Rese.

— Não aceita, não — disse sua mãe.

— Eu aceito — anunciou o pai de Emil.

— Eu também — falou Adeline. — Onde conseguiu hidromel? E como um cabo romeno sabe falar alemão?

Ele se aproximou da fogueira, sorrindo para todos enquanto removia a tampa da garrafa.

— Roubei o hidromel de um acampamento de oficiais da SS um pouco adiante na estrada. — Ele se aproximou de Johann e serviu um pouco em sua caneca. — Sabem o que as estrelas, a lua e o todo-poderoso dizem que vou fazer quando a guerra acabar e eu puder ir para casa?

Emil queria dizer que não estava interessado em saber o que ele ia fazer quando a guerra acabasse e que roubar bebida de oficiais da SS era uma das coisas mais idiotas que alguém podia fazer.

Mas Malia, a irmã mais velha de Adeline, perguntou:

— O quê?

— Vou ser apicultor — respondeu o cabo. — Vou produzir mel. Vender mel. Adoro mel.

Ele se aproximou de Karoline com a bebida, mas ela balançou a cabeça e apontou para a filha.

— Rese também não vai beber.

— Tenho vinte e um anos, mamãe.

Karoline a encarou.

— Não tem a ver com idade, Rese, e você sabe disso.

A jovem bufou, cruzou os braços, fechou os olhos e não disse nada.

— Por que apicultor? — perguntou Malia enquanto ele servia a bebida para Adeline e Lydia.

O romeno levantou as sobrancelhas para Emil, que balançou a cabeça. O cabo projetou o lábio inferior e fez uma cara triste, antes de se aproximar de Malia dizendo:

— Abelhas e mel são bons para homens, mulheres e meninos. Se você come mel, é forte e nunca fica doente. Se leva uma picada, isso o torna ainda mais forte. E comer a geleia real? Você vive, vive e vive. Um apicultor não precisa trabalhar muito o ano inteiro. É um sonho. Sonho todas as noites com o fim da guerra. O louco do Stálin, o pateta do Hitler, todos mortos, todos no inferno. No meu sonho, jogo minha arma fora, vou para casa, crio abelhas, ganho dinheiro e encontro uma boa mulher para fazer feliz.

Ele sorriu para Malia.

— Minha esposa e eu vamos viver muito. Sem guerra. Só amor para todo mundo. Fazer mel juntos, entende?

Ela corou, baixou a cabeça e respondeu:

— Parece um sonho, cabo.

— Sonhos se realizam. Sabe disso, não sabe?

Ela levantou a cabeça, confusa, e olhou para a mãe. Lydia balançou a cabeça.

— Sonhos são bobagens, cabo Gheorghe. Não se realizam — disse.

— Não, não, sonhos se realizam — insistiu ele, tirando o capacete e apontando para uma cicatriz recente sobre uma pequena depressão em forma de crescente no crânio, sobre a orelha direita. — O velho cabo Gheorghe? Antes do tiro de morteiro? Ele odiava a vida. Sofria todos os dias, era sombrio e raivoso, ouvia vozes em sua cabeça. *Por que eu? Por que não eu? Quem vai atirar em mim?* O velho cabo Gheorghe não acreditava em Deus. Não acreditava que sonhos se realizam.

O soldado romeno pôs a mão sobre o coração e arregalou os olhos.

— Mas então o tiro de morteiro me atingiu, me apagou na hora. Acordei, e tudo tinha mudado. Eu era parte de tudo e todo mundo. Eu vi. Senti. Entendi! O soldado Kumar estava certo! Sonhos se realizam se você os mantiver no coração e agir com o coração. Todas as noites, bem aqui no peito, sei que nasci para fazer mel, encontrar uma bela mulher e fazer mais mel.

Ele riu, tocou a cicatriz com a mão direita novamente e fechou os olhos, exibindo uma expressão tão gloriosa quanto possível.

— Eu posso esperar. Tenho paciência e paz e não tenho medo. No fundo, sei que já sou apicultor. Seja como for, sou apicultor.

Àquela altura, Emil já havia concluído que o romeno era um lunático, um bêbado ou as duas coisas. Ele se sentiu um pouco hostil quando afirmou:

— Não contou onde aprendeu a falar alemão.

— Ah, minha avó era austríaca — respondeu ele, abrindo os olhos. — Morei com ela por vários anos depois que minha mãe morreu.

Malia disse:

— E onde estava quando foi atingido pelo tiro de morteiro?

A alegria desapareceu do rosto do cabo. Sua expressão ficou sombria. Ele baixou a mão e segurou a garrafa de hidromel. Depois de despejar uma porção generosa na boca, engoliu, se arrepiou e olhou para todos com uma expressão assombrada.

— Stalingrado — disse. — Cotovelo do Don.

*

Durante a hora seguinte, enquanto o fogo se reduzia a brasas e eles consumiam o restante do hidromel, o apicultor contou sua versão da mais longa e sangrenta batalha já travada na Terra. Apesar de não confiar no homem, Emil não conseguia deixar de ouvir com atenção o cabo Gheorghe descrever como havia saído de sua cidade natal Barlad, no leste da Romênia, para embarcar em um trem com a tropa em seu uniforme de verão em julho de

1942. O apicultor saiu do trem dois dias mais tarde, depois marchou por nove dias até uma posição perto da cidade de Serafimovich, mais de cem quilômetros a noroeste de Stalingrado.

— Era um território de estepe no sul de Cotul Donului, o cotovelo do rio Don — disse ele. — Aberto. Poucas árvores. Muito vento. E fazia calor. O soldado Kumar, aquele maluco indiano, achava que o vento e o sol estavam ótimos. Eu odiei aquilo.

Soldado do pelotão romeno, Kumar trabalhava cavando trincheiras, buracos e apoios para metralhadoras e canhões. Quando eles cavavam para assumir sua posição em uma elevação a dois quilômetros do cotovelo do rio, o soldado Gheorghe soube que o pai de Kumar era um expatriado da Índia, dono de uma companhia têxtil que morava em Bucareste havia trinta anos e tinha se casado cedo com a mãe de Kumar, uma bela romena. Eles tiveram três filhos, dos quais Kumar era o mais velho.

O romeno bebeu mais hidromel, antes de continuar:

— O soldado Kumar era ainda mais baixo que eu, mas duas vezes mais forte. E mais tarde, quando a temperatura caiu e esfriou demais? Ele não tremia. Só ficava sentado de olhos fechados, com aquele sorrisinho, e respirava profundamente e devagar por dez minutos. Então ficava bem e voltava ao trabalho. Acabei perguntando a Kumar se ele estava rezando. Ele disse que não, que estava meditando. Respondi que nem imaginava o que seria. Ele explicou que rezar é falar com Deus, e meditar é ouvi-lo. — Ele fez uma pausa, sorriu. — Na época, pensei que o soldado Kumar era meio maluco e…

— Pensei que ia contar sobre a batalha. — Confuso com toda essa conversa sem sentido, Emil se levantou com a intenção de cuidar dos cavalos.

— E como fui atingido na cabeça, sim — confirmou o cabo. — Estou chegando lá.

Embora a Força Aérea soviética tivesse bombardeado a posição do cabo Gheorghe várias vezes nos meses seguintes, o apicultor, o soldado Kumar e o restante do Terceiro Exército Romeno escaparam ilesos, em grande parte, até o outono de 1942, que foi estranhamente ameno e espalhou tempestades de vento e tornados pelo sul da Rússia.

Gheorghe disse:

— Em novembro, o Exército Vermelho chegou à região mais alta do outro lado do rio Don. Tanques. Canhões. Muitas divisões.

O rosto do apicultor endureceu com a lembrança. Ele relatou que o soldado Kumar teve uma visão enquanto meditava. Em sua visão, os soviéticos atacavam à noite, e ele morria.

— Falei para ele não pensar nisso, porque precisava estar pronto para lutar, mas Kumar se limitou a sorrir para mim. Dormi e sonhei que sobrevivia à batalha, saía inteiro dela, me tornava apicultor e tinha uma vida longa e feliz.

Nas horas que antecederam o amanhecer de 23 de novembro de 1942, três exércitos soviéticos atacaram os romenos, espalhados ao longo de um front de cem quilômetros desde a posição do cabo Gheorghe no cotovelo do Don a leste, em direção a Stalingrado.

— A neve e o vento tinham chegado, era a primeira grande tempestade do inverno — contou o apicultor, olhando para o céu da noite. — Eu não ouvia os tanques, mas o soldado Kumar disse que os ouvia parados, ligados. Canhões e morteiros começaram a atirar contra nossa elevação e acertar vários alvos. O soldado Kumar estava na ponta da mesma trincheira em L, não muito longe, talvez a quarenta metros. Vou dizer... Quando as bombas começaram a cair, ele só apoiou a arma e ficou lá sentado, de olhos fechados, com aquele sorrisinho no rosto.

O romeno interrompeu o relato para oferecer a última dose de hidromel, mas todos recusaram. Malia perguntou:

— O que aconteceu?

Ele olhou para o fogo com tristeza.

— À primeira luz, um tiro de morteiro acertou o soldado Kumar, e ele se foi como neve vermelha soprada pelo vento.

— O quê? — Reagiu Rese, impressionada. — Sério?

— É triste, mas real. Depois, na nevasca, havia grandes flashes, como relâmpagos. E *bum*! Fui atingido também, e tudo escureceu.

Os dedos enluvados do romeno tocaram a cicatriz e a depressão de um lado da cabeça, antes de ele desviar a atenção do céu da noite e encarar todos de olhos arregalados.

— Acordei com a cara na neve. Era dia. Meus ouvidos zumbiam. Meu coração parecia ter se partido. Coberto de neve, eu podia sentir que estava ferido aqui na cabeça, sangrando pelo nariz e pelas orelhas. Mais bombas caíram. Mais canhões dispararam. Tanques se aproximavam. E homens armados com rifles. E atiradores com metralhadoras. Mas eu estava tonto, e era como se o tempo passasse bem devagar, até eu ver milhares de soviéticos em roupas brancas atravessando o rio e subindo a colina na tempestade. Eu os vi fuzilar seis homens abaixo de mim e ouvi quando disseram: "Não façam prisioneiros".

O cabo parou de falar, paralisado e horrorizado, lembrando o momento em que viu seu fim tão próximo. Seu corpo tremia, mas Emil notou que não era de medo, e sim uma estranha alegria que de repente parecia explodir de seu peito e irradiar do rosto. Ele olhou em volta, rindo para todos eles como um louco.

— Os soldados russos passaram por mim correndo, como se eu fosse invisível! — disse. — Outros chegaram e fizeram a mesma coisa. E foi ali que eu soube que havia mudado, como se o impacto do tiro de morteiro tivesse posto alguma coisa no lugar em minha cabeça. Eu estava calmo, em paz. Enquanto sobrevivia à batalha que era travada à volta, soube que o soldado Kumar estava certo. Você, eu, o fogo, o Universo, tudo é o todo-poderoso. E, quando você sabe disso, quando aceita isso, os sonhos se realizam, porque você está no todo-poderoso e o todo-poderoso está em você.

Emil queria interrompê-lo bem ali, porque tudo parecia absolutamente insano, mas notou que Malia, Adeline e Rese pareciam quase hipnotizadas pelo romeno.

— O que você fez? — perguntou Malia.

O cabo Gheorghe sorriu para ela.

— Peguei meu rifle, saí da trincheira e andei pela nevasca atravessando o combate.

Ele dizia ter visto soldados soviéticos mortos vestidos com macacões brancos e tirado o macacão de um dos corpos. Disse que atiradores russos e romenos disparavam além dele. Bombas caíam. Canhões rugiam. Tanques passavam sacolejando a menos de um metro e meio enquanto ele enterrava muitos camaradas.

O cabo Gheorghe contou que passou dias andando através das batalhas e no rescaldo delas, vendo a brutalidade, a carnificina e muitos mortos – alemães, soviéticos e romenos, civis e militares, sem distinção. Vasculhou as mochilas dos soldados romenos mortos. Se encontrava comida ou alguma coisa útil, enterrava esses soldados. Para não ter que se deitar na neve, dormia onde as bombas tinham caído mais recentemente.

— O chão era preto, quente e tinha cheiro de fumaça de petróleo. Na terceira ou quarta manhã, a neblina se desenrolou, e eu entrei nela. Quando saí daquela névoa, a batalha de Cotul Donului tinha acabado, e eu estava vivo.

Ele olhou para Malia, sorriu e disse:

— Por isso, sei que serei apicultor, encontrarei uma boa mulher e terei uma vida de mel.

A irmã mais velha de Adeline corou novamente e riu.

— Uma vida de mel.

— Bem — disse Lydia, mãe dela, levantando-se irritada. — Já ouvi o suficiente. E você também, Malia. Temos que sair cedo de manhã em busca da *nossa* vida de mel.

O romeno achou isso engraçado e riu, depois se curvou. Lydia e Malia, relutante, deixaram a fogueira quase apagada com Adeline, que carregava Will enquanto Walt se arrastava sonolento ao lado dela para a cama na carroça.

Karoline chamou Rese e Johann para se recolherem com ela. Então, restaram apenas Emil e o soldado romeno junto da última luz do fogo.

— Você entende, Martel? — perguntou o cabo Gheorghe. — O todo-poderoso, Deus, o divino, a inteligência universal, seja qual for o nome que você dê, é tudo a mesma coisa. Aquele que nos ouve e ajuda, que move a lua e as estrelas por nós, se pedirmos do jeito certo. E os sonhos se realizam.

Emil se sentia pesado quando balançou a cabeça e perdeu a paciência.

— Não existe Deus, nem todo-poderoso, nem divino, nem inteligência universal, nem lua ou estrelas se movendo por causa de sonhos. Só seu trabalho e o que você constrói para si mesmo, além daquilo de que consegue se esconder. É isso!

O romeno tocou a cicatriz na cabeça.

— Andei pelo pior da guerra e não fui tocado depois do morteiro. Vi milhares morrerem, Martel. Mas eu não morri. Eu estou aqui, ao lado de sua fogueira.

— Se o que disse é verdade, você é um homem de sorte — respondeu Emil. — Reconheço. Boa noite, cabo Gheorghe. Tenha uma boa vida.

Gheorghe levou a mão ao peito e inclinou a cabeça para trás por um momento, de olhos fechados, depois os abriu e encarou Emil com a mão estendida.

— Tenho a sensação de que o verei de novo, Martel. Na verdade, tenho certeza disso. Vai acontecer quando a lua e as estrelas se moverem.

Relutante, Emil apertou a mão do homem.

— Sim, ok. E boa sorte com o mel.

— Não é sorte — disse o homem ao pegar o rifle e a garrafa vazia. — Em meu coração, já sou apicultor.

Ele riu e se afastou, voltou para o leito escuro do riacho. Enquanto verificava os cavalos, Emil ouviu o cabo romeno falando sozinho e se deitando entre os arbustos. A noite havia silenciado por completo enquanto ele se acomodou sob os cobertores embaixo da carroça.

— Ele é louco, Emil? — sussurrou Adeline.

— Levou uma pancada na cabeça e perdeu o juízo — sussurrou o marido de volta. — Pior que Malia.

Emil pensou que ela ficaria brava com o comentário, mas Adeline se limitou a dizer:

— Não entendi metade do que aquele homem falou, mas minha irmã parecia entender tudo. Eles veem o mundo de um jeito diferente, não é?

— Como eu disse, pancada na cabeça. Agora vamos dormir.

11

Na escuridão profunda e fria da noite, Adeline acordou com um apito agudo seguido de uma explosão a cerca de um quilômetro e meio, não mais. O chão tremeu. Houve outro apito e mais uma explosão mais violenta e mais próxima.

A Quarta Frente Ucraniana Soviética estava atacando do leste.

— A galeria! — gritou Emil. — Pegue Will! Eu vou buscar Walt!

Adeline calçou os sapatos, pegou Will e, juntos, eles saíram de debaixo da carroça, ouvindo a mãe e a irmã dela a chamando aos gritos.

— Para onde? — berrou Malia, na explosão seguinte.

— Para cá! — respondeu Adeline, aos gritos. — Para cá!

— Continue gritando!

Houve um clarão tremendo quando uma bomba atingiu um acampamento da Wehrmacht perto deles. A explosão desequilibrou Adeline, e ela cambaleou no mesmo instante em que viu Emil e Walt na frente dela e de Will correndo para o riacho e a galeria.

Ela se sentia ofuscada quando as explosões cessaram, mas continuou avançando para onde tinha visto Emil pela última vez. Então, outra bomba explodiu, e ele estava lá, estendendo os braços poderosos para segurar Will, depois ela, e guiá-los para dentro da água fria e para onde era possível acessar a galeria.

Os sapatos e os pés de Adeline ficaram encharcados e frios depois de dois passos. Mas, quando a bomba seguinte explodiu, ela não se incomodou. A explosão soou abafada, quase distante.

— Não estou enxergando nada, mamãe — disse Walt, quando eles seguiram adiante na galeria.

— Estou com frio — reclamou Will. — Onde fico?

— Perto de Walt — disse Adeline. — E todos estamos com frio, mas mais seguros agora.

Quando Will alcançou Walt, Adeline parou ao lado dele e disse aos filhos para virarem as costas para a parede da galeria, tirarem os pés da água e apoiá-los na parede do outro lado. Houve um barulho na água.

— Mamãe! — gritou Will. — Eu caí!

— Levante-se — berrou Emil, da entrada da galeria.

— Sim, levante-se — repetiu ela, com um nó no estômago, porque sabia que agora ele estava com problemas mais sérios, molhado e com frio. — Vem para cá.

Adeline sentiu as mãozinhas geladas de Will nas coxas, estendeu os braços na escuridão e o pegou no colo. Costas e pernas protestaram contra o esforço extra, mas ela abraçou o filho, que já tremia muito, e o apertou contra o peito.

— Tudo bem — murmurou no ouvido dele. — Mamãe está aqui.

— Estou com muito frio.

— É só até o papai dizer que podemos sair.

Gelados e molhados, os dedos dele encontraram seu rosto no escuro. Ela os beijou e os segurou com a mão seca.

— Por que temos que fazer isso? — perguntou Walter, na escuridão. — Não gosto de ficar aqui.

— Às vezes você tem que fazer coisas que não quer para se manter vivo — respondeu Emil. — Por pior que seja, é melhor que estar na carroça.

— E se a carroça for destruída? — perguntou Walt. — E se Thor e Odin morrerem?

— Estou com frio, mamãe — repetiu Will, contorcendo-se em seus braços.

— Pense em alguma vez em que sentiu muito calor — disse ela. — No lugar mais quente onde já esteve. Tão quente que você queria ficar na sombra.

Todos ficaram quietos, cada um deles rememorando um dia quente. Por razões que não entendia, Adeline pensou no dia 9 de agosto de 1941, durante uma onda de calor na cidade de Pervomaisk.

*

Fazia um calor terrível. Adeline carregava Will, que tinha quase dois anos, e Walt, então com quase quatro, andava a seu lado. Tinham saído para fazer compras e voltavam para o apartamento sem muita coisa para comprovar o esforço. Enquanto andava, ela olhava para todos os lados, ainda tentando entender a nova ordem do mundo. Uma semana antes, os alemães haviam invadido a cidade, que agora ocupavam, e Adeline acabara de saber que o irmão mais novo, Wilhelm, fora convocado pela Wehrmacht para lutar contra o Exército Vermelho em retirada. Ele já havia partido.

Havia boatos sobre mais coisas ruins em andamento. Todas as noites, pelas janelas abertas, eles ouviam tiros. Ainda assim, Emil dizia que a vida poderia ser melhor para eles sob os alemães, não sob domínio soviético. Seria verdade? Ela era alemã étnica e falava russo e alemão, mas não se sentia ligada a nenhum dos dois países, muito menos a Stálin ou Hitler.

— Mamãe? — chamou Walt. — Está muito quente. Estou com sede.

— Estamos quase em casa. Lá vamos beber água.

— Você me leva no colo?

— E o que faço com Will?

— Ah — murmurou ele, abatido.

— Adeline? É você? — perguntou uma voz feminina e trêmula atrás dela.

Adeline não reconheceu a voz, mas olhou para trás e viu uma mulher de quase quarenta anos amedrontada, desesperada, com um lenço na cabeça e roupas de camponesa. De início, não a identificou. Mas então a mulher inclinou um pouco a cabeça, e Adeline soube quem era.

— A amiga da senhora Kantor — disse, sorrindo. — Esther.

Fazia quase oito anos.

— Shhh. Agora meu nome é Ilse — respondeu Esther, olhando em volta e sorrindo para Walt e o bebê. — São seus filhos?

Adeline achou estranho que ela tivesse mudado de nome, mas sorriu.

— Sim.

— Uma bênção. A senhora Kantor me contou sobre seu primeiro filho. Sinto muito.

Adeline sentiu uma onda de tristeza. Cinco anos se passaram, e tinha se convencido de que a dor da perda de Waldemar a acompanharia para sempre. Ela acomodou Walt de um lado do corpo.

— Estes são meus presentes preciosos. Como vai?

Esther se inclinou para a frente, tocou a mão de Adeline com dedos trêmulos e, com olhos marejados, sussurrou:

— Os nazistas estão fuzilando judeus em Bogopol, do outro lado do rio, e eu… preciso de sua ajuda. Ah, Deus, por favor, não tenho mais a quem recorrer.

*

Na escuridão total da galeria, quase três anos depois, com as bombas caindo com menos frequência, Will tremeu em seus braços e interrompeu a lembrança.

— Estou com muito frio, mamãe.

Adeline chamou:

— Emil?

Ele respondeu:

— O bombardeio continua, mas parece que o alvo é outro. Acho que podemos sair. Lydia? Malia? Venham atrás de mim.

— Graças a Deus — gemeu Lydia. — Odeio esses lugares.

Adeline ouviu a movimentação delas pela galeria.

— Will, desce e anda na direção da Oma.

— Na água? — perguntou ele, batendo os dentes.

— Sim. Agora.

Will desceu do colo dela. Adeline girou sobre um joelho e ergueu o tronco, mantendo as pernas flexionadas e tocando o teto da galeria com a parte de trás da cabeça.

— Saímos — avisou a irmã.

— Vai, Will — ordenou Adeline. — Mamãe está bem atrás de você. Walt, vem atrás de mim.

Alguns momentos depois, eles saíram da galeria. Tinham passado trinta minutos lá dentro. Um novo dia se aproximava.

Como Emil dissera, o bombardeio não havia cessado, continuava a leste, na direção das colinas onde tropas alemãs estavam acampadas, longe o bastante para a família estar em certa segurança, por ora. Adeline pegou Will, que tremia muito.

— Direto para a carroça — disse e começou a subir a encosta com Walt.

Assim que chegaram ao topo e deram alguns passos na direção da carroça, ela ouviu novamente os apitos e os *uuunfs* da artilharia, como se os soviéticos estivessem varrendo o front alemão com explosivos, em diferentes intervalos a leste e oeste. Outra rajada poderia cair sobre aquela área a qualquer momento.

Adeline correu para a carroça.

— Sobe! — disse ela a Will, levantando o menino. — Vai para o fundo. Tira essa roupa.

— Não, mamãe — protestou ele. — Estou com frio.

— Entra e tira a roupa! — gritou ela. — Vou pegar cobertores!

Adeline caiu de joelhos. Agora ouvia aviões seguidos de mais assobios e outras explosões ainda mais próximas, ao sul. O solo se moveu.

Walt gritou.

— Mamãe!

Ela agarrou as cobertas do chão e, ao puxá-las, viu o filho mais velho apontar para leste, onde uma parede de fogo ardia.

— Estou vendo — disse, tentando não entrar em pânico. — Entra.

Walt subiu no banco da frente e pegou as cobertas da mão dela, depois jogou tudo embaixo da cobertura. Ela também entrou e, nesse momento, sentiu a carroça sacudir novamente.

Até então, não tinha visto Emil atrelando os cavalos. Ela ajudou Will e Walt a tirarem o restante das roupas molhadas e enrolou os dois meninos nos cobertores.

Will estava azulado e ainda tremia. Outra rajada de artilharia explodiu mais perto que a anterior.

— Temos que ir! — gritou Adeline para Emil. — Estão varrendo do sul para o norte. Vão chegar aqui!

Emil saltou sobre o banco e pegou as rédeas.

— Segurem-se! — gritou, batendo nos flancos de Thor e Odin.

Os cavalos avançaram, e Adeline perdeu o equilíbrio. Caiu de lado sobre panelas e outros utensílios que machucaram suas costelas.

Gemendo, olhou para cima e para fora pela parte de trás da carroça. O pai de Emil chicoteava os cavalos com Karoline e Rese atrás dele, embaixo da cobertura, ajoelhadas e agarradas ao banco, aterrorizadas. Atrás delas, Malia dirigia a carroça da mãe, gritando com toda a força dos pulmões e chicoteando as rédeas sobre o lombo dos cavalos.

Voava lama. Eles derraparam quando as rodas perderam tração. A carroça balançava violentamente de um lado para o outro. Adeline tinha certeza de que seriam jogados para fora da rota. Mas Emil e seus cavalos obedientes controlaram o movimento e avançaram pelo terreno molhado do lado mais afastado do riacho, antes de subirem para solo mais estável. A artilharia agora atacava a área onde eles estiveram acampados, espalhando chamas vermelhas e alaranjadas pelo amanhecer.

Thor e Odin aceleraram o passo. Aumentaram a distância entre eles e o ataque, quinhentos metros, depois um quilômetro. Outros refugiados em suas carroças também se moviam, saindo do meio das árvores dos dois lados da estrada e engrossando o comboio, o que os obrigou a reduzir a velocidade.

Will e Walt cobriram a cabeça com os cobertores e dormiram. Adeline se sentou no banco ao lado de Emil. Eles se olharam e sorriram. Ela estendeu a mão. Ele a segurou e afagou.

— Fico contente por você ser tão boa sob bombardeio — disse ele.

Adeline sorriu.

— Você também não é nada mau.

Uma hora mais tarde, subiram uma encosta de onde podiam ver adiante: mais carroças enfileiradas se moviam por uma estrada bem larga que atravessava uma colina íngreme. Algumas a oeste tinham seguido pelo caminho à esquerda. À direita deles e descendo a encosta acentuada, outro acidente. Duas carroças se chocaram, e cavalos e humanos foram arremessados longe.

Homens e mulheres corriam pela estrada e encosta abaixo em direção ao acidente. Quando os Martel se aproximaram da cena, soldados alemães tinham aparecido e mantinham em movimento as carroças que permaneciam na pista. Quando chegaram mais perto, Adeline viu que entre os destroços havia cavalos mutilados, corpos e muitos feridos.

Ela fechou os olhos, tentando viajar mentalmente para aquele mítico vale verde, vê-lo sob um arco-íris no céu limpo depois de uma chuva de verão. Mas o sofrimento de uma mulher a interrompeu.

— Ajudem-me, por favor. Por favor. Meu Deus, alguém me ajude!

Ela ouviu outra mulher responder:

— Estamos aqui. Estamos fazendo o possível.

Adeline abriu os olhos e viu duas mulheres poucos metros à frente e à direita, de joelhos na estrada, dando suporte a outra mulher que havia sido levada margem acima. Seu rosto estava muito machucado, imundo, ensanguentado. As duas pernas quebradas. Fratura exposta em uma das canelas.

— Ai, Deus — gemeu a mulher. — Socorro, por favor! Não tenho mais ninguém!

Adeline olhou para ela quando passaram, ouvindo outra voz dizer palavras semelhantes em sua cabeça.

9 de agosto de 1941

Pervomaisk, Ucrânia

Naquele dia quente, Esther tocou com dedos trêmulos a mão com que Adeline segurava Will.

— Preciso de sua ajuda. Ah, Deus, por favor, não tenho a quem recorrer.

— Estão fuzilando judeus? — perguntou Adeline quando Will se remexeu em seus braços.

O medo deixava Esther agitada.

— Eu vi com meus próprios olhos — disse ela. — Velhas em cadeiras de rodas abatidas. Homens chutados, espancados. Podemos ir a algum lugar seguro? Posso contar do que estou precisando.

— Sim, mas não temos…

— Dinheiro? Não preciso de dinheiro. Eu tenho dinheiro, minha querida. Podemos ir a algum lugar que não seja a rua, por favor? Um lugar onde não serei abordada.

Will gritou nos braços da mãe. Estava com fome, era evidente. Walt reclamou:

— Estou com sede, mamãe.

O desespero de Esther trouxe de volta lembranças da mulher que estivera várias vezes na casa da senhora Kantor e de como ela sempre havia sido gentil.

— Sim, é claro — respondeu Adeline, sorrindo para a pobre mulher aflita. — Faremos o que for possível para ajudá-la, não é, Walt?

— Estou com sede, mamãe.

— Bem, segure a mão da tia Est… da tia Ilse. Vamos para casa.

Quinze minutos mais tarde, Walt bebia água, e Adeline alimentava Will na cozinha do pequeno apartamento quase vazio. Esther acomodou-se em uma cadeira na frente dela.

— Obrigada, Adeline — disse, pela décima vez. — Você é uma bênção.

— Como posso ajudar?

Esther tirou da bolsa um papel branco com um nome e um endereço, que empurrou por cima da mesa.

— Esse homem é um falsário. Meu primo em Odessa me pôs em contato com ele. Existe agora um mercado paralelo de documentos que pode apagar seu passado. Minha mãe era judia. Isso é motivo para me fuzilarem, Adeline. Paguei a ele um adiantamento de metade do valor do serviço para mudar meus documentos e transformar minha mãe em descendente de colonos alemães, como meu pai, mas o falsário mora em Bogopol, e não me atrevo a ir lá novamente.

— Quer que eu busque seus documentos? — perguntou Adeline, insegura.

— E leve o resto do pagamento dele — confirmou Esther. — Eu pago por seu serviço, Adeline.

Adeline engoliu em seco. Se os nazistas estavam fuzilando judeus, eles a fuzilariam por ajudar uma judia, não? Mas era a amiga da senhora Kantor. Que sempre fora muito bondosa.

— Não precisa pagar — respondeu Adeline, finalmente.

— Eu insisto.

— E eu digo que não — protestou Adeline, fazendo esforço para sorrir. — Tenho certeza de que vai me pagar de outro jeito, em outra ocasião.

Esther estava emocionada.

— Vai me ajudar?

— Você é amiga da senhora Kantor. É o mínimo que posso fazer. Quando devo ir?

— Amanhã. Ele disse que os documentos estariam prontos amanhã.

— Ótimo. Você fica aqui até que eu os traga.

Esther chorou aliviada e segurou a mão de Adeline.

— Você é uma boa pessoa, Adeline. Muito boa. A senhora Kantor estava certa a seu respeito.

— Como ela está?

— Ah, você não soube? Ela faleceu no ano passado, que Deus a tenha. Eu a vi na semana anterior e, quando contei que me mudaria para cá, ela disse que eu deveria procurar você. Agora a encontrei. E você está aqui me ajudando. É como se ela soubesse.

Adeline teve uma lembrança nítida de como a senhora Kantor ria e sentiu uma tristeza profunda por sua alma feliz ter partido.

— Ela me ensinou muitas coisas. Eu a amava.

— E ela amava você.

A porta da frente do apartamento se abriu e se fechou. Cansado e suado do trabalho na cervejaria, Emil entrou e espiou pela porta da cozinha.

*

Alguém sacudiu o ombro de Adeline várias vezes. Ela se assustou, sem saber onde e em que época estava, então viu as carroças de refugiados enfileiradas diante dela e Emil a seu lado.

— Outra tempestade se aproxima — avisou ele, apontando para oeste, de onde pesadas nuvens roxas seguiam em alta velocidade.

Durante quase uma hora, a chuva caiu em quantidades que forçavam Emil a abaixar a cabeça constantemente e deixar os cavalos seguirem os veículos da frente, mantendo-os na rota escorregadia. Ele se encolheu dentro do casaco e puxou o chapéu para baixo a fim de cobrir as orelhas.

— Eu devia revezar com você — falou Adeline, sob a cobertura com os meninos.

— É inútil nós dois sofrermos. Além do mais, está melhorando.

Era verdade. A chuva tinha diminuído, e o vento ganhava velocidade soprando do sul. Quando o comboio parou, estavam em Barlad, perto da fronteira romena.

O caminhão com o alto-falante circulou antes do anoitecer, instruindo todos a prepararem seus documentos, pois seriam analisados antes de receberem documentos de trânsito do governo romeno. Os Martel estavam exaustos. Pouco depois de comerem, foram para a parte de trás da carroça e dormiram.

12

Emil acordou antes do amanhecer para olhar os cavalos. Adeline se levantou logo depois e preparou um desjejum de carne-seca, sobras de pão e beterraba cozida fatiada. Não era um banquete, mas era bem melhor que grama. Mais importante, as crianças não passaram fome. Depois da morte do primeiro filho, ela e Emil juraram que isso nunca aconteceria.

Enquanto Emil comia, Adeline acordou os meninos, examinou-os procurando piolhos e os vestiu. Eles a ajudaram a dobrar e guardar as cobertas antes de começarem o café da manhã dando graças.

— Somos gratos por este alimento e nossa segurança, Deus — disse ela. — Tudo o que pedimos é mais um dia em segurança, talvez mais tranquilo que ontem, longe da guerra. Amém.

— Amém — disse Walt.

— Amém — repetiu Will.

Emil não disse nada. Estava olhando para oeste, para a estrada cheia de sulcos até a fronteira romena, vendo um veículo da Wehrmacht se aproximar deles. O motorista parou na frente do acampamento da família.

Nikolas desceu pela porta do passageiro. O *Sturmbannführer* Haussmann da SS, o nazista dos pesadelos de Emil, saiu do veículo pela porta de trás. Com o pescoço grosso e cabelo muito curto, ele gritou:

— Sou o major Haussmann, fui encarregado pela autoridade do *Reichsführer* Himmler de acompanhar o comboio e garantir sua segurança. Preciso ver os documentos de cada carroça e cada membro da família. Podem mostrar os papéis a mim ou a Herr Nikolas, que está nos ajudando a analisar a documentação. *Raus!* Ou não terão permissão para atravessar para a Romênia nem para permanecer sob a proteção da SS!

Paralisado de medo, Emil notou sua visão se restringindo. Via o major da SS e o carrasco espontâneo como por um túnel. Por alguma razão, ouvia mentalmente a voz de Adeline repetindo uma frase que o falecido avô ensinara a ela: *Jogue ao vento e para os lobos.*

Haussmann e Nikolas atravessaram a rua para inspecionar os documentos de outra família acampada ali. Engolindo em seco e com movimentos rígidos, Emil esticou o braço embaixo do banco e encontrou uma caixa pregada ao assoalho do veículo. Ele a abriu, pegou uma velha pasta de couro e tirou os documentos de dentro dela.

Quando se virou, Haussmann estava na estrada conversando com Nikolas. O homem alto apontou para o acampamento dos Martel e seguiu o major, encarando Emil com um sorriso forçado.

O major da SS se aproximou e olhou para Emil.

— Documentos, Herr...?

— Martel — respondeu Emil, focando um ponto entre os olhos escuros de Haussmann enquanto entregava os papéis. — Emil Martel.

— Temos o mesmo nome de batismo — disse Haussmann. Ele não examinou os documentos, mas estudou Emil com atenção. — E onde conseguiu esses documentos, Herr Martel? Quem o declarou suficientemente alemão para ser protegido pela SS do Reich?

Emil sentiu o terror ao encarar os olhos de Haussmann, mas não se permitiu desviar o olhar ao responder:

— Um oficial alemão da região em que morávamos...

— Que oficial? — interrompeu-o Haussmann, incisivo. — Onde e quando, Herr Martel?

A mudança no tom abalou Emil, e ele desviou o olhar do oficial da SS. Ouviu o tremor na própria voz ao dizer:

— Não lembro o nome dele agora, major. Era um oficial da VoMi[1], Sonderkommando R em Pervomaisk, onde morávamos em meados de agosto de 1941. O nome dele está nos documentos, em algum lugar.

— VoMi, Sonderkommando R, hummm — disse Haussmann, enfim examinando os papéis. — Sim, estou vendo. A certificação foi concedida com base em quê?

— Tínhamos certidões de nascimento e a Bíblia da família. Ela veio da Alemanha com meus parentes.

— Hum — disse o major da SS, que olhou para Nikolas. — Acho difícil acreditar que você tem uma Bíblia que sobreviveu aos saques de Stálin. Tem essa Bíblia com você, Herr Martel?

---

1 VoMi é a sigla de Volksdeutsche Mittelstelle, que pode ser traduzido como Centro de Alemães Étnicos, um órgão responsável por assuntos relacionados aos alemães étnicos fora do Reich.

Emil paralisou.

— Eu? Hum, não.

— Não? — Haussmann deu um passo mais para perto.

Antes que Emil pudesse responder, Adeline se manifestou:

— Karoline tem. Minha sogra.

— Ela tem! — confirmou Rese. — Nós temos!

— Eu tenho! — disse Karoline. — Está aqui!

Major Haussmann sorriu com frieza para Adeline, depois para Emil, antes de girar em direção a Karoline, que mancava decidida na direção dele, apoiando-se na bengala e carregando uma velha Bíblia com Johann cambaleando atrás dela.

Ela falou com voz forte:

— O bisavô do avô do avô de Emil levou esta Bíblia consigo quando saiu da Alemanha para atender à oferta de terra de Catarina, a Grande na Rússia. O nome de cada Martel da família está nela. Por isso fomos todos certificados. E por isso os comunistas devolveram nossas terras. E por isso estamos neste comboio sob sua proteção, major.

Pela primeira vez em eras, Emil quis abraçar a mãe. Olhou para Nikolas, que parecia menos arrogante. E Haussmann não dava sinais de tê-lo reconhecido.

Karoline entregou a bengala ao marido e abriu a Bíblia nas páginas do fim, onde toda a linhagem Martel estava registrada a mão com tinta desbotada, geração após geração, até a geração da Alemanha.

O major da SS deslizou o dedo enluvado por uma página até parar.

— Gustav Martel, nascido em 4 de março de 1789 em Hanover, Alemanha. Morreu em 12 de dezembro de 1842 em Friedenstal, Rússia.

— Era lá que estavam nossas terras mais de um século atrás — disse Karoline. — Foi o que tivemos de deixar para sempre.

Se Haussmann sentia pena dela, não demonstrava. Ele fechou a Bíblia, devolveu-lhe e disse:

— Peço desculpas, Frau Martel. Não vamos mais nos preocupar com a autenticidade de seus documentos nem com a pureza de seu sangue. Podem atravessar a fronteira.

*

Quando Haussmann se virou para devolver os documentos dos Martel, Emil sentiu alívio. O oficial da SS seguiria seu caminho sem saber que já tinham se encontrado antes. E Nikolas iria embora sem pensar mais nele.

Foi então que o major inclinou a cabeça e segurou os documentos fora do alcance de Emil.

— Eu o conheço, Herr Martel? — perguntou, cravando os olhos mortos novamente nele.

O terror de Emil era absoluto, mas ele se obrigou mais uma vez a sustentar o olhar do oficial.

— Não, major. Acredito que não.

Haussmann ficou ali, olhando os papéis.

— Pervomaisk. Não, nunca estive lá. E onde fica Friedenstal?

— Sessenta quilômetros a sudeste de Birsula. Um pequeno povoado estabelecido a partir da colônia Glückstal.

O major pensou um pouco, depois deu de ombros e balançou a cabeça.

— Devo ter me enganado, Herr Martel.

As emoções de Emil oscilaram tão depressa depois de ouvir a palavra "enganado" que ele demorou um instante para perceber que Haussmann estava devolvendo os documentos.

Ele os pegou, assentiu e disse:

— Obrigado, major.

— Não foi aceito no Exército quando invadimos, Herr Martel? — Haussmann o estudava de novo.

— O irmão de minha esposa foi convocado. Se eu fosse, não restaria homem em nossa família para cultivar nossos campos. A VoMi preferiu que eu produzisse alimentos em vez de lutar.

O major da SS pensou nisso por um momento, olhou para Nikolas e disse:

— Não foi membro da *Selbstschutz* em sua região?

— Morávamos em um lugar bem pequeno em um mar de campos de grãos. Só tomei conhecimento de um único crime por lá em três anos, e foi um soldado romeno que estuprou uma viúva. Ele foi capturado.

— Hum. Sabia que todos os homens de descendência alemã étnica com mais de trinta anos deviam ser membros da *Selbstschutz*? E tinham que fazer um juramento?

— Não. Eu não sabia. Como disse, morávamos em…

Haussmann o interrompeu.

— Levante a mão direita para uma saudação apropriada, Herr Martel, como se cumprimentasse o *Führer* aqui e agora!

Emil sentiu que estava sendo testado e humilhado diante de sua família, mas levantou o braço direito e o estendeu na saudação nazista.

— Repita comigo, Herr Martel: "Como portador do sangue puro alemão, juro a Adolf Hitler, *Führer* de todos os alemães, ser leal até a morte, fazer o meu melhor e ser absolutamente obediente a todos os meus superiores. *Heil Hitler!*"

Emil engoliu o orgulho, disse a si mesmo que faria qualquer coisa para se livrar daquele homem e recitou o juramento pela segunda vez na vida, pela segunda vez sob o comando de Haussmann. Enquanto falava, via o major da SS não como agora, mas como havia sido quase três anos antes, um jovem capitão gritando com ele ao lado de uma ravina remota na periferia de Dubossary.

Quando terminou o juramento, Emil ficou com o braço erguido, olhando para Haussmann, que finalmente esboçou um sorriso.

— Pode baixar o braço, Herr Martel. Cuide-se na jornada hoje.

— Obrigado, cap... major.

Se Haussmann percebeu o deslize de quase chamá-lo de capitão, não demonstrou. Em vez disso, acenou com a cabeça para Adeline, depois para a mãe de Emil, antes de se dirigir ao veículo com Nikolas atrás dele. Os dois entraram no carro; quando Nikolas partiu, Emil conseguiu ouvir os dois homens discutindo, embora não pudesse distinguir sobre o quê.

Quando o veículo desapareceu, os joelhos de Emil se transformaram em borracha. Ele se aproximou de uma árvore e se apoiou nela, consciente dos filhos a trinta metros dele, Will ao lado da carroça, Walt dentro dela, ambos sérios e atentos a cada movimento do pai. Suava como se tivesse trabalhado duro durante horas e sentia uma náusea tão forte quanto sentiu na noite em que conversou com Nikolas. *Levamos dezoito dias para matar todos eles.*

Adeline se aproximou e o abraçou, e o restante da família juntou-se a eles.

Emil falou:

— Eu não queria dizer aquilo.

— Eu sei.

— Foi necessário. Por você e pelos meninos.

— E por você.

— Estou enojado.

— Não fique — protestou a mãe dele. — Você fez o que tinha que fazer, Emil.

O pai assentiu com tristeza, antes de acrescentar:

— Todos nós fazemos o que temos que fazer, filho.

Emil queria discutir com o pai, dizer que havia limites que um homem simplesmente não podia transpor. Em vez disso, falou:

— Obrigado, papai.

Ele percebeu que Rese, Lydia e Malia aguardavam orientações.

— Vamos esquecer isso, por favor. Vamos arrumar as coisas, atravessar a fronteira e sair daqui o mais depressa possível.

Elas ouviram e foram arrumar as coisas. Adeline ainda o abraçava.

— Você está tremendo — disse ela, em voz baixa.

— Estou? Não importa. Agora estamos bem.

Ela recuou um pouco para encará-lo.

— Você o conhece, Emil? Haussmann?

Ele evitava o olhar da esposa.

— Emil?

— Papai, quando vamos embora? — perguntou Walt, de dentro da carroça.

— Em alguns minutos — respondeu Emil, deixando claro que queria se soltar do abraço.

Adeline o segurou e sussurrou:

— Sou sua esposa. Você guarda segredos de mim?

— É claro que sim. Alguns segredos não devem ser compartilhados. Algumas lembranças devem ser esquecidas. Você sabe disso.

*

No fundo, Adeline sabia que era verdade. Tinha presenciado sofrimentos profundos e muitas dificuldades. Por mais que tentasse evitar, era capaz de evocar as emoções brutais quando quisesse. Mas muitos detalhes amargos de perder o pai, passar fome e ver o primeiro filho morrer em seus braços haviam desaparecido gradualmente de seus pensamentos diários, como folhas secas se esfarelando ao vento.

— Eu sei — concordou, em tom mais brando. — Mas pode responder a só mais essa pergunta? Você o conhece, Emil? O major Haussmann?

Emil inflou as bochechas, antes de bufar e dizer:

— Haussmann eram um dos capitães do grupo da SS que me deteve em Dubossary naquele setembro, quando voltamos para Friedenstal e fui comprar material para o telhado.

Adeline se lembrava de Emil chegando em casa naquela noite, de como ele parecia derrotado. Como o ouvira chorar pela segunda vez desde que se casaram. Sentiu seu coração apertado.

— O que Haussmann fez com você?

— Você falou que seria uma única pergunta.

As emoções de Adeline entraram em conflito, até que uma dela se impôs.

— Não precisa me contar o que houve naquela noite. Só me diga se Haussmann e aquele outro homem representam perigo para os meninos. Para nós.

Depois de vários instantes, Emil respondeu:

— Eles são um perigo para todo mundo. Matam inocentes e roubam a alma de homens bons. Por favor, Adeline, vamos encerrar o assunto. Rever Haussmann já foi mais que suficiente.

Adeline não queria encerrar o assunto, mas percebia que Emil estava perturbado.

— Tudo bem — concordou, finalmente. — E obrigada.

— Por nada — disse ele, caminhando em direção aos cavalos.

— Eu amo você, Emil Martel.

Ele olhou para trás e sorriu, um sorriso que a ela pareceu agridoce, e disse:

— Também amo você, Adeline Losing.

A artilharia a leste soava mais próxima que antes, tão perto que Adeline ouviu os estrondos, o que deixou todos os acampados em torno deles desesperados para partir.

— Para dentro — disse ela, levando Will para a parte de trás da carroça. — Fique perto de Walt.

Depois, sentou-se no banco, segurou as rédeas e viu Emil desamarrar os cavalos de uma árvore.

— Solta a alavanca — orientou-a.

Adeline soltou o freio, sentiu os cavalos e a carroça recuarem o suficiente para desviar da árvore. Emil sentou-se ao lado dela, pegou as rédeas e estalou a língua para os cavalos, no mesmo instante em que tiros de canhão ecoaram a oeste.

— Estão se aproximando de novo — comentou Adeline, quando começaram a andar.

— Não importa. De agora em diante, nada vai nos impedir de ir para oeste. Vamos viajar dia e noite, se for preciso.

*

Uma hora mais tarde, eles passaram pela fronteira da Romênia, na estrada que levava à pequena cidade de Barlad. A travessia era fortificada e defendida por mais de duzentos soldados romenos, todos olhando ansiosos para leste, além da caravana, para o combate que se aproximava. A fim de distrair os pensamentos da manhã e do major Haussmann, Adeline estudou os soldados romenos, alguns muito jovens, mas não reconheceu entre eles o cabo Gheorghe, que haviam conhecido duas noites atrás.

— O cabo Gheorghe não disse que era desta cidade? — perguntou ela quando terminaram de atravessar a barreira de verificação.

Emil deu de ombros.

— Não lembro.

— Ele era estranho e interessante, não era?

Emil franziu a testa.

— Ainda não desistiu dele? A cabeça do sujeito foi atingida por uma bomba, Adella.

— Malia levou um coice na cabeça… E, apesar disso a ter tornado especial e interessante à própria maneira, o cabo Gheorghe, bem, ele é diferente. Ele foi…

— O quê?

— Não sei qual seria a palavra certa. Tocado? De um jeito bom?

— Tocado?

— Eu falei que não sabia a palavra certa, mas simplesmente não consigo tirar a história dele da cabeça, como ele andou durante dias depois de sido alvejado, atravessando a batalha ileso como se fosse acompanhado por um anjo ou um espírito que limpasse seu caminho, o protegesse.

— Protegê-lo para que se tornasse apicultor?

— Talvez. Por que não? É o sonho dele, não é?

Emil ficou sério.

— Vai saber se aquilo tudo era verdade. Ele pode ter inventado. Ou pensa desse jeito porque bateu a cabeça. Vai saber. Ele era maluco, isso é fato.

Adeline estudou o marido sem fazer nenhum julgamento, depois, quando a carroça sacolejou ao passar por um buraco, desviou o olhar. Virou-se para o platô que atravessavam e, em pensamentos, viu o cabo Gheorghe.

— Acho que era verdade — comentou, finalmente. — Quando ele falou sobre acordar na valeta coberto de neve, depois andar entre as balas, não sei, não teve a impressão de que ele era iluminado, Emil? Ele não parecia feliz? Realmente feliz?

Emil se virou, irritado.

— Se eu tivesse bebido todo aquele hidromel que ele bebeu, também teria reluzido. Não quero mais falar sobre isso. O cabo Gheorghe ficou para trás, Adeline. Definitivamente.

Ela queria entender por que Emil tinha essa reação tão negativa em relação ao apicultor e sua história. Mas deixou isso de lado, pensando que o cabo havia flertado com Malia. *Ele flertou, não flertou?*

Adeline não teve chance de conversar com a irmã mais velha sobre o cabo Gheorghe, com toda a perturbação da visita de Haussmann, mas sorriu ao lembrar que Malia também havia se iluminado na presença do apicultor, como se houvesse entre eles algum tipo de conexão. Não foi interessante? Não foi... milagroso? Ela decidiu que, se o que tinha visto era a faísca e a primeira chama do amor, então, de fato, havia testemunhado um pequeno milagre.

Adeline baixou a cabeça e agradeceu. Embora a religião luterana e todas as outras religiões tivessem sido banidas, e todas as igrejas tivessem sido fechadas ou convertidas sob Stálin, os pais a imbuíram desde cedo com uma forte fé cristã, na qual se apoiara repetidas vezes na vida. Certamente, essa fé já havia fraquejado, mas nunca a abandonara. Nunca deixou de acreditar que Deus tinha um plano maior para ela e sua família.

Adeline olhou para o marido, Emil, firme como uma rocha, forte como um touro, e se lembrou de como ele tremeu em seus braços depois que Haussmann saiu do acampamento. De olhos fechados, rezou para que o marido ainda tivesse fé.

Não vamos conseguir sozinhos, pensou ela. *Sem ajuda, é impossível.*

*

Por horas seguidas, como uma lesma atravessando um galho, a caravana se distendia e depois se encolhia, se distendia e se encolhia através de Barlad e para os pastos ondulantes que despertavam em Adeline lembranças dos arredores de Friedenstal. Embora não tivesse chovido nos últimos dias, os leitos dos riachos seguiam lamacentos. Carroças atolavam ou escorregavam das tábuas que a SS tinha espalhado sobre os piores trechos de lama.

Sempre que a caravana parava, Adeline ouvia o rumor distante da guerra atrás deles. De vez em quando, aviões de combate alemães ou soviéticos cruzavam o céu, obrigando-a a ter em mente que o perigo nunca estava longe e podia estar à espreita logo à frente, depois de uma curva ou além da próxima encosta.

Ao mesmo tempo, ela percebia que, em certo sentido, sentia mais medo do que teria pela frente que da guerra que a perseguia. Não era estranho? Não conseguia entender o porquê, mas era assim.

Para não pensar no futuro incerto, Adeline incentivava os meninos a estudarem o alfabeto e matemática. Ela transformava isso em uma brincadeira de que eles gostavam, não em uma obrigação. Em dado momento, até Emil deu risada, embora fosse evidente que ainda estava carrancudo e aborrecido depois do encontro com o major Haussmann.

Quanto mais se afastavam da fronteira entre a Romênia e a Moldávia, no entanto, menos Adeline ouvia a guerra. O céu clareou no início da tarde, e o sol de abril brilhou sobre eles. Os meninos cochilavam atrás dela. Adeline pensou em Emil e em como ele ficara aborrecido mais cedo. Ao mesmo tempo, valorizava o fato de ele, pelo bem dos filhos, ter engolido o orgulho teimoso e repetido o juramento de lealdade a Haussmann.

Emil sempre os protegeria. Faria o que fosse preciso, e ela também, tudo o que fosse necessário para encontrar seu vale verde e construir sua nova vida. Aos poucos, Adeline se sentiu atordoada e cansada. Seus olhos se fecharam, e ela tentou se lembrar de quando havia tido essa mesma sensação antes, um pavor quase mortal de alguém como Haussmann e, depois, um alívio tão grande que precisou dormir.

10 de agosto de 1941

Pervomaisk, Ucrânia

Emil terminou de abotoar a camisa. Com um tom irritado, disse:

— Posso ter estudado só até o quinto ano, mas devia ter ao menos me perguntado se era uma boa ideia ajudar sua amiga.

— Se ela é minha amiga, ajudá-la é uma boa ideia — respondeu Adeline. — Já tivemos essa conversa ontem à noite. Vou buscar os documentos para ela.

— E se pegarem você?

— Por que me pegariam? Vou estar com um bebê no colo.

Ele ficou furioso.

— Vai pôr Will em perigo também? Sabe o que esses alemães fazem? Meu amigo da cervejaria disse que viu a cabeça de um homem ser esmagada pelo cabo de um rifle por se recusar a cooperar com o novo regime.

— E judeus como Esther estão sendo mortos só por serem judeus. Você disse que os alemães seriam bons para nós. Eles não são melhores que Stálin.

— Se tivermos nossa terra de volta, eles são melhores que Stálin — disparou ele, aproximando-se da pia para pegar a lâmina de barbear.

— Você acabou de se barbear. O que está fazendo?

— Cortando o bigode para ficar parecido com Hitler.

— Não!

— Espera para ver. Depois vou com minha mãe, os documentos da família e a Bíblia pedir nossas terras de volta aos alemães.

Um minuto depois, virou-se para ela com o bigode centralizado sobre o lábio superior. Emil sorriu e tentou beijá-la.

— Não com isso na cara — protestou Adeline. — Nem se recuperar nossas terras.

Ele a fitou, analisou seus traços, enquanto os dele expressavam ternura e medo.

— Por que está olhando para mim desse jeito? — perguntou Adeline.

— Estou decorando seu rosto. Para o caso de ser a última vez que a vejo.

— Emil!

— Você tem que entender qual é a punição para esse jogo que está fazendo.

— Não estou fazendo jogo nenhum. Só vou fazer um favor para uma velha amiga.

— Boa sorte — desejou ele, depois saiu do quarto e bateu a porta.

Adeline ouviu vozes abafadas, a de Emil e a de Esther, antes de a porta do apartamento bater. Ela respirou fundo, convencida de que estava prestes a fazer o que era certo ajudando Esther e rezando para ter proteção no caminho.

Quando terminou de se arrumar, Adeline foi à sala e a encontrou vazia, com exceção do bebê Will dormindo no berço que Emil havia construído.

Na cozinha, Walt tomava café da manhã, e Esther o observava com ar divertido.

— Ele come de verdade! — comentou Esther. — A senhora Kantor o teria amado!

Adeline sorriu enquanto dobrava roupas na sala.

— Como poderia não amar?

Esther se aproximou dela com uma expressão preocupada e disse, em voz baixa:

— Acho que seu marido não está gostando disso, Adeline. E aquele bigode?

— Ele está pensando no que é melhor para nossa família e tentando recuperar nossa fazenda.

Ela parecia ainda mais desanimada.

— Entendo.

— Mas eu estou fazendo o que é melhor para você e para mim — acrescentou Adeline. — Eu não me perdoaria se não tentasse te ajudar.

Esther começou a chorar e abraçou Adeline.

— Deus a abençoe.

*

A ameaça de calor escaldante já pairava quando Adeline saiu do apartamento, pouco depois de alimentar e vestir Will. Ela o carregava seguro e protegido entre duas echarpes. Com o bebê sobre a barriga e as costelas inferiores, vendo-o rir e arrotar, começou a longa caminhada para Bogopol, a leste do distrito de Golta, onde os Martel moravam, e através do rio Bug.

Àquela altura, menos de oito dias depois de os nazistas tomarem a cidade de Pervomaisk, as negociações entre alemães e romenos já haviam acontecido. O rio Bug se tornara a linha divisória. Aqueles que estavam em Golta eram tecnicamente parte do novo Protetorado da Transnístria sob controle romeno, enquanto Bogopol e cada vez mais terras ao leste estavam nas mãos dos alemães. A ponte sobre o Bug para Bogopol já tinha se tornado um grande posto de verificação, e Adeline entrou na fila. Levava seus documentos e os de Will e os exibiu a um sentinela carrancudo da Wehrmacht. Quando falou com ele em alemão, o humor do homem melhorou consideravelmente.

— Qual é o nome dele? — perguntou o sentinela.

— Wilhelm — respondeu Adeline. — Nós o chamamos de Will.

— Eu também sou Willy — disse o homem, autorizando sua passagem.

Enquanto andava pelas ruas do centro seguindo as instruções de Esther, Adeline via edifícios fortificados com cercas e arame farpado. Soldados alemães ocupavam quase todas as esquinas. Quanto mais se afastava da ponte, menos deles havia, e não viu nenhum na rua dos velhos galpões onde encontrou o endereço indicado por Esther. Ela bateu na porta e não foi atendida. Will começou a reclamar. Ela bateu de novo, mais alto. Ainda nenhuma resposta.

— Olá! — gritou e esmurrou a porta. — Tem alguém aí?

Não ouvia nada do outro lado e não sabia o que fazer. Tudo o que tinha era o endereço. Esther não sabia nem o nome do falsário. Will começou a chorar.

Adeline admitiu a derrota e se afastou da porta do galpão, tentando acalmar o bebê com o dedo em sua boca:

— Shhhh. Mamãe vai...

Então, ouviu um rangido atrás dela. Uma mulher disse:

— Paciência não é uma de suas virtudes, é?

Adeline se virou e viu uma mulher bem velha segurando o quadril como se sentisse dor e olhando para ela.

— Quem está procurando?

Seguindo as instruções de Esther, Adeline respondeu:

— Ilse Koch.

— Ah, você está com sorte. Ilse acabou de chegar.

Adeline seguiu a mulher para o interior de um prédio úmido, quente e mal iluminado que cheirava a casca de grãos, e elas subiram uma escada instável de madeira até um apartamento minúsculo onde havia um velho debruçado sobre uma mesa de desenho usando uma lupa de joalheiro. A mulher se dirigiu a um armário, do qual tirou um envelope. Ela o abriu, olhou para a foto, depois para Adeline.

— Temos um problema — disse.

— Vim buscar para Ilse Koch.

O homem levantou a cabeça e a lupa.

— Não pode ser assim. Ela precisa vir pessoalmente. Dissemos isso a ela.

— Eu sei, mas...

— Não tem "mas" — interrompeu. — Se for pega com documentos que não são seus, vão fazer perguntas. Se fizerem perguntas, podem nos encontrar.

— Eles não vão encontrar os documentos dela — garantiu Adeline. — Vou esperar o bebê fazer cocô, depois vou guardar os documentos embaixo do traseiro dele, entre essas duas echarpes. Se for preciso, converso com os sentinelas em alemão, pergunto sobre as namoradas que deixaram em casa.

*

Foi exatamente o que ela tentou fazer. Porém, quando voltava para oeste pela ponte em direção ao apartamento em Golta, encontrou sentinelas romenos que mal falavam russo e não falavam nada de alemão. Era quase meio-dia e fazia um calor brutal outra vez, mas eles começaram a questioná-la sobre atravessar a ponte nos dois sentidos no mesmo dia. Então a brisa mudou, e o cheiro da fralda suja de Will chegou ao nariz deles.

O bebê chorava de novo quando ela chegou à porta do apartamento, quinze minutos mais tarde. Depois de bater duas vezes de leve, a porta se abriu e ela entrou.

Esther fechou a porta. Walt, que brincava no chão, fez uma careta de repulsa.

— Will está fedido!

— Graças a Deus — respondeu Adeline, introduzindo a mão na dobra entre as duas echarpes que sustentavam Will e retirando de lá os papéis falsificados, os quais entregou a Esther.

Ela os segurou contra o peito e começou a chorar.

— Obrigada, Adeline. Muito obrigada, do fundo do coração. Você me deu... um futuro, uma vida.

— Odeio que precise desses documentos para ter uma vida — respondeu Adeline. — Agora preciso limpar este rapazinho.

Quando terminou e Will adormeceu no berço, Walt também tirava um cochilo, e Esther começou a recolher suas coisas.

— Não precisa ir embora já — falou Adeline.

— É melhor eu ir antes de seu marido voltar.

— Para onde vai?

— Para um lugar onde deixei algumas coisas guardadas, fora da cidade. Depois, não sei. Vou deixar essa decisão para um poder superior. Mas ouvi falar da Argentina. Ou da Palestina. Gostaria de ir para um destino desses.

Adeline não conhecia esses lugares, mas desejou sorte a Esther e, junto da porta, a abraçou.

— Deus a proteja — disse.

— A você também — respondeu Esther. — Não tenho palavras.

Adeline pôs a mão no peito, abriu a porta do apartamento, e Ilse Koch saiu da vida deles.

Meados de abril de 1944

Romênia central

Já no fim da longa jornada, os Martel seguiam lentamente para oeste. Atrás deles, alemães e romenos conseguiam resistir aos soviéticos em sua tentativa inicial de invadir a Romênia pelo norte. No entanto, na cidade de Onesti, a SS direcionou a caravana para sudoeste, rumo a Targu Secuiesc.

Tinham deixado para trás as colinas verdejantes do extremo leste da Romênia e agora subiam para o interior de florestas de árvores sem folhas sob picos de montanhas cobertos de neve. O tempo era terrivelmente instável. Chuva de gelo. Granizo. Neve. A lama era um obstáculo constante.

Como havia bem poucos homens maduros no comboio, Emil se sentia obrigado a parar e ajudar qualquer família de mulheres e crianças pequenas atolada no lamaçal ou envolvida em acidente. Se a lama ultrapassava os eixos, ele pedia para a família em questão esvaziar a carroça, desatrelava Thor e Odin e os amarrava aos cavalos da carroça vazia para rebocá-los, sempre sustentando ele mesmo a parte de trás a fim de evitar que rodas e eixos quebrassem com a tração da rebocagem. Ver pessoas cavando covas para os mortos recentes havia se tornado comum. Toda vez que Emil passava por alguém sendo enterrado, olhava para o outro lado.

Estavam atravessando uma série de curvas fechadas na rota perto da cidade de Oituz, onde a lama era fina, mas escorregadia, quando encontraram uma carroça recém-tombada e uma mulher chorando. Ela era de Kiev e estava com os três filhos. O pai havia morrido depois de ter sido jogado para fora do veículo e batido a cabeça em uma pedra.

— Pare, Emil — disse Adeline. — Precisamos ajudar aquela pobre mulher.

Ele suspirou, mas puxou as rédeas para frear os cavalos. Amarrou Odin e Thor a uma árvore que começava a apresentar novos brotos verdes e os soltou da carroça, enquanto Adeline, Walt e Will foram confortar a mulher e as crianças.

Quando Emil terminou, pôs-se a descer a encosta para soltar os cavalos da mulher dos destroços. Antes disso, inspecionou a carroça e ficou satisfeito ao ver que, com exceção do dano na lateral de madeira e no material da cobertura, o transporte permanecia inteiro, em grande parte.

— Emil — disse Adeline, aproximando-se dele por trás. — Ela quer que você enterre o pai dela.

Emil queria fechar os olhos, queria dizer "Qualquer coisa, menos isso", mas lembrou que, em tempos de dificuldade, o homem só pode contar consigo mesmo, e se preparou.

— Pode pegar a pá presa à lateral da carroça, por favor? — pediu, por fim. — Tenho de cuidar dos cavalos dela primeiro.

Quando terminou de soltar os animais da carroça tombada, Adeline tinha voltado com a pá. Emil não olhou para o avô morto quando passou pela carroça, pela mulher e pelas crianças. Escolheu um lugar adequado e começou a cavar, dizendo a si mesmo: *É um buraco no chão. Só isso.*

O solo era mais fofo do que imaginava, mas, depois de remover algumas pás de terra, encontrou raízes e pedras. Teria levado umas duas horas para cavar o buraco se Walt não se aproximasse arrastado uma velha picareta alemã com ponta de aço de um lado e lâmina cortante do outro.

— A mulher disse que era do pai dela — explicou Walt.

— Isso vai ajudar — respondeu Emil, passando a usar a picareta, arrancando as raízes e quebrando as pedras.

Uma hora depois, o buraco era profundo o suficiente para impedir que o corpo fosse farejado e desenterrado por animais. Adeline e a mulher envolveram o morto em um cobertor. Felizmente, era velho e não pesava muito. Emil conseguiu carregá-lo sobre um ombro e levá-lo ao túmulo sem ajuda.

É só uma coisa pesada. Nada mais que um saco de grãos.

Ele passou duas cordas por baixo do corpo. Adeline segurou uma delas, a mulher se encarregou da outra. Do outro lado do túmulo, Emil segurava a ponta das duas cordas. Juntos, eles baixaram o corpo no buraco. Quando o cadáver chegou ao fundo, ele disse para Adeline e a mulher soltarem as cordas e as puxou do outro lado.

Enjoado, caminhou de volta à carroça.

— Emil, temos que fazer uma prece — disse Adeline.

— Cuide disso — respondeu ele. — Em breve vai escurecer, e quero devolver a carroça deles à estrada antes disso. Termino o sepultamento depois da oração. Meus sentimentos pela perda de seu pai, senhora.

Não precisou olhar para Adeline para saber que ela não estava satisfeita, mas se afastou mesmo assim. Quando prendeu as duas cordas de um lado da carroça acidentada, ouviu a esposa conduzindo a mulher e as crianças em oração.

— Pai nosso, que estais no céu, santificado seja o vosso nome. — Adeline começou, e os outros se juntaram a ela. — Venha a nós o vosso reino, seja feita a vossa vontade, assim na terra como no céu…

Emil se obrigou a parar de ouvir e tratou de puxar a ponta das cordas encosta acima, até seus cavalos. Depois de as amarrar aos arreios, esperou até outra carroça passar e pôs os animais em movimento. Com estalos e rangidos, a carroça tombada ficou em pé do outro lado da vala. Emil percorreu um trecho da rota e encontrou um ponto mais baixo da vala por onde a carroça poderia atravessar. Ele atrelou os cavalos da mulher à carroça e os levou encosta acima através da vala antes de amarrá-los do outro lado da estrada.

Então, voltou e viu Adeline caminhando em sua direção com ar de desaprovação.

— Sair daquele jeito foi grosseiro e insensível.

— Não, Adeline, foi prático. Eu cavei o buraco. Manifestei meus sentimentos. Devolvi a carroça da mulher à estrada e agora vou sepultar o pai dela. Quando terminar, o sol estará quase se pondo e vamos procurar um lugar para acampar. E obrigado por ajudá-la.

Adeline engoliu em seco, mas assentiu.

— Não reconheço tudo que você faz, Emil. Desculpe, eu não devia ter dito nada.

13

Os dias passaram e se tornaram semanas, que se misturavam uma à outra, e à outra, e à outra, enquanto os Martel continuavam percorrendo lentamente seu caminho pela Romênia na direção sudoeste, para Brasov, onde contornaram mais terreno montanhoso, depois para noroeste por uma rota inclinada e sinuosa através da cidade de Sighisoara. A guerra no solo havia se distanciado por enquanto, embora bombardeiros soviéticos fossem uma ameaça frequente, pois tentavam destruir as pontes romenas e as saídas por terra disponíveis para os alemães.

A primavera enfrentou o inverno e havia vencido a luta quando a família chegou à Romênia central. Nos vales, as folhas apareciam de novo, verdes e brilhantes, embaladas por brisas mornas. E a camada de neve nos Cárpatos ao sul diminuía depressa. Acima e abaixo, dos dois lados da rota, flores desabrochavam em tapetes em tons de vermelho, amarelo e violeta. Elas enchiam o ar com perfumes doces, inebriantes, que podiam enganar a mente e convencer as pessoas de que não existia guerra nenhuma, tampouco ódio entre homens, países ou religiões.

Quando alcançaram uma região mais alta ao sul de Targu Mures, os Martel encontraram uma bela vista diante deles, um pequeno vale verde gramado com encostas suaves e florestadas e prados exuberantes de flores silvestres.

— Esse é o belo vale verde, mamãe? — perguntou Will.

— Ainda não — respondeu Adeline —, mas também é bonito.

— Ah — reagiu Will, desanimado.

Adeline bagunçou o cabelo dele com um afago e disse:

— Esse é o belo vale verde onde você vai viver hoje, Will. Portanto, fique feliz e agradeça por isso.

Ao ver o filho mais novo sorrir, Emil sorriu e se sentiu bem, o que não era mais tão comum. Fazia mais de duas semanas que não via o major Haussmann nem Nikolas. Com as estradas a oeste congestionadas pela retirada, a SS desviava diferentes trechos da caravana, despachando os veículos em rotas para oeste. Os dois homens podiam ter saído de sua vida para sempre. E já iam tarde.

Depois de mais uma semana de viagem difícil, passavam pela cidade de Cluj-Napoca, e Emil começava a ter esperança de que, finalmente, a sorte deles havia mudado para melhor. Em Cluj, o comboio se dividiu mais uma vez, com alguns refugiados enviados para o norte, para a estação de trem na cidade de Dej, e outros para oeste. Em uma tarde quente, seis dias depois dessa divisão, os Martel entraram em Oradea e encontraram a cidade mergulhada no caos.

Oradea fazia fronteira com a Hungria. Embora Alemanha, Hungria e Romênia permanecessem parceiras no Eixo nos últimos dias de abril de 1944, havia intensa competição por trem e espaço nas estradas. Quando eles chegaram, uma divisão inteira da Wehrmacht tinha acabado de desembarcar do último trem e tentava seguir para leste. Soldados a pé, caminhões e artilharia lotavam as ruas medievais da cidade, que havia sido duramente bombardeada havia pouco.

Os Martel e o restante do comboio seguiram em frente muito devagar e se desvencilhando do congestionamento, até que, horas mais tarde, chegaram a uma pequena praça na estação de trem, que estava repleta de carroças e cavalos e muitos alemães do mar Negro, que pareciam bastante aborrecidos. Várias mulheres abraçavam os cavalos e choravam, e Emil não conseguia imaginar por quê. Um alto-falante berrou.

Emil reconheceu a voz e seu estômago embrulhou. Não precisava ver o major Haussmann para saber que era ele.

— Vocês vão seguir de trem daqui a Budapeste, onde encontrarão abrigo até o próximo trem, para Silésia, no norte — anunciou Haussmann. — As carroças não podem ir. A Wehrmacht as está confiscando como pagamento por sua segurança. Podem embarcar com o que conseguirem empurrar, puxar ou carregar, nada mais. Repito: tudo o que puderem carregar, puxar ou empurrar por conta própria, mais nada. Vocês têm duas horas para recolher seus pertences e subir no trem.

Sem ouvir as queixas e as preocupações de Adeline, Emil olhou para os cavalos, já sentindo falta da presença calma e confiável. Amava cavalos, especialmente aqueles dois. Eram criaturas de muito coração. Imagens de seus esforços passavam por sua cabeça, sendo a mais impactante a de Thor e Odin galopando em meio à batalha de tanques naquele primeiro dia de jornada, destemidos, corajosos, como se fossem cavalos veteranos de guerra acostumados com o rugir dos canhões e as explosões.

— Emil! — falou Adeline, em tom firme.

Ele franziu a testa, olhou para ela e viu as lágrimas descendo pelo rosto da esposa.

— O que vamos levar? — perguntou ela. — Quanto conseguimos carregar? Para quê trouxemos tudo isso até aqui, afinal? — Ela se atirou nos braços dele e soluçou. — Eles querem nos reduzir a nada, Emil, a pessoas sem passado!

Emil abraçou a esposa, que tremia e chorava, sentindo-se tão impotente quanto ela.

— Não, mamãe — falou Walt, fazendo carinho nas costas dela. — Podemos levar mais do que conseguimos carregar. Podemos usar a carrocinha. Lembra?

— Ela aguenta muita coisa — acrescentou Will.

Até esse momento, Emil tinha se arrependido de levar a carrocinha. Havia sido obrigado a soltá-la da parede da carroça maior todas as noites e depois prendê-la de volta todas as manhãs antes de partirem. Mas agora? O brinquedo que havia construído como presente de Natal aos meninos era o item mais útil que tinham.

Mesmo assim, Emil decidiu modificá-la antes de partirem. Deixou a alavanca de madeira na frente, mas usou o serrote para cortar pedaços da lateral da carroça maior e removeu as cantoneiras, que usou para criar mais uma barra, que instalou na parte de trás da carrocinha.

Depois, removeu a lona que cobria a carroça grande e cortou um pedaço retangular dela, o qual usou para cobrir suas ferramentas acomodadas no fundo da parte dianteira da carrocinha. Adeline separou uma frigideira, uma panela funda para ferver água, duas formas de pão, duas vasilhas grandes, quatro vasilhas pequenas, cinco colheres e suas seis facas de cozinha.

Emil cortou mais dois pedaços da lona da cobertura e embrulhou os talheres com uma e os utensílios de cozinha com a outra. Os dois pacotes foram postos sobre as ferramentas. Comida e ingredientes secos, cobertores e as poucas roupas que tinham ficaram em cima de tudo, na frente da carrocinha.

Ele reservou o espaço na parte de trás para a mãe e a irmã de Adeline. Quando elas terminaram de acomodar suas coisas, ele as cobriu com vários rolos de corda, depois amarrou o que restava da lona da cobertura para proteger tudo. De um lado, pendurou a grande bolsa de água que usavam desde Friedenstal. O balde de madeira foi amarrado ao lado da bolsa de água, enquanto Adeline vasculhava o fundo da carroça grande como um marinheiro que saqueia um navio naufragando. Emil tinha parado de procurar tesouros. Já considerava o que restava na carroça maior jogado ao vento, disponível para lobos e abutres.

Sempre foi e sempre será assim, pensou, um pouco amargurado. *Chegamos com nada e saímos com nada.*

Adeline encontrou um envelope com a foto do casamento deles e algumas outras. Quando mostrou para ele, Emil sorriu.

— Éramos muito jovens — disse.

— Não éramos? E inocentes.

— E olha para nós — respondeu Emil. — Ainda apaixonados.

Adeline o encarou com os olhos marejados e assentiu.

Soldados alemães apareceram. Um deles começou a soltar os cavalos.

— Ei — protestou Emil. — Espere um segundo.

O soldado o encarou, contrariado. Emil o ignorou, aproximou-se dos animais e baixou a cabeça entre eles, sentindo o hálito quente nas orelhas e o conforto de estar perto dessas criaturas tão mágicas.

— Muito obrigado — sussurrou. — Vocês nos salvaram. Nunca nos esqueceremos de vocês.

— *Raus!* — gritou o soldado, irritado. — Depressa!

— Certo, certo. — Emil recuou.

O soldado segurou as rédeas. Emil afagou a escápula de Thor. Walt, Will e Adeline acariciaram o flanco de Odin quando a dupla se pôs a andar atrás do soldado. Rápido demais, os cavalos, a carroça e o restante dos pertences se foram.

*

Todos os Martel estavam ali no torpor de mais uma perda catastrófica.

Emil foi o que se conformou primeiro.

— Adeline e Malia seguram atrás. Eu puxo na frente. Quero Will do lado esquerdo da carrocinha e Walt à direita. Oma Lydia vai nos seguindo. Posicionem-se!

Emil olhou para o pai, que tinha trazido um carrinho que usava no terreiro da fazenda. Johann se encarregava da barra de empurrar, com Karoline e Rese puxando na outra barra.

Eles se moviam lentamente para o trem junto à multidão que tentava se refugiar nele. Outras pessoas tinham carrinhos e carrocinhas como as deles. Os menos afortunados haviam feito pacotes com a lona das carroças e iam cambaleando sob o peso de cargas impossíveis de carregar. Muitos se dirigiam ao trem levando só a roupa esfarrapada do corpo.

Emil os conduziu para longe daqueles que brigavam para entrar nos vagões de carga mais próximos do motor. Eles foram para a parte de trás do trem. As portas dos últimos vagões estavam abertas, e ainda havia bastante espaço. Eles usaram cordas e força bruta para levantar os carrinhos lotados para o vagão, que cheirava a palha e humanos sem banho. Depois, amarraram os dois carrinhos junto à parede de madeira no canto ao fundo do vagão.

Will e Walt se sentaram na plataforma formada pela carrocinha como príncipes orgulhosos. A tia deles, Rese, se largou em cima do carrinho dos pais, juntou as mãos sobre a barriga e fechou os olhos, enquanto mais e mais refugiados embarcavam com o que restava de seus pertences.

Logo, o espaço ficou lotado a ponto de não haver mais conforto. A SS deixou as portas deslizantes abertas dos dois lados do trem e pendurou correntes pesadas nas aberturas. Adeline sabia por quê. Eles precisavam de ar. Na medida em que as pessoas foram se espremendo no vagão, o ar foi ficando mais denso com o cheiro do suor e o medo do desconhecido. Ela mesma começava a se sentir presa, enclausurada, claustrofóbica.

— Vou tentar ficar perto da porta por um minuto — disse a Emil.

— Eu vou com você — avisou Malia.

— Eu também! — gritou Will.

— Fique com o papai — respondeu Adeline, com firmeza, lutando contra o pânico que crescia dentro de si.

Depois se pôs a avançar entre as pessoas, pedindo licença, mas seguindo sempre por cima dos pés de alguém ou passando por trás dos passageiros ou entre seus bens. Precisava de ar fresco. Caso contrário, começaria a gritar. Finalmente, alcançou a porta aberta e se segurou ao batente, respirando o ar fresco. Malia fazia a mesma coisa ao lado dela.

— Eu não conseguia mais respirar — comentou Malia. — Queria lutar para sair daqui.

— Eu também — respondeu Adeline, rindo baixinho e levando a mão ao peito, onde o coração ainda batia acelerado. — Pensei...

O trem arrancou e quase as jogou no chão. Adeline teve que se agarrar à irmã para não cair, enquanto todos no trem gritaram com o movimento repentino. As rodas estalavam lentamente sobre os trilhos em meio a risadas nervosas, e a conversa rápida sobre o que estava por vir substituiu a preocupação com o que haviam deixado para trás. Cento e cinquenta metros depois de sair do pátio da estação, o trem reduziu a velocidade e parou outra vez.

Adeline e Malia se espantaram com a cena diante delas. Olharam para um trecho parado e plácido do rio Crisul Repede, cuja superfície refletia perfeitamente o céu roxo, as nuvens de tempestade em movimento e os raios de luz dourada que se derramavam sobre a piscina ao lado de lindas ruínas claras de um grande prédio do outro lado.

— Parece uma pintura — disse Malia.

— Sim — concordou Adeline, impressionada. — O telhado e a cúpula desabaram, mas ainda é... lindo. Queria saber que construção é essa. O jeito como brilha...

Uma mulher atrás dela disse:

— Era uma sinagoga. Os alemães a explodiram no ano passado.

*

O trem voltou a andar e foi ganhando embalo, deixando para trás as assombrosas e belas cicatrizes de Oradea e da Romênia. Adeline ainda não entendia por que Hitler odiava tanto os judeus, assim como não entendia por que Stálin decidira matar o próprio povo de fome depois de matar os ministros e os sacerdotes e queimar as casas de Deus.

O que faz um homem cometer tamanha maldade? Eles são humanos? Não conseguem ver que, quando se mata alguém ou se destrói um lugar santo, a fé continua viva? Não veem que nos corações partidos e em ruínas algo sempre brilha?

Sentindo o vento mais forte no rosto à medida que o trem ganhava velocidade, Adeline tentou tirar tudo isso da cabeça, desfrutar da brisa morna, do cheiro da chuva iminente e da noite. Mas pensou na amiga da senhora Kantor, Esther, e se perguntou aonde ela teria ido, se havia chegado à Argentina ou à Palestina. Só podia imaginar. Esses lugares eram tão distantes, tão empolgantes, assustadores e bons que ela sentiu um arrepio.

Uma vida nova em algum lugar. Livres para fazer o que quisermos. Em paz.

No entanto, por mais que tentasse, Adeline não conseguia sonhar com outra imagem para si mesma que não fosse a lembrança daquela pintura do mítico vale verde no livro da senhora Kantor.

— Isso a assusta? — perguntou Malia, interrompendo seus pensamentos. — Não saber?

Passavam por uma plantação na hora do crepúsculo, com relâmpagos e trovões retumbando ao longe. Ela olhou para a irmã mais velha.

— Não saber o quê?

— Onde estaremos quando esta jornada acabar.

Por um instante, ela encarou Malia com grande curiosidade. Não era a primeira vez que a irmã dava sinais de saber em que ela estava pensando ou que refletia seus pensamentos, pelo menos.

— Não muito — respondeu Adeline. — Tenho fé de que vamos chegar ao lugar onde devemos estar.

— Mas onde é?

— Emil diz que reconheceremos a liberdade quando a virmos.

— Todo o resto é só uma parada no caminho para seu vale verde?

— Ou um degrau nessa direção. Acho que sim.

Para surpresa de Adeline, a irmã mais velha a abraçou forte e disse:

— Obrigada por estar aqui. Por me ajudar. E ajudar nossa mãe. E... eu não suportaria se estivéssemos todas separadas. — Malia começou a chorar. — Não sei o que faria sem você, Adeline.

Fazia anos que não via Malia tão perturbada, então a abraçou com força ao dizer:

— Nunca vamos nos separar. Eu sempre estarei com você. Sou sua irmãzinha, lembra? Preciso de minha irmã mais velha, não é?

Malia relaxou o abraço e, piscando para interromper as lágrimas, olhou para Adeline com um sorriso de adoração.

— Precisa.

27 de abril de 1944

Budapeste, Hungria

O trem viajou durante a noite e entrou na cidade com a primeira luz da manhã. Hungria e Alemanha foram aliadas em outro momento da guerra, mas, em março de 1944, Hitler iniciou um golpe e agora suas forças ocupavam a cidade. Os Martel viram tanques e pesadas fortificações em torno do pátio de trens do lado de fora da estação Keleti.

Soldados da Waffen SS os esperavam na plataforma. Para impedir qualquer ataque, a SS abria os vagões um a um, do fundo para a frente, e isso fez dos Martel um dos primeiros grupos a desembarcar e empurrar e puxar seus carrinhos pela plataforma enquanto estudavam admirados o interior da estação: os pilares de mármore esculpido, o grande teto abobadado e o esqueleto de fios finos da imensa janela em arco e do relógio no extremo oposto. Mesmo com todas as bandeiras nazistas penduradas nas vigas, Adeline pensou que aquele era o lugar mais lindo que já vira.

Eles se dirigiram para as portas duplas onde sentinelas verificavam os documentos. Will se pendurava na saia de Adeline, enquanto Walt marchava determinado ao lado dela. Eles passaram pelas portas e saíram em uma praça onde foram recepcionados por uma enxurrada de barulhos estrangeiros que transbordavam de um combinado de cheiros e idiomas exóticos. A atenção de Adeline se dividia em muitas direções e ela tentava registrar tudo, especialmente os prédios altos e ornamentados, complexos e impressionantes depois da vida tenebrosa que levavam na Ucrânia rural. Era tudo tão fantástico que ela pensou que talvez estivesse em um sonho celestial.

Foi quando viu Emil ficar tenso e entendeu o porquê. Seu estado de devaneio se desfez. Diante deles, quando deixavam a praça, *Sturmbannführer* Haussmann observava tudo do alto da escada que levava a um grande edifício com uma imensa bandeira nazista tremulando de uma de suas janelas mais altas. Ele via os soldados orientando os refugiados. Quando os Martel passaram sob o olhar de Haussmann, Adeline sentiu a ameaça antes mesmo de se atrever a olhar para cima e ver que o homem encarava sua família como se estivesse se divertindo.

— Os Martel devem ser mandados para o campo sul — gritou Haussmann para o andar de baixo. — Toda a família.

O soldado na frente deles se afastou para o lado e gesticulou apontando várias outras famílias que já seguiam para o sul, conduzidos por soldados armados da Waffen SS.

— Por que vamos para lá? — perguntou Adeline. — Os outros estão sendo mandados mais para o norte.

O marido estava pálido quando olhou para ela.

— Não sei.

Andaram apenas alguns quarteirões, antes de os soldados virarem à esquerda e passarem por um portão largo de ferro em uma parede alta de madeira. As famílias diante deles seguiram em frente e desapareceram da vista de Adeline.

— Não estou gostando disso, Emil — disse ela.

— Eu também não. Mas não vejo saída, você vê?

Quando chegaram ao portão, o sentinela gesticulou para entrarem no que Adeline a princípio pensou ser um grande jardim bem cuidado, com dezenas de pedras brancas dispostas em padrões específicos diante de um pináculo de mármore no centro. Mas então ela se deu conta, com desconforto crescente, de que as pedras brancas eram monumentos. Tinham sido levados para um grande cemitério.

14

Emil viu os túmulos antes de Adeline. De repente, lembrou-se de Haussmann naquela noite na periferia de Dubossary e sentiu os joelhos perderem força. Seu estômago se revirou.

— Emil — chamou-o Adeline.

— Eu sei — disse ele, sem olhar para ela, mas para o jovem oficial da SS que o encarou com um breve aceno de cabeça.

— Vai achar um lugar para montar acampamento além do cemitério público — disse ele, apontando para o sudeste em direção a uma fileira de árvores. — É um parque bem grande, na verdade. Com túmulos. Mas, com as muralhas e as patrulhas, este é o lugar mais seguro para você e sua família. No parque ao norte não tem muros, e os refugiados têm sido atacados à noite.

Emil respirou fundo. *Talvez Haussmann tenha apenas sido gentil quando nos mandou para cá, o que significa que ainda não tem ideia de quem eu sou.*

— Obrigado — respondeu, aliviado. — Quanto tempo vamos passar aqui?

O oficial olhou para o relógio de pulso, agora irritado.

— Até que haja um trem livre para levá-los ao norte. Vai haver um caminhão com água fresca aqui em uma hora, e latrinas estão sendo construídas no canto sudoeste do parque. Usem-nas. Não queremos doenças, e vocês também não querem.

Emil os conduziu pela alameda e passou por aquele pináculo de mármore, que todos admiraram antes de seguirem em direção a pés de alfarroba por um caminho que entrava em um bosque sombreado com clareiras gramadas; em quase todas havia um monumento ou uma estátua em homenagem a algum antigo rei, homem do governo ou poeta.

Havia outras famílias nos primeiros seis ou sete prováveis locais para acampamento. Eles continuaram empurrando e puxando os pesados carrinhos, mas ninguém reclamava. Emil olhou para trás e viu que todos estavam atônitos com o lugar. As árvores se tornavam menos abundantes, e o caminho ficou mais estreito quando entraram em um mausoléu a céu aberto com grandes colunatas de granito e mármore ladeando o caminho. Nas paredes do fundo das colunatas, havia criptas de uma ponta à outra.

— Lá — disse ele, apontando para duas criptas escuras, com uma aparência quase queimada na colunata direita. — Podemos dormir sob aquele teto, se chover. E parece que alguém acendeu uma fogueira ali antes.

Ele puxou a carrocinha até uma parte plana. Adeline parecia infeliz e apontava para demônios em baixos-relevos nas criptas.

— Não gosto deles — falou e olhou em volta até apontar para um trecho da colunata perto de um grande anjo. — Vou me sentir melhor lá.

— Concordo — disse Malia.

— Sim — opinou Karoline.

Emil sabia que não adiantaria discutir com as três mulheres e puxou a carrocinha até a cripta com a estátua do anjo alado. Só olhou de passagem para a escultura, antes de voltar ao trabalho.

Mais famílias apareceram enquanto os Martel arrumavam suas coisas, e essas pessoas também montaram acampamento sob os tetos das colunatas. Depois de esvaziarem os carrinhos, Emil foi procurar lenha e água, levando Walt e Will em pé sobre a carrocinha como se ela fosse uma biga. Em sentido contrário ao fluxo de refugiados que desembarcavam do trem, ele empurrou os filhos de volta pelo caminho que tinham percorrido através do parque e do cemitério.

O caminhão de água tinha acabado de parar perto do portão da frente. Emil estava feliz por encher sua bolsa de água antes de a fila ficar muito longa quando viu Nikolas sair da multidão de refugiados. Ele não notou a presença de Emil de cara. Mas depois os viu, se aproximou e usou sua estatura para se impor sobre Walt e Will, que o encaravam com desconfiança.

— Belos e jovens exemplares alemães — comentou Nikolas, acenando com a cabeça para Emil e exibindo aquele sorrisinho forçado. — Deve se orgulhar de sua linhagem. Sei que o major ficou orgulhoso.

Emil odiava o homem. No fundo, sabia que Nikolas não era só um assassino frio, mas um perseguidor, alguém que chafurdava como um porco na dor alheia. Se permitisse, Nikolas continuaria provocando e cutucando em busca de algum ponto fraco, mas Emil não mostraria nenhum. Sabia que havia momentos para brigar e momentos em que o mais sensato a fazer era esperar. Por isso, não disse nada.

O sorriso de Nikolas desapareceu. Ele inclinou a cabeça ligeiramente e estudou Emil.

— Tem alguma coisa em você, Martel. Algo que não encaixa.

— Por que se importa com isso?

— Porque na *Selbstschutz*, a milícia, é meu dever me importar, contar aos nazistas a verdade por trás de pessoas que disseram muitas mentiras. Como você, Martel.

Emil nem imaginava que poder Nikolas tinha sobre ele, se é que tinha algum, mas era melhor prevenir que se arrepender.

— Vim pegar água para minha família — disse. — Mais nada.

Nikolas parecia querer continuar, mas Emil passou por ele e entrou na fila. Quando olhou para trás, o carrasco tinha se afastado.

Depois de pegar água, Emil e os meninos foram procurar madeira para acender uma fogueira e cozinhar. Mais para o fundo do cemitério, em um bosque perto de vários soldados da SS, que estavam ali reunidos fumando, acharam galhos que caíram das árvores durante o inverno.

Enquanto os recolhia, Emil se aproximou e ouviu um soldado falar com desdém:

— Por que estamos protegendo esses camponeses ignorantes? Isso é o futuro do Reich? Só pode ser brincadeira.

— De acordo com *Reichsführer* Himmler, não é brincadeira — respondeu outro soldado. — Ou você quer dizer ao chefe da Gestapo que ele está errado sobre quem tem o sangue puro ariano e quem não tem? Os ancestrais deles saíram da Alemanha, praticamente não se misturaram e cuidaram de grandes fazendas e colônias em isolamento por mais de um século. Quem teria sangue ariano mais puro?

Emil levou um fardo de madeira para a carrocinha, ajudou os meninos com os fardos que eles carregavam e voltou para pegar mais galhos.

O soldado mais agitado continuava falando:

— Pelo menos estes são quase os últimos. Agora vai haver menos deles chegando. E já vão tarde, se querem saber. Que peguem os trens aqui.

— Não vai ter trem nos próximos dias — informou o amigo dele. — Himmler requisitou todos para os yids na periferia de Budapeste. Estão começando pela estação de trânsito em Kistarcsa. Aqueles serão levados para o norte primeiro.

— Ratos — disse o mais agitado, que na sequência cuspiu. — Que levem todos. Livrem-se deles de uma vez por todas.

— Papai! — chamou Walt.

Emil pegou o último galho, mais ou menos da grossura de seu pulso, e voltou para perto dos filhos. Não entendia o significado exato por trás das palavras "serão levados para o norte", mas, considerando a conversa anterior deles sobre as linhagens de sangue puro, Emil captou a essência e se sentiu destroçado. Os nazistas ainda estavam matando judeus, e ele e a família deveriam substituí-los, evidentemente.

*

Emil e os filhos voltaram e encontraram o mausoléu quase cheio de famílias que construíam seus lares temporários junto das criptas e entre as estátuas da realeza húngara morta havia muito tempo.

— Pensei que teríamos o lugar só para nós — comentou Emil, puxando a carrocinha e os filhos para o acampamento.

— Não temos tanta sorte — respondeu Adeline. Olha o outro lado.

Emil fingiu não ter ouvido a esposa e se virou para tirar Will e Walt da carrocinha. Mas, durante o movimento, deu duas boas olhadas no sentido diagonal através do mausoléu, o suficiente para saber que Nikolas estava acampado ali com dois homens que o acompanhavam na noite em torno da fogueira na Moldávia.

Ele pôs Walt no chão e disse:

— Empilhe a lenha perto do Opa. Faça uma boa pilha.

Determinado, Walt pegou vários galhos dentro da carrocinha. Will o imitou. Quando Emil olhou mais uma vez pelo mausoléu, viu Nikolas encostado em uma coluna de pedra esculpida, sorrindo para ele, a mão erguida em um "*Heil Hitler*" debochado. Emil não respondeu ao gesto e não reagiu. Foi ajudar Walt e Will com o restante da madeira.

Mas a mente treinada nas ruas interpretou aquele gesto de provocação como uma ameaça direta a ele e sua família. Qualquer que fosse a relação do homem com a SS, Emil decidiu que não a evitaria mais. Era hora de proteger sua família e, quanto mais cedo, melhor.

Ele esperou até a escuridão quase completa, então pediu licença e deixou a área de acampamento, passou direto por Nikolas e seus dois amigos, reduzindo a velocidade para olhar para eles e cuspir em sua direção. Ao deixar o cemitério, seguiu um fluxo constante de outros refugiados atraídos pelas luzes distantes que a SS tinha instalado em torno das latrinas do campo.

Caminhou para as sombras mais densas, de onde podia observar as colunatas. Menos de vinte segundos mais tarde, reconheceu a silhueta alta de Nikolas atrás dele. Então, Emil saiu das sombras e se deixou ver durante o restante do trajeto até a área das latrinas, que estava lotada. Usou o movimento a seu favor, abaixando-se um pouco para se misturar à multidão, depois endireitando as costas para ser visto se dirigindo às tendas compridas e baixas das latrinas.

Lá dentro, não usou urinol nem vaso sanitário. O tráfego fluía em sentido único, e Emil atravessou a tenda sem parar, até sair do outro lado. Ficou parado no canto até ver Nikolas entrar na tenda da latrina pelo outro lado, então voltou rapidamente em direção ao mausoléu a céu aberto, às colunatas e ao acampamento, mas um pouco afastado do caminho usado pela maioria. A uns cem metros das lâmpadas elétricas em torno das latrinas, parou ofegante à sombra de uma estátua, de onde ficou observando a saída do banheiro.

— A única coisa com que um homem pode contar é consigo mesmo — murmurou e sentiu a determinação guiá-lo para um lugar aonde aprendeu a ir em tempos de extrema fome e necessidade.

Nikolas apareceu na saída das latrinas e olhou em volta. Emil esperou uns segundos, depois balançou o braço como um moinho de vento quando se encontrava sob a última lâmpada da fileira desde as latrinas. Parou de perfil para a luz e, em seguida, deu três passos longos para a escuridão.

*

Emil deu mais dois passos para longe do alcance da visão de Nikolas antes de se abaixar atrás de um grande monumento, enfiar a mão no bolso e pegar uma faca dobrável que usava para matar animais na fazenda.

A única coisa com que um homem pode contar é consigo mesmo, pensou novamente. Seu coração disparou. Ele respirou fundo, tentando acalmar os nervos enquanto a visão se adaptava ao breu.

O cascalho rangeu e pedrinhas chacoalharam e se tornaram passos lentos se aproximando. Emil posicionou os pés, abaixou-se mais e pressionou o lado esquerdo do corpo contra a lateral do monumento.

Nikolas chegou mais perto, alcançou o monumento e parou pelo que pareceu uma eternidade para Emil. Finalmente, ele deu um passo, depois outro, e então estava lá, a silhueta alta e escura de Nikolas, de perfil, acima e na frente de Emil, que explodiu da posição agachada e, com o impulso das pernas, projetou os ombros fortes de fazendeiro e o corpo com toda a força contra o joelho direito do outro homem.

Houve um barulho alto de ossos se partindo. Nikolas caiu com um grunhido de dor. Emil se jogou em cima dele e, com a mão esquerda firme, imobilizou a cabeça do homem com um lado do rosto contra o cascalho. Com a direita, segurou a lâmina contra o pescoço de Nikolas.

— Meu joelho! — gritou Nikolas, se contorcendo. — Quebrou alguma coisa!

— Não me importo — respondeu Emil, esfregando o rosto dele no cascalho. — E você também não.

— O quê? Eu me importo! Minha perna…

— Tenho uma faca de caça na mão, Nikolas — avisou Emil, baixando a lâmina afiada. — Está sentindo o metal no pescoço?

O homem parou de se contorcer, esqueceu a dor flamejante no joelho.

— Não faça isso — disse. — Por favor. Tenha misericórdia.

— Vou ter mais do que você teve — respondeu Emil. — Você pode escolher, Nikolas. Fique longe, nem olhe para mim, para minha esposa e meus filhos, e vai continuar vivo. Ou eu volto, quebro todos os ossos do seu corpo e corto sua garganta de orelha a orelha como se fosse um leitão.

*

Pouco tempo depois disso, Emil voltou ao mausoléu com o coração ainda batendo loucamente, enquanto passava por outras famílias de refugiados sentados juntos de suas fogueiras e se dirigia à fogueira da própria família, que já se resumia a brasas. Adeline e Malia cozinhavam. O resto da família assistia a tudo com expressão faminta.

Ele sorriu quando entrou no círculo, notando as sombras da estátua do anjo se movendo à luz do fogo.

— Por onde andou? — Adeline quis saber.

— Tinha uma fila longa — respondeu. — Alguém disse que muitos estão com diarreia.

Walt achou engraçado. Emil foi se sentar ao lado do filho mais velho nos degraus de mármore da colunata com a estátua atrás deles, passou o braço em torno do menino e olhou para a família, sentindo-se profundamente satisfeito.

Todos vocês estão seguros, pensou. *Nunca vão saber o que acabei de fazer por vocês nem o que fiz por vocês antes. Mas, por ora, estão seguros.*

*

Adeline ajudou Rese a esfregar as panelas.

— Você parece melhor.

— Eu me sinto melhor — respondeu Rese. — Não tenho vontade de vomitar. Mas tenho outros motivos para me sentir mal. Como diz a mamãe, não é difícil encontrar coisa ruim na vida.

— O que há de ruim na sua vida?

— Além da mamãe? — disse ela, antes de rir com nervosismo. — Não sei se meu namorado está vivo ou não.

— Namorado? — reagiu Adeline, sorrindo. — Desde quando?

— Faz quatro meses. Desde que fui passar uma semana em Balta.

Adeline se lembrava vagamente.

— Quem é ele?

— Um rapaz de Odessa que foi recrutado para lutar pelos alemães — disse Rese. — O nome dele é Stephan. Tem vinte anos e é o garoto mais bonito que já vi.

Adeline sentiu a tristeza na voz dela.

— Ele sabe onde você está? Para onde vai?

A irmã de Emil balançou a cabeça e limpou as lágrimas que corriam por seu rosto.

— Escrevi para a mãe dele em Odessa, mas não recebi resposta.

— Dê tempo ao tempo, Rese. A guerra ainda não acabou.

*

Eles passaram seis dias acampados no cemitério, e Emil nunca mais viu Nikolas mancando em sua direção. Estavam quase terminando o jantar no sexto dia quando foram notificados de que um trem os levaria para o norte, para a região de Warthegau, na Polônia, partindo da estação Keleti às nove e meia da manhã seguinte.

Emil não queria ir para a Polônia no norte. Queria ir para oeste, agora mais que nunca. No pouco tempo em que estivera em Budapeste, havia falado com soldados alemães o suficiente para saber que os Aliados estavam lutando na Sicília e se preparando para invadir a Itália. Em sua opinião, era questão de tempo antes de haver outras invasões, e logo os Aliados varreriam toda a Europa. Queria ter certeza de que ele e a família estariam em território Aliado quando a guerra terminasse.

Durante os longos dias na carroça, percebeu que boa parte de sua vida tinha sido submetida a um exército conquistador e um ditador. Os bolcheviques depuseram o tsar, e Stálin devastou a Ucrânia. Depois foi Hitler. E agora Stálin a tinha de volta. Emil decidiu que queria ir para onde não houvesse exércitos conquistadores, e em sua cabeça isso significava ir para o Ocidente, do outro lado do oceano, tão longe de onde começaram quanto pudesse imaginar.

— Por que está tão sério? — perguntou Adeline enquanto colocavam as coisas na carrocinha.

— Não quero ir para a Polônia — respondeu. — Quero ir para o Ocidente.

— Vamos para o Ocidente a partir da Polônia — disse ela. — Os alemães vão nos dar comida e um lugar para morar lá. Ouvi isso de muita gente.

— De que adianta ter comida e casa se Stálin chegar à Polônia antes dos outros Aliados?

— Não sei — disse ela, em rara irritação. — Qual é seu plano, Emil? Vamos deixar o comboio? Seguir sozinhos, a pé, sem proteção?

Ele pensou sobre isso e franziu a testa.

— Não, acho que não.

— Então, partimos para o norte no trem amanhã de manhã e seguimos para oeste de Warthegau assim que possível.

*

Em Budapeste, estava inesperadamente quente para a época naquela manhã de maio, perto do insuportável, ainda mais com as roupas pesadas que eles usavam. Adeline vestiu os meninos com short e camiseta regata antes de empurrarem e puxarem os dois carrinhos pelo cemitério e para a estrada.

Não estavam longe da estação ferroviária, mas tinham que subir a rua levemente inclinada, e o sol era abrasador. A menos de cem metros da estação, Rese soltou a barra do carrinho dos pais dela, levou a mão à testa, correu para um lado da rua e vomitou forte o bastante para cair de joelhos. Adeline foi a primeira a alcançá-la.

— Está tudo bem — arfou Rese. — É o calor. Só não consegui evitar.

Ainda antes de alcançarem a multidão de refugiados que tentava entrar na estação, Adeline a ajudou a ficar em pé, Karoline deu a ela um pano para limpar a boca e Emil ofereceu água da bolsa, o que a animou um pouco.

— Falta uma hora e quinze para partirmos, e já tem muita gente aqui — comentou Karoline. — Vai haver espaço para todos nós?

Os medos de Karoline tinham fundamento. Quando entraram e chegaram à plataforma, muitos vagões já estavam lotados de pessoas e seus pertences.

— Esse trem parece ter menos vagões que aquele em que viemos — disse Walt, que era transportado sobre a carrocinha com Will.

— Ele tem razão — falou Emil. — Adella, assuma meu lugar. Vou correr na frente e guardar lugar para nós.

Ela se aproximou e segurou a alavanca da carrocinha, enquanto a mãe e a irmã continuaram empurrando. Emil desapareceu na multidão que ocupava a plataforma.

Adeline olhava para os vagões lotados pelos quais passavam, vendo rostos de pessoas que haviam sido arrancadas de tudo o que conheciam, algumas amedrontadas, algumas resignadas, algumas poucas ansiosas, que era como ela se sentia. Estava se perguntando o que mais veria nos próximos dias que nunca tinha visto antes, como aquela estação de trem, o edifício mais magnífico em que já havia estado. Quando baixou o olhar, viu Emil parado do lado de fora do vagão atrás do carro de carvão e da locomotiva.

— Tem espaço para as carrocinhas, mas alguns de nós terão que se acomodar em cima do vagão — disse.

— Eu vou em cima — ofereceu-se Rese.

— Enjoada assim? — perguntou a mãe.

— O vento vai me fazer bem, mamãe, vai acalmar meu estômago — disse Rese. — Se eu viajar dentro, vou vomitar de novo. Além do mais, vai ser divertido ficar em cima de um trem.

Karoline parecia pronta para discutir, mas disse:

— Faça como quiser.

Com todos ajudando, eles levaram as duas carrocinhas para dentro do vagão e as prenderam juntas na parede ao lado da porta aberta. Pessoas suadas logo se aglomeravam em torno deles, sentadas em carrocinhas ou em cima de bolsas com pertences. Johann, Karoline e Lydia decidiram manter suas carrocinhas do lado de dentro, apesar do calor insuportável.

Depois que Emil fez dois laços em duas cordas e as prendeu na cintura dos meninos para protegê-los de cair, Adeline se deixou convencer a subir com eles e Malia no teto do vagão.

Havia um longo corrimão em torno do perímetro do teto. Rese já estava lá, sentada com as coxas presas embaixo do corrimão e balançando os pés descalços no ar.

— Aqui em cima não está tão quente — falou, animada. — Graças a Deus mamãe não suporta altura. Isso vai ser divertido!

— Isso vai ser divertido — repetiu Malia, sentando-se ao lado de Rese e deslizando as pernas por baixo do corrimão. Ela balançou os pés no ar algumas vezes e sorriu. — E sua mãe só quer seu bem.

— É mesmo? Eu canso de ela me dizer o que devo fazer e como fazer.

— Foi como ela aprendeu a ser — opinou Adeline. — Se prestar atenção, um dia vai se pegar fazendo a mesma coisa com sua filha.

Rese parecia um pouco enjoada. Ela massageou o estômago e arrotou baixinho.

— Ah, espero que não.

O apito do trem soou. Soldados da SS apressaram os últimos refugiados no embarque. O telhado e a área interna de todos os vagões estavam lotados de gente que tentava se sentar em segurança antes da partida.

Um minuto depois, o trem se pôs em movimento, cuspindo fumaça pela velha chaminé, gemendo, assobiando e ganhando velocidade aos poucos. Eles deixaram a proteção da cobertura da estação. O sol os castigava sem piedade quando passaram por soldados alemães e peças de artilharia acorrentadas a plataformas com rodas no pátio da ferrovia.

O trem deixou a estação e seguiu para sudoeste através da cidade, depois para o norte, mais ou menos paralelo ao rio Danúbio, ganhando velocidade aos poucos. O vento soprava a fumaça da locomotiva para longe deles, e Adeline conseguia ter vislumbres fascinantes das pontes sobre o Danúbio e, no alto de uma colina, da antiga e grande fortaleza dos reis húngaros.

Rese cantou uma velha canção de bar sobre um andarilho emocionado em busca de um amor, e Adeline, Malia e muitas outras pessoas em cima do vagão se juntaram a ela. Por alguns momentos, Adeline se sentiu mais animada, quase eufórica e relaxada, e se perguntou se era aquela a sensação de liberdade.

Quando ultrapassaram os limites da cidade de Budapeste, Adeline havia concluído que a locomotiva era muito velha ou danificada, porque cuspia grossas colunas de fumaça escura e parecia incapaz de acelerar o bastante. Mas, na velocidade máxima e desde que a pessoa não estivesse no caminho da fumaça da chaminé, o vento tornava o sol forte mais que suportável. Era... bem, era bom, agradável. Quase liberdade, ela decidiu.

— Gosto de viajar aqui em cima, mamãe — disse Will, animado.

— Eu também gosto — respondeu Adeline, sorrindo e afastando o cabelo dos olhos.

Walt apoiou o peito no corrimão para olhar os trilhos à frente do trem.

— Vamos passar por um túnel!

Eles mergulharam na escuridão, o que fez tudo parecer ainda mais veloz. Will gritou de alegria com toda a força dos pulmões, o que fez todos rirem. No túnel seguinte, Rese se juntou a Will, e logo todos estavam fazendo isso, gritando de alegria a cada vez que passavam da luz à escuridão e voltavam à luz.

Em um momento, Rese riu ao olhar para Adeline e os meninos antecipando o túnel seguinte.

— Desde que saímos de casa não me sentia tão bem. Não consigo me lembrar de ter estado tão feliz, Adeline.

— Que aventura! — falou Walt.

— Não é? — respondeu Rese, parecendo apaixonada pela ideia.

— Sim — confirmou Will —, porque nunca sabemos como as coisas vão acontecer.

*

Cinco horas depois do início da viagem, quando se aproximavam da cidade fronteiriça de Tata, na Hungria, o trem parou mais uma vez acima de uma clareira relvada que descia pela encosta para um pequeno lago na outra extremidade. Um dos engenheiros saiu da locomotiva com o major Haussmann, que passou por eles gritando que haveria um atraso de meia hora enquanto trens militares passavam na frente. Todos podiam desembarcar para fazer suas necessidades ou fumar, mas deviam permanecer perto do trem.

O sol era forte agora que não estavam mais em movimento.

— Lindo lago — comentou Malia. — Parece ser bom o bastante para nadar.

— Eu topo — disse Rese sorrindo, calçando os sapatos.

— Não vai — disse Adeline.

— Espera para ver — anunciou Rese, ao se levantar.

Malia aplaudiu e riu.

— E se Karoline for atrás de você?

— E daí? — Rese piscou para os meninos e começou a descer a escada. — Eu sei nadar, ela não sabe.

— Quero ir na água, mamãe — pediu Will. — Está calor.

— Eu também, papai — disse Walt a Emil, que tinha subido na última parada.

— Nenhum de nós sabe nadar — respondeu Emil. — E não quero que se afoguem.

Enquanto isso, Rese saltava do último degrau da escada para o chão e acenava para todos, antes de caminhar depressa pelo gramado em direção ao lago, a uns cem metros dali. Outras pessoas saíam dos vagões, algumas para fumar, outras para urinar. Mas ninguém se dirigia ao lago, exceto Rese. Ela chegou à margem, virou-se para o trem e acenou com energia, antes de girar e entrar na água. Ela deu mais um passo desajeitado, e o terceiro passo, então perdeu o equilíbrio e caiu para a frente, afundando.

Rese não voltava à tona.

E não voltava à tona.

Adeline sentiu um aperto na garganta antes de a cabeça de Rese aparecer subitamente na superfície. Ela cuspiu um jato de água, jogou a cabeça para trás e gritou de alegria, antes de mergulhar de novo.

— Quando ela aprendeu a nadar? — perguntou Malia.

— Na escola em Pervomaisk — respondeu Emil. — Quando menina, ela gostava da água como um peixe e…

O trem apitou. O major Haussmann voltou correndo ao longo dos vagões, gritando:

— Embarquem! Os trilhos estão livres. Voltem, ou serão deixados para trás!

No lago, Rese emergiu de novo. Emil uniu as mãos em torno da boca e gritou:

— Estamos partindo, Rese!

Ela não ouviu o primeiro aviso. Todos começaram a gritar e acenar para ela.

— Volte para o trem! Estamos partindo!

Adeline compreendeu que ela não acreditou no alerta, de início. Deveriam ficar parados por trinta minutos, afinal. Mas o trem apitou novamente, e Rese começou a nadar para a margem tão depressa quanto podia. Ela saiu da água, segurou a saia encharcada e correu encosta acima, seguindo o caminho de volta pelo gramado.

— Venha, Rese! — berrou Malia.

E agora todos gritavam palavras de incentivo e torciam. O sorriso de Rese ficava mais e mais largo à medida que ela se aproximava deles. Estava ensopada, com as roupas cheias de grama, e tudo isso fez Adeline perceber que nunca tinha conhecido alguém como a cunhada. Rese era bonita, inteligente e muito divertida. Não se importava com o que outras pessoas pensavam dela quando fazia coisas insanas, como agora. Ela era... bem... era livre de um jeito que Adeline nunca vira. Como disse Emil, você reconhece a liberdade quando a vê.

A cabeça da mãe de Emil era visível além da abertura da lateral do vagão. Ela olhava para a filha quando Rese alcançou o primeiro degrau da escada no canto esquerdo na frente do carro.

— Onde estava com a cabeça? — berrou Karoline.

— Na água, mamãe — respondeu Rese, ao pisar no primeiro degrau com o pé direito. — Estava nadando, e foi ótimo!

Ela levantou o pé esquerdo para pisar no segundo degrau, quando o trem de repente deu um tranco e sacudiu novamente com violência suficiente para jogar Rese da escada. Ela caiu de lado e para a frente em espiral, com o rosto no chão de grama e cascalho, o peito e a barriga embaixo do dormente e as canelas sobre o trilho. O engate que ligava o carro de carvão ao vagão deles estava bem atrás e acima dela.

Aconteceu tudo tão depressa que Adeline mal teve tempo de gritar em resposta à queda de Rese, antes de a locomotiva suspirar e o trem avançar novamente. As rodas do vagão passaram lentamente sobre as pernas de Rese, cortando as duas no meio da panturrilha.

15

Emil saltou de seu lugar no topo do vagão, gritando para os maquinistas pararem o trem. O major Haussmann, que viajava na locomotiva, viu o acidente e gritou a mesma coisa antes de os freios serem acionados, provocando um barulho estridente do atrito das rodas com os trilhos que não foi suficiente para encobrir os gritos de horror que transbordaram dos vagões lotados, enquanto Rese convulsionava, se contorcia e rolava encosta abaixo para o mato no limite da clareira.

Ao descer a escada, Emil viu o sangue jorrar e escorrer, jorrar e escorrer dos tocos que antes eram as pernas dela. *Contenha o sangramento*, repetia ele para si mesmo enquanto praticamente escorregava encosta abaixo. *Contenha o sangramento, ou Rese morre.*

Ele chegou ao fim da encosta em choque e viu que o major da SS já estava quase ao lado de sua irmã. Emil correu para eles, tirando o cinto enquanto se aproximava.

Haussmann já havia tirado o próprio cinto e tentava encontrar posição para ajudar sem ser atingido pelos jatos de sangue. Emil não se importava com isso; ele se colocou bem na frente do sangue e se ajoelhou ao lado da irmã, percebendo que ela estava inconsciente quando passou o cinto em torno de sua perna esquerda, acima da linha do corte, e apertou com força suficiente para conter o jorro. Na frente dele, o major fazia a mesma coisa com a perna direita e gritava pedindo por um médico.

Emil ouvia os gritos de outras pessoas enquanto tentava confortar a irmã, que tremia como se a temperatura estivesse abaixo de zero. Emil tinha a sensação de queimar sob um raio de luz quente.

— Salvem-na! — soluçava a mãe dele.

Emil levantou a cabeça e viu Karoline ali, com o rosto sangrando depois de ter caído do vagão ao ver as pernas da filha amputadas, e viu o pai atrás da mãe, fazendo esforço para mantê-la em pé quando ela se ajoelhou, cobrindo a boca com a mão magérrima e estendendo a outra em desespero.

— Salvem-na — soluçou Karoline, de novo, olhando para o céu abrasador. — Leve-me, mas deixe-a viva, Deus. Ela é tudo que nos resta.

Adeline parou ao lado de Emil.

— O que posso fazer?

— Estancamos o sangramento — disse o major Haussmann, tocando o pescoço de Rese com os dedos ensanguentados. — Mas ela precisa de morfina, sangue e um cirurgião.

Ernst Decker, médico e sargento da SS, em seus quase trinta anos de idade, se aproximou correndo com um volume nas mãos, enquanto dois soldados o seguiam com a maca. O sargento Decker não se abalou ao ver o estado de Rese. Em vez disso, acalmou Emil e pediu para ele se afastar, enquanto avaliava os sinais vitais dela.

— Há quanto tempo puseram os torniquetes?

— Um minuto — disse Haussmann. — Não mais.

— Preciso dela em um lugar mais estável. Não ao ar livre e no sol.

— Vamos acomodar mais gente em cima do vagão e abrir espaço para ela lá dentro — sugeriu Emil, olhando desconfiado para Haussmann, que assumira uma atitude rígida. — Desculpe, major. Ela é minha irmã.

Haussmann o estudou novamente. Teria reconhecido Emil, desta vez? A essa altura, Emil não se importava e sustentou o olhar até o major assentir.

— Faça isso. Leve sua irmã para dentro com o médico e escolha um lugar onde circule ar.

O sargento Decker pegou uma seringa de aço e vidro e aplicou uma pequena dose de morfina em Rese, o suficiente para mantê-la sedada durante a transferência. Tudo foi feito em instantes: ela estava deitada na maca, e mãos no interior do vagão a levantaram e acomodaram no meio do carro onde viajavam os Martel. Decker começou a trabalhar.

Emil ia entrar no vagão para ajudar o médico quando viu Walt em pé na frente do engate e olhando para baixo, entre ele e o vagão de carvão. Aproximou-se do filho mais velho, que olhou para o pai com uma expressão chocada.

— Não parecem muito diferentes, exceto em cima, onde foram esmagadas pelas rodas. Embaixo, continuam como quando estavam na tia Rese.

Emil viu que era isso mesmo. As rodas, o peso do carvão e o trilho embaixo delas haviam servido para amputar as pernas com um corte relativamente limpo.

— O que fazemos com elas, papai? Vamos deixar ali?

Emil odiava a ideia, mas assentiu.

— Nesse calor, já estão contaminadas. Vão desaparecer em poucas horas, depois que partimos, provavelmente atacadas por urubus e corvos.

Podia ver que o filho estava incomodado com a ideia, mas Walt finalmente assentiu, passou por Emil e subiu a escada. Adeline apareceu na porta aberta do vagão para avisar:

— Emil, o médico precisa de você, e sua mãe está tendo um ataque.

— Suba e fique com o Walt — disse ele, ao entrar. — Estou prevendo um colapso em breve. Ele viu as pernas de Rese.

Adeline fechou os olhos e assentiu.

Dentro do vagão lotado, o calor era sufocante, e a mãe de Emil e Rese chorava e gritava. Emil se aproximou dela e disse para não tornar as coisas piores do que já estavam.

— Isso não é sobre você. É sobre Rese e sobre mantê-la viva.

— Eu preciso fazer alguma coisa! — protestou Karoline. — Meu Deus! Não suporto isso!

— Se ainda acredita em Deus, mãe, acho que deve rezar.

Emil se aproximou de Rese, no entanto, confirmando sua descrença em Deus ou em qualquer força superior. Nenhum espírito decente permitiria que essa tragédia acontecesse com uma criatura sem limites, mas inocente, como sua irmã. Um Universo justo não a poria em cima daquela maca perto da porta de um vagão lotado e abafado, no norte da Hungria, com um médico da SS introduzindo um tubo intravenoso em seu braço, enquanto a parte de baixo de suas pernas, os pés e os sapatos estavam lá embaixo, nos trilhos.

— Sabe que tipo de sangue é o dela? — perguntou Decker.

— O negativo — respondeu Emil. — Eu também sou O negativo. Os comunistas testaram todos nós. Éramos obrigados a saber.

— Você é doador universal. Precisa ficar ao lado dela e um pouco mais alto para a transfusão.

Emil olhou atrás do pai e viu vários caixotes de madeira empilhados. Aproximou-se da proprietária, uma mulher com duas crianças pequenas, e perguntou se poderia usá-los para socorrer a irmã. Ela concordou, desde que os caixotes fossem devolvidos, para que não perdesse seu espaço.

Assim que Emil levou dois caixotes, colocou-os um sobre o outro e sentou-se em cima deles, ligeiramente mais alto que a irmã, Decker agiu com rapidez e eficiência, como médico veterano de campo de batalha que era, e logo o sangue fluía do braço de Emil para o de Rese. Haussmann apareceu na porta do vagão e disse:

— Quanto tempo até estabilizá-la?

— Quarenta minutos.

— Você tem dez — disparou o major. — Seja criativo.

O sargento parecia querer protestar, mas disse:

— Muito bem, major.

Decker disse para Emil ficar onde estava e avisou que voltaria em alguns instantes.

— Não precisa afrouxar os torniquetes? — perguntou Emil.

— Se eu fizer isso direito, vamos removê-los em cerca de dez minutos — respondeu e desceu do trem. Rápido, foi até o primeiro vagão e entrou na locomotiva, onde Emil não podia mais vê-lo.

Emil olhou para o rosto de Rese, machucado, inchado e imundo da queda. Os irmãos eram separados por uma vida; ele era mais de uma década mais velho, mais pai de seus dois meninos do que tinha sido irmão para ela. Sentia-se culpado por ter sido sempre omisso com Rese, ainda mais nos últimos anos, quando as emoções dela oscilavam entre furacão e tempestade de poeira, tudo intensificado por essa viagem, doenças quase constantes, e agora isso.

Ele viu Decker descer a escada do motor usando uma luva e carregando um balde de metal fumegante com cabo de madeira. O médico retornou correndo, deixou o balde fumegante no chão do vagão e entrou. O cheiro da fumaça era intenso e ácido. Pessoas começaram a tossir. Emil olhou dentro do balde e viu a ponta de uma ferramenta de ferro enterrada em brasas incandescentes, carvão fumegante da caldeira da locomotiva.

— O que vai fazer com essa coisa? — perguntou Karoline. — Não vai queimá-la! Ela já sofreu muito…

Decker olhou para ela e disse:

— Vai sofrer um pouco mais para salvar a própria vida.

Depois olhou para Emil e mediu a pressão de Rese.

— Melhor — disse. — Mais alguém na família tem sangue O negativo?

— Eu — Johann se manifestou depois de ter se mantido em silêncio, assistindo a tudo das sombras. — Sou pai dela.

— Você é o próximo — avisou o médico e removeu o tubo de transfusão do braço de Emil.

Quando se levantou, Emil sentiu uma leve tontura, mas conseguiu se afastar enquanto Decker substituía a agulha da transfusão e Johann se sentava ao lado da filha amada. Só então, quando o médico introduzia a agulha em seu braço, Emil viu que Johann chorava.

Decker também percebeu.

— Ela vai sobreviver por sua causa e de seu filho, Herr Martel, c por causa do que vou fazer a seguir. Prometo.

Johann assentiu.

— Faça. Algumas coisas justificam a dor.

Uma mulher cansada, mas bonita, aparentando quase trinta anos e vagamente familiar para Emil apareceu na porta lateral, segurando um cesto com dois bebês adormecidos. Ela olhou para a mesa de cirurgia improvisada, depois para cima, quando Adeline, do teto, perguntou:

— Marie? É você?

— Adeline? — reagiu a mulher, surpresa. — Não sabia que estava neste trem. Ouvi comentários sobre o acidente e vim ver se posso ajudar.

— Vou descer e pegar os gêmeos — disse Adeline.

Enquanto Decker limpava os cortes e preparava a área para o que estava por vir, Adeline desceu.

— Emil, você se lembra de minha prima Marie, de Birsula? Ela trabalhava em um hospital da cidade.

— Com os cirurgiões — acrescentou Marie.

— Suba, então — disse Decker. — Preciso de ajuda. — O médico olhou para Emil. — Preciso de você para segurá-la. Não tenho éter, e, mesmo com a dose adicional de morfina que vou aplicar, ela pode se debater.

— Vai torturá-la! — gemeu Karoline, que se virou, chorando de novo.

Marie olhou ao redor.

— Não temos tempo para uma sobreposição e sutura?

— Não.

Do lado de fora, o major Haussmann avisou:

— Você tem quatro minutos. Agora seguimos o cronograma de Berlim. Himmler dá as ordens.

O sargento assentiu. Marie aplicou outra injeção em Rese. Decker pôs as luvas para pegar o ferro do balde ainda fumegante. A ponta brilhava alaranjada.

— Segure-a — ordenou o médico.

Emil prendeu a coxa direita da irmã contra o cobertor embaixo dela. Marie se encarregou da esquerda. Decker começou pela perna direita, examinou-a atentamente, depois aproximou a ponta do ferro em brasa na primeira das três artérias cortadas, por onde o sangue de Rese jorrava e escorria. Houve um chiado e um cheiro de carne queimada antes de Rese sofrer um espasmo, arquear o corpo e gritar de alguma profundeza da consciência que não tinha sido adormecida pelo choque nem pelo opiáceo. Ela torceu os quadris e os projetou para cima, quase escapando das mãos firmes de Emil e Marie.

— Segurem bem! — gritou Decker. — Não a deixem arrancar o tubo de transfusão!

Em pânico, Emil jogou todo o peso do corpo sobre a coxa direita e a pélvis da irmã, e a prima de Adeline o imitou. Johann segurou os braços de Rese. Juntos, eles a imobilizaram enquanto Decker prosseguia com o procedimento brutal, cauterizando mais dois importantes vasos sanguíneos na perna direita, antes de se dedicar à esquerda. Quando ele terminou, Emil chorava comovido com os gritos de Rese, que no sexto contato abrasador do ferro em brasa se tornaram gemidos e delírio.

*

O sargento Decker entregou o balde e o ferro ao major Haussmann e disse:

— Vamos desinfetar e cobrir as áreas com bandagens. As artérias e as veias menores vão produzir um coágulo naturalmente. Se não infeccionar, ela vai sobreviver até que um cirurgião na Polônia dê um jeito.

— Bom trabalho, sargento — respondeu Haussmann. — *Heil Hitler!*

Decker e Marie aplicaram água oxigenada e pomada de iodo sobre as feridas, dando atenção especial às cavidades ósseas abertas. Quando secaram, ele removeu os torniquetes das duas pernas e observou as feridas. Ao ver que havia pouca perda de líquido, cobriu a área com pó de sulfa e com camadas de tecido protetor que ele e Marie seguraram no lugar, depois envolveu tudo com rolos e mais rolos de gaze, até criar uma proteção que lembrava luvas sem dedo onde antes ficavam as partes inferiores das pernas.

Todos ouviram um apito agudo. O trem arrancou novamente e começou a avançar.

Marie se virou, caminhou até a porta aberta e chamou:

— Adeline?

— Os gêmeos estão aqui em cima — respondeu Adeline.

Emil não conseguia pensar sobre deixar as pernas de Rese nos trilhos onde ela as havia perdido. Quando o trem ganhou velocidade e o lago e a cidade de Tata foram engolidos pelas florestas primaveris e por prados verdejantes, ele viu Decker remover o tubo de transfusão do braço de seu pai e percebeu que sentia mais raiva que pena da condição de Rese.

Se ela não tivesse ido nadar. Se tivesse ouvido alguém uma vez na vida, estaria... estaria... Queria pensar "inteira", mas o que surgiu em sua cabeça foi *frustrada e não seria minha irmã*. Rese era dona do próprio nariz desde que disse a primeira palavra, ainda bem pequena. A maioria das crianças falava "mamãe" ou "papai". A irmã mais nova de Emil dissera "não". E foi uma criatura do contra desde então.

Passou meia hora, depois uma hora. O calor e o sol implacável do meio de tarde os castigavam no progresso lento em direção a Bratislava. A pressão sanguínea de Rese permanecia estável, e os curativos foram trocados. A coagulação havia começado. Emil teve certeza de que o pior havia passado quando Marie disse:

— Preciso amamentar os meninos na próxima parada.

— E eu tenho que cuidar de homens doentes nos vagões do fundo — avisou o sargento Decker.

— Eu fico com ela — disse Emil, imediatamente antes de a irmã gemer e arquear as costas. Uma convulsão contraiu seu corpo, que ficou rígido e depois colapsou.

Decker e Marie correram para perto dela.

— O que aconteceu? — perguntou Karoline. — O que está acontecendo com ela?

O médico usava o estetoscópio para auscultar o coração de Rese, enquanto a prima de Adeline a tocava para tranquilizá-la.

— A pulsação acelerou, mas está voltando ao normal — disse Decker a Emil. — Essa convulsão pode ter sido causada pela resposta natural do corpo ao choque.

Dez minutos mais tarde, Decker recolhia seu material, quando o trem apitou e reduziu a velocidade até parar para permitir a travessia de outro trem na frente. Marie não tinha saído de perto de Rese, mantinha as mãos em sua coxa e sobre a barriga, atenta aos sinais de outra convulsão.

Aconteceu quando o trem estava completamente parado, foi mais rápida que a primeira, mas não menos intensa. Depois dos movimentos espasmódicos e do enrijecimento, Rese ficou novamente inerte.

Ela ofegava e gemia.

— O que está acontecendo com ela? — gritou Karoline.

— Não sei — disse Decker.

— Eu sei — declarou Marie, levantando a saia de Rese. — Ela está em trabalho de parto.

— Trabalho de parto? — reagiu Emil. — Rese? Não.

— A bolsa estourou. — Marie olhou para a mãe de Rese. — De quanto tempo ela está, Frau Martel?

Karoline não disse nada por um momento, depois olhou em volta, aflita e aborrecida por não ter como escapar da realidade.

— Três, talvez três meses e meio — disse, arrasada. — Ela só me contou na noite anterior à nossa partida nessa jornada insana.

— Bem, ela está perdendo o bebê, além das pernas — anunciou Marie e olhou para Emil quando Decker desceu do vagão prometendo voltar. — Eu fico com ela. Mas você pode pedir para Adeline e Malia descerem para me ajudar aqui? Preciso amamentar e cuidar dos bebês, antes que sua irmã piore.

Emil subiu no teto do vagão. Ele ajudou Adeline e Malia a descer o cesto com os gêmeos de Marie, aguardou a esposa e a cunhada descerem a escada antes de admitir que estava completamente exausto, pior que depois dos dias mais longos nos campos ou na cervejaria, mais que esgotado. Depois de gastar até a última gota de energia e amor com a irmã, sua única necessidade era dormir.

Ele se sentou entre os filhos com as pernas sob o corrimão, balançando os pés como Rese tinha feito horas antes. Abraçou Will e Walt e, quando o trem voltou a avançar para o norte, se deitou, puxou o chapéu sobre o rosto e mergulhou em um sono hipnótico e cheio de ruídos, no qual permanecia consciente de certos sons reais no entorno – a conversa entre os filhos, os guinchos e estalos das rodas do trem e o barulho baixo da locomotiva –, com o horror do acidente se repetindo várias vezes em sua cabeça.

Não existe Deus, dizia a voz interior. *Nenhuma força do bem tiraria as pernas dela desse jeito. Nossas súplicas não são ouvidas por nenhuma força invisível no céu. Estamos sozinhos. Lutamos pela sobrevivência todos os dias. Não podemos contar com ninguém além de nós mesmos.*

*

Quando Emil acordou, eles estavam ao norte de Bratislava, seguindo para Trnava. O sol estava mais baixo, parcialmente bloqueado pelas nuvens de tempestade no oeste. Passaram por antigas videiras com botões inchados prestes a florescer, depois seguiram por um território de relevo suave e verde com pequenas fazendas nos vales e, além delas, montanhas de picos nevados.

Ele bocejou e se sentou, viu cavalos pastando em um campo e sentiu uma pontada de tristeza por Odin e Thor. Qual tinha sido o destino deles? O que estavam fazendo para os nazistas?

— Que vale verde bonito — comentou Will. — Mas não é nosso.

Emil superou a sonolência e se preparou para dizer ao filho mais novo para não acreditar nessa bobagem, porque, qualquer que fosse a cor da terra em volta da nova casa deles, sem dúvida seria inóspita, cruel e regada de sofrimento. Estava prestes a dizer a Will que esses fatos eram inevitáveis na vida e que não acreditava que existisse um paraíso real como o de Adeline.

Em vez disso, ele falou:

— Não, não é. Vamos para um lugar chamado Lodz, na Polônia.

— Como é, papai? Lodz?

— Não sei. Vamos descobrir juntos.

Eles ficaram em silêncio, e Emil torcia para o trem parar de novo para ele descer e verificar a condição da irmã, quando Walt disse:

— Papai, por que isso teve que acontecer com tia Rese?

Ele suspirou e abraçou o filho mais velho de novo.

— Não sei. A vida pode ser cruel, às vezes.

Walt ficou quieto por vários instantes, antes de dizer:

— No começo não gostei de termos deixado as pernas, os pés e os sapatos dela daquele jeito.

— Eu também não — contou Emil. — Ainda não gosto.

— Mas depois lembrei que você disse que aves vão encontrá-los, provavelmente, e me senti melhor, porque as pernas dela vão poder voar como um pássaro.

Emil olhou para Walt, sorrindo de sua maneira de ver o mundo, de um ângulo meio distorcido, mas sempre interessante.

— Quer voar um dia? — perguntou Emil.

Walt riu.

— Talvez. Por que não?

— Isso mesmo. Por que não?

— Eu vou construir coisas — anunciou Will.

— Que coisas? — perguntou Emil, interessado, porque também gostava de construir coisas.

O filho mais novo apontou para uma grande e antiga mansão em uma encosta.

— Coisas como aquela?

— Não vai, não — protestou Walt. — Aquilo é muito grande.

— Não é muito grande — desmentiu-o Will. — Certo, papai?

A mansão parecia imensa, maior que tudo que Emil já havia construído ou ajudado a construir. Talvez fosse a experiência de ver a vida de Rese mudar para pior em um instante; talvez ele só quisesse poupar o filho do desespero de nunca ter um sonho, mas alguma coisa nele dizia para não desanimar a visão que Will tinha da vida, qualquer que fosse.

— Por que não? — respondeu Emil.

16

Rese Martel perdeu o bebê quando o sol se punha ao leste da Tchecoslováquia naquele dia quente de maio de 1944. Marie guiou e ajudou Adeline e a irmã dela por todo o episódio. Karoline recusou-se a participar e ficou sentada, tão quieta quanto Johann, que permaneceu ao lado dela enquanto a filha inconsciente expulsava um filho natimorto.

Marie pinçou e cortou o cordão umbilical e entregou a criança a Adeline. O feto, filho de Rese, escorregadio de fluido e sangue, cabia na palma da mão dela. Malia se aproximou, olhou para ele e, depois de um momento, começou a chorar.

— O pobrezinho morreu com o dedo na boca — disse, tocando os próprios lábios.

Adeline viu que era verdade e mais uma vez sentiu o coração dilacerado naquele dia.

— Um pequeno milagre que não teve chance de acontecer.

— Milagre — bufou Karoline, contrariada, atrás delas. — Está mais para pecado mortal, prova de luxúria diante de Deus e dos homens. Escutem o que digo. O Senhor levou suas pernas e esse... pecado... por causa da fornicação dela.

Adeline, sua irmã e sua prima ficaram tão perplexas com o veneno na voz da mãe de Rese que se viraram para ela, escondida nas sombras. Como fizeram muitas outras pessoas perto.

Consciente da presença dessas pessoas e sem se importar com mais ninguém, Adeline respondeu:

— É seu neto, Karoline. Se vai dizer essas coisas, devia dizer olhando para ele. Um quarto do sangue dele é seu.

A sogra se inclinou para a frente sob um raio de luz, revelando um olho e uma bochecha trêmula.

— Jogue essa coisa fora pela porta do trem, ou jogo eu.

De repente, Johann se levantou e, parado diante dela, surpreendeu todos os passageiros do vagão ao rugir:

— Não vai fazer nada disso! E não quero ouvir mais sua voz, mulher! Acha que sobrevivi às minas e à caminhada miserável de volta para casa para ouvir sua constante e interminável maledicência? Querendo isso. Temendo aquilo. Condenando aqui. Comparando ali. Destruindo acolá. Julgando quem é bom e quem não é. Tudo com essa língua ácida!

Karoline se encolheu contra a parede do vagão, e sua voz era mais obediente quando começou a responder:

— Johann, eu não...

— Cala a boca, sua megera, megera maldosa! — berrou ele para a esposa. — Cala a boca, ou juro que jogo *você* para fora desse trem e me livro de sua presença para sempre!

Houve um silêncio longo, de choque e incômodo, durante o qual Adeline sentiu confirmadas todas as emoções negativas que já tivera pela mãe de Emil; ao mesmo tempo, pensou que deveria estar preparando o filho de Rese para ser sepultado na parada seguinte.

Karoline falou, amargurada:

— Talvez eu lhe faça um favor, Johann. Posso me jogar do trem antes de Rese despertar. Assim você fica livre de mim para sempre.

— Lá vai ela de novo — cochichou Malia, no ouvido de Adeline. — Virando o jogo, se fazendo de vítima.

— Vá em frente, então, e seja rápida — respondeu Johann, finalmente, e saiu de perto dela para ficar ao lado de Rese.

*

Antes de a noite cair por completo sobre a área rural pela qual passavam devagar, Adeline embrulhou o bebê na gaze que Decker havia deixado para refazerem os curativos de Rese. Os filhos de Marie, Rutger e Hans, começaram a se agitar e chorar no cesto.

Marie pediu para Adeline e Malia limparem Rese da melhor maneira possível com o que restava de água, mas sem molhar as ataduras.

— Não queremos gangrena — concluiu e se sentou para amamentar o primeiro filho.

Adeline estava impressionada com a energia de Marie. A prima era mais baixa e mais leve que ela, mas parecia ser muito maior e forte o bastante para produzir leite para dois bebês.

Malia pendurou uma lamparina acesa na porta do trem, fora do corredor de vento, e se pôs a limpar a parte inferior do corpo de Rese com um pano molhado.

— Marie, conte para nós sobre seu marido, o cirurgião.

Adeline se correspondia com Marie várias vezes ao ano, conhecia partes da história e queria poupá-la desse tormento.

— Malia, talvez existam coisas sobre as quais é melhor não falar — disse.

— Tudo bem, Adella — interferiu Marie. — Os soviéticos tentaram levar Klaus quando o Exército deles deixou a Ucrânia em julho de 1941, mas ele conseguiu se esconder pelo tempo necessário para ser recrutado pela Wehrmacht um ano depois de os alemães terem invadido.

Na época, Marie trabalhava para o doutor Klaus Werner havia quase dois anos, e ele lhe ensinara o suficiente para ela acompanhar as cirurgias.

— Eu estava apaixonada por ele, mas ele não parecia notar — continuou Marie, tirando um filho do seio esquerdo e colocando o outro no direito. — Era doze anos mais velho que eu. Quando os alemães descobriram suas habilidades cirúrgicas, eles o recrutaram. Quis acompanhá-lo, mas fui orientada a voltar e ajudar nas terras de minha família. Klaus disse que escreveria para mim e foi embora.

De coração partido e preocupada, Marie esperou por notícias do cirurgião durante meses. Então, as duas cartas chegaram ao mesmo tempo, no início de dezembro, ambas descrevendo a vida em um hospital militar ao sul de Stalingrado: as vítimas intermináveis, as longas horas infernais tentando salvar homens rasgados pela guerra, as condições miseráveis em que ele vivia.

— No fim da segunda carta, ele disse que sentia saudade de mim — contou Marie, brilhando à luz da lamparina. — Disse que sentia falta de meu sorriso e minha voz.

— Você deve ter ficado muito feliz! — comentou Malia.

— Muito. Não tive mais notícias até ele bater à porta de minha casa em 24 de março do ano passado. Teve um mês de licença do front e, imediatamente, se ajoelhou e me pediu em casamento.

Malia aplaudiu.

— Que romântico! Você disse "sim"!

— Disse, e nos casamos no dia seguinte. Eu não poderia estar mais feliz. O Klaus que eu conhecia e amava estava de volta, mais terno do que eu poderia ter imaginado, mas havia também outro Klaus que eu não reconhecia: um estranho assombrado por tudo aquilo a que tinha sobrevivido, um médico apavorado por ter que voltar para a guerra.

Ela parou, pigarreou e continuou:

— Mas conhecemos o amor verdadeiro. Vou guardar para sempre na lembrança aquele mês que passamos juntos. Fizemos esses lindos garotinhos antes de ele partir.

O bebê soltou o seio e tossiu. Ela o levantou, o pôs em pé apoiado em seu ombro e bateu em suas costas até ele arrotar. Malia terminou de limpar Rese e a cobriu, tocou sua testa para ver se estava com febre e, sorrindo, esperou Marie concluir a história.

— Ele os amou imediatamente? — perguntou.

O rosto de Marie ficou triste.

— Só tive notícias de Klaus uma vez desde que ele voltou, em novembro passado, antes de os bebês nascerem, antes da queda do rio Dnieper e de precisarmos fugir.

— Tenho certeza de que ele está logo atrás de nós em algum lugar — disse Malia.

A prima dela não respondeu de imediato. Depois, seu rosto foi tomado por medo e dor, e ela disse, com a voz embargada:

— É disso que tenho medo. De Klaus estar atrás de mim em algum lugar. Não comigo e com nossos filhos. De ter ficado para trás, talvez para sempre.

*

Durante uma parada programada de uma hora perto da cidade de Cervenik, Emil pegou uma pá com os engenheiros e, com Johann e Adeline, afastou-se dos trilhos com uma lamparina. Eles cavaram um buraco e colocaram o bebê morto e enrolado em gaze dentro. Fizeram uma oração e depois o cobriram.

— Obrigado — disse Johann a Emil. — Lamento que sua mãe tenha dito aquelas coisas. E lamento mais ainda ter dito aquelas outras.

— Está tudo bem, papai — disse Emil, dando uns tapinhas em suas costas. — Foi um dia horrível para todo mundo, até para a mamãe.

O pai dele suspirou, assentiu e voltou para o trem.

Adeline caiu nos braços de Emil.

— Ainda sinto saudade de nosso pequeno — disse.

— Sempre sentiremos saudade dele. Nosso primogênito.

Quando subiram juntos a ladeira em direção ao trem, Adeline se lembrou do que tinha feito Johann explodir de raiva. Foi a primeira vez que o viu zangado.

— Só vi sua mãe desse jeito uma vez antes — disse. — Quando ela bebeu o creme para me fazer sofrer, antes da morte do primeiro Waldemar. Fria. Sem coração. Má, como seu pai disse.

— E ela não disse nada desde a explosão de meu pai?

— Nem um pio.

— Bem, para tudo tem uma primeira vez — comentou Emil e riu, o que fez Adeline rir e o abraçar.

— Adoro essa sua capacidade de mudar meu humor — disse ela. — Você é um bom marido, um bom pai e um homem muito bom, Emil Martel.

Adeline esperava que o marido recebesse suas palavras como um elogio sincero, mas o rosto de Emil foi encoberto por uma sombra passageira, antes de ele sorrir para ela à luz da lamparina.

— E você é a melhor mulher que conheci. Posso ficar com Rese primeiro, se quiser. E você dorme um pouco.

Adeline o estudou por um momento, pensando mais uma vez que, para ela, havia algumas partes de Emil que ainda eram um mistério – e poderiam ser para sempre. Eles subiram a encosta curta para o trem, onde encontraram o sargento Decker deixando o vagão depois de aplicar em Rese uma dose de morfina suficiente para durar a noite toda.

— Quando ela vai acordar?

— Acho que amanhã — disse Decker, ao sair.

Eles conseguiram levantar Rese e a maca o suficiente para pegar os cobertores das carrocinhas abaixo. Emil os levou para o teto do vagão, onde encontrou os meninos encolhidos, dormindo juntos, ainda com as cordas de segurança amarradas à cintura.

Ele ajudou Adeline a ajeitar os cobertores sobre os meninos e em torno deles, antes de fazer o mesmo por ela.

— Não desamarre a corda, a menos que o trem pare — sussurrou Emil. — Eu acordo você quando for sua vez de cuidar dela.

Ele se dirigiu à escada com a lamparina.

— Emil — sussurrou Adeline, alto o suficiente para ele se virar. — Amo você. E obrigada.

O marido a fitou como se ela falasse outra língua, mas depois assentiu.

— Também amo você. E não tem de quê. Acho.

Ele começou a descer a escada antes que ela pudesse responder. De olhos fechados, Adeline ficou ali, deitada, pensando nele antes de ter a mente invadida por imagens e sons de Rese: Rese vomitando no caminho para a estação de trem; Rese saindo do lago e gritando de alegria, tão livre e feliz; Rese caindo nos trilhos; Rese gritando quando Decker cauterizou seus tocos de pernas.

Mais imagens passavam mais depressa por sua mente enquanto ela tentava dormir: Marie trazendo ao mundo o filho natimorto de Rese e Adeline o abraçando, um milagre encerrado, tão pequenino, triste e precioso; queria chorar de tão atordoada e derrotada que se sentia em cima do trem, deslocada, uma refugiada de guerra sem lugar para chamar de lar, exceto o que havia construído a partir de uma ilustração de livro.

Foi na manhã de hoje que deixamos Budapeste?, pensou Adeline enquanto pegava no sono. *Como pode caber tanta esperança e tragédia em um dia só?*

*

Emil a acordou na escuridão que precede o amanhecer quando passavam pela cidade tcheca de Puchov. Os meninos ainda dormiam. O trem avançava em ritmo moderado.

— Como ela está? — sussurrou Adeline quando saiu de debaixo dos cobertores.

— Teve alguns pesadelos, mas não acordou — respondeu ele.

— E sua mãe?

— A Esfinge?

Embora tivesse acabado de acordar, Adeline não conseguiu segurar o riso ao pensar em Karoline ainda silenciosa. Depois que Emil se deitou sob os cobertores, ela beijou seu rosto e desceu a escada. Johann esperava para ajudá-la a entrar no vagão.

Adeline agradeceu, passou por Marie e os gêmeos dormindo no chão e foi para perto de Rese. Ao tocar a testa da cunhada, encontrou-a morna, não febril. Usou a lamparina para inspecionar os curativos, que estavam molhados. Assim que o dia nascesse, ela ajudaria a prima a trocá-los.

Quando Adeline pendurou a lamparina de volta no gancho, notou que Rese se mexia não com contorções de dor, mas movimentos mais suaves, um levantar de ombros, um deslocamento do queixo, até que engoliu e seus olhos se abriram devagar. Ela revirou os olhos como se não quisesse focá-los. Engoliu novamente, fechou os olhos e os abriu outra vez, esperando um instante antes de, hesitante, se virar para Adeline.

— Onde eu estou? — perguntou, com voz rouca.

Adeline segurou a mão da cunhada e murmurou:

— Você está viva, Rese. Sofreu um acidente grave, mas está viva.

Ela fez uma careta.

— Dói. Tudo dói.

— Sim, logo um homem virá ajudar com isso.

Johann apareceu atrás de Adeline, tocou o ombro da filha com a mão enorme e a fitou, com lágrimas nos olhos.

— Rese.

— Papai — respondeu ela e sorriu quando os olhos se fecharam e a cabeça caiu um pouco de lado.

Rese respirou fundo duas vezes antes de ficar repentinamente tensa e apertar a mão de Adeline. O rosto perdeu a cor, os lábios se comprimiram e ela arregalou os olhos.

— Eu caí — disse.

— Sim — confirmou Adeline.

— Caí perto dos trilhos.

— Nos trilhos — corrigiu o pai.

Rese parecia confusa, antes de olhar para o teto com uma expressão que misturava incredulidade e pânico.

— Não — disse, finalmente. — Diga que não… — Depois sorriu para eles de um jeito insano. — Não, eu sinto… eu as sinto! Estão vendo?

De repente Rese se sentou com um movimento brusco e olhou para a própria saia, viu os curativos ensanguentados em torno dos tocos onde antes havia panturrilhas, tornozelos e pés. Sufocando um grito, soltou a mão de Adeline e tentou tocar o que não existia mais.

— Estão ali! Eu sinto! Estão sob os curativos! Estou sentindo!

Karoline apareceu ao pé da maca, de frente para a porta, incapaz de olhar diretamente para a filha.

— Mamãe? — chamou-a Rese. — Eu as sinto.

Adeline teve medo de que a sogra recomeçasse o sermão de condenação da noite anterior. Em vez disso, Karoline falou, fria:

— O que sente é o fantasma delas, Rese. Minha mãe conheceu soldados que perderam as pernas na Grande Guerra. Anos depois, eles juravam que ainda as sentiam.

Nesse momento, foi como se Rese murchasse. Ela olhou para a mãe sem expressão, depois para os curativos. Levantou a perna esquerda e, apesar da dor que subiu em ondas, dobrou o joelho. Depois de fazer a mesma coisa com a perna direita, começou a chorar.

— Agora Stephan nunca virá me procurar para se casar comigo! — soluçou e se jogou de costas na maca. — Ai, Deus, ele vai me deixar com o bebê! Vamos ter que mendigar nas ruas da Alemanha, a aberração russa sem pés e com um filho!

Rese ficou histérica, inconsolável, torturada por aflições que Adeline não conseguia nem imaginar, até Marie aparecer ao lado dela. O sol tinha nascido. O trem reduzia a velocidade.

Marie segurou a mão de Rese. Quando Rese tentou se soltar, Marie a segurou com firmeza pelo pulso e afagou o antebraço, dizendo:

— Fiz muitos partos, Rese, e tive dois filhos. Está vendo os bebês ali no cesto?

As lágrimas diminuíram, e Rese abriu os olhos para ver o cesto que Adeline tinha inclinado para ela, para enxergar os bebês à luz crescente do amanhecer.

— Meus filhos são minha maior bênção e minha maior maldição — disse Marie. — Deus só lhe dá filhos quando pensa que está pronta para a experiência de ter nos braços sua maior bênção e sua maior maldição ao mesmo tempo.

Rese se encolheu de dor e esticou a mão esquerda em direção à perna esquerda.

— Minhas pernas doem como se pegassem fogo. As duas.

— O médico já vem — disse Marie. — Mas você entende o que estou dizendo, Rese? Deus decidiu que você não está pronta para ser mãe. Sinto muito.

— O quê?

— Você perdeu o bebê, Rese — anunciou Karoline.

Por um momento, foi como se Rese não ouvisse a mãe e estivesse hipnotizada por alguma coisa acima de Marie. Então, sua testa tremeu, os olhos perderam o brilho e, devagar, ela puxou a mão que a prima de Adeline segurava. Envolvendo a cabeça com os braços, ela se virou e tentou dobrar as pernas, mas gritou e se contorceu de dor.

O sargento Decker apareceu. Karoline disse:

— Graças a Deus. Acabe com o sofrimento dela. Acho que não suporto mais isso agora.

O médico assentiu, apresentou-se para Rese e perguntou se podia examinar suas pernas.

— Não! — gritou Rese. — Não, não pode!

— Vou aplicar uma injeção antes para aliviar a dor, está bem?

Rese não respondeu. Decker pegou a seringa, um frasco de morfina e aplicou nela uma dose robusta. Minutos depois, Rese havia parado de chorar e estava deitada de costas, olhando para o teto enquanto Decker cortava as bandagens e examinava os tocos. As artérias menores e veias realmente haviam coagulado.

— Nenhum sinal visível de infecção — disse o médico. — Você tem sorte de estar viva, Rese.

Ela riu baixinho.

— Admito que agora estou me sentindo bem, graças a você, mas sei que vou preferir estar morta quando o efeito dessa coisa passar.

17

O trem se arrastava para o norte por terreno irregular e depois montanhoso em meio ao vento e ao calor seco, passando por Zilina e Cadca antes de atravessar a fronteira em Bohumín e entrar na Polônia por volta de meio-dia. No meio da tarde, parou em uma área cultivada a leste da cidade de Lodz, que os alemães haviam rebatizado de Litzmannstadt.

Emil e Adeline estavam em cima do vagão com os meninos quando o major Haussmann saiu da locomotiva e andou ao longo do trem, gritando que todos deveriam sair com seus pertences. A multidão desembarcou, se afastou do veículo e atravessou uma estrada rural.

O sol e o vento eram quase infernais quando tiraram Rese do vagão na maca e depois resgataram os dois carrinhos com as últimas coisas deles. Os meninos estavam empolgados por sair do trem depois de vinte e sete horas e começaram uma brincadeira de pique, apesar do calor.

O major Haussmann voltou e disse:

— A moça será levada para o hospital militar junto com soldados feridos.

— Eu vou com ela — avisou Karoline.

— Ninguém vai com ela. Vocês todos estão em quarentena. Houve uma febre no trem, nos vagões da frente, e não podemos correr o risco de contaminar a cidade.

Um médico jovem e corpulento chamado Praeger chegou para ajudar Decker a levar Rese para a ambulância. Ela não falava havia horas, mas ele conseguiu se comunicar com a jovem apelando para seu senso de humor meio torto.

Quando Decker preparou outra injeção para carregar Rese no trajeto acidentado até o hospital, Praeger se abaixou ao lado dela e disse:

— Minha irmã mais velha perdeu a perna acima do joelho em um acidente na plantação.

Rese não reagiu.

— Ela só superou a perda da perna depois que começou a contar piadas de amputados.

Rese fez uma careta de desgosto.

— Não tem graça nenhuma nisso.

— Não? — devolveu Praeger. — O que um homem disse para o outro que só tinha uma perna e pediu dinheiro emprestado?

Ela o encarou.

— Não faço a menor ideia.

— Se manca!

Rese fechou os olhos e comprimiu os lábios para não sorrir.

— Sabe o calçado favorito da mulher de uma perna só?

Ela abriu um olho desconfiada.

— Qual?

— Tamanco — respondeu ele.

Rese apertou os lábios com desgosto e disse:

— Como você chama uma mulher sem pernas?

Ele sorriu enquanto Decker aplicava o medicamento e respondeu:

— Linda.

Talvez fosse o efeito da droga, ou o sentimento, ou o tom suave da voz dele, ou as três coisas, mas algo em Rese destravou e amoleceu. Ela encarou Praeger com um sorriso fraco, antes de sua cabeça cair para o lado. Decker e ele pegaram a maca e a levaram, enquanto Johann fazia promessas de encontrá-la assim que permitissem.

Os alemães levaram os refugiados dos vagões, começando pelo mais próximo do carro de carvão. Os Martel puxavam e empurravam seus carrinhos atrás de três soldados que os conduziam com outros refugiados por uma estrada poeirenta e quente que cortava campos ainda não cultivados, esperando a semeadura.

Emil puxava, e Adeline e a mãe, Lydia, empurravam. Malia tinha ido ajudar Karoline e Johann. Os meninos os seguiam. Quando se aproximou dos três soldados que os conduziam, Emil ouviu boa parte da conversa entre eles.

— Como um relógio — disse um deles.

Outro respondeu:

— Mais parasitas partiram na noite passada, bem a tempo de dar lugar para esse sangue novo.

— Primeiro as roupas e a dedetização — disse um terceiro, em tom de repulsa, quando eles subiram uma colina, de onde viram um grupo de quatro edifícios, dois de cada lado da estrada.

Uma placa anunciava: *Einwandererzentralstelle* (EWZ).

— Centro de Controle de Imigração — disse Emil a Adeline.

Os soldados pararam entre os quatro prédios, e o major Haussmann apareceu na frente deles.

— Aqui homens e mulheres devem ser separados brevemente. Os meninos acompanham os pais. Se não tiverem pai e forem menores de quatro anos, irão com mães e irmãs. Acima de quatro anos, acompanham os homens. Peguem seus documentos. Seus pertences serão etiquetados e devolvidos quando permitido. *Bitte*, homens à esquerda, mulheres à direita, entrem pelas portas diante de vocês.

*

Emil beijou Adeline, segurou a mão dos meninos e, com o pai, seguiu para a porta dupla de aço em um muro de tijolos de uns três metros de altura com arame farpado sobre a parte de cima. Do outro lado, entraram em uma espécie de pátio com soldados que esperavam ao longo de mesas compridas e diante de pilhas de roupas.

— Dispam-se! — gritou um soldado. — Segurem seus documentos e se dispam. Deixem as roupas aqui, depois entreguem os documentos para serem protegidos. Em ordem alfabética. De A a M, esquerda; de N a Z, direita.

Walt olhou apavorado para Emil. Não gostava de ficar nu, mas Emil disse:

— Faça o que o oficial mandar.

Will tirou as roupas imediatamente e dançava por ali, rindo e ignorando os olhares de desaprovação dos homens que tinham acabado de entrar no pátio. Walt enfim cedeu. Com as mãos sobre a genitália, seguiu Emil, Will e o avô até o oficial que recolhia os documentos.

— Não se preocupem — disse o soldado. — Eles serão devolvidos do outro lado. Por aquela porta, *bitte.*

Lá dentro, soldados os levaram a cadeiras onde tiveram os cabelos cortados. A barba de Emil e Johann – longa e desgrenhada depois de uma viagem de seis semanas e um duradouro inverno – também foi reduzida a tocos de pelos.

Os dois meninos passaram a mão na cabeça quase raspada quando Emil levou os dois e o pai pela terceira porta, até um espaço de pé-direito baixo com ralos no piso de concreto. Mais soldados acenaram convocando-os a entrar, gritando:

— Quando receberem a ordem, fechem os olhos e os cubram com as mãos. Se abrirem os olhos, eles serão queimados pela ducha que mata os piolhos transmissores de doença que estão em seu corpo. Repito: não abram os olhos até segunda ordem!

— Ouviram? — perguntou Emil aos filhos, que olhavam para canos e chuveiros pela primeira vez na vida. A casa deles em Friedenstal não tinha água encanada. Estavam acostumados a beber e se banhar com água tirada do poço em um balde.

— Temos que fechar os olhos — disse Walt, finalmente. — E esperar outra ordem.

Mais homens e meninos ocupavam o espaço atrás deles na sala de dedetização.

— Will?

O filho mais novo endireitou as costas, fechou os olhos com força e os cobriu com as mãos de um jeito dramático.

— Bom menino — elogiou Emil.

— Quietos! — gritou um soldado. — Ouçam o alto-falante!

As portas foram fechadas, impedindo a entrada de luz. Os meninos se agarraram a Emil, até uma voz anunciar pelo alto-falante:

— Cubram os olhos. Baixem a cabeça. Fechem os olhos e esperem a ordem para abri-los.

Água misturada com uma substância química com cheiro de piche caiu sobre eles por vários minutos, depois parou. Eles receberam mais uma ordem para continuar de olhos fechados e cobertos. Depois do que pareceram horas, um segundo banho começou, mais longo que o primeiro e sem cheiro de piche.

Quando desligaram a água, as portas no fundo do espaço se abriram. Eles saíram para uma área gramada ao sol. Havia oito caminhões militares estacionados, quatro de cada lado, com cerca de quinze metros entre os para-choques traseiros de um e outro. Soldados descarregavam pilhas de roupas.

— Peguem seus documentos primeiro — gritou um soldado uniformizado. — Depois as roupas. Todas foram fervidas e lavadas. Tem calças, camisas, casacos e sapatos divididos em tamanhos, pequeno, médio e grande. Peguem uma ou duas peças de tudo, por enquanto. Vocês vão receber mais roupas assim que tiverem onde morar.

Emil ficou na fila por alguns minutos, antes de recuperar os documentos. Não demoraram para encontrar roupas e sapatos que servissem bem. Emil se surpreendeu com a sensação do tecido da calça e da camisa que vestiu. Nunca tinha usado roupas tão finas em toda a sua vida. Com exceção dos pontos amarelos desfeitos sobre o lado esquerdo do peito, o paletó que encontrou era quase novo.

— Estou com calor — disse Will.

— Tire o casaco, por enquanto.

— Quero meu short.

— Vamos encontrar seu short — disse Emil, que se surpreendeu quando o encontraram.

Vestidos com as roupas novas e levando mais algumas peças nos braços, foram conduzidos a outro pátio maior para esperar a família. Não demorou para Malia e as duas avós surgirem do outro lado do pátio, ambas de vestido e sapatos novos, mas com o cabelo raspado. Nenhuma delas parecia feliz com isso.

E ficaram ainda mais infelizes quando Will e Walt apontaram para elas e começaram a rir.

— Odeio piolhos — disse Malia, amarrando um lenço na cabeça.

— Se os tínhamos, agora se foram — respondeu a mãe de Adeline.

— Onde está Adella? — perguntou Emil.

— Ajudando Marie a encontrar roupas para os bebês — disse Malia.

*

Karoline também pôs um lenço. Ela se aproximou de Johann e disse:

— Não o reconheço sem a barba e o cabelo despenteado.

— Eu poderia dizer a mesma coisa — respondeu ele.

Os dois ficaram em silêncio, constrangidos.

Emil nunca entendeu o relacionamento dos pais, que alternava entre indiferença e rancor às vezes, um casamento que tinha uma ferida aberta deixada pelos anos de separação, um tempo em que não sabiam se o outro estava vivo ou morto.

Adeline chegou ao pátio com um dos filhos de Marie no colo, seguida pela prima com o outro menino. Ela vestia uma saia azul-escura, uma blusa cinza de boa qualidade e um lenço azul e vermelho na cabeça. Mesmo com o cabelo raspado, Emil a achou radiante à luz do fim do dia.

Uma nova vida começava para eles. Podia sentir. Tinham contado com eles mesmos para superar o abandono definitivo de suas terras e uma longa e difícil jornada. Chegaram à Polônia, enquanto muitos morreram no caminho. O acidente de Rese fora uma tragédia, mas ver sua reação quando Praeger a chamou de linda despertou nele a esperança de que a irmã mais nova se recuperasse e encontrasse uma vida melhor.

— Quem é aquele homem de aparência estranha? — perguntou Adeline, acenando com uma das mãos do bebê para Emil ao se aproximar dele.

— Eu sei quem você é — respondeu Emil. — Reconheceria você em qualquer lugar, Adeline Martel.

Eles se beijaram. Emil empurrou o lenço para trás para ver seu novo corte de cabelo.

— Combina com você.

— Não pense que vai durar muito — avisou ela.

O pátio foi se enchendo de refugiados saindo da dedetização com roupas quase novas. Soldados da SS apareceram e levaram o grupo deles a pé até um grande campo com prédios e tendas rodeado por uma cerca alta de madeira e arame farpado, quase três quilômetros distante de onde estavam.

Lá dentro, eles foram registrados, submetidos a uma medição de temperatura para isolar quem tivesse febre, depois enviados para barracas do outro lado, a leste do maior edifício do campo. A família dos Martel tinha três tendas altas o suficiente para todos, menos Johann. Marie e os gêmeos ficaram com Malia e Lydia. Havia paletes com colchões de palha fresca e cobertores, toalhas e sabonete, além de uma lamparina pendurada em um gancho. Depois de tantas semanas fugindo da guerra, dormindo no chão embaixo da carroça e encolhidos em galerias durante bombardeios, as acomodações simples pareciam quase boas demais para ser verdade.

E a comida! Havia alguma coisa salgada sendo preparada e pão assando. Sentiram o cheiro quando passaram pelo grande prédio. Depois de ajeitar os pertences, eles foram orientados a voltar para aquele prédio, um salão amplo onde ficaram na fila para pegar macarrão com ovo e linguiça de porco com cebola e molho de maçã, além de pão fresco com manteiga. Os meninos ganharam leite com chocolate. Emil e Adeline receberam canecas pequenas de cerveja.

— É um banquete! — disse Adeline, balançando a cabeça para o prato que carregava.

— Tudo para nós? — perguntou Malia.

— Nunca esperei nada disso — confessou Emil, quando se dirigiram às mesas com bancos.

Walt começou a comer no momento em que se sentou, devorando o macarrão e a carne tão depressa que a mãe teve de interrompê-lo.

— Mas está muito gostoso — protestou o garoto, com a boca cheia.

— Você vai engasgar e morrer, e então de que adiantaria uma comida tão boa? — perguntou Malia.

— Escute sua tia e coma devagar — advertiu-o Adeline. — Aprecie esse presente dos céus.

Qualquer que fosse a origem, parecia um presente também para Emil. Ele comeu cada porção de comida como se fosse a última. Bebeu a cerveja e estalou os lábios. A cabeça girou um pouco, e os ombros caíram lentamente. Ele olhou para Adeline e os meninos e, a cada gole de cerveja, a primeira vez que bebia álcool desde aquela noite com Nikolas, sentia-se mais calmo, mais relaxado e mais propenso a rir.

Quando tinha sido a última vez que isso aconteceu? Quando fora a última vez que não esteve lutando para sobreviver? Para a família sobreviver? No segundo dia da jornada, quando Will precisava fazer xixi e ele não podia parar a carroça?

Independentemente de quando tivesse sido, o peso de estar vigilante foi desaparecendo com a segunda cerveja, o que permitiu que Emil se sentisse bem, tão bem que segurou Adeline pelo quadril, a girou e a beijou, enquanto os meninos e Malia aplaudiam e assobiavam.

— Amo você — disse ele.

— Você está bêbado.

— Mesmo assim, amo você.

Não tinham se afastado para o Ocidente tanto quanto ele gostaria, em algum lugar do outro lado do oceano, mas o pior parecia ter passado. Sentia no âmago. Tinham atravessado um pesadelo, mas sobreviveram para apreciar uma refeição e esperar dias melhores pela frente.

Depois que todos encheram a barriga a ponto de ficarem inchados, os Martel andaram pelo campo de refugiados, que não parava de encher, encontraram as latrinas e os chuveiros e os portões na cerca por onde era possível chegar à clínica médica e outros prédios fora da área cercada. Uma hora mais tarde, quando a escuridão e as sombras aumentavam anunciando o fim do dia, holofotes foram acesos e alto-falantes chamaram todos à área de desfile ao lado do refeitório. De um lado, havia uma espécie de palco baixo com bandeiras nazistas tremulando dos dois lados de um grande microfone de rádio sobre um pedestal.

O major Haussmann subiu no palco e se dirigiu ao microfone.

— Gostaram da refeição depois da longa jornada? — perguntou.

A multidão gritou em aprovação.

— Foi um presente de boas-vindas do *Reichsführer* Heinrich Himmler, que autorizou pessoalmente os comboios que resgataram vocês e mais de cem mil outros. Como faziam parte do último comboio que chegou, *Reichsführer* Himmler queria estar aqui para recepcioná-los pessoalmente, mas foi impedido por circunstâncias inevitáveis. No entanto, enviou uma mensagem e me pediu para ler para vocês.

O major tirou um papel do bolso sobre o peito e leu:

— Dou as boas-vindas aos últimos alemães do mar Negro a chegarem a Warthegau. Vocês são muito importantes para o Terceiro Reich e o *Führer*; são bons, leais e puras linhagens de sangue alemão voltando à grande pátria para fortalecer nossas raízes arianas depois de um século de separação. Saibam que os considero parte essencial do futuro de uma Alemanha em expansão, onde o stalinismo judaico será completa e permanentemente destruído. Vocês agora estão em quarentena e assim ficarão pelas próximas semanas, até os médicos atestarem que é seguro se unirem à população geral. Mas logo terão uma casa e um meio de serem úteis ao Reich. Dou-lhes mais uma vez as boas-vindas e minhas felicitações. Assinado: Heinrich Himmler, *Reichsführer* da *Schutzstaffel*.

Outros oficiais da SS aplaudiram quando o major Haussmann baixou a carta e olhou com expectativa para os refugiados, que também bateram palmas. Logo todos aplaudiam, e alguns assobiavam em sinal de aprovação.

Haussmann deixou os aplausos ganharem força e se prolongarem por alguns momentos, antes de erguer as mãos pedindo silêncio.

— Em um momento, vocês farão fila para os médicos e as enfermeiras os examinarem rapidamente, antes de serem liberados para dormir. Amanhã, devem manter documentos à mão para provar a ancestralidade alemã e receber sua *Umsiedlerausweis*, a carteira de identidade de reassentado. A solicitação deve conter seus *Einbürgerungsantrag*, *Stammblatt*, *Volkstumausweis* e *Lebenslauf*.

Adeline se inclinou para a frente e cochichou no ouvido de Emil:

— Temos tudo isso?

Ele assentiu.

— Solicitação de naturalização, árvore de família, carteira de identidade étnica e nossa história de vida.

Haussmann ainda estava falando.

— Minha missão de proteger vocês está concluída, mas vou permanecer na área até que sejam removidos para moradias permanentes. Sei que foi uma jornada cansativa, mas agora estão seguros. Mais importante, como o *Reichsführer* Himmler disse, seu sangue puro ariano também está seguro agora.

Os alto-falantes começaram a tocar música.

Haussmann se pôs em posição de sentido e levantou o braço direito na saudação nazista.

— *Heil Hitler!* — gritou. — Bem-vindos ao Terceiro Reich!

*

Perto do palco, um grande grupo de refugiados meio bêbados respondeu imediatamente com a saudação e o grito:

— *Heil Hitler!*

Entre os Martel e os outros alemães do mar Negro, a resposta foi mais contida.

Haussmann ficou ali parado, aparentemente furioso, e berrou:

— *Sieg!*

Cada soldado no campo estendeu o braço e gritou:

— *Heil!*

O major encarou os refugiados.

— *Sieg!*

— *Heil!* — gritaram os soldados e alguns refugiados.

— *Sieg!*

— *Heil!*

Emil notou que, na oitava vez, todos os refugiados, todos os membros de sua família, inclusive ele, Adeline e os dois filhos pequenos respondiam a Haussmann em uníssono com o braço estendido.

O major parou, ainda em posição de saudação, como todos no campo. Uma gravação cheia de estática e chiados deu lugar a trombetas estridentes, tambores retumbantes e um coro de homens e mulheres cantando "Horst--Wessell-Lied", o hino do Partido Nazista. Todos os soldados cantavam junto. Um a um, cada refugiado entrou no coral. Se não sabiam a letra, agiam como se soubessem, enquanto ouviam a gravação da canção das batalhas de rua dos camisas-pardas de Adolf Hitler.

Bandeiras erguidas! Fileiras fechadas!
A SA marcha com passos calmos, firmes.
Camaradas fuzilados pela Frente Vermelha e reacionários
Marcham em espírito com nossas fileiras.

Esvaziem as ruas para os batalhões marrons,
Esvaziem as ruas para a divisão de assalto!
Milhões olham para a suástica cheios de esperança,
O dia de liberdade e pão amanhece!

Pela última vez, soa o chamado às armas!
Para a luta, estamos todos preparados!
As flâmulas de Hitler tremulam sobre todas as ruas.
O tempo de escravidão logo vai acabar!

Bandeiras erguidas! Fileiras fechadas!
A SA marcha com passos calmos, firmes.
Camaradas fuzilados pela Frente Vermelha e reacionários
Marcham em espírito com nossas fileiras.

Quando a gravação chegou ao fim, Haussmann se aproximou do microfone mais uma vez.

— *Heil Hitler!* — gritou, estendendo o braço erguido.

— *Heil Hitler!* — gritaram os refugiados, com mais entusiasmo.

— *Heil Hitler!*

Os refugiados responderam ainda mais alto. Emil notou novamente que, na oitava vez, todo o campo berrava "*Heil Hitler*" como uma só voz monstruosa.

Haussmann sorriu.

— Muito bom. Agora, entrem em uma das dez filas para um breve exame médico, depois podem se recolher.

Os Martel entraram na fila mais curta, que passava pela frente do palco e se estendia até um médico e uma enfermeira com as máscaras características, examinando as pessoas, uma a uma.

Emil notou que Nikolas estava muito na frente deles na fila de refugiados alemães étnicos, quase diante do médico. Quando Nikolas passou por Haussmann, o major da SS acenou para ele com a cabeça.

— Estou cansado, papai — disse Will.

— Meu estômago dói — reclamou Walt.

Emil desviou a atenção de Haussmann e Nikolas quando Adeline respondeu:

— Isso é o que acontece quando você come depressa demais depois de não comer muito durante semanas.

A fila agora avançava mais depressa. Emil viu o major da SS a menos de dez metros, ainda sobre o palco, quando um oficial júnior se aproximou de Haussmann com um pedaço de papel, que ele pegou e leu. Quando Emil passou por ele, o major levantou a cabeça, fez contato visual e acenou com a cabeça. Emil respondeu ao cumprimento e seguiu em frente.

Alguns momentos mais tarde, Emil olhou para trás, para o palco, e viu o major Haussmann o encarando. Os olhares se encontraram. Um dos oficiais da SS arqueou as sobrancelhas, e um sorriso duro distendeu seus lábios, antes de ele acenar com a cabeça e apontar em sua direção.

Emil virou, sentindo o coração apertado. *O que isso quis dizer?*

Ele não se atreveu a olhar para trás, embora a dúvida continuasse tecendo o medo em sua cabeça e suas entranhas. Foi preciso recorrer a toda a força de vontade para responder ao médico que examinou Adeline, os meninos e ele depois de medir a temperatura de todos e perguntar sobre febres ou doenças persistentes nos últimos três meses. Emil contou que fazia cinco anos que não adoecia, o que era verdade. E Adeline falou que Walt estivera doente no ano anterior, mas Will tinha boa saúde geral. O médico os liberou.

A noite havia caído. Will estava tão cansado que Emil o pôs sobre os ombros e o carregou de volta à tenda. Enquanto caminhavam, Walt perguntou:

— Mamãe? Heinrich Himmler é Deus?

— O quê? Não! Do que está falando?

— Você disse que o jantar era um presente do céu, e o major disse que era presente de Himmler. Como pode ser?

— Não pode — respondeu, cansada. — Não importa quem deu a comida na terra; para nós, ela foi um presente do alto. É nisso que acredito.

Walt ficou satisfeito, por ora, e logo Adeline ajeitou os meninos cada um em sua cama na tenda.

— Eles não precisam fazer xixi? — perguntou Emil.

— Disseram que estão cansados demais — respondeu Adeline.

— Eu preciso.

— Eu também — declarou ela.

Eles deixaram Malia cuidando dos meninos, pegaram a lamparina e foram à latrina. Emil terminou rapidamente e estava do lado de fora esperando Adeline quando Nikolas se aproximou e parou a um metro dele, com um sorriso irônico.

Emil endureceu o olhar e disse:

— Parece que um joelho arrebentado não foi o suficiente para você ouvir.

— Eu ouvi muito bem — respondeu Nikolas, ao que o sorriso se tornou arrogante. — Ouvi exatamente o que *Sturmbannführer* Haussmann me disse momentos atrás. Sem o cabelo e a barba, ele o reconheceu, Martel. Agora ele se lembra de você.

PARTE III

JOGADO AO VENTO E AOS LOBOS

18

Adeline saiu da latrina e viu um homem alto mancando para longe de Emil, que o seguia com o olhar. À luz da lamparina, ele parecia profundamente abalado.

— O que houve, Emil?

— Estou cansado, só isso — respondeu ele, sem encará-la.

— Aquele não é o homem que esteve no acampamento na fronteira romena com o major?

— É? Ele me perguntou onde era a clínica médica, e eu mostrei. Tem certeza?

Adeline tinha quase certeza, mas deu a Emil o benefício da dúvida, e eles voltaram em silêncio para a tenda. Ele tirou o casaco imediatamente e se deitou embaixo do cobertor. Logo ela apagou a lamparina e se juntou a ele, colando o peito em suas costas.

— Eles estão dormindo — sussurrou.

— O quê?

— Você sabe. Se quiser…

Houve um silêncio prolongado.

— Estou muito cansado.

Adeline se afastou, deitou-se de costas e fechou os olhos. Podia sentir a tensão irradiando do marido. Quando Emil ficava assim, ela sabia o que o melhor era dar espaço. Se alguma coisa o estava incomodando, ele falaria assim que encontrasse um modo de resolver o problema. Era o jeito dele, e ela adormeceu dizendo a si mesma que talvez o marido estivesse certo: com relação a algumas coisas, o melhor era não saber.

*

No dia seguinte, a família Martel passou por cinco horas de entrevistas e inspeção de documentos. Em cada uma das oito estações, eles foram interrogados por até seis oficiais de imigração e naturalização. Perguntaram da história pessoal a possíveis ocupações e o valor das terras que deixaram para trás. Também foram fotografados e submetidos a exames médicos completos, que incluíam medidas detalhadas de crânio, mandíbula e ossos de braço e perna, tudo parte de uma pesquisa racial encomendada pelo próprio Himmler.

No fim do processo, cada família recebia uma foto emoldurada de Adolf Hitler, documento de reassentamento e a informação de que seria transferida para alojamentos permanentes assim que a quarentena acabasse.

No campo de refugiados, os mais novos residentes do grande Reich germânico do *Führer* logo entraram no ritmo do Exército. Embora os meninos falassem alemão e um pouco de russo desde sempre, foram matriculados em uma escola improvisada em poucos dias, onde aprendiam a soletrar, ler e escrever em alemão correto e dominar o básico da matemática. Com exceção de Karoline e Lydia, os adultos tinham emprego. Malia e Marie trabalhavam na lavanderia, enquanto Adeline foi encaminhada para a cozinha, o que combinou melhor com ela, porque adorava cozinhar e todos os dias aprendia coisas novas com as outras cozinheiras. Johann varria os corredores entre as primeiras oito fileiras de tendas. Emil recebeu ordens para trabalhar esvaziando as latrinas, o que fazia de maneira estoica. Como dizia a si mesmo repetidamente: *Minha família está segura. A comida não é como foi na primeira noite, mas estamos bem alimentados e temos onde morar. Limpar latrinas é o mínimo que posso fazer.*

Emil voltava à tenda todas as noites depois de remover o macacão que os homens de Haussmann lhe deram e de tomar um banho com um sabão de soda cáustica que lhe propiciava um odor peculiar e duradouro. Dia após dia, chegaram a meados de junho de 1944, e Adeline ainda não tinha ouvido o marido reclamar do serviço ao qual havia sido designado.

Mais ou menos nessa época, no entanto, Adeline começou a notar que as entregas de alimentos que chegavam à cozinha tinham diminuído em qualidade e quantidade e ouviu uma das cozinheiras falar sobre Roma ter caído para os Aliados e as batalhas campais de que a Wehrmacht participou contra eles na França. Isso desviava mão de obra e suprimentos de todas as regiões do Reich para a França, a oeste, e a Itália, ao sul.

Quando ela cochichou isso para Emil, ele ficou empolgado, disse que significava que os Aliados tinham invadido a Europa e vinham atrás de Hitler.

— Você não entende? — murmurou ele. — Os Aliados são nosso caminho para o Ocidente, Adella. Só precisamos ir até eles e nos render.

Ela o encarava como se o marido tivesse perdido a razão.

— Você quer atravessar a Polônia e a Alemanha até a França a pé, passar pela Wehrmacht, pela guerra, e acha que vai viver o suficiente para se render? Em primeiro lugar, você não é soldado. Nem eu. Não podemos nos render.

— Isso não importa. Se chegarmos aos Aliados, seja como for, seremos refugiados *deles*. Podemos trabalhar para eles, Adeline. Se preciso, limpo banheiros pelo resto da vida. Talvez eles nos mandem para o Ocidente pelo oceano como forma de gratidão por nosso trabalho e esforço.

Adeline franziu a testa.

— Esse "talvez" é incerto demais para quem tem dois filhos pequenos, mãe e irmã em quem pensar, sem mencionar seus pais, minha prima e os gêmeos. E Rese. Quer que sua irmã corra no meio de bombas e tiros para se render?

— Não. Carregamos Rese, se for necessário. E os tiros não vão nos acertar.

— Agora está falando como o cabo Gheorghe. E você nem levou uma pancada na cabeça.

Ela tentou ser engraçada, mas o comentário o deixou furioso.

— É isso mesmo: não levei pancada na cabeça. E não tenho nada de parecido com o maldito cabo Gheorghe!

Ela levantou as duas mãos.

— Pensa um pouco em tudo isso, Emil, sem pressa. Não podemos sair do campo. Portanto, não podemos procurar os Aliados agora.

*

Isso acalmou Emil por vários dias, até correr pelo campo a notícia de que a quarentena acabaria em breve e eles seriam transferidos para alojamentos permanentes na pequena cidade de Wielun, vinte e dois quilômetros a sudoeste. Emil começou a estudar a posição das estrelas no hemisfério norte a partir de um livro que os meninos ganharam na escola.

— Fazia anos que você não lia um livro — disse Adeline. — Por que está interessado nisso?

Ele a encarou com a testa franzida.

— Posso ter estudado só até o quinto ano, mas sei ler e escrever e não sou burro.

Ela corou.

— Nunca disse que era burro, Emil. Só fiz um comentário.

— Se você conhece a posição das estrelas, consegue se orientar à noite, Adella, o que acho que pode nos ajudar a encontrar os Aliados e ser refugiados *deles*.

— Andar à noite?

— Sim. Só à noite.

— Vamos cair de cara. Vamos acabar quebrando o nariz ou as pernas.

Emil suspirou.

— Ou vamos encontrar o caminho para a liberdade.

Todos os dias, ele tentava passar um tempo atrás das latrinas dos oficiais da SS ouvindo novidades sobre a guerra e tentando entender quanto tempo poderia levar até encontrar os Aliados. À noite, Emil ficava do lado de fora, estudando a Estrela do Norte em relação às constelações. Mas, a cada vez que falava sobre fugir para o Ocidente depois de sair do campo, Adeline ficava mais e mais aborrecida.

— Eu não vou — disse ela, por fim.

— Vai — respondeu Emil. — Em algum momento, você vai ter que decidir onde quer viver, se na escravidão ou em liberdade. Se escolher a liberdade, precisará correr por uma terra de ninguém com tiros passando por cima da sua cabeça para chegar lá. Não acredito que haja outro jeito. Se queremos essa vida, vamos ter que desafiar a morte por ela.

*

Eles foram acordados ao amanhecer de um dia no fim de junho, receberam ordens para reunir seus pertences e se apresentarem na área principal, onde o major Haussmann esperava diante do microfone.

— A quarentena acabou — disse Haussmann. — Os itens que entregaram na estação de trem serão devolvidos, e vocês vão ter um endereço, uma chave e um mapa para sua casa, bem como uma explicação sobre o sistema de racionamento de comida, que é importante se quiserem comer. Uma vez na nova casa, os adultos devem se apresentar ao oficial da EWZ para serem encaminhados a empregos de acordo com suas habilidades.

— E Rese? — A mãe de Emil ficou agitada.

— Já falei, mamãe — respondeu ele. — Os médicos disseram que ela está se recuperando e será levada para nós em Wielun assim que puder viajar.

Eles foram orientados a se organizar ao lado dos vagões em que chegaram, e o dos Martel foi o primeiro a partir. Atravessaram os portões pela primeira vez em cinco semanas. Fazia um lindo dia quente de verão. A carrocinha deles foi uma das primeiras a ser retirada do caminhão, e tudo estava como haviam deixado, até os alimentos secos.

Emil recebeu a chave e o mapa para a casa deles em Wielun, junto com os primeiros cartões de racionamento. Ele estudou o mapa e viu que o novo endereço da família era acessível por três rotas. Tentava calcular a distância de cada rota quando ouviu o major Haussmann chamar:

— Martel?

Ele levantou a cabeça e viu o oficial ali parado, em posição de descanso, olhando diretamente para ele. Sentiu seu estômago revirar. Havia pensado que, uma vez fora dos portões, estariam livres daquele homem para sempre. Mas ali estava Haussmann.

Ele baixou o mapa e disse:

— Sim, major?

— Uma palavra antes de você ir, *bitte*. Em particular.

— É claro, major — concordou Emil, sentindo-se pior ao olhar para a esposa e os filhos e pensar se essa seria a última vez que os veria; depois, seguiu o oficial ao longo da cerca do campo, por cima de uma elevação do terreno e para baixo do outro lado, de onde quem estava na estrada não os via.

O major se virou de frente para ele com a Luger na mão, a mesma expressão furiosamente debochada que Emil tinha visto no rosto dele naquela noite em Dubossary, muito tempo atrás. Emil levantou as mãos apavorado.

— Sabia que tinha visto você antes, mesmo com todo aquele cabelo e aquela barba — comentou Haussmann. — Depois, tive certeza, o que é estranho, porque vi dezenas de milhares de rostos naquela noite. Mas o seu se destacou. Por que isso, Martel?

Emil pensou se faria melhor ficando em silêncio, mas disse:

— Não sei, major.

— Eu sei, na verdade. — A risada de Haussmann era ácida. — Seu rosto se destacou porque foi o do primeiro covarde de verdade que encarei na Ucrânia. Você se lembra, não é, jovem fazendeiro?

Emil respirou fundo, antes de dizer:

— Major, aquela regra era...

— Não me importo nem um pouco com a regra de outro covarde — murmurou, furioso, sacudindo a arma.

— A regra de Himmler — lembrou Emil.

— O que Himmler sabe, afinal? Ele esteve no campo com rifles e pistolas, resolvendo o problema dele com os judeus? Não. Eu estava no campo resolvendo o problema dele com os judeus. Devia ter atirado em você naquela noite, mas não atirei. E agora, milagrosamente, tenho a chance de resolver isso.

Haussmann levantou a pistola. Tremendo, Emil olhou para o nazista por cima do cano.

— Vai atirar em mim?

— Já fiz isso antes.

— Espere, por favor. Tenho sido um bom alemão depois daquilo. Por favor, tudo o que quero é uma vida melhor para minha família. Eu imploro, não deixe minha esposa viúva e meus filhos sem pai. Meu sogro foi levado para a Sibéria e nunca mais tivemos notícias dele. Ela não suportaria ser deixada desse jeito.

Haussmann puxou o gatilho.

*

Adeline ainda olhava para a pequena colina atrás da qual Emil havia desaparecido com o major Haussmann quando ouviu o estalo seco do tiro e teve um sobressalto violento. Ela levou a mão à boca, cambaleou para a esquerda e estendeu a mão para se amparar na carrocinha.

— Não — arfou, com voz fraca.

— Mamãe? — Walt correu para ela. — O que aconteceu?

Adeline ficou ali, em choque, olhando para a colina e o último ponto onde tinha visto Emil, gritando silenciosamente do fundo da alma para Deus poupá-lo e protegê-lo.

Por favor, Deus, se já existiu homem bom e bom marido, esse homem é Emil Martel. Em todos os anos desde que o conheci, ele nunca se esquivou de fazer o que é certo. Nem uma vez. Ele merece mais que isso, ele merece…

Um segundo tiro ecoou na manhã.

*

Emil estava de joelhos, tremendo da cabeça aos pés, com os ouvidos apitando e certo de que morreria, porque dois tiros passaram bem perto das orelhas e encontraram a encosta atrás dele. Haussmann não erraria pela terceira vez.

Ele olhou para cima e viu o nazista sorrindo, baixando a Luger.

— Pronto — disse Haussmann. — Ver você desse jeito, tremendo, prestes a borrar a calça. É o bastante. Antes, eu precisava vê-los morrer. Tinha que ver o sangue e a vida escorrendo deles. Mas há um ano mais ou menos percebi que gosto das súplicas e da reação ao primeiro tiro errado. Gosto mais disso que de matar de verdade. Ver você destruído me basta, Martel. Levante-se. Volte para sua família.

Sentindo-se fraco como um cordeiro e desconfiando do homem, Emil pôs-se em pé, com dificuldade, e olhou para Haussmann, apavorado.

— Posso ir?

— Sim, mas não pense que seu castigo acabou — avisou o major. — Ele vai continuar depois que eu partir. Já providenciei isso. Enquanto você e sua família sofrem nos meses que virão, quero que pense em seus atos naquela noite em Dubossary. Em sua covardia.

Ele apontou para o paletó de Emil.

— Quero que pense nas roupas que está vestindo e no lugar onde teve a bênção de morar por causa de pessoas como eu. E quero que decida se realmente deseja fazer parte do Terceiro Reich ou se deve voltar a viver sob Stálin e seus yids imundos.

*

Will começou a chorar.

— Mamãe! Onde ele está?

Adeline não conseguia responder. Ainda olhava para aquele ponto na colina onde tinha visto Emil pela última vez, ainda rezava para Deus poupá-lo, quando percebeu um movimento.

Walt, que tinha subido na carrocinha, gritou:

— É ele! É o papai!

Adeline correu para o marido quando ele chegou ao topo da colina. Walt e Will também correram. Mas ele levantou as mãos, balançou a cabeça e correu para eles quando os viu reduzir a velocidade.

— O que aconteceu?

— Um rato — disse, pálido e suando como se tivesse corrido durante uma hora, e apontou para o vagão. — Vamos embora. Agora!

Ela queria insistir, mas viu que o marido não estava disposto a ser pressionado.

— Disseram que caminhões virão nos buscar em breve.

— Não quero saber.

Eles retomaram as posições na frente e atrás da carrocinha. Emil começou a puxar com força em espaço aberto. Adeline, Malia e Lydia arfavam para acompanhá-lo.

— Devagar, Emil — bufou Adeline. — Não conseguimos acompanhar.

— Então eu puxo sozinho até chegarmos à floresta — disse e fez um esforço ainda maior.

Dez minutos mais tarde, com os outros andando e só Emil e Adeline ainda movendo a carrocinha em ritmo de trote, chegaram a uma parte mais alta na estrada e à sombra das árvores de um bosque. Só então ele reduziu a velocidade. E grunhiu:

— Chega.

Ainda segurando a alavanca da carrocinha, Emil parou e arfou. Em seguida, vomitou violentamente.

— Meu Deus, Emil! — exclamou Adeline, correndo para perto dele. — O que aconteceu?

— Só precisava de água — disse ele. — Por causa da corrida.

Ela foi buscar um copo de água, olhou para trás e viu os meninos correndo para eles. Emil bebeu tudo com voracidade. Fazendo esforço, endireitou o corpo e limpou o rosto para recebê-los.

— Estamos bem — disse, abraçando os dois e encarando Adeline. — Agora vamos para nossa casa nova. Nunca mais vamos pensar naquele lugar nem naquele homem.

19

Caminhões passaram por eles. Um parou para deixá-los acomodar os carrinhos. Duas horas mais tarde, chegaram a Wielun, primeira cidade que Hitler atacou quando invadiu a Polônia, em 1939. Uma porção considerável da cidade estava em ruínas, resultado dos bombardeios da Wehrmacht e da Luftwaffe. Os prédios que permaneciam em pé estavam vazios ou ocupados por poloneses ressentidos que olhavam feio para os alemães do mar Negro descarregando seus poucos bens e se instalando em seu novo lugar no mundo.

Não havia cobertura de lona na traseira do caminhão, por isso Adeline tinha visto que o entorno da região era, na maior parte, de terra de cultivo. Boa parte dos terrenos estava vazia, o que a surpreendeu e deixou aflita. Se não havia nada plantado, o que eles comeriam? Os alimentos secos que transportavam não durariam muito.

Ela manifestou a preocupação para Emil quando andavam pelas ruas estreitas entre destroços de bombardeios, procurando a nova casa.

— Disseram que teremos cartões de racionamento — respondeu Emil. — Além do mais, não quero ficar aqui por muito tempo. Em algum momento, Adeline, teremos de ir para oeste.

— Em algum momento. Mas não agora. Os meninos precisam de uma vida tranquila por enquanto, e eu também.

Eles encontraram o endereço: um edifício cinza, dilapidado, de três andares e estrutura de madeira que precisava muito de reparos. A escada da frente havia desabado. A porta pendia torta das dobradiças e rangeu quando Emil a abriu com a chave. O corredor era estreito e uma escada ainda mais estreita subia para uma área escura.

Havia seis apartamentos, dois em cada andar. Os do primeiro andar eram inabitáveis. Os pais de Emil, a prima de Adeline, Marie, e os gêmeos ocuparam os do segundo andar. A família de Emil e a mãe e a irmã de Adeline ficariam com os do terceiro andar.

O ar lá dentro era quente e carregado de odores humanos. Quando subiram a escada, os degraus rangeram seco, em estalos que sugeriam que poderiam quebrar sob seus pés.

— É seguro? — perguntou Lydia, segurando o corrimão frágil com ambas as mãos.

— Vamos subir e descer um de cada vez, até termos certeza — decidiu Emil.

— Está sentindo essa brisa? — perguntou Adeline. — Vem da parede.

— De cavalo dado não se olham os dentes — respondeu Karoline, ao entrar em seu apartamento.

Adeline subiu mais um lance de escadas e abriu a porta do apartamento da família. Lá encontrou um cômodo estreito com três banquetas, uma mesa de madeira e uma cozinha do outro lado. A pia estava cheia de louça, e o chão, coberto de moscas mortas e cocô de rato. Os pratos em cima da mesa, cheios de uma comida preta e impossível de identificar, e os globos de lamparinas apagadas.

— Parece que saíram correndo — disse ela. — Provavelmente, durante o bombardeio.

— Que lugar fedido — disse Will.

— E quente — acrescentou Walt. — Não gosto daqui.

— Não temos escolha — explicou Adeline. — Vamos fazer o melhor possível com o que temos. Mas está quente aqui. Vão lá para fora, cuidem do carrinho e fiquem juntos.

Assim que os meninos saíram, Emil e ela encontraram a origem do mau cheiro: dois ratos mortos no quarto pequeno onde havia uma janela minúscula, dois beliches de madeira e nenhuma roupa de cama. As paredes estavam cobertas de números escritos a lápis, equações e teoremas de geometria que ela reconheceu dos tempos de escola. Um suéter puído e uma camisa rasgada foram esquecidos pendurados em um prego atrás da porta.

— Bem — disse Adeline, depois de avaliar as péssimas condições de sua nova casa —, acho que só podemos melhorar.

*

Emil tentou sorrir para ela, mas tinha uma convicção cada vez maior de que o apartamento e o edifício foram escolhidos para ele e sua família pelo major Haussmann para fazê-los sofrer como forma de punição pelo que ele havia feito com o oficial da SS em setembro de 1941. Não tinha visto Nikolas entrar em um edifício em condições bem melhores? É claro que sim. Nikolas era recompensado, enquanto Emil e sua família eram punidos.

— Não tem água encanada — falou Adeline ao entrar na cozinha.

— Vamos ter que procurar o poço comunitário — disse Emil. — E a latrina.

— Isso ajuda. — Adeline pegou uma vassoura de palha e um pano de limpeza em um canto. — Pode cuidar disso? Levar os meninos para procurar água? Tem dois baldes ali no canto. Antes de ir, por favor, abra as janelas.

Ela tirou o lenço da cabeça e o usou para cobrir o nariz e a boca. Emil sorriu. Quando a esposa começava a faxina, era um furacão. Depois de abrir as janelas para ela, Emil pegou os baldes e desceu. No caminho, viu que os apartamentos dos pais e de Marie também eram horríveis e austeros.

Do lado de fora, Johann balançou a cabeça assim que viu Emil.

— As janelas não fecham direito — disse. — O inverno vai ser duro.

— Amanhã vou pedir outras acomodações — respondeu Emil.

— Vamos procurar água — anunciou Walt. — Quer ir junto, Opa?

Johann pensou um pouco. Quando Karoline começou a gritar lá dentro por algum motivo, ele assentiu e pegou dois baldes de metal. Na rua, encontraram um polonês que falava alemão o suficiente para apontar um poço público a vários quarteirões dali.

Após acharem o local, esperarem na fila, pegarem a água e voltarem ao terceiro andar, Adeline tinha varrido a maioria das moscas e excrementos de rato e jogado tudo pela janela. Ela encontrou sabão de soda sob uma pilha de pratos e panelas na pia. Ela e Emil usaram o suéter puído e a camisa rasgada esquecidos no apartamento como pano de chão e lavaram as banquetas com água e sabão.

Como os meninos agora conheciam o caminho para o poço, Emil lhes deu a tarefa de reabastecer o estoque de água. Com os dois baldes seguintes, lavaram os pratos, panelas e vasilhas, e depois fizeram o inventário da cozinha. Só então começaram a levar para cima o restante dos pertences deixados na carrocinha.

Não havia como acender o fogão, mas no apartamento da mãe dela havia uma chama. Naquela noite, ela assou os últimos pães zwieback no apartamento da mãe. Também fizeram uma sopa com os alimentos secos e duas cebolas amassadas que Adeline havia pegado na cozinha do campo de quarentena, antes de saírem de lá naquela manhã.

Eles esperaram para comer depois do pôr do sol, quando o calor de verão diminuiu. À luz da lamparina, Adeline fez todos unirem as mãos e darem graças a Deus por terem se livrado dos soviéticos e por terem comida e abrigo.

Podia ver que Emil não compartilhava da gratidão. Ele parecia se esforçar para demonstrar coragem, mas estava contrariado com as condições de moradia.

Depois que os meninos dormiram, ela disse:

— Não vai ser para sempre, meu amor.

— Eu sei, mas não esperava trocar uma vida ruim por outra pior.

— Vamos construir uma vida melhor para nós. Não espera que ela simplesmente caia do céu, não é? Uma vida melhor?

— Não espero que nada caia do céu. Estou disposto a trabalhar por isso.

— Você trabalha mais que qualquer pessoa que conheço, Emil.

— Menos você — disse ele, abraçando Adeline. — Minha rainha.

Adeline riu.

— Uma rainha com seu rei e seus príncipes no novo palácio.

— Esqueceu seu vale verde.

— Nunca.

Eles se beijaram e passaram um tempo abraçados. Ao se prepararem para dormir, viram raios e ouviram trovões pela janela aberta. Abraçados na cama inferior do beliche, ouviram os pingos sobre o telhado. Minutos depois, Adeline ouviu o barulho da água pingando no chão ao lado dela.

— Não tem como piorar. Agora é só melhorar — disse Emil, abraçando-a com mais força.

*

Os dias passaram. Os meninos frequentavam a escola, faziam amigos e logo estavam nas ruas, brincando até o anoitecer. Adeline dominou o sistema alemão de racionamento e conseguia pôr refeições decentes na mesa. Quando Emil procurou os oficiais da VoMi para pedir outras acomodações, ouviu "não" como resposta e foi acusado de ingratidão após ter sido salvo do bolchevismo judeu.

Adeline foi recrutada para trabalhar na padaria da cidade. Emil foi designado para os poucos campos arados e semeados. Ele trabalhava por horas seguidas no calor sem reclamar, feliz com a sensação familiar da ferramenta agrícola em mãos e a satisfação que extraía de um trabalho bem-feito. Quando menino, antes de a família ser expulsa de suas terras, e mais tarde, quando os nazistas as devolveram, trabalhava dessa mesma maneira, por muito tempo e com bastante empenho, dia após dia. Gostava disso. Esse tipo de trabalho braçal combinava com ele. Era honesto.

Enquanto trabalhava, Emil fazia o possível para não pensar no major Haussmann, mas nem sempre conseguia. Continuava revivendo o medo de quando ele dera aquele tiro e por pouco não acertara sua cabeça. Essa lembrança era suficiente para fazer o coração parar de bater e a adrenalina explodir em suas veias, encobrindo a realidade de tudo o que acontecera, especialmente depois do segundo tiro.

O que o major tinha dito? Alguma coisa sobre as roupas que vestia e um lugar para morar, e que ele teria que decidir se queria fazer parte do grande Reich germânico. Mas não conseguia lembrar exatamente como Haussmann disse tudo isso.

Era importante? A cada dia que passava, ele se importava menos. Haussmann os havia colocado em um buraco, mas estava fora da vida deles. Enquanto isso, Emil retomava hábitos que nutrira na Ucrânia sob Stálin. Fazia o que podia para não chamar atenção indesejada. Cumpria sua obrigação. Ia para casa. Passava tempo com a família. Olhava para o céu à noite e sonhava com o Ocidente, não com um paraíso verde fictício como o de Adeline, mas um lugar onde não sofreria interferência de nenhum governo e poderia construir uma nova vida com o próprio esforço.

*

Julho se tornou agosto, e, com a aproximação de setembro de 1944, alguém notou que Emil trabalhava com esforço e determinação nos campos. Foi Claude Wahl, um sargento da Wehrmacht de rosto muito vermelho que havia sido ferido perto de Minsk em 1941. Estilhaços de uma bomba soviética fraturaram a pélvis de Wahl, dando-lhe um andar desajeitado e o incapacitando para o combate. Ele havia sido designado para a VoMi para trabalhar com os novos imigrantes alemães étnicos e supervisionar os arredores do campo de refugiados de Wielun.

Como Emil, Wahl tinha trinta e poucos anos e fora criado em uma fazenda. Além disso, tinha uma ética de trabalho semelhante. Um dia, quando Emil deixava os campos, Wahl se aproximou, falou com ele e o convidou para tomar uma cerveja em sua casa. Emil se sentiu pouco à vontade com a ideia e tentou recusar o convite, mas Wahl insistiu.

— Por quê? — perguntou Emil.

— Porque você é o trabalhador mais esforçado de meus campos e quero saber como conseguir outros homens que trabalhem como você.

Wahl morava na mesma rua que Nikolas, em uma bela casa com água encanada e eletricidade, um lugar muito diferente do apartamento de Emil. A disparidade era tão acentuada que Emil se ressentiu com a situação da família e quis ir embora quase imediatamente. Wahl não permitiu, já servindo a cerveja clara em duas canecas de vidro.

Depois de um longo dia no campo, a cerveja desceu fresca e limpa pela garganta de Emil, e sua opinião sobre Wahl melhorou um pouco.

— Eu trabalhava em cervejaria, e esta é muito boa — elogiou. — Onde foi produzida?

Wahl ficou radiante.

— Meu pai faz cerveja no inverno em nossa fazenda perto de Stuttgart. Esta é a *hefeweizen* dele. Feita com trigo só para o verão.

— Excelente — disse Emil.

Quando Wahl pegou um pedaço de linguiça seca, pão e queijo, ele sentiu que gostava ainda mais do chefe.

— Então — continuou Wahl, depois de Emil pegar algumas fatias de cada e beber mais cerveja —, o que faz um homem trabalhar com tanto empenho como você?

Emil não sabia como responder. Trabalho e esforço eram tudo o que ele conhecia.

— A primeira coisa em que pensar — sugeriu Wahl, rindo. — Essa é a resposta. A primeira coisa.

— Fome — disse Emil.

O sorriso do alemão desapareceu.

— Você passou fome?

Emil assentiu.

— Duas vezes. Sob Stálin.

Wahl ficou pensativo por um momento.

— E como a fome o fez trabalhar com tanto empenho?

— Quando você se lembra de como é não comer há dias e não ter esperança de comer no dia seguinte... Quando revive essa sensação, só trabalha mais e mais para nunca mais sentir isso. Depois de um tempo, é só o que você faz.

Wahl ouviu e sorriu.

— Bem, acho que não vou deixar ninguém passar fome para trabalhar mais.

— Obrigado por isso — respondeu Emil e levantou a caneca de cerveja.

O alemão o estudou.

— Está apenas sobrevivendo ou tem algum plano para a vida, Emil?

— Não entendi.

— Um plano. A vida em que pensa quando está deitado à noite, ainda acordado.

— Penso em como proteger minha esposa e minha família e no que vamos comer no dia seguinte, em quando vamos morar em outro lugar.

— Isso é sobreviver.

— Então, estou sobrevivendo, e essa é uma coisa boa.

— É, mas me diga: em que pensa quando olha para as estrelas?

Emil encarou Wahl, desconfiado.

— Como sabe que olho para as estrelas?

— Não é o que faz todo mundo que já morou em fazenda?

Emil hesitou, sem saber qual seria a melhor resposta. Mas havia algo no homem que conquistava sua confiança.

Ele disse:

— Quando for mais velho, quero que me reste vida suficiente sem me preocupar com comida ou com me manter aquecido, aí quero pescar. Todos os dias, se tiver vontade.

— Pescar? — Wahl sorriu.

— Eu pescava quando menino. Era um jeito de conseguir comida quando os comunistas nos deixavam sem nada. Mas era mais que isso. Eu nunca sabia quando o peixe viria. Havia... não sei... mistério.

— Entendo. Mas aí você vai estar velho. E agora? O que pretende, quando sair deste lugar?

— Quero ir para o Ocidente — disse, mas de imediato se arrependeu.

Wahl inclinou a cabeça.

— Para o Ocidente? Onde?

Emil queria mudar de assunto, mas tinha fisgado o sargento alemão e não conseguia tirá-lo do anzol.

— O mais longe possível — disse, finalmente. — Do outro lado do oceano.

— Por quê? O que acha que vai encontrar lá?

Emil sabia que a cerveja soltava sua língua e que já estava atrasado para o jantar. Tinha falado mais do que devia. Mas olhou nos olhos de Wahl e respondeu:

— Liberdade. Não é esse o desejo de todo homem?

Wahl não respondeu de imediato, apenas encarou Emil por alguns instantes, antes de assentir.

— É verdade. E, como alguém que se interessou por você, Herr Martel, eu o aconselho a não repetir esse plano para ninguém até que a guerra acabe.

*

Adeline ficou furiosa porque Emil chegou tarde, cheirando a cerveja, e admitiu ter contado a Wahl que ele, novo imigrante no grande Reich germânico de Hitler, sonhava em ir para o Ocidente em busca de liberdade e um lugar para pescar.

— Você ficou maluco? — gritou ela. — Eles vão nos jogar em uma prisão ou coisa pior!

— Nós vivemos em uma prisão — gritou ele de volta. — Olhe para este lugar!

— É o que temos — lembrou Adeline, adotando uma atitude mais fria. — Se você quer coisa melhor, devia pensar em nos manter seguros, não em dizer aos alemães: "Obrigado pela proteção, mas queremos ir para o Ocidente e para os Aliados".

— Eu não disse isso. Mas você tem razão. Foi tolice. Vou ficar longe de Wahl e nunca mais tocar nesse assunto.

No entanto, duas tardes depois, em 25 de agosto de 1944, Emil saiu dos campos para ir para casa e encontrou o sargento manco o esperando outra vez.

— Vamos tomar cerveja, Martel — disse Wahl.

— Obrigado, sargento, mas preciso...

— Vamos. Tenho uma coisa para mostrar, algo que acredito que vai achar interessante.

Emil suspirou e acompanhou Wahl até a casa dele, enquanto o alemão contava sobre a vida na fazenda de sua família e fazia perguntas sobre Adeline e os meninos. Embora Emil tentasse dar respostas curtas e vagas, o sargento tinha um jeito que despertava nele a vontade de falar abertamente.

Na cozinha de Wahl, a rotina se repetiu: cerveja, linguiça, queijo e pão. Mas, em vez de pôr a comida em um prato sobre a mesa, ele a pôs sobre uma tábua de corte e disse a Emil para pegar as canecas de cerveja e acompanhá-lo. Emil hesitou, amedrontado. Seria uma armadilha?

Wahl percorreu um corredor curto que saía da cozinha e terminava em uma porta fechada a chave. Depois de acender a luz, sorriu para Emil.

— Vai ver que é interessante.

Emil engoliu em seco e seguiu Wahl. Ele entrou na sala quando o sargento deixou a tábua com a comida em cima de uma mesa de metal. Além de duas cadeiras e um armário fechado com cadeado, não havia mais nada.

Emil pensou nas histórias que escutava sobre homens atraídos para a morte por outros homens que se passavam por amigos e os induziam a falar. Esses mesmos homens eram torturados antes de serem mandados para a Sibéria. Os nazistas eram iguais? Era isso que estava enfrentando por ter conversado com Wahl?

— Por que estamos aqui? — perguntou Emil, notando o tremor na própria voz quando Wahl se virou de costas para ele e se abaixou na frente do armário.

Wahl abriu o cadeado e não respondeu. Emil começou a suar e tomou um gole de cerveja.

— Por favor, sargento. O que está acontecendo?

— O caminho para o Ocidente — disse o alemão e se levantou segurando outra caixa com fecho de metal. Ele abriu o fecho e levantou a tampa. — Já ouviu um ondas curtas?

Ele tirou o rádio da caixa e o colocou sobre a mesa, ao lado da comida e da cerveja.

Emil olhou o aparelho.

— A SS disse que eram proibidos aqui. Não vai ser fuzilado por ter um desses?

Wahl riu.

— Eu seria, se não tivesse sido radialista da Wehrmacht por muitos anos, antes de a bomba me atingir. E há momentos em que meus superiores aqui precisam entrar em contato com os superiores deles em Varsóvia ou Berlim. Mas hoje não tem transmissão.

Emil franziu a testa.

— O que é transmissão?

— Não vamos falar pelo rádio — explicou Wahl, ligando o equipamento. — Mas podemos ouvi-lo.

Emil nunca teve um ondas curtas, que também era proibido por Stálin, por isso acompanhou fascinado enquanto Wahl ligava o rádio a um alto-falante e depois a um cabo que saía pela janela e se estendia até uma antena instalada no telhado. O sargento acionou um interruptor, e uma luz vermelha brilhou.

— O que vamos ouvir?

— O que todo homem quer — respondeu Wahl.

20

Ruídos incompreensíveis e uma estática alta brotaram do alto-falante. O sargento girou botões, e vozes soaram em meio a um chiado elétrico, falando idiomas que Emil não compreendia. Foi um tagarelar que o perturbou, despertando a consciência de que sabia muito pouco sobre o mundo.

Depois de várias tentativas, o sargento sintonizou uma voz alemã masculina transmitida de Berlim que descrevia as vitórias nazistas na França, na Bélgica e na Hungria, onde as forças do *Führer* resistiam de maneira heroica aos exércitos sulistas de Stálin. Wahl girou o seletor do rádio novamente e parou em um idioma que Emil nem reconhecia.

— Londres — disse Wahl, olhando para ele. — A BBC inglesa. — O sargento girou o seletor de leve, dizendo: — Agora o serviço alemão da BBC. Ouça como as notícias são diferentes das de Berlim.

A locutora da BBC era mulher, falava alemão com perfeição e foi direto ao ponto, descrevendo a libertação de Paris e Charles de Gaulle liderando as tropas pela Champs-Élysées, bem como batalhas em outros lugares da França e da Itália, onde, apesar da feroz resistência alemã, os Aliados faziam avanços significativos. A locutora também falou sobre a recente rendição da Romênia aos soviéticos e o bombardeio de Budapeste pelo Exército Vermelho, antes de mudar para notícias do Pacífico Sul.

Emil comentou:

— Parece que há guerra em todos os lugares.

— Não, parece que a Alemanha está perdendo — retrucou Wahl e levantou as mãos. — Está vendo? Pronto, eu disse: a pátria está perdendo, e os Aliados estão vencendo em quase todas as frentes. É questão de tempo até Hitler ser espremido entre Eisenhower e Stálin. É só questão de tempo até Berlim cair. E você e eu precisamos estar preparados para isso.

Quando saiu da casa de Wahl, Emil tinha tantas coisas para contar a Adeline que sentia vontade de correr pelas ruas. Instinto e experiência diziam para se acalmar, ser só um trabalhador refugiado ignorado ou desprezado como desprovido de importância por qualquer autoridade, ou por todas elas.

No entanto, quando chegou ao prédio, Emil subiu a escada pulando degraus, passou correndo pela porta aberta dos pais e de Marie, em cujo apartamento ouviu os gêmeos chorando, e seguiu para o último andar, para o apartamento deles, onde Adeline estava sentada à mesa da cozinha de costas para a porta e de cabeça baixa.

Emil fechou a porta.

— Não vai acreditar no que aconteceu hoje.

Ele deu a volta na mesa e parou na frente dela. Adeline não levantou a cabeça. Ele se ajoelhou a seu lado e disse:

— Hoje eu ouvi a liberdade, Adella. A voz dela, pelo menos.

Adeline levantou a cabeça e o encarou com olhos vermelhos que se tornaram furiosos.

— Esteve bebendo de novo. Eu sinto o cheiro.

— Uma cerveja — confirmou. — E você... está chorando?

— Talvez. Não posso?

Ele levantou as mãos.

— É claro que pode, mas me escute só por um segundo. Onde estão os meninos?

Ela desviou o olhar, irritada.

— Brincando. Eu disse para eles voltarem antes de escurecer.

— Certo. Agora temos um amigo. O sargento Wahl.

A expressão de Adeline era incrédula, depois hostil.

— Você não tem como saber. E se ele não for quem parece ser? E se for um membro da Gestapo tentando desmascarar você?

Adeline era sempre tão gentil que Emil ficou chocado com seu tom.

— Não é.

— Como sabe?

Emil a fez jurar que não contaria a ninguém, nem à irmã, à mãe ou à prima, a nenhum conhecido, e depois descreveu sua segunda conversa com o sargento Wahl, o rádio de ondas curtas e as notícias do serviço alemão da BBC.

— A queda de Paris significa que Hitler está perdendo no Ocidente — concluiu, empolgado. — Os soviéticos tomaram a Romênia, estão bombardeando Budapeste e se aproximam da Polônia. A Alemanha está espremida, Adeline. Eles estão perdendo.

— Por que acredita em um rádio? Pensei que tivéssemos aprendido a ignorar tudo que é dito no rádio por um governo.

— É diferente — insistiu ele. — A notícia veio do Ocidente, da Inglaterra, onde as pessoas são livres para dizer a verdade. Wahl contou que, em algum momento, a Wehrmacht vai recuar para Berlim. Então, quando eles finalmente se renderem, vamos ter de chegar aos americanos ou aos ingleses o mais depressa possível, ou seremos pegos pelos soviéticos e...

A raiva de Adeline havia desaparecido, mas agora ela estava preocupada.

— Você não vê? — disse Emil. — Por favor, não me ignore. Wahl também vê isso.

Ela o encarou.

— Vê o quê?

— O Ocidente, Adella. Liberdade, o que queremos, os Aliados, tudo isso está vindo em nossa direção! Precisamos nos preparar para ir ao encontro deles; caso contrário, os soviéticos nos pegam pelas costas e vamos todos acabar na Sibéria ou coisa pior.

Adeline piscou algumas vezes, absorvendo o que ouviu do marido, antes de deixar as mãos caírem sobre a mesa.

— Muito bem. Desisto. Quando partimos nessa missão suicida?

— Não é uma missão suicida. — Emil sorriu para ela e segurou suas mãos, que estavam geladas, apesar do calor de fim de verão. — Por isso o sargento Wahl é tão importante para nós. Vamos saber quando for a hora exata de fugir, porque ele pode ouvir o serviço alemão da BBC todas as noites e sabe onde estão os Aliados.

Adeline balançou a cabeça como se precisasse se desfazer de teias de aranha.

— Por que ele faria isso?

— Porque ele também vai para o Ocidente. Vai nos ajudar, se puder.

— Mas por que ele faria isso? Por que começou a falar com você?

— Ele disse que me viu trabalhando mais que qualquer outra pessoa e quis conversar sobre isso. Ainda existem pessoas boas no mundo, Adeline. Mesmo entre os alemães.

— Espero que sim — disse ela. — Quando seu amigo acha que temos que ir? Amanhã? Na semana que vem? Antes do inverno?

— Wahl diz que a guerra pode acabar antes do Natal e que devemos nos planejar para viajar assim que os Aliados atravessarem o rio Reno a caminho de Berlim.

Adeline fechou os olhos por um momento, voltou a abri-los e suspirou.

— Pelo menos não preciso pensar nisso tão cedo.

— Você precisa pensar nisso. Precisa...

— Não, Emil, eu não preciso! — gritou ela. — *Você* precisa pensar nisso! Eu preciso pensar em outras coisas, graças a você!

Emil a encarou. Adeline raramente erguia a voz. A esposa era capaz de ser firme, mas quase nunca gritava.

— Por que está gritando comigo?

Ela tentou encará-lo, mas parecia perdida e começou a chorar.

— Não sei. Eu não devia, mas...

Ele se levantou e a abraçou, e ela chorou em seus braços.

— Eu não devia me importar, mas me importo. Eu me importo, Emil. Eu me importo. Eu me importo.

— O que está acontecendo? Você se importa com o quê? Com quem?

Adeline levou alguns momentos para se recompor e dar um passo atrás, fungando.

— Hoje de manhã eu estava limpando a casa e encontrei uma coisa.

*

Adeline se dirigiu ao canto onde ficavam a vassoura e o pano de limpeza. Ela os afastou para o lado e aproximou a ponta do sapato da tábua do assoalho mais próxima da parede dos fundos. A tábua se deslocou o suficiente para que ela conseguisse levantá-la.

Adeline enfiou a mão no vão entre as tábuas e pegou um livro grosso e cheio de dobras, com uma capa de couro escuro manchado e rachado.

— É uma Bíblia judaica — disse e abriu o volume para mostrar o texto que ele não entendia.

— Que idioma é esse? — perguntou Emil.

— Hebraico. — Ela voltou a chorar. — Vi uma dessas na casa da senhora Kantor em Birsula. Ela a chamava de *mikra*, acho.

Emil franziu a testa.

— Mas por que está chorando?

Ela limpou as lágrimas com a manga da blusa.

— Fui ao poço buscar água para lavar roupas mais tarde e estava conversando com uma polonesa que fala alemão, então contei a ela sobre o que havia encontrado embaixo das tábuas...

Adeline parecia perdida.

— Ela perguntou onde eu morava. Contei, e ela disse que este prédio era todo habitado por judeus. Depois revelou que todos os apartamentos de refugiados em Wielun pertenciam a judeus. Todos. E sabe o que mais ela disse que era deles, dos judeus?

Emil se sentiu abalado, antecipando a resposta.

— O quê?

Adeline levantou o tecido da manga da blusa como se fosse de espinhos.

— Nossas roupas — disse, chorando muito. — Ela contou que eles obrigavam os judeus a se despir antes de os matarem, que nos deram as roupas que eram deles e que as ferveram para deixar limpas. A mulher parecia querer cuspir em mim por causa disso e, depois, se afastou.

A informação atingiu Emil em cheio e o fez se lembrar de muitos faróis cruzando o crepúsculo.

— Você não entende, Emil? Estamos usando as roupas de pessoas boas como a senhora Kantor e Esther. Talvez de pessoas boas que tenham vivido exatamente aqui. Pessoas que amavam, tinham filhos e…

Ela engasgou com um soluço.

— Isso nos faz cúmplices, não é? Do ódio? Dos assassinatos? Eu me sinto suja e envergonhada, Emil. Não sei o que fazer.

Emil precisou sentar-se. A cabeça doía por causa da cerveja do sargento Wahl e agora girava com a mistura de culpa, tristeza e ódio. Nunca pedira para vestir as roupas de um homem morto. Nunca pedira para encontrar a SS em Dubossary quando estava lá para comprar material de construção. Nunca pedira para Haussmann o escolher e…

— Emil! — gritou Adeline. — Você precisa me ouvir!

— Estou ouvindo! — berrou ele de volta, antes de baixar a voz. — Eu ouvi, Adeline. Você não é parte do que eles fizeram. Estou sentindo arrepios por essas serem as roupas que nos deram. Se pudesse, eu as tiraria e compraria outras, mas não posso, e você também não.

— O que vamos fazer? Que dizer, estamos vivendo cercados de fantasmas, Emil. Usamos as roupas deles e dormimos nas camas deles. Como vamos suportar tudo isso?

— Não vai ser por muito tempo. Até podermos comprar roupas novas, vamos agradecer aos fantasmas por suas roupas e suas camas e seguir em frente. Se a situação fosse invertida, iríamos preferir que eles fizessem a mesma coisa. A vida continua, Adeline. Eles partiram antes de chegarmos aqui. Não fomos nós que os expulsamos.

Eles ouviram os meninos rindo e gritando, subindo a escada com passos barulhentos. Emil pegou um pano, mergulhou-o no balde e entregou para Adeline. Ela limpou o rosto antes de forçar um sorriso e abrir os braços para Walt e Will, que entravam no apartamento suados e felizes como só crianças conseguem ser.

*

Adeline manteve o foco na família, mas tentava não ignorar de quem eram as roupas que vestia e a cama em que se deitava à noite. Houve momentos nas semanas e nos meses seguintes, no entanto, em que as roupas quase pareciam ser dela, não de um fantasma, e que o apartamento pertencia mais aos vivos que aos mortos.

Rese voltou a fazer parte da vida deles no fim de setembro. Praeger, o mesmo médico que a levara para o hospital, a levou para casa. Johann ficou feliz, mas Karoline demonstrou pouca emoção quando a filha chegou em uma cadeira de rodas, com um cobertor sobre as pernas, os olhos vidrados e muito envelhecida, na opinião de Adeline. Rese parecia mais resignada que feliz ao ver os pais e o restante da família, até que os meninos apareceram. Então ela recuperou a expressão travessa de antes.

— Querem ver minhas pernas? — perguntou.

Walt não parecia querer, mas Will foi diretamente até Rese e disse:

— Eu quero.

Ela afastou o cobertor para revelar as próteses.

— Peggy — disse, apontando para a perna esquerda. — A da direita é Hopper. Elas têm comprimentos diferentes, por isso preciso saber qual é qual. Hopper é mais comprida.

— Você consegue andar com Peggy e Hopper? — perguntou Walt, já interessado.

— Com muletas — explicou Praeger. — Ela pode até subir escadas.

— Vai ter que subir — comentou Johann.

— Ela está pronta — garantiu o médico, que depois se abaixou ao lado de Rese. — Tenho de ir. Estou de plantão hoje à noite.

— Você vai voltar? — perguntou ela, parecendo ter medo da resposta. — Lodz fica longe daqui.

— Não é tão longe. Além do mais, como vou conseguir ficar longe de sua beleza e seu humor?

Rese corou, antes de dizer:

— Vai deixar meu remédio?

— Bem aqui. — Ele entregou a ela uma bolsinha. — Precisa durar. E aqui estão as muletas. A cadeira de rodas precisa subir para o andar de cima também. Ela vai ter de se acostumar lentamente com as pernas novas, precisa treinar todos os dias.

Praeger foi embora. Rese recebeu aplausos quando deixou a cadeira de rodas e subiu a escada usando mais o corrimão que as muletas. Johann levou a cadeira de rodas para cima, e ela se sentou, olhando em volta e suando muito.

— Quem foi que ofendemos para virmos parar neste lugar? — perguntou.

*

No mês seguinte, Adeline tentou se reunir com a mãe, a irmã, Rese e Marie uma vez por dia, pelo menos.

Lydia parecia mais feliz agora que tinham uma casa, por mais deprimentes que fossem as acomodações. E Malia sempre parecia mais feliz, ou ao menos parecia se divertir mais, quando estava com a mãe delas. Depois do coice de mula, Lydia havia segurado Malia por horas seguidas, dizendo que ela ia sobreviver e voltar para ela. Adeline sempre entendera que havia entre elas uma ligação especial e a aceitava tão bem quanto uma filha poderia aceitar.

Marie parecia exausta e grata sempre que Adeline batia na porta e se oferecia para ajudar com os gêmeos, que agora tinham quase seis meses. As emoções da prima oscilavam toda vez que ela falava sobre o marido desaparecido, o cirurgião.

— Como posso encontrá-lo? — comentou Marie um dia, em meio a lágrimas. — Como ele vai me encontrar?

Adeline se lembrou do conselho da senhora Kantor e disse:

— Você precisa acreditar que Deus o trará de volta. Histórias mais loucas já aconteceram, Marie.

— Conte-me uma.

Adeline contou sobre o cabo Gheorghe e Stalingrado.

— Você acreditou nele? — perguntou Marie.

— Acreditei. Acredito.

Adeline nunca sabia que tipo de humor enfrentaria quando levava Rese para caminhar com próteses e muletas ou empurrando a cadeira de rodas da cunhada para ela tomar um pouco de ar. Havia dias em que Rese parecia contente, sorrindo com os olhos brilhantes ao ver Adeline buscá-la, e até falava sobre o futuro quando estavam sozinhas. Mas na maioria dos dias Rese estava completamente infeliz, amaldiçoando a mãe, o pai, Emil e Deus por a terem salvado.

— Eu devia estar morta — dizia, muitas vezes. — Para quê viver assim? Ninguém jamais vai querer uma mulher sem pernas. Sou uma imprestável, Adeline.

— Não para mim. Você é corajosa e cheia de vida porque é guerreira por natureza, como seu irmão. Ele é castigado pela vida, mas sempre se levanta. Você é igual.

— Não sou, e odeio minha vida, nossa vida. Já tivemos um dia bom? Qualquer um de nós?

— Eu tive muitos dias maravilhosos.

— Diga um.

— O dia em que Walt nasceu. O dia em que Will nasceu. O dia em que conheci Emil. O dia em que encontrei um frango para a senhora Kantor. Você também vai ter dias como esses, Rese. Sei que as sombras não podem durar para sempre. Em algum momento, a sorte vai chegar.

*

Adeline tentava não pensar no plano de Emil para fugirem em direção à guerra quando estivesse suficientemente próxima e, para isso, se deixava consumir pelo trabalho e pela família. Mas então, do nada, ela se lembrava dos fantasmas das roupas e do apartamento, e recomeçava o ciclo de culpa e desespero.

Depois de um tempo, esses ciclos de pensamento pareciam se unir e criavam um oito em sua cabeça: a culpa do passado descrevendo uma curva para a ansiedade, e de novo, e de novo, e de novo, até que ela pensava nos estoques de comida e no inverno chegando, e isso iniciava outro ciclo de lembranças que se contorciam e giravam até o medo abjeto de sentir fome de novo.

Felizmente, Emil conseguiu trazer frutas, vegetais e grãos suficientes da colheita para suplementar a despensa, que ficava mais vazia a cada semana.

Emil também ia à casa de Wahl várias vezes por semana para ouvir o rádio de ondas curtas e olhar os mapas com o sargento, acompanhando as posições dos Aliados. Eles ouviram sobre o primeiro foguete V-2 que atingiu Londres e o medo de a superarma de Hitler inverter as probabilidades. Em seguida, porém, os Aliados libertaram Luxemburgo e lançaram a operação Market Garden, com paraquedistas tentando tomar as pontes importantes sobre o Reno.

Pelo rádio de Wahl, eles ouviram o chamado de Hitler para todos os homens entre dezesseis e sessenta anos se unirem à Guarda Doméstica a fim de combater os Aliados até a última gota de sangue alemão, e ouviram sobre batalhas ao longo de toda a "linha Siegfried", a muralha ocidental das fortificações nazistas. Em 21 de outubro de 1944, Emil correu para casa e contou a Adeline sobre a tomada de Aachen, primeira cidade da pátria a cair.

Emil e Wahl tiveram certeza de que fariam as malas e partiriam em alguns dias. Mas a resistência alemã era forte. Mais de dez mil paraquedistas Aliados morreram, e outros seis mil foram capturados na Market Garden. O Reno não caiu, acabando com a esperança de a guerra acabar antes do Natal.

Durante esse período, Rese passou por mudanças de humor intensas, nas quais ia de cáustica habitual a sonolenta e retraída, depois urrava de rir e passava dias seguidos em profunda amargura, despejando sua revolta em qualquer parente que estivesse ao alcance.

— Por que comigo? — perguntava muitas vezes.

Mas foi no fim de novembro que ela ficou agitada, violenta e muito doente. Só Marie, com seus conhecimentos de enfermagem, decifrou que Rese, sozinha para administrar os próprios medicamentos, tinha se tornado dependente de analgésicos. Agora que o estoque chegava ao fim, tinha crises de abstinência. Marie entrou em contato com Praeger, e ele mandou um novo suprimento de comprimidos para Marie, de forma que ela pudesse administrar as doses certas e iniciar o desmame dos opiáceos.

No começo de dezembro de 1944, os ventos do norte sopravam forte e traziam neve. A ventania gelada encontrava cada fresta e junção do edifício, que assobiava dia e noite. Eles usavam tudo o que encontravam para tentar fechar as frestas e se reuniam em torno dos fogões a carvão para se aquecer. Emil adoeceu, tinha arrepios, febre baixa e uma tosse incessante.

Em 12 de dezembro, expectorando catarro e tendo picos de febre, Emil deixou Adeline e os meninos apreensivos, porque, quando os tinha, ele muitas vezes gritava aterrorizado com coisas que ninguém mais via, depois chorava e gemia de vergonha e tristeza. Mais de uma vez, Adeline pensou ter ouvido Emil dizer que estava condenado e que não havia o que fazer quanto a isso.

21

Nos pesadelos e nas alucinações provocados pela febre alta, Emil voltava no tempo e encarava tormentos que durante anos evitara, negara e depois encaixotara nos mais profundos recessos de sua mente. Quando caía suando, tremendo e se contorcendo no beliche em Wielun, os parafusos e as ripas desses recipientes se soltavam, e os acontecimentos transbordavam.

15 de setembro de 1941
Dubossary, Transnístria

A caminho para comprar material para fazer o telhado da casa que estava construindo para Adeline e os meninos em Friedenstal, Emil tinha conduzido os cavalos à cidade por uma rota secundária, um atalho de mão dupla por onde chegou ao extremo sul de Dubossary por volta de três da tarde. Começou a chover assim que ele entrou na madeireira no sul da cidade, e ele soube que o atalho ficaria cheio de lama e escorregadio para os cavalos percorrerem transportando uma carga pesada na chuva e no escuro. Ao sair da madeireira, decidiu seguir a rota ao norte através de Dubossary. Era um caminho mais longo até Friedenstal, mas as estradas estariam melhores.

Não ia a Dubossary desde antes de o pai ser levado para a Sibéria e a família ser expulsa de suas terras. Ao passar por lá, surpreendeu-se com a nitidez das lembranças e com quanto havia esquecido. Perto do centro, Emil viu uma cerca alta de arame farpado de que não se lembrava, em torno de vários blocos de edifícios, e dois sentinelas da SS guardando um portão na cerca.

Quando passou pelos limites da cidade, o tráfego ficou mais lento no posto de verificação dos alemães. Na ponta da fila, mostrou seus documentos a um soldado da SS, que os estudou.

— Você é de Dubossary?

— Friedenstal — disse Emil. — Fica a uns trinta quilômetros. É um povoado agrícola.

— Por que não está na Wehrmacht?

— Sou o único homem fisicamente capacitado que restou na família. A VoMi decidiu que era melhor para a Alemanha eu ficar em minha fazenda, plantando trigo para a pátria.

O soldado parecia cético.

— Não se alistou na *Selbstschutz*?

— Não sei o que é isso.

— Uma guarda doméstica para proteger seu povoado contra aqueles porcos romenos. É um jeito de mostrar que é alemão de verdade, uma pessoa útil.

— Vou me informar — disse Emil, esperando que o soldado o dispensasse.

Em vez disso, ele o encarou.

— Vá com seus cavalos e a carroça para perto daquelas árvores. Alguém vai cuidar deles.

— Por favor, minha esposa está me esperando. Tenho dois filhos pequenos e...

— É uma ordem — gritou o sentinela. — Leve a carroça para lá e pare com aquelas outras. Alguém vai cuidar delas.

— Cuidar? Por quê?

— Porque você vai estar ocupado em outro lugar — disse o sentinela, com frieza. — Provando seu valor e sua lealdade à pátria.

*

Emil cumpriu a ordem e levou Odin, Thor e a carroça para perto de dois caminhões do Exército e vários outros cavalos e carroças amarrados a uma cerca, perto de uma via de duas faixas que levava para o norte. A chuva havia cessado. Nuvens se dissipavam a oeste, revelando um sol vermelho que descia no horizonte. O ar esfriava, por isso ele vestiu o casaco e desceu para amarrar os cavalos. Quando Emil foi se juntar a vários outros civis ali parados, o material das cenas de terror noturno entrou em sua vida pela primeira vez.

Ele se aproximou com o uniforme escuro e disse:

— Sou *Hauptsturmführer* Haussmann, *Einsatzkommando 12, Eisatzgruppen D.* Soube que querem demonstrar lealdade à Alemanha e ao *Führer*, Adolf Hitler.

Emil queria dizer que não desejava nada exceto ir para casa, mas assentiu com os outros homens.

— E presumo que nenhum de vocês tenha amor por judeus e bolcheviques.

A afirmação deixou Emil incomodado, o fez pensar em Adeline arriscando a vida por aquela mulher, Esther, em Pervomaisk, e no quanto a esposa amava a patroa, a senhora Kantor, em Birsula. Mas, depois que os outros homens balançaram a cabeça em sentido negativo, Emil balançou a cabeça também.

Haussmann apontou para a via ao lado e disse:

— Sigam este caminho para o norte por três quilômetros. Serão recebidos por outros oficiais, e eu logo os encontrarei lá.

— Quando vamos voltar, capitão? — perguntou Emil. — Tenho esposa e filhos me esperando em casa.

Haussmann o analisou com atenção pela primeira vez.

— Não quero saber de sua esposa e seus filhos. Você vai ter uma noite de muito trabalho, jovem fazendeiro.

*

A via de duas faixas atravessava campos de trigo maduro esperando pela colheita e subia por penhascos e campos que, sob os últimos raios de luz, podiam ter sido chamados de bonitos em qualquer outro dia. O sol se pôs. O crepúsculo ganhava intensidade quando Emil ouviu os primeiros tiros ao longe, uma explosão e depois uma rajada, outra explosão e uma segunda rajada. Não gostava do som e queria voltar.

Via que vários outros no grupo também gostariam de poder voltar. Mas aquele capitão da SS tinha dito que os encontraria em breve naquele mesmo caminho. Emil imaginou que poderia simplesmente dar a volta e correr de volta pela trilha. Mas eles o deixariam pegar os cavalos e a carroça e ir embora? Seu instinto dizia que não. Seu instinto dizia que eles o matariam, provavelmente.

Emil continuou andando para o crepúsculo, sentindo o cheiro bom e limpo do vento depois da chuva e ouvindo mais tiros, tiros e gritos que, a cada passo dele, se tornavam as vozes da inocência gritando por misericórdia.

Emil sentiu seus pés pesarem. Sua respiração ficou mais rápida e curta, e seu coração bateu depressa no peito. *Estão matando judeus e bolcheviques, não estão? Por isso ele perguntou. Como Esther contou que eles faziam em Pervomaisk. Espere, somos os próximos? Eles estão nos levando para o fuzilamento?*

Nos dois meses de ocupação alemã na Ucrânia, Emil tinha ouvido falar de outros *Volksdeutsche* surrados e fuzilados como exemplos do que acontecia quando não seguiam suas ordens. Ele decidiu fugir, voltar correndo e tentar recuperar os cavalos e a carroça. Mas, quando reduziu a velocidade para ficar atrás do grupo e se virou, faróis o iluminaram por trás e de volta para os campos.

*

Emil sentiu como se tivesse levado um soco no estômago. Devia ser o capitão Haussmann os seguindo de carro. Se tentasse correr agora, seria visto. Sentindo o amargo no fundo da garganta, acompanhou os outros até o topo de uma elevação, de onde viu vários metros à frente mais faróis cortando a penumbra do crepúsculo da esquerda para a direita. Agora havia arbustos nas laterais da trilha. Uma encosta íngreme se erguia à direita. Os faróis do caminhão pareciam apontar para alguma coisa atrás dela.

Quando se aproximou mais, Emil viu que as luzes eram de seis grandes caminhões da Wehrmacht estacionados lado a lado, separados por cerca de trinta metros. Além dos veículos, nas sombras perto do limite da área iluminada pelos faróis, havia vagas formas escuras e ondulantes se movendo. Mais armas foram disparadas, perto o bastante para ele se assustar, se encolher e andar mais devagar ao perceber que todos os tiros aconteciam do outro lado daquela colina, para onde todos os faróis apontavam.

O veículo atrás deles se aproximou, rugindo. Os faróis iluminaram Emil por trás e o território diante dele, revelando soldados da SS atrás dos caminhões e dissipando as sombras além deles. As formas escuras e ondulantes eram pessoas encolhidas, algumas vestidas, outras nuas, homens, mulheres e crianças andando atrás daquela encosta em direção à área mais escura.

— Vocês aí, *Volksdeutscher* — chamou o capitão Haussmann. — Subam na carroceria. Vamos levá-los até lá.

Emil não queria entrar na parte aberta do veículo. Queria contornar o caminhão e correr. Mas o medo de levar um tiro nas costas o deteve, convenceu-o a subir atrás da cabine do caminhão menor com os outros homens.

O caminhão percorreu os últimos cento e cinquenta metros cortando as sombras ao norte com a luz dos faróis, revelando pessoas desamparadas, chorando, caminhando em direção ao leste sob os olhos atentos dos soldados da SS armados com metralhadoras no penhasco.

O caminhão contornou a colina e parou quase imediatamente em uma clareira no flanco norte, fora da luz dos faróis dos outros caminhões. Emil olhou horrorizado por cima do teto da cabine, viu maridos abraçados às esposas, mães levando pelas mãos crianças aterrorizadas e seis idosos de barba branca comprida oscilando com o vento oeste, de costas para a beirada de uma ravina profunda que despencava na escuridão.

Oito soldados da SS recarregavam rifles e pistolas a uns trinta metros dos judeus. Havia cinco dessas unidades de oito homens enfileiradas perto da longa beirada, todas de frente para as fileiras de pessoas tremendo e rezando, algumas em pé de frente para as armas, outras de joelhos e de costas para elas, todas ladeadas pela longa fila de espera para morrer.

Por favor, Deus, orou Emil. *Não deixe isso acontecer. Não permita que façam isso.*

*

Um oficial mais baixo da SS se aproximou correndo no momento em que o capitão Haussmann desceu do caminhão. Ele saudou o capitão com um *Heil Hitler*. Haussmann retribuiu a saudação e perguntou:

— Quantos a reportar, capitão Drexel?

— Acabamos de começar, capitão Haussmann.

— Quantos até agora?

— Cento e oitenta e sete.

Havia uma rivalidade óbvia entre os dois homens, mas então os tiros começaram, e as mães e as crianças, os jovens e os velhos, os amantes e os amados, os solitários e os perdidos, as famílias abraçadas e os seis idosos de barba branca dançando ao vento oeste foram sacudidos pelo impacto das balas antes de caírem para trás na vala como bonecas derrubadas. Ao longo da linha de fogo, de um esquadrão de execução ao outro, a chuva de chumbo continuou, até não restar ninguém em pé na beirada do penhasco e Emil não poder abrir mais a boca de terror. Ele apoiou a testa na cabine do caminhão, sentindo todos os músculos do corpo tremerem de maneira incontrolável, antes de se dar conta de que fervia por dentro. Rápido, inclinou-se para o lado e vomitou fora do caminhão. Vários outros vomitavam também.

Quando os tiros cessaram e os gritos e os uivos por misericórdia recomeçaram, Haussmann berrou:

— Todos vocês, venham para cá. Vocês têm trabalho a fazer! *Raus!*

— Eu não vomitei — disse um rapaz mais jovem, com a barba oleosa, um casaco e um boné imundos. Ele sorria, revelando um espaço onde faltava um dente inferior. — Quero ver mais judeus morrendo.

— Nome? — ronronou o capitão Drexel.

— Helmut.

— Helmut, você é o tipo de jovem animado que estamos procurando no grande Reich germânico — anunciou Drexel. — Vamos ver como se saem nesta noite. Se ficarmos satisfeitos, nós os recomendaremos à VoMi para missões remuneradas.

Helmut sorriu para Emil, que mal conseguiu descer do caminhão e se sentiu cambaleante ao pisar no chão. Era como se o terreno se movesse sob seus pés, e tudo à volta dele parecia distorcido.

— Quatro de vocês vão provar seu valor com o capitão Drexel — disse Haussmann. — Os outros quatro vêm comigo.

Helmut se dirigiu imediatamente ao lado de Haussmann, como fizeram outros dois. Mas quatro já tinham ido para o lado de Drexel, e Emil não teve escolha senão se juntar a Haussmann.

Mais judeus eram levados à ravina. Crianças choramingavam. Homens e mulheres choravam copiosamente. Ele os ouvia, mas não conseguia encará-los.

Por favor, Deus, não me torne parte disso, ele rezou. *Por favor, não me faça matar ninguém. Eu imploro. Posso ser muitas coisas, mas não sou assassino.*

— Cada um de vocês será designado a uma unidade — disse Haussmann. — Terão de fazer o que lhes for solicitado até terminarmos o trabalho da noite. Depois podem ir para casa.

Novas vítimas eram levadas ou arrastadas para a beirada da vala. Haussmann pegou uma Luger na cabine do caminhão e os levou à unidade de tiro mais próxima. Os oito homens da SS carregavam ou limpavam armas, vários deles com um cigarro aceso pendurado no canto da boca. Os homens tinham um cheiro azedo além do natural; para Emil, era como se tivessem coração e alma tão corrompidos pelo assassinato em massa que era como se um pus invisível, maléfico, vertesse da pele e transbordasse dos pulmões. Quando um deles olhou em sua direção, Emil viu os olhos mais mortos que já tinha visto em um homem vivo. Então o vento mudou, girou cento e oitenta graus e, vindo do leste, trouxe com ele o mau cheiro dos corpos que apodreciam na vala.

Emil se esforçou para não vomitar. *Quantos já estão lá embaixo?*

— Quem vai ser o primeiro a provar lealdade ao *Führer*? — perguntou Haussmann, oferecendo a Luger ao grupo.

— Eu vou — disse Helmut.

Haussmann o ignorou, olhou para Emil e segurou a pistola pelo cano.

— Você primeiro, jovem fazendeiro. Mostre que o Reich pode contar com você.

Deus, por favor, não. Qualquer coisa, menos isso.

Emil não sabia o que fazer nem como responder, por isso não se moveu. O rosto de Haussmann endureceu e o homem se aproximou, ainda oferecendo o cabo da Luger, até estar diretamente na frente de Emil.

— Eu falei para pegar a Luger.

Emil nunca havia segurado uma arma na vida e a pegou meio desajeitado, hesitante, surpreso com o peso da pistola carregada quando o nazista a soltou em sua mão.

— Isso — disse Haussmann.

O capitão da SS recuou um passo e apontou para vários judeus à frente do pelotão de execução, inclusive um rapaz que se ajoelhou ao lado de duas meninas pequenas, que o abraçavam e choravam. O rapaz encarou os homens com um olhar desafiante em meio às lágrimas, preparando-se para a morte.

— Aqueles três yids — indicou Haussmann, apontando diretamente para eles. — Mate-os. Agora.

Emil via o capitão como se ele estivesse do outro lado de um longo túnel e o ouvia como se ele falasse um idioma desconhecido. Olhou para a Luger e depois para Haussmann, que disse:

— Vamos lá, jovem fazendeiro. Mostre que tipo de sangue corre em você.

Por favor, Deus. Não me obrigue. Eu... Essas pessoas são boas. São inocentes.

— Atire! — gritou Haussmann.

O tempo parecia passar mais devagar. Como se estivesse em transe, Emil entendeu que todos observavam cada um de seus movimentos. Ele olhou para o rapaz e as duas meninas em seus braços.

Agora o rapaz olhava para Emil.

— Não faça isso — disse. — Por favor, senhor, sabe que isso é errado. Sabe disso!

— Mate-os! — gritou Haussmann.

Emil olhou para a Luger de novo… e se sentiu quente, com o suor salgado escorrendo pela testa para dentro dos olhos, fazendo-os arder, prejudicando a visão.

Ele entrou em pânico, deu um passo e se sentiu cair em um buraco invisível, ou um tipo de poço. Enquanto caía, Emil gritou:

— Não consigo! Não consigo…

22

23 de dezembro de 1944
Wielun, Polônia

Adeline mergulhou o pano no balde com água gelada enquanto Emil se debatia e suava, depois de mais um pico de febre. Ele gemia:

— Não consigo. Não consigo… enxergar.

— Então abra os olhos, papai — disse Will, da porta, quando Adeline recolocou o pano gelado na testa febril de Emil.

— Shhh — disse Adeline, olhando bem séria para o filho mais novo. — Seu pai poderia…

— Ele abriu os olhos! — gritou Will, apontando além dela. — Olha, mamãe!

Ela olhou, e era verdade. Emil abria os olhos devagar e tentava focar. Finalmente, ele falou, com voz pastosa:

— Doente.

— Sim, querido, você está doente há muito tempo — tranquilizou-o Adeline. — Onze dias. Mas aí está você. Não tem nada que o impeça de seguir, tem?

Ele sorriu e fechou os olhos.

— Onze dias?

— Amanhã é véspera de Natal, mas tenho a sensação de que já ganhei o melhor presente.

Adeline foi buscar chá quente e um pouco de sopa rala, sem coragem de contar ao marido que as rações haviam sido cortadas quase completamente na semana anterior. Tinha separado farinha e açúcar suficientes para fazer biscoitos e um último jantar decente de Natal, mas, depois disso, só restava comida para uma semana.

Os Martel improvisaram uma cerimônia religiosa na noite seguinte com toda a família espremida nos dois apartamentos do último andar e no corredor entre eles. Como era aniversário de Malia, todos cantaram para ela, antes de Adeline ler sobre o nascimento no livro de Lucas, na

Bíblia da família, e dar graças por ainda estarem vivos, quando a guerra e a marcha haviam levado tantos. No começo, Emil ouvia da cama onde ainda se recuperava, mas depois insistiu em se levantar quando o sargento Wahl passou por lá para lhes dar duas grandes garrafas de cerveja.

Wahl ficou chocado com as condições em que viviam, mas se sentou com eles e bebeu. Enquanto Adeline, Malia e Lydia cantavam antigas canções e as ensinavam aos meninos, ele contou a Emil sobre a batalha feroz que era travada na floresta das Ardenas, na França, onde nevascas tinham posto os Aliados na defensiva depois de oito dias de combate brutal. O sargento também disse que passaria duas semanas em Lodz, mas voltaria mais cedo se soubesse que a maré da guerra se voltava para o colapso nazista.

Mais tarde, depois de pôr os meninos na cama, Adeline cobriu Emil com um cobertor e beijou sua testa.

— Você me assustou — disse. — Pensei que o tinha perdido.

— Nunca — respondeu, afagando seu braço. — Jamais.

*

Com rajadas de vento de sessenta quilômetros por hora, uma massa de ar polar do Ártico atingiu a Europa na noite de Ano-Novo. Seria o início de dois dos meses mais frios já registrados. As temperaturas do oeste da Polônia caíram a até trinta e um graus Celsius negativos. O prédio onde os Martel moravam tremia nas estruturas. A sensação térmica era de menos quarenta e cinco graus e derrotava os fogões de carvão da família. As quatro famílias passaram a se espremer no apartamento de Adeline e Emil, porque era voltado para o sul e a favor do vento. Eles usavam as rações de carvão de todos para manter o fogo sempre aceso.

Mas os estoques de comida chegavam ao fim, e Adeline não sabia se haveria novas rações em breve. Em 2 de janeiro de 1945, Will adoeceu e teve febre. No dia seguinte, Malia e Rese tiveram os mesmos sintomas. Emil recaiu na manhã do dia 4.

Na noite de 6 de janeiro de 1945, Adeline deu o que ainda havia de caldo de legumes para Emil e Will e o último pedaço de pão para Walt, que também adoecera. Não havia nada para ela comer. Depois de conversar com a mãe e com a irmã, ela foi para a cama cansada, com fome e decidida a sair para procurar comida de manhã.

Quando acordou, caía uma neve fraca e a temperatura estava bem abaixo de zero. Ela vestiu todas as peças de roupa que tinha, pegou uma sacola de lona e enfrentou o frio rigoroso. Com o estômago roncando e a lembrança da fome quase fatal ecoando o passado, Adeline foi até a fronteira da cidade, onde um soldado da SS a parou e perguntou aonde ia.

— A Lodz — disse ela. — Procurar remédio e comida. Meus filhos estão doentes e passando fome.

— Onde conseguiu dinheiro? — perguntou, desconfiado.

— Vou vender meu anel de casamento. E o de minha mãe. E o de minha sogra.

O soldado deve ter ouvido o desespero em seu tom emocionado, porque parou o próximo caminhão que passou a caminho do norte. Quando ela contou ao motorista que sua família estava doente e com fome e que ia a Lodz, ele foi gentil e permitiu que ela viajasse na frente, na cabine.

*

Duas horas mais tarde, o motorista a deixou na periferia de Lodz, e ela entrou a pé na pequena cidade, perguntando onde poderia comprar comida no mercado clandestino. Foi orientada a procurar uma loja perto dali e de imediato seguiu a orientação. Lá encontrou comida nas prateleiras, principalmente o básico – e em quantidade mais que suficiente para manter toda a família viva.

Mas o vendedor recusou o anel de casamento de Adeline, o de Karoline e o de Lydia, dizendo que não tinham valor.

— Traga *reichsmarks* — disse. — Ou, melhor ainda, traga ouro.

O vendedor seguinte disse a mesma coisa, assim como o terceiro, o quarto e o quinto. Desesperada, ela chegou a procurar o escritório da VoMi para saber sobre as rações, mas o lugar estava fechado e escuro.

Ao se afastar de lá, Adeline se sentiu como aquela folha que chamou sua atenção ao cair da árvore no dia em que a marcha começou: seca e murcha, levada pelo vento em alguma jornada estranha, casual, que agora considerava fútil e sem sentido. Sua família não tinha nada. O marido estava mais doente do que nunca. E os meninos em breve estariam passando fome, algo que ela havia jurado que nunca aconteceria. Em um segundo, sentiu raiva e impotência e, no outro, uma terrível solidão. Um nó fechou sua garganta, e ela o engoliu, determinada a seguir em frente e não admitir derrota. Não conhecia ninguém em Lodz, exceto o amigo de Rese, aquele médico chamado Praeger. Mas como encontrá-lo? Impossível. Isso consumiria muita energia. Adeline sabia como funcionava a fome, os estágios da desnutrição que drenavam o indivíduo. Antes de fazer esforço, era melhor arrumar uma carona de volta a Wielun e contar a todos que ficariam sem comida por um tempo.

Imediatamente, uma mistura esmagadora de emoções a invadiu. Ela se sentia pequena e jogada, deslocada, sem-terra, refugiada e tão imprestável quanto os anéis de casamento que carregava. O coração começou a bater forte e doer. Ela ficou tonta, o topo de sua cabeça esquentou sob os lenços, e de repente Adeline não conseguia mais seguir em frente. Ela parou ali, no meio da rua, sentindo os flocos de neve no rosto e olhando para o céu de chumbo. Levantou os braços. Incendiada pela agonia e pelo amor desesperado que brotavam do fundo da alma, Adeline implorou a Deus que ajudasse sua família.

— Por favor, me ajude, Senhor — murmurou. — Não sei aonde ir. Não sei o que fazer. Por favor, já chegamos tão longe. Enfrentamos muitas coisas. Não pode ter sido em vão. Não podemos lutar tanto só para morrer. Não tenho nem grama para dar a meus filhos!

Um caminhão buzinou atrás dela. Adeline se assustou e, com o coração disparado, se virou e viu o motorista debruçado na janela.

— Sai do meio da rua, senhora — gritou ele. — Quer morrer, por acaso?

Tremendo por dentro, Adeline saiu do caminho e o caminhão passou, enquanto o motorista balançava a cabeça reprovando sua idiotice.

*

Mais perdida do que nunca, e sentindo o peso do mundo sobre os ombros, Adeline voltou a andar pelo centro de Lodz, passando por várias lojas do mercado clandestino de alimentos que haviam recusado sua forma de pagamento. A neve tinha parado de cair, mas uma poeira branca e gelada ainda rodopiava no vento congelante. Lá no alto, as nuvens cinza se dissipavam e, em alguns lugares, eram riscadas por faixas cor-de-rosa que pareciam se curvar preguiçosas quando os raios do sol poente lutavam pelo controle do dia de inverno.

Adeline ignorou o buraco no estômago quando se aproximou do fim da área de mercado, consumida por um turbilhão de perguntas. *Como vou conseguir carona de volta para o sul sem dinheiro e antes que escureça? Como vou dizer a Emil e aos meninos que não tenho nada para eles? Como posso…?*

Uma mulher com a manga do casaco levantada para se proteger da neve girando no ar saiu correndo da primeira loja onde Adeline havia estado. Ela correu justamente na direção de Adeline, trombando nela e fazendo com que ambas caíssem no chão.

— Sinto muito — disse, em alemão, engatinhando para ajudar Adeline a se levantar e recuperar a bolsa que caíra. — Não vi você.

— A culpa foi minha — respondeu Adeline. — Não estava olhando por onde ia e…

A mulher levantou a cabeça para encará-la. Houve uma confusão imediata dos dois lados, como se uma tentasse identificar a outra na neve, tanto tempo depois, a mais de mil e duzentos quilômetros do local do último encontro casual. Mas então elas se reconheceram e ficaram atônitas.

— Adeline? — perguntou Esther. — É você?

Assentindo e chorando, Adeline abraçou a amiga da senhora Kantor.

— Você foi enviada para mim. Não tenho mais a quem recorrer, e você surgiu para mim.

*

Vinte minutos mais tarde, Adeline estava no grande e belo apartamento no quarto andar de um lindo edifício, sentada diante de um fogão bem abastecido com carvão e onde ardia um fogo intenso. Durante a caminhada até ali e apesar da fome, Adeline quisera saber como a amiga da senhora Kantor havia ido de Pervomaisk, na Ucrânia, para Lodz, na Polônia, mas Esther a lembrou com um sussurro de que seu nome era Ilse e que devia ficar quieta até chegarem à casa dela.

Agora, enquanto fervia água para fazer chá e pegava pão fresco e duas linguiças, Esther explicava que, com os documentos falsos que Adeline a ajudara a obter, tinha conseguido um lugar em um dos primeiros comboios protegidos para oeste.

— Por isso tem uma casa tão bonita?

— Entre outras coisas — respondeu Esther, colocando o chá quente diante dela. — Odeio este lugar, na verdade. De certa forma, é uma prisão de lembranças que não são minhas.

Era algo enigmático de se dizer, mas Adeline compreendeu.

— Outros judeus moraram aqui antes de você.

Esther inclinou a cabeça, intrigada.

— Sim. Como sabe disso?

— Também moramos em um lugar assim. Estou usando roupas que foram deles.

— Eu também — revelou Esther, que, enquanto via Adeline comer, descreveu a chegada a Lodz quando o gueto ainda abrigava setenta mil judeus. Às vezes passava por algum lugar, ouvia os judeus falando em iídiche e queria se aproximar deles.

— Mas não me atrevia — disse, afastando o olhar que era mais assombrado que triste. — No começo deste ano, quando mais comboios de refugiados começaram a deixar o leste, os nazistas passaram a esvaziar o gueto de Lodz. Dezenas de milhares deles foram postos em trens em agosto. Agora todos se foram.

Lágrimas escorriam por sua face.

— Vivo na casa que foi deles e com roupas que foram deles. Primeiro me senti destruída e culpada, porque sei que destino tiveram, e ficava me perguntando por que eu me salvei e eles não. Mas então passei a ver tudo de um jeito diferente, questionador, sabe? Enganei os nazistas. Eu era judia; sou uma judia vivendo bem embaixo do nariz...

Ela riu, baixou a cabeça e a sacudiu.

Dezenas de milhares?, pensou Adeline.

— Tem certeza de que estão todos mortos?

— Eles não voltaram — disse Esther. — Quer comer mais antes de ir?

Adeline recusou e pegou os anéis de casamento.

— Sei que não valem muito, mas pode comprá-los com *reichsmarks* ou ouro? Preciso conseguir comida para minha família. Estão todos doentes, com fome e...

Esther balançou a cabeça e empurrou a mão dela.

— Não posso aceitar isso, não vou aceitar.

Em seguida, ela se levantou e saiu da sala. Adeline se sentia péssima. De algum jeito, tinha ofendido a mulher ou ultrapassado limites.

Esther voltou com um maço de *reichsmarks* e os entregou a Adeline.

— Esta é uma dívida que me alegra pagar. Deve ser o bastante para resolver seu problema por um tempo.

Adeline olhou para o dinheiro perplexa. Nunca tivera tanto dinheiro em toda a vida.

— Não posso aceitar. É demais. Como você vai ficar?

— Não vai me causar nenhum problema. Tenho mais e também tenho ouro. Se fosse você, gastaria esse dinheiro o quanto antes. Ouvi dizer que os Aliados logo vão ultrapassar as barreiras ocidentais na França. Em semanas, estarão em Berlim, e *reichsmarks* podem se tornar inúteis. Agora vá. As lojas do mercado clandestino fecham às seis horas, e estou esperando uma visita. Se não encontrar um jeito de voltar para o sul hoje à noite, Adeline, fique à vontade para voltar por volta das sete e meia. Pode passar a noite aqui e ir para casa de manhã.

— Ah. — Adeline ainda se sentia fraca, apesar da comida, e olhou com tristeza para o fogo, já se levantando. — Obrigada. Talvez eu venha. Se não houver problema.

— Problema nenhum. Compre comida para sua família, e nos vemos em duas horas.

Sentindo-se muito melhor que quando Esther a derrubara, Adeline vestiu novamente o casaco, ajeitou o lenço na cabeça, pôs as luvas e saiu com a sacola vazia pendurada no ombro. O apartamento ficava ao lado de uma escada externa. Adeline descia o primeiro lance ouvindo o eco de seus passos quando um velho oficial alemão passou por ela subindo apressado. Quando desceu o segundo lance de escada, ouviu três batidas firmes na porta lá em cima. Adeline parou por um momento, ouviu uma porta se abrir e poderia jurar que ouviu também:

— *Guten Abend, Ilse Schätzchen.*

*

A porta se fechou. Adeline terminou de descer a escada e saiu para o frio congelante, pensando: *Quem sou eu para julgar como Esther consegue sobreviver, quando ela é um dos alvos da guerra?*

Ela voltou à primeira loja do dia e começou a pegar produtos da prateleira e colocá-los sobre o balcão: farinha, açúcar, sal, fermento, linguiça curada, linguiça fresca, ovos em pó, leite em pó, três barras de chocolate – até o balconista buscar o dono da loja que tinha recusado os anéis.

— Espero que tenha *reichsmarks* ou ouro — disse, examinando a compra. — E que tenha muito.

— *Reichsmarks* — respondeu ela. — E tenho muito.

— Ah, é? E onde conseguiu o dinheiro? — perguntou ele, cético.

— Do outro lado da cidade — respondeu, erguendo o queixo. — Encontrei um comerciante que conhece o valor de boas joias. Ele disse que meus anéis eram valiosíssimos e pagou o que pedi por eles.

Depois disso, Adeline pegou o maço de cédulas, esperou um pouco enquanto o balconista e o dono da loja arregalavam os olhos, e perguntou:

— Quanto por tudo isso?

*

Sentindo-se mais que um pouco culpada por estar prestes a saborear mais uma refeição e dormir em um lugar quente e aconchegante enquanto sua família sofria, Adeline bateu à porta do apartamento de Esther às sete e meia.

Alguns momentos depois, Esther abriu, desconfiada, mas sorriu ao ver que era Adeline.

— Que bom que voltou — disse, com a voz meio pastosa ao terminar de abrir a porta. Vestia um robe. — As estradas devem estar horríveis e...

Esther riu, aplaudiu e apontou para as duas sacolas cheias que Adeline carregava.

— Você comprou a loja toda!

— Graças a você! Você nos salvou.

Adeline entrou, deixou as sacolas no chão e abraçou Esther, que se preparava para acender um cigarro.

— Ah, minha querida. — Esther a abraçou de volta. — Você também me salvou, e todos nós nos salvamos todos os dias, de algum jeito. Por isso somos sobreviventes, Adeline. Por isso ainda estamos aqui. Agora, vá se aquecer de novo perto do fogo.

Adeline a soltou se sentindo um pouco constrangida, mas sorriu e se aproximou do fogo.

Esther acendeu o cigarro, tragou e pegou uma garrafa vazia de vinho de cima da mesa antes de ir para a cozinha. Reapareceu alguns minutos depois com outra garrafa de vinho, queijo e mais pão e linguiça seca.

— Vou te alimentar mais duas vezes pelo menos antes de ir embora — disse. — Assim vai ficar forte o bastante para cuidar de Emil e de seus meninos preciosos.

Depois de comer e beber duas taças de vinho, Adeline contou a Esther que Emil queria que eles fugissem para os Aliados quando chegasse a hora.

— Acho que vai ser logo — opinou Esther. — Tenho fontes seguras que dizem que os soviéticos estão a quarenta quilômetros de Varsóvia no momento. Mantenho a mala pronta e todo o meu ouro guardado no forro do casaco.

— E é o que vai tentar fazer? Chegar aos Aliados?

— Vivi sob Stálin uma vez. Não vai ter outra.

— Para onde você vai? Ou para onde vai tentar ir?

— Argentina. — Esther riu. — Não gosta do som desse nome? Ar-gen-ti-na? No meu sonho, vou conhecer um belo latino, e vamos nos apaixonar loucamente e ter filhos amorosos. Por que não?

Meio tonta, Adeline respondeu:

— Por que não?

— Qual é o objetivo de viver se você não tem um sonho como esse?

— É o que eu penso.

— Qual é seu sonho? Para onde vocês vão?

Adeline hesitou, mas depois descreveu o lindo vale verde cercado de montanhas nevadas da ilustração que tinha visto no livro na casa da senhora Kantor.

— Parece um sonho — disse Esther. — Onde fica esse vale?

— Não sei. Em algum lugar no Ocidente, Emil acredita. Talvez do outro lado do oceano, nos Estados Unidos ou no Canadá.

— Ou na Ar-gen-ti-na — sugeriu Esther e se levantou, balançou os quadris e esvaziou a garrafa em seu copo.

Depois de beber todo o vinho, Adeline se sentia mais cambaleante que tonta e disse:

— Acho que você é uma das mulheres mais corajosas e fortes que já conheci.

— Não. — Esther acendeu outro cigarro. — Não sou.

— É, sim. Veio para cá sozinha.

— Sozinha, não. Vim por causa dos documentos que você buscou para mim.

— Mas você os usou e chegou aqui sozinha. E agora vai para a Ar-gen-ti-na sozinha também. Isso exige coragem e força.

Esther pensou, deu uma tragada no cigarro e relaxou.

— É, acho que sim. Sou grata à senhora Kantor por isso.

— Sou grata a ela por muitas coisas. E sinto saudade dela até hoje.

— Eu também — disse Esther. — Ela alguma vez contou sobre seus "segredos para uma vida feliz"?

— Alguns deles.

— Às vezes, confesso que me pergunto se todos os segredos dela eram reais e verdadeiros.

— Quais, por exemplo?

Esther deu de ombros.

— Uma vez ela me disse que acreditava que a vida não acontece com você, mas para você, e toda a vida é uma jornada abençoada de descoberta. Mas você só consegue ver a vida claramente e apreciá-la quando a jornada está quase no fim.

— Sua vida não acabou — protestou Adeline.

— Eu sei. Mas acho que nunca vou entender por que tantas pessoas como eu foram mortas ou perseguidas. E nunca vou entender por que a vida delas acabou da forma que acabou. Onde está a abençoada jornada de descoberta no meio disso?

23

No início da manhã de 9 de janeiro de 1945, Emil tremia e tossia na cama, ecoando a tosse e o enjoo dos filhos, que estavam no beliche acima dele. Via sua respiração formar uma fumaça no ar gelado que ainda encontrava brechas nas paredes, mas se obrigou a sair das cobertas e ficar em pé.

Batendo os dentes, um pouco tonto, foi até a sala e se aproximou da janela mais uma vez para ver se Adeline estava voltando. Mesmo entrando e saindo dos episódios de febre alta, sabia que ela estava fora e que fazia mais de um dia que havia saído para ir a Lodz. Mas a tempestade podia ter atrasado seu retorno, disse a si mesmo enquanto dava uma olhada nos meninos, ambos vermelhos de febre, embora Will desse sinais de recuperação.

Isso algum dia vai acabar? Emil voltou para a cama. *Nunca estive tão doente. Já faz mais de três semanas.*

Quando puxou a touca de lã para baixo na cabeça e o cobertor sobre o corpo, a única coisa boa que conseguiu ver em estar doente foi que ele e os meninos não tinham apetite, o que era bom quando quase não se tinha comida. Era melhor que estar morto, supunha, mas então pensou nas roupas que usava, no lugar onde morava e nas coisas que tinha feito para sobreviver à guerra.

É como se nos torturassem, pensou Emil quando a febre subiu de novo e os olhos se fecharam. *Torturado por algo que eu não…*

15 de setembro de 1941

Periferia de Dubossary, Transnístria

— Atire agora! — gritou o capitão Haussmann.

Emil olhou para o rapaz abraçando as duas garotinhas na beirada da vala, apertando os olhos à luz dos faróis e implorando para ele não fazer isso.

Depois deu as costas para eles, olhou para o nazista e soube que ia morrer.

— Não consigo fazer isso — disse, devolvendo a Luger a Haussmann.

— Não consegue? — perguntou o capitão da SS. — Ou não vai fazer?

Emil continuou encarando o capitão da SS e respondeu:

— Não consigo e não vou fazer.

O nazista sustentou o olhar, depois virou para o pelotão de fuzilamento que assistia a tudo e foi ficando visivelmente furioso, até tirar a própria Luger da cartucheira, empurrar para o lado a arma que Emil tentava devolver e encostar o cano da pistola na testa dele.

— Decida-se, jovem fazendeiro — disse o capitão da SS. — Eles vão morrer de qualquer jeito. Sua escolha é se você vive ou morre com eles.

Um pelotão de fuzilamento ao norte e atrás de Emil começou a disparar, aterrorizando-o ainda mais, até que tudo o que via era o cano da Luger e a ira de Haussmann, antes de a esposa e os filhos surgirem em sua cabeça. De repente, o amor por eles era maior que tudo. Morrer, em vez de matar essas pessoas, faria algum bem a Adeline e aos meninos? Adeline ficaria viúva. Walt e Will ficariam órfãos de pai. Tudo isso o atingiu com força violenta, um golpe tão poderoso que afastou todas as convicções que sempre defendera, e com elas se foi a crença em um Deus benevolente. Emil havia implorado para não ser posto nessa posição, mas ali estava. Não havia Deus nisso, não existia Deus. Só havia Adeline, Walt e Will e o que ele faria para sobreviver e protegê-los.

— Muito bem — disse a Haussmann, com frieza. — Eu faço.

O capitão da SS sorriu e baixou a arma.

— Escolha sensata.

Emil se sentia aéreo, como se seu corpo pertencesse a um estranho. Ele ajeitou a Luger na mão e se virou para o rapaz e as meninas.

Alguém segurou seu ombro por trás e o sacudiu. A mão o apertou com mais força. Sacudiu com mais força.

*

Aos poucos, o pesadelo desapareceu.

Emil despertou o suficiente para abrir os olhos vermelhos e viu Adeline olhando para ele, tocando seu ombro. Havia um sorriso largo em seu rosto lindo, e as bochechas estavam rosadas do frio.

— Espero que tenha dormido bem enquanto estive fora — disse ela, afagando sua barba com ternura. — Trouxe comida para todos e carvão para o fogão. O fogo já está aceso. Sonhou comigo?

Emil teve uma breve lembrança de quando decidira matar os três judeus, o momento em que perdera a fé em Deus, e disse:

— Estou me sentindo melhor só de ver você. Fiquei muito preocupado ontem à noite, quando não voltou.

— Tive que esperar a tempestade passar e conseguir uma carona hoje de manhã. Levante-se, então, e me ajude a cozinhar, ou pelo menos me faça companhia. Tenho algo para contar.

Ele gemeu ao pensar em enfrentar o frio de novo.

— Venha logo! — Sorrindo, ela puxou as cobertas.

Ele se apoiou sobre os cotovelos e fez uma careta.

— Você é cruel, Adella!

Ela riu e fez cócegas nele.

— Ah, sim, como se eu estivesse apontando uma arma para sua cabeça.

Emil a encarou incrédulo por um momento, revendo a lembrança daquela noite.

Sentiu outra vez o aço da pistola de Haussmann entre os olhos, viu a ira do capitão da SS e se sentiu novamente selvagem, ateu, disposto a matar crianças e um rapaz para voltar para casa e proteger a esposa e seus filhos.

Ela entenderia essa decisão? Emil estudava o rosto intrigado de Adeline. *Como poderia? Nem eu mesmo entendo aquele momento.*

— Ei — disse Adeline, em tom brando, preocupado. — Quer ficar aí, e eu trago alguma coisa para você comer?

Só então ele sentiu o cheiro de algo temperado e delicioso.

— O que está preparando?

Ela sorriu e sussurrou:

— Linguiça fresca com cebola. Quero que o cheiro invada o apartamento, transborde para o corredor e chame todo mundo para o banquete.

— Banquete?

— Banquete — confirmou, sorrindo e endireitando as costas. — Agora, levante-se e venha. Vamos deixar os meninos dormirem o tanto que precisarem.

Ela saiu do quarto. Emil afastou as cobertas, sentou-se, depois ficou em pé sem sentir tontura. Foi para a saleta e se surpreendeu com como o fogão abastecido com carvão esquentava todo o ambiente e como era bom o aroma da linguiça com cebola. E a mesa! Estava coberta com mais comida e ingredientes do que tinha visto em anos!

— Onde conseguiu tudo isso? — perguntou, espantado.

Adeline bateu na beirada da frigideira e se virou, sorrindo.

— Foi um milagre, Emil. Você não vai acreditar.

*

Adeline tinha razão. De início, Emil não acreditou na história de ter encontrado Esther depois de suplicar a ajuda de Deus e recebido dela dinheiro suficiente para comprar comida para um mês, talvez mais. Naquele momento, ele pensava que Deus não atendia às preces de Adeline, porque não havia nenhum Deus que ele pudesse ver, ouvir ou tocar. *A única coisa com que se pode contar é consigo mesmo.*

Adeline contou consigo mesma e aconteceu uma... coincidência. Foi isso. A sorte aparece de vez em quando. Adeline simplesmente teve sorte, ele decidiu, e sorriu ao sentir o aroma e ver o maço de dinheiro sobre a mesa, uma quantia que Adeline disse que era um terço maior na noite anterior.

— Onde Esther conseguiu tanto dinheiro para tudo isso? — indagou ele.

— Não perguntei, e ela não disse — respondeu Adeline, que voltou ao fogão justamente quando alguém bateu à porta. Malia e a prima delas, Marie, entraram no apartamento.

— Que cheiro é esse? — gritou Malia.

— O cheiro do paraíso — brincou Adeline. — Primeiro prato saindo.

*

Os Martel não contaram a ninguém sobre a comida e fizeram quatro refeições por dia durante as duas semanas seguintes, enquanto compravam o dobro de sua ração de carvão no mercado clandestino. Will e Walt se recuperaram da febre, ganharam peso e ficaram mais fortes.

Emil fazia caminhadas diárias naquelas condições árticas, ia até o chalé do sargento Wahl e o encontrava escuro todas as vezes. Ele começou a se preocupar, porque não sabia o que estava acontecendo na guerra, onde estavam os Aliados na Alemanha e os soviéticos na Polônia.

— Preciso saber a localização deles quase todos os dias, e o sargento Wahl deveria ter voltado há uma semana — comentou com Adeline, aflito, no dia 17 de janeiro.

Na caminhada que fez no fim daquela tarde, a neve e os ventos ganhavam força outra vez e as ruas estavam ficando vazias, porque as pessoas buscavam se abrigar. Emil aproveitou e entrou pelo portão dos fundos da casa de Wahl. Tentou a porta da cozinha. Trancada.

Não queria, mas fez uma grande bola de neve com as mãos e a usou para estilhaçar uma vidraça acima da maçaneta. Lá dentro, não se atreveu a acender a luz, mas saber que estava na cozinha o ajudou a chegar ao aposento onde Wahl guardava o rádio. Ele acendeu a luz rapidamente, viu que o aparelho não estava lá e sentiu o coração apertado.

Depois, verificou o armário de Wahl e encontrou o rádio. Tinha visto a mesma cena tantas vezes que rapidamente ligou o aparelho. Ouviu o serviço alemão da BBC e logo soube que a batalha das Ardenas, ou do Bulge, tinha terminado com a vitória dos Aliados. O Primeiro e o Terceiro Exércitos dos Estados Unidos haviam se reunido, mas encontravam forte resistência na tentativa de atravessar o Reno. E os soviéticos haviam retomado a Varsóvia.

A última informação bastou. O Exército Vermelho estava a menos de setenta e cinco quilômetros de distância. Mesmo em condições terríveis, um tanque poderia percorrer setenta e cinco quilômetros em um dia, talvez menos. Ele pensou em devolver o rádio à caixa de proteção e levá-lo. Os nazistas estavam perdendo, mas ter um rádio transmissor ainda era motivo para ser fuzilado, se fosse pego com ele. Relutante, decidiu deixar o rádio onde estava, com um bilhete para o sargento Wahl, agradecendo sua bondade. Do lado de fora, contornou a casa discretamente para chegar à rua por onde voltaria para o apartamento. Um fósforo acendeu um cigarro do outro lado da rua.

Nikolas deu um passo à frente e disse:

— Moro na vizinhança, Martel, e acho que a VoMi não reagiria bem a um ladrão invadindo uma das casas.

— Não sou ladrão — disse Emil.

— É o que parece. Pessoas famintas têm se perguntado de onde vêm o dinheiro repentino e a comida, então decidi seguir você. Agora sabemos.

Emil entendeu que, mais uma vez, estava em confronto direto com esse homem. *Ele mantém contato com o major Haussmann? Tem a atenção dos nazistas aqui em Wielun? Isso importa, com os alemães em fuga?*

— Você não sabe nada — disse Emil, finalmente, e começou a andar. — Não sou ladrão, Nikolas, só vim dar uma olhada na casa de meu chefe, como ele me pediu para fazer.

— Duvido! — gritou Nikolas, atrás dele.

— Não importa. — Emil virou a esquina, saindo do campo de visão daquele homem.

Quando chegou em casa, o apartamento estava quente, e Adeline havia tirado pão fresco do forno e servia sopa em tigelas.

Emil fechou a porta e disse:

— Temos que arrumar as coisas e o partir o quanto antes.

Ela levantou a cabeça.

— Eu sei. Eles acabaram de nos avisar.

— O quê? Quem?

Adeline devolveu a concha à panela.

— Soldados da SS. Seremos transferidos para mais perto da Alemanha depois de amanhã.

*

Caminhões do Exército alemão chegaram ao campo Wielun ao amanhecer de 19 de janeiro de 1945. Como antes, os Martel puderam levar apenas o que cabia nas carrocinhas. Felizmente, com o carrinho de Marie e mais um que ganharam de outra família de refugiados, tinham agora quatro carrocinhas e conseguiram levar a maior parte dos alimentos que Adeline havia comprado em Lodz.

Adeline se sentou com a prima Marie e os gêmeos na viagem pouco confortável.

— Eles estão ficando gordinhos — disse, segurando o gêmeo maior, Rutger.

— Graças a sua comida e sua bondade — respondeu Marie com Hans, o menor, no colo. — Acho que vão engatinhar a qualquer momento.

— Às vezes isso é tudo de que precisamos para criar forças e seguir em frente. Comida e bondade.

Quando atravessavam Breslávia, parada fundamental no caminho para a Alemanha e posição estratégica em relação às pontes do rio Oder, viram tropas da Wehrmacht e os escravizados da organização Todt, homens muito magros e cansados vestidos de cinza com uma letra E costurada do lado esquerdo do peito, cumprindo as ordens recentes de Hitler para transformar a cidade em uma fortaleza armada. Duas horas mais tarde, adentraram Legnica, cidade bem mais povoada e bonita que Wielun. Mas as acomodações para onde foram mandados eram ainda piores que as anteriores. Ainda assim, tinham dinheiro, e dinheiro sempre faz diferença. O inverno continuava mandando gelo e neve sobre eles, mas Emil conseguiu comprar carvão suficiente no mercado clandestino para manter toda a família aquecida.

Ele também fazia o que podia para ter notícias dos soviéticos e dos Aliados. Encontrou uma mina de ouro, porque os refugiados eram sempre alvo de contrabandistas e comerciantes irregulares. Pouco depois de chegarem a Legnica, quando caminhava ao ar livre, viu um adolescente que vendia cigarros contrabandeados.

— Americanos capturados — cochichou o garoto. — Camel. Lucky Strike.

Emil respondeu que teria mais interesse em um pequeno receptor de ondas curtas.

— Não quero transmissor. Nada ilegal. Só um receptor.

— É suficiente para me fuzilarem — protestou o adolescente. — Vai custar bem caro.

Alguns dias mais tarde, ele entregou uma bolsa a Emil em troca de metade dos *reichsmarks* que restavam. Dentro da bolsa havia um velho e castigado receptor de ondas curtas Radione R3 verde-cáqui roubado de um depósito de suprimentos da Wehrmacht.

— Tenha cuidado — avisou o adolescente. — Meu amigo disse que há fusíveis, mas não tem mais cristais nem tubos de rádio para troca. Isso aí é tudo.

Emil esperou até tarde da noite para ligar o rádio e sintonizar o serviço alemão da BBC. Ele ouviu notícias sobre a Conferência de Ialta entre o presidente americano Roosevelt, o primeiro-ministro britânico Churchill e Stálin. Soube que os soviéticos tinham atravessado o Oder ao norte e que estavam a menos de oitenta quilômetros de Berlim. Americanos e britânicos ainda lutavam pela Alemanha Ocidental e encontravam forte resistência. Ele também ouviu uma palavra que tinha escutado apenas uma vez antes, no cemitério em Budapeste: Auschwitz. O locutor descreveu a cena de quando os soviéticos liberaram o campo de concentração em 27 de janeiro. Emil fechou os olhos, arrasado com o que os nazistas tinham feito.

Seus pensamentos inevitavelmente voltaram àquela noite em Dubossary, quando o capitão Haussmann encostou uma arma em sua cabeça e disse que o mataria se ele não matasse os judeus. Ouviu a própria voz dizendo: "Muito bem, eu faço". E a resposta de Haussmann: "Escolha sensata".

Naquela noite, Emil adormeceu enojado, amedrontado e pensando se estava fadado a ser assombrado por aquela escolha até o fim da vida.

Nas semanas seguintes, tarde da noite, Emil ouviu o rádio e soube que os soviéticos tomaram Lodz, que conquistaram Budapeste, que os Aliados bombardearam Dresden e que o Exército Vermelho cercou Breslávia e só parou às margens do Oder para reabastecer e se preparar para invadir a Alemanha Oriental. Na noite de 24 de fevereiro, ele ouviu que os Aliados lançaram nove mil bombas sobre a pátria.

Wahl estava certo, pensou Emil, bocejando e desligando o rádio. *Os nazistas perderam, ainda que não saibam.*

Ele se levantou e atravessou a sala para guardar o rádio em um armário de metal no apartamento, mas tropeçou em uma tábua do assoalho. O rádio voou das mãos dele e se espatifou no chão.

— Não! — Emil recuperou o receptor e tentou ligá-lo. — Não, não, não.

O aparelho nunca mais funcionou.

*

Quatro dias depois, no último dia de fevereiro, Emil viu soldados da Wehrmacht correndo para os caminhões e saindo de Legnica. Saiu para andar e viu mais caminhões lotados partindo, depois viu soldados da Waffen-SS usando lâminas de barbear para cortar as pequenas tatuagens de tipo sanguíneo que tinham sob o braço esquerdo.

— Os filhos da mãe sabiam que seriam pegos e mortos, provavelmente, por serem membros da SS — contou a Adeline quando voltou ao apartamento. — Temos de partir amanhã cedo. Precisamos chegar aos Aliados.

— Como? — Adeline quis saber. — Os alemães foram embora.

— Vamos a pé, se for preciso.

Adeline hesitou por um momento antes de, mais uma vez, empacotar os poucos pertences que tinham. A mãe e a irmã dela fizeram a mesma coisa. Marie se sentia doente e precisou de ajuda, mas não ficaria para esperar os soviéticos a mandarem de volta com os filhos para a Ucrânia. No entanto, quando Emil bateu à porta e entrou nos aposentos do pai, da mãe e da irmã naquela noite, encontrou-os sentados ao lado do fogão frio.

— Arrumem as coisas, depressa — disse ele. — Vamos partir bem cedo.

— Nós não vamos — disse Karoline.

— O quê? Vocês têm que ir. Sabem o que vão fazer com vocês quando...

— Sabemos? — perguntou Rese. — Só precisamos falar com eles em russo. Não saberão quem somos. Além do mais, não posso andar até a Alemanha, e você não pode me carregar.

— A cadeira de rodas.

Johann balançou a cabeça.

— Não vai aguentar a viagem. É isso, filho. Vamos ficar e torcer pelo melhor.

Naquela noite, a temperatura despencou. Março chegou implacável, trazendo uma neve que ficou mais intensa depois do amanhecer. Enquanto esperava a tempestade passar, Emil seguia argumentando com os pais e a irmã, dizendo que o melhor para eles era encontrar os Aliados. Eles não cederam. Karoline disse ter ouvido boatos de que os soviéticos talvez os deixassem voltar para suas terras.

— Não acredite nisso — insistiu Emil. — Em nada disso. Eles vão dizer qualquer coisa. Vão fazer qualquer coisa.

Estava parado ao lado da janela, vendo as ruas cobertas de neve. Cada vez que via um comboio de caminhões da Wehrmacht atravessando a cidade a caminho da Alemanha, corria para pedir uma carona para a família e suas quatro carrocinhas. E todas as vezes seu pedido era recusado, inclusive quando pedia espaço só para a família.

Os mesmos indivíduos de sangue puro que o *Reichsführer* Heinrich Himmler havia glorificado por deixarem a Ucrânia para repovoar o grande Reich germânico agora eram indesejados, descartados, esquecidos e abandonados à própria sorte. Emil se sentiu desanimado, isolado, mas irredutível; tinha contado consigo mesmo em situações difíceis antes, não tinha?

Nunca duvidem de mim. Saí de situações piores que esta.

*

A neve parou de cair na manhã de 4 de março de 1945, mas ventos uivantes haviam provocado deslizamentos e os impediram de partir por mais cinco dias. Felizmente para os Martel, os soviéticos foram retidos pelo mesmo mau tempo e permaneciam acampados ao longo do Oder na noite de 9 de março, quando Emil viu outros alemães étnicos como eles carregando seus carrinhos. Os Martel comeram uma última refeição de purê de batata e sauerkraut e foram para a cama com a intenção de partir ao amanhecer.

Quando se levantou ao raiar do dia 10 de março, Emil viu que outros refugiados já empurravam seus pertences para Berlim. Uma hora mais tarde e sabendo que poderia ser a última vez que via os pais e a irmã, Emil se esforçou para conter as lágrimas e despediu-se deles com abraços.

— Vamos nos ver de novo — prometeu Rese, na cadeira de rodas. — Eu sei disso, exatamente como o cabo Gheorghe disse que sabia que sobreviveria a Stalingrado.

Ele revirou os olhos, mas sorriu.

— Estou contando com isso.

Em seguida, Emil começou a levar o resto das coisas deles para os três carrinhos na calçada diante do prédio. O sol forte derretia a neve como na primavera, num clima quase morno depois das massas polares que eles haviam enfrentado nos meses anteriores. A intenção era seguir os outros refugiados, primeiro para o sul, depois por uma estrada rumo a oeste. Com sorte, percorreriam quinze quilômetros por dia, o que os levaria à fronteira alemã em oito dias, aproximadamente. *De lá, vamos pensar em como encontrar os Aliados e...*

Emil sentiu um forte impacto nas costas e quase caiu em cima do primeiro carrinho. Ele se equilibrou, virou para conferir o que o tinha atingido e viu dois homens da milícia polonesa ali parados. Um deles apontava um rifle em sua direção.

— Alemão? — perguntou o atirador, no idioma germânico.

Emil assentiu.

— *Volksdeutscher.*

— Mãos na cabeça. Você vem conosco. Tem um trabalho de limpeza para fazer. Aqui e na União Soviética.

Atordoado, Emil respondeu:

— Não, não, minha família e eu estamos de partida.

Adeline tinha saído do prédio com os filhos, a mãe, a irmã e Marie, que segurava os gêmeos.

— Não vai a lugar nenhum com ninguém. Vai seguir conosco — insistiu o soldado, enquanto o outro se colocava atrás de Emil. — Andando.

— Emil! — gritou Adeline, em pânico.

— Posso me despedir da família, pelo menos? — pediu.

— Não — respondeu o soldado. — Ande!

Emil sentiu outro cutucão nas costas e se pôs em movimento, sentindo-se fora do corpo como naquela noite fatídica em Dubossary, andando pela estrada rumo ao fim.

— Papai! Papai! — gritaram Walt e Will.

Emil olhou para trás e viu os dois chorando. Adeline corria ao lado dos homens da milícia, erguendo as mãos em rendição.

— Por favor, ele não fez nada errado — disse, em russo. — Ele não é soldado. Somos fazendeiros da Ucrânia. Não distinguem nosso sotaque?

— Não importa o sotaque, não importa de onde são e o que fazem — disse o primeiro miliciano. — Temos ordens para encontrar todos os alemães, inclusive todos os *Volksdeutsche*, e detê-los até que possamos entregá-los aos soviéticos.

— Não — protestou Adeline, aterrorizada. — Não, não, não! Para onde o estão levando?

— Ele vai ajudar a limpar a Polônia por um tempo — explicou o homem que andava atrás de Emil. — Depois, vai para leste. Sibéria, provavelmente.

— Não! — berrou Adeline, agarrando o soldado da frente pela manga da camisa. — Não podem fazer isso! Por favor, meu pai nunca voltou da Sibéria!

Ele a jogou no chão, na neve, e rosnou:

— Ninguém se importa, vadia.

Abalada com a queda, caída na neve, Adeline se levantou com esforço e, de joelhos, gritou histérica enquanto eles se afastavam:

— Emil! Emil! O que faço agora?

Emil olhou para trás, para o amor de sua vida e para os filhos que corriam a ajudá-la, e disse:

— Vá para o Ocidente, Adeline! Para o mais longe que puder, e prometo que a encontrarei!

24

Adeline sentiu as mãos dos filhos a abraçando e tentando oferecer consolo. Ela os ouviu fazendo perguntas, mas não as entendia e não conseguia olhar para eles. Continuava ajoelhada na rua, paralisada, vendo cada vez mais distante a silhueta de Emil, seu marido, sua vida, roubado dela quando estavam a minutos de escapar para oeste e para a liberdade. A injustiça da perda era amplificada pela última imagem que tinha do marido – empurrado para seu destino de cabeça erguida e com a vontade intacta.

Vou me lembrar disso, pensou Adeline, atordoada. *Vou guardar essa imagem em meu coração até...*

As últimas palavras de Emil, "prometo que a encontrarei", ecoavam com as últimas palavras de seu pai: "Eu prometo que volto!".

Mas meu pai nunca voltou, pensou, amargurada, e se sentiu mais arrasada que nunca. *Ele nunca voltou. Ele...*

— Adeline — chamou Marie. — Por favor, você precisa se levantar. Está deixando os meninos apavorados.

Embora atordoada, Adeline ouviu o alerta e levantou a cabeça. A prima estava ajoelhada ao lado. Marie olhava para ela com preocupação e compreensão, uma mistura que nascia da perda de seu amor. Depois ela sentiu a pequena mão que tocava seu ombro e se virou. Walt estava chorando.

— O papai vai voltar, mamãe? — perguntou, entre um soluço e outro.

Adeline hesitou, compreendendo de repente que sua fé em Deus, na vida e em si mesma estava em risco. Sentia o medo de nunca mais ver Emil como uma ave noturna fincando as garras em seu coração, arrancando as raízes da única coisa que sempre a mantivera em pé: a crença de que um dia, de algum jeito, sua vida seria melhor se mantivesse a fé em Deus e o sonho daquele vale verde e mítico no Ocidente.

— Mamãe? — Walt chorava muito. — Por favor, diga que ele vai voltar.

Ela umedeceu os lábios e engoliu em seco, antes de Will dizer:

— Ele vai voltar, mamãe. Não é? Só vai passar um tempo longe. Certo?

O tremor na voz aguda do filho caçula disparou nela algo mais profundo que o próprio medo da perda. O instinto maternal de proteger os meninos a dominou, encobrindo por um momento a necessidade desesperada de chorar e lidar com a situação.

— Sim — disse, abrindo os braços para os meninos. — Papai vai voltar. Ele vai nos encontrar.

Os dois mergulharam no abraço, e ela os amparou, sem saber se rezava a Deus pedindo força ou se o renegava por ter roubado seu marido, pai de seus filhos.

— Adeline? — insistiu Marie. — Tem um caminhão chegando. Você precisa se levantar.

Ela encerrou o abraço e, com um sorriso forçado e um brilho otimista nos olhos, disse:

— Muito bem, só precisamos seguir nossa aventura até o pai de vocês nos encontrar. Certo?

Os meninos enxugaram os olhos e o rosto com as mangas da blusa e assentiram. Ela sorriu de novo, ficou em pé e limpou a sujeira da saia, antes de segurar a mão de cada um dos filhos e, com um aceno de cabeça para expressar gratidão à prima, tentou caminhar com determinação para perto do carrinho, da mãe e da irmã mais velha.

*

Malia e a mãe estavam ao lado da carrocinha delas, acompanhando a aproximação de Adeline e os meninos com compaixão. Malia foi a primeira a se mover, se aproximando de Adeline e a abraçando.

— Nós vamos sobreviver. Ele vai voltar.

— É claro que vai — respondeu Adeline.

Lydia demonstrou uma emoção rara quando segurou a mão da filha, a beijou e disse:

— Jamais desejei que você carregasse esse fardo também, Adella. Nunca.

Adeline se lembrou do pai sendo arrastado para a noite e jurando voltar. Ouviu o eco das últimas palavras de Emil em sua cabeça: "Vá para o Ocidente, Adeline! Para o mais longe que puder, e prometo que a encontrarei!".

— Eu sei — respondeu Adeline, tremendo por dentro ao beijar o rosto da mãe. — Mas vi como você foi forte por nós, e agora vou ter que ser forte também.

— Mamãe? — chamou-a Will, puxando sua saia.

Ela olhou para baixo, para o filho mais novo. Seu rosto estava manchado de poeira e lágrimas, mas o terror de perder o pai havia sido substituído por surpreendentes disposição e interesse.

— Vamos para oeste sem o papai? — perguntou ele. — Foi o que ele disse para fazermos, não foi? Temos de ir o mais longe possível, e ele vai nos encontrar.

Adeline o encarou por um momento, depois olhou para os carrinhos já prontos para colocarem em prática a ideia louca de Emil, de ir para os Aliados no Ocidente e se renderem como refugiados. Sabia que ele falava sério, mas não conseguia parar de pensar na última vez que foram pegos entre dois exércitos, na nevasca, com tanques em combate, e no tratamento brutal que Emil tinha dado aos cavalos, até sangrá-los para que a família se salvasse.

Seria capaz disso? Tinha esse tipo de coragem e determinação? Emil estava certo? O único caminho para a liberdade passava por uma chuva de tiros e bombas?

— Mamãe? — chamou-a Walt. — Nós vamos ou não?

Seus meninos doces e inocentes esperavam por uma orientação, e ela sabia que a decisão que estava prestes a tomar mudaria tudo na vida deles, para o bem ou para o mal. Sentia-se aflita e sozinha, mas então ouviu uma explosão distante, a noroeste, que abalou Walt. O menino agarrou-se a sua perna.

— Quero voltar para dentro — choramingou. — Não quero chegar perto dos tanques de novo.

Ao ver como o filho estava traumatizado, Adeline tomou sua decisão e olhou para a mãe e a irmã.

— Não vamos para oeste se houver combate perto. Não posso fazer os meninos passarem por aquilo de novo. Vamos ficar onde estamos até as coisas se acalmarem e... até que seja seguro.

— Ah. — Will franziu a testa. — Mas o papai disse: "Vá para o Ocidente e...".

— Eu sei o que ele disse, Will — interrompeu-o, com firmeza. — Mas você quer fugir a pé entre os canhões dos tanques e com homens dos dois lados atirando em nós?

Ele recuou um passo diante da repentina mudança no tom de voz da mãe.

— Não, mamãe.

— Ótimo. Então, espero que você e Walt me ajudem como o papai espera que me ajudem. Vamos começar tirando as coisas do carrinho e levando tudo de volta para cima.

Ao subirem a escada e passarem pelo apartamento dos pais de Emil, a porta se abriu e Karoline surgiu, confusa.

— Pensei que tivessem ido embora.

— Soldados levaram o papai — anunciou Will. — Ele vai para a Sibéria.

A mãe de Emil olhou para o neto, depois viu a informação confirmada nos olhos inchados de Adeline e quase desmaiou, antes de segurar-se ao batente da porta e gritar a notícia para Johann e Rese. Quando eles apareceram, o pai de Emil empurrando a cadeira de rodas da filha, Adeline contou o que havia acontecido segundos antes de partirem.

Karoline recebeu a notícia como mais uma pancada no corpo e na alma já castigados, primeiro perplexa com a injustiça, depois furiosa, depois amarga. Em poucos momentos, o que acontecera com o filho passou do choque à confirmação do interminável sofrimento que era seu destino.

— Por que viemos para cá? — perguntou Karoline a Johann. — Podíamos ter ficado em Friedenstal, e Emil teria tido o mesmo fim. — Ela olhou para Adeline. — Você teria tido o mesmo fim, Adeline, ainda que não tivéssemos vindo. É isso que eles fazem com nossos homens e conosco.

Havia tanta raiva e derrota no olhar de Karoline que Adeline quase sucumbiu ao rancor que florescia na sogra.

Então, Karoline disparou:

— Encare os fatos, Adeline. É o que vão fazer com seus filhos também.

Isso abalou e enfureceu Adeline.

— Nunca, sua bruxa agourenta! Vou proteger os meninos e levá-los para o Ocidente na hora certa. E seu filho vai voltar para nós, porque sei o tipo de homem que ele é.

O rosto de Karoline se contorceu com piedade debochada, mas, antes que ela pudesse retrucar, Lydia, que estava na escada, perto do corredor, disse:

— Sabe, Adeline, foi o que eu disse no início e por muitos anos.

Adeline se virou e encarou a mãe, gritando:

— O quê? Devo pensar que Emil está morto e não vai voltar nunca, quando ele partiu há meia hora? Não posso pensar desse jeito, mãe! Não vou perder a esperança! Nem agora nem nunca!

Lydia baixou a cabeça, e, quando Adeline se voltou para Karoline, a mulher tinha perdido parte da amargura.

— Não pode perder a esperança. Eu perdi seis anos depois da partida de Johann. Perdi a esperança. Para mim, ele estava morto. Quinze meses depois, ele bateu em minha porta.

— E olhe para mim — interferiu Johann. — Um desastre de homem.

— Você não é um desastre — desmentiu-o Adeline. — E garanto que Emil também não será.

*

Emil se concentrou em pôr um pé na frente do outro, tentando não deixar uma situação que tinha passado a vida tentando evitar acabar com ele antes que pudesse pensar em um jeito de voltar para Adeline e os meninos.

Enquanto ele e os dois homens da milícia andavam pelas ruas de Legnica, ele percebia que seu erro tinha sido admitir a herança alemã. Não era soldado, mas isso não tinha importância. Para esses homens, ele era o último vestígio de um exército invasor em retirada. Devia ter falado em russo, mas não falou, e agora aqueles homens podiam fazer o que quisessem com ele – e provavelmente fariam. Sentia-se impotente nesse aspecto, mas nem tanto em relação a outros.

Enquanto andava, lembrou algo que o pai lhe contara pouco tempo depois de seu retorno do leste congelado, em uma das poucas vezes que falara sobre os anos no campo de prisioneiros na Sibéria, onde fora escravizado. Emil perguntou como ele conseguira sobreviver. Johann disse que em parte foi por sorte, em parte pelo que havia aprendido. Apesar de todo o trabalho exaustivo plantando na fazenda, por exemplo, Johann tinha uma reserva de gordura no corpo, resultado da boa alimentação que mantivera antes de os stalinistas o levarem sob a acusação de acumular bens. A gordura no abdome o ajudara a sobreviver à viagem para leste, enquanto muitos morreram.

Emil pensou em toda a comida que tinham e em como ganhara peso e força desde o encontro de Adeline com Esther. Nesse sentido, estava preparado para sobreviver a uma longa jornada. Era um ponto a favor.

O pai também lhe contara que nunca tentava falar alemão na presença de um guarda soviético. Isso os enfurecia e sempre resultava em espancamentos. Emil decidiu que só falaria russo a partir de então. Talvez convencesse alguém de que esses dois erraram ao capturá-lo.

Johann contou que confiava em poucas pessoas nos campos. No início, todos deveriam ser considerados um possível informante. A confiança tinha de ser conquistada com muito esforço. Como a capacidade de evitar doenças. O pai de Emil havia se tornado obcecado por higiene pessoal ao sair das minas e das latrinas. Também se forçava a comer tudo o que lhe ofereciam, mesmo que fosse horrível, e beber a água mais limpa que conseguia encontrar, muita água.

— O importante é se manter em pé pelo máximo de tempo possível — explicou. — A cada dia que permanecia vivo, eu tinha a oportunidade de ser libertado ou fugir. Escapei duas vezes, mas me levaram de volta e me bateram muito. Depois, adoeci.

Emil tinha se surpreendido quando ouviu essa confissão pela primeira vez. Nunca tinha visto o pai como alguém que tentaria fugir. Mas, agora que era ele mesmo prisioneiro, entendia Johann em um nível mais profundo, visceral, melhor do que nunca, e jurou seguir aquelas quatro táticas de sobrevivência e outras que havia aprendido naquele dia, muito tempo atrás.

Só posso contar comigo mesmo, pensou. *Mas, de certa forma, meu pai me preparou.*

Emil certamente era mais bem preparado que os quinze homens na carroceria do caminhão em que os jogaram uma hora mais tarde. Nervosos, magros, desconfiados, eles não o encaravam, como se agora soubessem instintivamente que não deviam confiar em ninguém. Emil sentou-se em um banco perto da parte de trás e viu outros homens serem levados para outros caminhões por guardas armados.

Depois de uma hora de espera, alguém ligou o veículo. Quando partiram, aumentou a distância entre ele e sua família. Emil jurou ter visto Nikolas e dois outros homens que reconheceu da marcha e do campo Wielun subindo em outro caminhão.

Eles começaram a viagem para leste. A cada quilômetro percorrido, Emil se sentia mais traído pela vida. Após quase um ano desde que saíram de Friedenstal, ele tinha feito tudo o que podia para levar a família para oeste e, agora, ia justamente em sentido contrário. Ao norte e a leste, ouvia esporádicos tiros de canhão, então sabia que o Exército Vermelho não estava longe. Duas horas mais tarde, quando se aproximavam de Breslávia com o sol do meio-dia refletido pelas águas do Oder, ele viu que os soviéticos tinham cercado a cidade. Morteiros explodiam no interior da fortaleza construída pelos nazistas.

Eles seguiram rumo ao norte por vários quilômetros, depois voltaram em direção ao rio. Não muito depois, Emil viu o primeiro tanque soviético, depois outro, e então sete deles, todos avançando para oeste sem nenhum impedimento. Ele observou os tanques e o veículo que transportava tropas soviéticas logo atrás deles, sabendo que tinha fracassado terrivelmente. Sua intenção era encontrar os Aliados no Ocidente, mas havia sido capturado antes e logo seria entregue aos homens de Stálin. Adeline, Walt e Will ficaram para trás, bem no caminho dos tanques que agora passavam por ele, jogados ao vento e aos lobos.

Ele se lembrou de como os milicianos jogaram Adeline no chão e tentou usar a raiva para se convencer de que sobreviveria ao que fosse preciso. No entanto, por mais que tentasse, não conseguia. Continuava pensando em Adeline e nos meninos. Sentiu no coração as primeiras gotas ácidas de desespero.

*

Aquele desespero cresceu ao longo das seis semanas entorpecentes que se seguiram, quando Emil e centenas de alemães étnicos, depois milhares deles, foram postos em trabalho forçado pelas milícias polonesas, que os tratavam como escravizados. Não eram mais transportados em caminhões, mas obrigados a andar em longas filas duplas sob a supervisão de guardas armados, levados de uma cidadezinha destroçada pela guerra a outra, onde passavam de doze a catorze horas por dia removendo escombros de prédios destruídos e limpando estradas para que mais tropas soviéticas fossem levadas às linhas de batalha.

Emil tentava não falar, a menos que um dos guardas poloneses falasse com ele, e o fazia sempre em russo. Mas entendia os dois idiomas e ouviu a notícia de que os Aliados estavam obrigando Hitler a recuar em todas as frentes. Os soviéticos se preparavam para atacar Berlim pelo leste, enquanto americanos e britânicos avançavam com o mesmo objetivo a partir do oeste, embora parecessem encontrar uma resistência firme das forças restantes da Wehrmacht.

Quando março deu lugar a abril de 1945, o frio brutal que havia coberto a Europa foi substituído por temperaturas mais altas, que tornaram as roupas mais pesadas insuportáveis para Emil. Ele passou a carregar a maioria das roupas que tinha aonde quer que fosse levado e as mantinha onde pudesse vê-las enquanto trabalhava. Pensava no pai constantemente e seguia seus conselhos, mantendo a cabeça baixa, trabalhando sem reclamar nem fazer comentários, bebendo apenas a água que os guardas lhe davam, comendo tudo o que lhe serviam e dormindo quando e onde pudesse.

Os prisioneiros passavam as noites em celeiros abandonados ou na floresta, muitas vezes lado a lado na terra, com os guardas orientados a atirar em qualquer um que tentasse fugir. Emil estava sempre atento a qualquer maneira e chance de escapar, mas o controle era rígido, com no máximo cem homens por grupo supervisionado por oito milicianos armados.

Havia boatos de que seriam levados bem mais para leste assim que a guerra acabasse, mas eles pareciam se mover de cidade em cidade descrevendo um z, às vezes para o norte, às vezes para o sul, algumas vezes até para oeste. Emil começou a torcer para ser preso em algum lugar perto da Alemanha, de forma que, se fugisse, não estivesse muito longe da família. Mas onde eles estariam?

Tinha dito para Adeline ir para oeste, o mais longe que pudesse, mas agora temia tê-los mandado para o perigo. Imaginou a família seguindo suas ordens fielmente, caminhando para oeste, apesar dos tiros e das bombas, e tentou se convencer de que, de alguma forma, eles chegariam aos Aliados. Ou havia sido um completo idiota e mandado todos eles para a morte?

Essa dúvida corroía Emil sempre que ele se deitava sob o olhar vigilante dos milicianos e buscava refúgio no sono. Tinha pesadelos em que Adeline, Walt e Will estavam em um campo lamacento, feridos e gritando por socorro. Nesses sonhos sombrios, ele estava sempre atrás de uma cerca, agarrando o arame farpado com tanta força que o sangue escorria por suas mãos enquanto ele gritava a promessa de encontrá-los; iria para o Ocidente e os encontraria.

*

Quatro semanas depois de Emil ser capturado, guardas soviéticos assumiram o lugar da milícia polonesa, mas sua missão era a mesma em toda cidade que adentravam: limpar os escombros, empilhar tijolos, manter-se vivo.

No primeiro dia depois do controle soviético, Emil ouviu um guarda atarracado e de rosto largo chamado Lebedev se vangloriar:

— Stálin vai conquistar Berlim. Isso é certo. A bandeira vermelha vai tremular sobre o Reichstag no Dia do Trabalhador!

— Talvez antes — disse seu parceiro habitual, Aleksey, um rapaz magro que não devia ter mais de vinte anos e parecia seguir sempre as indicações de Lebedev, mais velho.

Os soviéticos finalmente atacaram Berlim, em 16 de abril de 1945. Dois grupos militares armados lutaram para chegar à capital de Hitler a partir do sul e do leste. Um terceiro grupo militar russo atropelou os alemães pelo norte.

Em quatro dias, a cidade foi cercada. A batalha campal corpo a corpo com os últimos leais e fervorosos seguidores de Hitler se desenvolveu no mesmo calor brutal que Emil estava sentindo. Mais de oitenta mil soldados do Exército Vermelho morreriam nos dez dias seguintes, arrancando Berlim do controle nazista. Hitler cometeu suicídio em 30 de abril. Seus generais se renderam formalmente dois dias depois, e as fronteiras das partes oriental e ocidental da Alemanha foram efetivamente estabelecidas onde os vários exércitos Aliados pararam de avançar.

No dia em que a guerra acabou, Emil estava em uma cidade ao sul de Kielce, na Polônia, despido até a cintura, removendo concreto quebrado e tijolos em um calor infernal, quando ouviu os mesmos dois guardas conversando.

— Eu disse que a bandeira vermelha tremularia no Reichstag no Dia do Trabalhador — comentou Lebedev, sorrindo e acendendo um cigarro. — Queria estar lá para ver.

— Queria estar lá para a festa — respondeu seu camarada Aleksey. — Ouvi dizer que estão levando muita vodca e que podem ter qualquer mulher alemã, se quiserem. Ninguém vai impedir.

— Em vez disso, ficamos vendo esses porcos alemães carregando tijolos e amanhã marchamos com eles para leste, bem longe de Berlim. Já vi as ordens.

— Até onde?

— Quase duzentos e cinquenta quilômetros — respondeu Lebedev, amargurado. — Provavelmente, duas semanas a pé até o trem.

*

Duas semanas?, pensou Emil, mal-humorado, quando deu o primeiro passo, tão odiado, em direção ao leste na manhã de 3 de maio de 1945. *E os soviéticos podem estuprar todas as mulheres. Inclusive minha Adeline.* Pensar nisso o deixou tão enojado e furioso que sentiu vontade de matar com as próprias mãos aqueles que os escoltavam, mas sabia que seria morto em um minuto. E como ficaria sua família?

Estavam em formação de marcha, em fila dupla, e a cada trecho de alguns quilômetros mais prisioneiros se juntavam a eles, muitos em uniformes do Exército alemão. Emil perdeu a noção ao contabilizar dois mil e trezentos. Um deles era Nikolas, sem dúvida. Emil o viu quinze homens à frente e à esquerda, mancando um pouco.

O calor do dia aumentava com a umidade. Eles receberam água quatro vezes, e em todas Emil bebeu dois terços do recebido e usou o restante para molhar a aba do boné e manter a cabeça fria. Às três da tarde, o calor era brutal, mais de trinta graus Celsius e nenhuma nuvem no céu; os homens mais fracos começaram a cambalear e cair. O que estava ao lado de Nikolas foi um dos primeiros. Nikolas o ignorou e continuou andando. O homem de trás passou por cima do corpo, como os oito seguintes.

Emil parou, segurou o homem pelas axilas e tentou ajudá-lo a se levantar.

— Deixe-o! — gritou Lebedev. — Continue marchando. Acompanhe a fila!

Relutante, Emil soltou o homem, passou ao lado dele e correu para alcançar o próximo na fila. Ouviu Lebedev gritar para o prisioneiro caído que ele tinha mais uma chance de se levantar. Em seguida, o russo berrou para Aleksey acabar com ele e jogá-lo na vala. Emil olhou para trás e viu o jovem soldado se aproximar e, sem hesitar, meter uma bala na cabeça do homem caído.

O tiro provocou pânico entre os prisioneiros na frente de Emil, e a formação se desfez. Vários correram. Outros guardas gritaram em russo e atiraram para o alto a fim de detê-los, mas isso só aumentou o tumulto. Um dos prisioneiros com o uniforme alemão decidiu usar a comoção como distração para fugir, correndo para longe da marcha em direção a um campo não semeado e para os bosques a cerca de cento e cinquenta metros dali.

Tinha percorrido mais da metade da distância quando Lebedev o viu, correu para a frente, se ajoelhou, apontou e atirou nas costas do fugitivo dez metros antes de ele alcançar as árvores. Vê-lo cair para a frente envolto no próprio sangue esguichado foi suficiente para os prisioneiros se controlarem e retornarem às filas. Durante a confusão, houve várias trocas de lugares, inclusive com Emil. Quando voltaram a andar, ele olhou para a esquerda e viu Nikolas mancando a seu lado com a expressão infeliz.

— Podia ter encontrado outro lugar para feder, Martel — provocou Nikolas.

— Como vai o joelho?

Nikolas o encarou com ódio.

— Melhorando a cada dia. Logo vou estar bom o bastante para enfiar uma faca em suas costas quando você não estiver olhando.

— Estarei atento. E, quando chegar perto, vou tomar a faca de você, enfiar no seu rabo e dar uma ou duas voltas na lâmina. Tenta, Nikolas, e vai morrer cagando sangue.

Isso enfureceu o grandalhão, mas ele não respondeu, só olhou para a frente e, rangendo os dentes, seguiu mancando ao lado de Emil, até que houve uma parada em uma plantação. Em onze horas de marcha, percorreram quase trinta quilômetros e viram dez homens morrerem.

Lebedev guiou Emil, Nikolas e os outros prisioneiros para um pequeno bosque em um campo recém-colhido. Aleksey os acompanhou e permitiu que molhassem a cabeça ao atravessarem um riacho. Embora o mergulho em água fresca fosse um alívio, Emil se deixou cair quase imediatamente contra uma das árvores, grato pela sombra e pela grama verde. Sabia que precisava descansar, ou não conseguiria acompanhar a marcha por duas semanas.

Nikolas encontrou outro lugar para se deitar. Mais homens foram ao riacho e beberam água, mas Emil tinha visto vacas ao longe e decidiu que era arriscado. Apesar da sede monumental, esperou duas horas até a chegada do caminhão com comida e água. O jantar foi sopa rala de repolho, um pedaço de pão e água suficiente para encher a lata que haviam recebido.

Emil devorou a comida e bebeu toda a água. Voltou à fila para pegar mais água, tomou e se deitou para dormir antes do pôr do sol. Usando as roupas como travesseiro e abraçado à lata de água e aos sapatos para que não fossem roubados, permitiu-se pensar em Adeline, Walt e Will pela primeira vez desde que começaram a caminhada. Adormeceu com o rosto deles em mente, imaginou que os abraçava, cantava uma canção de ninar para os meninos e desejava a todos uma boa noite de descanso.

25

12 de maio de 1945

Arredores de Pulawy, Polônia

Para Emil, a última parte da marcha foi a pior. Havia três dias que não faziam nada além de andar no calor, em geral através de campos e território irregular, para deixar as estradas livres para o tráfego militar soviético. Prisioneiros caíam e morriam a cada hora.

Emil acordara atordoado, cansado e nauseado. Já sabia que o calor seria implacável e se perguntava se aguentaria acompanhar uma longa caminhada. Sentia enjoo, não conseguiu comer sua ração de pão e derrubou metade da água da lata antes do primeiro passo. Por volta de meio-dia, tinham percorrido dez quilômetros, e a temperatura havia subido muito. O ar era tão denso que parecia haver uma névoa no horizonte baixo.

Um pé, depois o outro, dizia Emil a si mesmo. *Um pé, depois o outro.*

No início da tarde, a sede ameaçava sua determinação. Ele procurava água em todos os lugares. Quando passaram por um lago, sentiu vontade de mergulhar como a irmã havia feito no dia em que perdeu as pernas. Mas sabia que Lebedev e Aleksey não estavam com disposição para ver os prisioneiros fazerem o que eles não podiam fazer.

Emil sentia a língua e a garganta tão secas quanto o solo dos campos que atravessavam. As pálpebras grudavam de suor, e os lábios estavam cobertos de sal. Várias vezes, ele se sentiu tão tonto que teve medo de cair. *E se eu cair e não conseguir me levantar mais?*

Dominado por essa exaustão provocada pelo calor, o corpo em sofrimento começou a contaminar a mente. Ele ouviu Lebedev e Aleksey gritarem, o que se tornou o capitão Haussmann gritando com ele pela primeira vez em meses. Por mais que tentasse, não conseguia impedir as terríveis lembranças daquela noite. Emil cambaleava em direção ao leste em um transe febril, vendo partes daquela noite se repetirem.

15 de setembro de 1941

Periferia de Dubossary, Transnístria

— Muito bem — disse Emil. — Eu faço.

— Escolha sensata — respondeu o capitão Haussmann, brandindo o cano da arma para o jovem apavorado e ainda abraçado às meninas na beirada da vala. — Faça, então. Prove que serve à Nova Alemanha, jovem fazendeiro.

Ciente de que Haussmann mantinha a pistola apontada para ele a poucos metros, Emil foi para um lugar mental onde estivera muitas vezes antes. Criado em fazenda, havia matado animais, e foi assim que tentou ver os judeus quando se virou para eles naquela noite. Tentou transformá-los em animais em sua cabeça, e ele também deixou de ser humano. Além do mais, se não fizesse isso, as crianças morreriam de qualquer jeito, e as chances de sobrevivência de Emil e sua família morreriam com eles.

O jovem judeu suplicava novamente, implorando para Emil não atirar quando o viu se aproximar, levantar a arma e ajustar a pontaria. Quando mirou o peito do jovem, Emil se sentia frio, cruel, comprometido com o assassinato.

— Faça isso, ou vou explodir sua cabeça! — gritou Haussmann, atrás dele.

Mentalmente, quando ia puxar o gatilho, Emil já havia matado o rapaz judeu e as meninas para ver a esposa e os filhos de novo.

Um grito soou atrás dele.

— Capitão Haussmann, afaste-se e baixe a arma!

Com a sensação de viver um pesadelo, Emil olhou para trás. Recortado contra a luz dos faróis do caminhão, um oficial da SS com um nariz de bico de falcão caminhava na direção deles. Haussmann olhou para ele, baixou a arma e bateu continência.

— *Obersturmbannführer* Nosske! — gritou.

Nosske apontou para Emil.

— Baixe a arma.

Haussmann disse:

— Pensei que tivesse ido para Kiev, senhor.

— Ainda não — disse Nosske, seco. Aparentemente, era algum superior de Haussmann. — Estava ameaçando matar esse homem se ele não atirasse naqueles judeus, capitão?

Haussmann assentiu, firme.

— Pensei que ele devia demonstrar lealdade à pátria para...

— Ele vai demonstrá-la de outra maneira — interrompeu-o Nosske. — O próprio *Reichsführer* Himmler vomitou quando viu quinze homens serem fuzilados há três meses. A ordem explícita dele depois disso foi que ninguém deve ser forçado a participar, só se quiser.

— Com todo o respeito, tenente-coronel Nosske, esse homem é um covarde. Esse homem...

— Não vai atirar em judeus, a menos que queira — disse, com firmeza, o líder de ataque da SS. — Dê outro serviço a ele, capitão. Mande-o enterrar todos eles e encontre alguém disposto a atirar. Faça isso depressa. Temos mais dois mil para descartar antes do amanhecer.

Dois mil?, pensou Emil, tremendo incontrolavelmente e olhando atordoado para Nosske e Haussmann, que viu que a discussão era inútil e arrancou a Luger da mão de Emil. Ele se dirigiu a Helmut, o jovem sem um dente, e lhe entregou a pistola.

— Vá em frente. Mostre ao jovem fazendeiro como é um novo alemão de verdade.

Helmut assentiu, passou por Emil com um olhar de desdém e caminhou diretamente para os três judeus. Atirou primeiro na menina da esquerda, depois na da direita e, finalmente, no jovem sofredor. Em seguida, usou a bota para empurrar os cadáveres para a escuridão.

— É como atirar em porcos no chiqueiro — disse a Emil, antes de sorrir para Haussmann e Nosske. — Recrutem-me. Posso fazer isso o dia inteiro.

Emil olhou para onde os jovens judeus estavam abraçados, implorando por misericórdia, alguns momentos antes. Sentia-se tonto e enjoado. *Eu ia atirar neles. Ia matar aquelas crianças. Como poderia...? Como...?*

Então, Emil processou a primeira coisa que Helmut tinha dito e entendeu que ele e o sujeito sem dente tinham mentalizado a mesma história: os judeus não eram humanos. Eram animais.

— Martel! — gritou o capitão Haussmann, arrancando-o do devaneio. Ele se virou para o oficial da SS e seu comandante e viu Nosske apontar uma pá no chão.

— Use-a, ou ele *vai* atirar em você.

Emil assentiu, baixou a cabeça e correu para pegar a pá. Mais tiros de rifles e pistolas começavam a soar ao norte da ravina e, com eles, os gritos dos condenados. Tudo isso fazia Emil sentir que tinha ido para o inferno, ainda que as razões ele não entendesse, e ele precisou se esforçar para focar Haussmann, que apontou para o extremo sul da ravina.

— Vá para lá e jogue aquela pilha de cal sobre o trabalho da noite passada — disse o capitão da SS, em tom carregado de desgosto.

Emil queria perguntar por quanto tempo trabalharia com a pá antes de poder ir para casa, mas pensou melhor. Simplesmente assentiu e se virou, aí recebeu um chute na nádega direita que o fez cambalear para a frente e quase cair.

Seu instinto foi se virar e arrebentar a cabeça de Haussmann com a pá, mas sabia que, se fizesse isso, seria um homem morto. Então, endireitou o corpo, manteve a cabeça baixa e mancou em direção à pilha de cal nas sombras fora do círculo iluminado pelos faróis. A brisa da noite mudou de direção, começou a soprar do sudeste e da ravina. Com a brisa veio o cheiro dos corpos que haviam passado o dia todo apodrecendo ao sol.

Ele quase vomitou. Mais tiros de rifle. Mais súplicas. Quando Emil conseguiu se levantar, enxergou a longa fila de judeus ao norte da ravina, esperando para morrer. Muitos pareciam resignados com o destino, caminhando para o matadouro como animais. Mas eles não eram animais.

Emil parou de respirar pelo nariz, caminhou até a pilha de cal e começou a trabalhar, chorando enquanto pensava em sua decisão de matar os três judeus, na rapidez com que havia deixado de vê-los como pessoas, crianças, e passado a enxergá-los como animais, em como havia considerado a si mesmo uma ferramenta, um implemento, não uma pessoa. Mesmo que tivesse feito tudo isso pela família. Ele ameaçou vomitar mais uma vez e soluçou ao jogar as primeiras pás de cal da beirada da vala para a escuridão e a decomposição lá embaixo. Sentia como se tivesse matado aquelas crianças. Estava disposto a fazer isso, não estava? Tinha decidido meter uma bala em cada um deles, não tinha?

Emil sabia que havia tomado essa decisão com o coração e a cabeça e que era um assassino. *Ultrapassei esse limite. Eles já estavam mortos. Eu já convivia com isso.*

Mas havia sido obrigado, não? Tinha implorado a Deus para não se tornar parte disso, mas fora colocado bem ali, e ali havia decidido matar duas crianças e um jovem, encontrando um meio de justificar essa decisão além da arma apontada para sua cabeça. *Estavam condenados à morte, independentemente de quem puxasse o gatilho. Eles eram animais. Eu era só uma ferramenta.*

Não, não eram. Eram humanos como você, de carne e osso. E não, você não era uma ferramenta de destruição desprovida de razão e sentimento. Você, Emil, era um assassino frio como Helmut.

Ele seguiu se torturando enquanto trabalhou com a pá por horas, enquanto os tiros continuavam. Cada disparo o fazia se encolher, lembrar das crianças executadas. Pensava em Adeline e tentava imaginar o que ela teria feito em seu lugar. Emil baixou a cabeça, sentindo-se um homem inferior ao entender exatamente que reação ela teria tido. Adeline teria pensado nos mortos e nos que estavam morrendo. Não em si mesma.

Adeline estaria orando por suas almas, pensou e se sentiu confuso, furioso e pequeno, uma partícula no tempo. *Ela estaria rezando por suas almas, e não consigo mais ver sentido nisso. Morto ou vivo, ninguém está ouvindo.*

Com isso, na escuridão da noite, enquanto dois mil judeus perdiam a vida, a fé de Emil Martel em um Deus benevolente, em si mesmo e no bem comum da humanidade desapareceu. No dia seguinte, no caminho de volta a Friedenstal e sua família, ele brandiu o punho para o céu e amaldiçoou um Deus cruel por seu triste destino.

*

Emil tropeçou e caiu com o rosto no chão, sobre o mato de um campo que os prisioneiros atravessavam, e isso o arrancou do transe.

— Levante-se! — gritaram ao passar por cima de Emil. — Lebedev vem vindo!

Emil se forçou a ficar de joelhos, depois em pé, mas sentia que podia cair de novo. Rangeu os dentes e, furioso, recomeçou a marcha.

Lembrou-se do momento, quase quatro anos antes, na periferia de Dubossary, quando perdera a fé, e percebeu que suas crenças não haviam mudado desde então. Não havia deus nenhum. Apesar do que Adeline dizia, não havia ajuda superior. Ninguém mais podia ajudá-lo a pôr um pé diante do outro. Não tinha com quem contar, além de si mesmo.

E essa marcha? A cada passo, ele a via mais e mais como punição por ser um assassino, ainda que não tenha puxado o gatilho.

*

Por pura força de vontade, Emil continuou pondo um pé na frente do outro por quase três dias depois de ter caído de calor. E, por quase três dias, esteve obcecado com o que se tornara em Dubossary e sofreu por causa disso. Era um monstro, nada o distinguia de Helmut ou Haussmann.

Eu me tornei um monstro, e essa é a tortura que tenho que enfrentar, se quiser ver Adeline, Walt e Will novamente, disse a si mesmo muitas vezes. *Só preciso sentir a dor, aceitar o castigo e seguir em frente.*

Todos os dias, mais homens caíam de exaustão. Todos os dias, homens eram mortos por sua fraqueza. Só os mortos mantinham Emil em movimento, quando tudo o que queria era se deitar à sombra e dormir.

Perto do fim do terceiro dia, relâmpagos estouraram perto dali e trovões fizeram o chão tremer sob seus pés cansados. Ele não se incomodava. Lebedev tinha acabado de dizer que estavam a um quilômetro e meio da estação, onde o trem para leste já os esperava.

O último quilômetro, pensou Emil, e sorriu cansado. *Houve momentos em que quis desistir e deixar que eles pusessem uma bala na minha cabeça, mas estou aqui. Consegui.*

Então os ventos chegaram com a chuva forte e densa. Emil e muitos outros prisioneiros tiraram a camisa e deixaram os pingos lavarem a imundície do corpo enquanto se inclinavam para trás e abriam a boca para beber o que caía do céu. Bem lá no fundo, Emil sentia vontade de gritar por ter conseguido chegar tão longe, quando tantos homens caíram ao longo do caminho – quase duzentos, em suas contas.

Mas sabia que a comemoração só chamaria a atenção, e a regra de sobrevivência número um de seu pai no campo soviético era chamar o mínimo possível de atenção. Emil permaneceu em silêncio quando eles entraram em Lublin, que era como tantas outras pequenas cidades pelas quais passaram – em ruínas, perfuradas por balas ou esburacadas por bombas. E, como nas outras cidades, as pessoas debochavam dos prisioneiros e os xingavam em polonês e russo, chamando-os de "porcos alemães" e perguntando como se sentiam ao apanhar e serem tocados para leste como gado.

— Divirta-se na Sibéria, *Kraut* fedorento! — gritou um garotinho, jogando uma pedra no ombro de Emil.

O menino gritou de alegria e riu, mostrando os dentes. Emil seguiu em frente, menos entusiasmado com a chuva. *Aquele menino não era muito mais velho que Walt e me odiava. Nunca fiz nada para aquele garoto, mas seu ódio por mim é tão grande que ele ficou feliz ao me dar uma pedrada.*

Concluiu que o ódio governava o mundo. O ódio certamente tinha estado em cada terrível experiência que enfrentara na vida. Tinha sucumbido a ele em Dubossary, não tinha?

O ciclo de sofrimento mental de Emil recomeçou quando eles viraram em uma esquina e foram levados a um pátio ferroviário, onde um trem de carga comprido os esperava com as portas dos vagões abertas. A tempestade havia passado e, com ela, o breve orgulho de ter sobrevivido à marcha. As sombras e a escuridão dentro daqueles vagões falavam com Emil em um idioma que ele não entendia, mas sentia como uma serra cortando lentamente seu cérebro e sua barriga.

Em que ponto sairia daquelas sombras e daquela escuridão? Pior, quem ele seria? Estava fadado a morrer no Oriente? Ou voltaria, como o pai, um homem bom, mas devastado por dentro?

Lebedev e Aleksey ordenaram uma parada. Emil ficou ali, de olhos fechados, por vários momentos, evitando encarar o trem que o levaria para ainda mais longe, e invocou a imagem mais nítida possível de Adeline e dos meninos. Visualizou todos eles na noite depois de ela ter voltado de Lodz com comida suficiente para alimentar a família inteira. Adeline estava radiante. Por mais fraco que Emil se encontrasse depois da febre, sentira-se mais forte cada vez que ela sorria para ele durante o jantar.

Bem, não é isso que o amor faz?, pensou. *Fortalece?*

Lebedev deu ordens aos gritos.

— Peguem suas rações e entrem no trem.

— Para onde acha que nós vamos? — perguntou Nikolas a Aleksey e Lebedev.

Emil não os tinha visto entrar no pátio.

Aleksey sorriu.

— Só sei que vão receber roupas de inverno quando chegarem.

Lebedev riu e acrescentou:

— Não deixe ninguém roubar suas luvas, ou seus dedos vão cair em quinze minutos.

Emil sentiu uma onda de náusea e fechou os olhos de novo. *Sibéria.*

— Peguem suas rações e entrem no trem! — gritou Lebedev outra vez. — Não quero ver nenhum de vocês nunca mais, seus filhos da mãe imundos, imprestáveis.

Depois de ter viajado de trem para Budapeste e para Lodz, Emil sabia que encontrar um bom canto para ficar era crucial para sobreviver à viagem de uma ou duas semanas até a Sibéria, dependendo da potência do trem e das condições dos trilhos. Quando o sol começou a se pôr, ele pegou as rações e embarcou em um vagão quase vazio mais para o fim. Instalou-se perto da porta e se preparou para a longa viagem.

18 de maio de 1945
Poltava, Ucrânia

Durante três dias, Emil brigou para se manter perto da porta. Quando estava fechada, o vagão ficava abafado e fedido, mas havia uma fresta pela qual ele respirava ar fresco e via a paisagem, enquanto o trem avançava para leste em um ritmo que ia do arrastado ao trote.

Nessa velocidade, sob a mistura de calor intenso e umidade, os vagões tinham se tornado caixões. No carro de Emil, cinco homens enfraquecidos pela marcha morreram. Nos outros vagões os números eram mais altos. Tinha visto uns trinta corpos, pelo menos, carregados para fora.

Naquela manhã, enquanto tiravam um cadáver de um vagão vizinho, outros prisioneiros estavam do lado de fora, fazendo suas necessidades e esticando as pernas, quando dois homens tentaram fugir. Os soldados do Exército Vermelho que escoltavam o trem os alcançaram em cinquenta metros.

Horas mais tarde, Emil mantinha a boca e os olhos na fresta e fazia o possível para não pensar na situação desoladora. Essa era uma das outras coisas que o pai tinha recomendado para sobreviver ao gulag. *Quanto pior é, menos você pensa. Precisa encontrar um jeito de mergulhar fundo em si mesmo, encontrar um lugar que ninguém mais alcance e só existir. Como um urso hibernando.* Em seu cativeiro, Emil acreditava ter encontrado aquele lugar lá no fundo e dizia a si mesmo que sobreviveria uma semana, até duas, se mantivesse o olho colado à fresta na porta, vendo pedacinhos do mundo, respirando ar fresco sem pensar em nada.

Os freios guincharam. O trem foi parando devagar. Quando as portas deslizaram, Emil levou a mão à testa para proteger os olhos do sol brilhante e quente. Viu que tinham parado ao lado de um campo sem nenhum cultivo e que, depois dele, havia outro e outro. Sentiu cheiro de cavalo e gado e olhou em volta, pensando que a terra lhe parecia familiar. Familiar demais.

Os soldados disseram para todos desembarcarem e entrarem em formação no campo. Quando assim o fizeram, um oficial soviético musculoso falou com eles de cima de um caminhão através de um megafone.

— Bem-vindos ao campo de prisioneiros de Poltava. Vocês estão aqui para reparar a agressão de Hitler contra o povo soviético. Hitler tomou Poltava em 1941 e fez dela sua base para os bombardeiros que atacaram Stalingrado e Moscou e mataram dezenas de milhares de russos inocentes. Os Aliados foram forçados a bombardear Poltava e sua pista de pouso, e houve aqui uma longa batalha com seu Exército. Vocês devem reconstruir o que foi destruído. Quando terminarem, vão para casa. Nenhum dia antes.

Poltava. Emil sabia onde estava e se sentia um pouco melhor. Tinha voltado à Ucrânia, ao extremo leste do país, quase na fronteira russa, a quatrocentos e setenta e cinco quilômetros de onde ele, Adeline e os meninos tinham partido para a jornada catorze meses antes.

Estou muito, muito longe de onde deixei Adeline, mas pelo menos não estou na Sibéria, pensou. *Da Ucrânia, posso fugir. Já fiz isso antes. Posso fazer de novo.*

Embora sorrisse por dentro ao pensar nisso, Emil mantinha a expressão séria enquanto os soldados enfileiravam os prisioneiros para receber roupas: um uniforme cinza de detento, que incluía um boné, um casaco e botas. Eles foram instruídos a cuidar de suas roupas. Não haveria substituições.

Depois de serem desparasitados em tendas ao longo dos trilhos do trem e deixarem as roupas antigas para trás, foram conduzidos a pé à cidade. O calor era sufocante, mas a rota era paralela a um riacho caudaloso em uma floresta sombreada que cheirava a pinheiros e flores silvestres, até o vento mudar de direção e Emil só sentir cheiro de fogo apagado e substâncias químicas queimadas.

A floresta chegou ao fim. Estavam em uma encosta sob um sol forte que iluminava a primeira imagem que viram de Poltava. Houve um tempo em que a cidade abrigava trezentas mil pessoas, mas agora mais de 80% do local estava em ruínas; era uma terra estéril onde menos de seis mil pessoas tentavam sobreviver.

Emil olhou para o labirinto de paredes quebradas e escurecidas por fuligem e bombas, esqueletos de metal retorcido e torres pretas e desabadas brotando dos destroços até onde o olhar alcançava e sentiu a coragem sumir. Apesar de não acreditar em Deus nem no Paraíso, seus olhos informavam que estava prestes a entrar no inferno.

26

27 de junho de 1945

Legnica, Polônia

Mais de três meses e meio depois de Emil ter sido levado, o sol se erguia sobre o edifício que abrigara os Martel por quase cinco meses. Adeline e os meninos estavam na rua, na frente do prédio, com sua carrocinha e a de Marie. Lydia e Malia, os pais de Emil e Rese também estavam lá, com carrinhos lotados.

Karoline disse:

— Vocês todos deviam vir conosco. Estaremos de volta a Friedenstal em uma semana. Um lugar que conhecemos. Uma vida que conhecemos.

— Os soviéticos estão mentindo para você — declarou Adeline, sem rodeios. — Vão voltar para uma vida pior que a que conhecemos. Além do mais, Emil disse que eu deveria ir para o Ocidente, que ele me encontraria lá.

A sogra parecia ter comido alguma coisa estragada antes de dizer:

— Encare a realidade, Adeline. Sua mãe está certa. Emil não vai voltar. Como seu pai não voltou.

— Não acredito nisso. — Adeline cerrou os punhos. — Jamais vou acreditar.

— Bem, então, nos despedimos aqui — anunciou Karoline.

Adeline assentiu e disse para Will e Walt se despedirem dos avós e da tia. Rese tinha lágrimas nos olhos, mas Karoline mal olhou para os meninos ao despentear o cabelo deles com um afago rápido. Depois de Adeline abraçar Rese e Johann, Karoline disse:

— Venha comigo um momento, Adella.

— Não vou mudar de ideia.

— Eu sei — disse ela, depois de levar a nora a uma distância suficiente para não serem ouvidas.

Azeda como sempre, Karoline olhou nos olhos de Adeline e disse:

— Pode me perdoar antes de nos separarmos para sempre?

Adeline sabia exatamente a que ela se referia, ao incidente de muito tempo antes, quando Waldemar estava faminto e Karoline havia bebido a maior parte do creme que um amigo deixara para ele dois dias antes de o bebê morrer. Durante anos ela havia guardado esse ressentimento contra a sogra, dizendo a si mesma que nunca perdoaria a megera detestável por aquela atitude de descaso, de ganância.

Mas agora não ouvia a cabeça, ouvia o coração.

— Eu a perdoo, Karoline. A morte dele não foi sua culpa. Foi minha malária que o matou. Ele teria morrido com ou sem creme. Eu a condenei por isso durante muito tempo. Fui injusta.

A expressão da sogra se desmanchou, e ela segurou os braços de Adeline com força, antes de dizer com a voz embargada:

— Obrigada. Não sei o que deu em mim naquele dia. Eu... Cuide dos meninos. Eles carregam um pouco de Emil, você sabe.

A expressão dura retornou antes de Karoline assentir e voltar para perto do carrinho. Ela se colocou atrás da alavanca para empurrar enquanto Johann assumia a alavanca dianteira. Sentada na carrocinha, Rese acenou para eles com o rosto vermelho, antes de começar a soluçar.

— Se Emil os encontrar, falem para me procurar — disse, antes de os sogros levarem a carrocinha em direção à estação de trem, de onde partiriam de volta à Ucrânia e à pequena Friedenstal.

*

— Vamos vê-los de novo, mamãe? — perguntou Walt, com os olhos marejados, quando os avós desapareceram.

— Não sei — respondeu Adeline.

Ele ficou ainda mais perturbado, por isso ela acrescentou:

— Se estiver nos planos de Deus, sim.

Depois Adeline se colocou na frente da carrocinha, posição que antes era de Emil, e olhou para Walt e Will atrás da barra de empurrar, e para a irmã, a mãe e a prima com os gêmeos no carrinho.

— Prontos? — perguntou.

Lydia e Malia assentiram. Marie também.

Will anunciou:

— Estou pronto para ir para oeste.

Nervoso, Walt perguntou:

— Mas como papai vai saber onde nos encontrar depois que sairmos daqui?

— Deixei uma carta para ele com o proprietário, caso venha para cá primeiro — explicou Adeline. — Nela, digo que vamos para Berlim procurar a zona britânica ou americana, onde o esperaremos.

— Ele nunca vai ler a carta — opinou Lydia.

Malia, que estava ao lado dela para ajudar a empurrar o carrinho, disse:

— Mãe, você precisa aprender a ficar de boca fechada de vez em quando.

Lydia encarou a filha mais velha, depois ergueu o queixo e desviou o olhar, dizendo:

— Não sei por que não nos deixam ficar aqui.

— Ninguém nos quer aqui — lembrou Malia. — Se não voltarmos a Friedenstal, não temos alternativa.

A irmã de Adeline estava certa. Como em qualquer outro país invadido por Hitler, a Polônia havia decidido expulsar todo o povo de descendência alemã, independentemente do papel que desempenharam na guerra. Tiveram quarenta e oito horas para reunir seus pertences e decidir se voltavam para leste de trem ou se iam para oeste a pé.

Marie havia pedido mais tempo por causa da febre de Rutger, mas o pedido foi negado. O bebê doente estava agitado na carrocinha de Marie, e a prima de Adeline estivera sobrecarregada enquanto se preparava para partir.

— Lá vamos nós — disse Adeline. — Vamos andar tanto quanto aguentarmos hoje.

Ela segurou a alavanca da carrocinha, olhou pela última vez para leste, para aquela esquina onde Emil havia desaparecido mais de três meses antes, e, depois, virou-se para oeste e começou a andar. Tinham percorrido menos de um quilômetro para a periferia da cidade, juntando-se a um fluxo constante de refugiados que iam na mesma direção, quando Will perguntou:

— Mamãe, qual é a distância até a Alemanha?

— Cem quilômetros — disse Adeline, já sentindo os pés começarem a doer.

— E Berlim? — Walt quis saber.

— Quase trezentos.

— Ahhh — gemeu Will. — Não vamos chegar nunca.

*

Eles completaram doze quilômetros até o pôr do sol naquele primeiro dia. Adeline não tinha tempo de imaginar se Emil estava vendo o pôr do sol em algum lugar do vasto leste soviético. Durante o dia, ela se tornara a líder da família e precisava decidir onde iam acampar para passar a noite, o que comeriam e onde cada um dormiria.

Adeline pediu para os meninos cavarem um buraco na encosta de um riacho; lá acendeu um fogo para ferver uma sopa e aqueceu o pão que tinha preparado no dia anterior. Ela dividiu em porções a carne-seca que havia comprado em março no mercado clandestino, quando o *reichsmark* ainda tinha valor. Enquanto Will e Walt alimentavam o fogo, Malia e ela lavaram os utensílios.

— Dá para acreditar que eles foram embora? — perguntou Malia. — Rese, Johann e a senhora Raio de Sol.

— Vou sentir saudade de Rese e Johann — respondeu Adeline.

— Alguma coisa me diz que eles vão se arrepender.

— Eu avisei, mas ela não quis me ouvir.

— O que tem para me contar de novo sobre ela?

Adeline contou a Malia por que Karoline a havia chamado para conversar.

— Quer dizer que ela tem alma, afinal?

— Talvez.

— Talvez as pessoas mudem. Muita gente pode nos surpreender, se viver o suficiente para isso.

De repente, Adeline foi tomada pela emoção e abraçou a irmã mais velha.

— O que foi? — perguntou Malia, depois do abraço.

— Um obrigado. Por ser você, por estar aqui e por ficar ao lado de sua irmãzinha. E pelo que aconteceu, pelo que ouvimos hoje mais cedo.

Malia ficou séria.

— Imagino que isso vá acontecer com frequência.

— Não comigo. Vou arranhar e morder até tirar sangue, se eles vierem.

Naquela noite, ela se deitou no chão entre os filhos, de frente para as brasas do fogo e ouvindo Marie tentando acalmar os gêmeos. Rutger tinha desenvolvido uma tosse carregada durante o dia, e agora Hans estava com febre. Mas Adeline não conseguia parar de pensar na jovem refugiada, de no máximo dezesseis anos, que viram ser arrastada da estrada para um celeiro por dois soviéticos.

Todos a ouviram gritar, até os meninos, que ficaram com medo e perguntaram o que estava acontecendo com a garota e por quê. Adeline tinha dito a eles que não sabia e não queria saber e disse a si mesma que não permitiria que acontecesse com ela. Faria o que tivesse que fazer, mas não se deixaria estuprar por animais. No entanto, deitada ali no chão, ouvindo um coral insano de insetos e aves noturnas, nunca se sentira tão amedrontada e sozinha em toda a vida, apesar da mãe e da irmã ali, a menos de dez metros de distância.

Emil tinha sido levado, e com ele fora embora sua fé inabalável em Deus e em sua capacidade de sobreviver e manter os filhos vivos. Durante toda a jornada desde a Ucrânia, sua fé se mantivera forte, e ela acreditara que Deus andava a seu lado. Agora percebia que, na verdade, era Emil quem andava a seu lado e que, sem ele, sentia-se abandonada, jogada ao vento, esquecida pela graça.

Pela centésima noite desde que vira Emil pela última vez gritando para ela ir para oeste, Adeline fechou os olhos e rezou para Deus salvá-lo e conduzi-la em segurança com os filhos para o Ocidente, onde ele pudesse encontrá-los. E, pela centésima noite desde que o vira pela última vez, adormeceu atormentada por um silêncio sombrio que fazia seu coração doer ainda mais.

*

No dia seguinte, Adeline e os meninos puxaram e empurraram a carrocinha por catorze quilômetros. No terceiro dia, conseguiram percorrer dez. Os meninos nunca reclamavam, porque viam milhares de outros refugiados como eles lotando as estradas, todos a caminho de território alemão. Na terceira tarde, choveu um pouco, o que ajudou todo mundo, menos os filhos de Marie, que queimavam de febre e estavam fracos com a tosse sufocante e persistente que castigava seus pulmões.

Naquela noite, eles acamparam em um silo abandonado, e o som do choro e dos gemidos dos gêmeos ecoava com as palavras tranquilizadoras de Marie. Finalmente, os bebês se acalmaram. Adeline mergulhou em um sono profundo e sem sonhos, que foi interrompido pelo barulho de metralhadoras. Balas perfuraram o silo acima deles, deixando entrar finos raios de luz e provocando neles um medo histérico.

Os tiros cessaram tão depressa quanto começaram. Eles ouviram homens rindo. Todos gritaram que havia gente ali dentro. Se ouviram, eles não se incomodaram, e ainda castigaram a parte superior do silo com mais rajadas antes de pararem de atirar.

Will chorava agarrado a Malia. Walt estava quieto, mas se segurava em Adeline com mãos firmes. Lydia soluçava. Marie também, debruçada sobre os filhos, protegendo-os.

Tremendo com a adrenalina, Adeline disse a Walt para ficar com Will, foi até a porta do silo e a abriu. Olhou para fora e viu três soldados soviéticos se afastando, levando garrafas de vodca na mão e metralhadoras penduradas nos ombros. Além deles na estrada, centenas de outros refugiados já se movimentavam em direção à pátria destruída.

Quando ela olhou para trás, Will enxugava as lágrimas. Walt estava sentado no chão do silo, olhando para baixo em silêncio. Malia e Lydia olhavam para longe. E Marie ainda estava debruçada sobre os bebês, chorando e gemendo baixinho.

— Está tudo bem — disse Adeline. — Eles foram embora. Eram só soldados bêbados.

Adeline se aproximou da prima, que continuava gemendo abaixada, e massageou suas costas.

— Eu disse que está tudo bem, Marie. Eles já foram.

Marie arfava e gemia.

— Faz isso parar, Adella. Por favor, faz isso parar.

— Ei — disse Malia, ajoelhando-se ao lado dela. — Qual é o problema, meu bem?

Marie finalmente levantou a cabeça, e sua expressão de sofrimento era marcada pelos olhos grandes e vermelhos.

— Meu menininho se foi — sussurrou —, e não sei o que fazer.

Adeline ficou confusa, depois horrorizada quando olhou para os gêmeos embaixo de Marie e viu Hans, só de fralda, se agitando no cobertor, com as bochechas gordinhas coradas de febre, e o irmão dele duro, frio e azul.

*

Enquanto Malia e os meninos abriam uma cova do lado de fora, Marie ficou no silo, praticamente ignorando o menino que chorava em seu colo enquanto olhava entorpecida para o xale que cobria o irmão gêmeo.

Adeline ficou ao lado dela o tempo todo.

— Hans precisa se alimentar — disse ela, em voz baixa.

— Ele quer, mas não come quando a febre está alta desse jeito — respondeu Marie, atordoada. — Rutger fez a mesma coisa dois dias atrás.

Walt apareceu na porta.

— Pronto, mamãe.

O rosto de Marie se contorceu de dor. Ela entregou Hans para Adeline.

— Eu levo Rutger.

— Não.

— Eu levo meu menino — insistiu ela.

Lembrando do dia em que havia enterrado seu primogênito, Adeline pegou Hans e viu a prima embrulhar o corpo morto no xale e levá-lo para fora. Quando se abaixou para deitar Rutger na cova, quase caiu com ele, mas Malia a segurou com firmeza.

Lydia recitou a oração do Senhor. Malia juntou-se a ela. Adeline não conseguiu emprestar voz às palavras, enquanto Marie soluçava como se vertesse o coração e a alma.

Depois que fecharam a cova, Marie disse:

— Não estou preparada para deixá-lo. Não posso.

— É necessário — disse Adeline, entregando o bebê a Malia para se aproximar da prima. — Você tem outro filho em quem pensar e a quem amar.

— Mas nunca mais estarei aqui.

Adeline se aproximou da sepultura, pegou um punhado de terra e a embrulhou com o lenço.

— Leve essa terra com você. Quando encontrar uma casa, junte-a no quintal e ponha uma cruz para viver o luto de maneira apropriada. Mas agora, por mais difícil que seja, precisa deixá-lo para trás e pensar em Hans.

Marie aceitou o lenço com a terra da sepultura. Com expressão de sofrimento, apertou-o contra o peito a caminho da carrocinha. Adeline conhecia bem aquela postura encurvada, torturada, e chorou por Marie. Sabia que a única coisa que amenizaria a dor da prima seria o tempo e a alegria de outros filhos.

2 de julho de 1945

Arredores de Wykroty, Polônia

Adeline e a família estavam a menos de vinte e seis quilômetros da fronteira alemã, andando sob um calor inclemente por uma estrada lotada de refugiados e caminhões do Exército soviético, quando Marie começou a gritar que Hans tinha parado de respirar. Em pânico, a enfermeira tentou fazer respiração boca a boca e massagem cardíaca no filho. Mas ele também tinha partido, levando junto a sanidade de Marie.

Depois de uma enxurrada inicial de dor, a prima de Adeline deixou de ouvir tudo o que lhe era dito, inclusive quando Adeline avisou que o único lugar onde poderia enterrar Hans era sob cinzas ao lado dos trilhos do trem. Marie ficou olhando inexpressiva enquanto Malia cobria seu segundo filho e não reagiu quando Adeline entregou a ela um lenço com as cinzas do túmulo do bebê.

Marie o colocou no carrinho ao lado do outro com a terra do túmulo de Rutger e, em seguida, começou a empurrá-lo vigorosamente em direção à Alemanha. Adeline e os meninos se esforçavam para acompanhá-la. Marie não olhou para trás nenhuma vez. Nem chorava.

Uma hora mais tarde, chegaram a um trecho de tráfego lento. Um caminhão carregando jovens soldados soviéticos passou por eles e reduziu a velocidade, até parar. Os soldados bebiam vodca e cantavam. Notaram Marie empurrando sua carrocinha, a blusa suada e colada ao corpo, os seios inchados de leite. Um deles falou com ela em russo:

— Moça bonita, por que está sozinha? Vem cá, vamos festejar!

Marie não respondeu, simplesmente seguiu em frente e passou por eles. O soldado se levantou e olhou para ela de debaixo da cobertura de lona do caminhão.

— Viram o tamanho daqueles peitos? — perguntou aos colegas. — Bazucas!

Os amigos gargalharam e não notaram Adeline e os filhos passando pelo caminhão. Alguns momentos mais tarde, ela viu outros veículos adiante começando a se mover e ouviu os freios do caminhão atrás deles. O veículo passou, e ela viu o mesmo soldado se debruçar na lateral do caminhão.

— Moça bonita! — gritou ele ao passar por Marie de novo. — Não devia estar assim sozinha. Venha conosco. Vamos nos divertir.

O caminhão parou. Se Marie ouviu, não reagiu. Só continuou no mesmo ritmo acelerado que tinha adotado desde o túmulo de Hans. E Adeline e os meninos passaram apressados ao lado do veículo e foram ignorados mais uma vez.

O soldado não desistia. Quando o caminhão passou por Marie pela terceira vez, ele mostrou uma garrafa de vodca e disse:

— Moça bonita, esqueça essa vida miserável de refugiada! Venha comigo. Vamos beber e festejar até Berlim!

O caminhão continuou andando e percorreu uns cinquenta metros à frente de Marie, antes de parar mais uma vez. Marie não diminuiu o passo, apenas abandonou o carrinho e mudou de direção, seguindo para o caminhão. Os soldados viram e começaram a gritar palavras de incentivo, mostrando as garrafas de vodca.

— Venha, moça bonita! — gritou o soldado que a assediava. — Nunca mais vai ter uma chance como essa!

— Marie! — gritou Adeline. — Não!

Mas o caminhão avançou novamente, e sua prima, destruída pela dor, correu. Os soldados russos enlouqueceram, gritavam para ela sem parar. Marie alcançou o caminhão. Mãos estendidas a puxaram para dentro.

Uma garrafa de vodca foi posta nas mãos dela, enquanto muitas mãos passavam por seu corpo. Para delírio dos soldados, Marie começou a rebolar e se contorcer entre as mãos deles, levou a garrafa à boca e bebeu com vontade.

O caminhão acelerou, e a prima de Adeline desapareceu da vida dela como uma folha levada pela ventania.

27

3 de julho de 1945
Poltava, Ucrânia

Desde que chegara ao campo, cinco semanas antes, Emil havia aprendido a apreciar o vento. Pensar na brisa soprando na pele era suficiente para sobreviver às noites. Os soviéticos mantinham Emil, Nikolas e seiscentos dos dois mil prisioneiros restantes no vasto porão do museu de Poltava. Os andares superiores haviam sido destruídos no bombardeio.

Cem homens dormiam em um aposento, em beliches apertados e baixos sem colchões. Tantos corpos em um espaço fechado criavam um inferno próprio de calor e umidade, e, nesse ar denso, pingava água do teto e das camas de cima durante a noite toda. Emil não sabia o que era pior: estar ao ar livre sob o sol escaldante ou no buraco úmido do alojamento, espremido com todos aqueles homens fedidos, homens que roncavam, gemiam, peidavam, choravam e gritavam por alívio durante o sono.

As condições sanitárias eram mais que horríveis. Os homens saíam, se sentavam em tábuas planas e defecavam em uma trincheira comprida que cavavam e fechavam a cada três dias. A água da cidade estava comprometida. Os prisioneiros começaram a adoecer quase imediatamente de giardíase e infecção intestinal. Emil ouvia os afligidos gemendo e correndo para a latrina a noite toda.

Eles dormiam vestidos, pois assim podiam ser acordados, tirados rapidamente do porão e mobilizados para a marcha de seis quarteirões até uma cozinha improvisada montada na frente das ruínas da prefeitura de Poltava. Várias mulheres que ainda permaneciam na cidade cozinhavam para os prisioneiros, e a dieta consistia em sopa rala de vegetais, meio quilo de pão que tinha de durar o dia todo, beterraba, batata e, de vez em quando, um pedaço de carne de porco salgada fervida.

Outros homens reclamavam, mas Emil fechava os olhos e imaginava que cada refeição era preparada por Adeline. Quando tomava a sopa, sentia o sabor daquela que ela fazia com frango e massa fresca com ovos.

Quando mordia o pão, imaginava o strudel que ela fazia no outono, cheio de frutas frescas colhidas do pé. E, quando punha o pedaço de porco na boca, ele o engolia como se fosse o melhor schnitzel.

Eles eram divididos em grupos. Os primeiros foram encarregados de reconstruir o principal sistema de água, a prefeitura e o museu.

Emil e Nikolas foram postos em uma equipe de duzentos homens encarregada de reconstruir o hospital. No começo, participavam de tudo: limpavam o entulho das ruínas do prédio, cavavam o que restava da fundação e construíam fôrmas de madeira para moldar o concreto.

Quando as fôrmas estavam no lugar, Emil foi transferido para uma equipe que misturava cal, argila e cinzas para fazer cimento, depois juntava essa mistura a areia, cascalho e escória da caldeira para fazer concreto, que enfim era despejado nas fôrmas. A tarefa o mantinha afastado da furiosa atividade no local do hospital, e ele preferia que fosse assim. Os guardas mal o olhavam enquanto misturava concreto. Emil mantinha a cabeça baixa, trabalhava duro e ficava de boca fechada.

Eu posso sobreviver a isso, disse a si mesmo muitas vezes naqueles primeiros dias. *Vou sobreviver, mas só se contar apenas comigo. Não ter aliados significa não ser traído.*

Emil também se mantinha alerta a chances para fugir. Até então não havia identificado nenhuma. Eram vigiados no canteiro de obras do hospital. Eram escoltados quando marchavam para fazer as refeições e voltavam ao porão do museu. Uma vez lá embaixo nos beliches de madeira, Emil ignorava os homens à volta e tentava dormir imediatamente, esperando estar em um lugar mais profundo e mais escuro quando o sofrimento noturno começasse.

No meio da noite, porém, quando acordava com os roncos ou porque era empurrado ou chutado, tentava pensar em Adeline, Will e Walt para ter a esperança de suportar o dia seguinte.

5 de julho de 1945

Cottbus, Alemanha

Quando eles se aproximaram da primeira grande cidade na Alemanha Oriental tomada pelos soviéticos, Adeline ainda estava abalada com a decisão de Marie de entrar no caminhão. Mas então olhou para os filhos, que continuavam empurrando o carrinho. *O que eu seria capaz de fazer se eles fossem tirados de mim ou morressem?*

Esses pensamentos atormentaram cada passo dela nos quatro dias seguintes, dias de calor escaldante e umidade. Em uma bifurcação na estrada que passava por florestas perto da cidade de Falkenberg, Adeline parou para descansar. A mãe estava mancando e sentou-se sobre uma pedra à sombra.

— Vocês podem continuar sem mim — disse ela. — Vou morar aqui.

Adeline suspirou.

— Nessa pedra, mãe? Na floresta?

— Não — reagiu Lydia, irritada, e apontou para uma placa de rua. — Vou entrar naquela cidade, encontrar o responsável e pedir um lugar para ficar.

— Mãe, estamos a menos de duas semanas de caminhada de Berlim. Duas semanas para encontrarmos um jeito de irmos até os Aliados e...

— Pare com essa bobagem! — gritou Lydia, batendo com o punho magro na coxa. — Essa ideia maluca era de Emil, não minha e sua. Seja como for, sabemos como as coisas funcionam sob Stálin. Quanto antes nos instalarmos e nos adaptarmos, melhor. Reconheça de uma vez por todas, Adeline. Karoline estava certa. Emil se foi para sempre, como o irmão dele. Não vai encontrar o caminho de volta para você. Não desperdice a vida esperando por ele. Seu sonho bobo de vale verde acabou.

Adeline se surpreendeu com a amargura que dominava a mulher.

— Não acabou, mãe, não enquanto eu não disser que acabou. Meu marido, que eu amo e em quem confio, me disse para ir para o Ocidente, o mais longe possível, e ele vai me encontrar. Eu acreditei nele. E ainda acredito.

— Eu também acreditei quando seu pai disse que voltaria.

Adeline a ignorou e olhou para Malia.

— Podemos encontrar um lugar para ela ficar, e você pode vir conosco.

A irmã mais velha sorriu com tristeza e segurou a mão de Adeline entre as dela.

— Meu lugar é com a mãe, você sabe disso.

Adeline olhou para Malia, as duas com lágrimas nos olhos.

— Uma vez eu disse que não conseguiria fazer isso sem você.

— Eu sei, mas agora precisa fazer — respondeu Malia. — Não quero que vá embora, mas você precisa fazer o que acredita que é certo.

— Vamos nos encontrar de novo, não vamos?

— Isso depende de uma força muito maior que nós, querida. — Malia a abraçou. — Mas leve meu amor aonde for. E eu vou levar seu amor comigo. Espero que um dia, como sua amiga, a senhora Kantor, possamos ver beleza em cada crueldade que tivemos de suportar. Até mesmo neste momento.

Encerrar o abraço foi como arrancar parte do coração de Adeline. O sentimento ficou ainda mais forte quando ela se aproximou da mãe, que não a encarou ao dizer:

— Não me prometa nada.

— Não vou prometer, mãe. É um adeus.

Por alguns momentos devastadores, ela pensou que Lydia seria fria na despedida. Mas então os ombros da mãe tremeram, e ela se levantou para abraçar a filha.

— Você sempre foi mais corajosa que eu — sussurrou Lydia. — Como seu pai.

— Mas todo o resto eu herdei de você — declarou Adeline, sentindo a garganta apertada ao constatar o quanto a mãe havia emagrecido na caminhada mais recente para a liberdade.

Quando elas se afastaram, Adeline chamou os meninos para se despedirem da Oma e de tia Malia. Walt foi forte, mas Will começou a chorar quando abraçou Malia. Então, precisaram partir.

— Não posso ficar aqui sentada vendo vocês irem — declarou Malia. — Vamos embora ao mesmo tempo, cada uma em sua direção.

Adeline assentiu, incapaz de conter as lágrimas que lavavam seu rosto quando se colocou na frente do carrinho e segurou a alavanca. Ela as enxugou, olhou para os meninos, forçou um sorriso e disse:

— Lá vamos nós. Os Martel partem em uma nova aventura.

Com um último aceno fraco para a mãe e a irmã, Adeline se virou de costas e cortou laços mentalmente, inundada pelo medo, mas dando um passo na direção escolhida, e outro, e o terceiro. Mais tarde, pensaria que o primeiro passo que deu naquele dia, para longe do passado e em direção a um futuro certo, foi como um salto entre dois penhascos e o segundo ato mais corajoso de sua vida.

*

Em 16 de julho de 1945, Adeline, Walt e Will andavam por uma estrada entre lindos campos de flores silvestres vermelhas, roxas e brancas que brilhavam sob a umidade e uma névoa leve. Depois de tantos dias andando no calor, o vento frio do norte era agradável. Ela sorriu quando o sol apareceu e sumiu, oferecendo um espetáculo de brilho que a fez perceber o quanto amava flores. As cores, a delicadeza e a forma. A efemeridade.

— Aqui tudo é muito bonito, mamãe — disse Walt.

— É — concordou Adeline.

— Esse é nosso vale? — Will quis saber. — Não vejo nenhuma montanha.

— Não vejo nada além de flores e neblina, e isso é o suficiente, por enquanto — decidiu Adeline, relaxando e sentindo-se menos aflita em relação ao futuro.

Will saiu correndo da estrada, colheu um buquê e voltou correndo para entregar as flores à mãe.

— Assim pode olhar para elas o dia todo, mamãe — disse, o que a deixou com um nó na garganta e mais apaixonada do que nunca por seu menino.

Eles chegaram à fronteira ao sudeste de Berlim em cerca de uma hora. O que viram nas cinco horas seguintes fez Adeline questionar a decisão de deixar a mãe e a irmã. Nunca tinha estado em uma cidade tão grande, então, de início, sentiu empolgação. Mas, enquanto a neblina ia e vinha, eles adentravam a capital caída de Hitler, e logo ela percebeu que, quase dez semanas depois da rendição dos nazistas, mesmo com tantas ruas liberadas para o tráfego, Berlim ainda estava em ruínas. Era um lugar profundamente marcado e cheio de feridas, um labirinto queimado e assombrado onde os cheiros de fuligem de bomba, substâncias químicas queimadas e morte disputavam a presença. Oitenta e um mil soviéticos, cem mil soldados alemães e cento e vinte e cinco mil civis morreram na batalha de Berlim. Dependendo da localização e do vento, o cheiro de morte aumentava ou diminuía. Alguns corpos ainda não tinham sido encontrados, resgatados e enterrados ou queimados.

Havia soldados do Exército Vermelho e prisioneiros por todos os lados, recolhendo destroços. Eles empilhavam tijolos aproveitáveis e levavam o restante para caminhões de entulho. Quando passava por grupos de prisioneiros, Adeline estudava os rostos, esperando ver Emil entre eles.

Mas não havia ninguém sequer parecido com ele entre aqueles obrigados a fazer o trabalho braçal mais pesado.

É isso que Emil está fazendo? Ele é como esses prisioneiros?

No ir e vir de névoa e neblina e quanto mais ela se aproximava do centro de Berlim, mais a cidade se revelava um local fraturado, estranho, com muitas estruturas amputadas, ou esqueletos, ou destroços. Naquele vasto cemitério, Adeline viu milhares de pessoas morando em apartamentos em que faltava alguma parede ou sob lonas e lençóis em meio à destruição. Ela e os meninos passaram por centenas de prédios queimados e por mulheres que lavavam roupas em baldes ao lado de um hidrante, enquanto as crianças, sujas de fuligem, brincavam sobre montes de tijolos quebrados e aço retorcido.

Ela as ouviu falando em alemão, todas relatando uma história semelhante de choque com a cruel batalha travada nas ruas durante os últimos nove dias da guerra e de preocupação com o que seria delas agora que Hitler estava morto e o grande Reich havia sido destruído.

Vocês não têm ideia do sofrimento que Hitler causou, pensou Adeline, um pouco revoltada. *Tudo o que temos está neste carrinho, e não tenho comida suficiente para alimentar meus filhos esta noite.*

Um prisioneiro pegou um pedaço de cimento, virou-se e caminhou para ela com um olhar vago que a fez estremecer. Lembrava Johann ao voltar da Sibéria – um homem destruído –, e Adeline se arrepiou ao pensar que Emil poderia retornar para ela em condição semelhante.

Adeline puxou o carrinho e os meninos o empurraram por cerca de três quilômetros para dentro da cidade, onde eles finalmente foram parados em um posto de verificação soviético. Um soldado pediu para ver os documentos. Ela falou com ele em russo, o que o confundiu, e mentiu, disse que não tinha documentos. Adeline contou uma história confusa sobre ter sido arrancada da Ucrânia pelo Exército alemão e separada do marido.

— Disseram que ele estava aqui, trabalhando na Berlim ocidental — concluiu, com voz chorosa. — Só queremos encontrá-lo.

O soldado olhou para Walt e Will, imundos e exaustos depois de semanas de caminhada. Adeline pensou em Emil para forçar as lágrimas. O sentinela fez uma careta de desgosto e acenou, autorizando a entrada da família.

Quando viu o primeiro soldado britânico, ela jogou a cabeça para trás e gritou de alegria. Os meninos olharam para ela como se estivesse maluca.

— Conseguimos, meninos! Estamos onde o papai queria que estivéssemos! No Ocidente, com os Aliados!

Adeline correu para o soldado britânico e tentou perguntar onde conseguir comida e abrigo. Mas ele não falava alemão. Quando ouviu a nova tentativa em russo, apontou para o caminho que ela tinha acabado de percorrer, deu de ombros e se virou.

Ela seguiu em frente, pensando que encontraria ao menos um soldado americano ou britânico que falasse russo ou alemão. Pouco depois, ela e os meninos olhavam para as ruínas de uma igreja, cuja torre tinha sido dividida: de um lado, continuava inteira e só um pouco queimada; do outro, era uma bocarra enegrecida onde algum explosivo, descendo do céu, a atingira de raspão. Era difícil entender como um lado podia permanecer intocado, enquanto o outro fora explodido e queimado. Adeline olhou para a torre dividida por mais alguns momentos sem compreender exatamente o motivo, antes de seguir em frente.

Se fosse um dia de sol, poderia usá-lo como guia para continuar andando para oeste, mais para dentro da zona britânica. Mas o céu tinha escurecido por volta de meio-dia, e a chuva chegou. Eles correram em busca de abrigo, perdendo o senso de direção.

— Para onde vamos? — perguntou Walt quando eles se abrigaram encolhidos em um prédio vazio.

— Não sei — respondeu Adeline, tão cansada que se sentia confusa, insegura.

Will declarou:

— Estou cansado de andar, mamãe.

— E eu estou com sede — disse Walt. — E com fome.

Irritação e raiva se misturaram dentro do peito de Adeline. Com a chuva e a incerteza que a castigavam, quase extravasou nos meninos o medo de não ser suficiente, não ser capaz de chegar ao Ocidente, não encontrar Emil, não conseguir água e comida para os filhos. Mas se conteve. Em vez disso, respirou fundo e deu a eles a última água da carrocinha e o último pão que havia comprado, ainda em uma padaria fora da cidade.

*

A chuva finalmente cedeu. Eles continuaram andando e logo chegaram ao Tiergarten, gigantesco parque que fora transformado em base para os britânicos. Homens cortavam árvores e limpavam a terra.

Ela tentou falar com mais dois soldados ingleses. Nenhum deles entendia alemão. Mas o segundo compreendia um pouco de russo.

— Preciso de comida para meus filhos — falou Adeline.

— Por ali — disse ele, apontando para fora do parque.

Sem saber que estava mudando o rumo de sua vida, Adeline levou os filhos e a carrocinha naquela direção. Uma hora mais tarde, eles caminhavam para o Reichstag bombardeado, e ela teve certeza de que havia seguido pelo caminho errado. Uma enorme bandeira soviética – vermelha com o martelo e a foice dourados – tremulava no alto da cúpula danificada. O sol apareceu e iluminou a bandeira, que brilhou taciturna, vermelha e amarela, como febre e icterícia. *A tirania era isso*, decidiu Adeline. *Uma doença, uma febre, um veneno no fígado da humanidade*. A bandeira dos trabalhadores, aquelas cores horrendas, e a bandeira nazista haviam tremulado sobre toda injustiça e todo perigo que tinha enfrentado e suportado. Naquele momento, pensou em dar meia-volta, retornar à zona britânica e implorar por comida.

— Mamãe, estou cansado de andar — disse Walt.

Ela o ouviu, mas não respondeu.

— Mamãe — chamou-a Will. — Estou com fome e...

Adeline não suportou. Ela se virou e olhou diretamente para os filhos.

— Sei que estão cansados, com fome e com sede, mas não faço mágica. Não posso fazer as coisas aparecerem num estalar de dedos ou fechando os olhos e desejando que apareçam.

Assustados com o tom ríspido, incomum na mãe, os dois recuaram um passo.

Ela os viu apavorados e se sentiu terrível. Aproximou-se, ajoelhou-se diante deles e os abraçou.

— Vou conseguir comida para nós assim que possível. Por favor, estou tão cansada quanto vocês e com tanta fome quanto. Certo?

Will a abraçou com força.

— Certo, mamãe. Nem estou com tanta fome.

— Nem eu — disse Walt.

Adeline descansou a cabeça na deles por um momento, percebendo que, mais uma vez, os filhos talvez dormissem sem uma refeição decente e sem cama. Na sombra projetada pela bandeira soviética tremulante, ela se viu longe de tudo o que conhecia e de todos os que amava, exceto os filhos.

Adeline olhou para o céu e disse:

— Você precisa nos ajudar. Não temos mais a quem recorrer.

PARTE IV

UMA HISTÓRIA DE DOIS PRISIONEIROS

28

27 de setembro de 1945

Campo de prisioneiros de Poltava

Quatro meses depois de ter sido levado, Emil acordou com os gritos dos guardas russos e percebeu que tinha sobrevivido a mais uma noite. Ele se sentou, aliviado por ver que os homens dos dois lados dele no beliche também se moviam. Depois de calçar as botas, caminhou com passos arrastados para a escada e subiu para o amanhecer.

Entrou na formação, agora familiar, tremendo com o ar frio em contraste com o calor no porão. Nikolas estava três fileiras à frente dele e à esquerda. Trabalhavam no hospital, mas nunca juntos, e não voltaram a se falar desde junho. Emil preferia que fosse assim. Dois prisioneiros conduziam um pônei que puxava uma grande carroça de madeira com quatro rodas e estrutura simples.

A carroça chegava vazia e deixava o museu carregada todas as manhãs e todas as noites. Emil a via quando saía para comer e quando voltava para dormir. Desde que chegara, em maio, nunca tinha visto a carroça sair do museu vazia.

Todo amanhecer revelava homens mortos nos beliches. Todas as manhãs, os corpos eram retirados do porão, levados para a carroça e transportados para um campo perto do bosque nos limites da cidade arruinada, onde eram enterrados. Os homens que morriam trabalhando durante o dia eram postos na carroça da morte e levados à noite por outra dupla de prisioneiros.

A tarefa do sepultamento era voluntária. Os prisioneiros que aceitavam lidar com os mortos eram recompensados com rações duplas de pão, sopa e carne-seca de porco.

Apesar da regra do pai sobre comer tudo o que era oferecido, Emil não se voluntariou para esse serviço, embora significasse comida extra. A ideia de enterrar pessoas trazia lembranças dolorosas daquela noite em Dubossary.

Ele percebia que, apesar das rações duplas, os prisioneiros que se encarregavam dos sepultamentos não duravam muito tempo. O campo era infestado de doenças. Manipular corpos era pegar um atalho para a eternidade, Emil concluiu. Como uma hidra de muitas cabeças, as doenças chegavam e sumiam, em seguida voltavam. Os casos de infecção intestinal estavam entre surto e epidemia. Mosquitos proliferavam no porão úmido. A malária era presença constante. Para impedir que o tifo se espalhasse, eles tiveram a cabeça raspada, e suas roupas eram fervidas a cada duas semanas para matar as lêndeas que transmitiam a doença. Os soviéticos tentavam ferver água potável em quantidade suficiente para os prisioneiros, mas havia surtos de cólera.

De fato, era como se nada pudesse impedir a morte daqueles com quem Emil convivia. Cerca de dois mil entraram em Poltava com ele. Em suas contas, duzentos e cinquenta homens tinham morrido desde então, deixando mil setecentos e cinquenta para reconstruir a cidade.

Enquanto Emil trabalhava, enquanto marchava, enquanto dormia, isso martelava em sua cabeça: mil setecentos e cinquenta homens para reconstruir uma cidade de trezentos mil habitantes. *É impossível. Levaria vinte anos.*

Todas as manhãs, dizia a si mesmo que era suficiente, que, mesmo que não conseguisse escapar, sobreviveria a Poltava.

Mas por duas décadas? E o que eu teria para voltar?

Emil teria pouco mais de cinquenta anos, mais ou menos a idade do pai quando os soviéticos o libertaram. Seus filhos seriam adultos desconhecidos. Adeline teria desistido dele e encontrado outro homem, outra vida. E como os encontraria?

Emil perdia a confiança. Notou que tinha emagrecido muito e, com isso, sumia parte da força e da energia. Misturar concreto era trabalho duro, e ele não conseguia mais trabalhar no mesmo ritmo de um mês antes. A mudança chamou a atenção dos guardas e capatazes, que o advertiram duas vezes naquela tarde para acelerar a produção de blocos de concreto enquanto a fundação endurecia.

Quando marchava de volta ao museu naquela noite e mastigava o último pedaço de pão de sua ração, Emil soube que havia quebrado duas regras do pai: trabalhar duro e não chamar a atenção. Mas como trabalhar e passar despercebido se não davam a ele comida suficiente?

Vinte anos com homens sucumbindo nesse ritmo?, pensou, vendo a carroça com os corpos partir com mais três mortos durante o dia. *Os números estão errados. Eles mentem. Não vamos durar um ano. Eu não vou durar um ano. Se não fugir, vou morrer.*

Emil se sentiu enjaulado e teve dificuldade de respirar ao descer a escada para o temido porão, onde encontrou um lugar na parte inferior do beliche, junto da parede, no canto mais afastado, onde não teria homens dos dois lados. Sentindo o calor aumentar no ambiente de pé-direito baixo, tirou as botas, colocou-as junto da parede em uma posição defensável e usou o casaco como travesseiro.

Ao fechar os olhos, lembrou-se de Adeline no dia do casamento deles, quando a beijou no fim da cerimônia e ela era tudo de que precisava na vida, quando o futuro com ela parecia radiante. Houve uma pequena comemoração em seguida. A senhora Kantor havia contratado um músico que tocava acordeão, e todos puderam dançar. Emil ficou nervoso antes de dançar com Adeline, mas, quando ela se acomodou entre seus braços, tudo fluiu tão naturalmente quanto respirar. Quando a primeira dança do casal chegou ao fim, o músico tocou uma melodia mais animada, que os fez saltitar e o encheu de felicidade, uma felicidade maior que tudo o que já sentira.

— Eu amo você, Emil Martel — gritou Adeline, em dado momento.

— Também amo você, Adeline Martel — respondeu Emil. — Você me faz sentir como se eu tivesse dormido na Rússia e acordado no Paraíso.

Deitado no beliche no campo de prisioneiros, adormeceu pensando: *Você ainda me faz sentir assim, Adella. Seja forte e me espere.*

28 de setembro de 1945

Gutengermendorf, Alemanha Oriental ocupada pelos soviéticos

Na manhã seguinte, Adeline sentiu o coração inundado de felicidade ao ver Walt, com quase oito anos, e Will, com quase seis, se afastarem dela por uma colina coberta de grama e um campo de girassóis a caminho do povoado rural. Era uma sexta-feira, primeiro dia deles na escola. Fariam um teste e seriam designados às turmas. Começariam realmente a estudar na segunda-feira, mas ela se lembrava dos primeiros dias na escola e se sentia empolgada por eles.

Eles vão adorar, disse a si mesma. *São meninos. Vão adorar este lugar, e eu vou aprender a gostar.*

Já estavam bem adaptados, não estavam? Depois de dormir ao relento e com fome perto do Reichstag, ela encontrara um abrigo para refugiados onde passaram duas noites, antes de a autoridade de ocupação soviética os colocar em um trem para Gutengermendorf.

Um idoso chamado Peter Schmidt foi buscá-los na estação e, relutante, os levou para sua fazenda a um quilômetro e meio do vilarejo. A esposa dele, Greta, não ficou feliz de receber uma família de três pessoas, além dos soldados russos já alojados em sua casa, mas deu a Adeline e aos filhos um quarto em uma casa externa que era limpa, seca e segura.

Depois de ouvir sua história, eles a puseram para trabalhar no campo. Em poucas semanas, Adeline provou seu valor, e o casal passou a tratá-la com mais simpatia, especialmente quando descobriram que ela era tão boa cozinheira quanto era eficiente para capinar, plantar ou colher.

— Eles crescem depressa — disse a senhora Schmidt.

Tinha se aproximado de Adeline por trás enquanto, com a mão protegendo os olhos, ela observava os filhos saindo do campo de girassóis, caminhando para um bosque de olmos e castanheiros que marcava o limite do povoado.

— Muito, Frau Schmidt — concordou Adeline. — Queria que meu marido estivesse aqui para ver isso.

A mulher pôs a mão sobre o ombro de Adeline.

— Quase todo mundo perdeu alguém que amava por causa da guerra de Hitler.

Adeline sorriu com tristeza e assentiu. Sabia que o filho dos Schmidt tinha morrido no front ocidental no inverno anterior, lutando com a Wehrmacht contra a invasão dos Aliados.

— Mas talvez seu Emil seja um dos sortudos — disse Frau Schmidt. — Talvez um dia você o veja pelo povoado. Só não alimente muito esse tipo de esperança. Porque isso, Adeline, pode partir seu coração.

Adeline pensou na mãe.

— Eu sei que pode. E os girassóis?

— Precisamos de todos cortados antes do anoitecer. Peter diz que vai chover à noite, primeira queda de temperatura da estação. — Ela fez uma pausa. — Vai precisar de nós para cuidar dos meninos amanhã à noite?

— Por favor — respondeu Adeline. — Não sei nem como explicar o quanto isso me ajuda.

— É um prazer. Quando estão bêbados, os soldados são selvagens.

Adeline foi com outros dois trabalhadores da fazenda para o campo de girassóis, onde passou o dia cortando as hastes e juntando as flores em maços. Depois levava os maços para o celeiro, onde eram pendurados de cabeça para baixo para secar antes de as sementes serem colhidas. Ela gostava do trabalho, que lhe era familiar, e isso dava a ela conforto e paz durante as longas horas de esforço.

Adeline entoava antigas canções por horas, até se lembrar de que Emil costumava cantar músicas de ninar para os meninos antes de eles dormirem. Essa era a única hora do dia em que ela parava para chorar.

Os meninos voltaram no fim da tarde, chegaram correndo do povoado quando ela cortava as últimas flores. Eles a viram, foram abraçá-la e falaram sobre a escola, os professores, os novos amigos; queriam saber se poderiam brincar com eles no dia seguinte. Seria sábado, afinal, só haveria aula de novo na segunda-feira, e o novo amigo de Will tinha uma bola de futebol de couro de verdade. Eles estavam tão empolgados e cheios de novidades sobre a vida que o astral era contagioso, e ela não conseguiu deixar de rir e aplaudir, com vontade de perguntar sobre cada momento do dia deles desde que saíram de casa.

Esse sentimento permaneceu com Adeline durante o jantar e mesmo depois, quando levou os meninos da casa da fazenda para onde eles dormiam, do lado de fora. Estava satisfeita com o dia, quase contente com a própria vida. Trabalhava muito fazendo o que gostava para pessoas de quem gostava. Em troca, essas pessoas alimentavam bem sua família, e agora ela ia dormir com um teto sobre a cabeça e ao lado dos filhos, matriculados em uma escola.

— Esse é nosso lindo vale verde, mamãe? — perguntou Will, antes de entrarem.

— É lindo — disse Adeline, com um bocejo.

— Não tem montanhas e não tem nenhum grande rio correndo através dele — protestou Walt, em tom moderado.

— É, mamãe? — insistiu Will. — Eu gosto daqui.

Ela sorriu para ele.

— Você lembra o que eu disse quando me fez essa mesma pergunta na Romênia, no ano passado?

— Não.

— Eu lembro — anunciou Walt. — Você disse: "Esse é o belo vale verde onde estamos hoje, e devemos aproveitar".

— Isso mesmo — disse ela, em aprovação, e beijou sua cabeça, grata por ver o filho mais velho sair da carapaça que tinha se formado durante repetidos encontros com tanques e balas.

*

Adeline teve uma noite agitada, mas se levantou antes do amanhecer, como fazia quase todos os dias desde que tinha chegado à fazenda. Vestiu-se em silêncio para não acordar os meninos e saiu para tomar um ar gelado, sentir o cheiro do outono e olhar para leste em busca dos primeiros raios de sol. Passara a imaginar que eles pertenciam a Emil, que se projetavam para ela.

Ela ajudou a cortar feno até três horas da tarde naquele sábado, quando Will e Walt voltaram do vilarejo aonde tinham ido brincar. Depois do banho, ela e os meninos foram à casa da fazenda, onde Frau Schmidt já tinha preparado a refeição: costeletas de porco com cebola refogada em pimenta-do-reino fresca, abóbora da horta e molho de maçã feito com frutas colhidas das árvores atrás da casa. Estava tão bom que Adeline pediu a receita, o que agradou muito a mulher mais velha.

Bondade e pessoas boas ainda existem, pensou Adeline quando o fazendeiro e a esposa conversavam com os meninos sobre os novos amigos deles. Mais uma vez, na companhia dos filhos e do casal, ela se sentiu contente, quase em casa, e isso a deixou um pouco culpada e aflita. Aquela fazenda e o povoado não ficavam tão a oeste quanto ela poderia ter ido, e ali não encontraria a liberdade que Emil tanto queria. Por mais que a vida fosse confortável no momento, os soviéticos estavam no controle da Alemanha Oriental havia menos de cinco meses.

Dê um tempo a eles, pensou. *Eles vão estragar esse lugar e o coração dessas boas pessoas, tomar suas terras, expulsá-las, semear o ódio e jogá-las umas contra as outras. Certeza. É isso que Stálin faz. É o que os tiranos fazem. E não quero estar aqui para ver isso acontecer. Não quero que os meninos sejam tão castigados pela vida, eles...*

— Adella? — chamou Frau Schmidt. — Você ouviu o que eu disse? São quase cinco horas. Sábado à noite...

Adeline olhou para o relógio.

— Desculpe. Estava distraída — respondeu, levantou-se e correu para lavar a louça.

Quando terminou e os meninos estavam enxugando e guardando tudo, ela deu um abraço e um beijo na bochecha de cada um.

— Mamãe volta de manhã, então vamos pensar em alguma coisa divertida para fazermos juntos.

— Como o quê? — perguntou Will.

— Colher o resto das maçãs — sugeriu Frau Schmidt. — De todas as árvores. Vão poder subir nas escadas mais altas e comer as frutas mais maduras.

Os dois sorriram, abraçaram a mãe mais uma vez e voltaram à tarefa. Frau Schmidt a seguiu até a modesta varanda na frente da casa.

— Obrigada — repetiu Adeline.

A senhora segurou as mãos dela e disse:

— Você já passou por muita coisa. Não precisamos pôr mais lenha na fogueira, não é?

— Não — respondeu Adeline e afagou as mãos dela. — Até amanhã. Diga para os meninos manterem a porta trancada.

— Até amanhã. Pode ficar sossegada.

Adeline voltou ao quarto dela e colocou um cobertor, um travesseiro, uma garrafa de água e uma Bíblia luterana que Frau Schmidt lhe dera em um grande saco de couro. Ela pendurou o saco no ombro, saiu do galpão, da fazenda, desceu a encosta em direção ao campo de girassóis cortados e ao povoado. Quando chegou ao campo, espantou três veados que tinham ido comer as sementes que caíram durante a colheita.

Então, ouviu à esquerda homens rindo e cantando. Olhou para os campos de feno ao norte, para a estrada de terra que ligava o povoado à fazenda e viu os três soldados soviéticos que também moravam na casa dos Schmidt. Eles estavam bem longe para ela ver com clareza, mas sabia que cada um deles carregava uma garrafa de vodca fornecida pelo Exército Vermelho. Era sábado, noite de vodca, recompensa por terem ficado sóbrios nos outros seis dias da semana. Também era noite de estupro, quando os soldados eram livres para pegar qualquer mulher com mais de dezesseis anos e menos de cinquenta, com ou sem consentimento, como espólio de guerra, segundo determinava uma política tácita.

Adeline não consentiria e não seria espólio de guerra. Ela desviou o olhar dos soldados russos e correu pelo campo de flores cortadas e através do campo de feno ao sul, para a linha do bosque onde as árvores mudavam de cor. O ar já estava esfriando. A luz do sol de fim de tarde era suave e dourada. Cavalos relinchavam nos pastos e galos cantavam ao longe. Bem lá atrás, ela ouviu os filhos rindo, brincando antes de a noite cair.

*

Quando chegou ao bosque, Adeline parou nas sombras sob um velho olmo. De olhos fechados, ouviu e respirou, ampliando as narinas para o aroma de flores e feno cortado. Ainda podia sentir o sabor do molho de maçã e, por um momento, quase acreditou em um mundo sem dificuldades e confrontos.

Então ouviu os soldados cantando alto ao longe, bêbados, procurando comida, mais bebida e uma mulher. Adeline se manteve à sombra das árvores e andou ao longo delas, por trás das casas que despertavam a lembrança das casas mais bonitas em Birsula – e de uma, em particular, que sempre a fazia pensar na residência da senhora Kantor. Não parou para admirá-la, só correu para o meio da folhagem mais densa e continuou até estar atrás da velha igreja luterana e fora do alcance dos olhos de quem cruzasse pela estrada que cortava o povoado.

Ela passou pela igreja e continuou andando por uns vinte e cinco metros, olhou em volta para ter certeza de que estava sozinha e se abaixou para fazer xixi antes de voltar à igreja. A porta dos fundos estava encostada. Parou para ouvir e olhar para as faixas estreitas que conseguia enxergar da rua principal do vilarejo. Ninguém passava. Ninguém falava.

Adeline correu pelos quarenta metros de grama que a separavam da porta, empurrou-a, entrou e a empurrou de novo até quase fechá-la. Respirando fundo e devagar, virou-se e esperou os olhos se adaptarem à penumbra do interior. Duas mulheres de uns quarenta anos já ocupavam os bancos da frente à esquerda e outra bem mais jovem estava sentada à direita, na altura da metade do corredor central.

Adeline as conhecia de vista, mas não pelo nome. Todas tinham soldados soviéticos alojados em casa. Uma a uma, mais mulheres entraram na igreja pela porta dos fundos e escolheram lugares para dormir. Adeline se dirigiu a um banco do fundo à direita. A maioria das que se refugiavam na igreja era residente do povoado ou do entorno. Sabiam quem era Adeline, onde ela morava e sua situação. Elas a tratavam com civilidade, mas pouca simpatia ou amizade.

Adeline não se incomodava. Estava ali por um motivo: dormir em segurança para acordar, ir para casa cedo e ficar com Will e Walt, enquanto os russos dormiam, aguentavam a ressaca e tentavam entender para onde todas as mulheres do povoado iam nas noites de sábado. Que tentassem. No dia seguinte, ela colheria maçãs e desfrutaria da abundância e da beleza do tempo de colheita, antes que a temporada terminasse e a neve cobrisse a terra.

Havia dezesseis mulheres na velha igreja quando os pais de duas das meninas mais novas desejaram uma boa noite a todas. Uma das mais velhas pôs a tranca na porta assim que eles saíram. Adeline ouviu quando ele trancou pelo lado de fora e passou três fechaduras diferentes.

Sentada no cobertor, olhou para a frente, além dos pequenos grupos de mulheres que cochichavam entre si. Por alguns minutos, olhou para a luz cada vez mais fraca no altar e para a sombra da cruz pendurada alto na parede ao fundo.

Quando não viu mais a sombra da cruz, tomou um pouco de água e disse a si mesma que tinha sido um bom dia. Melhor que o esperado.

Mas então pensou em Emil e sentiu uma dor profunda no coração. Quando estava com Frau Schmidt, trabalhando nos campos ou com os meninos no quarto deles, era mais fácil manter esses pensamentos afastados. Mas ali, na penumbra da velha igreja, não havia nada para distraí-la, e a solidão era quase esmagadora.

Por quanto tempo poderia viver de esperança e um juramento? Sempre dissera a si mesma que não seria como a mãe, não passaria a vida esperando que cada batida na porta fosse o retorno de seu amor, só para abri-la e ter o coração partido outra vez.

Quando a escuridão dominou e ela ouviu as mulheres do povoado se acomodando para dormir, Adeline também se deitou, percebendo que não tinha aberto a Bíblia enquanto ainda havia luz suficiente para ler. Ao mesmo tempo, raciocinou enquanto puxava o cobertor e ajeitava o travesseiro: por que rezar, se não tinha mais respostas?

Esgotada após seis dias de trabalho, Adeline logo adormeceu, um sono profundo, sem sonhos e misericordiosamente pesado.

Acordou oito horas mais tarde com as chaves girando nas fechaduras e a tranca sendo removida. A porta de trás ficou encostada. Ela pegou suas coisas imediatamente e saiu para ver o amanhecer e os primeiros raios de luz estendidos para ela a partir do leste.

1º de novembro de 1945

Poltava, Ucrânia

Os guardas soviéticos tocavam triângulos na escuridão, e o som penetrava na cabeça adormecida dos prisioneiros sobreviventes. Emil se levantou, grogue. Na tarde anterior, tinha tido cólica abdominal e diarreia e se apavorado com a possibilidade de ter contraído uma infecção, que ainda tirava vidas por todo o campo. Mas havia mastigado um pedaço de carvão para acalmar as vísceras e dormiu a noite toda. Ainda se sentia mal, mas não passou a noite acordado, com o traseiro grudado na tábua fria da latrina lá fora.

— Em pé! — gritavam os guardas, tocando o triângulo novamente. — Mexam-se!

Emil vestiu a calça e calçou as botas, ainda úmidas do dia anterior. Ao vestir o casaco e colocar o boné, tentou imaginar quanto tempo os russos achavam que eles sobreviveriam se tivessem de trabalhar com esse tipo de roupa no meio de janeiro.

Eles não se importam se vivemos ou morremos, pensou ao subir a escada do porão e passar pela porta e encarar a forte luz do sol. A geada cobria todas as máquinas e o equipamento em volta do museu, refletindo os holofotes. Com roupas, meias e botas ainda úmidas, Emil começou a tremer quase imediatamente e teve de bater os pés e balançar os braços para se manter aquecido, enquanto o porão era esvaziado atrás dele.

A carroça do enterro chegou pontualmente. Dois novos prisioneiros levaram o pônei que puxava o veículo da morte até a entrada de serviço do museu. Eles desapareceram no interior do porão e na sequência voltaram com dois corpos, a contagem mais baixa em dias. Os guardas ordenaram que Emil e os outros prisioneiros marchassem para um novo refeitório no porão da Prefeitura. Quando andaram, ele olhou para os homens encarregados dos enterros do dia. Só nos últimos dois meses, tinha contado uns cento e setenta mortos. Agora eram quinhentos e oitenta homens para reconstruir a cidade.

Quanto tempo conseguimos resistir?, perguntou-se de novo. *Quanto tempo eu consigo resistir?*

Quando desceram para o porão, Emil decidiu que sobreviveria àquele dia. Mais que isso, não sabia. Mas pretendia viver o dia todo e ver outro amanhã. Ou morrer tentando.

Na fila, ouviu as cozinheiras reclamando de falta de lenha para o fogão. Emil pegou uma tigela de sopa quente de repolho, sua ração diária de pão, um pedaço de queijo azedo e um de linguiça fria que foi a melhor coisa que teve para comer desde a chegada a Poltava. Enquanto saboreava a linguiça e a sopa, ele se lembrou dos pedaços de madeira espalhados em torno da obra do hospital.

De saída, perguntou à cozinheira quanto ela pagaria por um carregamento de madeira para o fogão. Ela ofereceu um rublo. Era um rublo além do que ele tinha, e ele avisou que levaria a madeira ao anoitecer. Depois se preparou para o que tinha pela frente e voltou para fora do refeitório, onde sentiu ainda mais frio que antes.

A escuridão se dissipava. Ele viu o horizonte a oeste clarear e se sentiu melhor quando seu grupo foi mandado para o canteiro de obras do hospital. Emil sempre pensara que Adeline brilhava como o amanhecer e, depois de quase seis meses nesse campo, era como se a sentisse mais ao nascer do sol; ou era nesse momento que pensava mais nela, em seu sorriso, seu cheiro, no brilho dos olhos quando ela o provocava. Essas lembranças faziam Emil sorrir e o sustentaram nas catorze horas de trabalho, como o tinham sustentado em outras jornadas de catorze horas.

As memórias o ajudaram naquela manhã. No mês anterior, Emil descobrira um jeito mais fácil de fazer cimento e concreto em porções maiores, preparando a mistura em um grande comedouro de metal para cavalos com um pedaço de pau de um metro de comprimento que havia cortado e esculpido como pá.

O método do comedouro e pá havia aumentado muito sua produção. E ele conseguira preservar sua força e seu peso. Melhor ainda: o capataz e os guardas não estavam em cima dele o tempo todo. Emil entregava o que eles queriam e passava despercebido.

Por isso ficou tão preocupado quando viu alguém muito pior que um guarda ou capataz se aproximando de sua operação de blocos de cimento com uma planta enrolada em mãos. Era o superintendente do canteiro, um russo grandalhão chamado Ivánov, que tinha eternas olheiras e uma interminável série de cigarros acesos no canto esquerdo da boca, de onde nunca caíam.

Emil nunca tinha falado com Ivánov, mas agora o homem no comando da reconstrução do hospital parou sob o telhado de zinco e bem na frente dele.

— Você constrói meus blocos de concreto, não é?

Emil estava perturbado com a presença do grande russo, mas assentiu.

— Preciso de mais — disse o homem. — O dobro do que faz para mim agora. Não, o triplo. Estamos atrasados. Precisamos fechar grande parte do prédio antes de começar a nevar. De que precisa para triplicar sua produção diária?

Emil não esperava ouvir essa pergunta e pensou antes de responder:

— Três homens para me ajudar. Roupas mais quentes e botas para eles e para mim. O triplo de fôrmas para os blocos. O triplo de material.

Depois apontou para as pilhas de cal contra a parede dos fundos em sua área de trabalho.

— Vou precisar de um lugar muito maior para guardar o material, com paredes e teto, além de um espaço de trabalho coberto e cercado, grande o bastante para acomodar três comedouros de cavalos como esse. E três remos de barco. Como está esfriando, será preciso pensar em um jeito de manter o concreto aquecido o suficiente para endurecer de maneira adequada.

Ivánov o encarou como se o avaliasse.

— Mais nada?

Emil hesitou, mas disse:

— O dobro de rações. Se espera que continuemos vivos e trabalhando, precisamos comer mais.

O russo acendeu outro cigarro, encaixou-o no canto da boca, deu uma tragada e soprou a fumaça para o lado direito.

— Dois homens. E todo o resto de que precisa. Se em uma semana não estiver produzindo o triplo de blocos, será levado daqui e fuzilado.

29

O superintendente era um homem de palavra. Em dois dias, Ivánov tinha expandido o espaço de trabalho de Emil e erguido paredes rudimentares e um telhado de zinco mais longo e mais largo que se estendia sobre a área de armazenamento, que tinha uma grande e larga porta nos fundos por onde eram levados os diversos materiais.

No início da terceira manhã, num intervalo de poucos minutos, seus dois homens chegaram. O primeiro prisioneiro era um homem encorpado da Ásia central com cabeça em formato de abóbora, um uzbeque chamado Krull, que disse ter sido recrutado pelo Exército soviético e enviado para lutar na Polônia. Quando o Exército Vermelho atacou Berlim, ele estava farto da guerra, desertou e foi capturado enquanto rumava para leste.

— Cheguei ao leste — disse Krull. — Mas não longe o bastante.

O segundo homem que passou pela porta era o último homem que Emil queria ver. Nikolas precisou se inclinar e abaixar a cabeça para passar pela menor das três portas. Ele havia emagrecido e ainda mancava.

— O que está fazendo aqui? — perguntou, com uma careta, quando viu Emil.

— Eu trabalho aqui. Faça o que eu mandar, e não vamos ter problemas.

— Não aceito ordens suas, Martel.

— Vai aceitar, sim — disse Ivánov.

O superintendente do canteiro acabara de passar pela porta, seguido por guardas que carregavam roupas de inverno e botas.

— Você vai fazer exatamente o que Martel mandar e quando ele mandar. Ficou claro? Ou prefere trabalhar ao ar livre até o fim do inverno?

Nikolas não estava feliz, mas disse:

— Eu fico aqui.

*

As botas e as roupas pesadas foram uma grande melhoria, e as paredes e o telhado os mantinham menos expostos ao vento e ao clima, que piorou ao longo de novembro de 1945. Mas triplicar a produção obrigava Emil a trabalhar mais do que nunca, transferindo materiais e água em quantidades suficientes e misturando e despejando nas fôrmas para suprir a necessidade de Ivánov, enquanto o inverno rugia cada vez mais alto do norte. No caminho de volta ao porão da Prefeitura e rumo a sua refeição noturna, ele demorava um pouco mais e pegava uma braçada de aparas de madeira, as quais levava para a cozinheira em troca de mais um rublo no bolso.

Dia após dia, Emil dizia a si mesmo que ficaria mais fácil, que encontraria um jeito de fazer mais blocos de concreto e trabalhar menos. Mas não conseguia. Mesmo com os comedouros maiores e os remos para fazer a mistura, ele, Nikolas e Krull trabalhavam tanto para cumprir a cota que, na maioria dos dias, depois de recolher a madeira para as cozinheiras, ele estava cansado e faminto demais até para pensar, mesmo com as rações duplicadas.

Os outros prisioneiros do campo receberam mais roupas de inverno logo depois que Emil e seus ajudantes receberam os agasalhos, e todos tinham um quarto de ração a mais para suprir as necessidades de trabalhar no frio. Mas as roupas quentes e a comida extra não eram suficientes para conter as doenças, que continuavam indo e voltando, varrendo o porão do museu e outros porões próximos onde estavam abrigados os prisioneiros sobreviventes.

Três mortos em uma manhã. Dois naquela noite. Três na manhã seguinte. Cinco à noite. E o tifo voltou a dar as caras. Seis homens foram encontrados mortos na manhã seguinte. Cinco à noite. Nove na manhã seguinte. Emil ouviu o pônei arfar com o esforço e o eixo da carroça ranger quando partiu com mais dois novos prisioneiros que se voluntariaram para o serviço.

Os soviéticos responderam ao surto de tifo obrigando os homens a despirem as roupas pesadas, que foram ensopadas em uma solução de alvejante fervido. Depois de serem submetidos a mais uma ducha dedetizadora, foram forçados a vestir as roupas de lã molhadas e usá-las o dia todo no frio para que não encolhessem. Começaram a contrair pneumonia.

— Vamos todos morrer — disse Nikolas, com amargura, no fim daquele mês, enquanto eles misturavam a nona grande porção de concreto do dia. — É questão de tempo.

— Sempre é — respondeu Krull.

Nikolas encarou o uzbeque com os dentes à mostra.

— Quem lhe perguntou?

Ele passou do russo para o alemão, perdeu a pose de durão e disse:

— Não me sinto bem aqui, Martel.

— E quem se sente bem nesse buraco?

— É mais que isso. Por dentro e aqui — explicou Nikolas, tocando o peito e a testa. — Tudo parece pesado e escuro. Tenho pesadelos todas as noites, e os pensamentos não param. Todos eles me dizem que é questão de tempo.

— Como Krull disse, sempre é — retrucou Emil.

Nikolas balançou a cabeça violentamente e gritou:

— Você não entende! Estou condenado, e você também está, Martel! Fomos condenados por nossos pecados, desgraçados no momento em que pegamos a arma e decidimos puxar o gatilho contra aqueles judeus. Isso é só um degrau na longa descida para o inferno que nos espera depois que cagarmos ou tossirmos até a morte!

O triângulo começou a tilintar lá fora, assinalando o fim da jornada de trabalho. O coração de Emil doía quando ele terminou de despejar a última porção de concreto. Tentou pensar em Adeline, mas a imagem dela não aparecia, porque as palavras de Nikolas ecoavam em sua cabeça.

Desgraçados no momento em que pegamos a arma e decidimos puxar o gatilho... Isso é só um degrau na longa descida para o inferno...

Ele se lembrou daquela noite em Dubossary, viu Haussmann apontando a Luger para ele e se viu mudando de ideia, decidindo puxar o gatilho contra aqueles pobres judeus. Emil ouvia ecos da própria voz, depois da voz do oficial da SS e depois da de Nikolas.

Muito bem, eu faço.

Escolha sensata.

Desgraçados no momento em que pegamos a arma e decidimos puxar o gatilho.

Ao andar atrás de Nikolas para o refeitório, comer e depois caminhar em direção ao museu, aquelas três vozes não paravam de se repetir na cabeça de Emil. Continuaram ecoando no porão, no escuro; então, quando mergulhou em um sono inquieto, foi atormentado por pesadelos, suores e dores tão fortes no peito que pensou ser um ataque cardíaco.

Oito homens morreram naquela noite. Seis sucumbiram enquanto trabalhavam no dia seguinte, e doze foram vencidos pelo tifo antes do outro amanhecer. Havia muitos corpos. A carroça da morte não conseguia transportar todos eles, e o pônei tinha tanta dificuldade que designaram um terceiro homem para empurrar o veículo. Mesmo assim, dois corpos foram deixados para trás. Na última vez que Emil os viu, corvos bicavam seus olhos.

Desgraçados...

*

Dezembro chegou cruel e se manteve assim, como mais um degrau na descida para o inferno prevista por Nikolas. As temperaturas despencaram. Começou a nevar. Ivánov os pressionava para seguir o ritmo de produção, agora que as paredes que ele construíam estavam quase prontas. Mas tinham dificuldades para manter o espaço de trabalho suficientemente quente para curar o concreto, até que Ivánov mandou levarem um forno a lenha para lá.

Uma semana passou, depois duas, e o ritmo de mortes flutuava ligeiramente. Emil calculou que agora estavam perdendo mais de cem homens todas as semanas. Perto do Natal, ele acreditava que, dos dois mil homens que tinham entrado em Poltava em maio passado, menos de mil seguiam vivos.

Fomos condenados por nossos pecados.

Para combater esses pensamentos, Emil disse a si mesmo que não havia Deus nem Paraíso e, portanto, não havia inferno. Só havia o que acontecia diante de seus olhos, e você era o único que podia fazer alguma coisa a respeito. Mas as dores no peito não passavam, tampouco os pensamentos sombrios que o envolveram. Tentava acreditar que era o suficiente, que era Emil Martel, maldição, um homem que havia superado momentos e eventos terríveis. Disse a si mesmo que ainda podia sobreviver a Poltava, mesmo que os próprios olhos o desmentissem.

Em 19 de dezembro de 1945, Nikolas começou a tossir e se sentir febril. Seu ritmo de trabalho diminuiu. Ivánov ficou furioso. Queria ter o hospital fechado e o telhado instalado no Ano-Novo.

— Trate de trabalhar depressa, ou vou arrumar alguém para substituí-lo aqui. Aí poderá voltar lá para fora com os outros — avisou Ivánov, de saída.

Eles trabalharam dezesseis horas naquele dia e nos quatro dias seguintes. Emil não se lembrava de recolher madeira, comer ou voltar ao museu à noite. Sua vida se tornou o tilintar do triângulo, sair do beliche no escuro e no frio cortante e passar horas e horas misturando e despejando, enquanto a mente cansada e poluída repetia que ele estava condenado por forças que não entendia por ter decidido matar os três judeus, crença reforçada a cada vez que Nikolas tossia sangue.

No fim, o ritmo frenético foi demais para Krull. Sem aviso prévio, o uzbeque desertor do Exército Vermelho tentou fugir na noite de 23 de dezembro de 1945, quando marchavam de volta ao museu sob uma nevasca. Os guardas riram, correram atrás dele e o nocautearam com o cabo dos rifles. Krull recobrou a consciência e recomeçou a correr. Eles o derrubaram com um tiro nas costas.

Nikolas marchava e tossia à frente e à direita de Emil. Ele olhou para trás, para Emil, e disse:

— Eu falei. Agora é questão de tempo.

*

O triângulo tilintou cedo na manhã da véspera de Natal. Emil se sentia tonto quando se vestiu e subiu a escada do porão. Cada músculo de seu corpo estava contraído e dolorido.

Não sei quanto tempo mais consigo aguentar, pensou e mergulhou em uma série de reflexões que tinham se tornado sua obsessão. *Nikolas está certo. Agora é questão de tempo. Fui condenado pelo que fiz. Desgraçado.*

Do lado de fora do museu, a neve caía mais forte e o vento ganhava velocidade. Emil teve de levantar o antebraço e apertar os olhos para ver Nikolas mancando para entrar em formação, se curvando e tossindo. O pônei, a carroça da morte e os três homens encarregados dos sepultamentos eram como fantasmas passando na nevasca, deixando o museu com apenas sete mortos naquela manhã.

O superintendente de construção os esperava na área de trabalho.

— Vou precisar de mais nove remessas — disse Ivánov. — Mais nove, e poderemos içar a estrutura e colocar o telhado.

— Temos um homem a menos — avisou Emil.

— Eu não posso ceder mais nenhum até amanhã — respondeu Ivánov, ao sair.

Nove remessas com apenas dois homens? Emil começou a trabalhar sem fazer mais nenhum comentário e sem hesitar, colocando materiais no carrinho de mão e jogando tudo nos comedouros de cavalo. Mas Nikolas parecia estar em transe, mancando lentamente e parando em intervalos de poucos metros, sacudido por violentos ataques de tosse. Horas mais tarde, Emil terminava a sétima remessa e se preparava para despejar o concreto nos moldes, quando Nikolas teve um ataque de tosse logo atrás dele.

Ele ouviu alguma coisa cair, virou-se e viu Nikolas arfando no chão, com sangue escorrendo do canto da boca.

— Martel — falou, sufocando.

Emil não queria, mas se aproximou do homem e abaixou-se ao lado, enquanto ele lutava para respirar.

— Me fala — gemeu Nikolas.

— O quê?

Nikolas sufocou e tossiu tanto que os olhos saltaram e o rosto ficou roxo antes de ele dizer:

— Fala que posso ser perdoado pelo que fiz. Fala que não vou direto para o inferno por ter matado todos aqueles judeus.

Emil olhou dentro daqueles olhos amedrontados e balançou a cabeça.

— Não posso perdoar você, Nikolas. Não posso perdoar nem a mim mesmo pelo que fiz.

Nikolas ficou ainda mais aterrorizado.

— Não — arfou, depois fez um barulho gorgolejante, antes de tossir e expelir uma gota de sangue vermelho e espumante que escorreu da boca para o queixo.

Os olhos torturados de Nikolas ficaram cravados em Emil por um momento, depois reviraram para o lado e se esvaziaram.

24 de dezembro de 1945

Gutengermendorf, Alemanha Oriental ocupada pelos soviéticos

Naquela mesma tarde, Adeline tirava um bolo de maçã do forno de Frau Schmidt e tentava se manter alegre, embora fosse véspera de Natal e aniversário de Malia e ela não tivesse notícias do marido havia nove meses.

Quando repousou o bolo sobre o fogão para esfriar, Adeline ouviu Will e Walt rindo na outra sala.

Herr Schmidt os havia levado ao bosque mais cedo e cortado uma pequena árvore. Os meninos o ajudavam a decorá-la com fitas, cordões e enfeites antigos que estavam na família Schmidt havia eras. Lá fora, a neve começava a cair.

— Queria saber por quanto tempo os soviéticos vão permitir que vocês comemorem o Natal — disse Adeline a Frau Schmidt, que fatiava pão sobre uma tábua de corte. — Para nós foi proibido.

A mulher a encarou.

— Proibido? Nem Hitler fez isso.

— Hitler não é Stálin. Stálin é pior.

— É melhor não deixar meus pensionistas ouvirem isso.

— Nunca — disse Adeline. — Logo vai haver polícia secreta.

— Não. Não existe mais Gestapo.

— Vai haver uma Gestapo comunista, seja qual for o nome, e em alguns meses eles terão preparado seus vizinhos e até velhos amigos para denunciá-la, só para não serem mandados para leste.

Frau Schmidt se sentou em uma cadeira perto do fogo. Olhou para as chamas, depois para Adeline.

— Você vai denunciar?

— Nunca — disse Adeline, imediatamente. — Comentários dessa natureza levaram meu pai para sempre. Não faria isso com ninguém.

— Que bom. Então podemos confiar uma na outra.

Will entrou na cozinha.

— Que cheiro bom! Posso comer bolo?

— Depois do jantar — respondeu Adeline. — Fora da cozinha.

— Aaaah.

Walt falou:

— Eu avisei.

— Eu avisei — repetiu Will, em tom debochado, ao passar pelo irmão mais velho.

— O frango e a batata devem estar prontos, Adeline — disse Frau Schmidt, usando a bengala para se levantar da cadeira.

Antes que ela pudesse responder, as duas ouviram passos pesados na escada da frente, e os três soldados soviéticos alojados na casa dos Schmidt entraram. Kharkov, um capitão de vinte e cinco anos mais ou menos, foi o primeiro a aparecer. Adeline imediatamente viu o brilho nos olhos do capitão Kharkov, o sorriso largo e incomum ao olhar para ela e a garrafa de vodca em sua mão. Ela desviou o olhar e respirou fundo. Frau Schmidt olhou para ela em sinal de alerta. O homem era um perigo para Adeline. Ela também sentiu.

— Que cheiro bom! — disse o capitão Kharkov quando os outros homens se juntaram a ele, dois oficiais menores e mais jovens. — Quando vamos comer?

Os outros dois soldados também tinham bebido. Ambos carregavam garrafas com apenas dois terços do conteúdo.

— Estamos tirando o frango do forno agora — respondeu Adeline, abrindo o maior dos dois fornos e revelando duas aves grandes e douradas recheadas com cebola e cercadas por batatas coradas.

Ela deixou a assadeira em cima do balcão e foi levar pão fresco e travessas fumegantes com repolho e couve-de-bruxelas da horta dos Schmidt para a longa mesa de carvalho, antes de voltar para pegar as aves. Usando uma faca afiada, Adeline destrinchou rapidamente os frangos em pedaços e fatias, que arrumou em uma travessa.

Frau Schmidt chamou:

— Peter, jantar!

*

Herr Schmidt chegou com duas garrafas grandes de cerveja caseira e sentou-se em uma das pontas da mesa; a esposa, na outra. O capitão Kharkov se acomodou em um banco com seus subordinados. Adeline sentou-se ao lado de Frau Schmidt, com Will a sua direita e Walt ao lado dele, na frente dos russos.

Adeline olhou para toda a comida por um momento e lembrou-se da véspera de Natal do ano anterior, quando tiveram tão pouco para comer. Sabia que devia estar feliz, grata, mas, enquanto o frango assado e os acompanhamentos passavam de mão em mão, não conseguia deixar de pensar em Emil e nos horrores que ele provavelmente enfrentava sozinho. Um nó se formou em sua garganta.

Os russos conversavam entre si enquanto comiam e bebiam. Adeline se sentiu grata ao ver que saboreavam a vodca, em vez de virar toda a bebida de uma vez como alguns soldados do Exército Vermelho que tinha visto e até mesmo como Marie, sua prima… Almas torturadas buscando o esquecimento. Nesta noite, os três homens à mesa pareciam inofensivos o suficiente para ela começar a relaxar.

Mesmo assim, o plano era se comportar como se a comemoração fosse uma noite de sábado. Estaria frio na igreja, mas ela levaria roupas pesadas e cobertores, e o dia de Natal nasceria antes que ela percebesse. Queria estar de volta antes de os meninos acordarem. Embora Adeline não tivesse dinheiro para comprar presentes para os filhos, os Schmidt compraram, e ela queria ver a cara de Will e Walt quando abrissem…

— Você tem sorte, Adeline — disse o capitão Kharkov, interrompendo a divagação.

Ela o encarou intrigada.

— Seus filhos — disse ele. — Eles estão com você, enquanto minha esposa e meu bebê estão sozinhos em Leningrado.

— Tenho sorte — respondeu ela. — Teria mais sorte se meu marido não estivesse em um campo de prisioneiros.

— É verdade — disse Kharkov, e se serviu mais um pouco de vodca.

— Estou satisfeito — disse Will, massageando a barriga depois de limpar o prato.

— Não sobrou espaço para o *kuchen* da sua mãe? — perguntou Frau Schmidt.

Will franziu a testa.

— Eu não disse isso.

— Tem certeza? — brincou Adeline.

— Mamãe! — protestou Will. — Isso não é legal.

Adeline sorriu, levantou-se e voltou com o bolo. Os meninos pegaram uma fatia cada. Will devorou a dele em três mordidas. Walt comeu sem pressa, mordendo pequenos pedaços enquanto o prato passava de mão em mão. Quando Frau Schmidt entregou o prato com o último pedaço para Adeline, o capitão Kharkov virou sua vodca e se serviu mais um pouco.

— Foi uma excelente refeição — disse, em russo, levantando o copo para os Schmidt e Adeline. — Agradecemos a vocês, porque isso nos faz lembrar a perversidade de um sistema que permite que dois velhos relativamente imprestáveis como os Schmidt tenham muita terra e colheita em abundância.

Adeline percebeu que ele falava diretamente com ela, porque os Schmidt não falavam russo. Vermelha, desviou o olhar do rosto do soldado.

Kharkov continuou:

— Sob nosso sistema, nos velhos tempos, os Schmidt seriam cúlaques, pessoas que se beneficiaram e lucraram muito com o trabalho dos outros. Nos velhos tempos, seriam expulsos de suas terras. Não é verdade, Adeline?

Ela levantou a cabeça e viu que o soldado a estudava.

— Sim.

Sabia que devia ter se calado depois disso, mas acrescentou:

— E a terra teria sido dada a idiotas que não sabiam nada de agricultura. Não surpreende que não tenham produzido nada e o povo tenha morrido de fome.

O capitão Kharkov franziu a testa, mas não disse nada, só olhou para ela por mais alguns momentos antes de esvaziar o copo e se servir mais uma dose. Adeline limpou a cozinha até deixar tudo brilhando. Por último, enxugou a faca de destrinchar carnes, virou-se da pia e disse:

— Muito bem, meninos, hora de ir para a cama.

— Acabou de escurecer — protestou o capitão Kharkov. — Sente-se, beba mais uma dose conosco.

— A cerveja já me deixou um pouco tonta — respondeu Adeline. — Will? Walt?

Will bocejou e se levantou.

— Estou cansado.

— Eu também — falou Walt. — Mamãe, vamos ganhar presentes de Natal amanhã?

— Vamos ver — disse ela, sorrindo para os dois e acenando com a cabeça para o capitão Kharkov. — Durmam bem. Até amanhã.

— Até amanhã. — Kharkov pôs mais vodca no copo, bateu continência para ela e eles saíram, apesar da neve.

*

Havia pouco mais de um centímetro de neve no chão, o suficiente para fazer a paisagem parecer bonita e segura quando Adeline e os meninos foram para o galpão. Ela os fez trocar de roupa e, como em quase todas as noites desde o desaparecimento de Emil, deram as mãos e rezaram por ele antes de ela os pôr na cama.

— Amanhã é aniversário de Jesus — disse Will. — Ele nasceu com os burros.

A mãe sorriu e disse:

— Mais ou menos.

— E acreditamos no que Jesus ensinou — acrescentou Walt. — Por isso comemoramos o Natal, certo, mamãe?

Adeline hesitou, mas assentiu. Pretendia dar boa-noite aos filhos e sair, mas mudou de ideia e pegou a Bíblia que Frau Schmidt lhe dera. Ela abriu o livro de Lucas e leu para eles a história da Natividade.

— Viu? Tinha burros — insistiu Will quando ela terminou.

— É, tinha — concordou Adeline, rindo, e beijou a cabeça do filho mais novo, depois a do mais velho. — Também tinha carneiros e outros animais.

Ela manteve a luz acesa pelo tempo necessário para vestir o casaco e pegar a colcha, dois cobertores, o travesseiro e o tricô de lã que tinha ganhado de Frau Schmidt. Quando se virou para desejar uma boa noite aos meninos, viu que já estavam dormindo. Então pensou em Emil novamente, em como ele nunca veria momentos como esse, e, apesar da comida maravilhosa em seu estômago, sentiu-se privada de amor e tempo.

Adeline saiu para o corredor curto, trancou a porta e pensou: *Eles me roubaram, roubaram dos meus filhos e roubaram de Emil. Ainda nos roubam!*

Do lado de fora, a neve caía suave. Adeline correu pelo galpão recolhendo suas coisas, depois saiu na escuridão guiada pelo hábito, andando na neve em direção à linha das árvores que marcava a entrada do povoado. Desviou do curso duas vezes, antes de encontrar as árvores sem folhas e seguir ao longo delas, passando por trás das casas até a velha igreja.

Como de costume, ultrapassou a igreja para fazer xixi, depois se aproximou da porta dos fundos, encostada. Contudo, quando entrou esperando ouvir os sons de outras mulheres, não ouviu nada. As janelas de vidro tinham sido fechadas com tábuas durante o inverno, e lá dentro ela se sentiu confortável para procurar uma vela e fósforos dentro da bolsa, deixando a porta fechada, mas sem tranca, para o caso de outra mulher querer se refugiar também.

Ela acendeu a velinha, que projetava luz suficiente para conseguir ver a própria respiração formando uma fumaça e confirmar que a igreja estava realmente vazia. Adeline sentiu um arrepio, o que era compreensível. Com as janelas bloqueadas daquela maneira, o interior não recebia calor durante o dia. Na verdade, fazia mais frio ali que lá fora, na neve.

Adeline caminhou para o banco onde normalmente passava as noites de sábado e começou a arrumar sua cama. Enquanto isso, pensava no que Walt tinha dito: *E acreditamos no que Jesus ensinou, certo, mamãe?*

Ela se sentou por um momento com as mãos unidas, dividida entre querer se ajoelhar e rezar e sentir medo de orar, porque não seria ouvida, ou seria, mas de um jeito errado, como naquele dia perto do Reichstag, quando não tinham comida e abrigo. No fim, baixou a cabeça e pediu perdão a Deus por não rezar tanto ultimamente.

— Tem sido difícil sem Emil, Senhor — sussurrou, sentindo o nó crescer novamente na garganta. — Cuidar dos meninos e trabalhar para os Schmidt... Sou grata pelo teto sobre minha cabeça e pela boa comida à mesa. Sou mesmo. Mas, por favor, cuide de Emil onde ele estiver. Proteja-o, Senhor. Ele é um bom homem. O único homem que tive e quero ter. Então, por favor, traga-o de volta e, até lá, me mantenha segura com os meninos.

Ela baixou a cabeça e suspirou, antes de desdobrar a colcha e os cobertores. Estava arrumando o travesseiro e se preparando para soprar a vela quando a porta dos fundos se abriu e alguém apontou uma lanterna para o interior. Várias mulheres que se refugiavam na igreja tinham lanternas, e ela ficou ali, esperando para ver qual delas decidira enfrentar o frio.

Quem entrou foi o capitão Kharkov, que olhou em volta e a viu em pé com a vela acesa na mão. Ele sorriu embriagado, levantou a garrafa quase vazia e a usou para apontar para o interior da igreja.

— Que romântico, Adeline — disse. — Que lugar perfeito.

30

Seis horas mais cedo, naquela mesma véspera de Natal
Poltava, Ucrânia

Ver Nikolas morrer afetou Emil como ele não esperava. Odiara o homem em vida, mas sentia muita pena de como Nikolas saíra dela, cheio de terror e sem perdão, certo de que teria de enfrentar o julgamento.

Não vou enfrentar o julgamento, pensou Emil, depois de cobrir o corpo de Nikolas e arrastá-lo para congelar do lado de fora. *Não tem nada depois desta vida. A única coisa com que se pode contar é consigo mesmo.*

Naquele dia, Emil trabalhou até quase cair, mas contava apenas consigo mesmo para cumprir a cota de blocos de concreto estabelecida por Ivánov. Ele se sentou ao lado do forno a lenha depois de despejar o último concreto nos moldes de blocos e fechou os olhos.

Eu me basto. Consigo sobreviver sozinho…

O triângulo tilintou, assinalando o fim da jornada de trabalho. Emil abriu os olhos atordoado, sentindo no peito e na cabeça a mesma escuridão que Nikolas tinha descrito, tão pesada e fria que não sabia se seria capaz de se levantar. Finalmente ficou em pé, mas estava tonto e precisou se apoiar na parede antes de pegar o chapéu e as luvas e sair para a nevasca. O cadáver de Nikolas já estava quase coberto pela neve que caía.

— Em fila! — gritavam os guardas soviéticos. — Formação de marcha!

Emil se aproximou de um guarda conhecido, apontou para Nikolas e foi informado de que a equipe de sepultamento estava a caminho. Ele parou para olhar a neve se acumulando sobre o corpo congelado, depois ocupou o lugar do morto na fila. Pegaria aparas de madeira no dia seguinte.

Enquanto andava para o portão da Prefeitura, onde faria a refeição, Emil sentiu que podia desabar a qualquer momento. A mente e a voz interior se tornaram pervasivas, obcecadas pela sobrevivência e convincentes.

Um pé na frente do outro. Um pé…

Eu me basto. Sou Emil Martel, ora. Sou…

E então as palavras de Nikolas: *Fomos desgraçados no momento em que pegamos a arma e decidimos puxar o gatilho.*

Ao mesmo tempo que ele ouvia o eco da voz de Nikolas, um prisioneiro várias fileiras à frente cambaleou e caiu na neve. Um guarda se aproximou do homem desfalecido e o chutou. Sem resposta, o guarda o arrastou para fora da formação e o deixou lá.

Quase incapaz de permanecer em pé, Emil olhou entorpecido para o novo cadáver, ouvindo novamente Nikolas em pensamento: *É questão de tempo.*

Os prisioneiros começaram a andar. Emil tentou acompanhá-los, um pé, um passo, um pé, um passo. Ficou tonto de novo, oscilou e quase caiu. Pontos pretos dançavam diante de seus olhos. Pensou que perderia a consciência e morreria na neve, que seria mais um corpo congelado na carroça da morte, e o pânico o fez tentar se manter alerta. De repente, Emil cambaleou e caiu de joelhos. Não tinha mais nada. Estava se rendendo.

Não consigo. Não me basto. Sou só um homem. Perdoe-me, Adeline. Não consigo sozinho... Preciso de ajuda. Preciso...

A mão o agarrou com firmeza pela axila e o pôs em pé. O gesto chocou Emil e lhe devolveu parte da lucidez, então ele olhou confuso para o guarda.

— Não vai morrer no meu turno — disse o guarda. — Ivánov o quer vivo.

Emil sentiu que recuperava o equilíbrio.

— Vou ficar melhor depois de comer.

O guarda assentiu e disse:

— O refeitório está logo ali na frente.

A fila andava mais devagar na entrada do porão da Prefeitura. A área era iluminada por holofotes. Emil seguia de cabeça baixa, derrotado, sem esperança. Sentia que não tinha mais armas para lutar, exceto a capacidade de se manter em pé e acompanhar a fila em direção à comida e ao sono. Estava tão fraco que sabia que morreria caso contraísse alguma doença.

Talvez fosse melhor. Menos tortura prolongada para Adeline e os meninos. E, se vou enfrentar o julgamento, prefiro que seja logo.

Emil balançou outra vez, e a desesperança aumentou diante do poço de desespero e medo. Sentindo como se fosse cair na escuridão, fez a única coisa em que conseguiu pensar: jogou a cabeça para trás, expôs o rosto à neve e levantou os dois braços para a noite e a tempestade.

— Está me ouvindo? — disse. — Se está, leve-me de uma vez.

*

A fila avançou para a escada. Emil baixou os braços e deu um passo à frente. Por que se dava ao trabalho de comer? Era o fim. Tinha durado sete meses. Não conseguia mais seguir sozinho. E Deus? Deus era só uma história em um...

— A abelha é um milagre — ouviu um homem dizer, em alemão, mas com um sotaque estranho, forte. — Se não há abelhas, não há flores, frutos, beleza nem vida.

A fila deu mais um passo. Emil a acompanhou, erguendo a cabeça e olhando na direção da voz.

Do meio da nevasca, uma visão: um prisioneiro coberto de neve puxava o pônei e a carroça coberta de branco, com quatro corpos, e empurrada por outros dois prisioneiros, que moviam as rodas e o peso através de quinze centímetros de neve.

O prisioneiro na frente usava um capuz e amarrava o pônei a uns vinte metros de Emil. Ele se virou para os outros dois e continuou:

— Comam mel, e terão uma vida longa. É um presente de Deus. O mel fortalece. Faz o homem viver muito. Vamos comer primeiro, depois cuidamos dos mortos, sim?

Emil apertou os olhos e balançou a cabeça com incredulidade, mas, como se fosse atraído por uma força magnética, saiu de seu lugar na fila e caminhou para os homens encarregados de sepultar os mortos. Eles se encaminhavam para o fim da fila.

Emil os seguiu gritando:

— Cabo?

O vento era forte, uivante. Os três prisioneiros continuaram andando.

— Apicultor — berrou Emil. — Sobrevivente de Stalingrado!

Dois homens continuaram andando. Mas o que puxava o pônei parou, afastou o capuz e se virou para Emil com ar intrigado, depois sorriu, como se alguém tivesse sussurrado uma piada em seu ouvido e só agora ele a entendesse.

— Martel! — O cabo Gheorghe o reconheceu com um sorriso. — Eu disse que o veria de novo, e aí está você!

Gutengermendorf, Alemanha Oriental ocupada pelos soviéticos

O capitão Kharkov apagou a lanterna, guardou-a no bolso e caminhou na direção de Adeline, segurando a garrafa de vodca em uma das mãos e desabotoando o casaco longo com a outra.

— Um lugar perfeito, perfeito — disse o russo. — É surpreendente que nenhum de nós tenha pensado nisso quando tentávamos entender o que acontecia com todas as boas mulheres de Gutengermendorf nas noites de sábado. Mas suas pegadas na neve a revelaram, e aqui estamos nós.

— Não — disse Adeline. — Comigo, não.

Kharkov sorriu e continuou avançando.

— Ah, sim, com você. Eu posso. Você, bela Adeline, é um espólio de guerra, um espólio mais velho e experiente. E vou aproveitar muito, porque, apesar de estar gelado aqui dentro, sei que embaixo da sua saia vou encontrar um calor delicioso. Um presente de Natal para nós dois.

Ela não disse nada, mas sentiu o medo e a vergonha borbulhando. O capitão chegou à ponta do banco onde ela dormia e viu a roupa de cama estendida.

— Você pensou em tudo — disse, bebendo o resto da vodca. — Que adorável.

O oficial soviético jogou a garrafa no banco seguinte e avançou na direção dela desafivelando o cinto, já com o casaco aberto.

— Não, ou...

— Ou o quê? — disse ele, que parou a um metro dela, olhando para a faca de destrinchar na mão de Adeline.

— Ou corto você em pedacinhos. Sei usar uma faca.

Kharkov sorriu. De olhos meio fechados, recuou um passo.

— Eu sei que sabe. Vi como cuidou daquele frango. Mas não sou uma ave, Adeline, e não tenho medo de sua faca.

Ele levou a mão ao bolso interno do casaco e sacou uma pistola, que apontou para ela.

— Portanto, solte-a e vamos nos divertir, está bem?

— Eu tenho marido — retrucou Adeline, sem baixar a faca.

— Não me importo.

— Você tem esposa, tem um bebê.

— Não nesta noite — declarou ele, sorrindo.

Adeline engoliu em seco e disse:

— Se chegar mais perto, eu te mato. Pode atirar em mim. Vá em frente. Prefiro morrer a ter você em cima de mim.

Isso enfureceu Kharkov, que destravou a pistola.

— Acha que não vou atirar?

— Vá em frente, atire — repetiu ela. — A cidade vai ouvir o disparo. Você vai ser investigado por assassinato. Vai para a prisão, e sua jovem esposa vai saber que você não é só um estuprador, mas um assassino que matou alguém a sangue-frio na véspera de Natal. Então, quando estiver na cela esperando a morte, vai ser como Raskólnikov em *Crime e castigo*. Você leu. É claro que leu. E se lembra de como o assassino comeu a própria mente. Como um câncer. É isso mesmo que quer, capitão Kharkov?

O oficial soviético a encarava com a pistola em mãos, mas tremendo, e em seguida apontou para além dela e disparou. Ela estremeceu com o tiro e cortou o ar com a faca, certa de que seria atacada.

Mas Kharkov já se afastava, furioso. Quando abriu a porta dos fundos, rosnou:

— Vadia alemã.

Depois saiu e bateu a porta.

Adeline ficou olhando por um segundo, antes de correr até lá e colocar a tranca na porta. Então, começou a tremer tanto que teve de cambalear de volta ao banco e sentar-se para não cair. Lágrimas e solidão se misturaram, trazendo a certeza de que um homem como Kharkov não se conformaria com aquilo. Ele encontraria um jeito de atacá-la ou puni-la.

Demorou um bom tempo, até a vela queimar quase por completo, antes de ela se convencer de que o capitão não voltaria e se acalmar o suficiente para pegar a faca de destrinchar e colocá-la embaixo do travesseiro. Depois, tirou as botas, calçou o segundo par de meias de lã, pôs o gorro de tricô e apagou a vela, antes de se encolher sob o cobertor.

Para deixar de pensar em Kharkov, tentou invocar a imagem de Emil. Em vez disso, perguntou-se quem ela seria se mais um ano passasse e ela estivesse deitada naquele mesmo banco na próxima véspera de Natal, sem notícias do marido. O mundo solitário sugerido pela pergunta a amedrontou tanto que ela se encolheu ainda mais e adormeceu rezando para que, em um ano, estivesse nos braços de Emil.

Poltava, Ucrânia

No porão da Prefeitura, Emil tomou toda a sopa e comeu o pão extra e o pedaço de peito bovino cozido com cebola, beterraba e repolho que serviam para o Natal. De vez em quando, levantava a cabeça para ter certeza de que o cabo Gheorghe estava mesmo lá, do outro lado da mesa, comendo com a mesma voracidade.

Emil se sentia melhor que nas últimas semanas e percebeu que era porque o insano soldado romeno estava com ele – não exatamente um amigo, nem mesmo um conhecido, só um rosto familiar e uma voz aleatória em um lugar frio e distante na véspera de Natal.

Quando terminou a sopa quente e comeu metade da ração dupla de tudo, Emil perguntou:

— Como chegou aqui?

— O sol, as estrelas, a lua…

— Sei — interrompeu-o Emil. — Só me conta o que aconteceu aqui na terra.

— Mas sempre começa lá em cima.

— Imagino que sim, mas comece por quando o deixamos a um dia de viagem da fronteira romena.

O cabo Gheorghe pensou nisso e sorriu.

— Você tem uma cunhada, eu lembro. Ainda é doce como mel?

— Malia, sim. Conte-me a partir daí.

— Ela se casou?

— Até a última vez que a vi, não.

O cabo sorriu, bateu com o dedo nos lábios e explicou que, pouco depois de os Martel terem seguido para a Romênia, o Exército Vermelho que os perseguia parou de repente para reabastecer, pouco antes da fronteira. Líderes romenos viram a mensagem na muralha e decidiram que era melhor mudar de lado, trocar Hitler por Stálin.

— Recebi ordens para me render aos soviéticos e informar que lutaríamos por Moscou, não mais por Berlim — contou. — Mas, quando avancei com uma bandeira branca na arma, eles me prenderam e me mandaram para um campo na Ucrânia, mas não tão longe como este.

— E o que aconteceu?

O romeno riu.

— Fugi depois de quatro meses, comecei a voltar para casa para me tornar apicultor, andei noventa quilômetros e fui capturado. Eles me mandaram para um segundo campo. E fugi de novo.

O cabo bateu com o indicador na têmpora esquerda, logo abaixo da cicatriz de Stalingrado.

— Naquela vez, fui esperto e andei principalmente à noite. Quase alcancei a fronteira romena.

— Mas foi capturado de novo — deduziu Emil, balançando a cabeça. — E não te fuzilaram?

Ele riu.

— Dá para acreditar? Disseram que eu não veria mais a Ucrânia, que seria mandado ao extremo leste para trabalhar nas minas. Mas, em vez disso, me trouxeram para cá há cinco dias. Foi bom, acho.

— Não tem nada de bom neste lugar — avisou Emil, que depois descreveu as doenças e o índice de mortalidade entre os prisioneiros. — É uma armadilha mortal. Você estaria melhor nas minas.

— Ouvi isso no primeiro dia, quando me ofereci para cuidar dos sepultamentos.

— Pelas rações duplas?

— Também — disse e se inclinou para a frente, baixando a voz. — Quer ouvir um segredo? Fugi dos dois primeiros campos enquanto cuidava dos sepultamentos. Vamos escapar juntos.

Emil balançou a cabeça.

— Você vai se matar tocando naqueles corpos.

O romeno bateu na têmpora de novo.

— Não se estiverem congelados, Martel.

Emil pensou nisso.

— Talvez. Mas por que os sepultamentos? Como daria para fugir?

O cabo se inclinou ainda mais.

— Os guardas russos? Eles têm medo de fantasmas, porque há muitos mortos em um lugar só. Não se aproximam de onde os corpos são deixados. Podemos fugir quando houver uma nevasca.

Emil cruzou os braços.

— Vão pegá-lo se fugir a pé. Já pegaram duas vezes.

— Mas dessa vez não vou andar — insistiu o cabo Gheorghe. — O pônei é resistente, quase tão grande quanto um cavalo. Vamos cavalgar. Encontramos os trilhos, esperamos um trem, pulamos nele e vamos para oeste.

Por um momento, Emil considerou a ideia de fugir com o romeno. Ele era só meio maluco... E havia previsto que se encontrariam de novo, não?

E se ele estiver certo? E se pudéssemos...?

Emil pensou na pilha de corpos mortos que veria de manhã e teria de sepultar. Sentiu um arrepio.

— Não posso.

O cabo Gheorghe inclinou a cabeça, sorriu de novo.

— Se não pode, precisa. É sempre assim. Vamos, podemos fugir juntos. Vamos encontrar sua esposa e a irmã dela, doce como mel.

Emil engoliu em seco.

— Tenho motivos para não poder participar dos sepultamentos.

— Que motivos?

Sentindo o coração e a respiração acelerarem, Emil percebeu que nunca tinha contado a ninguém sobre Dubossary. Então, ao olhar para o cabo do outro lado da mesa, sentiu-se compelido a descrever aquela noite, confessar a outro ser humano a profundidade e a natureza do que fizera.

Durante os vinte minutos seguintes, contou ao cabo Gheorghe a história de Dubossary até o momento em que o capitão Haussmann entregou a ele a Luger e ordenou que provasse sua lealdade à Alemanha atirando nos três jovens judeus. Nesse momento, o triângulo tilintou, anunciando que era hora de saírem do refeitório e se prepararem para marchar para o porão do museu.

— O que você fez? — perguntou o cabo Gheorghe.

— Eu...

— Mexam-se! — gritou um guarda, apontando para o romeno. — Ainda tem dois corpos lá fora. Um na rua. Outro perto do hospital. Vá buscá-los.

Ele se levantou olhando para Emil.

— Venha ajudar nos sepultamentos. Precisa me contar o que fez.

E foi embora. Emil viu o romeno se afastar, notando pela primeira vez como os passos do homem eram leves, como seus movimentos eram fluidos. Ele parecia flutuar. Quando Emil saiu para a nevasca, que não dava trégua, a carroça da morte havia desaparecido e, com ela, o cabo Gheorghe, que de repente parecia ser sua última esperança.

Mas e os sepultamentos?

Enquanto marchava de volta ao museu, a ideia de carregar os corpos naquela carroça, congelados ou não, fazia Emil sentir como se estivesse trancafiado em um espaço tão pequeno que mal era possível respirar, enquanto mãos invisíveis davam muitos nós em seu estômago.

Natal de 1945

Gutengermendorf, Alemanha Oriental ocupada pelos soviéticos

Adeline acordou tremendo na igreja escura, sentou-se e viu uma fresta de luz por baixo da porta dos fundos. Quase se levantou para recolher suas coisas e voltar para Walt e Will. Em vez disso, pôs o cobertor sobre os ombros, ajoelhou-se e rezou pela segurança dela mesma, dos meninos e de Emil.

Quando de fato foi arrumar as coisas, Adeline não se sentia segura. Não com o capitão Kharkov e seus homens morando na casa dos Schmidt. Essa sensação ficou mais intensa quando ela saiu da igreja e subiu a colina para voltar à fazenda.

Havia nevado sete centímetros durante a noite, antes de a temperatura subir acima da marca de congelamento. Agora caía uma garoa gelada, e ela andava em meio à neve derretida.

— Feliz Natal, mamãe! — gritaram Will e Walt quando ela destrancou a porta do quarto no galpão.

Os dois pularam da cama e correram para os braços de Adeline. Ela os abraçou com força e beijou o rosto de cada um, antes de dizer:

— Feliz Natal, meus queridos.

Will recuou um passo.

— Vamos ganhar presentes?

Ela sorriu.

— Sei que Frau e Herr Schmidt viram presentes para vocês embaixo da árvore deles na noite passada.

Devido às circunstâncias, eles foram obrigados a quebrar a tradição e celebrar o dia de Natal, em vez da véspera.

— É mesmo? — perguntou Walt. — O que será que é?

— Vistam-se e vamos descobrir.

Will se vestiu em segundos e ficou pulando animado, enquanto Walt cumpria as etapas do processo com mais cuidado e mais devagar.

— Vamos lá, Walt — gemeu Will.

— Quer que eu vá descalço?

— Pode ser.

— Não quero e não vou — respondeu o irmão mais velho, calçando os sapatos.

— Mamãe!

— Calma, Will — disse ela. — Os presentes ainda estão lá.

— Mas eu estou esperando!

— E eu estou pronto — anunciou Walt, levantando-se para pegar o casaco.

Will correu para a casa dos Schmidt e entrou, e Walt caminhava de mãos dadas com Adeline.

— Mamãe, Will sempre vai ter pressa?

Ela pensou na pergunta e sorriu.

— Acho que sim. É da natureza dele.

— Às vezes ele é tão acelerado que me deixa tonto.

Adeline riu.

— É, ele me deixa tonta também de vez em quando.

Eles chutaram a neve das botas antes de entrarem na casa da fazenda. Frau Schmidt cozinhava linguiça feita do porco que tinham matado um mês antes. O aroma na casa era delicioso, e ela olhou em volta e ficou feliz quando não viu nenhum soldado soviético por ali, especialmente Kharkov.

— Feliz Natal! — gritou Frau Schmidt da cozinha, onde Will já comia um biscoito.

— Feliz Natal! — respondeu Adeline.

— Mamãe, posso comer um biscoito também? — perguntou Walt.

— É claro que sim. Hoje é Natal.

Ele tirou o casaco, pendurou-o e tirou as botas, antes de entrar na cozinha e pegar o biscoito. Adeline o seguiu, feliz ao ver o fogo no fogão e sentir o calor e o conforto em tudo.

Herr Schmidt bebia chá quente. Quando os meninos terminaram de comer os biscoitos, ele disse:

— Acho que vi presentes para os pequenos Martel embaixo da árvore.

Will e Walt olharam para a mãe, que assentiu.

— Podem ir.

Eles correram para a sala e encontraram dois pequenos pacotes feitos com papel de açougue. Will e Walt os abriram e encontraram dois piões de madeira que Herr Schmidt havia esculpido.

Ele mostrou como girar os piões e como jogar com eles. Os gritos, as gargalhadas e o triunfo quando um derrubava o pião do outro fizeram Adeline se sentir melhor que em muito tempo, desde que Emil fora capturado.

Lá fora, a garoa tinha se transformado em neve outra vez. Herr Schmidt foi conferir o termômetro através da janela e constatou que a temperatura estava caindo, o que, ele disse aos meninos, era bom para o outro presente.

— Mais um! — gritou Will. — Onde?

— No celeiro. Vistam o casaco, ponham o chapéu e eu mostro para vocês.

— Quer ir, mamãe? — convidou-a Walt.

Adeline sabia o que Herr Schmidt planejava dar aos meninos desde a semana anterior e respondeu:

— Quero.

— Vou esperar vocês com chá e sidra quente — avisou Frau Schmidt.

Eles se vestiram e saíram na neve, que caía fraca, andando no frio cada vez mais intenso. Estiveram dentro da casa por uma hora apenas, mas a neve derretida de antes já se misturava com os novos flocos e endurecia outra vez, tornando-se escorregadia e firme, perfeita para o grande presente dos meninos.

Herr Schmidt tinha deixado o trenó sobre um banco no celeiro. Havia pertencido ao filho dele no passado, quando criança. O fazendeiro consertara o brinquedo uma semana antes. Tinha assento, duas esteiras e um leme para guiar e reduzir a velocidade. Ele mostrou as esteiras de madeira com beiradas de metal parafusadas e outra faixa de metal no meio e os ensinou a dirigir.

— Quem vai primeiro? — perguntou Herr Schmidt. — Walt?

O filho mais velho de Adeline estava inseguro.

— Will pode ir antes.

Will sorriu e assentiu.

— Sim, por favor.

O velho fazendeiro os levou para fora do celeiro, de volta à neve, e puxou o trenó até o topo da encosta, acima do campo coberto de neve e do povoado além dele. Will sentou-se e segurou o leme com as duas mãos.

— Como faço para andar? — perguntou.

— Eu vou empurrar — explicou Herr Schmidt, apoiando um pé na parte de trás do trenó e dando impulso.

Will gritou eufórico e desceu a encosta até a planície, onde capotou. Adeline sentiu pânico por um instante, até o caçula se ajoelhar na neve, levantar os braços e gargalhar.

O trenó tinha uma corda pela qual Will o puxou encosta acima. Walt parecia assustado antes de ir, mas, com o incentivo de Herr Schmidt, também desceu a encosta até a planície. Ele não capotou. Quando saiu do trenó, pulou, jogou a cabeça para trás e gritou:

— Adorei!

Quando voltou ao topo da encosta, anunciou:

— Sua vez, mamãe.

— Sim! — concordou Will.

— Acho que não...

— É seguro — tranquilizou-a Herr Schmidt.

Relutante, Adeline se sentou no trenó, esperou o fazendeiro dar as explicações sobre como controlar o leme e gritou de alegria quando ele a empurrou, rindo ao descer a encosta. Segurando com firmeza, deslizou ainda mais longe que os meninos.

Ofegante e feliz, Adeline ficou deitada por um momento, olhando os flocos de neve que caíam e se sentindo viva, até pensar em Emil e deixar-se dominar pela culpa por se divertir enquanto ele estava preso ou coisa pior. Ainda assim, recusou-se a estragar a celebração dos meninos, por isso se levantou e puxou o trenó de volta ao topo da encosta.

Os garotos continuaram escorregando, mas estava frio demais para Adeline. Ela voltou à casa da fazenda para ajudar Frau Schmidt na cozinha. Quando passou pelo celeiro e, por acaso, olhou para as janelas no andar de cima da casa, viu o capitão Kharkov em uma delas, olhando em sua direção.

Adeline baixou o olhar e sentiu toda a alegria desaparecer, porque sabia que o soviético era o tipo de homem que guardava rancor. Ela o havia derrotado em um confronto, e ele não desistiria de se vingar.

Quando entrou na casa, Adeline tinha tomado uma decisão e contou a Frau Schmidt o que havia acontecido na igreja na noite anterior.

— Não acredito que estou dizendo isso, Frau Schmidt, porque foi muito boa para nós, mas, assim que encontrar outro lugar para morar, os meninos e eu vamos embora.

Frau Schmidt ficou triste, mas a abraçou.

— Eu entendo — disse. — Mas, por favor, não suma.

Poltava, Ucrânia

A nevasca cessou ao amanhecer, quando fortes ventos noroeste trouxeram céu azul e um frio insuportável. O sol desenhava padrões rosados na paisagem de inverno. Vinte e oito centímetros de neve tinham caído durante a noite. Nas áreas protegidas do vento, a neve era pulverizada e relativamente fácil de atravessar com o pônei puxando a carroça da morte.

Mas, onde o vento varria a neve, Emil e o cabo Gheorghe tinham de parar e abrir sulcos com pás para liberar as rodas e os eixos e evitar que a base da plataforma atolasse sob o peso dos oito prisioneiros mortos naquela noite. Os cadáveres foram arranjados em duas pilhas, congelados juntos em um pacote macabro.

Antes de se recolher para dormir na véspera de Natal, Emil havia decidido não participar da equipe de sepultamentos e do plano de fuga do cabo Gheorghe. Mas o romeno, munido de lanterna, o encontrara no beliche e o acordara às cinco da manhã.

— Sou o único designado para essa função — disse. — O cabo Gheorghe precisa do Martel. E o Martel precisa do cabo Gheorghe.

Como o homem não era do tipo que desistia, Emil se levantou, se vestiu e o seguiu escada acima para encarar uma temperatura de vinte graus negativos. Cada articulação e osso do corpo doíam em consequência da carga de trabalho do dia anterior, mas ele ajudou o romeno a carregar os corpos congelados, inclusive Nikolas, agora em coloração azul-clara. Dois guardas soviéticos os vigiavam e os seguiram quando levaram o pônei e a carroça para o sul, em uma direção diferente das marchas leste-oeste que ele repetia duas vezes por dia desde que havia chegado.

Emil nunca tinha estado no cemitério nem naquela parte em ruínas da cidade, por isso olhou em volta com interesse, vendo grandes partes de Poltava que ainda eram territórios estéreis cobertos de neve, sem sinal de atividade humana. Mas, aqui e ali, via civis lutando para sobreviver na zona de demolição congelada. Várias crianças eram da idade de seus filhos e estavam imundas, com frio e muito magras.

Quando saíram da cidade com dois soldados soviéticos atrás deles, Gheorghe disse:

— Os guardas não falam alemão. Termina a história. Os nazistas puseram a pistola em sua mão e ordenaram que atirasse nos judeus. O que você fez?

Emil deteve o pônei quando eles chegaram ao limite de um grande campo nevado com uma floresta densa nos lados leste e sul. O sol subindo acima do horizonte se refletia na neve com uma intensidade quase ofuscante. Emil apertou os olhos, viu mais sulcos à frente, além de solo exposto e grama morta em locais onde o vento tinha deslocado a neve.

— Fique na grama. Vamos cavar sulcos, se for preciso — disse o cabo Gheorghe, como se lesse seus pensamentos. — Conta a história. Ele apontou uma arma para sua cabeça?

Emil respirou fundo várias vezes, tentando manter a cabeça virada para o lado oposto ao romeno e contra o vento cortante. Mas as rajadas que projetavam a neve solta o obrigaram a olhar para o cabo e encarar a realidade.

— Eu decidi matá-los, cabo. Disse a Haussmann que faria o que ele queria. No coração, já tinha feito. Andei na direção deles e tentei apontar para o rapaz, um adolescente. Estava puxando o gatilho.

Quando eles chegaram ao meio do campo, Emil explicou que um oficial sênior tinha interferido e imposto a política de Himmler e que tinha recebido ordens para jogar cal sobre centenas de judeus mortos na noite anterior.

— Pedi a Deus para não participar da morte dos judeus — continuou Emil, amargurado —, mas não fui ouvido. Em vez disso, puseram aquela arma em minha mão, e eu tinha decidido matar aquelas pessoas. Passei a noite toda cobrindo corpos com cal. Havia tantos homens atirando e tanta gente inocente morrendo que deixei de acreditar na bondade. E parei de acreditar em minha própria bondade, porque havia decidido matar pessoas inocentes, crianças. Enquanto jogava cal, eu sabia que devia rezar pelos corpos na vala, mas não consegui, porque não acreditava mais em Deus.

*

Os guardas anunciaram uma parada no meio do campo e disseram que os esperariam ali.

— Onde os enterramos? — perguntou Emil.

— Não enterramos — respondeu o cabo Gheorghe. — O chão está congelado. Vamos jogar os corpos atrás da clareira na margem daquele bosque. Corvos e lobos terminam o serviço.

— Sério? — perguntou Emil, perturbado.

— Por isso os guardas russos têm tanto medo do lugar. Eles se recusam a descer ali. Em uma tempestade? Nós descemos na vala, tiramos o pônei da carroça e fugimos, então vamos ter uma boa vantagem e a neve para cobrir nossos rastros.

Emil não respondeu de imediato, ainda sentindo que precisava desabafar.

— Não voltei a rezar até ontem, cabo Gheorghe — disse, ao levar o cavalo e a carroça encosta abaixo por onde a neve era mais baixa. — E hoje queria não ter rezado. Voltei a acreditar que Deus não responde, não existe, e a maioria dos homens não é boa por natureza. Nem mesmo eu.

— Então, qual é a natureza da maioria dos homens?

— Selvagem. As pessoas podem agir como se fossem boas. Mas basta uma ameaça à vida delas para que isso se perca e elas se tornem criaturas diferentes, como eu, não humano, selvagem, animal.

O romeno continuou andando. O pônei bufou e avançou.

Emil não suportou o silêncio e disse:

— Talvez eu mereça isso. Talvez eu esteja aqui para ser punido. Talvez não mereça ser perdoado. Talvez deva viver o resto de meus dias arrastando corpos mortos para os lobos e os corvos. E talvez Nikolas estivesse certo: fui condenado no momento em que peguei a arma e decidi matar aquelas três pessoas.

Eles chegaram ao pé da colina, uma parte do campo onde estavam protegidos da maior parte do vento. A neve era alta e fina. O pônei conseguia puxar a carroça com facilidade e parecia conhecer o caminho para uma clareira junto ao bosque.

— Estou condenado — disse Emil, balançando a cabeça. — Como esses homens que estamos descartando aqui.

Quando entraram na pequena clareira, o cabo Gheorghe disse:

— Condenado por quê? Você não puxou o gatilho. Não matou ninguém.

Emil o encarou, furioso.

— Mas tinha decidido matá-los. Na minha cabeça, já os tinha matado.

— Mas não atirou.

— Por causa daquele coronel da SS. Se ele não estivesse lá, eu teria atirado neles. Teria. Escolhi matar aquelas pessoas inocentes depois de rezar e não ser ouvido. Fiquei tão furioso com Deus por não ter me ouvido que…

— Deus não fez isso?

Emil franziu a testa.

— Não fez o quê?

As rodas da carroça da morte começaram a atolar na neve mais funda, e o pônei fazia um esforço enorme. O romeno não respondeu, só contornou a carroça para empurrá-la por trás.

Emil juntou-se a ele e repetiu:

— Deus não fez o quê?

— Não ouviu você.

— Não, eu não fui ouvido — insistiu Emil, em um tom duro. — Se tivesse sido ouvido, acha que eu estaria aqui?

— Não sei, mas posso afirmar que você foi ouvido.

— E fui ignorado, então.

— Não, não — disse o romeno enquanto empurrava a carroça. — Você pediu para Deus não fazer de você um assassino. Demonstrou coragem dizendo "não" ao nazista. Acreditou na palavra de Deus, sexto mandamento. Você disse que não mataria.

— Mas mudei de…

— Pare! Quando você disse "não", sabia que Heinrich Himmler tinha proibido matar quem se recusasse a matar algum judeu?

Emil pensou naquilo.

— Não.

— Então, quando se negou a obedecer, você arriscou sua vida para fazer o que era certo e aceitou as consequências de dizer "não". Na minha opinião, você mostrou seu verdadeiro eu ao todo-poderoso naquela noite e foi recompensado por isso.

Emil não conseguia pensar da mesma maneira.

— Eu mudei de ideia. Ia atirar neles.

— Mas foi impedido, não foi? — perguntou o romeno quando se aproximavam do fundo da clareira. — Não teve de matar porque fez a coisa certa. Não vê a ação de Deus nisso, Martel? Na chegada do oficial que o impediu de matar os três judeus? Não sou um homem inteligente, mas vejo a mão da inteligência universal tão claramente quanto vejo esta manhã de Natal e você.

Emil olhou para a neve diante dele, tentando digerir o que o cabo acabara de dizer.

Durante mais de quatro anos, ele se culpara e negara Deus por tê-lo feito decidir matar judeus. Mas agora via uma ação superior em tudo isso. Não tivera de matar naquela noite porque havia se recusado a fazer a coisa errada desde o início. O coração de Emil disparou. *Eu fui ouvido. Eu fui.* Emil se sentia ofegante quando olhou para o cabo Gheorghe, pensando nele não mais como um maluco com a cabeça lesionada, mas como um estranho e divino mensageiro da salvação.

— Você acredita mesmo nisso? — perguntou Emil, finalmente.

O romeno assentiu e disse:

— Acho que o todo-poderoso poupou você por ter se recusado a matar três judeus. Entende? Você foi um herói para Deus. E para sua esposa, seus filhos e sua cunhada doce como mel.

Emil piscou. Um herói? Ele balançou a cabeça.

— Um herói não desiste, e eu desisti ontem — disse Emil. — Fui fraco. Perdido. Cheguei a meu limite. Disse que não podia mais fazer isso sozinho.

Ele sorriu.

— Está vendo? Você tem coração de herói, mas é um homem. Tem limites. Nem você pode seguir sozinho, fazer tudo sozinho. O que fez ontem? Quando desistiu?

Emil pensou.

— Eu sentia um peso horrível no peito e rezei para ele desaparecer.

— Sim. Mostrou sua fé, rezou. Pediu ajuda para lidar com seu fardo. Isso é bom. Agora peça ao divino para andar a seu lado. Nunca mais vai se sentir fraco ou perdido. Com Deus como aliado, até um apicultor maluco com a cabeça lesada consegue sobreviver à batalha de Stalingrado!

O pônei parou e bufou, e a carroça também parou na neve, que alcançava a altura do eixo.

— Aqui está bom — disse o romeno, que contornou a carroça de seu lado.

Emil fez a mesma coisa. Só então ele viu os rastros de lobo, as penas de corvo e um ou outro osso em meio à neve uns três metros à frente do pônei, cujos flancos tremiam e se contraíam.

— Simplesmente jogamos os corpos aqui? — perguntou Emil.

— Eles nunca vão saber. Damos meia-volta com a carroça, empurramos, eles caem, nós vamos embora.

Eles conduziram o pônei em um círculo fechado e depois soltaram a alavanca que travava a plataforma. Depois, empurraram o lado mais próximo do pônei. As pilhas de oito corpos deslizaram para a neve profunda. O cadáver de Nikolas caiu com o rosto para cima.

— Agora temos de ir — disse Gheorghe. — Assim, os guardas não vão desconfiar.

Emil mal ouvia o romeno. Uma vez que viu o passado sob uma óptica completamente diferente e não estava mais preso naquela noite em Dubossary, caminhou até o corpo de Nikolas e dos prisioneiros que não conhecia. Na manhã de Natal de 1945, depois de mais de cinquenta meses negando Deus, Emil se pôs a rezar, pedindo para o todo-poderoso andar a seu lado e aceitar as almas que deixaram os corpos que ele estava prestes a entregar aos pássaros, aos lobos e ao vento.

31

25 de janeiro de 1946

Berlim, Alemanha Oriental ocupada pelos soviéticos

Adeline desceu do trem lotado com suas grandes sacolas de lona vazias e a bolsa que Frau Schmidt tinha dado a ela como presente de despedida. Ela saiu da estação onde homens, sob o olhar de guardas soviéticos, trabalhavam para fechar buracos abertos por bombas e construir novas peças de aço. Ficou chocada. Da última vez em que estivera em Berlim, no verão anterior, ela e os meninos tiveram de desviar dos onipresentes rastros de destruição. Agora, com exceção da fina camada de neve, as ruas estavam praticamente limpas, e o tráfego fluía.

Ela pegou um caderno na bolsa e verificou um endereço. Perguntou a um policial como chegar lá e ficou aliviada por descobrir que estava a apenas doze quarteirões de distância.

Andando contra um forte vento norte naquele dia úmido e frio, Adeline pensou mais uma vez que era realmente impressionante o tanto que sua vida podia mudar em um mês. No dia seguinte ao Natal, Frau Schmidt a acompanhara ao comitê local no vilarejo para pedir uma transferência de alojamento.

Quando a atendente perguntou o motivo, Frau Schmidt disse:

— Para que ela não seja estuprada.

A atendente, mulher, imediatamente mudou de atitude.

— Vou ver o que posso fazer por ela.

— Ela é uma cozinheira maravilhosa. É quase um crime designá-la para o trabalho no campo.

A mulher franziu a testa e bateu com o dedo nos lábios.

— Muito boa mesmo?

Frau Schmidt revelou:

— Ela é capaz de fazer uma galinha velha e dura ter sabor de galeto. Faz massa como ninguém e prepara um excelente bolo de maçã.

— Deixe a pobrezinha falar por si. Você fala russo? Conhece receitas russas? — questionou a mulher.

Adeline sorriu e assentiu.

— Falo russo fluentemente e conheço muitas receitas, trabalhei em uma cozinha na Ucrânia.

A atendente a mandou para uma casa grande no limite da cidade, o alojamento dos oficiais soviéticos de alta patente na área, entre eles um certo coronel Vasiliev, homem de uns sessenta anos, encorpado e rude. Ele amou a costeleta de porco com molho picante de maçã que Adeline preparou para o almoço e a contratou na hora.

Quando Adeline voltou correndo e feliz ao escritório da atendente para terminar a transferência de domicílio, o coronel já tinha telefonado para lá. Estava resolvido. Ela poderia se mudar na manhã seguinte para os novos aposentos da casa, que ficava na rua principal do povoado, não muito longe da escola.

*

Ao chegar ao endereço fornecido pelo coronel Vasiliev, Adeline se lembrou de como ficara aliviada naquele dia, ao voltar à casa dos Schmidt e descobrir que o capitão Kharkov e os outros oficiais não tinham retornado. Frau Schmidt ficou aborrecida ao ver que Adeline já arrumava as coisas para partir, mas satisfeita com a mudança em seu destino.

Adeline contou aos meninos que tinha conseguido um emprego de cozinheira e que se mudariam para o povoado, mais perto dos amigos da escola, e eles gostaram da notícia. Tinham tão pouco que ela não demorou mais que uma hora para colocar todas as coisas na carrocinha, que Herr Schmidt a ajudou a acomodar na carroça maior.

— Podemos voltar para andar de trenó? — perguntou Will.

O velho fazendeiro sorriu e bateu de leve na cabeça dele.

— Quando quiserem.

— Você é sempre bem-vindo, Will, e você também, Walt — disse Frau Schmidt, que insistiu em acompanhá-los até o povoado para ver em que condições seriam acomodados.

Eles partiram nos últimos vinte minutos de luz boa, com grandes flocos de neve caindo no ar gelado. Na metade do caminho para a cidade, Adeline viu o capitão Kharkov e os outros dois oficiais subindo a encosta na direção deles.

Ao ver Adeline, Will, Walt e a pequena carrocinha, Kharkov se colocou no caminho para impedir a passagem. Herr Schmidt freou o cavalo.

— O que é isso? — questionou Kharkov. — O que está acontecendo?

— Eles estão se mudando para um novo alojamento no povoado — respondeu Herr Schmidt.

— Não fui informado!

— Ordens do coronel Vasiliev — disse Frau Schmidt. — Ela agora cozinha para ele.

*

Semanas mais tarde, em Berlim, Adeline sorriu ao se lembrar da fúria no rosto de Kharkov quando ele saiu do caminho e a encarou.

Eu o derrotei duas vezes em três dias, pensou, orgulhosa, antes de se dirigir ao soldado soviético em pé diante da porta no endereço que procurava. Adeline mostrou seus documentos e a carta oficial do coronel Vasiliev autorizando sua entrada.

O guarda russo, que não tinha mais que dezenove anos, assentiu e devolveu a papelada, dizendo:

— Compra um pouco de chocolate para mim lá dentro? A comida que nos dão é horrível.

— Não posso prometer nada — respondeu Adeline.

Ele suspirou e abriu a porta do armazém para oficiais soviéticos de alta patente. Adeline entrou, e a porta foi fechada. Ela olhou em volta e perdeu o fôlego.

O espaço era longo e largo, com pé-direito baixo e muitas prateleiras cheias de comida. E não era só o essencial. Havia carnes de vaca e porco frescas e muitas aves; arenque e outros peixes no gelo; queijo e mel; vinte tipos diferentes de vodca e quatro marcas de cigarro. Havia até o caviar beluga específico que o coronel tinha colocado no topo da lista de compras.

Depois de uma vida inteira de necessidade e privações até nos melhores momentos, Adeline descobriu que estar ali no armazém dos oficiais, em meio ao variado estoque de ingredientes e infinitas opções, era quase excessivo. Sabia que as altas autoridades no sistema comunista viviam de um jeito diferente do povo que eles diziam apoiar. Só não havia entendido quanto viviam bem, enquanto os outros, como ela, sofreram por décadas.

Adeline fez as contas mentalmente enquanto comprava tudo. Perto do fim da lista, percebeu que o coronel tinha lhe dado dinheiro mais que suficiente para pagar a despesa. E ainda tinha um pouco de dinheiro dela. Pagou as compras do coronel Vasiliev e fingiu que ia embora, depois olhou para a lista e gemeu baixinho.

— Esqueci algumas coisas — disse. — Posso deixar as sacolas aqui?

A caixa, uma soldado entediada do Exército Vermelho, deu de ombros. Adeline voltou depressa com um pote de geleia de mirtilo, três barras grandes de chocolate, uma barra pequena e um pedaço de queijo. Pagou por esses produtos com o próprio dinheiro, porque sabia que o coronel ou alguém da equipe faria a conferência do recibo e do troco. Depois de fazer o segundo pagamento, Adeline ajeitou a echarpe para se proteger do frio e saiu. O mesmo jovem soldado russo estava na porta, batendo os pés no chão com uma expressão abatida e infeliz.

— Para você — disse ela, entregando a barra de chocolate menor.

O soldado sorriu, agradeceu e aceitou o doce.

Enquanto rasgava a embalagem, disse:

— É verdade, sabe?

— O quê?

Depois de pôr todo o chocolate na boca, mastigar e engolir com grande contentamento, explicou:

— Na União Soviética, se você tiver chocolate, vodca ou cigarro, pode mudar um "sim" para um "não" e um "não" para um "sim".

Ela pensou naquilo e sorriu.

— Como você se chama, soldado?

Ele hesitou.

— Dimitri.

— Tenha um bom dia, soldado Dimitri. Hoje não quero mudar um "sim" nem um "não".

O soviético a encarou meio intrigado, antes de Adeline se afastar levando as sacolas de compras, uma em cada mão para manter o equilíbrio nas ruas e nas calçadas escorregadias. Pensou em Emil pela segunda vez no dia. Em sua nova casa – um grande quarto na casa de uma viúva mais jovem que Frau Schmidt –, mantinha o hábito de se levantar ao nascer do sol e olhar para leste pensando no marido e em sua promessa de encontrá-la.

Contudo, durante o dia, especialmente quando estava cozinhando, achava melhor deixar de lado esses pensamentos. O fato de conseguir não pensar em Emil por horas seguidas fazia com que se sentisse horrível... Adeline parou, percebendo que havia entrado em uma ou duas ruas erradas e agora estava desorientada. Perdida.

Uma jovem que passava lhe deu orientações diferentes para ela voltar à estação de trem. Dois quarteirões por esse caminho, e ela viu uma fila de pessoas aguardando do lado de fora de um edifício onde havia uma bandeira branca com uma cruz vermelha tremulando sobre a porta. Tinha entrado em filas como aquela quando era refugiada em Wielun e imaginava que tais pessoas esperavam atendimento médico.

Quando perguntou a uma senhora no fim da fila, soube que a maioria estava ali porque havia sido separada de pessoas queridas durante a guerra. O prédio era da Cruz Vermelha Internacional, que registrava nomes e endereços para colocar em grandes listas que seriam afixadas em locais públicos na União Soviética, na Inglaterra, na França e em zonas americanas.

Adeline ficou ali, pensando se devia entrar na fila. Emil fora levado para leste. E disse que iria procurá-la no Ocidente. Mas quem poderia saber quando ou se ele teria chance de procurar a esposa e os filhos? E quem poderia saber se essas listas ainda estariam em algum lugar em cinco ou dez anos? Ela ignorou essas e outras dúvidas que a atormentavam e entrou na fila.

Mal não vai fazer. Vai?

32

3 de fevereiro de 1946
Poltava, Ucrânia

No fim de dezembro, o tempo tinha mudado e se tornado tão cruel quanto no ano anterior. Havia neve quase constante, neve demais para tentar fugir, mesmo com o pônei, e por vários dias seguidos o termômetro do lado de fora da oficina de cimento não subia além dos vinte graus Celsius negativos. Com sensação térmica de menos de quarenta graus negativos à noite, Emil e o cabo Gheorghe decidiram que tentar escapar seria suicídio. Esperariam diminuir a camada de neve e depois aguardariam uma tempestade que cobrisse seus rastros.

A pedido de Emil, depois da morte de outros trabalhadores, o cabo romeno foi designado para a oficina de blocos de cimento. Ele recolhia aparas de madeira em torno do local para levar às cozinheiras. E eles continuavam fazendo os sepultamentos juntos, empurrando corpos da carroça ao nascer do sol e quando ele se punha. No começo de janeiro, os corpos desapareciam da noite para o dia. Agora ficavam expostos durante dias em vários estágios de decomposição. Eram tantos homens morrendo que lobos e corvos não davam conta dos cadáveres.

Dos mais de dois mil prisioneiros que entraram em Poltava em maio de 1945, restavam trezentos e oitenta vivos trabalhando para reconstruir a cidade antes de voltar para casa. E não havia alteração na rapidez de propagação da doença nem na variedade das mortes. Quando um surto acabava, outro começava.

— Estaremos todos mortos em seis semanas — disse um dos prisioneiros antes de sair da oficina.

O cabo Gheorghe empurrava um carrinho de mão cheio de cal para a mistura e sorriu ao passar pelo homem. Tocou a depressão na cabeça e acenou com a cabeça para Emil.

— Ele vai morrer em seis semanas porque diz que vai morrer em seis semanas — comentou o romeno, balançando a cabeça e rindo. — Por que ele nunca afirma algo como “em seis semanas vou correr por um campo florido atrás de uma linda menina”?

Emil deu risada, visualizando a cena enquanto usava o remo para misturar a última leva de cimento do dia.

— Porque uma das coisas é provável e a outra é ilusão?

— Ambas são ilusões; ambas são imaginações sobre o que pode acontecer — respondeu o cabo, sério, acrescentando cal à mistura. — As duas coisas podem se tornar realidade em algum momento. Mas as pessoas nunca aprendem isso. Nunca percebem que Deus está ouvindo suas esperanças e seus sonhos e tentando ajudar. Sejam bons, sejam maus. Morte ou campos floridos. A escolha é nossa.

— É?

— Tudo é escolha nossa. Você não escolheu pensar em Dubossary de um jeito diferente?

— Sim.

— E isso não fez diferença?

Era verdade. Desde que o cabo Gheorghe lhe mostrara um significado diferente para sua história em Dubossary, ele se sentia mental e emocionalmente melhor que nos quatro anos desde aquela noite terrível.

— Fez muita diferença.

— Então, é isso.

— Mas isso é passado — disse Emil, despejando mais cinzas à mistura de concreto. — Como o pensamento pode mudar o que acontecerá?

— Não pode mudar, mas influencia. — O cabo Gheorghe riu ao pegar sua pá e mexer a mistura. — A maneira como você pensa em Dubossary agora vai influenciar sua vida no futuro, não vai?

Emil sentia que também era verdade, mas não conseguia entender o motivo exato. Mesmo irritado com isso, ele assentiu.

O romeno continuou:

— Se hoje você se perguntar quais são as suas oportunidades, consegue enxergá-las? Vai vê-las no futuro?

— Que oportunidades?

— Qualquer uma. Uma chance de fugir, por exemplo. Se pensar nisso agora, vai ficar atento às chances?

Ele pensou um pouco.

— Sim, vou.

— É assim com tudo. O que você procura é o que você acha, mas só se procurar de coração e com a cabeça.

— Nem sempre.

— Sempre — insistiu o cabo Gheorghe. — O problema é que muita gente fica frustrada quando não encontra o que está procurando ou quando não é fácil nem rápido fazer o que está tentando. As pessoas desistem depois de alguns fracassos ou alguns anos de esforço. O sonho que antes iluminava o coração começa a escurecê-lo, e o pensamento muda. As pessoas perdem a fé depressa demais. Elas se convencem depressa demais de que seu sonho jamais vai se realizar. O problema foi que não se mantiveram fiéis ao próprio coração por tempo suficiente para o todo-poderoso mover céu e mar para realizar o sonho delas. Quando a incredulidade se apodera do coração e dos pensamentos, Deus a ouve e desiste de ajudar. É por isso que sonhos não se realizam. Por isso você não se tornou maior na vida, Martel. Por isso não fez jus a seu nome. E é por isso que eu serei apicultor.

O cabo sorria, e isso deixou Emil furioso. Ele parou de despejar concreto nos moldes.

— Como assim, não fiz jus a meu nome?

— Você insiste em tentar ser agricultor, mas o sobrenome que usa, Martel, conta uma história diferente à inteligência universal.

Emil o encarou, completamente confuso.

— Que história?

— *Martel* significa "martelo" em francês. Mesmo que fosse bom agricultor, você não nasceu para isso. Nasceu para ser construtor. Você nasceu para ser martelo, não arado.

Por um instante ou dois, Emil não acompanhou o raciocínio do romeno, mas depois sentiu que era verdade. Sempre gostara de construir coisas, mesmo quando criança. Pensando bem, gostava até do processo de misturar cimento e fazer blocos.

Ele analisou Gheorghe de novo.

— Onde aprendeu todas essas coisas?

O cabo parou de mexer a mistura e se apoiou no cabo da pá.

— Você se lembra de que contei à sua família sobre o cabo Kumar, o indiano que esteve comigo nas fronteiras em Stalingrado?

Quase dois anos se passaram desde aquela noite em que o soldado romeno aparecera da margem do riacho com uma garrafa roubada de hidromel, mas Emil ainda lembrava boa parte da história.

— Ele não morreu? Não foi atingido no primeiro ataque?

O cabo assentiu com ares de tristeza.

— Porque acreditava que ia morrer. Ele me disse que aconteceria e aconteceu. O cabo Kumar aprendeu toda essa sabedoria com o avô dele, na Índia, mas morreu porque não acreditou numa vida depois da batalha. Ele morreu porque, no fundo, acreditou em sua morte. Sei que é estranho e perturbador pensar dessa maneira. Mas sei que é assim. Sonhei uma vida de apicultor e acreditei nela com todo o coração antes de a bomba me atingir. Por isso sobrevivi à batalha. Por isso vou sobreviver a Poltava, voltar para casa e me tornar apicultor.

— Porque ainda guarda esse sonho no coração, de onde ele não pode ser tirado?

Ele sorriu e voltou a mexer a mistura, dizendo:

— Agora o Martel começa a entender.

O outro homem que trabalhava na produção de blocos voltou, e eles ficaram em silêncio. O cabo Gheorghe trabalhava satisfeito. Mas Emil passou o resto do dia tentando entender o jeito de pensar do romeno. Uma pequena parte dele queria acreditar nisso. Uma parte maior era profundamente cética.

Mais tarde, quando recolhiam aparas de madeira para as cozinheiras do refeitório, Emil disse:

— Então, me explica como funciona. O cabo Kumar acreditava que Deus estava por trás de tudo?

— Não Deus como nos ensinaram. — Ele usou um pedaço de madeira para apontar o entorno. — Isso é o divino. Tudo é o divino, o todo-poderoso, a inteligência universal. Você, eu, tudo.

— Não sei do que está falando.

O cabo Gheorghe franziu a testa e levou a mão ao peito, fechou os olhos e inclinou a cabeça para trás, expondo o rosto aos flocos de neve. Um momento depois, abriu os olhos, baixou o queixo e adotou um olhar calmo e afetuoso que fez Emil se sentir estranhamente conectado a ele.

Gheorghe disse:

— O cabo Kumar acreditava que, no fundo, tudo na vida era uma coisa única, uma força universal de suprema inteligência que ele chamava de divino, ou inteligência universal, ou o todo-poderoso. Eu sou parte do divino. Você também. Tudo é parte dessa força de vida que você pode chamar de Deus, se for mais fácil. Você é parte de Deus, e Deus é parte de você. Por isso o divino entende seus pensamentos, seus sonhos e suas emoções, Martel. O todo-poderoso está em você, e você está nele.

Emil digeriu tudo isso enquanto carregava aparas de madeira para o refeitório. Depois de entregarem-nas para as cozinheiras, receberem o pagamento e sentarem-se com a refeição, Emil comentou:

— Você não falou em "orações".

O romeno parou com a colher de sopa erguida e olhou para ele, confuso.

— Orações?

— Você disse que Deus ouve seus pensamentos, seus sonhos e suas emoções, mas não falou em orações.

— Ah. — Ele levou a sopa à boca. — De acordo com o cabo Kumar, o divino ouve e entende orações e pensamentos, mas essa não é a linguagem primária de Deus.

— Certo. E qual seria essa linguagem?

O cabo Gheorghe sorriu, pôs a mão no peito e disse:

— As emoções que você guarda no coração, Martel, especialmente amor. Deus ouve em alto e bom som se você sente amor. O todo-poderoso também sabe se você está se sentindo bem. A inteligência universal responde quando você está feliz, se tem coragem ou mesmo se está calmo. Ela entende quando você é grato pelo milagre de sua existência e corre para ajudar, se você tem um sonho que beneficia outras pessoas. O divino ajuda todas as mensagens do coração e da beleza.

O cabo ficou sério e apontou para o peito de Emil.

— Todas as linguagens do coração, Martel. O cabo Kumar disse que, se você tem o coração escuro, com muitos pensamentos ruins girando na cabeça, Deus também escuta. Quando sofre e amaldiçoa sua vida, o todo-poderoso ouve com atenção. Quando não tem bondade no coração ou em suas orações. Nem amor. Nem calma. Nem desejo de ajudar os outros. Nem gratidão pelo milagre da vida. Quando guarda no coração coisas como ódio ou raiva, inveja ou comparação, quando a vida se resume a como tudo é injusto comigo, eu, eu, eu, o divino também entende essas linguagens antigas de autodestruição. O que acontece é que a inteligência universal vai ajudar mesmo que seus sonhos venham de um lugar escuro, mas os sonhos acabam destruindo você no caminho. Se não acredita em mim, pense em Hitler ou qualquer outro tirano.

Gheorghe levou a mão ao peito.

— Então, viva aqui, Martel. Leve a vida como se fosse um milagre todos os dias, todos os momentos, e sonhe de um jeito que ajude os outros, assim o divino o ouvirá, e você andará no meio de batalhas sem ser atingido e terá tudo o que seu coração deseja.

Emil não sabia se acreditava em metade do que o romeno estava dizendo, mas perguntou:

— Até mesmo colmeias?

O cabo Gheorghe riu e brandiu a colher para Emil.

— Sim, muitas colmeias para produzir muito mel, porque é bom para as pessoas. Fortalece e viabiliza uma vida longa.

*

Depois que eles comeram e levaram a carroça e os mortos para a cova ao lado do grande campo, Emil foi para a cama com as palavras do romeno ainda girando e ecoando em sua cabeça. Era muita coisa para absorver, mas, quando começou a reclamar em pensamento da dureza do beliche, da umidade do cômodo, dos homens que seguiam morrendo em torno dele e da saudade que sentia de Adeline e dos meninos, ele parou. E se Deus, ou o divino, ou o todo-poderoso, ou qualquer que fosse o nome usado, estivesse ouvindo as emoções sombrias que ocupavam seu coração?

Então, tentou ser grato pelo beliche e pelo cômodo úmido, porque não estava deitado na neve, e agradeceu aos homens que morriam à sua volta, porque o lembravam de que ainda estava vivo, ainda tinha oportunidades e encontraria um jeito de fugir.

Emil imaginou o degelo, a tempestade que o cabo Gheorghe acreditava que viria depois dele e os dois se afastando com o pônei da área assombrada de sepultamento, na neve que caía ao anoitecer, evitando cachorros, embarcando em um trem e fugindo para o Ocidente. Seu coração ficou mais quente, e ele manteve a empolgação até adormecer.

Quando acordou na manhã seguinte com o tilintar do triângulo, tentou imaginar o vale verde de Adeline: as montanhas e seus picos nevados cercando uma bacia exuberante e verde-esmeralda onde trigo crescia como mato e um rio cristalino passava alimentando tudo. Ele se viu com uma vara de pescar à margem desse rio e começou o dia com um sorriso.

No dia 4 de fevereiro de 1946, Emil saiu do porão antes do amanhecer e viu dez corpos congelados na neve, ao lado do pônei e da carroça da morte. Nenhum outro prisioneiro se apresentava para a tarefa, então ele e o cabo Gheorghe se posicionaram atrás da carroça e a empurraram enquanto o pônei a puxava pelos sulcos de gelo e neve profunda no grande campo até aquela cova entre as árvores. Agora havia tantos mortos pelos quais rezar que Emil temia esgotar suas preces. E como se sentir bem com isso?

— Estou começando a acreditar que você está certo sobre muitas coisas. Ou que o cabo Kumar estava certo — declarou Emil quando eles se preparavam para despejar os corpos. — Agora vejo nitidamente que minhas orações foram atendidas naquela noite em Dubossary, porque me sentia calmo sobre fazer a coisa certa. Deus respondeu, e não tive que matar aquelas três pessoas.

— Exatamente.

— Mas e quanto aos judeus rezando naquela noite?

— Como assim?

— Os judeus também imploravam a Deus pela vida deles. Eu ouvi, e o todo-poderoso não respondeu. Também não respondeu às pessoas que morreram nos campos de concentração. O que o cabo Kumar teria dito sobre isso?

O romeno olhou para a frente por um longo momento, depois balançou a cabeça, antes de soltar a trave e encaixar o corpo sob a plataforma da carroça da morte. Emil o imitou, e os dez corpos caíram na neve com um baque surdo.

Emil ficou parado, olhando para o cabo enquanto baixavam a plataforma da carroça e a travavam.

— Por que Deus não respondeu a eles? Por que não respondeu aos milhões de ucranianos que morreram de fome sob Stálin?

O romeno parecia atormentado quando disse:

— Está perguntando se conheço a intenção da inteligência universal, mas não conheço. Mas talvez milhões de pessoas na Ucrânia tenham morrido para pessoas como você fugirem como nômades quando surgiu a chance de construir uma vida nova no Ocidente. Talvez tantos judeus tenham morrido para que os sobreviventes se tornassem as pessoas mais resistentes e fortes na face da Terra, gente que vai ajudar a garantir que nunca mais existam campos de concentração ou fome.

Quando eles voltaram ao canteiro de obras do hospital, Emil pensou naqueles nômades e sobreviventes, sentiu uma dor no coração e entendeu que, mesmo que o cabo Gheorghe estivesse certo, mesmo que os famintos fossem para o Ocidente e prosperassem e os judeus sobreviventes se tornassem o povo mais resistente do planeta, todos ainda seriam humanos e todos ainda teriam o coração partido pelo que tinha sido feito com suas famílias.

*

Por quase duas semanas naquele fevereiro, o tempo secou, mas o frio se manteve intenso, congelante. A carroça da morte percorria uma trilha marcada no campo para a clareira, onde eles continuavam despejando uma média de cinco corpos por dia.

Emil via a neve se acomodando na floresta, mas o céu era muito claro, e ele e o cabo Gheorghe facilmente seriam seguidos e capturados se tivessem fugido. A cada dia que passava, a dúvida invadia um pouco mais seus pensamentos e uma sombra escurecia um pouco mais o coração.

Mas o cabo Gheorghe permanecia firme.

— Vai haver um degelo e uma tempestade na sequência.

No meio do mês, a tempestade chegou nos sonhos de Emil. Ele se viu com o romeno levando a carroça para a clareira enquanto uma poeira gelada se tornava rapidamente neve constante. O vento soprou mais forte, levantando uma cortina branca entre eles e os guardas russos quando soltaram o pônei da carroça, montaram e partiram a galope. A neve acumulada alcançava a altura dos joelhos, mas eles pareciam fluir através dela como espíritos quando desapareceram na floresta e na noite.

Então amanheceu, e a neve continuava caindo, e o pônei suava gotas que congelavam. Eles saíram do meio das árvores e viram um trem parado. Homens à frente da locomotiva removiam dos trilhos uma árvore caída.

Os homens embarcaram. Emil e o cabo Gheorghe se aproximaram abaixados do vagão de carga mais próximo. Emil chegou à escada primeiro, lembrou-se da irmã mutilada e se agarrou aos degraus com toda a força dos braços. O trem cuspiu fumaça e começou a se mover enquanto ele subia.

— Martel!

Emil olhou para baixo, viu que o romeno tinha apenas uma das mãos na escada e se esforçava para acompanhar o ritmo do trem. Emil estendeu a mão. Mas o cabo soltou a escada e caiu. Emil mergulhou atrás dele na escuridão.

*

Ao ouvir o tilintar do triângulo, Emil sentou-se, sobressaltado. Por que não o haviam acordado mais cedo? Ele se levantou, vestiu as roupas pesadas, verificou os cem rublos que economizara durante o inverno vendendo aparas de madeira para as cozinheiras e subiu correndo para entrar na formação. A carroça estava em seu lugar, mas vazia.

Emil ficou surpreso. Fazia umas cinco semanas que não tinham uma noite sem prisioneiros mortos. Um dos guardas que costumavam acompanhar a carroça de manhã estava em pé ao lado dela.

— Nenhum? — perguntou Emil, em russo.

O guarda balançou a cabeça e disse:

— Bom para você, mas procure alguém que queira ração dobrada para ajudá-lo com os mortos à noite e com a produção de cimento. O romeno foi transferido.

Emil sentiu o estômago se contrair.

— Transferido? Por quê? Para onde?

— Ele foi mandado para o sul, para um campo de segurança máxima no mar de Azov, antes que tentasse fugir da equipe de sepultamento. Foi assim que ele escapou de outros dois campos de prisioneiros. Ele não contou?

O guarda estudava Emil atentamente.

— Não. Ele só falava sobre mel e sobre se tornar apicultor.

O russo arqueou a sobrancelha.

— Bem, esse é um sonho bom que não vai se realizar. Não no lugar para onde ele vai, pelo menos. E você tem de comer e fazer blocos.

Como fazia todos os dias desde a chegada a Poltava, Emil tentou seguir as regras de sobrevivência do pai. E, com um aceno de cabeça para o cabo Gheorghe, tentou se sentir grato no refeitório, onde comeu a ração dupla sozinho, e tentou acreditar do fundo do coração que conseguiria fugir.

A caminho da oficina de cimento, Emil se sentiu sozinho de novo. Ao meio-dia, admitia sentir falta do romeno e do ponto de vista interessante pelo qual ele via quase tudo na vida.

Sim, o homem havia levado uma pancada na cabeça. Mas o ferimento parecia o ter despertado para um jeito de pensar a que Emil nunca tinha sido exposto antes, um jeito de ver o mundo como mais do que era, como um lugar onde tudo era conectado e onde sonhos se realizavam, um lugar onde imaginação, fé e esforço se fundiam com a centelha da graça de Deus para se tornarem um uno real e bom.

Por razões que não podia explicar, Emil se sentia inundado de boas emoções quando pensava desse jeito. Seus olhos marejaram, e ele quase chorou. Mas não de tristeza, melancolia ou dor. Estava ali sentado, na sordidez da oficina de concreto, em meio à desesperadora e insalubre destruição de Poltava, querendo soluçar de alegria por perceber que o cabo Gheorghe o tornara uma pessoa diferente, de maneira inesperada, abençoado e humilde diante de como tudo agora parecia milagroso à volta.

As paredes de madeira frágil. As pilhas minguantes da mistura de cascalho, escória e cal. Os comedouros onde fazia a mistura. Os moldes dos blocos. O hospital em construção lá fora. A comida horrível. O porão do museu. As ruínas de Poltava. Os homens mortos. O cabo. Sua vida. Seu amor. Seus filhos. Sua esposa. Seu destino. Sua fuga.

Emil disse a si mesmo que só precisava escolher um caminho e seguir por ele, confiando naquilo para chegar aonde queria. Cada passo para oeste e para a liberdade. Cada passo para oeste, Adeline e os meninos.

*

Os dezesseis dias que seguiram esse despertar de Emil para infinitas possibilidades foram tão secos quanto os dezesseis dias anteriores a ele. Os prisioneiros voltaram a morrer em uma média de cinco a seis por dia. Mas Emil ignorava tudo isso. Ia trabalhar na oficina de cimento e depois na carroça dos mortos, certo de que haveria uma tempestade, porque a tempestade sempre chega.

Ele repetia isso a si mesmo muitas e muitas vezes enquanto olhava para o céu e para tudo em seu entorno em um estado contínuo de admiração. Até o temido porão do museu, caixão de tantos homens, tinha saído dos sonhos de alguém, Emil percebeu. Ele continuava recolhendo madeira para ganhar dinheiro e rezando pelos mortos quando os jogava na vala. Ia dormir grato pelos momentos de seu dia e acordava do mesmo jeito.

O degelo chegou no fim de fevereiro, e, no meio da primeira semana de março de 1946, Emil ouviu comentários sobre uma tempestade a caminho. Em dois dias, esse se tornou o único assunto entre guardas e capatazes. Havia uma previsão de nevasca com precipitação pesada, frio intenso e ventos fortes. Todo trabalho teria de ser suspenso até a tempestade passar.

Antes do amanhecer de 9 de março de 1946, Emil acordou certo de que a libertação se aproximava, de que naquela manhã ou naquela noite ele teria a chance de realizar o sonho de fuga do cabo Gheorghe. Quando saiu do porão, a neve já caía forte o suficiente para cobrir rastros. O vento também ganhava velocidade, e havia dois corpos esperando na carroça.

Vou embora agora de manhã, prometeu-se várias vezes enquanto caminhava para a carroça. *Não vou dormir naquele porão esta noite nem nunca mais.*

Ele alcançou a carroça e viu uma guarda desconhecida ali, uma grande mulher russa, não os homens que costumavam acompanhá-lo.

— Eu faço os sepultamentos — falou Emil, em russo.

— Hoje, não — respondeu a mulher. — Hoje você vem comigo. Entre naquele caminhão ali.

— Mas os corpos — argumentou ele. — Não é certo deixá-los aqui desse jeito o dia todo.

— Por quê? Acha que eles se importam se são comidos por lobos agora ou mais tarde? Não. Entre no caminhão.

— Para onde vou? Trabalho no canteiro do hospital, faço blocos de concreto.

— Hoje não, porque estamos quase sem cal e há um carregamento a caminho.

Emil sabia que estavam quase sem cal. Ele olhou para o pônei e a carroça e disse a si mesmo que estaria de volta antes do anoitecer. Iria sozinho descartar os corpos, decidiu, antes de entrar no caminhão. Fugiria naquela mesma noite.

Logo três outros prisioneiros se juntaram a Emil no fundo do caminhão. Eles foram levados ao refeitório para comer mais cedo e terminaram quando os outros duzentos e quarenta e nove homens ainda vivos no campo de prisioneiros formavam uma fila do lado de fora.

O grupo voltou ao caminhão, que partiu em seguida. Emil fechou os olhos e se viu naquele sonho que tivera antes de o cabo Gheorghe ser transferido. Corria na penumbra em direção à lateral daquele trem que avançava lentamente, pronto para segurar um degrau da escada.

Emil se sentiu fortalecido por essa visão. *Hoje à noite*, pensou e se viu grato por isso. *Hoje à noite, o todo-poderoso me manda um milagre.*

Mas quando chegaram ao pátio da ferrovia e ele viu os vagões de carga cheios de cal em um ramo secundário paralelo aos trilhos principais e por baixo de uma plataforma coberta, os caminhões do outro lado da plataforma de carga esperando a cal ser transferida, Emil passou a duvidar de que o trabalho pudesse ser concluído rapidamente.

*

De fato, depois de dez horas de trabalho exaustivo, Emil e os outros três homens ainda estavam começando a esvaziar o segundo vagão de cal. A tempestade já tinha acumulado doze centímetros de neve e ainda nevava forte. Faltava uma hora para escurecer. Ele olhava a todo instante para a grande guarda russa, esperando que ela anunciasse o fim do expediente. Mas a mulher nem se mexia.

Finalmente, Emil se aproximou dela.

— Tenho de voltar para fazer os sepultamentos.

— E eu tenho ordens para manter vocês até aqui até concluírem o serviço. Hoje outra pessoa vai cuidar dos corpos.

A guarda deu a resposta com tanta firmeza que Emil se virou, sabendo que tinha perdido, pelo menos naquele dia. No passado, teria ficado furioso com o infortúnio, mais um exemplo de sua vida brutal, triste e sem sorte. Mas não se deixou consumir pela raiva. Apenas voltou ao trabalho, sabendo que, se não fugisse naquele dia, fugiria no dia seguinte. Tinha essa certeza no coração e em cada fibra de seu ser.

Escureceu. O vento criava espirais de neve. Outro trem entrou no pátio pelos trilhos além da área coberta e da plataforma de carga onde Emil jogava pás de cal em um carrinho de mão, que depois levava para o caminhão. Determinado a terminar o serviço para não ter de voltar de manhã, não fazia um intervalo desde que tinha ido falar com a guarda, mais de uma hora antes.

Emil se aproximou dela e pediu:

— Permissão para urinar.

Antes de ela responder, ouviu-se um baque metálico assustador.

Um dos caminhões que saía da área de carga tinha derrapado no gelo e batido em outro que tentava entrar. A guarda se afastou.

— Permissão para urinar! — repetiu Emil, atrás dela.

— Concedida! — berrou ela, correndo para os dois motoristas, que estavam fora das cabines e prontos para brigar.

Emil desceu da plataforma para o engate entre dois trens de carga e pulou do outro lado do ramal secundário. Aterrissou na neve a cerca de vinte metros do outro trem, que havia parado. Ele ia desabotoar a braguilha quando uma sensação estranha o invadiu, um arrepio na espinha.

Ele soube o porquê. O outro trem. Se estava certo, se não tinha perdido o senso de direção, ia para oeste.

Ele teve um instante de indecisão, uma fração de segundo, antes de lembrar que o cabo Gheorghe havia dito que os sonhos sempre se realizam de maneiras que não esperamos, que a inteligência universal quase sempre tem um plano melhor para realizar suas visões. Havia imaginado o pônei e uma corrida maluca para derrubar uma árvore nos trilhos e parar o trem. Assim era mais simples. Assim era mais fácil.

Emil se lembrou de ter dito a Adeline que conheceria o caminho para a liberdade quando o visse, e agora a liberdade estava ali, bem na frente dele.

O trem para oeste entrou em movimento, e o ranger das rodas abafou os gritos da guarda russa e dos dois motoristas na plataforma de carga. Sentindo-se explodir de felicidade, Emil correu para o trem, agarrou o degrau da escada mais próxima e começou a subir.

O vagão não tinha teto. Era um vagão de carga quase lotado de carvão coberto de neve. Quando o trem ganhou velocidade a caminho de uma área mais iluminada do pátio, Emil se jogou no vagão e ficou deitado sobre o carvão com o rosto voltado para baixo, repetindo a si mesmo para ter fé, acreditar que tinha conseguido, que já estava feito.

Sentiu o trem avançar cada vez mais depressa, ouviu vozes, mas não gritos. E então tudo ficou escuro, eram só ele e a tempestade, e a única coisa que ouvia eram os estalos dos trilhos e os assobios e os gemidos do vento. Finalmente, Emil se ajoelhou no carvão e viu as luzes de Poltava desaparecendo além da cortina de neve atrás dele.

Depois de duzentos e noventa e cinco dias no purgatório, depois de ver quase mil e oitocentos prisioneiros como ele morrerem e depois de transportar e rezar por tantos corpos sem vida, Emil jogou a cabeça para trás e abriu os braços para o céu e a neve, certo de que, através do coração implacável de um homem e da misteriosa graça de Deus, sonhos realmente podem se tornar realidade.

33

9 de março de 1946

Gutengermendorf, Alemanha ocupada pelos soviéticos

A cerca de setecentos quilômetros de distância, Adeline pôs os meninos na cama, beijou os dois na testa e saiu do quarto em silêncio, sabendo que ambos estariam dormindo em poucos instantes. Ela foi à cozinha, onde Katrina Holtz bebia chá.

— Eles ainda estão aqui? — perguntou Adeline à mulher de meia-idade que era dona da casa.

— Já foram, desapontados como sempre — respondeu Frau Holtz, rindo.

— Devo chamar Erica?

— Não, ela diz que prefere ficar lá embaixo. Tem tempo para ler.

Os dois soldados soviéticos alojados no quarto em frente ao de Adeline não demonstraram interesse nela, mas a sobrinha órfã de Frau Holtz, uma jovem de dezessete anos, certamente atraíra a atenção deles. Seis noites por semana, Erica circulava pela casa e tratava os russos com educação, mas sem provocá-los de maneira nenhuma. Nas noites de sábado, no entanto, a tia a mandava para o porão, em um espaço escondido por prateleiras altas e largas lotadas de potes, livros e ferramentas.

Adeline não se sentia mais tão ameaçada a ponto de passar as noites de sábado na velha igreja. Trabalhar para o coronel Vasiliev era toda a proteção de que precisava, um escudo invisível, mas forte e perfeitamente compreendido por todos. Enquanto estivesse usando seus dotes culinários para manter o coronel gordo e feliz, estaria segura. E Vasiliev lhe dava liberdade para ir a Berlim fazer compras no armazém dos oficiais soviéticos, onde frequentemente adquiria itens para ela mesma, para os meninos, Frau Holtz e Frau Schmidt.

Mas raramente ia à fazenda dos Schmidt. O capitão Kharkov ainda morava lá, e ela preferia evitá-lo. Ainda assim, encontrava Frau Schmidt no povoado de vez em quando e sabia que ela precisava de chocolate para fazer o bolo de aniversário do marido.

— Vou fazer uma surpresa para Frau Schmidt — avisou Adeline à dona da casa. — Prometo que não demoro.

— Tem certeza? No sábado à noite?

— Vou pela trilha que corta os campos. Ninguém vai me ver, e os oficiais soviéticos que moram com ela certamente já foram para a farra em Berlim.

Mesmo vendo a desaprovação da dona da casa, Adeline saiu da cozinha, calçou as botas, vestiu o casaco em cujo bolso levava uma barra de chocolate e envolveu a cabeça e o pescoço com um cachecol quente. Quando saiu pela porta da frente da casa baixa cor de mostarda, Adeline respirou fundo o ar gelado, calçou as luvas e esperou os olhos se adaptarem. Ela virou à esquerda, passou pelos grandes portões de correr e andou pelos cinco centímetros de neve acumulada além do grande celeiro de tijolos onde guardava a carrocinha.

Ela destrancou o portão dos fundos, menor, e saiu sob os galhos nus dos olmos em direção aos campos. A lua crescente refletida na neve proporcionava luminosidade suficiente para percorrer o caminho até a colina e a fazenda dos Schmidt. Na metade do campo, ela pensou em Emil pela primeira vez naquele dia.

*

Adeline parou, porque se deu conta de que não tinha acordado cedo e saído para ver o sol raiar a leste. Quando tinha parado com isso? No dia anterior? Um dia antes?

Sentindo-se vazia, compreendeu que fazia mais de uma semana desde que se levantara para rezar e olhar as poucas fotos que tinha de Emil. O tempo na semana anterior estivera horrível. Mas havia melhorado. Não tinha desculpa. E se esquecera de rezar com os meninos antes de dormir!

Ela baixou a cabeça, fechou os olhos e tentou ver o rosto sorridente do marido. Conseguia se lembrar dele nitidamente no dia em que se conheceram, um homem jovem, forte e tímido que já havia sobrevivido a coisas demais. Lembrava-se de que ele amava rir, cantar e dançar quando bebia uma cerveja ou um pouco de vinho caseiro. Mas a única outra memória nítida era de seu rosto angustiado quando a milícia polonesa o levou.

Vá para o Ocidente, Adeline! Para o mais longe que puder, e prometo que a encontrarei!

Passando pelo campo nevado onde antes havia girassóis, as palavras de Emil ecoaram na cabeça de Adeline, e ela abriu os olhos e retomou a caminhada, tentando calcular quanto tempo fazia que o haviam levado para longe dela. Quando deduziu que fazia quase um ano, parou de novo e levou a mão à boca, tentando sufocar os soluços de solidão e incerteza que brotaram de seu peito. *Ele está vivo? Na Sibéria? Em uma daquelas minas?*

Pensar em seu amado Emil escravizado, trabalhando em um túnel apertado e quente sob a terra congelada, quase derrubou Adeline. Mas uma rajada de vento soprou uma nuvem de neve em seu rosto, e ela despertou com o choque, percebendo que estava com frio. Tremendo de frio.

Adeline tentou correr para aquecer o corpo, mas a neve era muito fofa em alguns trechos, e um círculo de perguntas começou a se formar em sua mente: *Emil estava vivo? Voltaria a vê-lo? Se ele sobrevivesse e a encontrasse, de algum jeito, saberia quando o visse? Os meninos o reconheceriam? Um ano ou dois, é claro. Mas dez anos? Uma década sem notícias?*

Quando terminou de subir a encosta e passava pelo celeiro dos Schmidt, tentava se convencer de que aguentaria dez anos, se Emil aguentasse. *Mas e se Emil não aguentasse? Em que momento deveria desistir?*

A mãe dela nunca havia desistido, e o pai nunca voltou para casa. A mãe de Emil desistira de rever o marido um dia, e ele tinha aparecido em sua porta, vivo, ainda que destruído.

Quando caminhava para a varanda da frente da casa, ela se perguntava como seria a vida se esse também fosse o destino de Emil. Sentiu um peso quase esmagador sobre os ombros. Ela os sacudiu imediatamente. Não havia nada de bom em pensar desse jeito. Tinha de acreditar que ele voltaria inteiro. Até lá, viveria para os meninos, mantendo a memória do pai viva no coração deles. *Mas, se tenho dificuldade de me lembrar do rosto dele, como eles vão conseguir?*

Adeline se preparava para bater na porta quando ouviu música de piano. Ela se abaixou e olhou por baixo da cortina, então viu o fazendeiro e a esposa sentados lado a lado ao piano. Frau Schmidt estava tocando, e o marido a observava com um amor tão profundo e imortal que Adeline sorriu, emocionada. Eles eram casados havia quase quarenta anos. Passaram por tragédias horríveis, mas o amor não só sobrevivera como se aprofundara e florescera. *Isso não é motivo para ter esperança?*

Ela pensou em não bater para não interromper o casal. Mas a música parou, e ela ouviu Herr Schmidt aplaudindo lá dentro.

Frau Schmidt ficou muito animada quando Adeline bateu na porta, cumprimentou-a como se fosse uma filha que não via havia muito tempo e beijou seu rosto quando recebeu o chocolate. Herr Schmidt disse que ia se deitar e subiu. O capitão Kharkov e seus subordinados estavam em Berlim, felizmente.

Adeline disse que não poderia ficar por muito tempo, precisava voltar para o caso de um dos meninos acordar, mas acabou passando uma hora com a amiga. Ouviu sobre os receios dela em relação à saúde do marido e compartilhou alguns de seus medos.

— Às vezes penso em quem eu serei sem Emil.

— Será você — respondeu Frau Schmidt, em tom suave.

— Como assim?

— Você já está sem ele, Adeline. Então, sem ele no futuro, seguirá sendo você. E, pelo que vi, Adeline Martel é mais que suficiente para enfrentar tudo o que a vida apresentar.

Ela abraçou a senhora e agradeceu a bondade e o apoio.

— Eu que agradeço — respondeu Frau Schmidt, retribuindo o abraço. — Você é uma boa amiga.

Adeline sentia-se melhor quando deixou a casa. Como sabia que os soviéticos estavam em Berlim, decidiu voltar ao povoado pela estrada. Cachorros latiam ao longe. A neve rangia sob suas botas, mas havia um cheiro agradável no ar. A primavera se aproximava.

Ela ouviu as palavras de Frau Schmidt: *Adeline Martel é mais que suficiente para enfrentar tudo o que a vida apresentar.*

Será? Adeline refletiu. *Até agora, sim, mas…*

*

Ela ouviu o motor de um carro. Faróis surgiram diante dela na estrada, ofuscando-a. Ela levantou o braço para bloquear a luminosidade e ouviu a porta do carro se abrir.

— Frau Martel? — chamou uma voz feminina agradável.

— Sim? — respondeu Adeline, insegura, e parou. — Quem é?

— Tenente Eloise Gerhardt do *Kommissariat 5* da *Deutsche Volkspolizei*, a Polícia do Povo. Gostaria de trocar algumas palavras com você, por favor. Venha, posso lhe dar uma carona para casa enquanto conversamos.

Adeline hesitou.

A voz da tenente Gerhardt endureceu.

— Frau Martel, faça o que digo. Você não tem escolha.

Adeline se conformou e atravessou a luz dos faróis, então viu que a oficial do partido era uma mulher grande e vestia um casaco longo de lã cinza-esverdeada. Seu cabelo era escuro e curto, o queixo era quadrado, o nariz era proeminente, e os olhos eram duros.

— Por favor — disse a tenente Gerhardt, apontando para a porta traseira aberta. — Você primeiro.

Adeline entrou no sedan relutante e viu que o motorista era um homem. A policial sentou-se ao lado dela e disse:

— Mantenha a luz interna e leve Frau Martel para casa pelo caminho mais longo e demorado, por favor. Temos muito o que conversar.

O motorista grunhiu e deu a partida. Acendeu a luz interna.

A tenente Gerhardt sorriu.

— Vai responder minhas perguntas com honestidade, não vai? Caso contrário, não vai ser bom para você.

Só então Adeline compreendeu que o *Kommissariat 5* da Polícia do Povo significava que ela estava falando com algum tipo de polícia secreta, como aquela que havia levado seu pai tanto tempo antes.

— Sim? — A tenente Gerhardt adotou um tom mais frio.

— Sim — gaguejou Adeline. — Se eu puder.

— Ótimo. Você cozinha para o coronel Vasiliev?

— Sim. E para vários oficiais de alta patente.

— Vai com frequência a Berlim, ao armazém especial, a pedido do coronel?

Franzindo a testa e tentando entender por que ela fazia esse tipo de pergunta, Adeline respondeu:

— Sim. Ele me dá uma lista e o dinheiro. Eu vou e volto. E tem sempre um recibo.

— Admite que é visitante frequente do armazém a pedido do coronel Vasiliev. Mais frequente que qualquer outro cliente, quase. Sabia disso?

Adeline balançou a cabeça.

— Não.

— É verdade. O partido observa tudo. É que o coronel é um glutão, sabe? Ele se considera melhor que os outros que fazem compras lá e tira proveito de sua posição para se empanturrar.

Adeline não disse nada.

A tenente Gerhardt sorriu.

— E você também tira proveito da sua posição, não é, Frau Martel?

Ela não sabia o que dizer.

— Parece que sempre esquece alguma coisa depois de pagar pelas compras do coronel — continuou a oficial da polícia secreta. — Então, compra o que quer e suborna o sentinela com um presentinho quando sai de lá. Ou compra alguma coisa para alguém como Frau Schmidt ou Frau Holtz e suborna o sentinela na saída. Sim?

Adeline engoliu em seco e assentiu.

— Sim. Eu...

— Você é uma contrabandista, Frau Martel. Isso é crime contra o partido e o Estado. Pode ser presa, como seu marido, e seus filhos ficarão sob a guarda do Estado.

— Não, por favor — reagiu Adeline, em pânico. — São coisas pequenas. Doces para meus filhos. Algumas coisas de que Frau Schmidt precisava. Ela é idosa e...

— O partido não se importa com a idade de Frau Schmidt nem com suas necessidades — interrompeu, em tom duro, a tenente Gerhardt. Em seguida, seu rosto ficou mais suave. — Mas se importa com você, Adeline. Por isso, vai parar suas atividades clandestinas e vai me contar o que o coronel Vasiliev compra todas as semanas ou o que ele faz de incomum quando está bêbado e empanturrado de comida. Entendeu?

Adeline entendia. Tinha crescido sob Stálin. Sabia que os comunistas punham vizinhos contra vizinhos, trabalhador contra patrão, marido contra esposa, semeando o medo até sufocar todo o pensamento. Então, quando tiravam tudo de você por crimes que nem cometeu, eles o mandavam embora para sempre.

— Você entendeu?

— Sim — disse Adeline, baixando a cabeça. — Entendi.

— Ótimo. É ali que você mora?

Adeline estava tão desorientada que teve de olhar duas vezes antes de assentir.

— Sim, ali onde tem os portões grandes e o celeiro.

O motorista parou o carro. Adeline levou a mão à maçaneta, mas sentiu a mão da oficial de polícia como uma garra em seu ombro.

— Mais uma pergunta antes de você ir — disse a tenente Gerhardt, sorrindo daquele jeito que Adeline já temia. — Em Berlim, você pôs seu nome e o endereço de Frau Schmidt em uma lista da Cruz Vermelha Internacional.

Como ela sabe disso?

— Sim — confirmou Adeline, novamente nervosa. — É uma lista para refugiados, famílias que tentam se reencontrar. Pus o endereço de Frau Schmidt porque não sabia quanto tempo passaria em minha residência atual.

— Por que fez isso?

— Para o caso de Emil ver a lista algum dia.

— Em Berlim? Mas se ele está no leste?

— Eu…

A tenente Gerhardt não disse nada por longos momentos.

Sentindo a garganta se fechar, Adeline tremeu, mas se forçou a encarar a mulher.

— Eu quero meu marido de volta. Isso é errado, tenente?

— Não, mas, se fosse você, eu não acreditaria mais que ele pode voltar. Pelo que sei, o campo de prisioneiros para onde ele foi mandado é infestado de doenças. Homens morrem todos os dias.

— Emil? — Ela ouviu a própria voz tremer.

— Não sei. O partido só foi informado de que não resta quase nenhum prisioneiro vivo por lá. Lamento, Frau Martel. Mas, quanto antes lidar com o fato de ele estar morto ou poder morrer em breve, mais depressa vai construir uma nova vida. Pode sair do carro agora, Frau Martel, mas nos encontraremos na próxima sexta-feira, quando sair do trabalho, sim?

Adeline estava atordoada com as notícias sobre o destino de Emil, *um campo de prisioneiros infestado de doenças… homens morrem todos os dias… quase nenhum prisioneiro vivo*. Ela assentiu e abriu a porta. Quando entrou em casa, não respondeu ao chamado de Frau Holtz, que estava na cozinha e queria saber por que ela havia demorado tanto. Só pendurou o casaco e a echarpe, tirou as botas e foi para o quarto.

Depois de fechar a porta, ficou parada na escuridão, ouvindo o som dos filhos dormindo. Os filhos de Emil dormindo. Adeline começou a chorar, mas se conteve, se despiu e foi para a cama. Walt se mexeu e virou de lado perto dela. Adeline olhou para a escuridão, ouvindo a voz mansa e brutal da tenente Gerhardt.

Lamento, Frau Martel. Mas, quanto antes lidar com o fato de ele estar morto ou poder morrer em breve, mais depressa vai construir uma nova vida.

Adeline cobriu a cabeça com o travesseiro e o segurou com os dois braços, mordeu a fronha e se permitiu gritar.

34

10 de março de 1946

Duas horas a oeste de Poltava, Ucrânia

Em cima do vagão, no carvão, Emil não conseguia controlar a tremedeira. As pesadas roupas de lã agora estavam cobertas de neve, e ele estava exposto ao vento uivante. *Onde estava com a cabeça quando embarcou nesse trem?* Tinha escapado do campo, mas morreria em breve se não encontrasse algum abrigo.

Emil havia tentado cavar o carvão, pensando em ficar embaixo dele e abrir um buraco para respirar. Mas, depois de alguns centímetros, encontrou uma camada de gelo e carvão congelado. Tentou chutar a placa, mas perdeu o equilíbrio e quase caiu do vagão, que parava nos cruzamentos de vias, mas, de maneira geral, viajava bem mais depressa que aquele em que tinha ido para o leste. Devia estar a setenta e cinco quilômetros de Poltava agora, talvez mais.

Os tremores se intensificaram. Os pensamentos estavam ficando confusos. Ele sabia que estava a minutos de morrer congelado. Ao ouvir o guincho dos freios e sentir o trem reduzindo a velocidade de novo, Emil rastejou até chegar ao fundo do vagão de carga. Nos momentos que antecederam a parada, ele abriu e fechou as mãos para reativar a circulação do sangue, recuperar a funcionalidade antes de descer a escada.

Emil pulou do degrau mais baixo para a neve profunda. Caminhando para trás, agarrou o degrau da escada frontal do vagão seguinte e subiu, só para descobrir que também estava cheio de carvão, como o anterior. O trem continuava parado. Mas por quanto tempo?

Mais tempo do que você pode sobreviver a esse frio, Emil.

Os dedos urravam, mas ele se obrigou a descer a escada e avançar para a traseira do trem, que começou a se mover.

Quase sem enxergar nada, Emil estendeu as mãos, tentou antecipar a escada. A do fundo do segundo vagão escorregou por entre as luvas, e o trem acelerou. Ele agarrou a escada da frente do terceiro vagão, mas não conseguiu se segurar.

Consciente de que ficaria para trás para morrer na escuridão e embaixo da tempestade, Emil tocou a lateral do terceiro vagão, esperando sentir o fim antes de levantar o braço e se pendurar na escada do quarto vagão com as duas mãos, apesar da dor. Ele segurou um degrau superior com a mão esquerda e uma lateral da escada com a direita, e foi imediatamente arrastado como o cabo Gheorghe em seu sonho. No sonho, o romeno soltou a escada e Emil pulou atrás dele no escuro.

Mas não dessa vez. Com toda a força que lhe restava, Emil se segurou com a mão esquerda e levantou a direita, encontrando um degrau acima. Com mais dois movimentos brutais, subiu até as botas tocarem o primeiro degrau.

Coberto de neve, castigado pelo vento, arfando, suando, ficou pendurado na escada como um enorme casulo branco por quase um minuto. Quando começou a bater os dentes, voltou a subir. No alto da escada, Emil esticou o braço para dentro do vagão e tentou sentir o carvão. Só sentia o vento, mais nada, então passou a perna direita para dentro e a esticou em direção ao fundo o máximo que pôde.

Nada. Estava vazio? Parcialmente, pelo menos.

Imaginando que poderia se abrigar do vento, Emil puxou a perna esquerda e ficou pendurado pelos dedos por um segundo, antes de se soltar. Caiu em pé de uma altura de três metros sobre neve e aço. O choque subiu pelas duas pernas, e seus joelhos se dobraram. A parte superior do corpo caiu com tanta violência que todo o ar saiu dos pulmões, e por alguns instantes ele pensou que havia fraturado costelas.

Mas, quando enfim se sentou, percebeu que estava certo. Ali, na escuridão intensa do fundo do canto direito de um vagão de carga vazio, estava bem abrigado do vento noroeste. E a neve parecia diminuir.

Animado, endireitou-se e gemeu de dor antes de abrir bem as pernas e apoiar as costas no canto, batendo as mãos nas roupas e tentando remover o máximo de neve acumulada. Os primeiros fragmentos ele levou à boca e chupou para aplacar a sede. Depois, desabotoou o casaco e levantou suéter e camisas, expondo a barriga ao frio e esperando que parte do suor do corpo escapasse.

Fique tão seco quanto puder. Mexa-se para se manter aquecido. Sobreviva, pensou.

Quando já havia removido a maior parte da neve das roupas, começou a chutar a neve no chão do vagão para afastá-la do canto onde estava e logo criou uma parede gelada em arco da altura dos joelhos diante dele. Quando se abaixou na escuridão, sentiu que essa parede bloqueava mais vento. Ele perdeu a noção do tempo enquanto construía a parede até a altura do peito.

Tirando a neve das roupas mais uma vez, Emil se encolheu ao sentir as costelas doloridas quando, finalmente, se deitou no chão de sua pequena fortaleza. Agora quase não havia mais vento e não nevava mais. Ele fechou os olhos, pensando que precisaria comer, em algum momento. Tinha o dinheiro da madeira que vendera para as cozinheiras, mais de cem rublos em um bolso abotoado da camisa. Agora só faltava onde gastar esse dinheiro.

O céu estava se abrindo. Entre nuvens, a lua minguante se fez ver e, por razões que Emil não entendia, sentiu-se confortado pela visão – ainda mais quando a abertura se tornou maior e ele localizou a Estrela do Norte. *Posso me localizar e andar à noite, se for necessário.*

Depois de tirar o casaco para bater a neve restante, Emil sentou-se no chão de aço no canto do vagão de carga e cochilou, apesar do frio doloroso e constante. Então, sentiu e ouviu os freios reduzindo a velocidade do trem mais uma vez.

*

Dessa vez, havia luzes. Estavam entrando em uma estação. Graças à iluminação, ele viu outra escada na parede interna diante dele. Sabia que podia ficar onde estava, cobrir-se de neve e se esconder atrás da parede rústica que havia construído.

No entanto, se não soubesse onde estava, como poderia deduzir para onde ia? Podia estar a caminho de Moscou ou Leningrado. Ele descartou esse pensamento imediatamente. Apesar das curvas e das voltas que percorreram, a Estrela do Norte não mentia. Viajavam em direção a oeste.

Mas até onde?

Incapaz de conter a curiosidade, Emil saiu da fortaleza de neve e rastejou até o outro lado do vagão. Subiu na escada interna, nervoso com a intensidade das luzes. Queria dar uma olhada rápida, mas temia chamar atenção. Bem devagar, levantou a cabeça até os olhos ultrapassarem o limite do vagão e olhou para a direita e para a esquerda, antes de baixar a cabeça devagar.

Estava em um grande pátio, com muitos vagões de carga em outros trilhos. Havia homens trabalhando em uma plataforma de carga adiante.

Os homens estavam tão longe que Emil decidiu dar mais uma olhada e viu uma placa em russo. Agora sabia onde estava: Lubny. Tinham passado por essa mesma estação a caminho do leste e do campo de prisioneiros. O trem havia levado umas nove horas entre Lubny e Poltava. Não tinha relógio, mas sabia que não tinha fugido havia nove horas.

Talvez quatro. Ou cinco. De qualquer maneira, seguia para oeste muito mais rápido que o esperado. E, pela primeira vez desde o início da fuga, ele se permitiu pensar em Adeline, Walt e Will.

Por onde começaria a procurá-los? Em Legnica? Na Polônia, onde o capturaram? Mas havia dito para Adeline ir para o Ocidente, o mais longe possível, que ele a encontraria.

Emil ouviu vozes. Homens falando em russo. Levantou a cabeça lentamente mais uma vez e viu dois soldados russos andando ao longo do trem, na altura do vagão de carga de que havia saído, quatro à frente. Um deles subiu a escada daquele vagão e olhou lá dentro antes de descer.

Eles passaram ao vagão seguinte, um mais próximo. O outro soldado subiu para olhar lá dentro.

— *Nyet* — disse, com voz aguda. — Só carvão.

— Você ouviu o que eles disseram. Ele pulou neste trem — respondeu seu parceiro, em tom bem mais grave. — A menos que tenha caído, ele está aqui.

Emil baixou a cabeça e desceu a escada. Olhou para as pegadas que tinha deixado na neve no fundo do vagão e entendeu que havia arruinado sua chance. Se tivesse ficado atrás da parede de neve e embaixo dela, teria conseguido escapar.

— Sua vez — ouviu o soldado estridente dizer, seguido pelo som de botas guinchando na neve e luvas raspando na lateral do vagão da frente daquele em que estava.

Ele ficou ali no chão, balançando a cabeça para a própria estupidez. Seria pego e mandado de volta a Poltava. Ou, como o cabo Gheorghe, seria enviado para algum lugar pior.

— Esse está vazio, só tem neve — anunciou o de voz grave.

— Eu olho o outro — ofereceu-se o soldado de voz fina.

Emil fechou os olhos. Tinha fugido não apenas para procurar Adeline e os meninos. Com o número de homens morrendo de várias doenças em torno dele, tinha fugido para viver. *E agora vão me mandar de volta para morrer.*

O trem deu um solavanco, avançou um metro e parou. O soldado na escada resmungou um palavrão. Emil perdeu o equilíbrio, mas se manteve em pé.

— Machuquei o ombro — gritou o soldado, furioso, antes de o trem avançar e parar outra vez. — Você sobe.

As vozes agora estavam mais próximas, do outro lado da parede do vagão. O soldado subiria a escada, olharia dentro e o veria bem ali. E tudo estaria arruinado. Havia realizado o sonho do cabo Gheorghe de fugir de trem, mas seu próprio sonho de ir para o Ocidente e reencontrar a família estava prestes a ser destruído.

— Para o inferno com isso — decidiu o soldado de voz grave. — Não vou quebrar um braço ou uma perna por causa de um prisioneiro foragido. Se estiver em um desses vagões do fundo, de manhã estará morto. A previsão é de que a temperatura despenque até menos trinta graus.

*

Emil sentiu que o coração saltaria do peito. Podia ouvir os passos deles. Estavam se afastando!

O trem recomeçou a se mover, ganhou velocidade e saiu de Lubny a caminho de Kiev, a maior cidade na Ucrânia. Emil segurou-se na escada e começou a fazer agachamentos curtos, para cima e para baixo. Se a temperatura realmente ia cair até trinta graus negativos, teria que se movimentar durante a noite toda. A melhor maneira seria essa, estável, lenta e constante.

Quando estabeleceu um ritmo, passou a pensar em Kiev. Darnitsa, a estação central, era fortemente guardada por soldados soviéticos. Eles revistariam os vagões, não? Teria de agir antecipando uma revista completa. Primeiro pensou em sair do trem antes de Kiev. Depois pensou: *O que o cabo Gheorghe faria?* E traçou um plano mais ousado.

Ele riu da ideia, adorando a euforia. De olhos fechados, só se lembrou de outra ocasião em que teve esse sentimento: na noite em que se casou com Adeline, uma noite em que seu coração transbordara alegria.

De repente, viu aquela noite como se estivesse acontecendo de novo. Viu-se beijando Adeline no fim da cerimônia. Viu-se dançando com ela ao som do acordeão, olhando em seus olhos amorosos com as mãos em sua cintura.

Ainda segurando a escada no vagão de carga, Emil percebeu que não sentia tanto frio quando se apegava a essa lembrança. Ele manteve os olhos fechados e, mentalizando o acordeão, soltou a escada e começou a dançar.

*

Emil dançou e riu por horas a fio com sua Adeline imaginária e, às vezes, quando o trem fazia uma curva fechada, perdia o equilíbrio e caía no chão do vagão de carga. Mas não se incomodava. Em sua cabeça e seu coração, Adella estava com ele, eles celebravam juntos, e isso era tudo o que importava.

Mesmo assim, ao amanhecer, ele beirava o estado delirante. Àquela altura, estava acordado havia mais de um dia e tinha passado dez dessas horas trabalhando pesado no transporte de cal e outras seis horas dançando com a lembrança da esposa. Além disso, os soldados soviéticos estavam certos sobre o frio. Não sabia se a temperatura era de trinta graus negativos, mas as luvas continuavam grudando no degrau da escada de aço, e a neve agora era mais dura e resistente. Os pés doíam. As costas também, na lombar.

Ao primeiro sinal de luz no céu e com o trem ainda em movimento, Emil se livrou do torpor e subiu a escada interna do vagão. Lá em cima, olhou em volta e viu a paisagem bem conhecida da zona rural do oeste da Ucrânia, com vastos campos cercados por sebes finas e cobertos de neve até onde a vista alcançava. Ele se surpreendeu com a nostalgia que aquela terra despertava nele. Uma lembrança de infância lhe veio à tona, um fato ocorrido pouco tempo depois de o pai o ter tirado da escola para que fosse ajudar na fazenda. Lembrava-se de estar triste por ter deixado a escola, de que gostava, mas também da euforia de seguir o pai para os campos com um longo dia de trabalho pela frente.

Pensou no pai, na mãe e na irmã e perguntou-se se um dia os veria de novo. Estavam com Adeline? Ou teriam voltado para Friedenstal, como a mãe pretendia? Estavam em algum lugar a cem quilômetros dali, no sudoeste? Mesmo que estivessem, continuaria rumo a oeste. Ainda realizaria seu sonho.

*

Uma hora mais tarde, com Emil abaixado e escondido atrás da parede do vagão de carga, o trem parou em um pátio da estação central de Kiev.

Era um dia de sol forte e muito vento, e fazia um frio de congelar os ossos. Ao ver os homens trabalhando e nenhum soldado, ele saiu do vagão e quase escorregou pela escada externa. Afastou-se depressa do trem, grato pelo vento forte que revirava a neve e apagava suas pegadas. Depois de passar um tempo atrás de outros vagões de carga, viu uma picareta quase escondida na neve e a pegou.

Emil a apoiou sobre um ombro e caminhou ao longo dos trilhos em direção ao prédio da estação. Outro trabalhador saiu por uma porta no topo de uma escada de poucos degraus de concreto. Ele sorriu, subiu a escada e segurou a porta aberta pelo homem. Do outro lado, havia um corredor longo e estreito, e ele esperou os olhos se ajustarem à penumbra, experimentando uma sensação familiar, embora bem-vinda, tocar de leve seu rosto, ouvindo barulhos que não ouvia havia mais de um ano. Assim que conseguiu enxergar, caminhou em direção à origem dessa sensação e dos barulhos: o vão considerável entre a soleira e a porta dupla de correr na outra ponta do corredor, por onde passava um fluxo constante de calor e o burburinho de muitas pessoas.

Perto do fim do corredor, havia uma porta à sua esquerda. Ele a empurrou e encontrou uma sala vazia com armários de tela de arame, provavelmente para os empregados da ferrovia. Entrou e, ao ver um lavatório com uma pia profunda e um espelho no fundo do vestiário, aproximou-se, tirando o chapéu de lã.

Pela primeira vez em mais de um ano, via o próprio rosto e sua condição. O reflexo era chocante. Adeline não o teria reconhecido se ele de fato a tivesse tirado para dançar. Ele mesmo mal se reconhecia.

Emil tinha perdido mais de vinte e cinco quilos. As roupas gastas e velhas da prisão caíam sobre o corpo como as vestes de um espantalho. Cabelo e barba estavam ressecados, sem corte. O rosto tinha afinado. Os dentes estavam amarelos. Os ossos se destacavam sob a pele do rosto, que agora descamava sob a sujeira. O que mais o incomodou foram os olhos fundos, sombrios e endurecidos.

Sabendo que corria um grande risco, mas também que não podia entrar na estação central de Kiev com a aparência de alguém que tinha acabado de sair da própria sepultura, Emil despiu o casaco, o suéter e as camisas. Cada vez que respirava, as costelas se moviam como teclas de piano sob a pele coberta de hematomas e ferimentos.

Ele abriu a torneira e enfiou a cabeça e o rosto embaixo da água gelada. Esfregou a sujeira por uns bons dez minutos, lavando com insistência, até seus verdadeiros traços serem revelados. *Pronto*, pensou ao se olhar de novo no espelho. *Agora Adella e os meninos quase poderiam me reconhecer.*

Ao pensar nisso, percebeu uma faísca de vida nos olhos, um brilho onde antes não havia nada. Isso fez Emil se lembrar do plano que traçara na noite anterior. Ele sorriu, voltou ao centro do vestiário e olhou nos armários. Num deles encontrou um macacão azul desbotado, um par de botas mais novas que as dele, uma camisa e um casaco de lã bem mais limpo que o dele, fornecido na prisão.

Quando vestiu as roupas roubadas, não sentiu remorso. Tinha sido jogado injustamente em um campo de prisioneiros por um ano, precisava das roupas e imaginava que a vida poderia ser injusta com outra pessoa, para variar. Só então saiu dali, surpreso por não ter sido incomodado por ninguém. Mas, de acordo com o relógio e a planilha que tinha visto na parede, o turno havia começado havia menos de uma hora.

Emil deixou a picareta no corredor e passou pela porta para adentrar o caos organizado da estação central de Kiev. As vozes ecoavam. As cores eram intensas, depois de tantos meses de cinza. Os aromas maravilhosos de comida fresca. Rostos apressados de pessoas voltando para a vida ou embarcando em trens que as levariam para vidas novas. Por um momento, tudo era opressivo. Emil teve de se apoiar em uma parede para não cair.

As dores da fome trouxeram de volta os sentidos. Ele seguiu os aromas irresistíveis até a área dos guichês de passagens e espera, onde sabia que haveria ambulantes vendendo comida. Finalmente encontrou uns dez deles, pelo menos, a maioria mulheres, e se forçou a examinar todas as ofertas antes de pedir chá preto, dois pães pequenos e um pedaço de linguiça curada. Havia muitos outros alimentos mais calóricos e doces que ele teria preferido comer na primeira refeição fora do cativeiro, mas teve receio de passar mal. Ele encontrou um banco em que se sentar e comeu devagar. Um soldado passou por ele sem olhar em sua direção.

Emil vagou por três horas pela estação de trem, olhando e ouvindo, até descobrir quando partiriam os próximos trens de carga e passageiros para oeste. Tinha dinheiro mais que suficiente para comprar uma passagem para a Polônia, mas, para isso, teria de revelar a falta de documentos. No fim, recuperou a picareta e voltou ao pátio de carga.

Ainda fazia muito frio e ventava forte. Ele encontrou o trem de carga que procurava e testou as portas deslizantes de vários vagões, até encontrar um destrancado. Agiu como se cavasse um buraco com a picareta do lado de fora do vagão, até o trem se mover.

Emil estava entrando no vagão com a picareta quando ouviu gritos. Do interior do trem, olhou para fora e viu funcionários correndo em sua direção. Um deles gritava:

— Ei, esse casaco é meu!

— Deixei o meu para você! — respondeu Emil, aos gritos, fechando a porta e jogando seu peso contra ela quando o trem acelerou.

Emil desembarcou na parada seguinte. Não podia correr riscos, os trabalhadores da ferrovia podiam ter denunciado um ladrão clandestino. Quando escureceu, entrou em outro trem de carga que ia para oeste e desceu na parada seguinte. Durante os dez dias seguintes, isso se tornou um padrão e um meio de sobrevivência.

Emil não só conseguia encontrar comida, água e calor nas estações de trem e nos armazéns como podia acompanhar os comentários e a propaganda que circulavam pela sociedade ucraniana depois da ocupação soviética. Tudo o que ouvia o convencia de que a nova vida sob Stálin e os comunistas era a mesma de antes: baseada em medo, tirania e na destruição de qualquer um que tivesse um pensamento original ou um sonho.

*

Na décima primeira manhã depois do início da fuga, em 20 de março de 1946, a temperatura subiu. Na décima primeira noite após o início da fuga, pouco depois de atravessarem a fronteira da Polônia e ele sair de um vagão de carga na cidade de Chelm, Emil foi capturado pela polícia local.

Tinha se preparado para essa possibilidade como parte do plano e começou a agir de um jeito meio esquisito, como o cabo Gheorghe, falando em russo e dizendo que era sobrevivente de Stalingrado, que havia sido atingido na primeira onda de ataques e depois atravessado a batalha ileso. Só queria ir para casa e encontrar a esposa e os filhos onde os havia deixado, em Legnica. Os soldados não acreditaram e o puseram em uma cela com outros que esperavam deportação para o leste.

Os outros homens na cela estavam infelizes e furiosos. Mas Emil permaneceu calmo, convencido de que aquilo era só um desvio na estrada rumo a seu sonho. Iria para oeste. Encontraria Adeline, Walt e Will.

No dia seguinte, ele foi salvo da deportação quando os guardas perguntaram se alguma vez havia trabalhado na agricultura. Ainda agindo como um homem que sofrera um ferimento na cabeça, Emil assentiu e foi posto em um caminhão com outros vinte homens que haviam escapado de vários campos de prisioneiros. Todos foram levados para um novo campo a fim de trabalhar com outros homens que plantavam grãos.

Oito semanas mais tarde, no fim de maio de 1946, Emil ouviu que o padeiro precisava de ajuda na cozinha do campo. Apesar de ter cortado lenha para uma padaria quando conhecera Adeline, não tinha experiência com o serviço de fato. Mas aprendia depressa. Nas quatro semanas seguintes, acordou às três da manhã e foi para a padaria preparar a massa e aquecer os fornos. Comia pão fresco o tempo todo, ganhou peso e fez amizade com o padeiro, que havia trabalhado na Alemanha por um tempo antes da guerra.

Era fim de junho, e um boato varreu o campo, seguido por um fato. A temporada de semeadura tinha acabado e, com ela, a utilidade daqueles homens. O campo de trabalho seria fechado. Os prisioneiros foram postos em caminhões ao amanhecer e depois em trens rumo a leste.

Se Emil pretendia mesmo chegar a oeste e encontrar a família, tinha de ser agora. Ele pensou como o romeno maluco e traçou um plano relativamente simples; relutante, compartilhou com o padeiro, com um pedido: que trocasse seus rublos russos por zlotys poloneses para ele poder comprar uma passagem de trem para casa, para sua família.

No fim, o padeiro aceitou a proposta dando de ombros, com uma piscada e um aceno de cabeça. Naquela noite, Emil saiu da rotina e não voltou para a cama depois de misturar a massa e deixá-la para crescer. Em vez disso, por volta das cinco e meia da manhã, em 29 de junho de 1946, deitou-se no chão ameno da sala no fundo da padaria, atrás dos fornos, e "adormeceu". Esperou três horas até os caminhões e os outros prisioneiros terem partido, então saiu da padaria com o padeiro gritando atrás dele. Um guarda polonês apareceu. O padeiro contou que tinha encontrado Emil dormindo na sala do fundo quando deveria estar com os outros no caminhão.

Emil foi levado à presença do oficial comandante do campo, onde voltou a se comportar como se tivesse sofrido uma lesão na cabeça e disse apenas que tinha dormido, que não queria perder o trem. O comandante do campo queria sair da área rural o mais depressa possível e ficou furioso com a mudança nos planos.

Quando o consultaram sobre o que fazer com Emil, agora que o campo estava oficialmente fechado, o comandante pensou um pouco, antes de dizer:

— Leve esse idiota para fora dos portões; dê um chute na bunda dele e deixe que se torne problema de outra pessoa.

Emil Martel vai para oeste e encontra a esposa e os filhos, pensou, ouvindo a voz do cabo Gheorghe em sua cabeça enquanto se afastava correndo do portão da prisão, massageando o traseiro dolorido e dando graças a Jesus, Deus, ao divino, à inteligência universal, ao todo-poderoso, às estrelas, à lua e aos planetas muitas e muitas vezes, até desaparecer de vista.

*

Com o tempo mais quente e a intenção de evitar qualquer contato humano, Emil dormiu nas florestas durante o dia e caminhou principalmente à noite durante quase três semanas, orientando-se pelas estrelas para colocar a maior distância possível entre ele e o último campo de prisioneiros na periferia de Chelm. Esperou até a manhã de 19 de julho para entrar na comunidade agrícola de Pulawy, a noroeste de Lublin, na Polônia, e comprar uma passagem para a última parada antes da fronteira alemã.

O atendente no guichê olhou para ele com uma cara estranha e disse:

— Fica em Rzepin.

— Rzepin, é isso mesmo — confirmou Emil. — Minha tia-avó mora lá.

O homem parecia cético, mas vendeu a passagem. Depois de comprar algo para comer durante a viagem, sentou-se à janela, puxou o chapéu sobre os olhos e dormiu enquanto o trem o levava pelo país. Teve de mudar de trem duas vezes, uma em Varsóvia. O plano era desembarcar do terceiro trem em Rzepin, depois atravessar a fronteira alemã a pé e no escuro.

Doze horas depois do início da viagem, porém, quando o terceiro trem fez uma parada mais prolongada na cidade de Poznan, Emil reconheceu sua chance. Era começo de noite, ainda faltavam algumas horas para escurecer, e ele estava com fome de novo. Saiu do trem, entrou na área principal da estação e viu um grande grupo de homens, cerca de cinquenta pessoas, todos magros, malvestidos e sentados no chão de pernas cruzadas sob o olhar atento de três guardas soviéticos armados.

Emil comprou os alimentos básicos habituais de sua dieta inofensiva e perguntou à vendedora quem eram aqueles homens. Descobriu que eram prisioneiros de guerra alemães indo para casa. Houve algum acordo recente que permitia uma troca de prisioneiros. Aqueles homens, todos do oeste da Alemanha, seriam trocados por prisioneiros de guerra do leste do país.

Ofegante, lembrando-se mais uma vez de como o romeno sempre falava sobre as oportunidades que surgiam quando se tinha um objetivo claro, Emil disse:

— Quer dizer que todos esses homens vão para o oeste da Alemanha?

— Para Braunschweig, na zona britânica. Suponho que seja oeste.

Emil agradeceu e se afastou para comer em um lugar de onde podia observar os prisioneiros alemães e os soldados soviéticos. Os homens sentados de pernas cruzadas no chão pareciam relaxados, felizes por ir para casa, mesmo que fossem prisioneiros.

E por que não?, pensou Emil. *Eles podem ficar na prisão no oeste por mais um tempo, mas, quando saírem, serão homens livres. Não se pode dizer a mesma coisa sobre quem vai para o outro lado.*

Então ele se lembrou de outra coisa que o cabo Gheorghe tinha dito sobre a maioria das pessoas ver a porta da sorte aberta e não fazer nada, não passar por ela, não correr riscos, até ver essa mesma porta se fechar na cara delas.

Você decide, depois age. Você escolhe acreditar, depois passa pela porta.

Mais um grande grupo de prisioneiros entrou na estação com os dedos cruzados atrás da cabeça, no mesmo instante em que o condutor entrou na área pela porta dos fundos para chamar todos os passageiros que viajavam para oeste. Emil tomou a decisão e agiu com fé, enfiando o restante da comida nos bolsos do casaco.

Os três soldados soviéticos do primeiro grupo ordenaram que seus prisioneiros se levantassem e unissem as mãos atrás da cabeça, ao mesmo tempo que o grupo maior tentava passar por eles para conseguir lugares melhores no trem. Houve algumas colisões. Reclamações. Xingamentos. No meio da confusão, Emil se enfiou entre os prisioneiros e uniu as mãos atrás da cabeça.

*

Ninguém verificou os documentos de Emil antes do embarque. Se tivessem pedido os papéis, ele teria mostrado a passagem para Rzepin e descido na parada seguinte. Em vez disso, o trem atravessou a fronteira alemã, acelerou e levou Emil rapidamente para o Ocidente.

Ele mudou sua história durante a viagem. Disse a quem perguntava que era o cabo Emil Martel, alemão étnico que havia lutado pela Wehrmacht. Tinha sobrevivido a Stalingrado e lutado no rio Dnieper, onde perdera os documentos antes de ser capturado e levado para a prisão em um lugar chamado Poltava.

— Mas você não é alemão — desdenhou um deles. — Por que está aqui conosco?

Emil o encarou com firmeza, depois sorriu e ofereceu-lhe um pedaço de linguiça.

— Não sou alemão, mas o próprio *Reichsführer* Himmler achava que meu sangue ariano era mais puro que o da maioria. Por causa disso, minha família foi protegida pela SS e trazida à Alemanha. Eles me aguardam.

O homem reagiu um pouco surpreso e aceitou a comida.

— Onde?

— Braunschweig — disse ele. — Estão em um campo para refugiados perto dali.

— Zona britânica — disse o homem, e sua desconfiança desapareceu quando ele mordeu um pedaço da linguiça. — Não é longe de onde vai nos deixar.

— Ficarei feliz por saber que minha família está perto e segura até que me libertem.

Uma hora e meia mais tarde, o trem passou pelo sul de Berlim e por Adeline e os meninos. Mais tarde, Emil entenderia que estivera a oitenta quilômetros deles.

O trem finalmente parou a leste de Wolfsburgo. Emil e os outros prisioneiros receberam ordens para desembarcar na plataforma estreita, enquanto os três vagões de passageiros em que viajavam eram transferidos para outra locomotiva. O calor agora era escaldante, e os prisioneiros ficaram irritados e inquietos quando ouviram a ordem de mostrar documentos antes de voltarem ao trem.

Emil se dirigiu com ousadia à frente da fila, pronto para blefar. Mas, assim que disse que tinha perdido seus documentos em Stalingrado, os soldados ordenaram que ele esperasse encostado na parede da estação. O vagão atrás da locomotiva lotou de prisioneiros antes de os soldados que verificavam os documentos passarem para o vagão seguinte.

Emil os viu levar a mesa para a frente da porta aberta do vagão antes de um deles ordenar que o primeiro homem da fila mostrasse seus documentos. Ninguém parecia prestar atenção nele, então ele caminhou pela plataforma até o fim dela, saltou para o chão e atravessou os trilhos na frente da locomotiva, acenando para o maquinista.

Correu pelo outro lado do trem até o terceiro vagão de passageiros, que estava vazio. Abaixado, entrou, correu pelo espaço entre os assentos e se sentou na terceira fileira, onde esperou.

Ele ouviu a mesa ser transferida para a porta daquele vagão. Quando o primeiro prisioneiro entrou, Emil fingiu que estava amarrando o sapato, antes de se endireitar. Ao olhar para o homem que se sentou a seu lado, reconheceu o prisioneiro a quem tinha dado a linguiça mais cedo. O homem acenou com a cabeça e olhou para o outro lado.

Suando de calor e aflição ao pensar no risco que havia corrido, Emil puxou o chapéu para baixo e fingiu dormir até o trem finalmente partir para o sul. Menos de trinta minutos depois, o trem fez uma curva para oeste e reduziu a velocidade, parando no meio de campos cultivados. Emil viu um riacho atravessando um campo verde exuberante e não conseguiu deixar de pensar no vale de Adeline. Estava perto dele, finalmente? Já tinha chegado?

Nesse momento, porém, um soldado soviético atravessou o vagão vindo da parte de trás.

— Documentos de novo! — gritou. — Mostrem seus documentos! Se quiserem entrar na zona britânica, precisam mostrar seus documentos. Agora!

35

24 de dezembro de 1946

Gutengermendorf, Alemanha Oriental ocupada pelos soviéticos

Adeline acordou às cinco da manhã daquela véspera de Natal e saiu da cama, sentindo que suas pernas e seus braços eram de chumbo. A cabeça latejava e ela se sentiu tonta quando se vestiu no escuro, saiu do quarto e pegou o casaco e a sacola de lona.

Fora de casa, andou no frio até a estação para pegar o trem das cinco e meia para Berlim. Queria ser a primeira da fila quando o armazém dos oficiais abrisse, às sete horas. Assim voltaria a tempo de preparar o almoço e a refeição da noite para o coronel Vasiliev e seus oficiais e ainda chegaria em casa antes de escurecer para comemorar com os filhos.

Sozinha na plataforma, enquanto esperava ela batia os pés no chão para se manter aquecida e alternava entre irritação e tristeza, profunda tristeza. De início, tentou atribuir o humor às terríveis noites de sono que tinha ultimamente, mas, depois de entrar no trem e fechar os olhos, o verdadeiro motivo de sua depressão se apresentou.

Na véspera do Natal anterior, depois de ter encarado o capitão Kharkov com a faca de destrinchar frango na velha igreja, ela se perguntara quem seria caso mais um ano se passasse e ainda estivesse deitada em um banco frio e duro, sem notícias de Emil.

Uma mulher pobre, solitária, pensou. *É o que sou um ano depois. Uma mulher pobre, solitária, que não consegue encarar o fato de ser, provavelmente, uma viúva pobre e solitária que se agarra a uma falsa esperança. É o que a tenente Gerhardt insinua toda vez que me vê, não é? Emil morreu de alguma doença, e sou obrigada a espionar todo mundo. As pessoas com quem moro. Os vizinhos. O coronel e seus homens.*

Que tipo de vida é essa? E quem Walt e Will vão se tornar? Estão sendo obrigados a espionar os amigos na escola? A me espionar?

Tudo isso a deixava com raiva, amarga. Queria entender o que significavam os últimos dois anos e nove meses. Tinham sobrevivido à longa jornada e ao último ano da guerra para serem separados de maneira cruel. Ela havia tentado chegar o mais longe possível rumo ao Ocidente, mas não fora longe o bastante. Tinha tentado levar a vida discretamente, manter a fé no retorno de Emil, mas enfrentara estupradores e a polícia secreta, que diziam que sua fé era tola e injustificada.

O que fiz para merecer isso?, perguntou-se Adeline. *Por que, em nome de Deus, estou sendo punida dessa maneira?*

*

Quando chegou à estação central, Adeline sabia que não estava sendo punida por Deus. Estava sendo punida pelo comunismo, por Joseph Stálin, como fora punida quando levaram seu pai, quase duas décadas antes.

Mandado para leste. Jogado ao vento e aos lobos. Para nunca mais ser visto. Como Emil.

Adeline sentiu algo dentro dela e percebeu, com tristeza, que não tinha a força emocional para questionar essa última frase. Depois de beber chá e comer o strudel que comprou de uma ambulante na estação central de Berlim, seguiu seu trajeto a pé em direção ao armazém dos oficiais; de repente, sentiu falta da mãe, de Malia e do irmão, Wilhelm.

O que houve com elas? Onde estão? Na cidadezinha onde as deixei? Vou reencontrá-las ou ter notícias delas um dia? Ou sumiram de vez de minha vida? Para nunca mais serem vistas. Como...

Adeline se impediu de usar o nome do marido, mas em pensamento viu Emil claramente como na última vez que o vira, sendo levado por soldados e gritando para ela ir o mais longe possível, para o Ocidente, e ele a encontraria. Por mais que tentasse, não pôde evitar o choro. Provavelmente aquela tinha sido a última vez que o viu. Essa era a imagem que permaneceria com ela até ficar velha, enrugada e morrendo com a dúvida sobre o destino de Emil. Algum dia saberia o que aconteceu com ele?

A pergunta a afundou no estado mental mais sombrio de que conseguia se lembrar, um desespero tão completo que ela mal notou o soldado conhecido na porta do armazém.

— Hoje preciso de chocolate para minha namorada. E qualquer cigarro.

— Chocolate e cigarros vão me render uma visita da polícia secreta.

— Eu tive de falar — disse. — Já expliquei. Eles ameaçaram minha irmã.

— Eles sempre ameaçam alguém, não é? — respondeu ela e entrou.

Adeline percorreu a loja depressa, sabendo exatamente o que queria e por quê. Quando terminou, a voz interior que ela chamava de juízo disse para ir direto ao caixa, pagar e ir embora. Mas estava zangada com essa voz. Fazia anos que a ouvia. Era a mesma voz que dizia que ela não merecia comer quando estava morrendo de fome, a mesma voz que a culpava pela morte do primeiro Walt; a voz que nunca deixava de lembrá-la que ela era uma refugiada, alguém que ninguém queria; a voz que sussurrava que não era tão boa quanto as pessoas à volta; que dizia para não correr riscos, se conformar, se proteger, proteger os meninos; a voz que sempre manifestava o medo.

Adeline ficou ali por um bom tempo, olhando para longe, até se perguntar aonde essa voz a tinha levado. Estava mais segura que quando se separara da mãe? Além do teto sobre a cabeça da família, um lugar quente onde dormir e um trabalho que os alimentava bem, sabia que a resposta era negativa. Enquanto vivesse sob os soviéticos, lidando com gente como a tenente Gerhardt, a resposta seria sempre "não".

Adeline sentiu a raiva transformar-se em coragem, e esse era um sentimento bom, tão bom que ela pegou uma caneta, rabiscou mais alguns itens na lista, depois os pegou e levou ao balcão com tudo o que o coronel Vasiliev tinha encomendado. Acrescentou seu dinheiro ao total e pagou a conta.

Do lado de fora, deu uma barra de chocolate ao guarda.

— Se contar para a tenente, nunca mais lhe compro nada. Feliz Natal.

— Não pode dizer isso agora.

— Mas disse — respondeu e seguiu rumo à estação.

*

Oito horas mais tarde, Adeline tirou um frango do forno na cozinha do refeitório formal dos oficiais soviéticos, que ela chamava de "sala branca" por causa da insistência do coronel Vasiliev em ter toalhas de mesa brancas para combinar com as paredes e o chão. Ela transferiu a ave para um forno menor a fim de mantê-la aquecida com outras travessas, nas quais havia massa fresca de ovos e dois pães pretos russos recheados com fatias finas de alho, como o coronel soviético gostava. Depois, abriu o grande pote de caviar e despejou o conteúdo em uma bandeja com as torradas favoritas de Vasiliev e quatro tipos de queijo. Duas garrafas de vodca e três de vinho Riesling já estavam na tina com gelo do lado de fora, na sala branca.

Depois de arrumar a mesa com toalha e guardanapos limpos, talheres de prata e cristal, Adeline limpou a cozinha e a deixou impecável. Quando por fim terminou, decidiu não pensar nas coisas que estavam erradas em sua vida. Só por um dia, iria para casa e faria um esforço para celebrar a data com Walt e Will. Talvez numa próxima oportunidade aceitasse o convite de Frau Schmidt para passar a noite de Natal com ela e Herr Schmidt.

Pensando em como os meninos ficariam empolgados com os presentes e sentindo-se muito melhor que durante todo o dia, Adeline vestiu o casaco, calçou as luvas, cobriu a cabeça com o cachecol e saiu para o ar gelado. O céu de inverno no fim de tarde exibia um tom de azul que prenunciava temperaturas mais baixas em breve. Adeline tinha acabado de virar a esquina quando o temido sedan preto parou ao lado. A janela traseira estava aberta.

— Frau Martel — disse a tenente Gerhardt, como se fossem velhas amigas. — Que sorte encontrá-la. Por favor, entre. Tenho certeza de que tem muito para me contar depois de ter ido às compras.

*

Adeline tinha antecipado a visita da polícia secreta. Por isso a bolsa de lona estava vazia. Por isso tinha deixado os presentes escondidos na despensa do refeitório dos oficiais soviéticos. Ela entrou no carro e fechou a porta. Ficaram parados, com o motor ligado, o mesmo motorista carrancudo fumando ao volante.

— O que tem na sacola? — perguntou a tenente Gerhardt.

Adeline mostrou a bolsa vazia e entregou o recibo de todos os itens que havia comprado mais cedo.

A tenente Gerhardt estudou a lista, contraindo a mandíbula.

— O coronel compra tudo isso?

— Não, aí tem encomendas de outros seis oficiais do estafe dele, pelo menos. Todos pagaram com o próprio dinheiro. Vodca boa, principalmente.

— O nome deles. E o que cada um comprou.

Adeline relacionou os oficiais e distribuiu um ou dois de seus itens para cada nome, então esperou Gerhardt anotar tudo em um caderno de capa marrom, antes de perguntar:

— O que mais?

— Cozinhei, limpei tudo e saí — disse Adeline. — Os oficiais não vão se sentar para comer por pelo menos mais uma hora.

A tenente Gerhardt continuou escrevendo, sem levantar a cabeça, até que disse:

— Você me decepciona, Adeline. Pedi várias vezes para ficar e ouvir as conversas à mesa.

— E foi o que fiz. Tenho culpa se eles só falam de mulher, comida, bebida e que querem voltar logo para casa, para a Rússia?

A policial russa levantou a cabeça.

— Por que não ficou hoje?

— É Natal…

— Esses costumes efêmeros não serão mais reconhecidos pelo partido, Adeline.

— Eu me levantei às três da manhã. Trabalhei durante doze horas, tenente. Agora vou para casa ver meus filhos e vou lhe contar um segredo que não vai precisar arrancar de mais ninguém: vou seguir costumes não reconhecidos pelo partido hoje à noite e amanhã, na folga que o coronel Vasiliev me deu por razões igualmente efêmeras.

Gerhardt baixou a caneta e olhou para Adeline com uma expressão dura por vários momentos, antes de se inclinar para ela e murmurar:

— Não confunda meu tom brando com fraqueza, Adeline. Eu sou o partido aqui, e o partido nunca esquece. É assim que funciona.

Adeline sabia que devia fechar a boca, mas sustentou o olhar para a agente da polícia secreta com a mesma firmeza e disse:

— Acho que sei disso melhor que você, tenente. Passei a maior parte da vida no regime soviético. Você está só começando, o que significa que o arquivo que eles têm sobre você ainda é pequeno, mas engorda a cada dia, semana a semana, mês a mês, ano a ano. Até você deixar de ser útil.

A policial recuou e a estudou, como se a reavaliasse.

— Não gosta de viver aqui, não é, Adeline?

— Gosto do meu trabalho. Gosto de cozinhar. A escola é boa para meus filhos.

— Mas as coisas poderiam ser melhores para você?

Adeline se sentiu pouco à vontade, como se pressentisse uma armadilha.

— Não tenho queixas, tenente — disse.

O sorriso de Gerhardt era sutil.

— Não acredito. Acho que tem muitas queixas. Mas é inteligente, e ninguém jamais a escuta reclamando em voz alta.

Adeline ficou em silêncio.

A agente da polícia secreta a observava, sorrindo como se pudesse ler seus pensamentos.

— Um aviso, Adeline. A fronteira com o Ocidente endurece todos os dias.

Adeline franziu a testa.

— Não entendi.

— Torres e cercas estão em construção. Agora há cachorros patrulhando algumas áreas, e mais animais são treinados para isso. Todos os dias, mais e mais gente que tenta fugir para o Ocidente sem permissão morre baleada. Especialmente refugiados.

— Não sei o q...

O sorriso de Gerhardt evaporou.

— Pense duas vezes antes de tentar, Adeline. Estou falando para seu bem e para o bem de seus filhos.

— Ainda não...

— Quase não fala mais sobre Frau Schmidt.

Adeline se sentiu pressionada em várias direções.

— O que posso falar? Ela é idosa. O marido é doente. De vez em quando vou lá e passo um tempo com ela.

— E os oficiais russos que moram lá?

Era evidente que a tenente Gerhardt não iria embora sem alguma informação, então Adeline disse:

— Um deles, o capitão Kharkov, é um estuprador.

— Estuprador?

— Ele tentou me estuprar no Natal passado, na igreja onde eu ia me esconder nas noites de sábado e feriados. Eu me defendi com uma faca de destrinchar frango.

A tenente Gerhardt sorriu novamente e abriu o caderninho, dizendo:

— Bom para você, Adeline. Vou tomar nota disso.

Quando o carro da polícia secreta a deixou na calçada e se afastou, Adeline fingiu que ia para casa, antes de voltar à cozinha e pegar os presentes, que pôs na sacola de lona com todas as coisas gostosas que despertaram seu interesse na despensa. Depois, saiu do refeitório dos oficiais soviéticos pela segunda vez, sentindo-se rebelde e ousada pela maneira como tinha lidado com a tenente Gerhardt e pegado comida dos russos.

Mas por que o aviso sobre a fronteira cada vez mais dura? A polícia secreta sabia que Adeline tinha entrado na zona britânica em Berlim no ano anterior? Ou ela simplesmente interpretara o tom desafiador de Adeline como prova de que estava infeliz o bastante para tentar fugir?

Não importava. Quando chegou em casa, saber que pessoas eram mortas a tiros todos os dias tentando atravessar a fronteira tinha sido suficiente para tirar a ideia de sua cabeça.

Frau Holtz, sua senhoria, estava saindo com uma pequena valise a caminho de Berlim, acompanhada por sua sobrinha, para visitar parentes. Os soldados russos já tinham ido para a cidade.

— Parece que somos só nós neste Natal, mamãe — comentou Walt.

— Podemos cortar uma árvore? — perguntou Will.

— Nosso quarto é muito pequeno para uma árvore. Mas podem desfazer essas carinhas tristes. Fomos convidados para celebrar com os Schmidt, como no ano passado.

Os meninos aplaudiram. Walt perguntou:

— Vamos ganhar presentes como no ano passado?

— Talvez — respondeu ela e sorriu.

— Podemos usar o trenó? — Walt quis saber.

— Certamente.

— À noite?

— Não, hoje não tem lua, então vai estar muito escuro. Mas peguem suas coisas, pois talvez possam brincar antes de escurecer.

Dez minutos mais tarde, eles saíram com as roupas mais quentes, e Adeline levava a sacola de lona cheia de comida e presentes. Foram pelo caminho mais longo e chegaram à fazenda dos Schmidt quando o sol descia para o horizonte enevoado, projetando luz por entre as árvores sem folhas. Frau Schmidt ficou radiante por eles terem ido e disse aos meninos que podiam usar o trenó até escurecer. Felizmente, o capitão Kharkov e seus amigos tinham saído bem mais cedo. Adeline ficou do lado de fora com os meninos para ver a primeira descida. Vê-los subir a encosta de volta na neve lhe provocava um sentimento muito bom. Como tinham crescido em apenas um ano! Walt agora tinha nove anos, e Will tinha sete.

— Mamãe! — gritou Will. — Viu como fomos depressa?

— Um recorde de velocidade! — gritou ela, de volta. — Agora vou entrar com os Schmidt. Não se matem!

— Não vamos! — garantiu Walt.

Adeline sorriu e deu alguns passos leves e despreocupados. Então, a realidade de estarem passando outro Natal sem Emil a deprimiu outra vez, como havia acontecido mil vezes desde que o levaram. Ela se dirigiu à porta da frente da casa de Frau Schmidt, quase esmagada por uma tristeza pior que a daquela manhã, quando a depressão a havia envolvido como um manto. A saudade de Emil agora parecia costurada nela, como os fios de uma marionete que um dia vira. Queria parar e rezar pelo retorno seguro do marido, mas não sabia se tinha forças para isso.

Finalmente, e quase sem conseguir controlar a dor, Adeline parou de andar. Fechou os olhos e rezou para Deus cuidar da alma de Emil e revelar se ele estava morto, para que assim ela pudesse aceitar o fim e o amor eterno que sempre teria por ele, independentemente do que a vida lhe reservasse depois.

Lágrimas corriam pelo rosto de Adeline quando ela subiu a escada e entrou na casa quente e acolhedora dos Schmidt. A árvore seria decorada pelos meninos. Herr Schmidt estava melhor que nas últimas semanas e acendia o fogo.

Na cozinha, Frau Schmidt preparava algo no forno. Quando ouviu a porta fechar, ela se virou, dizendo:

— Adeline, foi... Você está bem?

— Estou tentando, Greta! — respondeu Adeline, rompendo em lágrimas.

Quando o marido se levantou preocupado, a dona da casa correu para ela.

— Minha querida, o que aconteceu?

— Não saber o que houve é sempre mais difícil nesta época do ano. — Ela chorou. — E aquela mulher diabólica, a tenente Gerhardt, me disse que Emil foi levado para um campo onde quase todo mundo morreu por doenças contagiosas. Ele foi levado em março do ano passado, e não sei se está morto ou vivo.

Frau Schmidt a abraçou.

— Não consigo nem imaginar sua dor. Mas você tem seus filhos. Aconteça o que acontecer, a essência de Emil está neles.

Adeline se lembrou de que os amigos perderam o filho na guerra, parou de chorar e recuou para olhar para a idosa, que tinha um ar melancólico.

— Obrigada por me lembrar de como tenho sorte, Greta — disse.

Will entrou correndo.

— Mamãe, depressa. Você precisa ver o céu. Está… Ah, você não vai acreditar!

Ela hesitou, enxugando as lágrimas na manga do casaco.

— Vá com ele — disse Frau Schmidt. — Seus filhos estão lhe dando um presente inacreditável. Tem coisa melhor que isso?

Adeline a encarou, sorriu e balançou a cabeça.

— Obrigada — repetiu.

Depois, abotoou o casaco, ajeitou a echarpe e saiu para se juntar a Walt e Will, que olhavam para cima fascinados. Ela seguiu o olhar deles e não conteve uma exclamação admirada.

O sol tinha quase mergulhado atrás do horizonte, mas sua luz pálida ateava fogo às nuvens finas que desenhavam longas espirais, pintando-as de vermelho, dourado e roxo, como se houvesse fitas penduradas no céu acima deles, girando ao sabor de uma brisa mansa. Sorrindo para as nuvens, Adeline sentiu os filhos se aproximarem e abraçarem sua cintura.

— Feliz Natal do céu, mamãe — disse Walt.

Sentindo as lágrimas correrem de novo, ela abraçou os filhos com força. Ainda olhava para o alto quando ouviu o barulho da porta e passos na varanda.

Frau Schmidt exclamou:

— Vejam só!

— Não é incrível? — Adeline olhou para trás, para a amiga, e sorriu.

— Peter! — chamou Frau Schmidt. — Venha ver antes que acabe!

O marido saiu vestindo um casaco, mas parou ao olhar para cima e ver as faixas de nuvens.

— Meu Deus, nunca vi nada parecido.

As cores das nuvens mudavam a cada minuto, tornando-se mais vermelhas e mais roxas que douradas, depois só roxas, antes de a escuridão levar o presente pelo céu e fazer delas uma memória preciosa.

— Gostou do presente? — perguntou Will, quando entraram na casa.

— Foi um dos melhores que já ganhei, obrigada. — Adeline abraçou os meninos com força.

Frau Schmidt já tinha voltado à cozinha. E Herr Schmidt ainda estava de casaco e chapéu, abaixado para acender o fogo, que começou a dançar enquanto Adeline e os meninos tiravam os agasalhos pesados.

— Vai ficar quentinho em quinze minutos — comentou Walt.

— Eu gosto de olhar o fogo — disse Will.

— Todo mundo gosta — respondeu Herr Schmidt, fechando a porta da caldeira e bagunçando o cabelo de Will antes de tirar casaco e chapéu. — Querem cantar canções de Natal?

Os meninos aplaudiram e olharam para Adeline, que não estava com muita disposição para cantar, mas assentiu.

— Seria ótimo.

Frau Schmidt chamou:

— Peter!

— Sim, Greta?

— Você disse que o correio tinha mandado alguma coisa para Adeline.

— Ah! — Ele balançou o dedo como se acabasse de lembrar. — Deixei aqui. Acho. — E levou a mão ao bolso interno do casaco, de onde tirou um envelope fino. — Não sei por que mandaram para cá. Você se mudou há quase um ano.

Igualmente intrigada, Adeline pegou o envelope, viu o endereço datilografado com seu nome e o dos Schmidt e o remetente: "IRC-DPC-Alfeld".

Os meninos foram para a cozinha, onde Frau Schmidt tirava biscoitos do forno.

— Onde fica Alfeld? — perguntou Adeline, ao virar o envelope, vendo que a aba estava parcialmente aberta, talvez por ter sido mal fechada ou manuseada sem cuidado.

— Nem imagino — disse Herr Schmidt. — Mas minha memória não é mais como antes.

Adeline encaixou o dedo na abertura, rasgou o envelope e pegou uma folha de papel dobrada. Em seguida, começou a ler a carta datilografada. Enquanto lia, a mão começou a tremer, e ela tocou os lábios. Seus olhos se encheram de lágrimas, antes de ela levantar a cabeça e as mãos, gritando, com uma mistura de incredulidade e alegria.

— Meu Deus, meninos, é da Cruz Vermelha Internacional! O pai de vocês está vivo e livre! Ele nos aguarda no Ocidente!

Os meninos começaram a pular e gritar com ela.

— Onde ele está? — perguntou Will.

— Num campo para refugiados em um lugar chamado Alfeld! Na zona britânica!

Walt acalmou-se e olhou para ela, confuso.

— Como ele chegou lá?

Adeline olhou para a carta através das lágrimas que precisou enxugar para conseguir reler a mensagem.

— Não diz. Só diz que ele está esperando escrevermos para ele.

Os Schmidt compartilhavam da felicidade da família, que naquela noite era contagiosa. Eles comeram, beberam e brindaram, antes de Herr Schmidt sentar-se ao piano e tocar uma canção alegre que Adeline não conhecia. O ritmo era envolvente e lembrava a música de acordeão tocada em seu casamento e como ela e Emil dançaram como se tivessem ido dormir na Rússia e acordado no Paraíso.

Ela estendeu as mãos para Will e Walt.

— O que vamos fazer? — perguntou Walt quando ela começou a puxá-los para um lado e para o outro.

— Vamos dançar — disse ela. — Vamos dançar a noite toda, porque o pai de vocês está vivo!

PARTE V

O ÚLTIMO VALE VERDEJANTE

36

13 de março de 1947

Gutengermendorf, Alemanha Oriental ocupada pelos soviéticos

Adeline fechou a porta entre a cozinha e a sala de jantar dos oficiais soviéticos, verificou as beterrabas que estava cozinhando para fazer melaço fresco, depois pegou a quarta carta de Emil para ela. Quando a abriu, suas mãos tremiam, mas não com o choque e a euforia que a haviam dominado quando soube que ele estava vivo em um campo de refugiados cinquenta quilômetros ao sul de Hanover, na Alemanha, perto de Alfeld.

Adeline tinha ficado muito feliz ao receber essa última carta, é claro, mas também ficara aflita por constatar que, mais uma vez, alguém tinha aberto o envelope e lido o conteúdo antes dela. A tenente Gerhardt, sem dúvida. A agente da polícia secreta sabia que a Cruz Vermelha tinha escrito para ela na véspera de Natal. Por isso Gerhardt a prevenira sobre tentar ir para o Ocidente.

Desde aquela carta, a mulher não dissimulava que estava lendo cada palavra trocada entre Adeline e Emil. A policial sabia que ele havia fugido de Poltava, atravessado a Ucrânia, a Polônia e o leste da Alemanha, depois entrado na zona britânica com um grupo de soldados que retornava e com a ajuda valiosa de alguém que gostava de linguiça e lhe deu documentos para exibir na fronteira, antes da travessia final.

— Seu marido é um criminoso, um inimigo do Estado — disse a tenente Gerhardt várias vezes. — E você será uma criminosa e uma inimiga do Estado, Adeline, se decidir fugir com os filhos para encontrá-lo.

Gerhardt parecia gostar de dizer esse tipo de coisa para Adeline, que sabia que a agente estava tentando provocar uma reação reveladora. Mas Adeline havia aprendido que, nesse tipo de situação, a melhor reação era não reagir ou mudar de assunto.

— Estou preenchendo a documentação para nós três irmos ao encontro dele legalmente — respondia Adeline toda vez que a tenente Gerhardt mencionava Emil, suas cartas e a desconfiança de que ela se preparava para tentar sair da Alemanha Oriental ocupada pelos soviéticos.

— Eles vão atirar em seus filhos enquanto estiverem correndo — disse Gerhardt na última conversa que tiveram.

Mas até então as suspeitas da agente da polícia secreta eram só essas. A tenente Gerhardt podia ter lido cada palavra trocada entre Adeline e Emil, mas não havia percebido que, naquelas cartas, não estavam apenas fazendo juras de amor e descrevendo como viviam e como ansiavam pela reunião, estavam conversando em um "código espelho" que já tinham usado anteriormente ao lidar com as autoridades comunistas. Tudo que o se precisava fazer era mencionar um espelho ou reflexo, alguma coisa iluminada como a superfície de um lago ou rio, e quem lesse saberia que as frases seguintes eram o oposto exato do que se pretendia declarar. O uso das palavras "eu realmente" em uma frase indicava que a mentira tinha acabado e que voltavam a escrever a verdade.

Em sua primeira carta para Emil, Adeline escreveu:

Meu querido amor,

Você não sabe que alegria foi receber sua carta na véspera de Natal. Os meninos ficaram muito felizes, pulando e gritando como loucos! Naquela noite, olhei no espelho e pensei como gostaria de que você viesse se juntar a nós. A vida aqui é muito melhor do que era em Friedenstal. Somos felizes. Ninguém ouve nossas conversas como antigamente. Eu realmente penso em você o tempo todo enquanto trabalho em uma cozinha. Walt está estudando geometria, e Will está aprendendo a ler. Até estarmos nos braços um do outro, eu te amo com todo o meu coração. Sua Adeline.

Agora Adeline lia a última resposta de Emil e se sentia aflita, trêmula com a descarga de adrenalina.

Minha querida Adeline,

Rezo para que você esteja bem e feliz e para os meninos crescerem fortes. Tem um lago brilhante perto do campo, e sempre olho para ele e me pergunto se, em vez de esperar aqui, eu devia tentar encontrar vocês. A fronteira agora está quase completamente fechada. Ouvi dizer que o único caminho para os refugiados nos dois sentidos é o oficial. Ontem, no lago, pensei que, se a vida é como você a descreve, quero que fique aí, e eu farei a viagem até você.

Adie seus planos e me espere bater em sua porta em breve ou mandar notícias antes de chegar na estação de trem aí. Saiba que eu realmente aceito meu amor por você como um presente e estou muito animado, esperando vê-la em breve. Abrace e beije os meninos por mim. Seu marido que a adora, Emil.

Adeline pôs a carta sobre a mesa e apoiou o rosto nas mãos. Se havia entendido corretamente, Emil não estava dizendo para ela o esperar. Estava dizendo que ela, como refugiada, precisava passar pela fronteira o quanto antes, porque ainda havia pontos em que a travessia era possível. Mas não tinha ideia de por onde atravessar, onde ainda não havia cercas, patrulhas, cachorros, torres ou tudo isso ao mesmo tempo, todas as coisas que ela e os dois filhos pequenos teriam de evitar.

As palavras ditas por Emil havia muito tempo ecoaram na memória de Adeline: *Em algum momento, você vai ter que decidir onde quer viver, se na escravidão ou em liberdade. Se escolher a liberdade, precisará correr por uma terra de ninguém com tiros passando por cima da sua cabeça para chegar lá. Não acredito que haja outro jeito. Se queremos essa vida, vamos ter que desafiar a morte por ela.*

Adeline olhou para o relógio da cozinha no refeitório dos oficiais soviéticos e viu que era quase meio-dia. O coronel Vasiliev e a equipe estavam em Berlim e passariam a noite lá. Assim que terminasse de fazer o melaço e guardasse a calda em dois potes de vidro, estaria de folga.

Depois de fechar os potes, ela os deixou em cima da mesa e decidiu dar uma volta para organizar os pensamentos. Adeline vestiu o casaco e saiu andando sem rumo pelo povoado, até chegar à estrada que levava à fazenda dos Schmidt. Não tinha percorrido mais de cem metros quando viu o carro da tenente Gerhardt vindo em sentido contrário.

Por um segundo, pensou em entrar no bosque para evitar a policial, mas sabia que poderia ser a pior escolha. Adeline ficou ali esperando o sedan preto parar ao lado dela. Viu a janela descer.

A tenente Gerhardt abriu seu sorriso sutil.

— Pensei que estivesse na cozinha, Adeline.

— Ganhei a tarde de folga.

— Sim, eu sei. Como foi a visita ao armazém ontem?

— Fui mais tarde do que planejava, porque mudaram os horários — respondeu Adeline, entregando-lhe a lista e o recibo.

Gerhardt leu.

— Cigarro?

Ela estava preparada para a pergunta.

— O coronel voltou a fumar.

— Hum — respondeu a tenente, movendo a cabeça em sentido afirmativo. — E aonde vai?

— Andar um pouco. Tem tempo que não faz um dia tão bonito.

— Nem reparei. — fungou Gerhardt. — Estou voltando da casa de sua amiga, Frau Schmidt. O marido dela piorou. O médico acha que teve um derrame.

Adeline tentou não reagir, mas torceu as mãos.

— Nesse caso, talvez eu devesse ajudá-la. Posso ir, por favor?

— Ouvi dizer que seu marido está pensando em vir encontrá-la?

Ela assentiu.

— É o que ele pretende.

— Não tem receio de ser mandado mais para leste se vier para cá?

Adeline não sabia o que dizer, por isso improvisou.

— Acho que ele tem mais medo de não voltar a ver os filhos e a esposa.

— E deveria ter mesmo — declarou a tenente Gerhardt, que, em seguida, fechou a janela.

*

O carro se afastou. Adeline o seguiu com o olhar, sentindo-se mais e mais aflita. Desde que Emil fizera contato, tentava esperar o trem do meio-dia para conversar com refugiados que chegavam à cidade para pedir e fazer permutas, tentar descobrir o que eles sabiam sobre sair da área sob domínio soviético de maneira segura. Mas, a cada vez que perguntava, era pouca a informação consistente. E, a cada vez que abria a boca para perguntar a outra pessoa, corria o risco de ser denunciada para alguém como a tenente Gerhardt.

Emil quer que eu fuja, mas não pode me dizer como, pensou, nervosa, antes de se virar e correr pela estrada que levava à fazenda. Alguns minutos depois, Adeline bateu na porta. Frau Schmidt abriu, a viu e sorriu, com tristeza.

— Já soube?

— Sobre Peter? Sim. Onde ele está?

— Lá em cima com o médico — respondeu a idosa, e uma lágrima correu por seu rosto. — Ele não sabe quem sou eu, Adella.

Adeline abraçou Frau Schmidt, que a abraçou de volta com mais força. Quando se separaram, a esposa do fazendeiro sentou-se à mesa e uniu as mãos trêmulas, dizendo:

— E tem mais. O partido acha que estamos muito velhos e, agora, muito doentes para cuidar da fazenda. Como você previu, vão nos tirar daqui.

O coração de Adeline doía pela amiga.

— Sinto muito, Greta.

O médico desceu a escada. Ele olhou para Adeline, cumprimentou-a, depois falou com Frau Schmidt sobre a condição do marido. Tinha aplicado uma injeção em Herr Schmidt, que estava dormindo. Ele a instruiu a não oferecer nada além de água ao marido até ele voltar, no dia seguinte, e foi embora.

Greta subiu para olhar o marido doente e voltou à mesa.

— Queria que tivéssemos feito isso na semana passada, antes de ele... — comentou melancólica.

— Feito o quê? — Adeline olhou para o relógio e viu que ainda tinha uma hora antes de os meninos saírem da escola.

Frau Schmidt hesitou, antes de dizer:

— Ido para o Ocidente. Temos parentes perto de Dusseldorf. Mas agora...

Adeline pensou um pouco, antes de perguntar:

— O que a tenente Gerhardt perguntou sobre mim?

— Ela quer saber se você vai tentar fugir para oeste.

— E o que você disse?

— Que você se candidatou ao processo legal de transferência.

Tomada por uma mistura de alívio e ansiedade, Adeline segurou as mãos magras de Frau Schmidt e olhou nos olhos da amiga.

— Pode me dizer por onde vai tentar fugir e como?

Greta engoliu em seco e assentiu.

— Mas não sei se vai dar certo, Adeline.

*

Cinco dias depois, em 18 de março de 1947, Adeline se levantou às duas e meia da manhã e acordou os meninos. Walt despertou atordoado, e Will gemeu:

— Por que vamos acordar tão cedo, mamãe?

Ela sussurrou:

— Quieto. Vamos ver o papai.

Will levantou a cabeça do travesseiro. Walt entrou em estado de alerta.

— Verdade?

— É agora ou nunca — cochichou e tocou o rosto de cada um. — Vistam suas roupas quentes. Amarrem bem as botas. Vamos fazer uma longa caminhada. E, por favor, nenhum ruído quando sairmos. Não podemos acordar os vizinhos nem os cachorros.

— Mamãe... — disse Will.

— Will, nem uma palavra até eu autorizar! — sussurrou ela. — Entendeu?

Os dois meninos se retraíram, mas assentiram. Era raro ver a mãe deles tão séria.

— Ótimo. Esperem por mim lá fora. Fechem a porta bem devagar.

Adeline deixou o quarto em silêncio, vestiu o casaco, calçou as botas e saiu pela porta da frente, que ficou encostada. A temperatura estava acima de zero, e a escuridão era quase completa, só havia uma nesga de lua crescente no céu quando ela se aproximou do portão e o abriu, satisfeita por ter lubrificado as dobradiças dois dias antes. Então caminhou para a grande porta dupla de correr sob um arco no celeiro de tijolos. Tinha lubrificado essas portas também, e as empurrou sem dificuldade para pegar a carrocinha cheia com seus itens essenciais e com dois cobertores no topo.

Adeline encontrou os meninos junto dos degraus da entrada e acenou para que a seguissem. Eles desceram a rua para o outro lado da cidade e a pequena estação de trem que havia lá. O trem das três e quinze para Berlim estava atrasado e bem vazio naquela manhã. O condutor a reconheceu quando ela pagou as passagens.

— Primeiro trem e com os pequenos hoje?

— Vamos passar o dia e a noite com minha mãe e minha irmã em Falkenberg — respondeu Adeline, olhando para os filhos para instruí-los, caso pensassem em corrigi-la.

— Vai chegar antes das dez da manhã — disse ele. — E precisa comprar passagens para Falkenberg em Berlim.

O trem começou a andar, e ela viu que o homem queria ficar e conversar mais, mas pegou uma das cobertas e a estendeu sobre suas pernas e as dos meninos.

— Vamos dormir um pouco — disse aos filhos e fechou os olhos prontamente.

Ela esperou para puxar os meninos para perto depois que o condutor se afastou. Beijou a cabeça de cada um deles, fechou os olhos de novo e se imaginou correndo para os braços de Emil. Vislumbrou todos eles correndo para os braços de Emil, novamente como família. Assim que formou essa imagem claramente em pensamento, rezou para Deus torná-la real. Sentiu o cheiro de Emil e seus grandes braços em torno dela. Ouviu sua voz séria dizendo o quanto a amava e que nunca, jamais se separariam outra vez. Inundada por emoções alegres, ela se viu em seus braços de novo, de novo e de novo. Durante a viagem de uma hora, enquanto os meninos cochilavam, continuou se vendo no abraço de Emil e agradecendo a Deus por tornar tudo isso real, por reuni-los depois de mais de dois anos de separação e saudade.

*

Ainda estava escuro quando eles chegaram a Berlim, às quatro e vinte e cinco daquela manhã. Adeline acordou os meninos, dobrou a coberta e a guardou na carrocinha.

— Já chegamos, mamãe? — perguntou Will, mal-humorado.

— Outro trem, mais uma caminhada e um trem — respondeu ela, puxando a carrocinha pela plataforma para a área central da estação. Verificou os horários e viu que o trem que pretendia pegar sairia às quatro e quarenta e cinco, na plataforma do outro lado.

— Vamos, meninos, empurrem — disse. — Temos que correr.

A estação estava surpreendentemente cheia para o horário. Eles foram andando entre as pessoas, notando dois soldados que fumavam e riam de alguma coisa perto da entrada principal. Adeline se manteve atenta a eles até chegarem à plataforma correta, darem as costas para os soldados e correrem para um trem de dez vagões.

O primeiro estava lotado. O segundo também. O condutor fumava do lado de fora do terceiro vagão.

Devia ter uns vinte e cinco anos e a barba rala disfarçava a acne. O rapaz ficou sério assim que viu Adeline e os meninos se aproximarem com a carrocinha.

Com uma careta de desgosto, apontou com o cigarro para o carrinho.

— Aonde pensa que vai com isso? E, se vai para Wolfsburgo, é bom que tenha documentos.

— Oebisfelde — disse Adeline.

Ele soltou a fumaça e balançou a cabeça.

— Última parada antes da zona britânica. Não vai embarcar em meu trem, minha senhora. Sei o que pretende. Se eu permitir e não a denunciar, vou acabar em uma lista perigosa. Não está colocando seus filhos em perigo tentando uma coisa assim?

Adeline olhou para trás e não viu ninguém.

— Não se não formos pegos — disse. — E você não vai acabar naquela lista. Prometo.

— Por que eu correria o risco?

Adeline pôs a mão embaixo do cobertor que forrava o fundo da carrocinha e pegou dois potes de melaço.

— Eu mesma colhi as beterrabas e fiz o melaço.

O condutor olhou para os potes e riu.

— Não é suficiente para embarcar nem um dos garotos.

Ela o encarou contrariada, mas levou a mão novamente ao fundo do carrinho, embaixo do cobertor, e pegou uma garrafa de uísque e um pacote de cigarro turco que tinham custado metade de seu salário no armazém dos oficiais soviéticos.

— São seus, se nos ajudar a embarcar, colocar a carrocinha no compartimento de bagagens e tirá-la de lá em Oebisfelde. Uísque agora. Cigarro quando desembarcarmos.

O rapaz mordeu o canto da boca, depois jogou o cigarro no chão e o esmagou com o salto da bota, antes de pegar a garrafa.

— Você e os pirralhos puxam o carrinho até aquele vagão ali.

*

Cinco minutos depois, Adeline e os meninos estavam sentados no lado oposto à plataforma no sexto vagão, que se encontrava bem cheio. Will e Walt estavam tão cansados que dormiram apoiados na mãe assim que ela estendeu o cobertor sobre eles. Queria fazer a mesma coisa, encontrar refúgio para a ansiedade cada vez maior, fazer a cabeça parar de funcionar naquela velocidade. Mas não conseguia.

Ela se manteve em alerta total, ouvindo as conversas à volta e tentando imaginar quem eram aquelas pessoas e se também tentavam alcançar a liberdade.

O trem começou a se mover. Os meninos se ajeitaram junto dela e dormiram, e Adeline teve de fazer um esforço enorme para combater o medo que crescia dentro de si, acompanhando a velocidade do trem. Quando o condutor se aproximou para marcar suas passagens, já cheirava a uísque.

— Quanto tempo? — perguntou ela.

— Os trilhos estão limpos. Vocês devem chegar lá cinco minutos antes das seis, pouco antes do nascer do sol, bem a tempo de eles a virem e atirarem quando correr.

O rapaz se afastou como aquilo o divertisse. Adeline sentiu um gosto amargo na boca enquanto fazia os cálculos do intervalo até o nascer do sol, que um livro no refeitório dos oficiais soviéticos dizia que aconteceria às 6h23. Se subtraísse meia hora, o condutor teria razão: chegariam a Oebisfelde ao raiar do dia. A cada passo que ela e os meninos dessem depois de sair do trem, a luz do dia cresceria e aumentaria a chance de serem descobertos, a chance de atirarem neles ou coisa pior.

Devia ter vindo mais cedo! Devia ter pego o trem da meia-noite para Berlim!

Mas o trem da meia-noite estaria mais cheio, e a estação também, certamente. Teriam chegado a Oebisfelde às três da manhã, mais ou menos, só com um fiapo de lua no céu. *Como enxergaríamos? Como saberíamos o caminho certo?*

Ela não tinha lanterna e teve medo de roubar uma do refeitório dos oficiais, porque a luz os trairia quando estivessem correndo para a liberdade. No fim, decidiu que o risco de uma corrida no meio da noite não valia a pena. Mas agora, com o trem avançando para o amanhecer, ela se arrependia.

Não, pensou, sufocando a emoção. *Tenho que acreditar que é a hora certa e o caminho a seguir.*

Adeline fechou os olhos e começava a cochilar quando a pergunta do condutor ecoou em sua cabeça. *Não está colocando seus filhos em perigo?*

Ela despertou, alerta, tensa, com o peito arfando ao olhar para Will e Walt, sentindo o coração apertado de medo por eles e por ela. Eles estavam em perigo, um perigo terrível, todos eles. Corriam risco desde o momento em que saíram de casa com a carrocinha. Se fossem pegos, os soviéticos poderiam separá-la dos meninos. Poderiam mandá-la para leste, para um campo de trabalho, e mandar Walt e Will para um orfanato. A cada quilômetro percorrido ao longo da rota de Berlim para Oebisfelde, para a fronteira e a zona britânica além dela, a ansiedade transformava o medo em terror.

E se eu for fuzilada? E se os meninos forem alvejados e eu não?

A cabeça de Adeline a levou de volta para mais de uma década no passado, e ela se viu no teto do apartamento em Pervomaisk, onde havia segurado o primeiro Waldemar nos momentos depois de sua morte e soubera o que era ter o coração arrancado, numa agonia tão completa e devastadora que havia desejado morrer bem ali.

*

Adeline arfou com a emoção provocada pela horrível lembrança.

— Mamãe? — Will a chamou de volta à realidade. — Você está bem?

— Sim, eu... — O coração batia acelerado e o estômago ardia quando ela olhou para seu querido menino no vagão pouco iluminado. — Por quê?

— Você gritou "Waldemar".

— O quê? — resmungou Walt.

— Nada — sussurrou Adeline. — Voltem a dormir, vocês dois.

Os meninos se ajeitaram junto dela, e Adeline tentou não pensar no suor frio na testa, na náusea e na fraqueza no peito e nas pernas quando imaginava um deles morrendo antes dela. *Não aguento. Não consigo viver isso de novo, Senhor. Não consigo.*

Adeline percebeu que prendia a respiração e se obrigou a respirar fundo uma vez, outra e outra. Enquanto respirava, por razões que nunca poderia explicar, pensou em quatro linhas na terceira carta de Emil: *Lembra-se daquele cabo Gheorghe? O romeno com a cabeça amassada e a garrafa de hidromel? Eu o vi de novo. Ele pediu para mandar um olá para Malia, se for possível.*

O *cabo Gheorghe*. É claro que se lembrava. Como poderia não se lembrar? Seu olhar hipnótico e o jeito como ele falava sobre a batalha de Stalingrado, que havia acordado depois de ser atingido no ataque inicial dos soviéticos, que passara a ver o mundo de um jeito diferente e que não tivera dúvida de que sobreviveria para contar a história. Aquela crença inabalável que parecia proteger o romeno enquanto ele atravessava a batalha mais sangrenta travada na Terra.

Preciso ter essa mesma fé, pensou Adeline. *Preciso acreditar com todas as fibras do meu ser que vamos conseguir, sem dúvida. Sem dúvida.*

De repente, Adeline entendeu que, se não tivesse dúvida, nenhuma mesmo, estaria mais calma e tomaria melhores decisões na escuridão que se transformaria em luz em torno dela e de seus amados meninos.

Sem dúvida, Adella. Você já está lá.

Ela fechou os olhos e repetiu as palavras de novo e de novo enquanto cochilava, visualizando a reunião como fizera no trem para Berlim, sentindo os braços poderosos de Emil em torno dela, protegendo-a, segurando-a contra o peito enquanto ela…

— Senhora — chamou o condutor, sacudindo seu ombro. — Acorde. Próxima parada, Oebisfelde. Precisamos desembarcar vocês e o carrinho sem demora. Entende?

37

18 de março de 1947, 5h47

Oebisfelde, Alemanha Oriental ocupada pelos soviéticos

— Entende? — repetiu o condutor, irritado. — E quero meus cigarros.

Adeline sentiu a garganta se fechar e o coração disparar de novo. Os pensamentos sobre perder os filhos voltaram. Tentaram paralisá-la.

Pare com isso. Sem dúvida, Adeline. Você já está lá.

— Vai receber o pacote assim que sairmos daqui — disse ela. — Meninos, acordem. É hora da caminhada.

— Caminhada? — O condutor riu baixinho. — Senhora, quando chegar a hora, é bom correr. Os russos atiram sem perguntar e...

— Pare — disse ela, enquanto os meninos despertavam lentamente. — Por favor. Por eles.

— Sim, sim. — Ele se dirigiu ao fundo do vagão.

Will disse:

— Estou com sede e preciso fazer xixi, mamãe.

— Eu também — disse Walt.

Adeline estava dobrando o cobertor e percebeu que tinha esquecido de levar água.

— Vamos fazer xixi quando desembarcarmos, e encontramos água em algum lugar antes do próximo trem — prometeu.

Will gemeu.

— Quando vai ser isso?

Ela quase perdeu a paciência, mas se conteve.

— Mais cedo do que você pensa.

O trem reduziu a velocidade. Ela olhou para fora, tentando ver o leste lá atrás, encontrar o amanhecer e finalmente ver o roxo pálido se insinuando ao longe sobre um campo de grãos coberto por três centímetros de neve nova.

— Lá vamos nós — disse, esperando os dois ficarem em pé no corredor e seguindo-os em direção à saída dos fundos. — Os Martel viajantes partem em uma nova aventura.

— Você sempre diz isso — respondeu Will.

— Porque estamos sempre viajando — explicou Walt, em tom condescendente.

Adeline olhou para fora novamente e viu o contorno dos telhados antes de o trem parar completamente com um guincho e um assobio em uma estação de dois andares e uma plataforma, iluminada por lamparinas a gás e pela proximidade do amanhecer.

— Vamos lá — disse o condutor. — Depressa.

Ela desembarcou e disse para os meninos ficarem na plataforma, depois correu atrás do condutor dizendo:

— Somos os únicos que desembarcam aqui?

Quando chegaram ao vagão de carga, ele respondeu:

— Os únicos malucos o bastante para isso. A maioria pega o trem anterior para Oebisfelde e tenta a travessia no escuro.

— Mas me disseram que há árvores que podem nos esconder.

— Havia árvores no meio das quais você podia se esconder para atravessar a fronteira sem ser vista — explicou, tirando o carrinho do vagão. — Eles as cortaram na semana passada e começaram a desenterrar os tocos. A área perto da fronteira está se tornando uma área abandonada.

Sem dúvida, Adeline. Você já está lá. Já está nos braços de Emil.

— Obrigada pela informação — disse e entregou a ele o pacote de cigarros. — E pela gentileza.

Adeline esperava que ele fizesse um comentário maldoso. Em vez disso, o rapaz pegou os cigarros, suspirou e respondeu:

— Boa sorte, senhora. E para seus filhos também. Alguém me contou que, se consegue ver a torre medieval na cidade, já foi longe demais, e eles provavelmente a verão e farão parar antes mesmo de tentar começar a andar para a fronteira.

— É bom saber — disse ela, voltando para perto dos meninos com a carrocinha.

O condutor subiu no primeiro vagão de passageiros. Quando Adeline alcançou Will e Walt, o trem estava partindo, deixando-os sozinhos na plataforma com o horizonte a leste agora pintado de um roxo-claro riscado de vergões vermelhos.

Will se agitou.

— Estou com sede e preciso fazer xixi.

— Eu também — disse Walt.

— Não pode ser aqui — avisou ela. — Lá fora.

Eles puxaram e empurraram o carrinho pela estação vazia. Adeline sentiu que a carrocinha estava estranha, como se uma das rodas estivesse desalinhada e entortasse o carrinho quando eles saíram para a escada coberta de neve que dava para o cruzamento entre uma estrada que corria para oeste paralela aos trilhos da ferrovia e outra que serpenteava para o sul até a cidade, que era para onde Frau Schmidt disse que deveriam ir.

— Vão parar vocês na fronteira se seguirem pela estrada pavimentada próxima aos trilhos do trem ou pela outra estrada pavimentada no sul da cidade — avisou Frau Schmidt. — Mas Peter e eu fomos informados de que na metade do caminho entre as duas estradas tem uma rua diagonal à direita. Ela leva a uma trilha que segue para oeste através de terrenos agrícolas para a cidade de Danndorf, a uns quatro ou cinco quilômetros de distância. Um pouco antes da fronteira, uns cento e cinquenta metros à esquerda, você vai ver uma casa de dois andares de onde soldados soviéticos vigiam a trilha e a estrada pavimentada ao sul. Mas a trilha entra nas árvores que escondem a fronteira perto dali. Se chegar a essas árvores sem ser vista e continuar escondida, quando eles virem você atravessando será tarde demais.

Mas as árvores foram cortadas!

*

— Mamãe! — sussurrou Will, sapateando. — Preciso muito fazer xixi, tanto quanto naquela vez que você me fez usar a jarra.

— Também preciso, mas nem tanto — anunciou Walt.

— Vão — disse ela, apontando para a direita. — Ali, enquanto eu desço a escada com a carroça.

Os meninos desceram correndo, se aproximaram de alguns arbustos e abriram a braguilha. Ela tentou levar a carrocinha degraus abaixo, mas o peso provocava um desequilíbrio que ela não conseguiu contornar, e as rodas tocaram os degraus aos solavancos até chegarem à rua com um estalo.

— O que foi isso, mamãe? — sussurrou Will.

Ela empurrou a carrocinha, sentiu que deslizava e respondeu:

— Não sei.

Will terminou e correu para a mãe. Adeline olhou para leste, para o horizonte vermelho e roxo cada vez mais claro, e entrou em pânico outra vez. Olhou para trás, para Walt, que continuava em pé atrás dos arbustos, olhando em volta como se tivessem todo o tempo do mundo.

— Vamos logo, Walt! — sibilou ela.

— Ele é sempre assim — comentou Will, enquanto Walt, sobressaltado, corria na direção deles.

Adeline quase conseguia ver os traços do filho mais velho à luz do amanhecer. Sabia que a chance de liberdade fácil era menor a cada segundo.

— Os dois atrás do carrinho — disse. — Depressa. Se virem uma torre antiga à frente, me digam para parar.

Eles deram dois passos, e o eixo que segurava a roda direita dianteira da carrocinha se partiu. A roda caiu. O carrinho tombou em cima dela. Adeline olhou para a roda em cima da neve derretida.

— O que vamos fazer? — perguntou Will.

Adeline queria chorar. Mas o sol se aproximava. Precisava agir depressa.

Ela contornou a carrocinha e, do lado oposto, viu que os eixos dianteiro e traseiro eram parafusados em estruturas retangulares, cada uma composta por quatro barras de madeira. Os lados mais longos do retângulo eram parafusados na base da carrocinha, separados por uns quinze centímetros. As barras mais curtas eram parafusadas em cima e dentro das barras transversais.

Adeline notou um vão de uns cinco centímetros entre as barras curtas e o fundo da carrocinha e teve uma ideia. Ela encontrou uma pedra grande e a usou para bater na viga lateral à esquerda e em cima e a separou do carrinho.

Adeline bateu os pregos para que não a ferissem, depois encaixou a viga no vão do suporte da roda dianteira, da esquerda para a direita. Agora a viga aparecia dos dois lados da carrocinha, na frente, uma saliência de uns trinta centímetros de cada lado.

Então ela pegou um pedaço de corda que usava para amarrar suas coisas em um pacote, cortou o pedaço em dois e os usou para amarrar a viga nos dois lados do carrinho. Demorou muito. O sol nascia quando terminou. Por um momento, Adeline pensou em voltar, mas a ideia de estar nos braços de Emil não permitiu que recuasse.

— Walt, venha aqui para a frente e segure a alavanca. Will, você empurra.

Ela se colocou do lado direito, se abaixou para segurar a ponta da viga e a levantou, erguendo a parte da frente da carrocinha e se tornando a quarta roda. Para isso, tinha que se manter em uma posição esquisita, dobrada, carregando a maior parte do peso com o esforço da lombar e do meio das costas, que começaram a doer imediatamente quando eles avançaram pela Bahnhofstrasse, rua que serpenteava para o sul saindo da estação de trem de Oebisfelde e da rua da frente que levava à fronteira.

Passaram por fileiras de casas menores encaixadas entre grandes edifícios de tijolo e cimento. Adeline mal olhou para elas. O suor escorria da testa para os olhos, prejudicando a visão enquanto, com o pescoço torto, ela tentava olhar para a frente e para cada rua lateral por onde passavam, atenta a qualquer coisa que indicasse a aproximação de uma patrulha.

— Que cheiro bom — comentou Will ao sentir no vento o aroma de pão recém-assado.

Em algum lugar distante, Adeline ouviu um ruído como o de madeira batendo em madeira, seguido por um longo sopro que a deixou sem ar. *Tiros!*

Queria voltar, mas não podia.

Sem dúvida, Adeline. Você já está com Emil.

Um quarteirão. Dois quarteirões. Três quarteirões. As costas e as mãos queimavam. Ela olhou para a frente e para cima, tentando localizar a torre medieval antes de irem longe demais e perderem a rua diagonal que os levaria à área rural em direção a oeste.

Mas e as árvores?

Continuaram andando, e as três rodas restantes de madeira e lata derraparam na neve derretida quando passaram por uma rotatória de duas vias. Seguiram para o sul na Lessingstrasse, com mais sol sobre a cidade. Por que não viam mais ninguém?

— Mamãe — chamou-a Will.

— Já falei…

— A torre, mamãe — avisou Walt.

Adeline viu a torre medieval de Oebisfelde ao longe, alta, com o telhado em ângulo e grandes janelas abertas no topo.

Ela apoiou a frente da carrocinha no chão, girou, a pegou de novo e disse:

— Vamos por outro caminho, meninos, voltem!

Adeline os levou correndo para longe do alcance dos olhos na torre e em direção à rotatória. Antes de chegarem lá, viu uma rua à esquerda atravessando o trecho na diagonal para noroeste. No fim dela, viu que a área construída dava lugar ao começo de um terreno vazio. *Seria a trilha?*

Adeline decidiu que sim. Ela bufava com o esforço quando levaram a carrocinha para a rua e percorreram todo o seu comprimento, passando por trás das casas onde luzes brilhavam e crianças riam e choravam.

Perto do fim da rua, Will disse:

— Mamãe? Estou com sede, e aquela mulher está pegando água.

Ele apontava para a silhueta de uma idosa que puxava um balde de um poço no quintal da última casa à direita. Adeline parou e viu a mulher despejar água de um balde para outro.

— Com licença, senhora — disse ela. — Poderia dar um pouco de água para meus filhos? Viemos de longe, e eles estão com muita sede.

A velha olhou para eles, depois para a carrocinha.

— Não — disse. — Estou cansada de ajudar quem passa.

Antes que Adeline implorasse, ela se virou e, caminhando pela lateral da casa, desapareceu nas sombras.

*

— Vamos seguir, meninos — disse Adeline, e levantou a carrocinha vendo o sol nascente iluminar as pradarias e os campos adiante, cobertos de neve.

— Mamãe, estou com sede — reclamou Will.

— Estamos todos com sede, Will. — Ela se irritou. — Por favor, ajude a mamãe e fique quieto. Prometo que vai beber água assim que possível.

Frau Schmidt tinha dito que havia uma trilha de terra de norte a sul que eles deveriam atravessar para chegar à trilha rural. Adeline conseguia vê-la agora, logo depois de um galpão aberto no quintal da idosa. No galpão havia lenha empilhada. Eles passaram por ali. Do outro lado da via norte-sul e um pouco à esquerda, ela encontrou a trilha que seguia para oeste.

Tinha dado o primeiro passo na direção dela quando ouviu um cavalo se aproximar.

Adeline olhou para a direita e viu um homem de pele escura conduzindo uma carroça carregada de grandes latas de leite. Ele quase os alcançava e acenava loucamente.

— Não está vendo? — disse, apontando para o campo aberto. — Tem uma patrulha soviética saindo do posto da guarda! Voltem e se escondam!

Adeline nem olhou para a patrulha, só levantou o canto direito do carrinho e recuou.

— Vamos voltar!

Will e Walt viram o medo no rosto da mãe e voltaram à rua anterior. O homem da carroça passou, acenando para ela entrar no galpão de lenha da idosa. Adeline grunhiu com o esforço de levar a carrocinha para trás do galpão e, com os meninos, correr para dentro.

— Não se mexam! — murmurou. — Nem um pio de nenhum dos dois!

Adeline viu no rosto dos filhos que eles sabiam que estavam em perigo. Não disseram nada quando ela gesticulou mandando que se abaixassem atrás da pilha de lenha enquanto ela espiava por cima das toras.

O galpão era frágil, com frestas entre as tábuas da parede de trás, voltada para a trilha de terra, a rua e a área agrícola. No início ela não viu nada. Mas depois, saindo de um local baixo cerca de quinhentos metros a oeste da cidade, viu quatro soldados soviéticos com armas e baionetas conduzindo um grupo de prisioneiros que caminhava para Oebisfelde com as mãos unidas atrás da cabeça. Mais ou menos um quilômetro além deles, Adeline avistou o telhado da casa de dois andares de onde a guarda vigiava tudo. A patrulha devia ter saído de lá.

Em minutos, eles se aproximaram o suficiente para Adeline ver que havia vinte prisioneiros, quinze homens e cinco mulheres, e ouvir os soldados os acusando em russo de serem traidores da nova ordem.

— Não se mexam — murmurou ela para os meninos, paralisada observando os prisioneiros. Estavam tão perto que ela podia notar o terror no rosto de cada um.

Estavam imundos. Vários sangravam com ferimentos no rosto e na cabeça. Adeline tentou respirar baixo quando a patrulha chegou ao fim da rua, a menos de vinte metros de onde estavam. Os prisioneiros receberam ordens para virar à direita e marchar para o sul, em direção à torre. A brisa trouxe um cheiro azedo quando eles fizeram a curva e desapareceram.

Adeline ficou ali por dois segundos, ofegante e aliviada. Depois, ouviu uma voz – não dentro de sua cabeça, mas no coração, despertando uma emoção que ela entendia completamente.

É sua chance, Adella! Aproveite-a!

No ato mais corajoso de sua vida, Adeline endireitou o corpo atrás da pilha de lenha, chamou os meninos e disse:

— Vamos ver o pai de vocês.

*

Abaixou-se e segurou a ponta da viga, levantando a carrocinha mais uma vez. Juntos, eles a arrastaram de volta à rua, antes de a mãe se levantar e olhar para oeste, além dos campos, além da casa da guarda soviética, para uma fileira distante de árvores a uns três, talvez quatro quilômetros dali. Devia ser o outro lado da fronteira.

Sua lombar voltou a queimar quando empurraram a carrocinha pela rua de terra para a trilha, que era ladeada por muros baixos de pedra. Quando estavam uns cem metros longe do limite da cidade, Adeline se endireitou o suficiente para olhar para o sul, para a torre medieval, e viu alguém se movendo na janela aberta.

Ela engoliu em seco e teve de se controlar para não gritar para os meninos abandonarem o carrinho com o que restava de seus pertences e correrem para a fronteira. Havia crescido em espaços abertos como esse e sabia que um cavalo em disparada chamava a atenção, enquanto uma vaca morosa raramente atrai o olhar. Pensando nisso, ela os conduziu lentamente, num ritmo constante, enlouquecedor, sacrificante. O tempo parecia se arrastar, mas logo estavam duzentos metros longe da cidade, depois trezentos e quatrocentos. Quanto mais avançavam, mas Adeline sentia que os braços eram arrancados dos ombros. A lombar gritava com ela, que precisava descansar a cada trecho de cem metros para tolerar a dor.

Quinhentos metros a oeste da cidade, quando chegaram àquele ponto mais baixo por onde a patrulha havia passado, ela cambaleou e teve a sensação de que alguma coisa havia penetrado suas costas entre as omoplatas. Adeline sufocou um grito, soltou a viga e quase foi dominada por uma agonia que reconhecia dos longos dias que havia passado encurvada nos campos de plantações. Ficou ali abaixada, tremendo.

— Mamãe! — disse Walt. — Você está bem?

Adeline não conseguiu falar enquanto se forçava a endireitar as costas e girar os ombros para trás, empurrando as omoplatas para baixo. Alguns segundos depois, sentiu a coluna estalar. A dor diminuiu, e ela ficou ali, ofegante, limpando o suor da testa e tentando engolir a náusea.

— Mamãe? — chamou Will.

Antes que pudesse responder, Adeline ouviu uma rajada de tiros lá atrás, onde tinha visto a patrulha pela última vez. O pânico começou a crescer. *Estão atirando nas pessoas que tentaram atravessar a fronteira na noite passada? O que vão fazer conosco? Não atirariam nos meninos, atirariam?*

Por um momento, paralisou. *Devemos seguir em frente? Voltar?*

Ela pensou ter ouvido um grito de mulher, antes de uma segunda rajada de tiros.

— Eles não vão atirar em nós, vão, mamãe? — perguntou Walt.

Ela viu o quanto o filho estava assustado, e isso a abalou.

— Não — respondeu, consciente do tom agudo. — Vamos continuar.

Adeline respirou fundo duas vezes e se abaixou com cuidado para pegar a viga da carrocinha. Levantou a dianteira direita um pouco mais alto que antes, apoiando a viga sobre as coxas, sem se importar com o desnível da carroça enquanto chegavam à marca de oitocentos metros além do limite da cidade, depois um quilômetro. O sol agora tinha nascido. A neve derretia depressa.

A cada passo, enxergava mais um pedaço da casa que servia de posto da guarda soviética. Quando estavam a menos de quinhentos metros dela, Adeline enxergou os tocos de árvore onde antes ficava a floresta que supostamente os esconderia enquanto atravessassem a fronteira. Alguns tocos haviam sido arrancados do chão. Via as raízes bloqueando a trilha além do caminho para a casa da guarda.

Volta, Adeline!, gritou uma voz em sua cabeça. *Vão atirar em você! Vão atirar nos meninos!*

Mas ela sabia que, se parasse agora, não teriam chance de estar com Emil antes do pôr do sol nem, talvez, nunca. Outra voz, mais forte e mais poderosa, começou a falar com ela.

Sem dúvida agora. Tenha fé, Adella. Passe por aquela casa da guarda como o cabo Gheorghe atravessou a batalha de Stalingrado e sobreviveu.

Um sorrisinho estranho começou a distender seus lábios. Para sua surpresa, a dor entre as omoplatas, na lombar, nos ombros e nos quadris diminuiu à medida que se aproximavam.

Então, a voz amedrontada gritou quando ela se deu conta de que a casa da guarda não ficava cento e cinquenta metros ao sul da trilha. Era muito mais perto, não mais que cinquenta metros à esquerda. No térreo, havia duas grandes janelas de vidro voltadas para a entrada.

Eles vão ver você, Adeline. Vão atirar antes que você encontre...

Adeline parou para descansar e superar o desespero. Olhou diretamente para as janelas a menos de setenta e cinco metros e, imaginando o apicultor, sorriu.

Tenha fé, pensou Adeline muitas vezes enquanto avançavam para a casa e para os tocos que bloqueavam a trilha. Ainda sorrindo, ela olhou para a janela e viu dois soldados soviéticos na da esquerda. Pareciam discutir com um homem encorpado que usava um chapéu e um casaco escuro e comprido. Um dos soldados olhou na direção deles. Ela sorriu ao desviar o olhar da janela.

— Vamos dar a volta, meninos — disse, tentando mostrar confiança ao desviar a carrocinha em torno das raízes e ver que a trilha além delas se dividia em duas.

A da esquerda levava para o sul e a estrada parecia melhor. A da direita era lamacenta, cheia de sulcos e buracos, bloqueada por mais árvores arrancadas em alguns trechos. A trilha à direita parecia se extinguir completamente perto do fim do campo de tocos de árvore.

Tenha fé, pensou Adeline, olhando para a frente e se convencendo de que podia ver um caminho aberto através dos tocos, através da fronteira e para o interior do bosque do outro lado. Ela olhou para trás, para as janelas da casa da guarda, viu os três homens de frente para ela e os meninos, mas ainda no meio de uma discussão. O homem de chapéu gesticulava muito.

— Até onde vamos, mamãe? — perguntou Will.

Adeline sorriu, ajeitou a mão na viga do carrinho e disse:

— Até aquelas árvores lá na frente.

— Não é longe — argumentou Walt.

— Meio quilômetro. Não mais que isso. A distância da escola até a casa de Frau Schmidt.

Ela olhou para trás pela terceira vez quando estavam cem metros além da linha da casa da guarda e não viu mais as janelas inferiores, o que significava que os homens não podiam mais vê-los ali. Adeline sentia o coração se alegrar enquanto avançavam levando a carrocinha através dos sulcos e contornando os tocos, diretamente para oeste.

Está feito, disse a si mesma quando percorreram mais cinquenta metros rumo à liberdade. *Já estamos naquelas árvores ali. Já estamos naquele trem para Alfeld. Já estamos com Emil.*

Um tiro cortou o ar frio da manhã, um estalo e um sopro que pareceu passar bem ao lado deles. Adeline se assustou, se abaixou e virou quando outro tiro era disparado de trás da casa da guarda. Não sabia dizer se estavam atirando neles nem de onde disparavam.

Mas não havia dúvida de que o homem de chapéu e casaco preto agora saía correndo da casa, acenando e gritando para ela.

— *Halt!* Pare!

Ela arregalou os olhos. *É a polícia secreta!*, pensou.

Certa de que seriam capturados ou fuzilados, Adeline sentiu a fé se transformar em terror abjeto, como se estivesse prestes a ser queimada viva ou afogada diante dos filhos. Ela inclinou o corpo para a frente sobre a viga, gritando para os meninos.

— Puxem! Depressa! Corram!

Em vinte segundos, seus pulmões pareciam estar à beira de uma explosão e as pernas se transformaram em borracha. Por um momento, não encontrou a trilha entre os tocos.

— Meu Deus! — arfou. — Por favor, me ajude!

Adeline deu mais alguns passos e viu um corredor no meio do labirinto. Ela arrastou a carrocinha e os meninos por ele, olhando para trás quando faltavam trezentos metros para as árvores. O homem de chapéu tinha saído da casa e corria pela área de tocos de árvores, aproximando-se rapidamente.

Compreendendo que seria capturada nesse ritmo, Adeline avançou com uma energia emocional que jamais sentira antes e nunca mais sentiria, como mãe determinada a salvar seus filhos, como esposa desesperada para abraçar o marido de novo, como mulher movida por medo, amor e oração.

A visão se resumiu ao objetivo. As mãos doíam, os ombros uivavam e as costas pareciam prestes a quebrar em dois lugares. Mas as pernas a levavam em frente enquanto ela gritava sem parar para Wall e Will correrem, não desistirem.

De repente, estavam quase lá. Menos de duzentos metros. Apesar do suor que fazia os olhos arderem, Adeline viu onde o campo de tocos terminava em uma linha de arbustos com algumas árvores espalhadas além dela, antes de a floresta começar de verdade.

Um tiro. Ela poderia jurar que a bala tinha passado bem ao lado deles.

Lutando contra a histeria, gritou:

— Abaixem-se e não parem, meninos! Continuem correndo!

Outro tiro isolado, depois mais três em uma sucessão lenta, deliberada, dirigida, enquanto Adeline, Walt e Will arrastavam a carrocinha para a linha de arbustos, as árvores escassas, o bosque, a liberdade.

— Onde está aquele homem? — gritou ela.

— Ele está se aproximando, mamãe! — respondeu Walt, no mesmo tom.

Adeline baixou a cabeça e usou essas palavras como o chicote que Emil tinha usado nos cavalos durante a batalha de tanques, obrigando-a a correr os cem metros seguintes. Foi como se uma eternidade passasse, antes de ela ver o fim do caos e da necessidade bem ali, diante dela.

Em instantes, estavam fora do campo de tocos, atravessando uma pequena trilha e seguindo por outra, mais sinuosa, para oeste, cortando áreas de relva marrom e amassada, salgueiros e espinheiros, antes de entrar em um bosque fechado. No limite das árvores, Adeline olhou para trás e viu o homem de chapéu ainda no campo de tocos, ainda correndo atrás dela, talvez a uns cem metros.

— Só mais um pouco, meninos! — disse e mergulhou no bosque.

A floresta era sombria e austera, ainda com neve espalhada no chão e sobre os galhos das árvores. O caminho se alargava à frente, voltava a ser uma via de circulação. Seguia serpenteando entre pinheiros e passava por um pequeno lago que abastecia um moinho à direita deles. Na outra ponta do lago havia um banco. Certamente, lá estariam a uma distância segura.

Quando alcançou o banco, Adeline olhou para trás novamente e não viu ninguém os perseguindo. Com os músculos das pernas e das costas se contraindo e sofrendo espasmos violentos, finalmente se permitiu reduzir a velocidade, parar e soltar a viga da carrocinha. Só então desabou sobre o banco e tomou nos braços os filhos aterrorizados, que choravam. Só então se permitiu chorar de alegria.

— Conseguimos! — disse, apertando os meninos contra o peito, depois rindo de um jeito histérico. — Nós acreditamos e estamos livres, meninos! Livres! E vamos ver o pai de vocês antes de o sol se pôr!

Lá atrás, na trilha, um galho se partiu.

38

Adeline virou a cabeça e viu o homem que os tinha perseguido. Ele mancava na direção deles, com o casaco enlameado e aberto, o chapéu sujo na mão também coberta de barro e o rosto respingado de lama, além de vermelho e suado. Ele balançava a cabeça.

Adeline abraçou os meninos ainda mais forte, enquanto ele arfava furioso.

— *Fräulein*, por que não parou quando gritei para parar? Olhe para mim. Tenho lama para todo lado.

— Estavam atirando em nós — respondeu ela, com frieza. — E você não pode nos levar de volta.

— Atirando em vocês? — repetiu ele, inclinando a cabeça. — Levá-los de volta?

— Isso mesmo. Vai ter de nos matar antes de voltarmos.

Para surpresa dela, o homem jogou a cabeça para trás e gargalhou.

— Então não tinha permissão para atravessar?

Adeline não respondeu.

— É claro que não — deduziu ele, pondo o chapéu sujo na cabeça e aplaudindo com admiração. — Consegue imaginar a sorte que você e seus filhos tiveram? Sabe das pessoas que foram pegas ontem à noite? Quatro eram reincidentes e foram fuziladas em Oebisfelde logo depois que os guardas viram vocês saindo da cidade. Passou tão perto da patrulha que os guardas deduziram que já tinha sido vista e tinha autorização para atravessar.

Ela o encarou incrédula.

— Mas alguém na casa da guarda atirou em nossa direção. E você nos perseguiu.

Ele riu de novo.

— Os tiros eram do treino de pontaria. Não estavam atirando em vocês. Eles ficaram com pena quando viram que tinha de carregar a carrocinha, me mandaram ajudá-la. — Ele sorriu. — Ainda vou ajudar. Para onde deseja ir?

Ela chorou ao ouvir tudo isso, mas se conteve. Engoliu as lágrimas, enxugou os olhos e se levantou, apesar das pernas trêmulas.

— Para uma cidade chamada Alfeld.

— Não posso ir até lá, mas Danndorf e a estação de trem ficam perto daqui.

De repente, Adeline tremia da cabeça aos pés, mais exausta do que havia imaginado que poderia ficar. Quando ele se ofereceu para ser a quarta roda, ela assentiu agradecida e seguiu o desconhecido e os meninos rumo a Danndorf.

Quando chegaram, tomaram água de uma fonte e foram a um café, onde Adeline comprou pão. Quando o proprietário soube que tinham acabado de fugir dos soviéticos, deu aos meninos bolinhos doces e deixou Adeline usar o telefone para falar com o campo de refugiados em Alfeld.

Disseram a ela que Emil estava trabalhando, e Adeline deixou um recado informando que tinham conseguido atravessar a fronteira e que logo chegariam à estação de trem. O homem que os ajudou limpou a lama das roupas e continuou transportando a carrocinha com os meninos até a estação da cidade.

Quando finalmente alcançaram a plataforma e ela estava agradecendo ao homem, Adeline se deu conta que, no meio de toda a agitação por ter realmente escapado, não havia perguntado o nome dele. Quando perguntou, ele sorriu.

— Meu nome não importa. Você e seus meninos estão seguros e onde tinham de estar.

Ela sentiu um arrepio e disse:

— Que Deus o proteja, senhor.

— Senhora, depois de ouvir sua história, acho que Ele está mais ocupado protegendo você, seus filhos e seu marido. — E partiu, rindo consigo mesmo.

Adeline o viu se afastar sentindo um estranho formigamento, como se a ponta de várias penas tocasse de leve todo o seu corpo.

— Em que está pensando, mamãe? — perguntou Walt.

Ela sorriu, e seus olhos se encheram de lágrimas, agora que não via mais o homem que os ajudara.

— Estava pensando sobre a graça e o amor de Deus e sobre como somos realmente abençoados.

Alfeld, Alemanha Ocidental sob ocupação britânica

Emil andava de um lado para o outro da plataforma de trem naquela tarde de primavera, tão nervoso quanto se estivesse criando coragem para convidar Adeline para um primeiro encontro. Inspecionava sua imagem no reflexo da janela a todo instante. Alimentava-se bem no campo de refugiados, mas ainda não tinha recuperado nem metade do peso perdido no tempo que passara preso e na fuga.

Adeline o reconheceria? E os meninos?

Não tinha importância. Ele os reconheceria. Teria reconhecido a família mesmo depois de uma década de separação. Tinha certeza disso.

Emil voltou ao fim da plataforma e olhou para o sul, tentando fazer outro trem aparecer. Por bastante tempo, não viu nada além dos trilhos que sumiam além de uma curva distante. Antes, teria ficado mais ansioso, mais temeroso ou imaginado desastres a cada minuto que passava.

Mas, desde que fugira para o Ocidente, Emil nunca havia estado mais calmo ou mais confiante. Sobrevivera ao pior da vida, e aquelas provações e o tempo com o cabo Gheorghe o haviam transformado, fortaleceram-no, tornaram-no mais humilde e mais consciente do poder dos sonhos e da magia da vida à volta. Apreciava cada nascer e cada pôr do sol e era grato ao todo-poderoso pelos presentes que recebia entre um momento do dia e o outro.

Também havia visualizado Adeline, os meninos e ele juntos enquanto sentia no fundo do coração o quanto isso seria bom. No campo para refugiados, havia declarado a quem quisesse ouvir que encontraria sua família. Então, quando encontrou Adeline e os meninos por intermédio da Cruz Vermelha Internacional e os dois começaram a se comunicar em código, havia declarado abertamente muitas vezes que sua família não permaneceria no leste. Não viveriam mais sob Stálin.

Transferindo o peso de uma perna para a outra, Emil invocou toda a força e a certeza que tinha e reiterou uma promessa que havia repetido dez mil vezes no último ano.

— Eles estão a caminho do Ocidente — disse, com firmeza. — Estão a caminho da liberdade. Não serão impedidos. Nunca seremos separados. Nunca mais.

Um apito distante fez seu coração disparar, seus olhos marejarem e lhe deu um frio na barriga. Ele ouviu o barulho do trem aumentando antes de a locomotiva surgir e vir em sua direção rapidamente. De repente, soube que eles estavam nesse trem e teve de se segurar para não correr até ele.

A locomotiva reduziu a velocidade e passou por Emil, seguida pelo primeiro vagão de passageiros, o segundo e o terceiro. Ele estudava cada rosto voltado em sua direção e não via nenhum dos três. O trem parou com o carro de bagagens na frente dele. Emil começou a desanimar, já estava dizendo a si mesmo que eles estariam no trem seguinte. As portas do vagão de bagagem se abriram. A carrocinha estava ali. Faltava uma roda, mas era o carrinho que ele havia construído para os meninos tanto tempo antes. Não tinha dúvida.

— Emil!

— Papai!

Ele se virou, e os sonhos e os espíritos de esperança que tinham vivido nele por mais de dois anos ganharam corpo outra vez. Adeline saltava do primeiro vagão, seguida por Walt e Will. Eles correram ao encontro um do outro e se abraçaram.

Emil sustentou Adeline quando as pernas dela falharam, e os dois se ajoelharam no chão, se abraçando e se beijando. Os meninos se aproximaram e abraçaram os pais, tremendo, soluçando e explodindo em uma felicidade tão bonita e pura que nenhum deles jamais esqueceria esse momento.

— Nunca mais vamos nos separar — disse Emil. — Prometo.

— Nunca — respondeu Adeline.

— Nunca — repetiu Walt.

— Nunca, jamais — disse também Will.

Ficaram abraçados como se tivessem levantado dos mortos, e quase nem notaram quando o condutor deixou a carrocinha ao lado deles. Finalmente, quando o trem se moveu para sair da estação, Adeline levantou a cabeça do ombro de Emil, piscando para conter as lágrimas e sorrindo fascinada ao olhar nos olhos dele e ver que eram iluminados por um amor brilhante, o amor por ela, exatamente como vislumbrara.

Emocionada, disse:

— Nossa vida é um milagre, Emil!

— Um milagre atrás do outro — acrescentou Emil, beijando Adeline como se fosse a primeira vez.

39

23 de setembro de 1951

A bordo do USS General R. M. Blatchford

Depois do pôr do sol, a neblina se formou e tingiu o céu nublado de preto, mais preto que o de qualquer noite de que Emil conseguia se lembrar. Perto da meia-noite, fazia muito frio, um frio que penetrava nos ossos, mas ele se recusava a sair do convés, onde permanecia perto da proa olhando para oeste, ansioso por qualquer sinal de luz.

Mais cedo naquela noite, muitos outros peregrinos estavam no convés com Emil, todos procurando por aquele primeiro brilho de uma nova vida. Mas, um a um, todos foram para suas cabines, e agora restava apenas um punhado deles na vigília.

Adeline se aproximou do marido por trás e o enlaçou pela cintura.

— Não quer se deitar? Disseram que só poderemos desembarcar amanhã de manhã, de qualquer maneira, e meu estômago está embrulhado de novo.

— Eu quero ver — disse ele. — E quero que você e os meninos vejam também.

— Muito bem. — Ela se aninhou ao lado do marido. — Então, vou esperar com você e rezar para o jantar permanecer na minha barriga pela primeira vez desde que entramos neste navio.

— Seria um presente.

— Não seria?

*

Para os Martel, todos os dias seguintes à fuga do comunismo e ao reencontro no oeste haviam sido mais um milagre, um presente de Deus pelo qual eram profunda e constantemente gratos. Emil e Adeline não se incomodaram de morar por um breve período em aposentos apertados no campo de refugiados. E não se incomodavam de estar nos campos, num trabalho tão penoso quanto havia sido sob Stálin, enquanto os meninos iam à escola.

A comida era infinitamente melhor e eles estavam juntos de novo, livres para fazer algo de bom com sua segunda chance na vida.

Adeline contou a Emil tudo o que havia acontecido com ela e os meninos depois de ele ter sido levado pela milícia polonesa. Emil lhe deu uma versão editada dos acontecimentos depois de ter sido capturado. Descreveu a longa marcha até o trem que o levara a Poltava. Contou sobre ter morado no porão do museu com mais dois mil homens e sobre as doenças que dizimaram seus companheiros de prisão. Ele até falou um pouco sobre o cabo Gheorghe, que tinha estado em Poltava, que eles trabalharam nos sepultamentos e planejaram fugir juntos, mas que o romeno havia sido transferido para um campo de prisioneiros com mais segurança. Descreveu com detalhes como havia escapado e viajado em trens para oeste.

Mas Emil ainda se sentia incapaz de contar a Adeline sobre o massacre em Dubossary; tinha conseguido confessar tudo ao romeno, mas não a ela. Não queria magoar Adeline nem fazer com que se sentisse menos importante para ele. Na verdade, sentia que ela já havia passado por coisas demais.

Durante o verão de 1947, os Martel foram transferidos para acomodações permanentes em Lütgenholzen, ao sul de Hanover e duzentos e cinquenta e cinco quilômetros a oeste de Berlim, onde Emil e Adeline continuaram trabalhando nos campos, enquanto o mundo tentava encontrar lares para eles e milhões de pessoas deslocadas pela Segunda Guerra Mundial. Muitos refugiados iam para a América do Sul, inclusive para a Argentina. Outros preferiam o Canadá e os Estados Unidos.

Os Martel queriam ir para a América do Norte, mas precisavam de alguém que financiasse essa ida, um parente ou alguém que morasse lá e se dispusesse a dar um emprego a Emil e um lugar para a família morar por um ano, enquanto eles reconstruíssem a vida. Os Martel também precisavam mostrar que gozavam de boa saúde. Adeline nunca se sentira melhor que durante essa readaptação. Walt e Will cresciam e faziam grandes progressos escolares naquele ano. Mas a saúde de Emil não era das melhores. Ele tinha dores abdominais e passava mal frequentemente, com vômito e diarreia. Ficou amarelado e fraco.

No verão de 1948, Emil desmaiou enquanto trabalhava no campo e foi levado às pressas ao hospital, onde os médicos descobriram ovos e larvas em suas fezes. Consequência do esterco de porco que Emil tinha espalhado nos campos ou do lixo e da comida estragada que precisara comer muitas vezes depois de fugir do campo de prisioneiros, os médicos diagnosticaram a infecção por um verme que atacava o fígado e o estava levando ao risco de morte. Emil foi para a sala de cirurgia, onde o operaram, removendo duas costelas para ter acesso ao fígado. Quando chegaram ao órgão, os médicos encontraram uma tênia do tamanho de uma bola de beisebol envolvendo um lobo.

Depois que removeram o parasita e deixaram a área aberta para drenar, Emil correu risco por dias. Adeline e os meninos mantiveram vigília constante, sem nunca deixar de acreditar em sua sobrevivência.

*

Quando finalmente acordou, Emil estava fraco, mas feliz por estar vivo. Em um dia, porém, ficou agitado e deprimido, muito diferente de sua versão pós-fuga.

Depois de uma semana, quando estava na cama com o tronco envolto em gaze, Adeline perguntou o que o incomodava. De alguma maneira, Emil tinha entendido que nunca conheceria a paz a menos que deixasse de esconder da mulher parte de seu passado.

— Só vou falar sobre isso uma vez — avisou —, porque você tem o direito de saber. Lembra da primeira vez que voltamos a Friedenstal, quando peguei a carroça e os cavalos para ir a Dubossary comprar material para o telhado?

Adeline se lembrava e sentiu um desconforto no estômago.

— O que houve?

Durante uma longa tarde, enquanto os meninos estavam na escola, Emil contou tudo a ela: que tinha sido parado ao sair da cidade pelo então capitão Haussmann; que Haussmann o havia forçado, junto com outros alemães étnicos, a ir até uma ravina isolada onde membros da SS atiravam em judeus; que ele suplicara a Deus para não participar; que Haussmann tinha lhe entregado uma Luger e exigido que provasse sua lealdade ao Reich atirando em um jovem e duas meninas pequenas; que ele se recusara, em princípio, e que Haussmann encostara uma arma em sua cabeça; que tinha mudado de ideia para poder ver a própria família de novo; como se preparava para atirar quando foi impedido por um superior de Haussmann que citou a ordem de Himmler de que ninguém fosse forçado a matar judeus; e que, em vez disso, tinha passado a noite enterrando centenas de mortos naquele lugar.

— Mas não se engane, Adella — disse Emil. — Eu tomei a decisão de matar antes de ser impedido. Não vi a mão de Deus na chegada do superior de Haussmann até, quando estava no pior momento em Poltava, o cabo Gheorghe me mostrar que eu tinha feito a coisa certa e que, apesar de ter decidido atirar, fui impedido de seguir em frente.

Adeline ouviu tudo com um medo crescente do que Emil podia ter feito, até ele terminar de descrever a sequência de acontecimentos. Ouvir que o romeno que sobrevivera a Stalingrado tinha salvado a mente e a alma de Emil no campo de prisioneiros desfez completamente seus receios.

— O cabo Gheorghe estava certo — disse ela, afagando a mão do marido. — Você se negou, Emil. Não sabia sobre a ordem de Himmler e, mesmo assim, disse "não". Isso exigiu coragem, meu amor. O tipo de coragem que a maioria dos homens não tem. Eu… estou orgulhosa de você, Emil, orgulhosa de ser sua esposa.

Emil sentiu os olhos marejados.

— Tenho orgulho de ser seu marido. Nunca conheci ninguém tão corajoso, amoroso e bom como você.

— Pare.

— É verdade. Estamos todos juntos graças a sua coragem e persistência.

Adeline sorriu e enxugou uma lágrima.

— Obrigada.

Eles ficaram de mãos dadas por vários minutos, apenas amando um ao outro, antes de Adeline dizer:

— Sabemos o que houve com Haussmann?

Emil assentiu.

— Eu vi no jornal. Depois que saímos do campo de refugiados na periferia de Lodz, ele foi transferido para uma unidade de combate. Sobreviveu à guerra, foi preso e seria julgado em Nuremberg como parte do caso dos *Einsatzgruppen.* Mas cometeu suicídio na cela antes.

— Covarde.

— Sim. Mas não quero falar sobre Haussmann nem sobre aquela noite em Dubossary nunca mais. Certo?

Ela assentiu.

— Obrigada por ter me contado.

*

No convés dianteiro do *General R. M. Blatchford*, Emil e Adeline ouviram uma buzina na mistura de escuridão e neblina. Minutos depois, um sino badalou.

— Estamos perto — disse Emil. — Devemos estar.

— Vou buscar os meninos enquanto não estou enjoada — disse ela, beijando-o antes de se afastar.

Emil continuou olhando da proa, certo de que via luzes. Mas, como tudo nos últimos três anos, as coisas aconteciam muito mais devagar do que ele gostaria.

No ano anterior, haviam encontrado um financiador, um dos tios que Adeline perdera de vista havia muito tempo. Ela era dona de uma fazenda e precisava de ajuda, porque o filho seria recrutado. Por dois anos de trabalho de Emil, a família receberia hospedagem, comida e um pequeno salário para se estabelecer depois que o prazo obrigatório de serviço fosse cumprido. Garantida essa fonte de renda, os Martel foram transferidos para o norte, para mais um campo de refugiados, onde estudaram inglês e aguardaram os trâmites da imigração, processo bastante lento de verificação de identidade e passado dos membros da família.

Finalmente, nove dias antes de Emil se encostar na proa do navio para procurar as luzes da costa e depois de viverem como refugiados por mais de sete anos, os Martel foram para Bremerhaven, embarcaram em um navio que tinha levado tropas norte-americanas de ocupação até a Europa e, enfim, zarparam para oeste. Durante a viagem de uma semana para os Estados Unidos, Adeline sofreu quase diariamente com enjoos. Mesmo assim, ela, Walt e Will fizeram amizades profundas e duradouras com outros alemães étnicos a bordo. Com exceção da família, Emil se manteve isolado e passou todas as tardes no convés perto da proa, vendo o sol se pôr e sonhando com a vida que teriam.

Ele não se imaginava sendo fazendeiro outra vez. Não por muito tempo, pelo menos. Como o cabo Gheorghe havia comentado, no fundo ele era um homem do martelo, não da pá. Apesar de ter ficado preso em Poltava, tinha gostado de ver construções se materializando, a magia do sonho de um homem detalhada no papel e concretizada pelo trabalho esforçado e pelas habilidades de uma esquipe de construtores. Tinha decidido muito tempo antes que acreditava ao menos em parte nos ensinamentos do cabo Gheorghe. O mundo, o Universo, tudo era uma coisa só? Deus estava dentro dele? Ele estava em Deus? Emil ainda se debatia com essas questões. Mas o romeno estava certo sobre um ponto: para ter uma vida boa, só é preciso manter o ânimo e ser grato, ter um sonho sincero e claramente visualizado e a disposição para perceber esse sonho com a crença inabalável em sua eventual realização.

Durante anos, o sonho de Emil não havia sido simplesmente sobreviver no Ocidente. Ele queria viver e prosperar lá, ganhar um bom dinheiro com um bom trabalho, dar à esposa uma vida segura e confortável em uma casa que fosse dela e garantir aos filhos a escolaridade que ele nunca tivera e oportunidades para seguirem cada um o próprio caminho quando estivessem prontos. Mais que isso, o desejo secreto de Emil era comprar um carro. Tinha se apaixonado por automóveis no tempo que passara na Alemanha e gostava de se imaginar dirigindo para onde quisesse ir, tão livre quanto alguém podia ser.

*

No convés do navio militar, Adeline chegou com Walt, então perto dos catorze anos, e Will, perto dos doze, ambos enrolados em cobertores e contrariados por saírem da cama no meio da noite.

— Não estou vendo nada — disse Will.

— Estou cansado — reclamou Walt, bocejando. — Quero...

— Ali! — disse Emil, apontando para a frente, onde uma luz surgia – primeiro fraca, mas crescendo –, depois mais uma, seguida por outras dezenas, enquanto a neblina rodopiava e se dissipava em alguns pontos. Algumas pessoas aplaudiram e comemoraram. Outras foram chamar a família. Botes rebocadores se aproximaram para conduzir a embarcação sob a ponte Verrazzano-Narrows, e o convés ficou lotado de refugiados celebrando cada vislumbre de Nova York através da névoa em constante movimento.

O navio reduziu a velocidade ao entrar no norte da baía, até parar completamente e lançar âncoras pouco depois de uma da manhã. A neblina tinha subido a dez metros, e eles conseguiam ver as luzes de todos os lados.

Emil se preparava para dizer que aquilo era o máximo que veriam naquela noite, quando a brisa soprou mais forte e a neblina foi levada por um vento noroeste, revelando a tocha iluminada na mão da estátua.

As pessoas reagiram maravilhadas, porque a abertura na névoa se alargava a cada momento, revelando o braço, o rosto, depois a coroa da Liberdade. Emil se emocionou, abraçou Adeline e os meninos e começou a soluçar.

Enquanto todos no convés em volta deles gritavam de alegria ou se derretiam em lágrimas de alívio, Emil repetia, com a voz embargada:

— Conseguimos! Conseguimos!

— Seu sonho se tornou realidade, Emil — disse Adeline, beijando o marido. — Está bem ali na frente.

A névoa tinha se dissipado por completo, revelando a estátua em toda a sua glória. Emil olhou para ela fascinado, brandiu o punho e sussurrou:

— Liberdade. Tudo o que um homem pode querer.

— Ainda precisamos achar o vale verde da mamãe — disse Will.

— Isso já é o suficiente — respondeu Adeline, incapaz de desviar o olhar da estátua. — Não preciso do vale.

— Mas vamos para lá depois de amanhã, não vamos? — perguntou Walt.

— Embarcamos no trem depois de amanhã — explicou Emil, que beijou Adeline. — São três dias de viagem.

— Para o vale verde bonito? — insistiu Will.

— Só pode ser — disse Walt.

*

Quatro noites mais tarde, o trem parou na estação da pequena Baker, em Montana, no extremo leste. Uma tempestade bizarra de início de outono bombardeava a área com neve. O tio de Adeline os esperava em seu jipe. A carrocinha tinha sido trocada na Alemanha por um engradado de madeira que continha todos os pertences da família e que eles prenderam ao teto do carro que os levou para a propriedade onde viveriam os dois anos seguintes.

A tempestade ainda era forte quando chegaram à fazenda e foram levados a um alojamento, onde caíram exaustos. Quando Emil acordou, ao amanhecer, a tempestade havia passado, a temperatura caía e o sol brilhava sobre a paisagem mais vazia, deserta e nevada que ele já tinha visto.

— Estamos na Sibéria — murmurou, incrédulo. — O que foi que eu fiz?

No mês seguinte, os meninos começaram a frequentar a escola na cidade e Emil aprendeu como funcionava a fazenda, convencido de que tinha cometido um erro gigantesco ao levar a família para os Estados Unidos, para Montana e, especialmente, para a cidadezinha de Baker. Essa convicção se fortaleceu com a chegada do inverno, quando o verdadeiro custo de alojar e alimentar mais quatro pessoas ficou claro para o tio de Adeline e a esposa dele, que frequentemente se queixavam da quantidade de comida que Will e Walt ingeriam. Emil tentava trabalhar tanto quanto eles permitiam e repetia a si mesmo que sairiam dali em um ano.

Mas, em fevereiro de 1952, a frustração cresceu. Os financiadores da ida dos Martel aos Estados Unidos deixaram de pagar o salário integral de Emil, alegando que precisavam reter parte do dinheiro para garantir que todos seriam alimentados. Nessa época, o filho do casal foi dispensado do Exército e voltou para casa. No começo de março, o tio de Adeline disse a ela que não tinham mais trabalho nem comida suficiente. Ela e a família teriam de sair da fazenda e seguir o próprio caminho. Os Martel precisavam de empregos – e depressa.

Em vez de resistir, em vez de se revoltar e se amargurar pela nova frustração, Emil foi de carro até o centro de Baker e descobriu que o primeiro hospital da cidade estava em construção. Procurou o empreiteiro da obra e falou com ele em um inglês cheio de tropeços, pedindo trabalho. O homem disse que o único serviço disponível era de ajudante e misturador de concreto.

— Misturar concreto? Eu sei fazer isso, foi o que fiz durante a reconstrução de um hospital em um campo de prisioneiros na Rússia, de onde eu fugi — contou Emil, sorridente.

— Você fugiu de um campo de prisioneiros russo?

— Sim. Foi lá que aprendi a trabalhar com cimento.

— Está contratado.

40

Os Martel alugaram uma casa pequena em Baker, perto do trabalho de Emil. Adeline encontrou um emprego no único hotel da cidade, onde limpava quartos por cinquenta centavos a hora. Walt mudou oficialmente seu nome de Waldemar para Walter e passou a trabalhar depois da escola, dividindo o tempo entre o açougue e o cinema, onde projetava filmes. Will passou de Wilhelm a William e se apresentava como "Bill". Era empacotador no mercado da cidade e varria o chão do cinema.

Os quatro juntaram tudo o que ganhavam até terem dinheiro suficiente para comprar um pequeno terreno na frente do colégio e erguer os alicerces da nova casa. Emil trabalhava na construção do hospital e em outras obras durante o dia e, à noite, com Bill, construiu o piso. Eles instalaram o encanamento, os cabos de eletricidade e um aquecedor a lenha no porão.

Os Martel moraram no porão durante todo o inverno de 1952-1953, enfrentando temperaturas de trinta e quatro graus negativos à noite e grandes nevascas. Mas era o porão deles, e Emil e Adeline não poderiam estar mais felizes. Pequenos milagres continuavam acontecendo.

Walter comentou que o açougueiro sempre jogava fora as cabeças e os joelhos de porco, porque ninguém os queria. Adeline ficou incrédula e pediu para ele levar essas partes para casa. Naquele inverno, ela preparou mocotó, caldo e joelho cozido no porão. Emil brincava, dizendo que comiam tanto porco gratuito que ele sentia como se tivesse saído da Ucrânia para morar no paraíso dos porcos.

Para Adeline, a única coisa que faltava eram a mãe e a irmã, com quem mantinha uma troca de correspondência intermitente e que se tornara mais difícil depois do fechamento da Cortina de Ferro. Tudo o que escreviam era lido. Lydia estava doente, e a vida de Malia era cuidar da mãe.

Não tinham notícias dos pais nem da irmã de Emil, nada desde que Adeline os vira partindo para pegar o trem de volta a Friedenstal. Ele começava a pensar em Karoline e Johann como pensava no irmão mais velho, Reinhold: eram como espíritos perdidos no vento.

No entanto, no Natal de 1953, a casa deles tinha ficado pronta e a família comemorava o fato de que logo estaria paga. Também havia um sedan Chevy 1947 na entrada. Os patrões de Emil se impressionavam com seu esforço dia após dia em temperaturas congelantes, muitas vezes sem luva, misturando o cimento ou ajudando a erguer outra parede.

Adeline continuava limpando quartos no hotel e preparando maravilhas na cozinha. Ela também se tornou ativa na igreja luterana local. Bill gostava mais de trabalhar com o pai que de estudar, mas Walter era um prodígio em sala de aula.

De fato, na primavera de 1956, pouco mais de quatro anos depois de ter chegado aos Estados Unidos com noções rudimentares de inglês, Walter foi nomeado orador da turma na Baker High School, dois meses antes da formatura do ensino médio. Durante os anos de estudo, enquanto observava o pai trabalhando na construção civil, interessou-se por Arquitetura. Walter se candidatou a duas faculdades e foi aceito em ambas.

Depois de fugirem do controle soviético, os Martel haviam jurado que nunca mais se separariam. Perto da Páscoa naquele ano, Emil, Adeline e Walter embarcaram em um trem rumo à Universidade de Chicago. Queriam descobrir se poderiam viver na Cidade dos Ventos enquanto Walter estudava em uma das maiores escolas de Arquitetura do mundo. Depois de um dia e meio na zona sul de Chicago, porém, todos se sentiram claustrofóbicos e decidiram, por unanimidade, voltar para Montana no trem seguinte.

*

Cerca de um mês mais tarde, no meio de maio, Emil e Adeline iam de carro para Bozeman, no oeste, onde nunca haviam estado, procurar uma casa para a família. Walter estudaria na escola de Arquitetura da Universidade do Estado de Montana, e eles queriam manter a família unida. Deixaram Walter e Bill em Baker, porque os meninos tinham provas e não podiam faltar no trabalho.

Eles enfrentaram o clima típico da primavera em Montana durante toda a viagem: chuva, granizo, neve intensa que colava no para-brisa e os obrigava a reduzir a velocidade, para não derrapar nem sair da estrada.

— Você se lembra das carroças que tivemos de desatolar da lama na longa jornada? — perguntou Emil. — Quando estávamos fugindo do urso e correndo com os lobos?

Adeline sorriu.

— Se fechar os olhos, consigo me lembrar de tudo. A lama. O frio. As bombas. Os tanques. As coisas boas e as ruins.

— Felizmente, há muito mais coisas boas em que pensar aqui nos Estados Unidos.

— Graças ao bom Deus.

Perto de Big Timber, o tempo deu sinais de melhora, com nuvens mais finas se movendo pelo céu como fios vermelhos. Adeline as achava hipnóticas. Quando se aproximaram de Livingston, ela pegou no sono.

Talvez fossem as nuvens no céu; talvez fosse a conversa de Emil sobre a longa jornada – o fato é que Adeline teve um sonho nítido com o dia em que eles saíram de Friedenstal com a mãe e a irmã dela na carroça de trás e anos de incerteza e sofrimento pela frente. Will estava encolhido em seu colo, e ela sentia cada solavanco na estrada sentada no banco duro de madeira, quando Walt perguntou:

— Para onde vamos, mamãe?

*

Uma buzina alta a acordou.

Um grande caminhão buzinou pela segunda vez e desviou deles na chuva, em um trecho de pista inclinada e sinuosa que mal conseguiam enxergar pelo para-brisa.

— Emil?

— Está tudo bem.

Um súbito relâmpago revelou que estavam em uma passagem densamente florestada em área de montanha. O clarão foi seguido quase imediatamente por uma explosão violenta, tão alta quanto os canhões dos tanques stalinistas de que tinham escapado. A explosão sacudiu o carro.

— Talvez seja melhor sair da estrada! — gritou Adeline.

— Não posso! — respondeu Emil. — Tem carros atrás de mim e nenhuma área de acostamento!

A chuva parou de cair sobre o carro por um momento, e ela viu um paredão claro se erguendo da floresta acima deles como uma neblina densa. Duas curvas depois da muralha de névoa, a estrada ficou plana e a chuva voltou a cair forte.

— Bozeman, três quilômetros — avisou Adeline ao ler a placa.

— Tem uma saída ali na frente — respondeu Emil, antes de a chuva se tornar mais forte que os limpadores de para-brisa.

Ele baixou o vidro e pôs a cabeça para fora, olhando para a chuva enquanto freava e pegava a saída que os pôs em uma estrada de cascalho que virava à esquerda e passava por baixo da rodovia. Emil parou sob a grande ponte, mexeu nos limpadores e conseguiu fazê-los funcionar de novo.

De volta ao carro, seguiu em frente para um entroncamento em T, onde pretendia fazer um retorno. Ali ele viu as placas com o nome de ranchos e setas apontando nas duas direções. A placa de baixo apontava para a direita e dizia "Montana State Ag Fields".

— Ali — disse Emil. — Parece que daqui podemos ir diretamente para a escola.

A chuva intensa continuava, e eles seguiram viagem pela longa estrada de cascalho que descrevia ângulos retos, mas ainda os levava para oeste. Em um ponto, avistaram a rodovia à direita antes de descerem para uma ravina. A estrada era acidentada na descida e parecia quase apagada do outro lado, na subida.

— Talvez seja melhor voltarmos — sugeriu Adeline.

— A placa diz que está bem à frente — insistiu Emil, pisando no acelerador.

Eles dispararam para o outro lado, derrapando na lama e sacolejando através de buracos e poças que respingaram barro e quebraram os limpadores de para-brisa outra vez. A chuva ainda caía pesada quando chegaram ao topo, e Adeline viu através das janelas sujas de lama que estavam em uma espécie de platô com um rancho à esquerda e uma cerca de arame farpado atravessada na estrada, logo depois de uma placa que anunciava "sem saída".

Emil não disse nada, simplesmente engatou a ré. E foi então que Adeline estendeu a mão e disse:

— Espere!

Ela olhava através das partes limpas do para-brisa para raios de sol que atravessavam a tempestade além do platô. Emocionada e tremendo da cabeça aos pés, Adeline abriu a porta do carro, desceu e olhou para oeste, boquiaberta diante do vale que se descortinava diante dela e à sua volta em cem tons de verde.

O sol iluminava plantações verdejantes com os brotos do trigo da primavera. Outros raios iluminavam as linhas sinuosas e mais claras de choupos e álamos trêmulos ao longo de riachos que cortavam o vale em direção à cidade pecuária de Bozeman e um rio chamado Gallatin, que ela via cintilar ao longe.

Emil abriu a porta atrás dela, mas Adeline não se virou. Estava hipnotizada pelas nuvens se dissipando a cada segundo, revelando as seis poderosas cordilheiras que cercavam o vale do Gallatin, sopés cor de esmeralda forrados de grama nova e flores silvestres, que se erguiam para florestas de pinheiros e abetos escalando as encostas escarpadas até picos cobertos de neve fresca que pareciam furar o céu mais azul que ela já tinha visto.

Emil parou ao lado de Adeline no momento em que o amor e a alegria explodiram de seu coração e lágrimas escorreram por seu rosto.

— É tão bonito — sussurrou ela, sentindo-se atordoada e impressionada. — É como se Deus tivesse pintado isso para mim, Emil. É muito mais do que eu poderia imaginar.

— Olhe para trás.

Ela se virou e viu, além de colinas relvadas de relevo irregular, a passagem na montanha que tinham atravessado. A tempestade recuava rapidamente, deixando apenas nuvens esparsas e chuvas pontuais que atravessavam a luz do sol do meio-dia e desenhavam um enorme arco-íris sobre o extremo leste do vale, que logo recebeu a companhia de um segundo arco-íris em ângulo diferente, depois um terceiro. Começando a quilômetros de distância um do outro, os arcos coloridos pareciam explodir das colinas verdes, subir, colidir e brilhar em intensos e impressionantes tons de vermelho, azul, roxo e dourado.

— Nunca vi nada parecido — comentou Emil, passando o braço sobre os ombros de Adeline.

Ela o enlaçou pela cintura e apoiou a cabeça em seu peito, vendo por quase um minuto os arco-íris pulsarem e irradiarem, antes de desaparecerem em lampejos claros e coloridos e, depois, em lembranças valiosas.

— Não vamos sair daqui nunca mais, Emil — prometeu Adeline, olhando novamente para oeste e para o último vale verde de sua longa e improvável jornada.

— Não até o dia de nossa morte — respondeu Emil e a abraçou com força.

41

Com exceção de viagens curtas e ocasionais e do retorno a Baker para pegar suas coisas e vender a casa, Emil e Adeline Martel nunca saíram do vale do Gallatin, no sudoeste de Montana. E, daquele momento em diante, depois de todas as dificuldades e tragédias que haviam enfrentado, quase tudo em que eles tocavam virava ouro.

Antes de Walter e Bill começarem as aulas, no outono, Emil comprou um terreno em Bozeman e começou a construir uma nova casa a uma curta distância da universidade.

Depois que terminou, reconheceu uma oportunidade quando três pequenos lotes foram postos à venda perto da igreja luterana na zona norte da cidade, menos rochosa. Pensando que os velhos fazendeiros alemães que moravam a oeste de Bozeman gostariam de ter uma casinha para viver como aposentados perto de seu local de oração, Emil assumiu os riscos, comprou os três lotes e ergueu a primeira casa com Bill o ajudando depois da aula.

Eles instalavam a estrutura do telhado quando um fazendeiro alemão se aproximou para perguntar se a casa estava à venda. Emil disse que sim. O fazendeiro perguntou o preço, não tentou negociar e entregou a Emil uma nota de vinte dólares para reservar o imóvel até que a esposa pudesse vê-lo. No dia seguinte, o fazendeiro e a esposa voltaram, fizeram várias perguntas e foram ao banco sacar o valor total.

A Emil Martel & Son Construction nasceu e foi capitalizada em um dia.

*

Quando não estava trabalhando nas casas que o pai construía, Bill, então com dezesseis anos, tentava arrumar um emprego na construção da sede esportiva da Universidade Estadual de Montana. Quando os empreiteiros o recusaram, ele se afastou jurando que construiria projetos maiores que qualquer um deles poderia imaginar.

No ano seguinte, desistiu de se formar no ensino médio, passou a trabalhar em tempo integral com o pai, casou-se com a namorada da adolescência, Lynell Lewis, e nunca se arrependeu de nada. Logo os Martel estavam tão ocupados e eram tão bem-sucedidos que Adeline e Emil puderam financiar a viagem do irmão dela, Wilhelm, para os Estados Unidos depois de terem encontrado seu nome em uma lista de refugiados da Cruz Vermelha. Mas Adeline não conseguiu convencer Malia a ir também, nem depois da morte de Lydia, em 1964.

Walter concluiu a faculdade, casou-se com Deeann Kessler e trabalhou por muitos anos como arquiteto em Billings, até Emil e Bill o convidarem a se juntar à empresa em expansão em 1967. A Martel Construction crescia em ritmo ainda mais acelerado, até um quase desastre.

Quando voltava para casa de carro tarde da noite depois de ter fechado alguns contratos, Walter foi atingido por um motorista bêbado que passou em um semáforo fechado. O carro teve de ser cortado para que ele fosse removido, e Walter ficou em coma por dois dias com um ferimento na cabeça. Só voltaria a trabalhar em tempo integral um ano mais tarde.

Em fevereiro de 1971, Emil ficou chocado ao descobrir que seu irmão mais velho, Reinhold, que havia sido recrutado pelo Exército alemão e desaparecera durante a guerra, estava vivo e livre após ter passado vinte e seis anos em um gulag na Sibéria, cortando madeira para fazer lenha. Emil e Adeline compraram passagens aéreas e voltaram imediatamente à Alemanha como cidadãos americanos. Visitaram Reinhold, então com sessenta e cinco anos, na Alemanha Ocidental, onde ele havia se reunido com a família, que também tinha conseguido ficar do lado certo da fronteira.

Sete anos mais tarde, Emil e Adeline voltaram à Alemanha Ocidental porque Reinhold tinha localizado Rese e conseguido para ela um visto de três meses. Estavam lá quando ela chegou. Os dois irmãos ficaram tão abalados quando a viram que Adeline brincou dizendo que quase precisaram ser hospitalizados por excesso de felicidade. Rese contou que o pai deles havia sido selvagemente espancado por homens da milícia polonesa no caminho de volta à Ucrânia, em junho de 1945. Johann não sobreviveu à jornada. De volta à casinha no povoado agrícola de Friedenstal, cujo nome havia sido mudado pelos soviéticos para Tryhrady, Karoline definhou e faleceu no início dos anos 1960.

Rese contou que era feliz no regime comunista, mas em pouco tempo Emil e Adeline compreenderam que ela havia sucumbido à amargura e ao alcoolismo. Esteve bêbada durante quase todo o tempo que passou com eles e recusou a oferta de morar nos Estados Unidos, preferindo voltar ao inferno que conhecia a se mudar para o paraíso desconhecido. Essa foi a última vez que Emil a viu. Rese morreu no começo dos anos 1980.

No voo de volta para os Estados Unidos, Emil se perguntou por que algumas pessoas se dispunham a arrancar suas raízes e perseguir a liberdade a todo custo enquanto outras se contentavam com a miséria e ficavam fermentando nela. Isso trouxe à memória o cabo Gheorghe, e ele pensou mais uma vez no que teria acontecido com o romeno que ajudara a salvar sua vida em Poltava e despertara nele a consciência dos milagres e das oportunidades que se descortinavam o tempo todo.

Em 1979, vinte e oito anos depois da chegada deles ao porto de Nova York, os irmãos Martel conseguiram comprar a parte do pai na empresa e ofereceram a ele uma pensão para que se aposentasse com conforto.

— Me aposentar? O que eu faria o dia todo? — perguntou Emil.

— Vá pescar, papai — disse Bill. — Você sempre gostou de pescar, e alguns dos melhores peixes do mundo estão bem aqui.

Emil gostava de pescar e estava cansado de bater pregos sem luvas em temperaturas de vinte graus abaixo de zero. Depois de pensar muito e conversar várias vezes com Adeline, aceitou a oferta dos filhos.

Com parte da enorme soma que os meninos pagaram no primeiro dia de sua aposentadoria, Emil comprou um Cadillac dourado, o qual dirigia orgulhoso por Bozeman e pelo vale do Gallatin, levando varas de pescar no porta-malas.

Emil viveu para ver a Martel Construction prosperar, os filhos terem filhos e toda a família, inclusive Reinhold e a nova esposa, se reunir em sua casa para rir, contar histórias, beber o vinho que ele produzia no porão e saborear as receitas de Adeline.

Walter trabalhou com Bill durante quinze anos, até uma disputa com um sindicato em 1982 resultar no ataque a um de seus trailers de construção com coquetéis molotov. Para Walter, traumatizado por canhões de tanques na infância e farto da disputa entre sindicatos e operários não sindicalizados, aquilo foi a gota-d'água. Ele conversou com Bill, disse que queria parar e ofereceu sua parte na empresa. Bill não ficou muito feliz. Sentiu-se abandonado pelo irmão, mas levantou a quantia e comprou a parte dele. Por três anos depois disso, não houve contato entre os irmãos;

isso aborreceu profundamente Emil e Adeline, que rezavam para que os dois filhos se entendessem e ficassem em paz.

Em 1985, Emil teve de se submeter a uma operação na vesícula, normalmente um procedimento de duas horas. Mas os cirurgiões encontraram complicações em consequência da remoção da tênia, e ele quase morreu na mesa de cirurgia. Mesmo assim, quando Walter e Bill entraram juntos no quarto de hospital pouco tempo depois de ele acordar, Emil disse a Adeline que aquele tinha sido um dos dias mais felizes de sua vida.

Em 1987, Emil recebeu o diagnóstico de câncer de pulmão, estado terminal, o que o fez refletir sobre sua vida. Ele havia se convencido de que somente indivíduos raros podem contar inteiramente apenas consigo mesmos. Em algum momento, a maioria das pessoas vai encontrar obstáculos ou situações que parecem impossíveis de superar, a menos que tenham uma vontade obstinada de sonhar e sejam humildes a ponto de contar com um poder superior enquanto trabalham para realizar seus objetivos.

Com frequência ele comentava que tudo de difícil que precisara suportar parecia tê-lo preparado para a dificuldade seguinte. Ser capturado e preso agora parecia ter sido uma das melhores coisas que lhe aconteceram, porque, depois da fuga, ele nunca mais tinha olhado para a vida do mesmo jeito. Cada momento, cada oportunidade que teve depois de Poltava havia sido um presente – de Deus, do todo-poderoso, do divino, da inteligência universal ou qualquer outro nome que o cabo Gheorghe pudesse dar a isso –, e Emil agradecia por essas dádivas sendo feliz e alegre com quase tudo.

Pouco tempo depois, aos setenta e cinco anos, Emil faleceu contente, realizado, como alguém que tinha visto a vida adulta começar sob brutal opressão e passar pela pobreza e pela fome, mas terminar em liberdade, com abundância maior do que tinha visto até mesmo em seus mais loucos sonhos.

*

A cada manhã antes e depois da morte de Emil, Adeline saía da cama em Bozeman e se ajoelhava, agradecendo a Deus pela milagrosa sorte da família. Terminava o dia da mesma maneira. Pessoas que a conheciam diziam que ela era incansavelmente alegre e grata por todas as bênçãos que recebera na vida.

E era determinada a nunca mais passar fome.

Adeline tinha uma grande horta atrás da casa – e lá cultivava uma variedade de legumes com os quais preparava conservas para o inverno, além de enormes repolhos que usava para fazer sauerkraut. Emil tinha construído um porão para raízes onde ela enterrava batatas e cebolas no inverno. Adeline amava a cozinha que os meninos tinham feito para ela, e aquele se tornou o espaço de reunião da família, onde todos eram bem-vindos e bem alimentados, especialmente os netos, a quem ela se dedicava sem reservas.

Comparecia às cerimônias luteranas todos os domingos. Adorava arrumar o cabelo e fazer as unhas em um salão de beleza. E, como não teve bonecas na infância, Adeline reuniu uma grande coleção delas, o que era seu orgulho e sua alegria.

Walter e a esposa viajaram para a Europa em 1993 e conseguiram visitar a irmã mais velha de Adeline na antiga Alemanha Oriental. Malia tivera uma vida difícil, mas conservava o otimismo bem-humorado e sua estranha visão de mundo. Ela morreu dois anos mais tarde, aos oitenta e sete anos, e foi enterrada ao lado da mãe, em Falkenberg.

Mais ou menos nessa época, Adeline foi entrevistada pelo *Bozeman Daily Chronicle* para uma matéria especial do 4 de Julho. No artigo, relatou seu sofrimento e a fome na Ucrânia, as provações da longa jornada, a separação da família quando Emil foi mandado para Poltava, como ele fugiu do comunismo, como ela fugiu do comunismo. E sua infinita gratidão pelo país que por fim os acolhera.

— Deus abençoe os Estados Unidos — disse Adeline. — Só aqui uma história como a nossa é possível.

De fato, Adeline viveria para ver Bill impelido ao sucesso por uma pequena caixa de madeira vazia que ele mantinha do lado de fora, ao lado da porta do escritório. A caixa um dia contivera os últimos pertences dos Martel quando eles navegaram para os Estados Unidos. Como a carrocinha em sua memória, o engradado era um lembrete constante de como a família estava desesperadamente pobre ao chegar ao porto de Nova York e de como eles tinham progredido desde então.

Ela viu Bill e os filhos dele transformarem a Martel Construction em um vibrante empreendimento com projetos residenciais e comerciais nos Estados Unidos e no exterior. Também os viu retribuírem sua boa sorte pagando parcialmente e construindo, entre outras coisas, um anexo do Bobcat Stadium da Universidade Estadual de Montana. Agradecida, a escola batizou o campo de futebol do estádio com o nome de "Campo Martel".

Em seus últimos anos, Adeline se tornou cada vez mais caseira, embora continuasse recebendo amigos e a família em sua cozinha, onde servia a eles seu famoso bolo de maçã. Se tivessem sorte, ouviam trechos de suas assustadoras aventuras a caminho do último vale verde ou uma de suas frequentes observações sobre a vida.

— Sabe, eu costumava pensar que a vida era algo que acontecia comigo — disse a uma amiga quando estava começando a perder as forças. — Mas agora sei que a vida aconteceu para mim.

Estavam na horta, e ela sorria ao ver o lugar tão cheio de vida.

Adeline disse que, ao olhar para trás, via todo o arco de sua jornada, percebia que tudo o que acontecera na verdade parecia prepará-los para um desafio seguinte, mais difícil, e que os dois aprenderam e se adaptaram ao longo de todo esse percurso.

Mais de cinquenta anos tinham se passado desde que ela e os meninos escaparam da zona de ocupação soviética e se reuniram com Emil, mas ela ainda se admirava com aquele dia.

— Se aquela senhora tivesse nos dado água do poço, não teríamos sido prevenidos pelo homem na carroça de leite nem aconselhados a nos escondermos no galpão e provavelmente teríamos ido de encontro à patrulha soviética. Se não tivéssemos ido para a fronteira quando fomos, tão perto da patrulha que passou com os prisioneiros, os soldados soviéticos na guarda não teriam pensado que portávamos os documentos adequados para atravessar a fronteira e não teriam mandado aquele anjo sujo para nos ajudar com a carrocinha até a estação de trem. Os guardas da fronteira teriam nos parado, e sabe Deus o que teria acontecido.

Depois de ouvir essa história, a amiga pediu para Adeline descrever as coisas mais importantes que ela aprendera ao longo de uma vida tão longa e notável.

Adeline pensou um pouco antes de responder:

— Não ruminar as coisas ruins que acontecem com você, querida. Tentar ver beleza em cada crueldade. Isso liberta. Perdoar a dor, se quiser curar um coração partido. Tentar ser grata por todos os obstáculos e tragédias, porque, quando sobrevive a eles, você se torna mais forte. Ver a mão de Deus nisso. Também vejo a mão Dele em cada passo certo e errado que dou na vida, todos nos levando adiante de algum jeito, ainda que às vezes nos fazendo dar voltas como a folha que vi no primeiro dia da longa jornada. Fomos levados como aquela folha, dançando, girando e rolando em direção a esta vida com que sonhávamos. E aqui estou eu, tantos anos mais tarde, vivendo esse sonho. É realmente um milagre, não é? Agora, o único milagre que falta para mim é morrer e ser aceita nos braços de Deus.

Nove meses mais tarde, em 5 de abril de 2006, duas semanas antes de seu aniversário de noventa e um anos, com Bill, Walter e os familiares reunidos em torno dela, Adeline Martel morreu, como todas as grandes e sábias heroínas morrem um dia, com a alma deixando o corpo em seu último suspiro, jogada ao vento cósmico para ser guiada pela graça, um espírito refugiado se elevando rumo à salvação, a seu Senhor e a seu amado Emil, que a esperava em um novo e permanente Éden.

POSFÁCIO

Espero que, assim como eu quando a ouvi pela primeira vez, você tenha se emocionado, se inspirado e se transformado com a história dos Martel. Trabalhar com a trajetória de vida deles durante os últimos dois anos foi uma das maiores honras de minha carreira, e serei eternamente grato por terem confiado em mim para trazer Emil e Adeline à vida.

Uma pergunta que ouço com frequência é quanto de meus romances históricos se baseiam em fatos reais.

Sem dissecar cada curva e virada do enredo, no caso de *O último vale verdejante*, posso dizer que Joseph Stálin realmente matou de fome mais de quatro milhões de ucranianos durante o Holodomor de 1932-1933. Stálin prendeu e escravizou milhões de pessoas depois da Segunda Guerra Mundial. Sob ordens diretas do ditador soviético, muitos alemães étnicos que participaram da longa jornada foram mandados para campos de trabalhos forçados na Sibéria. Muitos desses prisioneiros jamais retornaram.

Os historiadores acreditam que entre vinte mil e vinte e cinco mil alemães étnicos morreram durante a longa jornada da Ucrânia para a Hungria e nos trens que levaram os refugiados de Budapeste a Lodz, na Polônia, que ficou conhecida como a Ilha Ellis do Terceiro Reich.

A SS processou mais de trezentos e cinquenta mil alemães étnicos em Lodz com base nas leis de pureza e imigração criadas por Heinrich Himmler e impostas por sua Comissão de Fortalecimento dos Atributos Alemães. A maioria desses refugiados recebeu roupas e casas que antes pertenciam a judeus.

De acordo com o Yad Vashem, o Memorial do Holocausto em Israel, cerca de dezoito mil judeus foram massacrados pelo *Einsatzkommando 12* do *Einsatzgruppen D* da SS em campos e ravinas nos arredores de Dubossary do início a meados de setembro de 1941. Alemães étnicos da *Selbstschutz*, como o personagem Nikolas, participaram dessa atrocidade e de dezenas de outras pela Ucrânia depois da invasão alemã.

No fim da vida e depois da morte de Emil, Adeline disse a uma de suas netas que, várias semanas depois de eles terem retornado a Friedenstal no meio de agosto de 1941, Emil fez uma viagem com os cavalos e a carroça para comprar material para o telhado da casa que estava construindo. Ela contou que Emil tinha retornado dois dias depois, abalado de uma forma que ela jamais vira, e que o marido revelou que havia sido forçado pela SS a enterrar judeus, depois se recusou a falar novamente sobre o assunto. Adeline nunca informou onde Emil ia comprar o material, mas Dubossary era e é a cidade grande mais próxima do povoado onde eles moravam.

Emil Haussmann era capitão do *Einsatzkommando 12* do *Einsatzgruppen D* na época do massacre de Dubossary e servia sob o tenente-coronel Gustav Nosske, que mais tarde foi julgado em Nuremberg e preso por crimes de guerra. Haussmann foi promovido a major na SS por seus esforços nos primeiros dias da "solução final" e do chamado "Holocausto por Balas" que aconteceu na Ucrânia e na Transnístria depois da invasão alemã em junho de 1941. Três anos mais tarde, Haussmann integrava uma equipe da SS que viajava com os de sangue puro da longa jornada e os protegia. Ele se matou antes de ser julgado em Nuremberg.

Nos meses que antecederam a invasão alemã da União Soviética, Heinrich Himmler viu prisioneiros políticos serem fuzilados como teste para a implementação da solução final. Dizem que Himmler ficou tão chocado que vomitou e mais tarde emitiu uma ordem para que ninguém fosse morto ou mandado para campos de concentração por se negar a matar judeus. Ele queria partidários verdadeiros atrás das armas.

Durante os julgamentos de Nuremberg, muitos criminosos de guerra nazistas tentaram alegar que foram forçados a participar do Holocausto, que não tiveram escolha. Como parte dessa defesa, os advogados buscaram evidências de alguém que tivesse se recusado a matar judeus e sido, consequentemente, assassinado ou preso sob o comando de Hitler. Não encontraram nenhuma.

Historiadores acreditam que os Aliados podem ter estuprado até oitenta mil mulheres alemãs e alemãs étnicas durante a última parte da guerra e logo após seu fim. Acreditam, ainda, que soldados soviéticos podem ter estuprado mais de um milhão de mulheres alemãs nesse mesmo período.

A partir de 1952, quando a Cortina de Ferro foi fechada como parte de um esforço para impedir que o povo da Alemanha Oriental fugisse para o Ocidente, a fronteira em Oebisfelde por onde Adeline fugiu para a liberdade foi endurecida com mais torres de vigilância, cercas, muros, valas antitanque e campos minados. Depois da queda da União Soviética e da reunificação da Alemanha, as fortificações foram demolidas, e os campos que ela e os filhos atravessaram foram restaurados o suficiente para que eu percorresse a pé a maior parte da rota de fuga de Adeline e os meninos, embora o terreno e a vegetação tenham mudado, sem dúvida.

*

Em meados de maio, o vale do Gallatin no sudoeste de Montana é realmente uma paisagem em tons de verde e um dos lugares mais bonitos do mundo. A leste e fora do vale, onde eu moro, com frequência arco-íris duplos e triplos se formam depois de tempestades de trovões e granizo nessa época do ano.

Bill Martel agora tem oitenta anos, é aposentado e viúvo e ainda vive parte do tempo em Bozeman, onde o conheci em novembro de 2017. Walter Matel tem oitenta e dois, é aposentado e casado. Ele e a esposa se mudaram mais para oeste para estarem próximos dos filhos e dos netos. Eles moram em Hamilton, Montana.

Em agosto de 2018, depois que refiz a maior parte da rota da longa jornada por territórios de Moldávia, Romênia, Hungria e Polônia, os irmãos, já idosos, e eu fomos para a Ucrânia, onde dirigimos durante dez horas por uma estrada horrível até Friedenstal/Tryhrady a fim de visitar as ruínas da casa que eles conheceram na infância. Ver o local exato onde começou sua fuga para a liberdade os fez voltar no tempo e os emocionou profundamente diante da incrível distância que tinham percorrido.

Dois dias mais tarde, para poupá-los de uma viagem de treze horas por outra estrada horrível, fretei um avião que nos levou de Odessa a Poltava para vermos o antigo campo de prisioneiros. Encontramos a prefeitura onde Emil comia e o hospital que ele ajudou a reconstruir.

O Museu de Tradições Locais de Poltava também estava lá, restaurado, mas fechado para o público. Demos uma volta e encontramos o diretor do museu, Oleksandr Suprunenko, que não nos deixou entrar, a princípio, porque havia obras em andamento. Depois ele soube que Emil tinha sido prisioneiro ali, havia trabalhado nos sepultamentos e vendido madeira para as cozinheiras antes de fugir. O diretor riu, contou que a mãe dele era uma dessas cozinheiras e nos deixou fazer uma visita particular ao museu.

Suprunenko nos mostrou fotos de prisioneiros magros e atormentados reconstruindo o museu. Ele nos guiou pelo local e disse que, devido às doenças devastadoras e ao elevado número de mortes, os soviéticos fecharam o campo de Poltava no meio de 1947, poucos meses depois da fuga de Emil. Os poucos sobreviventes foram enviados a campos mais a leste, alguns para a Sibéria, antes de outros prisioneiros terem sido trazidos para terminar de reconstruir a cidade. Quando ouviram isso no local onde o pai deles dormia antes e depois de suas viagens diárias com a carroça da morte, Bill e Walter se emocionaram.

Eles disseram que Emil raramente falava sobre o campo de prisioneiros, mas não tinham dúvidas de que ele deixara Poltava muito diferente do que era ao chegar lá. Antes da prisão, Emil tinha feito poucas coisas notáveis, duvidava de Deus e acreditava que a melhor maneira de ele e a família sobreviverem aos comunistas e nazistas era contar apenas consigo mesmos, serem discretos e aparentarem ter pouca ambição. Depois de Poltava, no entanto, o pai havia se tornado um homem profundamente espiritualizado e ousado. Emil parecia ver milagres e oportunidades onde quer que olhasse e assumiu riscos imensos, pelos quais foi recompensado até o fim da vida.

— Alguma coisa ou alguém modificou meu pai naquele campo — disse Bill. — O quê? Quem? Como? Não sei. Ele não era de falar muito. Mas deve ter tido aliados no campo de prisioneiros. Um ou dois homens com quem pudesse falar e em quem pudesse confiar. Acho que você vai ter de encontrar um jeito de explicar isso.

Eu já tinha uma noção do quê, quem ou como, pois, no mês anterior, em Barlad, na Romênia, havia entrevistado um homem de noventa e oito anos, Gheorghe Voiculescu, cujas experiências e visão de vida formariam a base da personalidade do cabo Gheorghe. O senhor Voiculescu era atento, divertido e irradiava boa vontade enquanto conversávamos.

Ele se lembrava nitidamente de ter conversado com alemães étnicos e os ajudado na longa jornada a caminho de oeste na primavera de 1944. Antes disso, tinha lutado em Stalingrado, na brutal batalha no cotovelo do Don, onde sofrera uma concussão e fora ferido por estilhaços de morteiro. Ele me disse que, ao despertar depois da explosão, teve certeza absoluta de que era abençoado, de que sobreviveria à guerra e se tornaria apicultor. Voiculescu se manteve ileso pelo resto da batalha, com soldados e tanques soviéticos passando bem perto dele, enquanto muitos à volta morriam.

No fim da guerra, fugiu de dois campos soviéticos de prisioneiros antes de ser enviado para o campo de alta segurança no mar de Azov. Ele foi libertado depois de quatro anos de trabalhos forçados. Ao voltar para Barlad, foi aclamado herói por ser um dos poucos sobreviventes do cotovelo do Don. Em reconhecimento, foi promovido e aposentado no Exército romeno com a patente de coronel.

Voiculescu trabalhou durante um tempo em uma fábrica depois de sua baixa, mas usou boa parte do dinheiro que ganhava para realizar o sonho de se tornar apicultor. Exaltando constantemente as vantagens do mel, da geleia real e das picadas de abelha, foi casado três vezes e comemorou cem anos de vida em abril de 2020.

O verdadeiro cabo Gheorghe foi, sem dúvida, um dos indivíduos mais impressionantes e esclarecidos que tive o privilégio de conhecer.

*

Duas manhãs depois de visitarmos o campo de prisioneiros e falarmos sobre a transformação de Emil, Walter e eu deixamos a Ucrânia de avião a caminho da Alemanha e da Polônia para seguir a rota de fuga de Adeline, e Bill voltou para sua casa, em Montana.

Durante o café da manhã no aeroporto antes dos voos, os irmãos Martel me disseram que, independentemente do que havia acontecido com o pai deles em Poltava, sentiam que tinham fechado um ciclo, que estavam em paz com tudo o que haviam suportado e que eram abençoados. Admiravam o amor, a coragem e a determinação dos pais e eram profundamente e para sempre gratos pela longa e perigosa jornada que fizeram quando meninos, quando a família arriscou tudo e correu com os lobos em busca de liberdade.

Sentado com Bill e Walter no aeroporto de Kiev, emocionado e inspirado, poucos dias antes de começar a escrever a história de Emil e Adeline Martel, anotei em meu caderno as palavras que vou usar para concluir a história deles.

"Esta é uma história americana, uma história de imigrantes, uma história espiritual e universal. Que todos tenhamos a ousadia de perseguir nossos sonhos, conhecer essa graça e levar uma vida tão milagrosa."

Mark Sullivan, Bozeman, Montana, 21 de julho de 2020

AGRADECIMENTOS

Tenho uma dívida enorme com muitas pessoas que me ajudaram a pesquisar e escrever *O último vale verdejante.*

Menciono, antes de todas elas, Bill Martel e Walter Martel e suas famílias. Agradeço a todos os Martel por compartilharem comigo suas histórias sobre Emil e Adeline. Espero ter feito justiça ao casal.

Na Romênia e na Moldávia, minha guia de infinitos recursos, Florin Burgui, conseguiu localizar pessoas que sobreviveram ou testemunharam a longa jornada de alemães étnicos refugiados na primavera de 1944. Entre elas estavam Victoria Chmara, noventa e um anos; Nicolae Hurezeanu, noventa e cinco; Ioan Muth, noventa e cinco; Gheorghe Voiculescu, noventa e sete; e Victor Caldarar, noventa e seis. Obrigado por compartilharem suas lembranças.

Também contei com a ajuda de Flavius Roaita, do Museu Nacional de História da Romênia em Bucareste; Ottmar Trasca, do Instituto de História George Baritiu em Cluj-Napoca, na Romênia; e Ramf Dan, historiador romeno que entrevistou mais de duzentos e cinquenta sobreviventes e testemunhas da retirada alemã da Ucrânia. Os historiadores Corneliu Stoica, Dorin Dobrincu e Lutz Connert me ajudaram a entender o sacrifício de pessoas enviadas para leste pelos soviéticos depois do fim da Segunda Guerra Mundial e daqueles que nunca retornaram.

Na Hungria, a historiadora Eva Kuierung me deu informações sobre o trânsito de alemães étnicos refugiados em Budapeste a caminho da Polônia. Na Ucrânia, o doutor Sergey Yelizarov, especialista em colônias alemãs étnicas, nos levou aos resquícios da colônia Friedenstal e a Poltava, onde Oleksandr Suprunenko, do Museu de Tradições Locais de Poltava, nos ajudou a entender as condições e os desafios do campo de prisioneiros durante o tempo que Emil lá esteve.

A fome vermelha: a guerra de Stálin na Ucrânia, livro de Anne Applebaum sobre a fome imposta por Stálin nesse país, me deu uma boa ideia do que os Martel enfrentaram antes do conflito. Tive ajuda para compreender o Holocausto e o domínio soviético e alemão na Ucrânia recorrendo às obras de Wendy Lower, Gail Gligman, Alexander Dallin, Joshua Rubenstein, Ilya Altman, Eric C. Steinhart, Diana Dumitru, Ray Brandon, Daniel Joseph Goldhagen, Gerald Reitlinger, Sefer Zikaron, Walter Koenig e Avigdor Shachen, historiadores e escritores. Obrigado a todos.

Os textos de Alfred de Zayas me possibilitaram uma compreensão mais profunda da expulsão dos alemães étnicos de toda a Europa central e oriental entre 1944 e 1948. A pesquisa de Eric J. Schmaltz, da Northwestern Oklahoma State University, apresentou informações sobre a transferência dos alemães étnicos pela SS para a região de Warthegau, na Polônia, e sua doutrinação para o grande Reich germânico de Hitler. Agradeço a orientação.

Silvia Lass-Adelmann foi minha tradutora para pesquisa nos Arquivos Políticos do Ministério das Relações Exteriores em Berlim sobre a longa jornada. Também tive ajuda de arquivistas nos arquivos nacionais romenos em Bucareste, no US Holocaust Museum em Washington e no Yad Vashem, o Centro Mundial da Memória do Holocausto em Jerusalém.

Tive a bênção de ter ido para a O&O Academy, na Índia, aprender os princípios da filosofia espiritual da "*Oneness*" com meus incríveis professores Krishnaji, Preethaji e Kumarji. Os três sábios influenciaram a descrição do soldado Kumar. Minha experiência na O&O também pautou muitas outras partes deste livro e, em última análise, mudaram minha vida para melhor. Sejam todos abençoados.

Obrigado a meus leitores iniciais: Damian Slattery, Connor Sullivan e Betsy Sullivan.

Agradeço a Danielle Marshall, minha editora na Lake Union, que teve uma confiança inabalável neste projeto desde o início, e a Mikyla Bruder, publisher da Amazon, que igualmente apoiou muito a história dos Martel. Minha gratidão também a meu editor de desenvolvimento, David Downing, à editora de texto Jane Steele e à editora de produção Nicole Burns-Ascue, que tornaram a história mais forte e o texto mais coeso.

Obrigado também à incrível equipe de divulgação: Ashley Vanicek, na Amazon, e Dana Kaye, Julia Borcherts e Hailey Dezort, na Kaye Publicity. Minha gratidão por terem espalhado a palavra!

E um grande e duplo agradecimento final a minhas agentes literárias, Meg Ruley e Rebecca Scherer, que leram, releram e releram vários rascunhos de *O último vale verdejante*. Seus olhos e sua sensibilidade fizeram de mim um romancista melhor. Obrigado também a Jane Rotrosen, Sabrina Prestia e todos da Jane Rotrosen Literary Agency que mantiveram vivo meu sonho de escritor.

Leia também

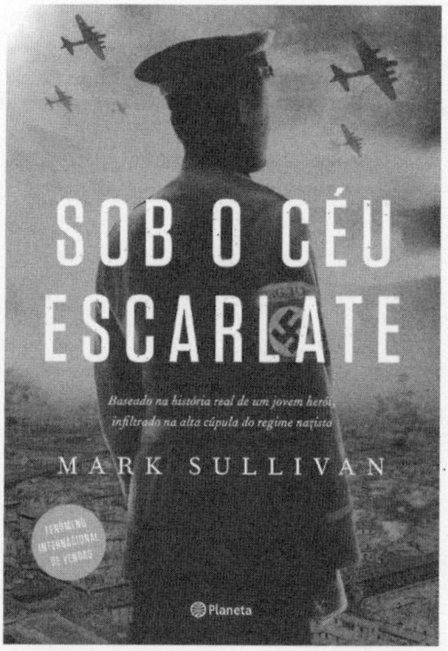
SOB O CÉU ESCARLATE
Baseado na história real de um jovem herói, infiltrado na alta cúpula do regime nazista
MARK SULLIVAN
Planeta

Acreditamos
nos livros

Este livro foi composto em Adobe Garamond
e Macha e impresso pela Lis Gráfica para a
Editora Planeta do Brasil em junho de 2025.